LEANA

DER CLUB DER ZEITREISENDEN VON ERINESS 3

JULIA STIRLING

JULIA STIRLING

WERDE MITGLIED IN JULIAS ROMANCE CLUB

Die Mitglieder von Julias Romance Club bekommen kostenlose Bücher, exklusive Infos, was hinter den Kulissen passiert und andere schöne Sachen, die mit Julias Büchern zu tun haben.

Als Mitglied erfährst Du immer als Erste, wenn es neue Bücher oder andere Veröffentlichungen von Julia gibt.

Am Ende des Buches erfährst Du, wie Du Mitglied in Julias Romance Club werden kannst.

1

Leana setzte sich neben ihre Cousine Blaire auf die Bank vor dem kleinen Cottage und versuchte, deren belustigten Blick zu ignorieren.

»Ich weiß, was du gleich sagen wirst.« Sie schloss die Augen und genoss die Sonnenstrahlen auf ihrem Gesicht. Die Wärme tat so gut nach dem langen Winter und obwohl der Wind noch frisch war, roch es schon nach Sommer.

»Und was glaubst du, was ich sagen will?«

»Dass ich ein zu weiches Herz habe und nicht jedem hier in der Nachbarschaft helfen muss.«

Blaire schwieg, aber Leana wusste genau, dass ihre Cousine lächelte.

»Aber Misses Fraser brauchte wirklich Hilfe mit den schweren Einkaufstaschen«, fuhr sie deshalb fort. »Außerdem kann ich doch schlecht Nein sagen, wenn eine über 80-jährige Frau, die vergangenes Jahr einen Schlaganfall gehabt hat, mich fragt, ob ich noch eben die Glühbirne in ihrer Speisekammer wechsle. Dann wäre ich eine wirklich schlechte Mitbürgerin. Außerdem sind wir darauf angewiesen, dass sie ab und zu nach dem Cottage schaut, wenn wir nicht da sind. Also: Auch wenn ich ein zu weiches Herz habe, ist es doch für uns alle gut.« Und jetzt sollte sie aufhören, sich zu rechtfertigen. Das sagte sie sich oft, weil sie in ihrem alten Leben und Job so häufig mit ihrer Gutherzigkeit aufgezogen worden war. Aber hier in den Highlands von Schottland war alles anders. Nicht nur in der Gegenwart, sondern vor allem auch in der Vergangenheit. Da überlebte man nicht ohne die Hilfe der Nachbarn. Gerade Blaire sollte das verstehen, sie hatte sich mehr an das Leben im 16. Jahrhundert angepasst als alle anderen.

Ungeduldig mit sich selbst schüttelte Leana den Kopf. »Ach, vergiss, was ich gesagt habe.«

Blaire seufzte leise und Leana öffnete die Augen. Ihre Cousine schaute sie von der Seite an. »Das habe ich tatsächlich alles nicht gedacht. Ich finde es wunderbar, dass du dich immer um alle kümmerst. Wir brauchen mehr Menschen wie dich, weil das unsere Gesellschaft zusammenhält. Deswegen kannst du Misses Fraser und den anderen Menschen hier in Eriness so viel helfen, wie du möchtest. Ich glaube, dass es dir auch gut tut.«

Leana verschränkte die Arme. »Aber?«

Blaire lächelte milde. »Aber ich glaube, dass du Angst hast, zurückzugehen und gerade nur die Abreise rauszögerst.«

Leana schloss die Augen wieder und lehnte sich zurück. Blaire hatte genau ins Schwarze getroffen, aber das mochte sie nicht zugeben. Sie wäre gern so furchtlos wie ihre Cousinen.

Blaire griff nach ihrer Hand und drückte sie. »Du kannst gern auch hier in der Gegenwart bleiben. Niemand zwingt dich.«

»Aber ich habe Maira und Tavia versprochen, dass ich dieses Mal mitkomme. Außerdem war ich jetzt schon ein paar Monate nicht mehr da und vermisse es.« Das tat sie wirklich. Als sie vor fast einem Jahr zum ersten Mal ins 16. Jahrhundert gereist war, hatte sie sich in die ruhige Lebensweise dort verliebt und war gleich einige Monate geblieben. Dort war sie endlich zur Ruhe gekommen und hatte wieder Kraft geschöpft. Sie seufzte. »Und hier ist mir oft einfach alles zu viel.«

Blaire nickte und schaute in die Richtung, wo irgendjemand einen alten Schlager aus den Sechzigern laufen hatte. Sie zog eine Grimasse. »Das verstehe ich gut. Mich haben die zwei Tage hier schon überfordert. Es ist so laut und schnell. Manchmal verstehe ich jetzt, wie sich unsere Mütter und Großmütter gefühlt haben müssen, als sie auf einmal mit all diesen Sachen wie Internet und Smartphones konfrontiert worden sind. Ich verzweifle mittlerweile ja schon an einem modernen Herd oder einer Waschmaschine.«

Leana schaute auf ihre Tasche mit all ihren modernen Sachen, die sie im Cottage in den kleinen Safe einschließen würde. »Seit ich im sechzehnten Jahrhundert gelebt habe, bin ich ein anderer Mensch geworden. Ich benutze mein Handy kaum noch, vieles im Fernsehen ist mir zu laut und zu bunt und auch die Menschen sind mir zu hektisch. Ich kann teilweise gar nichts mehr mit ihnen anfangen.« Sie zögerte. »Deswegen bin ich auch manchmal so einsam hier. Ihr seid alle dort und ich bin allein. Ich vermisse euch.«

Mitfühlend schaute Blaire sie an. »Auch das verstehe ich gut. Aber was hält dich dann davon ab, mit zu uns zu kommen und dort zu leben? Sind es die Erinnerungen an Marc? Bist du ihm hier näher?«

Bei der Erwähnung ihres verstorbenen Ehemannes schnitt der vertraute Schmerz durch Leanas Herz. Wie immer flackerte kurz sein Bild vor ihrem inneren Auge auf. Es tat nicht mehr so weh wie kurz nach seinem Tod, aber sie wusste, dass die Trauer sie bis ans Ende ihres Lebens begleiten würde.

Sie zögerte mit der Antwort und beobachtete eine Hummel, die sich an einer Pfingstrose träge von einer Blüte zur nächsten bewegte. Schließlich schüttelte sie den Kopf. »Das ist es nicht. Seit ich unsere Wohnung in Manchester aufgegeben habe, komme ich mit den Erinnerungen an ihn besser zurecht. Sie sind nicht mehr an einen bestimmten Ort gebunden. Es war so schwierig, all unsere gemeinsamen Sachen, die Möbel, das Geschirr und auch seine Kleidung und seine Bücher gehen zu lassen, aber seitdem fühle ich mich befreit und Marc sogar noch ein bisschen näher. Mein Therapeut meinte, dass das eine gesunde Entwicklung ist.« Sie schnitt eine Grimasse. »Ich konnte ihm in unserer letzten Sitzung nur leider nicht erzählen, dass ich Marc so nicht nur mit an andere Orte nehmen kann, sondern auch mit in ein anderes Jahrhundert.«

Ihre Cousine schaute sie interessiert an. »Hast du wirklich das Gefühl, dass du ihn mit ins 16. Jahrhundert nimmst?«

Leana zögerte, doch dann nickte sie. »Klingt das sehr dumm?«

»Überhaupt nicht. Ich finde es nur interessant. Aber sollte damit das Reisen für dich nicht einfacher werden? Oder hält dich etwas anderes hier? Jetzt sag nicht, dass es das Haunted Café ist. Es ist ja schön, dass du es für Maira führst, aber sie würde sicher als Letzte wollen, dass du dich deswegen in dieser Zeit angebunden fühlst.«

Leana schüttelte lächelnd den Kopf. »Nein, ich fühle mich im Haunted überhaupt nicht angebunden. Es hilft mir so sehr. Ich lerne immer wieder andere nette Menschen kennen und habe gleichzeitig einen Ort, an dem ich leben und arbeiten kann. Ich weiß aber auch, dass ich jederzeit gehen könnte und Tina den Laden übernehmen würde. Das hat sie im vergangenen Jahr ja auch schon gemacht.«

Ein Auto fuhr rumpelnd auf der alten Straße vorbei und in der Ferne knatterte ein Moped. Mittlerweile störten Leana diese Geräusche.

Auch Blaire zog die Nase kraus und sah dem Auto strafend hinterher. Dann wandte sie sich wieder Leana zu und griff nach ihrer Hand. »Und was hält dich dann hier? Du weißt, dass ich dich nie zu irgendetwas drängen würde. Aber manchmal habe ich das Gefühl, dass du viel besser im 16. Jahrhundert aufgehoben wärst. Du kannst mit uns allen zusammen sicher in Eriness leben. Ich glaube, du wärst dort zufriedener. Vor allem, wenn Mairas Kind bald kommt, dann wäre sie sicher froh, eine so kinderliebe Tante wie dich an ihrer Seite zu haben.«

Leana schaute auf ihre verschränkten Hände und drückte

Blaires Finger. »Es klingt so schön, wenn du das sagst.« Sie schluckte. »Aber ich habe Angst.«

»Wovor?« Blaire setzte sich auf. »Siehst du irgendetwas, was geschehen wird?«

Auf einmal schlug Leanas Herz schnell und ihr war, als würde die Kraft des Steins, der das Tor zur Zeit bildete und in dem kleinen Cottage hinter ihr lag, stärker an ihr ziehen. Als wäre er ganz Blaires Meinung, dass Leana ins 16. Jahrhundert gehörte und nicht ins 21. Doch wie immer wehrte sie sich gegen den Sog des Steins.

Ihr Blick wanderte zu der Burg hinauf, die sich auf dem Hügel hinter dem Cottage erhob. Jetzt war sie nur noch eine Ruine, doch vor über vierhundert Jahren war sie eine große und ehrwürdige Burg gewesen, die ihre Bewohner schützte und ihnen Sicherheit bot. Und außerdem ein lebendiges Zuhause, das mit Lachen und Liebe erfüllt war. Leana war dankbar, dass sie die Burg auch in ihrem anderen Zustand kannte.

Ein paar Mal war sie bereits durch die Ruine gewandert und hatte sich gefragt, was die Touristen wohl sahen, wenn sie die alten Mauern begutachteten. Sie selbst sah Duncan und Niall in der Halle sitzen und Strategien besprechen. Sie roch das Essen, das die Mägde auftischten. Sie sah, wie sie mit Maira vor dem Kamin in ihrem Zimmer saß und sich mit Handarbeiten abmühte, die die Frauen in dieser Zeit übernehmen mussten. Sie dachte an die Kartenspiele mit Duncans Sohn Ranald und an Tavias Lachen, wenn sie sich mit Niall in der Halle kabbelte. Es war eine vergangene Welt, die trotzdem so real war. Manchmal schien ihr die Burgruine leer und trostlos und dann wieder hingen doch all die Geschichten der Bewohner in den Steinen fest und ließen sich nicht vom stetigen schottischen Regen auswaschen.

Doch so stark ihre Sehnsucht nach der anderen Welt auch war, es fiel ihr mittlerweile so schwer, die Reise anzutreten. Und mit jedem verstreichenden Tag wurde die Hürde größer.

Sie hob die Schultern. »Ich sehe nichts Konkretes, wenn du

das meinst. Aber es ist, als ob dort irgendetwas auf mich wartet, dem ich nicht gewachsen bin.«

Ihre Cousinen waren beide der Meinung, dass Leana auf eine gewisse Art und Weise hellsichtig war. Doch ihr selbst fiel es schwer, das auch so zu empfinden. Sie hatte schon immer bestimmte Gefühle, was Situationen in der Zukunft anging. Das war doch völlig normal und als Kind war sie immer der Meinung gewesen, dass jeder so etwas konnte. Noch heute war sie überzeugt, dass es keine wirklich hellsichtige Gabe war. Schließlich konnte sie nicht in eine Glaskugel blicken und jemandem sagen, was mit ihm oder ihr geschehen würde. Das war wahre Hellsichtigkeit. Sie hingegen fühlte nur mehr als andere.

Blaire legte den Kopf schief, sagte aber nichts. Das war eine der Eigenschaften, die Leana so an ihrer Cousine zu schätzen wusste. Sie verstand so vieles und speiste einen nie mit Plattitüden ab.

»Oder vielleicht wartet auch irgendjemand auf mich, dem ich nicht begegnen möchte«, fügte Leana leise hinzu.

Wieder beschleunigte sich ihr Herzschlag. Zum ersten Mal hatte sie es ausgesprochen. Den wahren Grund, warum sie schon seit Ostern nicht mehr im 16. Jahrhundert gewesen war.

»Hast du eine Ahnung, wer das sein könnte?«

Leana schüttelte den Kopf. »Das ist ja das Problem. Ich kann es mir einfach nicht erklären. Es ist nur ein Gefühl, aber es macht mich unruhig.«

»Warum macht es dich unruhig?«

Leana wischte sich übers Gesicht, genau in dem Moment, da sich eine Wolke vor die Sonne schob. »Du fragst schon wie mein Therapeut.«

»Hast du mit ihm darüber gesprochen?«

»Nein, aber er bringt mich auch immer dazu, meine Gefühle zu hinterfragen.«

»Du musst es mir auch nicht erzählen«, sagte Blaire sanft. »Ich würde mich nur freuen, wenn du bei uns sein könntest, ohne dass du Angst hast.«

»Ich glaube nicht, dass es richtige Angst ist. Es ist mehr eine Art Unruhe, so als könnte meine Welt gehörig durcheinandergewirbelt werden. Aber das wurde sie in den letzten Jahren schon mehrmals ziemlich heftig. Ich könnte mal ein wenig Ruhe gebrauchen.«

Blaire schwieg einen Moment und schaute ebenfalls zur Burg. »Und du hast das Gefühl, dass jemand dein Leben durcheinanderbringt, wenn du mit uns im 16. Jahrhundert bleibst?«

Leana zögerte einen Moment, dann nickte sie.

Blaire setzte sich ein bisschen anders hin, so als würde sie sich auf ein längeres Gespräch vorbereiten. »Glaubst du, dass es ein Mann ist?«

Schnell verschränkte Leana die Arme. »Nein.« Am liebsten wäre sie aufgestanden und gegangen.

Blaire holte Luft, doch bevor sie etwas sagen konnte, fuhr Leana fort: »Und jetzt sag mir nicht, dass ausgerechnet du auch an diese Theorie glaubst, dass nur die Frauen reisen können, deren Seelenverwandter in der anderen Zeit lebt. Daran glaube ich nämlich nicht. Es kann nicht sein.«

Ein feines Lächeln breitete sich auf Blaires Gesicht aus. »Keine Sorge, ich bin ganz deiner Meinung. Es kann doch nicht sein, dass wir Frauen nur reisen können, weil es irgendwo dort angeblich einen Mann gibt, der auf uns wartet. Es gibt auch andere gute Gründe, warum wir dort sein müssen. Es können nicht immer nur Männer sein.«

Erleichtert atmete Leana aus. »Danke. Manchmal fühle ich mich so furchtbar, weil ich nicht an diese Theorie glaube. Ja, Maira und sogar Tavia haben ihre Männer dort gefunden und ich freue mich für sie, wirklich. Aber bei mir ist das anders. Ich weiß es einfach. Schließlich habe ich die Liebe meines Lebens schon gefunden.« Sie schluckte. »Und beerdigt.«

Blaire griff wieder nach ihrer Hand. »Und für manche gibt es diese große Liebe einfach nicht. Auch das ist in Ordnung. Ich freue mich sehr für dich, dass du diese schöne Zeit mit Marc hattest und es bricht mir das Herz, dass du ihn verloren hast. Aber jetzt sind vielleicht andere Dinge im Leben dran. So wie bei mir. Und glaube mir, ich habe ein sehr schönes Leben, auch ohne einen Mann an meiner Seite.«

Leana musterte ihre Cousine nachdenklich. »Hast du schon einmal einen Mann geliebt?« Darüber hatte sie sich noch nie Gedanken gemacht. Ihre Cousine war noch nicht ganz zwanzig gewesen, als sie sich entschieden hatte, für immer im 16. Jahrhundert zu leben und sich dort eine Existenz aufzubauen. Da Leana bis vor einem Jahr noch nichts davon gewusst hatte, hatten sie sich über viele Dinge, die Blaires Leben im 16. Jahrhundert betrafen, noch nie ausgetauscht.

Blaire schüttelte den Kopf. »Aber dadurch ist mein Leben nicht schlechter. Im Gegenteil, ich habe viel mehr Raum, meine Arbeit zu machen, und die ist auch wichtig. Mein Fokus liegt einfach woanders.«

»Aber gab es nie einen Mann in deinem Leben? Ich meine, du … hattest doch schon einmal Sex, oder?« Unwillkürlich senkte Leana die Stimme, auch wenn ihnen hier keine neugierige alte Nachbarin zuhören konnte.

Blaire lächelte. »Natürlich. Aber es hat mir nie viel bedeutet und es war immer so viel Aufwand.«

Leana runzelte die Stirn. »Aufwand?«

»Nun … Zum einen ist es so, dass man als Frau nicht einfach in irgendein Gasthaus gehen und jemanden mit nach Hause nehmen kann. Außerdem hatte ich eine Position in der Gesellschaft inne, bei der auch nicht jeder Mann etwas mit mir hätte anfangen können. Schließlich gelte ich bei vielen als Heilerin und bei manchen sogar als Hexe.« Sie hob die Schultern und wirkte beinahe ein bisschen wehmütig. »Außerdem musste ich die Männer sorgfältig auswählen, denn ich wollte mir ja auch keine Krankheiten einfangen, die damals noch viel häufiger waren als hier. Deswegen war ich immer vorsichtig. Und wenn ich es mal arrangiert bekommen habe, war es zwar nett, aber es ist auch in Ordnung, dass ich das nicht mehr habe. Und nun bin ich ja sowieso eine verheiratete Frau und kann es mir nicht mehr erlauben, so etwas in die Wege zu leiten.«

Leana biss sich auf die Lippe und zögerte, aber dann überwältigte die Neugier sie. »Nur damit ich das richtig verstehe: Du hast keinen Sex mehr gehabt, seit du mit diesem Mann verheiratet bist?«

»So ist es.« Ihre Cousine spielte mit einem Faden am Ärmel ihres Kleides. »Diese Verbindung ist zu wertvoll, als dass ich sie für eine Affäre aufs Spiel setzen würde. So dringend brauche ich auch keinen Sex. Aber ich wusste ja, worauf ich mich einlasse, als ich der Vermählung zugestimmt habe.«

»Ich muss gestehen, dass ich etwas Probleme mit diesem Konzept habe«, sagte Leana seufzend. »Du bist mit einem Mann verheiratet, den du noch nicht einmal getroffen hast. Wie hältst du das aus?«

Blaire lächelte. »Ich denke eigentlich kaum über ihn nach, denn er ist ja nicht da. Trotzdem habe ich durch diese Ehe Allan Macdonalds Schutz und der ist viel wert.«

»Wirst du ihn denn eines Tages treffen?«

Ihre Cousine hob die Schultern. »Bestimmt.«

»Und wirst du dann Sex mit ihm haben?«

»Ich hoffe nicht.« Blaire zog die Nase kraus.

»Und wenn doch? Was ist, wenn er das erwartet? Immerhin bist du seine Frau.«

»Darum werde ich mich kümmern, wenn es so weit ist.«

Blaire wirkte vollkommen entspannt und Leana schüttelte den Kopf. Was, wenn der Typ ein Monster war?

Ihr Blick wanderte wieder zu der Hummel, die gerade in die nächste Blüte kroch. Auch sie nutzte den schönen Frühsommertag aus.

»Ich vermisse Sex«, hörte sie sich auf einmal sagen.

Erschrocken riss sie die Augen auf. Das hatte sie so noch niemals zugegeben.

»Also, ich vermisse den Sex mit Marc. Ich würde mit keinem anderen Mann ins Bett gehen wollen, aber manchmal ist es schwer, sich damit abzufinden, dass ich das nie wieder erleben werde.«

Ein paarmal hatte sie den Gedanken schon zugelassen, dass sie bis ans Ende ihres Lebens nur noch Sex mit sich selbst haben würde. Diese Tatsache erstickte sie beinahe und ließ sie in Panik verfallen. Aber auf der anderen Seite konnte sie sich auch nicht vorstellen, mit irgendeinem Mann zu schlafen. Manchmal, wenn sie auf der Straße oder im Café einen attraktiven Mann sah, stellte sie es sich vor, aber es widerte sie einfach nur an.

Trotzdem blieben da die Unruhe und Traurigkeit, dass dieser Teil des Frauseins jetzt vorbei war und sie nie wieder von einem Mann begehrt werden würde.

»Es ist ja keine endgültige Entscheidung«, sagte Blaire ruhig. »Du darfst sie jederzeit revidieren. Aber es ist auch vollkommen in Ordnung, wenn du nie wieder Sex haben willst. Es gibt noch tausend andere wichtige Dinge im Leben.«

Leana lächelte. »Zum Glück.«

Blaire erhob sich. »Freundschaft zum Beispiel. Oder Schwestern. Und deswegen wäre es auch gut, wenn wir uns jetzt langsam auf den Weg machen.« Sie streckte ihr die Hand hin.

Als Leana diese ergriff und ihre Cousine sie hochzog, seufzte sie. »Ich bin so froh, dass ich euch habe.«

Zu ihrer Überraschung schloss Blaire sie in die Arme. »Und wir sind froh, dass wir dich haben. Deswegen wollen wir so gern mehr von dir.« Sie drückte Leana fest. »Und denk immer daran: Du bist jeder Aufgabe gewachsen. Gerade du kannst alles schaffen. Verliere dabei nie dein weiches Herz und deinen feinen Sinn für andere Menschen. Sie werden dir den richtigen Weg weisen. Wohin auch immer du gehen willst.«

Leana schloss die Augen und ließ diese Worte auf sich wirken. Sie brachten irgendetwas in ihr zum Klingen und sie entspannte sich ein wenig. Ja, sie würde den richtigen Weg finden, auch wenn sie keine Ahnung hatte, wo der anfing oder wohin er führte.

Schließlich löste Blaire sich von ihr. »Und jetzt kann ich es gar nicht erwarten, mein Kleid wieder anzuziehen. Das hier ist zwar auch ganz nett, aber ich fühle mich fast nackt.«

Leana musste lächeln, denn Blaire trug ein dünnes Sommerkleid, das ihr nur bis zu den Knien reichte. Das kräftige Blau passte ausgezeichnet zu ihren Haaren und der hellen Haut. Aber es war offensichtlich, dass sie sich in ihrem Mieder und dem Wollkleid viel wohler fühlte.

Blaire nahm ihre Tasche auf, die vollgepackt war mit Medikamenten, die sie gemeinsam in kleine Beutel und Leinensäckchen umgefüllt hatten. »Komm schon, der Stein ruft.«

Leana zögerte und folgte ihr langsam zur Tür. »Darf ich dich noch etwas fragen?«

»Immer. Aber nur, wenn du mir dabei das Mieder schnürst.«

Leana trat hinter ihrer Cousine in das kleine Cottage. Sie hatten es vor einem Jahr gekauft, als sie einen sicheren Aufbewahrungsort für den Stein in der Nähe der Burg benötigt hatten.

Kaum hatte sie den Flur betreten, verstärkte sich das Summen des Steins. Leana bemühte sich, ruhig zu atmen und ihn zu ignorieren.

Blaire zog sich das Kleid über den Kopf, dann schlüpfte sie aus dem BH, griff nach ihrem Mieder und streifte es sich über. Sie drehte Leana den Rücken zu. »Also? Was gibt es?«

Während sie die ersten Schnüre zuzog, fragte Leana schließlich: »Hat der Stein für dich manchmal eine andere Intensität? Weißt du … Manchmal habe ich das Gefühl, als würde er stärker an mir ziehen. Dann merke ich ihn schon von der Straße aus. Und manchmal gibt es Zeiten, da muss ich das Muster mehrmals nachfahren und mich wirklich konzentrieren, bis ich gehen kann.«

Blaire schüttelte den Kopf und ihre langen kastanienbraunen Haare strichen über Leanas Hände. »Nein, das kenne ich nicht. Bei mir ist es immer gleich. Ich fahre das Muster nach und falle. Und ich spüre ihn, wenn ich danebenstehe und ihn schon anfassen könnte. Aber niemals von weiter weg.«

Leana nickte und zog weitere Schnüre zusammen. Sie war mittlerweile geschickt darin geworden, denn obwohl sie in den vergangenen Monaten selbst nicht gereist war, hatte sie Maira und Tavia öfter geholfen, sich wieder fürs 16. Jahrhundert anzuziehen. Mittlerweile sah sie sogar in Serien, die in dieser Zeit spielten, Fehler, was die Kleidung betraf.

»Glaubst du, dass das etwas zu bedeuten hat?«, fragte Blaire und hob ihre Haare hoch, damit Leana am oberen Rücken das Mieder schnüren konnte.

»Ich hatte gehofft, dass du mir das erklären kannst. Du hast damit mehr Erfahrung als ich.«

Blaire seufzte. »Ich hätte da eine mögliche Erklärung, aber ich glaube nicht, dass du sie hören willst. Wir haben ja gerade entschieden, dass wir nicht nur reisen können, weil dort angeblich ein Mann auf uns wartet.«

Leana presste die Lippen zusammen. »Dann sag sie mir nicht.«

Sie reichte Blaire ihr Kleid und begann sich ebenfalls auszuziehen. Es fiel ihr schwer, denn heute fühlte sie den Stein wieder stärker. Als sie an Weihnachten und Ostern dort gewesen war, hatte der Stein gar nicht an ihr gezogen und sie war erleichtert gewesen. Doch in den letzten Wochen hatte die Intensität stetig zugenommen und heute war es besonders schlimm.

Eigentlich wäre das ein guter Grund, nicht zu gehen, doch sie hatte es Maira versprochen und ihre Cousine hatte solche Angst vor der bevorstehenden Geburt, dass Leana sie jetzt einfach nicht allein lassen konnte. Irgendwie würde sie das schon schaffen. Sie würde sich mit ihren Freundinnen beschäftigen und die Burg einfach nicht verlassen. Das Gute war, dass man sich als Frau in der Vergangenheit immer zurückziehen durfte.

Vielleicht zog der Stein auch nur so an ihr, weil Maira schwanger war und sie brauchte.

Als Blaire mit geschickten Fingern Leanas Mieder schloss und sie schließlich ihr Kleid richtete, war sie sich sicher, dass es dieser Grund war. Sie waren eine Gruppe von Frauen, die einander brauchten und auf die Nähe der anderen angewiesen waren. Das hatte nichts mit einem Mann zu tun. Nicht alles in dieser Welt hatte mit Männern zu tun. Zum Glück.

2

Als Leana in den Hof trat und ihre Cousine Maira auf der anderen Seite des Burghofes stehen sah, spürte sie deren Aufregung sofort. Ihre Cousine hatte die Arme um den Oberkörper geschlungen, ihre Haare flatterten im Wind und sie starrte in die Weite des Tals. Leana genoss die würzige Luft des schottischen Hochlands des 16. Jahrhunderts und rief sich zur Ruhe.

Sie nahm die Gefühle anderer Menschen schon immer sehr stark wahr und hatte gelernt, diese nicht zu nahe an sich heranzulassen. Aber immer wenn sie gerade durch die Zeit gereist war, schienen ihre Schutzschilde heruntergefahren zu sein und sie spürte alles noch einmal viel stärker. So wie Mairas Anspannung.

Sie atmete tief durch, doch ihre Unruhe verschwand nicht. Das Gespräch mit Blaire beschäftigte sie immer noch.

Was war, wenn sie tatsächlich eine neue Aufgabe in dieser Welt hatte? Eine, die sie herausfordern würde, aber mit der sie diese Welt verbessern könnte. So wie bei Blaire, die als Heilerin arbeitete und jungen Frauen dabei half, mehr Bildung zu bekommen und sich aus unsäglichen Ehen zu befreien. Vielleicht konnte Leana ihr dabei zur Hand gehen.

Doch das war Zukunftsmusik, auch wenn der Gedanke

Leana außerordentlich gut gefiel. Jetzt würde sie sich erst einmal auf diesen Besuch konzentrieren, immerhin war sie schon lange nicht mehr hier gewesen.

Und jetzt merkte sie, wie sehr sie Maira vermisst hatte. Sie war zwar zu zwei Vorsorgeuntersuchungen in die Gegenwart gekommen, hatte sich aber immer beeilt, schnell wieder ins 16. Jahrhundert zurückzukehren. Seit sie schwanger war, machte Duncan sich große Sorgen um sie, wenn sie reiste.

Diese Fürsorge war unglaublich rührend und hatte Leana an Ostern einmal dazu gebracht, heimlich zu weinen. Einfach, weil es ihr aufzeigte, was sie nicht mehr hatte – und vielleicht nie haben würde, obwohl sie sich so danach sehnte. Natürlich war ihr klar, dass sie sich vom Thema Kinder verabschieden musste, wenn sie auch Sex ad acta legte, aber es machte die Tatsache nicht leichter. Eigentlich war sie immer davon ausgegangen, dass sie mit Marc mindestens drei, wenn nicht sogar vier Kinder haben würde.

Sie schluckte. Nun gut. Dann würde sie jetzt einfach zur tollen Tante werden. Auch wenn sie dafür häufiger ins 16. Jahrhundert reisen musste.

Langsam ging Leana über den Hof auf Maira zu. Obwohl es heute sommerlich warm war, standen Pfützen auf dem Hof. Gestern oder heute Morgen noch musste es geregnet haben. Vorsichtig setzte Leana ihre Schritte so, dass ihre weichen Lederschuhe nicht im Matsch versanken. Trotzdem musste sie immer wieder den Saum ihres Rockes anheben, damit der nicht auch dreckig wurde.

Ihre Cousine hatte sie noch nicht bemerkt, sondern starrte weiterhin in das Tal. Irgendetwas war heute anders auf Eriness Castle. Auf dem Weg von der Kammer mit dem Stein hierher war sie einigen Burgbewohnern begegnet, die alle aufgeregter als sonst schienen. Einige waren eher ängstlich, andere schienen Unmut auszustrahlen und ein Mann sogar Trotz.

Irgendetwas war geschehen. Nun, sie würde sicherlich gleich erfahren, was es war.

Als hätte sie Leanas Blick auf sich gespürt, wandte Maira

sich um und ihr Gesicht erhellte sich sofort. Sie eilte auf Leana zu, nahm ihre Hände und schaute sich suchend um. »Leana! Wie schön, dich zu sehen. Ist Blaire auch mitgekommen?«

»Hallo, Maira.« Leana drückte lächelnd ihre Hände. »Ja, Tavia hat sie gleich in Beschlag genommen. Anscheinend braucht sie einen medizinischen Rat.«

Maira schloss Leana in die Arme. Sie hielt sie länger fest als sonst und Leana erwiderte die Umarmung. Tief atmete sie ein. Seit sie schwanger war, roch Maira anders. So weiblich und gut. Es machte das Sehnen noch stärker. Vielleicht war es albern, aber ihr war, als könnte sie das zweite Leben in Maira fühlen.

»Warum wundert es mich nicht, dass du ausgerechnet jetzt kommst?«, fragte Maira schließlich und löste sich von ihr. »Du weißt immer, wenn ich dich brauche.«

»Ich hatte doch versprochen, dieses Mal mitzukommen. Ich halte mich an meine Versprechen. Das weißt du doch.«

Maira lächelte schwach. Sie sah müde und ein wenig blass aus. »Natürlich weiß ich das, aber ich habe heute viel an dich gedacht. Einerseits habe ich gehofft, dass du kommst, und dann wiederum, dass du wegbleibst.«

Ein nervöses Kribbeln breitete sich in ihr aus. Leana hob die Augenbrauen und versuchte sich an einem Lächeln. »Soll ich wieder gehen?«

Maira schüttelte grinsend den Kopf. »Auf gar keinen Fall! Es tut so gut, dass du hier bist.«

»Wie geht es dir? Ist dir immer noch so schlecht?«

Maira atmete zitternd ein und legte eine Hand auf ihren gewölbten Bauch. »Ich komme morgens kaum aus dem Bett, weil ich so müde bin und ich muss mich immer noch ab und zu übergeben. Es ist schon langsam peinlich. Ich dachte, dass es eigentlich nur am Anfang der Schwangerschaft so ist.« Sie rieb sich über den Bauch. »Ich bekomme nur langsam wirklich Angst vor der Geburt. Ich habe schon überlegt, ob ich das Kind lieber in einem Krankenhaus bekommen soll.«

»Wenn dir das lieber ist, solltest du es mit Duncan besprechen.«

Doch Maira schüttelte den Kopf. »Das geht nicht. Was ist, wenn ich das Kind dann nicht wieder mit hierher nehmen kann? Das Risiko will ich nicht eingehen. Ich fürchte, ich muss da einfach durch.«

»Mach dir keine Sorgen«, sagte Leana zuversichtlich und strich Maira eine Haarsträhne aus dem Gesicht. »Es wird alles gutgehen.«

Zu ihrer Überraschung traten Maira Tränen in die Augen. »Wirklich?«

»Ganz sicher.«

Maira schniefte und wischte sich eine Träne aus dem Augenwinkel. »Du kannst dir gar nicht vorstellen, wie sehr es mich beruhigt, dass du hier bist. Ich habe solche Angst, dass … ich dabei womöglich sterbe. So eine Geburt ist im 16. Jahrhundert ja nicht ganz ungefährlich. Aber wenn du dir sicher bist …«

Leana wusste genau, dass Maira auf ihre angebliche hellsichtige Gabe anspielte. Dabei war es oft einfach Zufall oder etwas, das jeder andere auch vorhersagen konnte. Und manchmal lag sie auch daneben. Doch sie wollte nicht mit Maira streiten, vor allem nicht bei so einem Thema. Allerdings war sie sich wirklich sicher, dass alles gutgehen würde, auch wenn sie nicht wusste, woher sie dieses Wissen hatte.

Leana lächelte und ließ das hoffnungsvolle Gefühl zu, das sich wie eine wärmende Decke über sie legte. »Du brauchst wirklich keine Angst zu haben. Wir sind alle für dich da.«

Maira schloss die Augen und atmete tief durch. »Ich bin so froh, dass du das sagst. Es nimmt mir tatsächlich ein wenig von meiner Angst. Es ist so schön, dass du da bist.«

Auf einmal wanderte Mairas Blick an Leana vorbei ins Tal, auf das man von hier aus eine wunderbare Sicht hatte. Sie runzelte die Stirn und kniff die Augen zusammen.

»Was ist?«, fragte Leana und folgte ihrem Blick. Sie konnte jedoch nichts Auffälliges entdecken. Nur das kleine Dorf Eriness im Schatten der Burg, rauchende Schornsteine, Felder,

Vieh auf den Weiden und Menschen, die ihrer Arbeit nachgingen. »Irgendetwas beschäftigt dich noch, oder? Und es hat nichts mit der Schwangerschaft zu tun.«

»Du kennst mich einfach zu gut.« Maira zögerte und verschränkte die Arme. »Weißt du, manchmal hasse ich es, hier zu leben.« Sie hatte die Stimme gesenkt, schaute sich aber trotzdem noch einmal um, ob jemand in der Nähe war.

Leana legte ihrer Cousine eine Hand auf die Schulter. Ihre Anspannung war so noch deutlicher zu spüren. »Was ist geschehen?«

Seit sie vor über einem Jahr zum ersten Mal in die Vergangenheit gereist war, hatte sie schon oft mit Maira, deren Schwester Blaire und ihrer Freundin Tavia darüber gesprochen, was ihnen am 16. Jahrhundert gefiel und was sie abstoßend fanden. Meistens wogen die guten Dinge viel schwerer als die negativen, aber es gab Tage, an denen es Leana schwerfiel, hier zu sein.

Sie liebte es, dass die Clans eine solch gute Gemeinschaft bildeten, dass viel gesungen und getanzt wurde. Das Leben hier war einfacher und nicht so kompliziert und überforderte Leana nicht so sehr wie das im 21. Jahrhundert. Aber manchmal tat es ihr weh, wie mit Menschen umgegangen wurde, die einer niedrigeren Schicht angehörten, wie viele Menschen hungerten, dass es kein vernünftiges Rechtssystem gab, sondern jeder einfach nur dem Willen des Clanführers untergeordnet war. Außerdem missfiel es ihr sehr, wie einige Schotten in dieser Zeit mit Tieren umgingen. Ja, vielleicht hatte sie ein zu weiches Herz, aber das konnte sie ja nicht einfach abstellen.

Auch den anderen Frauen ging es so, einigen von ihnen mehr, den anderen weniger. Deswegen tat es gut, dass sie einander hatten und darüber sprechen konnten. Leana wusste, dass auch Maira und selbst manchmal Blaire, die schon so lange hier war, genauso darüber sprechen mussten, wenn ihnen Dinge missfielen. Gerade in diese neue Frauenrolle zu schlüpfen, war nicht ganz leicht.

Maira hatte sich entschieden, für immer hierzubleiben. Sie hatte einen großartigen Mann gefunden, der sie über alles liebte, eine neue Familie, einen wunderbaren Stiefsohn und sie war die Frau des zukünftigen Chiefs der Camerons of Strone. Es mangelte ihr an nichts und ihr Mann Duncan wusste Bescheid, woher sie kam. Das hieß, dass sie sich nicht verstellen musste, sondern dass ihr Wissen geschätzt wurde. Dasselbe galt für ihre Freundin Tavia, die mit Duncans Bruder Niall verheiratet war. Leana mochte es sehr, dass die beiden Männer versuchten, das Wissen und die Erfahrung der zeitreisenden Frauen für sich, den Clan und den Frieden in den Highlands zu nutzen.

»Jetzt erzähl schon«, bat Leana ihre Cousine, als diese noch immer schwieg. »Ist irgendetwas geschehen oder ist es nur allgemeiner Unmut?«

Maira seufzte. »Manchmal verstehe ich Duncan einfach nicht. Er ist so liebevoll und fürsorglich und dann kann er so hart sein. Nicht mir, sondern anderen Menschen gegenüber. Vielleicht muss er das sein, schließlich hat er schwierige Entscheidungen zu treffen als zukünftiger Clanchief und die Leben vieler Menschen liegen in seinen Händen. Aber manchmal frage ich mich, ob er nicht auch mal nachgeben kann. Und sei es nur für mich. Aber das ist vermutlich zu viel verlangt.« Sie presste die Lippen zusammen. »Vielleicht ist er auch einfach nur grausam und nur ich sehe es nicht.«

Leana legte ihr eine Hand auf die Schulter. »Du weißt, dass Duncan nicht grausam ist. Im Gegenteil, er ist einer der fürsorglichsten und liebevollsten Männer, die ich kenne.«

»Ich weiß, aber ...« Wieder seufzte sie und fuhr sich durch die Haare. »Du hast ja recht und vermutlich hätte ich das nicht so sagen sollen. Blöde Schwangerschaftshormone. Ich weiß, dass Duncan alles für mich tun würde und für euch auch. Aber ich ärgere mich manchmal so über ihn. Er kann so unnachgiebig sein, wenn er etwas unbedingt will oder etwas gegen seine blöde Ehre geht. Dabei ist Ehre doch nebensächlich, wenn Menschenleben im Spiel sind.«

Eine Gänsehaut prickelte auf Leanas Rücken. »Worum geht es denn?«, fragte sie vorsichtig.

Maira ließ sich gegen die Mauer sinken und strich sich unwillkürlich über den Bauch. »Erinnerst du dich an die Viehdiebe, die sie im vergangenen Herbst geschnappt haben? Duncan und Niall wollten sie doch damals an den Sheriff in Inverness übergeben, aber auf dem Weg dorthin haben die Diebe sich befreit und sind verschwunden.«

Unbehaglich verschränkte Leana die Arme. Sie erinnerte sich gut an die Zeit. Die Viehdiebe hatten große Schäden angerichtet, nicht nur bei den Camerons. Die Anführer der anderen betroffenen Clans hatten mit Duncan auf Eriness Castle beraten, was zu tun sei. Währenddessen hatte Leana sich hier auf einmal nicht mehr wohlgefühlt. Zu viele Alphatiere waren auf der Burg gewesen. Alle waren angespannt gewesen, viele misstrauisch und vorsichtig. Es hatte zum Glück keine offenen Kämpfe zwischen den Clans gegeben, aber alle hatten politische Spielchen gespielt und die anderen nicht aus den Augen gelassen.

Maira hatte Leana damals erzählt, dass es nicht nur um die Viehdiebe ging, obwohl das ein guter Grund gewesen war, die Männer der unterschiedlichen Clans zusammenzubringen. Sie hatten auch darüber gesprochen, wie sie möglicherweise gemeinsam gegen die Engländer vorgehen konnten. Doch Leana hatte sich so unwohl auf Eriness Castle gefühlt, dass sie in ihre Zeit zurückgekehrt war. Sie war nicht unglücklich darüber gewesen, der mit Testosteron geschwängerten Burg den Rücken zu kehren.

Zu ihrer Überraschung hatte der Stein zu dem Zeitpunkt immer heftiger an ihr gezogen. Damals hatte es angefangen. Als all diese Fremden hier auf der Burg waren. Ihr lief ein Schauder über den Rücken. Hoffentlich gab es nicht noch so eine Versammlung. Wenn ja, dann würde sie sich wieder in die Gegenwart zurückziehen.

Sie rieb sich über die Oberarme. »Was ist mit den Viehdieben? Sind sie etwa wiedergekommen?«

Maira nickte. »Niall und die anderen haben sie erneut gefasst. Gestern erst. Duncan ist nicht mitgeritten, aber Niall hat ihn gestern geholt, weil sie beratschlagen wollten, wie sie mit den Männern verfahren. Sie waren anscheinend näher an Finleven und man hätte sie auch dorthin bringen können, doch Duncan will, dass die Diebe hierhergebracht werden.«

Leana runzelte die Stirn. »Warum?« Wenn Duncan die Diebe nach Finleven zu Allan Macdonald hätte bringen lassen, dann wäre er das Problem einfach losgeworden.

Maira seufzte. »Das ist wieder das Problem mit der Ehre. Er ist so wütend, dass sie es gewagt haben, noch einmal hier aufzutauchen. Es sind tatsächlich dieselben Männer. Er will sie selbst bestrafen und es nicht Allan Macdonald überlassen.«

Leana warf einen Blick zur Burg. »Heißt das denn, dass wieder all die anderen Lairds hierherkommen?«

»Ich glaube nicht. Aber sie haben letztes Mal ausgemacht, dass wer immer die Diebe fängt, mit ihnen nach seinem Gutdünken verfahren darf.« Maira presste die Lippen zusammen. »Die meisten sind der Meinung, dass sie hängen sollten. Und genau das ist mein Problem.«

Leana war, als würde jemand ihren Brustkorb zusammenquetschen. Natürlich wusste sie, dass es in dieser Zeit viel gewaltsamer zuging. Davon sprachen allein schon die Narben der Männer und die riesigen Schwerter, die sie um die Hüfte trugen. Aber es war etwas anderes, Selbstjustiz wirklich mitzubekommen. Bisher hatten Maira und sie keine grausamen Taten oder Kämpfe mit ansehen müssen – Leana konnte sich ja nicht einmal einen blutigen Film anschauen, selbst wenn sie wusste, dass der Held siegreich aus dem Kampf hervorgehen musste. Nur Tavia mischte als ehemalige Polizistin sehr gern selbst mit.

»Was ist Duncans Meinung dazu?«, fragte sie, obwohl sie bereits ahnte, was Maira sagen würde.

»Er ist ebenfalls der Meinung, dass es die gerechteste Strafe wäre, die Diebe zu hängen.«

Leana schlang die Arme um den Oberkörper, weil ihr auf einmal sehr kalt war. »Glaubst du wirklich, dass er das tun würde? Es zu sagen, ist ja eine Sache, aber es dann auch zu tun?«

Mairas Augen glitzerten. »Ich glaube schon. Wir hatten gestern nicht viel Zeit, als Niall ihn geholt hat. Aber er sagte, dass er sie nicht noch einmal nach Inverness bringen lassen will, weil er fürchtet, dass sie wieder entwischen. Außerdem ist er äußerst wütend darüber, dass sie uns erneut bestohlen haben. Ich hoffe sehr, dass er es nur im Affekt gesagt hat, dass sie hängen sollen. Warum ... Warum tut er nur so etwas?«, fragte sie erstickt. »Oder bin ich so weich, weil ich schwanger bin?«

»Maira, nein.« Leana schloss sie in die Arme. »Das hat überhaupt nichts mit deiner Schwangerschaft zu tun. Sondern vermutlich eher damit, dass es bei uns so etwas nicht gibt.«

Maira drückte sie, als hätte sie ewig auf diese Umarmung gewartet. »Findest du es denn als Strafe angemessen?«

»Nein! Eine Todesstrafe finde ich niemals angemessen. Vor allem nicht für einen Diebstahl.«

Maira wischte sich übers Gesicht. »Ich habe heute Nacht überhaupt nicht geschlafen. Ich verstehe das ja alles, dass diese Kühe für unsere Leute die Lebensgrundlage sind und dass die reale Gefahr besteht, dass Menschen verhungern, wenn jemand ihre Kühe stiehlt, aber warum können sie die Diebe nicht einfach nur einsperren? Vielleicht ... bin ich einfach nicht dafür gemacht, die Frau eines Chiefs zu sein. Die meisten Frauen dieser Zeit würden doch nicht einmal mit der Wimper zucken, wenn sie in meiner Situation wären.«

Leana strich ihr über den Arm. »Du bist aber nicht wie die meisten anderen Frauen und das ist gut so. Können wir irgendetwas tun, um Duncan umzustimmen?«

»Ich weiß nicht. Erst einmal müssen sie wieder hier sein. Hauptsache, sie haben die Diebe nicht unterwegs schon bestraft.« Sie schüttelte den Kopf. »Oh Gott, ich will gar nicht darüber nachdenken. Dann wäre mein Mann ein Mörder ...«

Leana verzichtete darauf, Maira zu erklären, dass Duncan in all seinen Kämpfen ganz sicher schon einmal einen anderen Menschen getötet hatte. Natürlich war Maira das klar, aber anscheinend verdrängte sie das jetzt und ja, es war ganz sicher etwas anderes, einen Mann in einem Kampf zu töten, als einen Gefangenen zu hängen. Ihr wurde auch schlecht bei dem Gedanken.

Maira seufzte. »Ehrlich gesagt hoffe ich sehr, dass die ihnen einfach wieder entwischen und nie wieder hierherkommen. Dann wären wir das Problem los.«

»Das wäre vermutlich wirklich die beste Lösung.« Denn dann würden auch die anderen Männer nicht nach Eriness kommen.

Auf einmal machte sich ein warnendes Gefühl in ihr breit, aber sie konnte nicht zuordnen, was es bedeutete, bis eine Stimme durch den Burghof scholl.

»Sie kommen!« Ein Junge aus dem Dorf stand im Hof, die Wangen rot vor Aufregung. »Sie bringen die Diebe!«

Sofort eilten andere Menschen in den Hof. Leana beschlich ein mulmiges Gefühl. Sie warf Maira einen Blick zu, die war ganz weiß geworden.

»Willst du dich ein bisschen hinlegen?«

Doch ihre Cousine schüttelte den Kopf. »Das geht jetzt nicht. Wenn alle da sind, muss ich auch mit im Hof bleiben. Immerhin bin ich so etwas wie die Herrin des Hauses.«

Immer mehr Burg- und Dorfbewohner versammelten sich im Burghof und spähten in Richtung Tor. Leana warf einen Blick in die Ebene und sah eine Gruppe von Reitern auf dem Weg, der aus den Bergen kam. In ihrer Mitte liefen mehrere Menschen, die anscheinend mit einem Seil aneinandergebunden waren. Das mussten die Diebe sein. Sie waren also nicht entwischt.

3

»Lass uns zu Blaire und Tavia gehen«, schlug Leana vor, als sie die beiden auf der Treppe zur großen Halle entdeckte. Sie nahm ihre Cousine am Arm und gemeinsam gingen sie über den Hof.

Viele der Anwesenden grüßten Maira ehrerbietig und wie schon so oft wunderte Leana sich darüber, dass ihre Cousine die zukünftige Herrin dieser Burg war. Aber die Rolle stand ihr gut, auch wenn manchmal schwierige Entscheidungen damit einhergingen. So wie heute. Obwohl Maira vermutlich keine Entscheidung treffen, sondern höchstens eine würde verhindern müssen.

Blaire schloss ihre Zwillingsschwester in die Arme. Sie drückte sie fest und hielt sie dann eine Armeslänge von sich. Einen Moment lang schauten sie sich an, dann nickte Maira, als ob Blaire sie etwas gefragt hätte. Schon immer hatte Leana diese stumme Zwiesprache zwischen ihren Cousinen bewundert.

Schließlich wandte Maira sich um und ließ den Blick über die Anwesenden gleiten. »Was passiert denn jetzt?« Sie hatte ihre Stimme gesenkt, aber vermutlich hätte sie sowieso keiner gehört, denn die Anwesenden sprachen alle durcheinander.

Blaire verschränkte die Hände ineinander. Da sie schon

viel länger in der Vergangenheit lebte, konnte sie Situationen oft besser einschätzen. »Vermutlich werden sie die Diebe nur in den Hof bringen, damit jeder sie sehen kann. Dann werden sie eingesperrt.«

»Sie werden also noch nicht über sie richten?«, fragte Leana.

Blaire schüttelte den Kopf. »So leicht ist das nicht. Auch wenn Duncan von den anderen Clanführern die Erlaubnis bekommen hat, die Diebe zu bestrafen, wird er sich gut überlegen, was er tut.« Ihr Blick wurde weich. »Allein schon weil er weiß, wie schwierig das für Maira ist. Allerdings vertrauen die Menschen darauf, dass er verlässlich Recht spricht. Es geht hier auch um sein Ansehen und ganz sicher haben viele der Anwesenden kein Verständnis dafür, wenn die Diebe verschont werden, nur weil seine Frau ein Problem damit hat.«

Maira presste die Lippen zusammen und wandte sich ab.

Blaire legte ihr eine Hand auf die Schulter. »Ich wünsche mir auch, dass es anders wäre, aber ich will nicht, dass du dir falsche Hoffnungen machst. Hier steht für Duncan sehr viel auf dem Spiel. Aber ich bin mir sicher, dass er eine gute Entscheidung treffen wird.«

Leana atmete tief durch und versuchte, ihre Gefühle zu beruhigen. Sie ertappte sich bei dem Gedanken, dass sie am liebsten gar nicht hier wäre. Doch dann hätte Maira diese Situation ohne sie durchstehen müssen.

»Muss ich irgendetwas tun?«, fragte Maira schwach und lehnte sich gegen Leana.

Blaire schüttelte den Kopf. »Einfach nur da sein, die Männer in Empfang nehmen und ihnen gleich in der Halle etwas zu essen bringen lassen.«

Maira schnaubte. »Das kann er sich selbst organisieren.« Trotzig hob sie das Kinn und fast hätte Leana über ihre Cousine gelächelt. Doch sie war so angespannt, dass sie es nicht konnte.

»Muss beim Verlies etwas vorbereitet werden?«, fragte Tavia und jetzt konnte Leana sich ein Lächeln nicht ganz verkneifen. Manchmal kam bei ihrer Freundin doch noch durch, dass sie Polizistin gewesen war.

Blaire schüttelte den Kopf. »Das haben die Männer im Griff.«

Tavia verschränkte die Arme und wirkte fast ein wenig enttäuscht. Vermutlich hätte sie Niall am liebsten auf diese Mission begleitet, aber er hatte sie nicht gelassen.

Im nächsten Moment war Hufschlag zu vernehmen und es wurde ganz still im Hof, der mittlerweile genauso gefüllt war wie bei Duncans und Mairas Trauung.

Duncan ritt als Erster in den Hof. Sein riesiges braunes Pferd tänzelte nervös, doch er hatte es gut im Griff. Er war der geborene Anführer, fand Leana. Groß, stark, manchmal unbewegt, aber meistens mit einer subtilen Art von Humor und ganz viel Liebe für die Menschen in seiner Obhut.

Schräg hinter ihm ritt Niall, der sofort zu Tavia blickte und sie anlächelte. Leana fühlte förmlich, wie ihre Freundin neben ihr zu strahlen begann, sie brauchte sie nicht einmal anzuschauen.

Auch Duncan blickte jetzt zu Maira. Sein Blick war ernst, aber liebevoll. Trotzdem straffte ihre Cousine die Schultern.

Noch verdeckten die Pferde die Diebe, doch Leana ertappte sich dabei, dass sie wie alle anderen auch ein wenig den Hals reckte.

Zwei Wachen schlossen das große, hölzerne Burgtor, dann brachten ein paar Männer einen großen Balken herbei. Duncan und die anderen Männer saßen ab, eifrige Hände nahmen ihnen die Pferde ab, doch niemand führte die Tiere weg. Alle wollten die Diebe anschauen.

Für einen Moment konnte Leana nichts sehen, weil zu viele Menschen um die Männer herumstanden. Doch dann lösten Duncan und Niall sich aus dem Pulk und kamen die Treppe hinauf.

Die anderen Männer traten zurück und jetzt erkannte Leana, dass die Diebe noch immer mit dem Seil verbunden waren. Und zwar mit den Händen auf dem Rücken. Das Seil hatte man an dem großen Balken festgemacht, der auf dem Boden lag.

Ein Raunen ging durch die Menge und alle starrten die reglosen Männer an. Leana konnte von ihrem Platz aus nur drei von den sechsen sehen. Sie hatte sich einen Haufen zerlumpter Männer vorgestellt, doch das hier waren alles Kämpfer. Stolze Männer, die das Kinn erhoben hatten und nicht im Geringsten ängstlich wirkten. Zwei von ihnen hatten Wunden im Gesicht – ein blaues Auge, einen Schnitt auf der Wange, eine aufgeplatzte Lippe. Sie hatten also mit Niall und den anderen gekämpft.

In den Gesichtern der Schaulustigen stand Wut und sie sah, dass einige bereits Dreckklumpen und Steine in den Händen hielten.

Unwillkürlich machte Leana einen Schritt nach hinten. Wenn es ganz schlimm kam, würde sie einfach in die Burg fliehen.

Tavia griff nach Leanas Hand und beugte sich zu ihr. »Ganz ruhig, es wird nicht viel passieren.«

Leana war sich da nicht so sicher. Ihr war, als würde eine schlechte Energie durch den Burghof schwappen. In den Menschen rumorte es. Sie tuschelten und der Kreis um die Diebe schloss sich immer enger.

Doch dann hob Duncan die Hand und es wurde schlagartig still im Burghof. So als hätten alle nur auf dieses Zeichen gewartet.

»Dies sind die Diebe, die uns im vergangenen Jahr Dutzende von Rindern gestohlen haben.« Seine Stimme hallte von den Burgmauern wider.

»Pack!«, rief jemand, den Leana nicht sehen konnte. Und es war, als würden mehrere Menschen im Burghof knurren.

»Ich weiß, dass ihr alle Rache an ihnen nehmen wollt. Aber ihr werdet ihnen nichts tun.«

Leana atmete erleichtert auf und auch Maira entspannte sich ein wenig.

Duncan fuhr fort: »Sie werden ihre gerechte Strafe erhalten, habt keine Sorge. Bis dahin werden sie im Verlies eingesperrt. Ihr braucht keine Angst um euer Vieh mehr zu haben, denn diese Männer können keinen Schaden mehr anrichten. Dafür werde ich sorgen.«

Wieder lief ein Murmeln durch die Anwesenden. Sie waren noch immer wütend, aber sie gehorchten Duncan, erkannte Leana. Ihr Herz pochte so heftig, dass es schmerzte, und sie legte sich eine Hand auf den Brustkorb.

»Sie sollen hängen!«, rief jemand.

»Genau. Hängen sollen sie.«

»Oder lasst sie verhungern, so wie die Familien, die sie bestohlen haben!«

Einen Augenblick ließ Duncan zu, dass weitere Flüche und Verwünschungen durch den Burghof schallten, dann hob er erneut die Hand. Wieder war es ganz still. Eine eindrucksvolle Demonstration seines Einflusses. Leana war dankbar für seine Macht. Noch immer war sie nicht überzeugt davon, dass Duncan die Männer wirklich hängen würde. Aber sie hatte auch kein Gefühl dafür, was geschehen würde.

Das war selten. Normalerweise sah sie irgendein Bild vor ihrem inneren Auge und hatte ein sehr sicheres Gefühl, dass alles gut werden würde. So wie bei der Geburt von Mairas Kind. Aber hier war alles so nebelig. Sie konnte es nicht greifen.

»Ich habe euch gehört.« Er räusperte sich und wandte sich den Dieben zu. »Wer ist euer Anführer?«

Für einen Moment war es still, dann stellte sich einer der älteren Männer etwas aufrechter hin. »Das bin ich, Duncan Cameron.« Seine Stimme war klar und frei von Angst.

»Wie ist dein Name?«

Der Mann schaute Duncan direkt an und hob das Kinn. »James Macintosh.«

Ein Raunen ging durch die Menge.

»Seid ihr alle Macintoshs?«

Leana trat einen Schritt zur Seite, um die anderen Männer

zu sehen, die bisher von Nialls breitem Rücken verborgen gewesen waren.

Sie alle standen aufrecht. Ihre Haare waren lang und ein wenig ungepflegt. Fünf der Männer trugen Bärte. Sie alle waren in Plaids und Leinenhemden gekleidet, die eher braun als weiß waren. Wie lange lebten diese Männer schon draußen?

Ihr Blick fiel auf den Mann ganz außen. Er hob sich von den anderen ab. Er war größer, breitschultriger. Obwohl er nicht wie die anderen das Kinn erhoben und die Brust rausgestreckt hatte, wirkte er am stolzesten von allen. Es war, als würde er eine andere Energie als die übrigen Männer ausstrahlen.

Er sollte der Anführer sein, dachte sie.

Seine rabenschwarzen Haare waren kürzer und nur ein Bartschatten bedeckte seine Wangen. Die genaue Farbe seiner Augen konnte Leana nicht erkennen, aber sie tippte auf Grün oder Grau. Seine Haut war heller und nicht so sonnenverbrannt und gegerbt wie bei den anderen Männern. Ein typischer Kelte.

Ein Schauder lief Leana über den Rücken.

Seine Haltung war nicht demütig, aber auch nicht so offensichtlich stolz wie die der anderen Männer. Es war, als ob er sich mit Absicht zurücknahm, um nicht zu sehr in den Vordergrund zu treten.

Aber das Interessanteste an ihm war sein Blick. Während die anderen seiner Gruppe sich auf Duncan konzentrierten, betrachtete er aufmerksam die Anwesenden. Er schaute jede Person prüfend an, so als würde er jemanden suchen.

Leana trat wieder hinter Niall, aber so, dass sie den Kelten noch beobachten konnte. Er schaute sich so aufmerksam im Burghof um, als suche er nach einem Fluchtweg. Dabei wirkte er genauso wenig verzweifelt wie die anderen Männer, sondern eher zuversichtlich. Leana runzelte die Stirn. Das Wort war ihr einfach so in den Sinn gekommen. Woher wusste sie das?

Plötzlich fühlte sie seinen Blick auf sich und ihr Atem ging schneller. Ihr war, als sähe er direkt in sie hinein. Tief und wissend. Es war fast ein wenig unheimlich und sie war nicht in der Lage, sich abzuwenden.

Für einen Moment fragte sie sich, ob es wirklich passieren würde, dass die Intensität im Blick des Kelten für immer erlöschen würde. Konnte Duncan es wirklich ertragen, diese Männer zu hängen? Der Gedanke war unfassbar.

Sein Blick wanderte nicht weiter. Sein Gesicht war auf einmal ernster geworden. Ob er ihre Gedanken erraten hatte? Ihr Hals schnürte sich zu und ein paar Herzschläge lang starrte sie einfach nur zurück. Dann schaffte sie es endlich, wegzuschauen.

Dabei fiel ihr Blick auf Maira, die eine Hand auf ihren Bauch gelegt hatte und schmerzhaft das Gesicht verzog. Ja, sie krümmte sich sogar ein wenig zusammen.

Sie zupfte ihre Cousine am Ärmel. »Ist alles okay?«

Tavia und Blaire drehten sich zu ihr um und schauten sie mit großen Augen an. In diesem Moment merkte Leana, dass sie nicht nur das Wort okay benutzt, sondern auch Englisch statt Gälisch gesprochen hatte.

Aber irgendetwas hatte sie durcheinandergebracht. Nein, es war nicht der Blick des Diebes. Ganz sicher nicht.

Maira schüttelte den Kopf. »Mein Bauch tut weh«, sagte sie leise auf Gälisch.

Obwohl Duncan gerade sprach, schien er genau gehört zu haben, was Maira gesagt hatte, denn er drehte sich leicht zu ihr und legte ihr die Hand auf den unteren Rücken.

»Du zeigst keine Reue, James Macintosh. Und deine Männer auch nicht«, erklärte er jetzt. Er wandte den Kopf und nickte Blaire leicht zu. Die nahm Maira am Arm.

»Komm«, sagte sie. »Wir gehen nach oben.«

Maira schluckte und wandte sich zur Tür, die in die große Halle führte.

Leana raffte ihre Röcke. »Ich komme mit«, flüsterte sie.

Zwar konnte Blaire Maira deutlich besser helfen, aber sie wollte nicht mehr hier draußen sein.

Sie schlüpfte in die Halle und vermied es, noch einmal zu den Dieben zu schauen. Sie konnte den Anblick einfach nicht ertragen.

Kaum hatten sie die Tür hinter sich geschlossen, lehnte Maira sich gegen die Wand. »Wir müssen es verhindern«, erklärte sie und wirkte auf einmal gar nicht mehr so schwach.

Blaire hob die Augenbrauen. »Du meinst die Hinrichtung?«

Maira nickte und Leana tat es ihr gleich, so erleichtert war sie, dass ihre Cousine das gesagt hatte.

»Ich weiß, dass es schwer für dich ist«, sagte Blaire sanft. »Aber Duncan kann dieses Verbrechen nicht ungesühnt lassen.«

»Aber er muss sie ja nicht gleich umbringen«, zischte Maira.

Blaire nickte. »Da bin ich ganz deiner Meinung. Aber jetzt solltest du dich vielleicht erst einmal ausruhen.«

Die beiden Schwestern gingen zur Treppe, doch Leana folgte ihnen nicht. Draußen wurde es laut, wütende Stimmen hallten durch den Burghof.

»Ergreift ihn!«, rief jemand.

»Er will fliehen!«

»Dreckskerl!«

Wütendes Schreien. Eine Frau kreischte.

Ohne dass sie in den Hof schauen musste, wusste Leana, dass es der Kelte gewesen war, der zu fliehen versucht hatte. Und es nahm ihr beinahe die Luft zum Atmen.

Vielleicht war es besser, wenn sie wieder nach Hause ging. Dennoch wusste sie, dass sie das nicht konnte.

4

Duncan stemmte die Hände in die Hüfte und schaute zu seiner Frau hinunter. »Das kannst du nicht von mir verlangen.«

Maira hatte die Arme über ihrem Bauch verschränkt und hob das Kinn. »Ich denke schon. Ich könnte es nicht ertragen, wenn du diese Männer hängst.«

Duncan schloss die Augen und biss anscheinend die Zähne zusammen, denn an seiner Wange zuckte ein Muskel. Leana spürte seine Frustration bis in die andere Ecke des Raumes, in die sie sich verzogen hatte. Am liebsten wäre sie gegangen, aber eine morbide Faszination hielt sie hier, während das Ehepaar stritt.

Auch Blaire verhielt sich ganz still, war in ihrer Aufmerksamkeit aber ebenfalls voll bei dem Streit. Tavia stand neben Niall, der sich gerade die Ärmel seines sehr dreckigen Hemdes hochkrempelte und den Streit mit hochgezogenen Augenbrauen verfolgte.

Zu gern hätte Leana gewusst, was er wohl über die Sache mit dem Hängen dachte. Wenn jemand Duncan umstimmen konnte, dann womöglich er.

Duncan atmete tief durch. »Erwartest du wirklich von mir,

dass ich diese Kerle verschone?« Er klang nicht wütend, sondern eher resigniert.

Maira presste die Lippen zusammen und nickte. »Kannst du sie nicht einfach nur einsperren?«

Duncan runzelte die Stirn und warf Niall einen Blick zu. Der hob die Schultern. Schließlich schüttelte Duncan den Kopf. »Ich kann sie nicht für immer in unserem Kerker einsperren. Irgendetwas muss mit ihnen geschehen.«

»Wie wäre es, wenn du sie für eine Zeit einsperrst? Zum Beispiel für ein Jahr«, schlug Maira vor. Leana nickte.

Doch Duncan schüttelte den Kopf. »Wie soll ich das den anderen Chiefs gegenüber rechtfertigen?«

»Dann geht es dir also darum? Was die anderen von dir denken?«, fragte Maira zornig.

Duncan kniff die Augen zusammen und schüttelte den Kopf. »Das verstehst du nicht, Maira. Es ist nicht so einfach, wie du denkst.«

Maira schnaubte. »Dann erkläre es mir doch, wenn ich zu dumm dafür bin.«

»Ich habe nicht gesagt, dass du zu dumm bist. Aber du bist nicht von hier und es fällt dir manchmal schwer, zu verstehen, wie wir Dinge in den Highlands handhaben.«

»Oder in dieser Zeit«, fügte Niall hinzu, zog aber gleich den Kopf ein, als Maira ihm einen wütenden Blick zuwarf. Doch Leana fand, dass die beiden gar nicht so unrecht hatten.

»In meiner Zeit werden Menschen nicht einfach umgebracht, nur weil sie etwas gestohlen haben. Das ist nicht gerechtfertigt. Ja, ein Dieb gehört bestraft, aber es geht hier um das Leben von sechs Männern. Einer von ihnen ist fast noch ein Kind. Bedeutet dir das gar nichts? Was würdest du sagen, wenn es deine sechs Männer wären? Oder dein Sohn, der dort stehen würde? Würdest du nicht auch wollen, dass sie verschont werden?«

Duncan zog die Augenbrauen zusammen. »Meine Männer würden niemals so viel Vieh stehlen. Vor allem hätten sie nicht die Dreistigkeit, zurückzukommen, wenn sie schon einmal gefasst worden wären. James Macintosh und seine Männer sind selbst schuld, dass sie in dieser Situation sind. Er weiß, dass sie hängen werden.«

Leana dachte an die Gesichter der Männer und wie ruhig sie gewesen waren. Sie hatten keine Angst ausgestrahlt. Demut, ja. Aber keine Furcht. Vor allem der Kelte nicht.

Ihr Magen zog sich unangenehm zusammen, als sie sich daran erinnerte, wie er sie angeschaut hatte. Irgendetwas sagte ihr, dass er keine Angst vor dem Galgen hatte.

Tavia hatte ihr erzählt, dass er vorhin tatsächlich versucht hatte, sich zu befreien. Er war auf dem Weg zur Kapelle nur ein paar Schritte weit gekommen, dann hatten die Zuschauer ihn niedergerungen. Tavia war beeindruckt von der Art, wie der Kelte gekämpft hatte und das war ein großes Kompliment, wenn es von ihr kam.

Doch alle fragten sich, warum er sich überhaupt losgerissen hatte. Er hätte doch wissen müssen, dass er keine Chance hatte, zu entkommen, wenn alle Blicke auf ihn gerichtet waren.

Fergus hatte gemeint, dass er einfach nur ein Feigling war. Leana war anderer Meinung. Wenn der Kelte eines nicht war, dann ein Feigling.

Leana stoppte den Gedanken und schob ihn entschlossen beiseite. Es war müßig, über diesen Mann nachzudenken.

»Ich kann es nicht ertragen, wenn du sie hängst, Duncan«, sagte Maira leise. »Es passt nicht zu dem, wie ich die Welt sehe. Ich weiß nicht, ob ich damit leben kann.«

Leana spürte, wie Duncans Kampfgeist ein wenig schwächer wurde. Doch sie wusste auch, dass Maira es ernst meinte. Ihre Cousine konnte wirklich nicht damit leben.

Als Duncan nichts sagte, atmete Niall tief durch und nahm einen Schluck Wein aus einem Becher, der auf dem Tisch stand. »Noch ist ja nichts entschieden. Sie werden bestimmt nicht heute gehängt. Aber im Grunde haben wir keine andere Wahl, Maira. Die anderen Clans erwarten es von uns, denn diese Männer haben großen Schaden angerichtet und sie bereuen es nicht einmal.«

»Vielleicht hatten sie ja einen Grund, das Vieh zu stehlen«, sagte Maira.

»Es ist trotzdem Diebstahl, ganz gleich, welchen Grund sie anführen. Und das können wir nicht durchgehen lassen.« Duncan verschränkte die Arme, trat ans Fenster und schaute hinaus. Es regnete wieder. »Ich könnte die Diebe auch an Allan Macdonald übergeben. Im Grunde haben wir sie auf seinem Land gefangen. Dann entscheidet er.«

Als Maira nichts sagte, fragte Leana: »Und wie wird er entscheiden?«

Duncan blickte zu Blaire, die leicht die Schultern hob. »Vermutlich wird auch er sie hängen.«

»Dann ist uns nicht geholfen«, sagte Maira.

Aufmerksam schaute Duncan seine Frau an. »Du willst also, dass sie gar nicht hängen? Es geht nicht nur darum, dass ich es möglicherweise anordne?«

Maira hob das Kinn. »Genauso ist es. Ich glaube nicht, dass sie sterben müssen.«

Ungläubig schaute Duncan sie an. Doch bevor er etwas sagen konnte, legte Tavia Maira eine Hand auf den Arm.

»Ich würde gern noch einmal in Ruhe mit dir darüber sprechen. Es gibt sicherlich einige Punkte, die ich dir aus Polizistensicht darüber sagen kann.«

Maira straffte die Schultern, nickte aber und Leana wusste, dass ihre Cousine ihre Meinung nicht ändern würde. Egal, was Tavia sagte. Aber sicherlich war es trotzdem eine gute Idee, dass sie ohne Duncan und Niall darüber sprachen, denn sie als Zeitreisende steckten in einem Dilemma, das die beiden Highlander nicht nachvollziehen konnten. Leana rechnete es ihnen schon hoch an, dass sie die Gefühle und Gedanken ihrer ungewöhnlichen Frauen bei ihren Entscheidungen mit einbezogen. Das hätte auch nicht jeder Mann in dieser Zeit getan.

Maira legte sich eine Hand auf den Bauch. »Ich muss mich eine Weile hinlegen. Versprecht ihr mir, dass ihr nichts tut, bevor wir nicht darüber gesprochen haben?« Sie blickte von ihrem Mann zu dessen Bruder und wieder zurück. »Ich möchte nicht von einer übereilten Entscheidung überrascht werden.«

Duncan und Niall wechselten einen Blick und Leana fragte sich, ob sie womöglich genau das vorgehabt hatten. Schließlich nickte Duncan. »Ich verspreche es. Aber wir müssen in den nächsten Tagen eine Entscheidung treffen. Ich möchte nicht, dass sich das ewig hinzieht.«

Er trat zu seiner Frau und küsste sie auf die Wange. Es schien, als wollte er noch etwas sagen, aber dann atmete er nur tief durch und ging aus dem Zimmer. Niall folgte seinem Bruder.

Als die Männer gegangen waren, ließ Maira sich auf ihr Bett sinken und hielt sich den Bauch. Sofort war Blaire neben ihr.

»Ist mit dem Baby alles in Ordnung?«

Maira hob die Schultern. »Ich weiß es nicht. Mein Bauch tut weh. Schon seit sie die Diebe vorhin hergebracht haben.«

Blaire tastete und runzelte die Stirn.

»Stimmt etwas nicht?«, fragte Leana alarmiert.

»Ihr Bauch ist sehr fest. Der Stress tut dir nicht gut, Maira.«

»Das ist mir auch klar. Aber was kann ich denn dafür, dass mein Mann vorhat, ein paar Männer umzubringen?«

Tavia seufzte. »Er will sie nicht umbringen. Er ist kein Mörder, sondern das ist die Strafe, die in dieser Zeit für so ein Verbrechen üblich ist. Es ist genauso, wenn du bei uns in ein anderes Land fliegst und es dort noch die Todesstrafe gibt. Damit musst du dich auch arrangieren, weil es die Gesetze des Landes so festlegen. Dagegen kannst du als jemand, der aus Schottland kommt, nichts tun.«

Mairas Blick verdunkelte sich. »Ich verstehe das ja, aber das Problem ist, dass es hier keine Gesetze gibt. Jeder kann tun und lassen, was er will. Duncan muss die Männer also nicht hängen. Er entscheidet sich einfach nur dafür. Das ist etwas anderes, als wenn ein Gericht jemanden zum Tode verurteilt hat. Auch das finde ich nicht gut, aber es geht zumindest gerecht zu.«

Tavia hob die Augenbrauen. »Meistens zumindest. Aber darum geht es jetzt nicht.«

»Sondern?« Herausfordernd schaute Maira sie an.

»Es geht darum, dass du jetzt in dieser Zeit lebst und auch wenn keine offiziellen Gesetze existieren oder zumindest nur wenige, so gibt es sehr viele inoffizielle. Selbst wenn sie dir nicht gefallen, so sind sie doch da. Und Duncan muss sich ihnen trotzdem beugen, auch wenn es kein Gericht gibt, das diese Entscheidungen übernimmt. Es kann ernste Konsequenzen für ihn haben, wenn er die Diebe nicht hängt. Auch für dich und den gesamten Clan. Duncan ist ein guter Anführer. Er behält alles im Blick.«

»Und ich glaube, er macht sich die Entscheidung nicht leicht«, wandte Leana ein. »Er hört dich sehr wohl und versucht, einen Weg zu finden, dass alle zufrieden sind.«

Maira warf Leana einen finsteren Blick zu. »Ich hasse es, wenn ihr recht habt. Aber ich will trotzdem nicht, dass er sie hängt.« Sie legte sich eine Hand auf den Bauch und atmete zischend ein.

»So schlimm?«, fragte Blaire.

Maira nickte. »Sind das schon Wehen? Dafür ist es doch viel zu früh.«

Blaire seufzte und schüttelte den Kopf. »Ich denke nicht. Ich glaube eher, dass es Vorwehen sind, die aber durch den Stress ausgelöst werden. Du musst versuchen, zur Ruhe zu kommen. Ihr werdet eine gemeinsame Lösung finden.«

»Und wie soll die aussehen?«, schnappte Maira.

Ihre Schwester schüttelte den Kopf. »Ich weiß es nicht. Alles, was ich weiß, ist, dass du dich nicht zu sehr aufregen darfst. Das werde ich auch Duncan sagen.«

»Nein«, fuhr Maira sie an. »Denn dann wird er irgendetwas heimlich tun, nur damit ich mich nicht aufrege.«

Überrascht schaute Leana sie an. »Glaubst du das wirklich?«

»Ja. Ich kenne ihn. Er wird seine Meinung nicht mehr ändern. Vermutlich, weil er nicht anders kann, ich weiß. Aber trotzdem muss er die Diebe hart bestrafen.«

»Vielleicht kann er die Strafe ja hinauszögern, bis das Baby da ist«, schlug Tavia vor. »Dann läufst du nicht Gefahr, eine Fehlgeburt zu erleiden. Denn soweit ich das verstanden habe, wäre eine Frühgeburt in dieser Zeit besonders schlimm, oder?« Fragend schaute sie Blaire an. »Jetzt ist die Lunge noch nicht so gut entwickelt, oder? Und wir haben eben keine Intensivstation hier.«

Leana biss sich auf die Lippe. Manchmal war Tavia ein bisschen zu direkt.

Blaire machte ein betretenes Gesicht, nickte dann aber.

Maira seufzte und schüttelte den Kopf. »Es ist noch acht Wochen hin, ich kann nicht so lange auf eine Entscheidung warten. Das würde mich in den Wahnsinn treiben.« Sie rieb sich mit beiden Händen übers Gesicht. »Warum gibt es nicht eine andere Lösung? Warum mussten diese Kerle unbedingt wieder hierherkommen? Es war doch klar, dass sie wieder geschnappt werden! Und dass sie noch mal fliehen können, ist ja vermutlich sehr unwahrscheinlich. So viel Glück hat doch niemand.«

In Leanas Bauch kribbelte es. Maira hatte recht, es wäre das Beste, wenn die Viehdiebe einfach fliehen würden.

Tavia nickte. »Außerdem werden die Männer besonders gut auf sie achtgeben und sie sicher wegsperren. Soweit ich weiß, stehen sogar drei Wachen vor dem Verlies. Duncan geht kein Risiko ein.«

Leanas Herz sank. Dann würde es mit der Flucht schwierig werden.

Maira seufzte. »Verdammt, am liebsten würde ich zurück in unsere Zeit gehen und nicht mehr wiederkommen.«

Kopfschüttelnd schaute Blaire sie an. »Das ist doch nicht dein Ernst. Ich meine, für die Geburt wäre es nicht schlecht, vor allem wenn du jetzt schon Wehen hast. Aber du willst nicht wirklich zurückgehen, oder?«

Maira hob die Schultern, doch dann schüttelte sie den Kopf. »Natürlich nicht. Ich kann nicht ohne Duncan leben. Aber im Moment fällt mir einfach keine Lösung ein.« Wieder rieb sie sich über den Bauch und verzog schmerzlich das Gesicht.

»Und du solltest jetzt auch nicht mehr darüber nachdenken, sondern dich ausruhen.«

»Ich kann mich jetzt nicht ausruhen. Wenn ich hier herumliege, denke ich die ganze Zeit darüber nach. Und das wird die Wehen schlimmer machen.«

»Wie wäre es, wenn du dich hinlegst und gleichzeitig etwas tust?«, schlug Leana vor. »Ich könnte mit dir zusammen die Haushaltsbücher machen.«

Maira schüttelte den Kopf. »Das habe ich vergangene Woche erledigt.«

»Wie wäre es mit Handarbeiten?«

»Nein danke, das stresst mich noch mehr.« Doch zumindest lächelte sie ein bisschen.

Es war Tavia, die vorschlug: »Wie wäre es, wenn du den Jungen Unterricht gibst? Sie könnten die Ablenkung auch gut gebrauchen, bestimmt lungern sie unten beim Verlies rum, weil sie die Diebe sehen wollen. Und es fordert dich auf eine angemessene Art und Weise.«

Maira atmete tief durch. »Eine hervorragende Idee. Leana, kannst du mir dabei helfen?«

Sie nickte und kurze Zeit später saßen sie in der Halle. Maira saß auf einem Stuhl mit Rücken- und Armlehnen und hatte außerdem die Füße hochgelegt. Leana bemerkte, dass die Knöchel ihrer Cousine geschwollen waren. Ob sie sich Sorgen um sie machen musste? Aber Blaire hatte das sicherlich alles im Blick.

Maira liebte es, Duncans Sohn Ranald und dessen Freund Farquhar Macdonald Unterricht zu geben. Die beiden Jungen waren gewitzt und aufgeweckt und begriffen schnell.

Normalerweise genoss auch Leana den Unterricht, auch wenn sie immer aufpassen mussten, was sie den Jungen beibrachten, damit nicht zu viele moderne Sachen dabei waren. Aber heute konnte sie sich überhaupt nicht konzentrieren.

In Gedanken war sie bei Mairas Dilemma. Offensichtlich tat der Stress, den diese Situation verursachte, dem Baby nicht gut. Und wenn Blaire ihr schon sagte, dass sie sich ausruhen musste, dann war es wirklich ernst. Außerdem hatte Leana Blaires Blick gesehen, sie machte sich Sorgen. Und das zu Recht – selbst im 21. Jahrhundert starben Frauen noch bei einer Geburt, das Risiko war trotz der Operationsmöglichkeiten, all der Geräte und Medikamente sowie dem Wissen der Ärzte unglaublich hoch.

Aber wie wäre das hier? Wie groß war das Risiko für Maira und für das Baby selbst, wenn es wegen des ganzen Stresses zu früh kam? Was konnte Blaire tun, wenn alles schiefging? Was würde das mit Maira machen, wie würde es Duncan damit gehen?

Leana zwang sich, ruhig zu atmen und erinnerte sich daran, dass ihr Gefühl ihr gesagt hatte, dass bei der Geburt alles gut gehen würde. Daran musste sie festhalten. Auch wenn sie sich irren konnte …

Ihr Blick fiel auf Ranald, der Duncan so ähnlich sah und sich konzentriert über die Rechenaufgaben beugte. Seine Mutter war auch im Kindbett gestorben.

Leana fragte sich, ob sie Duncan erklären sollte, wie gefährlich die Situation für Maira war. Doch ihr war auch bewusst, dass Duncan – so sehr er Maira auch liebte – seine Entscheidungen nicht nur von ihr abhängig machen konnte. Es gab noch Tausende von Menschen, für die es darauf ankam, dass er gute Entscheidungen traf.

Die beiden Jungen lernten weiter, unterhielten sich aber immer wieder über die Viehdiebe. Für sie war es eine unglaubliche Aufregung im üblicherweise sehr ruhigen Burgalltag. Außerdem liebten diese Jungen, genau wie alle anderen Kinder in ihrem Alter, solche Schauergeschichten.

Leana fragte sich, ob Duncan Ranald bei der Hinrichtung

zusehen lassen würde. Wieder erschauderte sie. Kindern wurde in dieser Zeit oft viel mehr zugemutet. Es war auch Teil ihrer Ausbildung, denn Ranald würde irgendwann einmal Chief werden und dafür musste er gewisse Dinge lernen, die ein Bauernsohn nicht wissen musste. Dazu gehörte manchmal auch, Härte zu zeigen. Das war an sich nichts Schlimmes, aber Leana konnte Maira verstehen, dass sie sich mit solchen Dingen schwertat. Sie war froh, dass sie nicht in der Haut ihrer Cousine steckte, sondern nur hier zu Besuch war und jederzeit gehen konnte. Was sie am liebsten auch tun würde, um dieser Situation zu entkommen. Auch wenn es natürlich nichts an dem Dilemma änderte.

Leana seufzte. Ihre Gedanken drehten sich schon wieder im Kreis. Und jedes Mal, wenn sie bei dem Kelten hängenblieben, schien sich ihre Welt ein wenig langsamer zu drehen.

Während Maira mit den Jungen das Multiplizieren übte und daraus ein kleines Spiel machte, dachte Leana an die Feststellung ihrer Cousine, wie viel einfacher es wäre, wenn die Diebe fliehen würden. Wieder war da dieses Kribbeln in ihrem Bauch, eine Ahnung von etwas, das sie noch nicht greifen konnte.

Es wäre der perfekte Ausweg. Noch einmal würden die Diebe bestimmt nicht in diese Gegend kommen und waren sie erst einmal fort, konnte Duncan sie nicht hängen und Maira würde nicht mehr an ihrem Mann zweifeln müssen.

Doch Leana erinnerte sich auch an Tavias Worte. Die Diebe wurden äußerst gut bewacht. Zu Recht natürlich.

Leanas Finger zitterten, als sie sich den Rock glattstrich. In ihrem Kopf formte sich die Ahnung zu einem Gedanken. Ein unglaublicher Gedanke, der ihr den Atem nahm. Sie versuchte, ihn zu verjagen, denn es fühlte sich schon nicht richtig an, ihn überhaupt zuzulassen. Doch er setzte sich hartnäckig fest.

Jemand könnte den Männern bei der Flucht helfen.

Natürlich war es nicht recht, denn die Männer hatten wirklich Vieh gestohlen und mussten eigentlich bestraft werden. Sie sollten zu dem stehen, was sie getan hatten. Nicht erst seit

Marcs Tod war es Leana wichtig, dass Straftaten gerecht vergolten wurden. Selbst wenn sie unbeabsichtigt gewesen waren. Wie bei Marcs Unfall.

Aber hier ging es nicht um die Diebe und ihr geläutertes Gewissen, sondern darum, dass Maira und ihr Baby in Gefahr waren, wenn Duncan eine so schwere Entscheidung treffen musste.

Sie schaute ihre Cousine an, die gerade über etwas lächelte, was Ranald gesagt hatte. Leana ließ den Gedanken zu, wie es wäre, wenn die Diebe auf einmal fort waren und Maira nicht mehr mit Duncan streiten musste. Und wenn sie ehrlich war, dann gefiel ihr dieser Gedanke. Und es war möglich. Unglaublich, aber möglich.

Die Diebe bereuten sicherlich, was sie getan hatten. Ihnen musste doch klar sein, dass sie kurz davorstanden, am Galgen zu landen. War das nicht Strafe genug? Die Angst davor, bald aufgehängt zu werden? Eigentlich gab es für die Diebe keinen Ausweg mehr.

Sie erschauderte bei dem Gedanken, damit zu rechnen, aufgehängt zu werden. Sie wäre sicher nicht so ruhig, wie die Männer im Hof es gewesen waren.

Sie dachte an die Augen des Kelten und wie er sie angeschaut hatte, so unergründlich und intensiv. Sie wollte nicht, dass das Licht in diesen Augen erlosch.

»Alles in Ordnung?«, fragte Maira.

Leana bemerkte, dass sie ihre Hände im Schoß knetete. Schnell ließ sie es bleiben und nickte. »Ja, ich denke nur nach.«

Maira presste die Lippen zusammen und nickte. »Ich weiß. Ich auch.«

»Wie geht es dir?«

»Besser.«

Leana griff nach der Hand ihrer Cousine. »Gut.«

»Aber nur, wenn ich nicht darüber nachdenke.«

Ranald schaute sie aufmerksam an. »Worüber willst du nicht nachdenken?«

Maira zögerte, doch dann schüttelte sie den Kopf. »Ich erzähle es dir ein anderes Mal. Wenn ich jetzt darüber spreche, werde ich nur wieder ärgerlich.« Sie legte sich eine Hand auf den Bauch und atmete tief ein.

Zum Glück gab Ranald sich mit dieser Antwort zufrieden.

5

In den folgenden Tagen wurde die Stimmung in der Burg immer angespannter. Die Viehdiebe saßen im Kerker hinter Schloss und Riegel und wurden ständig bewacht, auch das Burgtor blieb geschlossen. Laut Tavia fürchteten Niall und Duncan, dass Kumpane von außerhalb die Diebe befreien würden.

Duncan brütete vor sich hin und sprach nicht viel. Maira zog sich die meiste Zeit zurück. Sie vertraute Leana an, dass sie Duncan aus dem Weg ging und sogar abends, wenn er ins Bett kam, immer so tat, als würde sie schon schlafen.

Blaire machte sich Sorgen um Mairas Gesundheitszustand und den ihres Babys, auch Tavia war rastloser als sonst und verbrachte viel Zeit beim Training auf ihrer Lichtung am Fluss. Selbst Niall lachte viel seltener und man hörte kaum noch einen seiner üblichen Scherze.

Auch die anderen Burgbewohner schienen den Atem anzuhalten und die Köpfe einzuziehen. Doch es war auch eine deutliche Erwartungshaltung spürbar. Sie wollten, dass die Diebe bestraft wurden. Leana hörte manchmal Getuschel, das jedoch sofort verstummte, wenn sie dazukam. Sie spürte, dass sich die Stimmung gegen Maira zu wenden begann. Einige erwähnten, wie gut es wäre, wenn der alte Chief von seiner Reise zurückkommen und die Entscheidung für Duncan treffen würde.

Nach ein paar Tagen wusste Leana, dass irgendetwas geschehen würde. Sie fühlte es tief in ihren Knochen. Sie hatte kein klares Bild vor Augen, aber sie wusste, dass sich diese Spannung bald entladen würde. Noch mehr Druck hielt dieses System nicht aus.

Auch Maira legte angespannt immer häufiger die Hand auf den Bauch und versuchte, ruhig und tief zu atmen, was ihr oft misslang und sie dann so wütend machte, dass sie ein Kissen oder einen Schuh gegen die Wand warf. Blaire bereitete Tees für sie zu und riet zur Ruhe, doch Maira war so angespannt, dass sie ihrer Schwester sogar vorwarf, sich zu sehr zu kümmern.

»Ich weiß, dass du es am liebsten hättest, wenn Duncan einfach nachgibt und die Männer begnadigt, aber das wird nicht passieren«, sagte Blaire daraufhin ruhig. »Deswegen wäre es am besten, wenn du akzeptierst, dass in diesem Land andere Gesetze herrschen.«

»Ich will nicht, dass er sie begnadigt«, fauchte Maira. »Aber er soll sie auch nicht umbringen.«

»Dann gestehe ihm zu, dass er die Diebe zu Allan bringt. Darauf wird er sich sicher einlassen und es wäre eine gute Lösung für euch beide.«

Maira verschränkte die Arme. »Wie edel wäre es von ihm, sich darauf einzulassen.« Das letzte Wort setzte sie in imaginäre Anführungsstriche. Doch dann traten Tränen in ihre Augen, die sie ungeduldig wegwischte. »Diese blöden Hormone. Warum liebt er mich nicht genug, dass er die Männer verschont? Er kann sie ja meinetwegen ein paar Jahre lang einsperren.«

Blaire senkte den Kopf und schwieg. Doch Leana konnte nicht ruhig bleiben. »Das hat nichts mit Liebe zu tun, Maira. Er tut das nicht, um dich zu ärgern.«

»Ich weiß. Aber es fühlt sich manchmal so an. Er ist so

verbohrt.« Sie wiegte sich nach vorn und nach hinten und Blaire rieb ihr mit einem Seufzen über den Rücken.

»Du solltest nicht so viel darüber nachdenken. Je mehr du dich da reinsteigerst, desto schlimmer ist es für das Baby.«

»Ich kann diese Warterei nicht mehr ertragen. Glaubt ihr, dass Duncan nur abwartet, bis das Baby da ist, und es dann tut?«

Blaire und Leana wechselten einen Blick und Maira zog eine Grimasse.

»Seht ihr, selbst ihr denkt, dass es so sein könnte.«

»Das haben wir nicht gesagt.«

»Aber gedacht. Ich kenne euch zu gut.«

Leana zog es vor, darauf nicht zu antworten, und auch Blaire schwieg.

Schwerfällig erhob Maira sich von ihrem Stuhl und trat zum Fenster. Ihr Blick glitt über das Tal. »Wisst ihr, was ich schon gedacht habe?«

Blaire faltete stumm ein Tuch zusammen. In Leana stieg eine unangenehme Ahnung auf. Sie hielt den Holzbecher mit dem Tee etwas fester. »Was?«

Maira straffte die Schultern. »Ich lasse sie einfach heimlich frei. Dann wären wir alle Probleme los.«

Leana wurde übel. Es war genau der gleiche Gedanke, den sie auch schon gehabt und immer wieder energisch vertrieben hatte.

»Das wirst du nicht tun«, sagte Blaire scharf.

Maira sah trotzig zu ihrer Schwester. »Und warum nicht? Manchmal muss man kreative Lösungen für solche Probleme finden.«

Blaires Blick wurde weicher. »Weil es die Spannungen zwischen Duncan und dir nicht lösen, sondern viel schlimmer machen würde. Du hättest zwar das Leben von sechs Männern gerettet, zumindest für den Augenblick, denn sie werden sicher erneut stehlen und dann von jemand anderem gehängt werden, aber du hättest das Vertrauen deines Ehemannes verloren. Möchtest du das?«

Mairas Schultern sackten herunter. »Du hast ja recht. Das darf ich auf keinen Fall aufs Spiel setzen.«

Leanas Hals schnürte sich zusammen. Blaire hatte recht, aber Maira auch.

»Ich weiß, dass es hart ist, aber ihr werdet in eurem Leben vermutlich noch in viele solcher Situationen geraten«, erinnerte Blaire sanft. »Ihr seid in verschiedenen Welten aufgewachsen und habt unterschiedliche Werte und manchmal auch leider andere Vorstellungen davon, was moralisch und ethisch gesehen richtig ist. Ihr müsst einen Weg finden, damit umzugehen. Und dieser Weg kann nicht sein, dass einer von euch ausweicht und den anderen hintergeht.«

Maira wischte sich übers Gesicht. »Ich bin mir aber nicht sicher, ob ich dieses Mal die Kraft habe, das auszufechten. Wenn ich ehrlich bin, habe ich solche Angst vor der Geburt und was alles schiefgehen kann, dass ich einfach nur will, dass diese Sache mit den Dieben vorbei ist, damit ich darüber nicht mehr nachdenken muss. Und du sagst doch selbst, dass dieser Stress schlecht für das Baby ist. Glaubst du, das macht mir weniger Angst vor der Geburt?«

Auch Leana trat nun zu Maira. »Es wird alles gutgehen bei der Geburt. Das weiß ich. Du brauchst keine Angst zu haben.«

Maira schlang die Arme um den Oberkörper und schaute wieder aus dem Fenster. »Es tut gut, das zu hören. Aber ich weiß wirklich nicht, was ich tun soll.«

»Ich glaube, im Moment kannst du nur abwarten«, erklärte Blaire und rieb ihrer Schwester über den Oberarm.

»Und mit Duncan sprechen«, fügte Leana hinzu. »Ich bin mir sicher, dass auch in dieser Zeit eine gute Kommunikation zwischen zwei Eheleuten wichtig ist.«

Maira seufzte und schaute aus dem Fenster. Gerade gingen Duncan und Niall über den Hof zu den Ställen. Ihre Cousine zog eine Grimasse und wandte sich ab.

»Ich lege mich ein bisschen hin. Weckt mich zum Abendessen, ja?«

Blaire seufzte und verließ den Raum. Leana folgte ihr.

Es tat ihr weh, Maira so zu sehen. Sie wusste, wie tief die Liebe zwischen den beiden war, aber auch, dass es in jeder Ehe Dinge gab, die nicht nur rosig waren und bei denen man gemeinsam einen Weg finden musste. Doch auch da hatte sie ein gutes Gefühl bei Maira und Duncan. Auch wenn der Weg gerade etwas holprig war, so würden sie ihn gemeinsam schaffen.

Wenn sie doch nur helfen könnte.

6

Beim Abendessen beobachtete Leana, wie Duncan sich zu Maira beugte und leise etwas zu ihr sagte. Leana saß zu weit weg, um die Worte zu verstehen, aber die Augen ihrer Cousine wurden groß und von einem Moment auf den anderen erbleichte sie. Dann runzelte sie unwillig die Stirn. Duncan schien sie etwas zu fragen und sie nickte nur knapp, wandte sich dann aber wieder ihrem Essen zu.

Unruhig musterte Leana die beiden. Duncan würde Maira seine Entscheidung doch nicht etwa hier beim Abendessen mitteilen?

Tavia, die neben Leana saß, beugte sich zu ihr. »Ich hatte befürchtet, dass Maira es nicht gut aufnehmen wird.«

»Worum geht es denn?« Leana legte das Brot weg, mit dem sie gerade einen Rest Soße hatte aufwischen wollen.

»Duncan muss nach Urquhart. Er wird morgen abreisen.«

»Muss das wirklich sein?«

Tavia nickte. »Es führt kein Weg daran vorbei. Und wenn ich Niall richtig verstanden habe, geht es auch um die Viehdiebe.«

»Das heißt, vorher werden sie keine Entscheidung treffen? Er hat ihr also nicht gesagt, was er tun wird?«

Ihre Freundin schüttelte den Kopf. »Nein. Aber es ist wichtig, dass sie bald ihre Entscheidung bekanntgeben. Der Clan wird unruhig und Duncan kann es sich nicht leisten, seine Leute gegen sich aufzubringen.«

»Geht Niall auch mit?«

»Nein. Er wollte gern, aber Duncan will uns Frauen nicht mit den Dieben allein in der Burg lassen.« Sie verdrehte die Augen und Leana konnte ein Lächeln nicht unterdrücken. Tavia war sehr wohl in der Lage, sich gegen ein paar Männer zu verteidigen. Bei ihr selbst war das eine ganz andere Sache. Deswegen war sie froh, dass Niall blieb.

»Ich finde es nett, dass er sich Sorgen um Maira macht und sie nicht allein lassen will.« Unruhig rutschte sie auf ihrem Stuhl hin und her. »Glaubst du denn, dass die Diebe eine Gefahr für uns sind?«

Tavia verschränkte die Arme. »Sind sie nicht. Sie sind gut weggesperrt und werden bewacht. Außerdem haben sie keine Waffen und auch keinen Grund, um Maira, dir oder Blaire etwas zu tun. Sollten sie sich befreien, würden sie vermutlich einfach nur zusehen, dass sie so schnell wie möglich fliehen und nicht noch auf den dummen Gedanken kommen, hier etwas zu stehlen.« Sie seufzte. »Allerdings waren sie auch dumm genug, wieder hierherzukommen und sich schnappen zu lassen.«

»Was glaubst du, warum sie das getan haben? Sie wirkten gar nicht so dumm. Ganz im Gegenteil.« Wie so oft in den vergangenen Tagen dachte sie an die Augen des Kelten, seinen aufmerksamen, neugierigen Blick.

»Genau das habe ich auch schon überlegt. Sie waren so anders, als ich mir Viehdiebe vorgestellt habe. Vielleicht sind sie aus Verzweiflung zu Dieben geworden, aber es erklärt nicht, warum sie wieder nach Eriness zurückgekommen sind. Normalerweise kehren Straftäter wie diese niemals an den gleichen Ort zurück. Es passt einfach nicht zu ihrem Profil. Und es macht mich wahnsinnig, dass ich das nicht weiß. Am liebsten würde ich sie befragen. Aber Niall lässt mich nicht.«

Sie sah zu ihrem Mann, der neben ihr saß, doch der war in ein Gespräch mit Fergus vertieft und bemerkte es nicht.

Leana musste lächeln. Tavia war diejenige, die noch am wenigsten aus ihrem alten Job heraus konnte. »Vielleicht haben Diebe hier ja ganz andere Profile als bei uns«, schlug sie vor.

»Gerade deswegen ist es ja so spannend. Ich würde so gern mehr Daten erheben. Ich bin mir sicher, dass ich ein paar Diebstähle verhindern könnte, wenn ich wüsste, wie Straftäter hier ticken.«

Leana wollte darauf etwas erwidern, doch in diesem Moment erhob Duncan sich. Sofort wurde es ganz still in der großen Halle und Leana fühlte die Erwartungen durch den Raum wabern.

Duncans tiefe Stimme hallte von den steinernen Wänden wider. »Ich weiß, dass ihr alle eine Entscheidung zur Strafe der Viehdiebe wünscht. Um das zu klären, muss ich mich mit Allan Macdonald besprechen. Er war am härtesten von allen Clans betroffen und ich bin es ihm schuldig, dass wir darüber sprechen. Morgen früh werde ich aufbrechen und einige Tage fort sein.«

Gemurmel breitete sich aus.

»Ich werde meine Abwesenheit so kurz wie möglich halten. Während ich fort bin, wird Niall die Burg führen. Wendet euch an ihn, wenn ihr etwas braucht.«

Niall nickte in die Runde. Wieder tuschelten die Leute.

Leana sah, dass Blaire ganz gerade saß. Ihr schien etwas nicht zu gefallen.

»Oh, oh«, murmelte Tavia. »Das hätte er nicht tun sollen.«

»Was meinst du?«

»Eigentlich vertritt Maira ihn in seiner Abwesenheit.«

Leana warf einen Blick auf ihre Cousine, die mit versteinertem Gesicht dasaß. Fast alle Anwesenden starrten sie an. Auch Duncan schien es zu bemerken. Er räusperte sich.

»Wenn es Fragen zum Haushalt gibt, könnt ihr auch mit

Maira sprechen. Aber ich bitte euch, sie nicht zu sehr zu belästigen, da sie in anderen Umständen ist.«

»Autsch«, murmelte Tavia.

Leana musste ihr da recht geben. Sie verstand, warum Duncan das sagte, aber es half Maira vermutlich nicht dabei, ihre Position auszubauen.

Auf einmal erhob Maira sich. Sie straffte die Schultern. »Ich mag ein Kind unter dem Herzen tragen, aber mein Kopf und meine Hände funktionieren noch ganz wunderbar. Ich stehe jedem zur Verfügung, der Fragen hat. Schließlich muss Niall sich darauf konzentrieren, die Gefangenen zu bewachen. Wir wollen ihn also nicht allzu sehr belästigen.«

Es herrschte Stille, nur Tavia flüsterte leise: »Doppel-Autsch. Aber auch Respekt.«

Nun waren alle Blicke auf Duncan gerichtet.

Er nickte langsam, dann griff er nach Mairas Hand. »Meine Frau hat natürlich recht. Sie ist in allen Belangen der Burg sehr bewandert. Vermutlich bin ich es, der sich zu viele Sorgen um sie und das Kind macht. Niall wird sich um die Sicherheit der Burg kümmern, Maira um die anderen Dinge. Und sie wird Bescheid geben, wenn es ihr zu viel wird.« Er hob Mairas Hand und küsste ihre Finger. Dabei schaute er sie so liebevoll an, dass Leanas Herz sich zusammenzog.

Er war ein guter Mann und Maira konnte froh sein, dass sie ihn hatte. Und das war ihre Cousine auch, immerhin war sie seinetwegen ins 16. Jahrhundert gezogen. Aber in diesem Moment drückte ihr Gesicht das nicht aus.

Sie war blass und schluckte, aber probierte sich zumindest an einem Lächeln.

Fergus klopfte mit seinem Holzbecher auf den Tisch und die anderen Anwesenden stimmten mit ein.

Maira und Duncan nickten, dann setzten sie sich wieder. Doch schon einen Moment später sagte Maira leise etwas zu ihrem Mann und erhob sich. Blaire stand ebenfalls auf und folgte ihr.

Leana fragte sich, ob sie auch mit nach oben gehen sollte,

doch sie entschied sich zu bleiben. Sie war Duncan dankbar, dass er vor allen zugegeben hatte, dass er sich falsch gegenüber Maira verhalten hatte. Das tat nicht jeder Mann, nicht einmal in ihrer Zeit. Aber die Highlander konnten mit starken Frauen gut umgehen. Niall und Duncan waren das beste Beispiel.

Tavia und Niall verabschiedeten sich ebenfalls kurz darauf und der Rest der Halle leerte sich. Langsam ging Leana zur Treppe zu den Gästegemächern. Noch immer war ihr Zimmer dort, denn da war auch der Stein und es gab kein freies Zimmer im Familienturm, das sie hätte beziehen können. Aber das war in Ordnung.

Gerade wollte sie hinaufgehen, da nickte Duncan ihr von der anderen Treppe her zu und wies in Richtung seines Arbeitszimmers. Erstaunt schaute Leana ihn an, dann durchquerte sie die Halle und folgte ihm die Treppe hinauf.

Duncan wartete an der Tür seines Arbeitszimmers auf sie.

»Ich muss dich sprechen.«

Leana atmete tief durch. »Natürlich. Was kann ich für dich tun?«

Sie trat ein und blickte sich unschlüssig um. Duncan deutete auf einen mit Leder gepolsterten Stuhl vor seinem Schreibtisch. Leana setzte sich und erst schien es, als wollte Duncan auch Platz nehmen, doch er wandte sich ab und trat zum Fenster. Zu dieser Jahreszeit war es abends noch länger hell, obwohl die Sonne schon vor einiger Zeit untergegangen war.

»Es tut mir leid, dich damit zu belästigen, aber ich brauche deine ehrliche Meinung.«

»Die sollst du bekommen.« Auch wenn sie nicht in dieser Zeit geboren und ihr Name nicht Cameron war, so fühlte er sich für sie doch manchmal wie ein Familienoberhaupt an. So, als wäre er auch ihr Chief. Denn immerhin ließ er sie hier leben, wenn sie in der Vergangenheit sein wollte. Sie saß mit an seinem Tisch und er schützte sie.

Sie war ihm zumindest eine ehrliche Antwort schuldig.

»Glaubst du, dass Maira in eure Zeit zurückgehen wird?«

Überrascht blickte sie ihn an. Er hatte Angst davor, dass Maira ihn verließ. Sofort öffnete sich ihr Herz ein wenig mehr für ihn.

»Ich glaube nicht«, sagte sie, als gerade ein Bild in ihr aufblitzte. Maira mit einem Baby auf dem Arm, das sie fest an sich presste und weinte.

Entsetzt kniff sie die Augen zusammen. Was war denn das gewesen?

»Du glaubst nicht?«, hakte Duncan nach. »Aber sicher bist du dir nicht?«

Leana forschte nach dem Bild, doch so schnell es gekommen war, war es auch wieder weg. Sie würde Duncan sicher nichts davon erzählen. »Ich weiß nicht, was Maira tun wird. Aber ich weiß auch, dass sie vor einer solchen Situation nicht einfach davonläuft.« Sie schluckte. »Allerdings glaube ich, dass es nicht leicht für sie ist, vor allem so kurz vor der Niederkunft.«

Er nickte und wirkte so unglücklich, dass sie ihn am liebsten getröstet hätte.

Eine Weile schwieg er, dann sagte er: »Wird sie mir verzeihen, wenn ich die Männer gerecht bestrafe?«

Ein Schauder lief Leana über den Rücken. Ihr war, als würde sich ihr selbst eine Schlinge um den Hals legen. »Meinst du mit gerecht, dass sie hängen werden?«

»Ihr kennt so etwas in eurer Zeit nicht. Das kann ich kaum glauben.«

Leana schüttelte den Kopf. »Es ist uns sehr fremd. Und es fällt uns sehr schwer, damit umzugehen.«

Er wischte sich mit einer Hand übers Gesicht. »Sie versteht einfach nicht, dass ich keine Wahl habe.«

Unruhig rutschte Leana auf ihrem Stuhl hin und her. Sie wollte so gern zwischen den beiden vermitteln, aber eigentlich sollte sie nicht ohne Mairas Wissen mit Duncan über diese Dinge sprechen. »Ich glaube, dass ihr miteinander reden solltet.«

Gequält schaute er sie an. »Sie will erst wieder mit mir sprechen, wenn ich eine Entscheidung getroffen habe.«

Er musste nicht aussprechen, dass Maira erwartete, dass er sich gegen das Hängen entschied. Es war eine so unglaublich vertrackte Situation.

»Du hast gesagt, dass du keine Wahl hast. Würdest du die Diebe hängen, wenn du frei entscheiden könntest?«

Duncan ließ sich Zeit mit seiner Antwort. Schließlich seufzte er. »Früher hätte ich keinen Moment mit der Antwort gezögert. Sie sind Diebe, haben uns wiederholt bestohlen und haben noch die Dreistigkeit, ein zweites Mal hier aufzutauchen, nachdem sie uns schon einmal entkommen sind. Früher hätte ich gesagt, dass sie den Strang verdient haben.«

»Und jetzt nicht mehr?«

Langsam schüttelte er den Kopf. »Es gibt einige Dinge, die ich anders sehe, seit Maira in mein Leben getreten ist. Aber vor allem möchte ich ihr nicht wehtun. Und ich will der Mann sein, den sie verehrt.« Die Worte schienen ihm ein wenig unangenehm, denn er senkte den Kopf. Doch Leana fand es rührend, dass er so dachte. War es nicht das, was jede Frau von ihrem Mann wollte?

»Das bist du«, sagte sie. »Maira liebt dich.«

Er biss die Zähne zusammen. »Aber sie hält mich für unehrenhaft, wenn ich die Diebe auf diese Weise bestrafe. Wie kann ich ihr nur deutlich machen, dass ich so handeln muss? Die Allianz mit Allan Macdonald im vergangenen Jahr hat einige meiner Clanleute schon gegen mich aufgebracht. Ich weiß mittlerweile selbst, dass es eine gute Sache ist und wir mehr davon haben, wenn wir mit den Macdonalds auf einer Seite kämpfen. Aber die meisten Camerons trauen ihm nicht. Dass Blaire eine Macdonald ist, ist für sie kein guter Grund für eine solche Allianz. Wenn ich jetzt auch noch die Diebe davonkommen lasse, werden viele glauben, dass es mit Maira zu tun hat.« Es schien, als wollte er noch etwas sagen, doch er schwieg.

Aber Leana verstand auch so. Es wäre fatal, wenn die Camerons es Maira in die Schuhe schieben würden.

Wieder erinnerte sie sich an Mairas Worte. Wenn die Diebe fliehen würden, wäre alles so viel einfacher.

Doch Blaire hatte recht damit, dass Maira den Dieben nicht zur Flucht verhelfen konnte. Das würde Duncan ihr niemals verzeihen.

»Ich sorge mich um Maira«, gestand Duncan jetzt und riss Leana damit aus ihren Gedanken.

»Hast du Angst, dass sie dich verlässt?«

Verwirrt blinzelte Duncan. »Sie ist meine Frau«, sagte er langsam. »Sie kann mich nicht einfach verlassen.«

Es dauerte einen Moment, bis Leana begriff. Scheidungen waren in dieser Zeit nicht üblich. Aber Maira hatte eine Möglichkeit, einfach zu verschwinden. Im 21. Jahrhundert würde Duncan sie niemals wiederfinden.

»Aber du hast Sorge, dass sie sich in unsere Zeit zurückzieht.«

Stumm nickte er.

»So weit wird es nicht kommen. Sie liebt dich und hat sich entschieden, hier zu leben. Ich weiß, dass ihr einen Weg finden werdet.«

Ernst betrachtete er sie. »Sagt dir das dein zweites Gesicht?«

Leana setzte sich etwas aufrechter hin. »Ich habe nicht das zweite Gesicht. Ich kann nicht in die Zukunft sehen.«

Zu ihrer Überraschung zuckten seine Mundwinkel. »Zumindest weißt du mehr über die Zukunft als ich.«

»Du weißt, was ich damit meine. Ich kann nicht in die Zukunft einzelner Personen sehen.« Natürlich wusste sie, dass es im Grunde eine Lüge war. Doch sie war einfach nicht bereit, sich damit auseinanderzusetzen. Es waren ja auch keine echten Bilder, die sie sah, zumindest meistens nicht. Das Bild von Maira mit einem Baby im Krankenhaus war sehr klar gewesen, aber möglicherweise war das auch nur Einbildung.

Doch sie hatte durchaus ein Gefühl, was die Zukunft

betraf. Und sie hasste es, dass das so war. Sie sprach nicht gern darüber und dachte auch nicht darüber nach.

»Maira hat mir etwas anderes gesagt.«

»Weil sie es gern glauben möchte. Sie findet solche Dinge faszinierend.«

Ein kühler Abendwind strich über ihre nackten Unterarme und Leana erschauderte. Draußen krächzte ein Rabe. Es klang wie eine düstere Warnung.

Duncan kam zum Schreibtisch. »Du glaubst also, dass ich mir keine Sorgen um Maira machen muss?«

Leana schüttelte den Kopf. »Das musst du bestimmt nicht. Die Geburt wird gut verlaufen.« Ein warmes Gefühl breitete sich in ihr aus und als sie es zuließ, wusste sie noch etwas anderes. Sie erhob sich. »Alles wird gut, Duncan. Vertraue ihr einfach.« Sie zögerte. »So wie sie dir vertraut. Das hier ist keine einfache Welt für sie, aber sie gibt ihr Bestes.«

»Ich weiß«, erwiderte er rau. »Danke.«

Leana nickte ihm zu. »Ich werde nach ihr sehen. Gute Reise morgen.«

Sie trat zur Tür und als sie nach der Klinke griff, stieg unerwartet ein anderes Bild in ihr auf. Sie sah ihre eigenen Hände, die einen großen Schlüssel in ein Schloss steckten, ihn drehten und dann an einer hölzernen Tür zogen.

Ihr Hals wurde eng, als sie begriff, was sie gesehen hatte. Zitternd atmete sie ein.

»Alles in Ordnung?«, fragte Duncan.

»Ja«, murmelte sie. »Es wird schon alles gut.«

7

Duncan war vor zwei Tagen abgereist und Leana wusste, dass sie bald handeln musste. Oder besser gesagt handeln würde. Jede wache Minute hatte sie darüber nachgedacht, ob sie es wirklich tun sollte. Und mit jeder vergangenen Sekunde hatte die Gewissheit zugenommen. Sie war diejenige, die die Diebe befreien würde, damit Maira erst einmal Frieden finden konnte und die Geburt gut verlief.

Es war nicht so, dass Leana es unbedingt wollte. Sie hatte eher das Gefühl, dass sie es tun musste. Als ob es der Lauf der Dinge war, dem sie nicht entkommen konnte.

Das war ihr schon einmal so gegangen. Als sie gewusst hatte, dass sie ihre Haustür den beiden Polizisten öffnen würde, die ihr die schlechte Nachricht überbracht hatten. Und dass sie sich gegen den Willen ihrer Schwiegermutter für eine Waldbestattung entscheiden würde.

Das Bild von ihren Händen, die den Schlüssel hielten und die große Tür aufschlossen, war immer wieder gekommen. Es war schärfer geworden und sie hatte gefühlt, was geschehen würde.

Die Tatsache, dass sie so etwas Verbotenes tun würde, machte ihr weniger zu schaffen als erwartet. Vielleicht, weil es hier so wenig offizielle Gesetze gab. In ihrer eigenen Zeit hatte sie noch nie eine Straftat begangen. Höchstens mal falsch geparkt und als sie noch Studentin gewesen war, war sie ein paarmal wegen zu schnellen Fahrens geblitzt worden. Aber sie hatte noch nie bewusst gegen das Gesetz verstoßen.

Dennoch war es nicht recht, so in die Geschichte einzugreifen, und außerdem war es Duncan gegenüber nicht fair. Im Grunde half sie ihm damit, denn wenn man es ganz genau nahm, rettete sie damit seine und Mairas Ehe. Doch es nahm ihr die Luft zum Atmen, denn eigentlich wollte sie es nicht tun.

In den vergangenen zwei Tagen war Leana fast nicht zur Ruhe gekommen. Das Bild zu sehen und zu wissen, dass sie die Männer freilassen würde, war eine Sache, aber es durchzuführen, eine ganz andere. Denn sie hatte keine Ahnung, wie sie das anstellen sollte. Das sagte ihr die Vision leider nicht.

Also zerbrach sie sich den Kopf, wie sie an drei Wachen vorbeikommen sollte. Tavia konnte sie nicht fragen. Blaire auch nicht. Und Maira durfte nichts davon wissen, damit sie sich nicht mitschuldig machte. So konnten alle mit ruhigem Gewissen behaupten, dass sie nichts davon gewusst hatten.

Das Verlies befand sich am Ende einer Treppe. Von einem kleinen Vorraum gingen drei Türen ab und in diesem Raum befanden sich die schwer bewaffneten Wachen. Am Abend und Morgen gab es einen Schichtwechsel. Die Männer aßen sogar dort. Das alles hatte Leana erfahren, indem sie Tavia und ein paar der Bediensteten vorsichtig ausgefragt hatte.

Leana war sich bewusst darüber, dass sie die Wachen würde überlisten müssen. Sie zerbrach sich den Kopf und dachte an Filme, die sie gesehen und Bücher, die sie gelesen hatte. Aber meistens las sie nur Frauenromane und Familiensagas, in denen möglichst wenig Gewalt vorkam. Gerade seit Marcs Tod konnte sie sich mit dem Thema nicht mehr auseinandersetzen und brauchte eher eine Flucht aus dem Alltag, die ihr schöne Gefühle verursachte, und keinen Nervenkitzel und spannende Actionszenen.

Wie gern wäre sie in ihre Zeit gereist, um ein wenig im Internet zu recherchieren, aber sie hatte Angst, dass sie in der

Zwischenzeit etwas verpassen würde oder die anderen misstrauisch werden würden.

Doch dann kam ihr der Zufall zu Hilfe. Blaire schaute gerade ihre Medikamente aus dem 21. Jahrhundert durch, um Maira etwas Erleichterung bei den Schmerzen zu verschaffen, als ein kleiner Lederbeutel herunterfiel. Er war halb offen, ein paar der Tabletten fielen heraus und rollten über den Fußboden, direkt vor Leanas Füße.

Da sie Blaire beim Verpacken in die Beutel geholfen hatte, erinnerte sie sich an diese leicht gelblichen, runden Pillen. Es waren die Schlaftabletten.

Und auf einmal wusste sie, wie sie die Sache angehen konnte. Es war eigentlich ganz leicht, wenn man nur die richtigen Mittel hatte.

Eilig hatte sie die Tabletten aufgesammelt und vier davon heimlich in ihrer Rocktasche verschwinden lassen.

Nun stand sie hier, am Ende der Treppe zum Verlies, und ihr war schlecht. Der Wachwechsel hatte vor etwa einer Stunde stattgefunden und die neuen Wachen hatten ihre Plätze eingenommen. Die vorherige Schicht war zum Abendessen in der Halle erschienen.

Leana war es wichtig, dass sie es jetzt tat, solange Duncan noch fort war. Da Urquhart einen Tagesritt entfernt war, konnte es durchaus sein, dass er morgen schon wiederkommen würde. Bis dahin wären die Diebe hoffentlich lange über alle Berge. Und wenn sie es jetzt zu Beginn des Abends tat, hatte sie vielleicht Glück und keiner merkte es bis zum Morgen. So hatten die Männer genug Zeit für die Flucht.

Langsam ging sie die Treppe hinunter. Ihr Plan war nicht gerade gut, aber sie wusste, dass er funktionieren würde.

Unten war es finster, nur eine Fackel brannte in einer Halterung und die Schatten der Flammen tanzten über die kahlen Wände. Leana war erst einmal hier unten gewesen, als Maira ihr ganz zu Beginn die Burg gezeigt hatte. Damals war niemand hier unten eingesperrt gewesen und sie hatte sich nur ein wenig gegruselt, wie bei einer Schlossführung im 21. Jahrhundert, wenn man in die Kerker schaute und sich vorstellte, welche armen Seelen dort einmal eingesperrt gewesen waren. Doch nun war es Realität.

Vor jeder Tür stand jeweils eine Wache. Neugierig schauten sie ihr entgegen, als sie mit zitternden Händen die Treppe hinunterkam. Mittlerweile kannte sie die Männer mit Namen, einer hieß David und die anderen beiden John, wie so viele Männer in den Highlands. Unterschieden wurden diese beiden, indem man sie den Schaf-John und den Bach-John nannte. Es tat ihr leid, dass sie die Männer gleich in einen tiefen Schlaf versetzen würde.

Als sie am Ende der Treppe ankam und in die fragenden, aber erfreuten Gesichter der drei Männer schaute, traf sie das schlechte Gewissen mit voller Wucht. Zum ersten Mal fragte sie sich, ob die drei Ärger bekommen würden, dass sie nicht gut genug auf die Gefangenen aufgepasst hatten. So weit hatte sie noch gar nicht gedacht.

Schlagartig wurde ihr klar, dass sie verhindern musste, dass die drei bestraft wurden. Dasselbe galt auch für die Magd und den Hilfskoch, von denen sie sich das gesüßte Bier hatte geben lassen. Vermutlich würde man auch sie befragen.

Am besten wäre es, wenn sie selbst alles gestehen würde, sobald die Diebe fort waren. Dann würde nur sie Duncans Ärger abbekommen und sie konnte zumindest erklären, warum sie das getan hatte.

»Können wir etwas für Euch tun, Mylady?«, fragte Bach-John und schaute auf das Tablett mit dem Krug und den drei Bechern in ihrer Hand.

Verdammt, sie stand hier rum und dachte darüber nach, wann sie sich zu ihrem Verbrechen bekennen sollte, das sie noch nicht einmal begangen hatte.

Sie versuchte zu lächeln, aber vermutlich kam nur eine schiefe Grimasse dabei raus. »Es gab süßes Bier in der Halle und ich war mir sicher, dass niemand an euch drei gedacht hat, deswegen habe ich mir erlaubt, euch etwas zu bringen.«

»Das wäre doch nicht nötig gewesen, Mylady«, sagte David, doch er klang erfreut.

Vermutlich war es merkwürdig, dass nicht eine Magd, sondern sie das Bier brachte, doch Leana tat einfach so, als wäre es das Normalste der Welt.

»Ich möchte euch dafür danken, dass ihr die Burg so gut bewacht. Ich fühle mich immer außerordentlich sicher hier. Selbst wenn Duncan nicht da ist.«

Schaf-John und David verbeugten sich und der jüngere Bach-John tat es ihnen schnell gleich. »Immer zu Diensten, Mylady«, sagte Schaf-John mit einem Zwinkern.

Leana reichte ihnen das Tablett. »Nehmt, so viel ihr mögt. Ihr müsst Durst haben.«

»Den haben wir immer.« Bach-John schenkte die drei Becher voll und Leanas Magen begann zu kribbeln. Das war leichter als gedacht.

Aber natürlich war es das nicht. Denn während Bach-John und David zugriffen, lehnte Schaf-John ab und stellte sich wieder an seinen Platz an der Tür.

»Bist du sicher?«, fragte David. »Wenn Mylady schon so nett ist.«

»Später«, sagte Schaf-John und sein Gesicht war ein wenig verkniffen.

Sein Namensvetter runzelte die Stirn und trank einen großen Schluck. »Musst du pissen oder warum schaust du so?«

David stieß ihn mit dem Ellenbogen an. »So etwas sagt man nicht vor einer Lady.«

Schaf-John trat von einem Fuß auf den anderen. »Und man tut es vor allem nicht vor einer Lady.«

Bach-John grölte vor Lachen. »Wirklich? Du bist schlimmer als mein alter Köter, der das Wasser nicht mehr halten kann.«

»Rede nicht darüber, dann wird es schlimmer. Und du weißt, dass ich meinen Posten nicht verlassen kann.«

Mit einem Nicken wies Bach-John auf einen Eimer in der

Ecke. »Dann piss doch einfach.« Er nahm noch zwei Schlucke und dann war sein Becher auch schon leer. Er wollte nachschenken, doch der Krug war leer. »Kann ich deinen haben?«, fragte er und schaute Schaf-John mit hochgezogenen Augenbrauen an.

Am liebsten hätte Leana Nein gesagt, aber mit welcher Begründung?

Ihr Herz klopfte schnell, während ihr Gehirn fieberhaft nach einer Lösung suchte. »Wie wäre es«, sagte sie schließlich, »wenn ihr eure Becher leertrinkt und ich gehe dann in die Küche und hole noch mehr. In der Zwischenzeit ...« Sie beendete den Satz nicht, sondern deutete nur auf den Eimer.

Als Schaf-John immer noch zögerte, griff sie nach dem Becher auf dem Tablett und reichte ihm den. »Auf Clan Cameron in all seiner Macht und Stärke.« Sie hatte schon beobachtet, dass die meisten Clanleute so stolz waren, dass sie einfach auf so einen Trinkspruch anstoßen mussten.

Tatsächlich lächelte Schaf-John, nahm ihr den Becher ab und hob ihn genau wie die anderen beiden. Dann leerten auch David und Schaf-John ihre Becher.

Vor Erleichterung hätte Leana sich beinahe bedankt. Doch sie nahm nur das Tablett mit dem leeren Krug und sagte: »Behaltet die Becher, ich bin gleich wieder da.«

Dann eilte sie die Treppe hinauf. Oben angekommen, lehnte sie sich gegen die Wand und atmete tief durch. Bis die Wirkung der Tabletten einsetzte, würde sie hier oben Wache stehen, damit nicht irgendjemand nach unten ging. Sie hatte drei Tabletten in das Bier gerührt und sie hatten ziemlich gerecht geteilt. Hoffentlich reichte die Dosis auch für große und kräftige Männer.

Zum Glück kam nur eine Magd vorbei, die sie freundlich grüßte, aber sie nicht weiter ansprach und auch keine Anstalten machte, nach unten zu gehen. Das Abendessen war sicher schon lange beendet und bald würden sich die Burgbewohner zurückziehen. Leana hoffte, dass niemand nach den Gefangenen sehen würde.

Sie traute sich nicht, in die Küche zu gehen und ihren eigenen Wachposten an der Treppe zu verlassen. Die Zeit schien sich endlos hinzuziehen und da sie keine Uhr hatte, wusste Leana nicht, wie viel Zeit vergangen war. Bekanntlich verging die Zeit in solchen Momenten viel langsamer, als man eigentlich dachte.

Auf einmal hörte sie Röcke rascheln. Jemand kam den Gang herunter. »Leana? Was tust du denn hier?«

Verdammt, das war Blaire.

Leana schaffte es kaum zu antworten, die würgende Übelkeit hatte sie fest im Griff. »Hallo, Blaire. Ich war auf dem Weg zur Küche.«

Blaire runzelte die Stirn. »Ist alles in Ordnung mit dir?«

»Alles in Ordnung«, antwortete Leana und zwang sich, ein Lächeln aufzusetzen. Dieses Lächeln hatte sie damals vorm Spiegel eingeübt, als ihr die Fragen nach ihrem Befinden kurz nach Marcs Tod zu viel geworden waren. Mittlerweile konnte sie so überzeugend lächeln, dass niemand mehr daran zweifelte.

Auch Blaire schien sich davon blenden zu lassen, denn sie erwiderte das Lächeln und hakte sich bei Leana unter. »Dann bin ich beruhigt. Lass uns gemeinsam in die Küche gehen, ich wollte gerade einen Tee für Maira zubereiten.«

Leana verfluchte sich. Sie hätte Blaire sagen sollen, dass sie gerade aus der Küche kam. Jetzt blieb ihr keine andere Wahl, als mitzugehen.

Blaire rieb sich über die Stirn und seufzte leise.

»Du machst dir Sorgen«, stellte Leana fest.

Ihre Cousine nickte. »Maira hat zu viele Wehen. Ich muss irgendetwas tun.« Sie schaute sich um. »Ich habe überlegt, zurückzugehen.«

Leana blinzelte. »In unsere Zeit? Warum?« Ihr Herz schlug schmerzhaft schnell.

»So ungern ich es auch zugebe, ich würde gern noch ein Medikament besorgen. Ich glaube, es könnte Maira bei den vorzeitigen Wehen helfen. Dafür gibt es hier keine Heilpflanze. Zumindest keine, die ich kenne.« Blaire wischte sich übers Gesicht und Leana sah, wie müde sie aussah. »Herrje, was für ein Schlamassel. Ich hätte nie gedacht, dass Maira so sehr darunter leidet. Wenn diese Viehdiebe wüssten, was sie hier angestellt haben. Am besten wäre es gewesen, wenn jemand anders diese Kerle gefasst hätte.«

Leana atmete tief durch. Zu gern hätte sie Blaire gesagt, dass sie zumindest dieses Problem lösen würde. Wenn sie es denn schaffte, es durchzuziehen. Aber Blaires Sorgen um Maira festigten ihren Entschluss noch.

»Es wird alles gut werden«, sagte sie.

Blaire schaute sie an. »Bist du dir sicher?«

Leana fühlte in sich hinein und da war nichts. Sie hatte keine Ahnung, ob alles gut werden würde. Aber zumindest konnte sie es hoffen. Trotzdem nickte sie.

Erleichtert stieß Blaire die Luft aus. »Vermutlich ist es am besten, wenn ich mich bald auf den Weg mache. Ich will so schnell wie möglich wieder hier sein.«

Plötzlich hatte sie eine Idee. »Wie wäre es, wenn ich das Medikament für dich besorge?« Es war der beste Grund, zu fliehen, nachdem sie die Diebe freigelassen hatte.

Zweifelnd schaute Blaire sie an, deswegen sprach Leana schnell weiter: »Wenn ich für dich gehe, kannst du bei Maira sein, wenn irgendetwas ist. Du bist eine größere Hilfe als ich. Du sagst mir einfach, was genau du brauchst, ich besorge es mit Evans Hilfe und bringe es dir so schnell wie möglich.«

Mit jedem Wort erschien ihr das eine bessere Idee zu sein. Sie wollte nicht hier sein, wenn Duncan herausfand, dass die Diebe geflohen waren. Sie konnte ihm einfach nicht in die Augen schauen.

Blaire blieb stehen. »Macht dir das nichts aus? Es wäre mir tatsächlich eine große Hilfe.«

»Nein, das ist wirklich kein Problem.« Ihr Herz klopfte heftig, als sie hinzufügte: »Am besten gehe ich noch heute Abend.«

Blaire trat einen Schritt vor und nahm sie fest in die Arme. »Ich bin so froh, dass wir dich haben. Danke.«

Ein Kloß bildete sich in Leanas Hals, so schmerzhaft, dass sie gar nicht schlucken konnte. Würde Blaire so etwas auch noch sagen, wenn sie erfuhr, was Leana vorhatte?

»Sag mir einfach, wie das Medikament heißt und ich mache mich gleich auf den Weg. Und du kümmerst dich um Maira.«

Nachdem Blaire ihr gesagt hatte, was sie brauchte, ging sie tatsächlich in die Küche und hinterfragte nicht mehr, dass Leana sie nicht begleitete.

Also eilte sie zurück zur Treppe, die zum Verlies führte. Die Wachen mussten mittlerweile tief und fest schlafen. Und sie konnte endlich die Diebe befreien.

Langsam ging sie wieder die Treppe nach unten. Sie hörte keine Stimmen, aber vielleicht unterhielten sich die Wachen auch nicht. Wenn man zwölf Stunden am Stück jeden Tag miteinander verbrachte, gab es bestimmt nicht mehr viel, worüber man reden konnte.

Als Leana unten ankam, lehnte sie sich vor Erleichterung gegen die Wand. Die drei Männer schliefen. David lag auf dem Boden, eine Hand unter der Wange. Die beiden Johns saßen mit dem Rücken an die Wand gelehnt, oder besser gesagt an die Türen. Sie boten einen friedlichen Anblick.

»Es tut mir leid«, flüsterte Leana, dann machte sie einen Schritt auf die Tür neben David zu. Die war am leichtesten zu öffnen. Ihr fiel ein, dass sie ja die Schlüssel brauchte. Schließlich hatte sie diese in ihrer Vision gesehen.

Allerdings trug keiner der drei Wachen einen Schlüsselbund an ihrem Gürtel. Verdammt, in Filmen war das immer so.

Sie blickte sich um, doch auch an den Wänden war kein Haken, an dem ein Schlüssel hing. Dann fiel Leanas Blick auf die Tasche an Davids Gürtel. Viele Männer in dieser Zeit verstauten all ihre wichtigen Habseligkeiten in diesen Taschen. Geld, Essen, Briefe, Karten, manchmal kleinere Messer oder auch Angelschnüre.

Es blieb ihr nichts anderes, als darin zu suchen. Sie fing bei David an, denn er lag so, dass sie die Tasche gut erreichen konnte, fand aber nur zwei Federn, ein paar kleine Steine sowie eine Schleuder.

Leana ging hinüber zu Schaf-John. Er hatte die Unterarme auf die Knie gelegt und den Kopf darauf. Sie konnte nicht einfach zwischen seine Beine greifen. Da sie ihn sowieso bewegen musste, wenn sie die Tür öffnen wollte, konnte sie es auch gleich tun.

Ihr Herz schlug schmerzhaft gegen ihren Brustkorb, als sie unter seine Achseln griff und ihn zur Seite zog. Er war schwerer als gedacht und plumpste auf den glatten Steinboden. Gerade konnte sie noch seinen Kopf auffangen, bevor der aufschlug. Schließlich wollte sie die Männer nicht verletzen.

Schaf-John bewegte sich und murmelte etwas. Erschrocken hielt Leana inne. Hatte er womöglich nicht genug von dem Bier getrunken? Er war der größte der drei Männer.

Plötzlich schlug er die Augen auf und schaute sie verwirrt an. »Mutter?«, fragte er und Leana zuckte zusammen.

Ein paar schmerzhafte Herzschläge lang konnte sie sich nicht rühren, während Schaf-John die Stirn runzelte und jetzt sogar versuchte, sich aufzusetzen. »Mutter?«, fragte er wieder. Es war deutlich, dass er verwirrt war.

»Sch«, machte Leana leise und strich ihm über die Wange. »Du hast schlecht geträumt, mein Junge. Schlaf weiter.«

Schaf-John seufzte, schloss die Augen und die Spannung verließ seinen Körper.

Keuchend setzte Leana sich zurück auf die Füße. Das war knapp gewesen.

Auch David bewegte sich jetzt und Leana wurde klar, dass sie weitermachen musste. Mit fliegenden Fingern öffnete sie Schaf-Johns Tasche und hätte vor Erleichterung beinahe geschluchzt, als sie als Erstes einen Schlüsselbund mit drei großen und vielen kleinen Schlüsseln hervorholte. Das musste es sein.

Sie erhob sich und trat wieder zu der Tür, die David bewacht hatte. Gerade steckte sie den Schlüssel ins Schloss und wollte ihn herumdrehen, als ihr bewusst wurde, dass die

Diebe keine Ahnung hatten, was hier vor sich ging. Sie könnten sie angreifen, sobald sie die Tür öffnete.

Sie beäugte die kleine Klappe in der Tür, durch die vielleicht das Essen gereicht wurde. Ihre Finger zitterten, als sie diese öffnete. Modrige Luft schlug ihr entgegen.

»James Macintosh?«, flüsterte sie. Es war der einzige Name, den sie kannte.

Stille.

Für einen verrückten Moment hoffte Leana, dass die Diebe möglicherweise schon geflohen waren. Doch dann sagte eine raue Stimme: »Wer will das wissen?«

Sie straffte die Schultern. »Ich muss mit dir sprechen.«

Ein leises Flüstern war zu hören. Dann sagte die Stimme wieder: »Sprecht.«

»Kannst du zur Tür kommen?«

»Nein.«

Erstaunt richtete sie sich auf. Ob das ein Trick war, damit sie die Tür öffnete?

Auf einmal hörte sie ein Klirren. »Ketten, Mädchen. Also, was willst du?«

Leana starrte auf den Schlüssel in ihrer Hand. Dafür waren also die kleinen Schlüssel. Ein Schauder lief ihr über den Rücken.

»Ich will euch befreien«, sagte sie im Flüsterton, aber so laut, dass er sie trotzdem hören konnte. Zumindest hoffte sie das.

»Und warum tust du es dann nicht?«

»Ich habe eine Bedingung.«

Sie hörte ein leises Lachen. »Welche?«

»Ihr dürft niemals wieder hierherkommen. Und euch nicht noch einmal von Duncan oder irgendjemand, der euch ihm ausliefert, schnappen lassen. Am besten stehlt ihr überhaupt kein Vieh mehr.«

Schweigen und wieder leises Flüstern. »Warum sollte ich das tun?«

»Weil ich euch sonst nicht freilasse.« Das war totaler Blödsinn, denn jetzt musste sie es vermutlich durchziehen. Das hier war ihre einzige Chance, aber das musste dieser James ja nicht wissen.

»Du lässt uns einfach so frei?«

»Ja, aber ich schließe diese Tür erst auf, wenn ihr es mir versprecht. Ihr geht jetzt sofort und kommt niemals wieder.«

Wieder Schweigen. Leana begann zu schwitzen. Als sie immer noch keine Antwort bekam, beschloss sie, zu härteren Waffen zu greifen.

»Duncan will euch hängen lassen. Schon bald. Dies ist eure einzige Chance. Ergreift ihr sie?«

Dieses Mal war die Stille kürzer. »Mach die Tür auf, Mädchen.«

»Versprecht ihr es?«

»Ich verspreche es. Ich werde niemals wieder einen Fuß auf Cameron-Land setzen.«

Erleichtert atmete Leana aus.

Ihre Hände zitterten, als sie den Schlüssel erneut ins Schloss steckte. Der erste war der falsche, der zweite passte und das Schloss sprang auf.

Sie zog die Tür auf. Erneut schlug ihr muffige Luft entgegen und es war eindeutig, dass die Eimer, in die sich die Männer erleichterten, nicht geleert worden waren. Sie atmete durch den Mund, weil sie es kaum aushielt.

Es war stockdunkel in dem Raum und sie konnte bei dem wenigen Licht, das von draußen hereinfiel, die zwei Gestalten an den Wänden nicht ausmachen. Es klirrte und einer der Umrisse bewegte sich. Der Mann stand auf.

»Warum tust du das, Mädchen?«

Leana presste die Lippen zusammen. »Das ist nicht wichtig.«

Unschlüssig blieb sie an der Tür stehen.

»Komm her und schließ die Fesseln auf.«

Auf einmal traute sie sich nicht näher an die Männer heran. Noch konnte sie zurück und die Tür wieder abschließen.

Doch dann dachte sie an Mairas Verzweiflung und schüttelte den Kopf. Diese Männer hier waren keine kaltblütigen Serienmörder, sondern einfach nur Viehdiebe. Es war okay, wenn sie sie freiließ.

»Mach schon, Mädchen.«

»Wir beißen nicht«, sagte der andere.

Leana konnte sich nicht durchringen, zu ihnen zu gehen. Also warf sie den Schlüssel zu dem Mann, der stand und von dem sie annahm, dass es James Macintosh war.

Er fing den Schlüssel auf und machte sich sofort daran, die Fesseln an seinen Füßen aufzuschließen. Es klickte, dann seufzte er zufrieden auf.

Er ging zu seinem Kameraden und kurze Zeit später kamen beide Männer auf sie zu. Schnell zog sie sich in den Vorraum zurück.

James und der andere Mann blinzelten, als sie ins Licht der Fackeln traten. Sie waren nun schon seit ein paar Tagen im Dunkeln eingesperrt.

James musterte sie von oben bis unten und runzelte die Stirn. »Bist du Gawayns Mädchen?«

Leana verschränkte die Arme. »Ich kenne keinen Gawayn.«

James legte den Kopf leicht schief. »Schien mir aber so.« Er reichte seinem Mann den Schlüssel, der hievte Schaf-John beiseite, schloss die Tür des zweiten Verlieses auf und verschwand darin.

Kurze Zeit später taumelten die nächsten beiden Männer in den Vorraum und streckten ihre Glieder. Sie blinzelten gegen das Licht und schauten Leana interessiert an.

Währenddessen öffnete einer der anderen das dritte Verlies und drinnen klirrten die Ketten. Leanas Herz schlug hart gegen ihre Rippen. Dort drin musste der Kelte sein.

James deutete auf die schlafenden Wachen und dann auf das Verlies, in dem er gewesen war. »Bringt sie da rein.«

Erschrocken schaute Leana ihn an, während die Männer schon anfingen David an den Beinen zu ziehen.

»Nein«, hörte sie sich auf einmal bestimmt sagen. »Sie

bleiben hier.«

James schüttelte den Kopf. »Wenn sie aufwachen, werden sie Alarm schlagen. Wir brauchen Zeit, um weit genug weg zu sein.«

Die Männer traten aus dem dritten Verlies und es fiel Leana schwer, sich auf James zu konzentrieren, denn sie spürte den Blick des Kelten auf sich.

Trotzdem schüttelte sie den Kopf. »Sie werden viele Stunden schlafen. Vermutlich bis morgen früh.«

Misstrauisch beäugte James die Wachen. »Hast du sie in den Schlaf versetzt? Ist es ein Zauberspruch?«

Er fragte es nicht mit einem Lachen, sondern so als ob er wissen wolle, was es heute zum Abendessen gegeben hatte. Leana hob das Kinn. »Nein, ein Trank. Der wirkt besser. Die Männer werden nicht eingesperrt.«

James hob die Schultern. »Ich verlasse mich auf dich, Mädchen.« Er gab seinen Männern ein Zeichen und sie schoben David wieder in den Vorraum.

»Aber schließt die Türen wieder ab«, sagte sie. So würde es länger dauern, bis das Verschwinden der Diebe bemerkt wurde. Das würde auch ihr mehr Zeit geben.

Innerhalb weniger Augenblicke hatten die Männer die Türen verschlossen und standen nun um James herum. Alle Blicke auf Leana gerichtet. Doch sie sah nur zu James. »Geht jetzt«, sagte sie leise. »Je eher ihr verschwindet, desto besser.«

Auf einmal war ihr furchtbar übel. Jetzt würde sie es nicht mehr rückgängig machen können. Es sei denn, sie schlug Alarm und hoffte, dass Niall die Diebe wieder einsperrte. Für einen Moment war sie versucht, das zu tun, einfach weil es sich so falsch anfühlte, Duncan derart zu hintergehen.

Doch dann sagte einer der Männer ungläubig: »Danke, Mylady.«

Die anderen nickten nur.

»Los, Männer«, sagte James, als ob er ihre Gedanken gelesen hätte. »Was ist der beste Weg hier raus, Mylady? Führt Ihr uns?«

Entsetzt öffnete sie den Mund. So weit hatte sie nicht gedacht. »Ich weiß es nicht«, gab sie schließlich zu.

Der Kelte schaute sie die ganze Zeit unverwandt an und sie bemühte sich sehr, nicht in seine Richtung zu blicken. Er war ihr ein bisschen unheimlich.

James runzelte die Stirn. »Wir werden einen Weg finden. Ihr geht voraus«, sagte er zu Leana.

»Nein«, sprach der Kelte.

Leana lief ein Schauder über den Rücken. Es war nur ein Wort gewesen, aber es hatte so viel mehr Bedeutung darin gelegen. Seine Stimme war tief und ihr Klang verursachte ihr eine Gänsehaut.

»Sie bleibt. Geht allein, ich muss noch mit ihr reden.«

Erschrocken verschränkte sie die Arme und schüttelte den Kopf. »Nein, bitte nicht. Ich …«

Ruhig schaute er sie aus seinen grünen Augen an. Neugierig irgendwie. Doch das brachte sie noch mehr aus der Fassung.

»Ich muss gehen«, stieß sie hervor, fuhr herum und rannte die Treppe hoch, so schnell sie konnte. Sie musste fort von hier.

Oben im Gang raffte Leana ihre Röcke und eilte so schnell sie konnte, ohne wie eine Flüchtige zu wirken, in Richtung ihres Zimmers. Kurz davor kam ihr eine Magd mit einem Tablett voll Geschirr entgegen.

»Mylady. Zieht Ihr Euch schon zurück?«, fragte sie freundlich.

Leana verlangsamte ihre Schritte und schaffte es nicht zu antworten, sondern nickte nur.

Die Magd zögerte kurz. »Habt Ihr gehört, dass Duncan wieder da ist?«

Leanas Herz schlug schneller und auf einmal fiel es ihr sehr schwer, zu atmen.

Duncan war wieder da. Und sie hatte die Diebe befreit.

Auf einmal wollte sie nur noch weg. Doch sie durfte sich ihre Panik nicht anmerken lassen.

»Das ist gut zu wissen. Danke, dass Ihr es mir gesagt habt. Ich ziehe mich trotzdem zurück.«

Die Magd nickte nur und eilte weiter.

Kaum war sie außer Sichtweite, begann Leana doch zu rennen. Sie wollte Duncan auf gar keinen Fall begegnen.

8

Das Turmzimmer erreichte sie, ohne noch jemanden zu treffen. Dort angekommen, ließ Leana sich aufs Bett sinken und vergrub das Gesicht in den Händen.

Duncan war wieder da. Ob er ihr verzeihen würde, was sie getan hatte? Der Gedanke war beängstigend. Was sollte sie tun, wenn er sie der Burg verwies? Würde sie dann niemals mehr hierherkommen können? Das beunruhigte sie, doch dann sagte sie sich, dass es das wert gewesen war. Schließlich ging es um Mairas Gesundheit. Das musste Duncan doch einsehen.

Vielleicht würde er ja auch gar nicht mitbekommen, dass sie es gewesen war. Für den Bruchteil einer Sekunde stieg Erleichterung in ihr auf, doch dann begriff sie, dass dies ein ganz anderes Problem verursachen würde.

Wenn Duncan nicht wusste, dass sie es gewesen war, würde er jemand anderen beschuldigen. Womöglich Maira selbst.

Sie musste Duncan beichten, dass sie es gewesen war. Bei diesem Gedanken drehte sich ihr der Magen um und sie legte eine Hand darauf. Der Ehemann ihrer Cousine war ein großartiger Mensch, aber er konnte furchteinflößend sein. Vor allem wenn er im Kriegermodus war, wie Leana es manchmal nannte. Es war, als könnten er und Niall von einem Moment auf den anderen von fürsorglichen Ehemännern und guten Freunden zu Kriegern werden, die keine Gnade kannten.

Sie könnte Duncan auch einen Brief mit ihrem Geständnis schreiben und ihn hier im Zimmer lassen. Dann musste sie es ihm nicht persönlich sagen und wenn man das Verschwinden der Diebe entdeckte, würde bestimmt jemand den Brief finden und Duncan geben. Und sie selbst wäre dann weit weg.

Vielleicht konnte sie in der Zukunft ausharren, bis eine der anderen Frauen ihr sagte, dass Duncan ihr verziehen hatte und sie zurückkommen konnte.

Mit zitternden Fingern holte Leana etwas von dem Pergamentpapier aus der Truhe, das sie aus der Zukunft mitgebracht hatten. Dort war es viel günstiger als hier und so konnten sie leichter Nachrichten verfassen.

Sie trat hinter den Paravent, der den Tisch abschirmte, sodass man ihn von der Tür aus nicht sehen konnte. Sie hatten ihn aufgestellt, damit niemand gleich den Stein sah – oder eine der Frauen, wenn sie aus der Zukunft hier ankam. Die Mägde hatten die Anweisung, diesen Teil des Raumes nicht zu betreten.

Auf dem Tisch lag der Stein. Wie immer beschleunigte sich ihr Herzschlag, als sie den Stein sah und auch wenn sie es hasste, ihn zu benutzen, so konnte sie es heute gar nicht erwarten. Sie setzte sich an den Tisch und tauchte die Feder in das Tintenfass. Lange überlegte sie, wie sie den Brief beginnen sollte und ihre Nervosität stieg mit jeder Minute. Sie rechnete damit, dass jeden Moment Alarm geschlagen wurde, weil jemand das Verschwinden der Diebe entdeckt hatte.

Es blieb ruhig, aber trotzdem hatte Leana das Gefühl, dass sich Unheil zusammenbraute. Sie fühlte es regelrecht in ihrem Magen.

Beinahe hätte sie auf dem Federkiel herumgekaut, so wie sie es früher in der Schule mit den Bleistiften auch getan hatte. Zum Glück besann sie sich noch rechtzeitig.

Lieber Duncan, schrieb sie schließlich. Ihre Hände zitterten, aber sie zwang sich, weiter zu schreiben. *Aus tiefstem Herzen möchte ich mich bei Dir entschuldigen. Das, was ich getan habe, ist mir nicht leichtgefallen und ich habe es nicht in der Absicht getan, Dir und Clan Cameron zu schaden. Ganz im Gegenteil. Ich wollte Maira helfen, deswegen habe ich eine Entscheidung ...*

Doch weiter kam sie nicht, denn hinter ihr öffnete sich die Tür. Der Luftzug ließ die Flamme der Bienenwachskerze flackern.

Erschrocken fuhr Leana herum, doch sie konnte nichts sehen, weil sie hinter dem Paravent saß, der den Tisch und den Stein verbarg. Als sie aufstehen wollte, stieß sie das Tintenfass um. Die schwarze Flüssigkeit ergoss sich über den Brief, das Holz und auf ihren Schoß, Leana fluchte und sprang auf.

Mit einem Klicken schloss sich die Tür wieder und der Riegel wurde davorgeschoben.

Leanas Herz schlug ihr bis zum Hals, als sie hinter dem Paravent hervortrat – und erstarrte.

An der Tür stand der Kelte. Mit undurchdringlicher Miene starrte er sie an.

Leana war sich nicht sicher, ob ihr Geist ihr nicht möglicherweise einen Streich spielte. Er konnte nicht hier sein. Er war auf der Flucht.

Ihr Herz schlug so laut, dass sie sich sicher war, dass er es hören musste.

Aus grünen Augen musterte er sie durchdringend, fragend und sein Blick war so intensiv, dass Leana ihn fast nicht ertrug.

»Was tut Ihr hier?«, brachte sie hervor. Es fiel ihr schwer, die richtigen gälischen Worte zusammenzubringen, da ihr Kopf Englisch sprechen wollte.

Er antwortete nicht, sondern legte den Kopf schief und trat einen Schritt zu ihr.

»Bleibt stehen«, sagte sie mit einem Keuchen. »Kommt nicht näher.«

Er tat, was sie gesagt hatte. In seinen Augen stand eine Frage, aber er stellte sie nicht und Leana verstand sie nicht.

Sie versuchte zu begreifen, warum er in ihrem Zimmer

war, aber sie konnte es sich nicht erklären. Er sollte lange fort sein. Sie straffte die Schultern. »Geht jetzt endlich. Es ist zu gefährlich.«

Langsam schüttelte er den Kopf. »Ihr erkennt mich nicht.«

Es war keine Frage, sondern eine Feststellung. Und er klang enttäuscht.

Leana blinzelte. Sollte sie ihn kennen? Hatte sie etwas verpasst?

»Geht endlich«, flehte sie. »Ich habe Euch nicht das Verlies geöffnet, damit Ihr hier in mein Zimmer kommt. Ihr müsst fliehen. Die Burg ist kein sicherer Ort für Euch.«

Wieder schüttelte er den Kopf. »Aber ich kann nicht.«

Er sagte es so, als ob sie es verstehen müsste.

Leana rieb sich über die Stirn. »Warum nicht? Habt Ihr den Weg aus der Burg nicht gefunden? Wo sind die anderen Männer?« Grundgütiger, wenn man die Diebe in der Burg fasste, dann wäre all das umsonst gewesen und es würde alles noch viel schlimmer werden. Maira würde das nicht überstehen.

Er hob die Schultern. »Vermutlich irgendwo in den Hügeln.«

»Und warum seid Ihr nicht bei ihnen?«

Wieder trat er einen Schritt näher und sie streckte die Hand aus, um ihn aufzuhalten.

Aufmerksam musterte er sie. »Weil ich nicht ohne Euch gehen kann.«

»Was?« Ungläubig starrte sie ihn an und es dauerte einen Moment, bis sie begriff, dass sie Englisch gesprochen hatte. Aber sie war sich nicht sicher, ob sie ihn richtig verstanden hatte. »Was habt Ihr gesagt?«, wiederholte sie auf Gälisch.

Er runzelte die Stirn, als würde er ihre Frage nicht verstehen. Dann sagte er leise: »Ich bin hier, um Euch zu holen.«

Sie musste sich verhört haben. »Nein«, erwiderte sie heftiger als beabsichtigt. »Ich möchte, dass Ihr jetzt endlich geht.«

Wieder kam er einen Schritt näher und unwillkürlich wich

sie zurück. Sie stieß an den Paravent, der gefährlich ins Wanken kam. Langsam bekam sie Angst vor ihm. Womöglich war er wahnsinnig. Welcher normale Mensch ergriff in einer solchen Situation nicht die Flucht, sondern blieb in der Burg?

Ein bitterer Ausdruck trat in seine Augen. »Ich dachte wirklich, Ihr erkennt mich.«

Sie schüttelte den Kopf. »Ich kenne Euch nicht.« Und sie wollte ihn auch nicht kennenlernen. Er sollte einfach nur gehen. »Verschwindet. Bitte.«

Er schloss kurz die Augen, als würden ihre Worte ihm Schmerzen bereiten. »So versteht doch. Ich bin Euretwegen hierhergekommen. Ich kann nicht einfach gehen. Nicht nach all den Jahren.«

Ungläubig starrte sie ihn an. »Meinetwegen? Aber ... warum?«

Er kam noch näher und streckte die Hand nach ihr aus, so als würde er einem ängstlichen Hund die Gelegenheit geben wollen, an ihm zu schnuppern.

Leana presste sich an den Tisch. Ein Tintentropfen landete neben ihrem Fuß. Sie konnte nicht weiter zurück, aber sicher auch nicht an ihm vorbei zur Tür. Er war genauso groß gebaut wie Duncan und Niall und schien ebenso kampferprobt. Sie hätte keine Chance gegen ihn.

Sie bemerkte, wie sein Blick zum Bett flackerte und auf einmal machte sich eine fürchterliche Angst in ihrem Bauch breit. Doch dann erinnerte sie sich daran, was Tavia ihr einmal erklärt hatte. Wenn jemand sie bedrohte, musste sie selbstbewusst auftreten, selbst wenn sie sich nicht so fühlte.

Also straffte sie die Schultern. »Wenn Ihr mir Gewalt antun wollt, werde ich schreien und Duncan wird sofort hier sein. Ihr habt keine Chance.«

Er zog die Augenbrauen zusammen und trat einen Schritt zurück. »Ich würde Euch niemals Gewalt antun. Was haltet Ihr von mir?«

Wäre diese Situation nicht so angsteinflößend gewesen, hätte sie gelacht. »Ich weiß nur, dass Ihr ein Viehdieb seid.

Woher soll ich wissen, ob Ihr nicht auch Frauen vergewaltigt?«

Der Blick aus seinen grünen Augen wurde hart. »Ich würde so etwas einer Frau niemals antun. Und schon gar nicht Euch.« Er sagte es so ernst, dass sie die Ehrlichkeit heraushörte und sich ein wenig entspannte.

»Ich habe trotzdem Angst vor Euch«, gab sie zu und auch wenn es nicht selbstbewusst war, so musste sie es sagen. Seinen Worten nach zu urteilen, schien er ja so etwas wie Ehre zu haben. Vielleicht konnte sie daran appellieren. »Deswegen will ich, dass Ihr geht.«

Er atmete tief durch. »Ich hatte nicht erwartet, dass Ihr Angst vor mir habt.«

Leana runzelte die Stirn. Sie war versucht, ihn zu fragen, was er damit meinte, aber sie entschied sich dagegen.

»Geht. Sonst schreie ich und dann wird Duncan Euch wieder festnehmen und dieses Mal werdet Ihr ganz sicher hängen. Ich werde Euch nicht noch einmal befreien können.« Ihr lief ein Schauder über den Rücken.

»Ich habe kein Vieh von den Camerons gestohlen.« Es klang, als wäre er beinahe traurig darüber, dass sie ihn für so jemanden hielt.

»Es ist mir egal, wer oder was Ihr seid oder was Ihr getan habt. Es wird uns beiden schlecht ergehen, wenn sie Euch hier erwischen.«

Er nickte. »Wir sollten wirklich aufbrechen. Kommt.«

Er wollte nach ihrem Arm greifen, doch Leana zog ihn weg und wich rückwärts aus. Der Stuhl polterte zu Boden.

»Fasst mich nicht an!«, fauchte sie. »Ich gehe ganz sicher nicht mit Euch mit.«

Er hielt inne, die Hand schwebte vor Leana in der Luft. Ihre Blicke trafen sich und sie sah eine Frage in seinen Augen. Was wollte er nur von ihr?

»Ihr werdet mitkommen.« Es klang nicht wie ein Befehl, sondern wie eine Feststellung, so als wäre es eine Tatsache und als ob er sich wundern würde, dass sie das nicht begriff.

»Nein. Warum sollte ich?«

»Weil es uns so prophezeit wurde.«

Auf einmal schlug Leanas Herz sehr schnell und sie fühlte, wie ihr der Schweiß ausbrach. Ein Bild stieg in ihr auf, doch sie kämpfte es nieder und schaute nicht genau hin. Sie wollte das hier alles nicht.

Sie hatte keine Chance, ihm zu entkommen. Er stand zwischen ihr und der Tür, sie würde es niemals dorthin schaffen.

Doch der Stein lag neben ihr auf dem Tisch. Sie bräuchte nur etwas Zeit.

Sie hob langsam die Hände. »In Ordnung«, sagte sie, doch bevor sie weitersprechen konnte, fragte er erleichtert: »Dann kommt Ihr mit mir?«

Leana schüttelte den Kopf. »Nein. Ich bin bereit mit Euch darüber zu sprechen. Ich habe Fragen. Aber bitte gebt mir etwas Raum.«

Er nickte und trat ein paar Schritte zurück.

»Weiter«, sagte sie. »Bis zur Tür.«

Er gehorchte sofort und Leana spürte, wie unwohl sie sich unter seinem Blick fühlte. Wieder stieg vor ihrem inneren Auge dieses Bild auf. Sie saß an einem Feuer und vor ihr saßen mehrere Männer in Highlandtracht. Sie sprach mit ihnen und die Männer nickten ernst. Der Kelte stand hinter den Männern und lächelte sie an, als wäre er stolz auf sie. Sein Lächeln erfüllte sie mit Freude.

Erschrocken kniff sie die Augen zusammen. Sie wollte das nicht sehen.

Verstohlen blickte sie sich nach dem Stein um. Wenn sie ihn benutzen wollte, musste sie den Kelten ablenken. Am besten war es, wenn sie ihn zum Reden brachte.

Unerwartet sah sie ein anderes Bild. Eine grauhaarige Frau saß neben einem großen Fenster. Der Kelte stand vor ihr. Die Frau nahm sein Gesicht in beide Hände und küsste ihn auf die Stirn, als würde sie ihm Absolution erteilen.

Wieder fühlte sie ein warmes Gefühl von Erkennen.

Woher kamen all diese Bilder und was hatten sie zu bedeuten? Doch eigentlich war es egal. Dieser Mann brachte gerade alles durcheinander und sie musste dafür sorgen, dass er ging.

Sie räusperte sich. »Ich glaube, ich muss mich setzen.«

»Geht es Euch nicht gut?«, fragte er besorgt.

Leana schluckte. »Wie würde es Euch denn gehen, wenn ein Fremder auf einmal in Euer Zimmer kommt und verlangt, dass Ihr mit ihm geht?«

Lange schaute er sie an, schließlich nickte er. »Ich bin wirklich ein Fremder für Euch.«

»Ihr seid erstaunt. Dann sagt mir, wer Ihr seid.« Sie stellte den Stuhl auf, dessen Sitzfläche mit Tinte beschmutzt war. Trotzdem setzte sie sich darauf und zog gleichzeitig den Stein zu sich heran.

Als sie das kühle Gestein berührte, fühlte sie ein leichtes Summen, aber es war nicht das starke Ziehen, wie sie es vor ein paar Tagen gemerkt hatte, als sie hierhergekommen war. Vermutlich würde es schwierig werden, schnell zu gehen.

Der Kelte atmete tief durch. »Mein Name ist Gawayn Macvail.«

Sie wartete darauf, dass er noch mehr sagen würde, doch er betrachtete sie nur still.

Dieser Name. Ein sanftes Kribbeln breitete sich in ihrer Brust aus. Doch sie konnte sich nicht daran erinnern, dass sie schon einmal von einem Gawayn Macvail gehört hatte.

Sie zog den Stein noch näher zu sich und räusperte sich. »Ihr habt von einer Prophezeiung gesprochen. Erzählt mir davon.«

Wieder schaute er sie eine Weile einfach nur an, dann stieß er sich von der Tür ab. Aber anstatt zu ihr zu kommen, schlenderte er zum Fenster.

Nun war sie durch den Paravent vollkommen von ihm abgeschirmt. Leana konnte ihr Glück kaum fassen. Es war der beste Moment für die Flucht.

Sie hob den Finger und begann, das Muster auf dem Stein nachzumalen. Doch der Stein zog nicht an ihr. Ihr Zeigefinger begann die zweite Runde und sie spürte, wie sie ins Schwitzen kam.

»Habt Ihr noch nie von der Prophezeiung gehört?«

Mit einem Kopfschütteln fuhr sie das Muster entlang. Langsam stieg der vertraute Sog in ihr auf und ihr wurde ein wenig schwindelig. Vor Erleichterung hätte sie beinahe geschluchzt.

Sie konzentrierte all ihre Sinne auf das Muster und als die Zeit immer heftiger an ihr zog, waberte auf einmal ein Bild vor ihrem inneren Auge umher.

Es war Gawayn. Er lag auf dem Boden, sein Gesicht schmerzverzerrt und blutig. Die Spitze eines Schwertes ruhte an seiner Kehle, als würde jemand ihm im nächsten Moment den Todesstoß versetzen.

Dieses Bild brachte puren Terror mit sich und Leana keuchte auf. Ihr ganzer Körper war für einen Moment wie gelähmt vor Angst, doch dann verwandelte sich dieses Gefühl in eine lodernde Wut, wie Leana sie bisher nur einmal in ihrem Leben gefühlt hatte. Als sie erfahren hatte, dass ein betrunkener Fahrer auf der Flucht vor der Polizei ihrem Mann das Leben genommen hatte.

Sie versuchte, sich gegen das Bild zu wehren, doch dieses Mal verschwand es nicht.

Zum Glück zog die Zeit an ihr und Leana ließ sich dankbar in das Tor fallen, endlich würde sie all dem hier entkommen.

Doch sie konnte nicht anders, als dem Kelten Glück zu wünschen, dass er mit heiler Haut hier herauskommen möge. Aus Eriness und auch aus der Situation, die sie eben gerade gesehen hatte.

Plötzlich riss etwas an ihren Schultern und sie hörte einen Schrei. Sie fiel, landete auf dem Boden.

Ihr Kopf schlug auf und Leana sog zischend die Luft ein.

Es war, als würde sie schnell fahren und jemand abrupt bremsen, sodass sie schmerzhaft in den Sitz gepresst wurde.

Ein weiterer Schrei durchdrang ihr vernebeltes Bewusstsein.

Dann fühlte sie, wie sich etwas über ihren Mund legte.

9

Ein kühler Wind strich über ihr Gesicht und Leanas erster Gedanke war, dass sie das Fenster im Cottage aufgelassen haben musste.

Dann landeten ein paar Wassertropfen auf ihren Wangen und sie fühlte, dass der Boden unter ihr schwankte. Irgendetwas engte sie ein und sie spürte die Wärme eines anderen Menschen direkt an ihrem Rücken. Jemand lag hinter ihr und hielt sie fest.

Entsetzt riss sie die Augen auf, doch es war so dunkel, dass sie nichts erkennen konnte. Schemenhaft schälten sich Silhouetten aus der Dunkelheit. Felsen, Bäume ...

In diesem Moment begriff sie, dass sie gar nicht lag, sondern saß. Es wackelte unter ihr. Ein Schwindelgefühl ergriff sie und sie keuchte.

»Nicht schreien«, sagte eine tiefe Stimme neben ihrem Ohr.

Sie hörte Hufschlag und auf einmal begriff sie.

Sie saß auf einem Pferd. Unter ihren Händen spürte sie die raue Mähne. Hinter ihr musste jemand sitzen, denn ein starker Arm hielt sie eisern fest.

Sie versuchte, diesen Arm wegzudrücken, aber sie hatte keine Chance.

Ihr Kopf schmerzte fürchterlich und ihr war schlecht. Hatte man sie betäubt? Oder sie bewusstlos geschlagen?

»Lasst mich runter«, wimmerte sie.

Er zog sie etwas fester an sich. »Das geht nicht. Bitte bleibt ruhig. Euch wird nichts geschehen.« Das war dieser Kelte.

Sie brauchte jedoch einen Moment, bis sie sich an seinen Namen erinnerte. Gawayn.

Und dann verstand sie, was geschehen war. »Ihr entführt mich«, sagte sie und auf einmal fiel ihr das Atmen schwer. Er hatte sie mitnehmen wollen und sie hatte versucht zu fliehen. Anscheinend hatte er sie doch noch erwischt, bevor sie in die Zeit gefallen war.

Er antwortete nicht gleich, aber sie spürte, wie er tief Luft holte. »Es tut mir leid. Es gab keine andere Möglichkeit.«

Sie öffnete den Mund, um zu schreien, doch er legte eine Hand darauf.

»Nicht.« Seine Stimme war nicht herrisch, sondern sanft und bittend.

Tränen schossen Leana in die Augen und ihre Kehle zog sich schmerzhaft zusammen. Dieser Mann hatte sie entführt und sie konnte nichts dagegen tun.

Dabei war sie doch eben noch in die Zeit gefallen! Eigentlich hätte sie im Cottage aufwachen müssen, aber nun war sie hier und hatte keine Ahnung, wie sie hierher gekommen war. Hatte sie womöglich einen Teil vergessen? Das war doch so, wenn man traumatisiert war, dann hatte man einen Filmriss.

Sie wimmerte und versuchte, seine Hand von ihrem Mund wegzuziehen.

Er seufzte leise. »Habt keine Angst. Ihr habt vor mir nichts zu befürchten. Ich würde Euch niemals etwas tun, ganz im Gegenteil. Ich werde Euch mit meinem Leben beschützen, und wenn es das Letzte ist, was ich tue.«

Zuerst fiel es Leana schwer, seine Worte überhaupt zu begreifen. Sie waren absurd, schließlich entführte er sie gerade.

Aber merkwürdigerweise stellte sie fest, dass ein kleiner

Teil in ihr ihm glaubte. Außerdem konnte sie wirklich nichts tun. Wenn sie sich nicht irrte, waren sie irgendwo in den Bergen und er hatte sie in seiner Gewalt. Selbst wenn sie schrie, würde sie vermutlich niemand hören. Und in der Dunkelheit konnte sie auch niemand so schnell finden.

Sie war ihm vollkommen ausgeliefert. Als diese Erkenntnis sie traf, sackte sie in sich zusammen. Es hatte keinen Zweck zu kämpfen.

Als spürte er, dass sie ihren Widerstand aufgab, nahm er ihr die Hand vom Mund und lockerte seinen Griff um ihre Mitte. Jetzt konnte Leana etwas leichter atmen.

Ihr Kopf schmerzte und ihr gesamter Körper fühlte sich schwer und träge an, aber das war manchmal so nach den Reisen. War sie überhaupt durch die Zeit gereist? Oder war die Reise unterbrochen worden?

Sie hatte Durst und ihr Kleid scheuerte bei jedem Schritt des Pferdes an ihrem Oberschenkel. Sie setzte sich etwas anders zurecht. Dabei merkte sie, dass das Tier keinen Sattel trug. Das war merkwürdig.

Aber eigentlich war es noch merkwürdiger, dass ihr Entführer überhaupt ein Pferd besaß. Schließlich war er doch selbst gerade aus der Burg geflohen. Oder war das von langer Hand vorbereitet gewesen? Schließlich hatte er gesagt, dass er gekommen war, um sie zu holen.

Oh Gott, war das gruselig. Er hatte seine Drohung wahr gemacht und sie einfach mitgenommen. Sie bemühte sich, ruhig zu atmen. Doch ihr ganzer Bauch war so angespannt, dass nur eine Art Zischen aus ihrer Lunge kam.

Langsam gewöhnten sich ihre Augen an die Dunkelheit. Sie konnte ein paar Felsen ausmachen. Eine Baumgruppe. Die dunklen Ohren des Pferdes. Irgendwo rauschte ein Bach.

»Wo sind wir?«
»Unterwegs.«
»Wohin?«
»Nach Hause.«

Wieder verengte sich Leanas Hals schmerzhaft. Zu Hause war für sie weit weg. Viel weiter, als er ahnte.

»Bringt mich zurück«, stieß sie hervor.

Sie fühlte, wie er den Kopf schüttelte. »Ich kann nicht.«

»Bitte«, flüsterte sie. »Ich habe Angst.«

Er zog sie etwas enger an sich, legte seine Hand auf ihre und drückte diese. »Ich weiß«, sagte er schlicht. »Es tut mir ehrlich leid, dass ich Euch das antun muss. Ich hatte nicht erwartet, dass ...« Er brachte den Satz nicht zu Ende.

»Dass was?«, hakte sie nach.

Eine Windböe trieb ihr weitere Regentropfen ins Gesicht und auf einmal fröstelte sie.

Gawayn fluchte leise, dann ließ er sie los und nur wenige Augenblicke später, als Leana gerade überlegte, ob sie die Gelegenheit nutzen und sich vom Pferd fallen lassen sollte, legte er sein Plaid um sie beide. »Der Regen wird noch stärker werden, aber wir können nicht anhalten. Ich hoffe, Euch ist warm genug. Wir werden in ein paar Stunden eine Rast einlegen.«

Seine Fürsorge irritierte sie. Immerhin hatte dieser Mann sie entführt.

Eine Weile ritten sie schweigend. Tatsächlich peitschte ihnen der Regen bald ins Gesicht und Leana senkte den Kopf. Die Tropfen fühlten sich wie Nadelstiche an.

Das Pferd schnaubte und schüttelte den Kopf, ging aber unbeirrt weiter.

Leana dachte an Eriness und die anderen. Vielleicht hatte man ihr Verschwinden schon bemerkt, vielleicht suchten Duncan und Niall und möglicherweise auch Tavia bereits nach ihr und waren ganz nah. Aber irgendwie glaubte sie nicht daran.

Niemals hätte sie geglaubt, dass ihr so etwas passieren würde. Sie befand sich in einer Regennacht auf einem Pferd irgendwo im Hochland. Wenn dieser Gawayn sie umbringen oder ihr etwas antun wollte, würde man niemals eine Spur von ihr finden. Bei diesem Gedanken erschauderte sie.

Dann fiel ihr ein, dass alle dachten, dass sie ins 21. Jahrhundert gereist war. Keiner würde sie vermissen. Und damit würde auch niemand nach ihr suchen.

Panik stieg in ihr auf und ihr war, als würde jemand ihr Herz zusammenquetschen. Niemand würde sie jemals finden und vermutlich würde sie nie wieder nach Eriness oder in die Zukunft zurückkehren können. Es sei denn, sie würde einen Weg finden, sich zu befreien.

»Alles wird gut«, hörte sie Gawayns Stimme auf einmal direkt neben ihrem Ohr und er strich ihr wieder über die Hand, als hätte er ihre Gedanken gelesen.

Zu ihrer Überraschung brandete Ärger in ihr auf. »Das könnt Ihr nicht wissen.«

Wieder stieg ein Bild ungebeten vor ihrem inneren Auge auf. Es war wieder das von der alten Frau und Gawayn. Leana wusste nicht, warum ihre Kehle eng wurde, als ob das Bild sie anrühren würde.

Es ärgerte sie, dass sie diese Bilder sah. Wollte ihr Gehirn ihr damit möglicherweise helfen, die Entführung besser zu verarbeiten?

Er lachte leise. »Ihr wisst, dass es stimmt.«

Leana wischte sich den Regen aus dem Gesicht und als Gawayn das Plaid ein wenig zurechtrückte, damit sie mehr vom Regen geschützt war, schlug sie seine Hand weg und tat es selbst.

»Gar nichts weiß ich.«

Er schwieg einen Moment. »Aber Ihr habt doch das zweite Gesicht, nicht wahr?«

Sie erstarrte. »Nein«, antwortete sie. Eigentlich log sie nie, aber wenn sie Blaire und Duncan anlügen konnte, was sie niemals hätte tun sollen, dann konnte sie auch diesen Mann anlügen. »Ich hätte Euch niemals aus dem Verlies befreien sollen.«

»Darf ich fragen, warum Ihr das getan habt?«

Sie straffte die Schultern und schaute auf die Pferdeohren,

die in der fast komplett dunklen Nacht auf und ab wippten.
»Nein, dürft Ihr nicht.«
»Warum nicht?«
»Weil es Euch nichts angeht. Ich hätte es nicht tun sollen. Es war ein Fehler.«
Wieder zog er sie ein bisschen zu sich. Sie hasste es, dass es sich gar nicht so schlecht anfühlte, weil sie mehr von seiner Wärme abbekam. »Ich bin sehr dankbar, dass Ihr es getan habt. Zwar wusste ich, dass wir befreit werden, aber nicht, dass Ihr selbst es sein würdet.«
Leana rückte wieder ein Stück von ihm ab. »Was soll das heißen? Woher wusstet Ihr, dass Ihr befreit werden würdet?«
Obwohl sie sein Gesicht nicht sehen konnte, wusste sie, dass er lächelte. Es war anstrengend, dass er so ruhig war. »Ich weiß es aus den gleichen Gründen wie Ihr.«
»Ihr sprecht in Rätseln«, fuhr sie ihn an und lehnte sich nach vorn, damit sich ihre Körper nicht mehr berührten.
Zum Glück ließ der Regen ein bisschen nach. Trotzdem waren ihre Beine nass und ihre Füße eiskalt. Und dieser Mann trieb sie in den Wahnsinn.
»Sagt mir, warum Ihr mich mitgenommen habt«, forderte sie.
»Das tue ich, wenn wir Rast machen.«
»Und wann wird das sein?« Vielleicht ergab sich dann eine Gelegenheit für die Flucht. Eines war sicher, wenn sie hier mit heiler Haut herauskam, würde sie zurück in ihre eigene Zeit gehen und niemals wiederkehren. Zu Hause hätte sie wenigstens die Polizei rufen können oder man hätte es bemerkt, wenn sie fehlte und es gab bessere Geräte, mit denen man sie hätte orten können. Niemals hätte sie gedacht, dass sie Wärmebildkameras, Hubschrauber und GPS-Trackingsysteme in der Vergangenheit vermissen würde.
»Spätestens, wenn es dämmert. Es ist besser, wenn wir noch ein wenig weiter von Eriness fortkommen.«
Leana holte tief Luft. »Duncan wird mich finden. Und wenn er es tut, dann werdet Ihr hängen. Das ist Euch bewusst,

oder? Wäre es nicht viel besser, wenn Ihr mich einfach gehen lasst?«

Er antwortete nicht gleich. »In welchem Verhältnis steht Ihr zu Black Duncan?«

Leana erschauderte, als er den Namen sagte. Es klang immer so gefährlich. Aber im Grunde war Duncan auch ein gefährlicher Mann und in diesem Fall war es gut so, denn vielleicht machte es diesem Gawayn Angst. »Er ist mit meiner Cousine verheiratet. Ich bin also Teil seiner Familie.«

Sie spürte, wie er die Schultern straffte, so als würde ihn diese Information überraschen.

»Wie kann es sein, dass Ihr mich unbedingt entführen wollt, aber so etwas nicht über mich wisst? Warum habt Ihr mich ausgewählt? Wollt Ihr Lösegeld?«

Das Lachen vibrierte tief in seiner Brust, sodass sie es am Rücken fühlen konnte. Es ärgerte sie maßlos, dass er in dieser Situation einfach lachte.

»Ich habe Euch nicht ausgewählt. Es war vorherbestimmt.«

»So ein Blödsinn«, murmelte Leana.

Wieder atmete er tief durch. »Wie kommt es, dass Ihr manchmal Englisch sprecht?«

Erschrocken bemerkte Leana, dass sie die letzten Worte eben auf Englisch und nicht Gälisch geäußert hatte. Das ging ihr manchmal so, wenn sie sich ärgerte oder sehr aufgewühlt war.

»Das geht Euch nichts an«, sagte sie und hörte selbst, wie schnippisch sie klang.

»Ihr seid nicht aus den Highlands«, bemerkte er verwundert.

»Nein, bin ich nicht.«

Sie schwiegen eine Weile und überrascht stellte Leana fest, dass die Wärme unter dem Plaid und das Schaukeln des Pferdes sie müde machten. Kein Wunder nach dieser Aufregung. Es musste mitten in der Nacht sein, sie hatte keine Ahnung wie spät es war. Schließlich wusste sie ja nicht einmal, wie lange sie bewusstlos gewesen war.

Als sie merkte, dass sie sich gegen Gawayns breite Brust hatte sinken lassen, setzte sie sich schnell wieder auf und blinzelte die Müdigkeit weg.

»Ihr müsst erschöpft sein«, sagte er.

»Nein.« Er sollte ihre Schwäche nicht merken. Wer wusste schon, wie er sie ausnutzte.

»Ruht Euch aus, wir haben noch eine weite Reise vor uns.«

»Ich ruhe mich nur aus, wenn Ihr mir sagt, wohin wir gehen.«

Er zögerte. »Nach Clachaig.«

Leana runzelte die Stirn. Sie konnte sich nicht daran erinnern, diesen Namen schon einmal gehört zu haben. Aber trotzdem klang er irgendwie vertraut.

»Gibt es eine größere Stadt in der Nähe? Zum Beispiel Inverness oder Fort William?«

»Inverness ist drei Tagesritte entfernt.«

Das half ihr auch nicht weiter.

»Reiten wir nach Norden?«

»Nordwesten.«

Leana versuchte, sich die Karte von Schottland vorzustellen. Hatte sie den Namen irgendwo schon einmal gelesen?

»Lebt ihr dort?«

Er zögerte, dann nickte er. »Ich dachte, Ihr wüsstet davon.«

»Es tut mir leid, aber ich habe den Namen noch nie gehört.«

Er stieß einen Laut aus, der wie ein frustriertes Knurren klang.

»In ein paar Stunden werden wir über alles sprechen. Bis dahin ruht Euch aus. Ihr müsst wieder zu Kräften kommen.«

Natürlich hatte er recht, aber Leana würde einen Teufel tun, ihn das merken zu lassen.

Plötzlich merkte sie, wie er unter dem Plaid sanft über ihre Hand strich. Am liebsten hätte sie diese weggezogen, aber es war auch so unglaublich beruhigend. Sie schämte sich fast dafür, wie gut es sich anfühlte.

»Habt keine Sorge, Ihr seid sicher bei mir. Ich schwöre, dass ich Euch niemals etwas antun werde.«

Seine Stimme und seine Worte klangen so verlockend, dass sie sich liebend gern hätte hineinfallen lassen. Doch sie traute sich nicht. Sie musste wachsam sein. Dieser Mann war schließlich gefährlich, auch wenn er ihr solche Worte sagte. Wie konnte sie schließlich ihrem Entführer vertrauen?

10

Und doch musste sie eingenickt sein, denn sie erwachte, als Dämmerlicht die Landschaft schon hellgrau färbte und ein feiner orangefarbener Streifen am Horizont die aufgehende Sonne ankündigte.

Mit einem Ruck setzte sie sich auf.

»Ihr seid wach«, stellte Gawayn fest. Dann rutschte er hinter ihr vom Pferd.

Leana blinzelte und schaute sich um. Sie standen neben einem Felsvorsprung, der eine natürliche Höhle bildete. Der Boden war trocken und mit Laub bedeckt. Ein paar Bäume bildeten einen Sichtschutz und auf dem Boden war eine Feuerstelle, in der aber weder Feuer brannte noch Glut schwelte. Hier hatte schon lange niemand mehr Feuer gemacht.

In der Nähe plätscherte ein Bach und alles wirkte so friedlich. Leichter Regen prasselte auf die Blätter.

Leanas Rock war schwer von der Nässe und ihre Beine immer noch eiskalt. Nur ihr Oberkörper war herrlich warm, doch jetzt fröstelte sie, denn Gawayns Plaid lag nicht mehr um ihre Schultern.

Er stand neben dem Pferd und schaute sich ebenfalls aufmerksam um. In einem der Bäume saß ein Rabe. Der schwarze Vogel sandte sein einsames Krächzen aus, Gawayn hob den Kopf und betrachtete ihn.

Der Vogel schaute zu ihm herunter, stieß sich dann ab und flatterte über die Baumwipfel davon. Gawayn straffte die Schultern.

»Was ist?«, fragte Leana und biss sich im nächsten Moment auf die Lippe.

Er wiegte den Kopf hin und her. »Ich weiß nicht, ob es hier sicher ist.«

Leana ließ den Blick schweifen. Ohne darüber nachzudenken, sagte sie: »Es ist sicher.«

Er warf ihr einen interessierten Blick zu, dann hob er die Schultern. »Wenn Ihr das sagt, wird es wohl stimmen.«

Er wandte sich zu ihr und wollte ihr vom Pferd helfen, doch Leana schwang ein Bein über den breiten Rücken und ließ sich hinunterrutschen. So etwas konnte sie sehr wohl allein, sie brauchte seine Hilfe nicht.

Erst jetzt bemerkte sie, dass das Pferd sehr breit und stämmig war, eher ein Arbeitspferd als ein Reittier. Es hatte freundliche braune Augen, die aber sehr müde schienen. Kein Wunder, immerhin hatte es sie beide eine ganze Nacht lang getragen.

Sie klopfte dem Tier den Hals. »Danke«, sagte sie leise.

Gawayn hob die Augenbrauen. »Ihr bedankt Euch bei einem Tier?«

Leana hob die Schultern. »Es hat uns sicher durch die Nacht getragen und ist erschöpft. Außerdem habt Ihr es bestimmt genauso entführt wie mich.«

Gawayn kratzte sich am Kopf und hob die Schultern. »Ich musste Euch so schnell es ging aus Eriness wegbringen. Und da Ihr bewusstlos wart, brauchte ich ein Pferd. Zum Glück habe ich das hier in einem der Ställe im Dorf gefunden.«

Ungläubig starrte Leana ihn an. »Ihr habt es einem der Bauern aus Eriness gestohlen?«

Er seufzte. »Ich habe es geborgt.«

Leana stemmte die Hände in die Hüften. »Wollt Ihr mir

wirklich erzählen, dass Ihr vorhabt, das Tier zurückzubringen?«

»Möglicherweise, ja.«

»Und was ist mit mir? Bringt Ihr mich auch zurück?« Ihr Herz klopfte auf einmal sehr schnell.

Er schaute sie lange aus seinen grünen Augen an, dann hob er die Schultern. »Ich weiß es nicht.« Mit einem Ruck wandte er sich ab und wies auf den Boden der Höhle. »Ruht Euch doch ein bisschen aus.«

»Nein«, erwiderte Leana heftig. »Ich will, dass Ihr mir alles erklärt. Schließlich habt Ihr es versprochen. Wenn wir Rast machen, erklärt Ihr mir alles. Und das hier ist eine Rast, wenn ich mich nicht irre.«

Ein Muskel spielte an seiner Wange. Vermutlich biss er die Zähne zusammen. Doch es war ihr egal, ob er sich über sie ärgerte. Sie hatte ein paar Antworten verdient.

»Ich will jetzt wissen, warum Ihr mich entführt habt und was Ihr von mir wollt.« Ihre Stimme drohte zu kippen und schnell räusperte sie sich. Sie durfte die Panik gar nicht erst aufkommen lassen.

Er nickte langsam. »Gut. Aber nur, wenn Ihr mir auch ein paar Fragen beantwortet.«

»Ihr könnt keine solchen Forderungen stellen«, entfuhr es ihr und dann merkte sie, dass er das sehr wohl konnte, schließlich hatte er sie in seiner Gewalt. Aber sie war nicht bereit, sich geschlagen zu geben.

»Ich werde das Pferd tränken«, erklärte er ihr und nahm den geduldigen Braunen am Zügel, ohne auf ihre Feststellung einzugehen. »In der Zwischenzeit könnt Ihr ...« Er brachte den Satz nicht zu Ende, sondern zeigte auf ein paar Büsche.

Erst jetzt merkte Leana, dass sie tatsächlich musste. Aber vielleicht wäre es besser, wenn sie die Gelegenheit zur Flucht nutzte.

Gawayn schnalzte mit der Zunge und das Pferd setzte sich in Bewegung. Im Weggehen sagte er: »Wenn Ihr versucht, zu fliehen, werdet Ihr nicht weit kommen. Außerdem braucht Ihr wirklich keine Angst vor mir zu haben.«

Eine steile Falte war zwischen seinen Augen erschienen, so als würde es ihn tatsächlich stören, dass sie Angst vor ihm hatte. Das hätte er sich nur leider überlegen müssen, bevor er sie entführt hatte.

Es war Leana langsam unheimlich, dass er anscheinend ihre Gedanken lesen konnte. Er kommentierte immer genau das, was sie gerade dachte.

Während sie sich hinter die Büsche hockte, dachte sie darüber nach, ob sie es vielleicht doch versuchen sollte. Vielleicht konnte sie ihn ja bewusstlos schlagen und dann mit dem Pferd fliehen. Aber er war ein Krieger und würde sich von jemandem wie ihr ganz sicher nicht übertölpeln lassen.

Außerdem hatte sie überhaupt keine Ahnung, in welche Richtung sie reiten müsste. Schottland war ja schon groß, wenn man mit dem Auto unterwegs war, aber auf einem Pferd und bei der dünnen Besiedelung dieser Zeit könnte es Tage dauern, bis sie auf Menschen traf. Menschen, von denen sie auch nicht wusste, ob sie ihr wohlgesonnen waren. Gawayn mochte sie zwar entführt haben, aber sonderbarerweise glaubte sie ihm, dass er ihr nichts tun würde.

Es war nicht ganz einfach, mit so vielen Röcken, die nass an ihren Beinen klebten, zu pinkeln, aber irgendwie schaffte sie es doch. Statt zur Höhle ging sie hinunter zum Bach und wusch sich die Hände. Gawayn stand mit dem trinkenden Pferd ein Stück weiter flussabwärts.

Er beobachtete sie still, aber Leana tat, als bemerke sie das nicht. Über ihnen in den Bäumen rief wieder ein Rabe und sie sah aus dem Augenwinkel, dass Gawayn zu ihm hinaufblickte. Danach schaute er sich wieder um, seine Stirn war gerunzelt.

Glaubte er womöglich, dass der Rabe ihm Zeichen schickte? Leana wusste, dass viele Menschen in dieser Zeit abergläubisch waren und vielen Dingen Bedeutung zumaßen, die in der modernen Zeit verlorengegangen waren. Gerade Vögeln hingen viele Sagen und Legenden an. Raben hatten als

Galgenvögel eigentlich nichts Gutes zu bedeuten. Aber sie standen auch für die Verbindung zur Anderswelt. Das hatte sie einmal in einem Buch über Heilkünste des Mittelalters gelesen. Aus irgendeinem Grund fiel es ihr hier im 16. Jahrhundert viel leichter, daran zu glauben. Und Gawayns Gesicht nach zu urteilen, glaubte er auf jeden Fall daran. Er war unruhig.

Als das Pferd den Kopf hob und vom Wasser zurücktrat, führte er es nach oben zur Höhle. Als Leana ihnen folgte, bemerkte sie, dass der Braune den hinteren Huf ein wenig nachzog.

»Ist er verletzt?«, fragte sie.

Gawayn hob die Schultern. »Er läuft seit einiger Zeit nicht ganz rund. Er ist kein junges Tier mehr, aber hart im Nehmen.« Er strich dem Pferd über den kräftigen Hals. »Du wirst uns noch nach Hause bringen, nicht wahr?«

Das Tier schnaubte, als hätte es Gawayn verstanden.

Leana verschränkte die Arme und wandte sich ab. Sie mochte es nicht, dass er eigentlich ein Mann mit einem guten Herz zu sein schien. Viele Männer in dieser Zeit behandelten Tiere grausam oder zumindest nicht liebevoll, das hatte sie schon mehrfach erlebt. Gawayn schien keiner von ihnen zu sein.

Sie fragte sich, ob sie ihn gemocht hätte, wenn er sie nicht entführt hätte. Vermutlich ja. Und diese Antwort ärgerte sie.

Er nahm dem Pferd die Trense ab und ließ es grasen. Sofort machte sich das Pferd über das saftige Gras her.

»Habt Ihr keine Angst, dass es versuchen könnte zu fliehen?«, fragte Leana und konnte den Sarkasmus nicht aus ihrer Stimme heraushalten.

Gawayn lächelte, was zwei Grübchen in seinen Wange aufblitzen ließ, und schüttelte den Kopf. »Dazu ist er viel zu erschöpft. Außerdem hat er keine Ahnung, wo wir sind.«

Leana biss die Zähne zusammen. Damit waren sie schon zu zweit.

Sie atmete tief durch. »Würdet Ihr jetzt bitte meine Frage beantworten?«

Er hob die Augenbrauen und ließ sich auf dem Boden der Höhle nieder. Er streckte die langen Beine aus und überkreuzte sie. »Ihr meint die Frage, warum ich Euch mitgenommen habe?«

Leana nickte trotzig. »Genau die.«

»Erzählt Ihr mir dann, was in dem Zimmer passiert ist, als Ihr ohnmächtig geworden seid?«

Leana erschauderte, als sie an den Moment dachte, da sie in die Zeit gefallen war. Sie hatte keine Ahnung, was danach geschehen war, hätte es aber zu gern gewusst. Trotzdem schüttelte sie den Kopf. »Nein.«

Er schien nicht überrascht. »Ihr habt mir Angst gemacht.«

»Ich habe auch Angst. Das ist manchmal im Leben einfach so.«

Durchdringend schaute er sie an. »Es war, als ob Ihr Euch auflösen würdet. Als ich nach Euch gegriffen habe, war ich mir nicht sicher, ob ich Euch noch berühren kann. Aber dann seid Ihr einfach auf den Boden gefallen und wart bewusstlos. Doch zumindest wart Ihr wieder ganz da. Mit Leib und Seele.«

Sie erschauderte und wandte sich ab. »Ich will nicht darüber sprechen.« Sie konnte sich nicht daran erinnern, dass eine ihrer Freundinnen schon einmal davon berichtet hatte, dass jemand versucht hatte, eine Zeitreisende während der Reise anzufassen. War das nicht möglicherweise gefährlich? Vielleicht war sie deswegen bewusstlos gewesen, weil er sie angefasst und zurückgeholt hatte. Noch immer fühlte sie sich erschöpft und hatte Kopfschmerzen, und zwar viel mehr als sonst.

Sie konnte sich vorstellen, dass es für ihn merkwürdig gewesen war. Ihr hätte das auch Angst gemacht. Aber es fiel ihr auch schwer, Mitleid mit ihm zu haben. Er hätte sie einfach gehen lassen sollen, dann würden sie jetzt nicht in diesem Schlamassel stecken.

»Als ich bewusstlos war, habt Ihr mich dann einfach aus der Burg geschleift?«

»Ich habe Euch getragen. Natürlich würde ich Euch niemals schleifen.«

»Hat Euch jemand bemerkt?«

Ein feines Lächeln umspielte seinen Mund. »Man nennt mich auch den Mann der Schatten. Fear nan dubhar. Niemand sieht mich, wenn ich es nicht will.«

Leana runzelte die Stirn. Er sagte es, als wäre er James Bond oder ein Superheld.

»Wie schön für Euch«, murmelte sie.

Er lächelte. »Es ist eine nützliche Fähigkeit.«

»Und dann habt Ihr das Pferd gestohlen?«

»Ja. Ich wäre nicht weit gekommen, wenn ich Euch hätte tragen müssen. Und ich war mir nicht sicher, ob Ihr überhaupt das Bewusstsein wiedererlangt, so tief schient Ihr zu schlafen.«

»Es wäre besser gewesen, wenn Ihr mich dort gelassen hättet. Meine Cousine ist Heilerin. Sie hätte mich versorgen können.«

Langsam schüttelte er den Kopf. »Ich musste Euch mitnehmen.«

»Hat Euch etwa jemand dazu gezwungen? Für mich wäre es vollkommen in Ordnung gewesen, wenn Ihr einfach gemeinsam mit den anderen Dieben die Flucht ergriffen hättet.«

Eine Weile schaute er sie nachdenklich an, dann rappelte er sich auf. »Ihr wisst wirklich nichts von der Prophezeiung, oder?«

Leanas Magen verkrampfte sich bei diesem Wort. »Ich weiß nicht, wovon Ihr sprecht und ehrlich gesagt, ist es mir auch egal.«

Er fuhr sich mit beiden Händen durch die dunklen Haare, die danach zu allen Seiten abstanden. Am liebsten hätte sie diese wieder geglättet, doch natürlich tat sie das nicht und der Impuls erschreckte sie ein wenig. Sie wandte sich ab und starrte in den grünen Wald.

Wenn sie ehrlich war, dann war es ihr überhaupt nicht

egal, wovon er sprach. Sie war neugierig, denn es war der Grund, warum er sie verschleppt hatte.

Als er auch nichts sagte, verschränkte sie die Arme vor der Brust und wandte sich wieder zu ihm um. »Da diese ominöse Prophezeiung ja anscheinend der Grund ist, warum Ihr mich entführt habt, wünsche ich zu wissen, was es damit auf sich hat.«

»Das ist eine sehr lange Geschichte und eigentlich wäre es mir lieber, wenn Ihr Euch ausruht.«

»Ich habe mich ausgeruht. Erzählt die Geschichte«, forderte sie.

Er schaute sie nachdenklich eine Weile an, bevor er seufzte. »Wie Ihr wünscht.« Es dauerte einen Moment, bis er weitersprach. »Der Clan der Macvail war einstmals ein mächtiger Clan. Nicht groß, aber einflussreich. Wir waren nicht nur einfache Bauern, sondern haben als Heiler Königen und anderen mächtigen Männern gedient.«

Unwillkürlich lief Leana ein Schauder über den Rücken.

»Aber diese Macht und der Einfluss haben auch Begehrlichkeiten geweckt und einigen unserer Nachbarn waren wir ein Dorn im Auge. Sie sind gegen uns in den Krieg gezogen und da wir nicht so viele Männer hatten wie andere Clans, verloren wir immer mehr Land und damit auch an Einfluss. Seit es keine echten schottischen Könige mehr gibt, sondern die Engländer unseren Thron besetzen, werden unsere Dienste als Heiler nicht mehr benötigt.«

Er erzählte es nüchtern, so als wäre es nicht seiner Familie passiert. Trotzdem konnte sie den Schmerz dahinter spüren.

Irgendwo krächzte wieder der Rabe. Gawayn schaute kurz in die Richtung und nickte.

»Und was habt Ihr stattdessen getan, als Könige zu heilen?«

Er hob die Mundwinkel zu einem leichten Lächeln. »Ihr glaubt, dass wir uns auf Viehdiebstahl verlegt haben, stimmt's?«

Leanas Wangen wurden heiß. »Ihr müsst zugeben, dass Euer Verhalten diesen Schluss nahelegt.«

»Die Männer, mit denen ich auf Eriness eingesperrt war, waren nicht die meines Clans.«

»Und warum wart Ihr dann mit ihnen unterwegs?«

»Weil sie das Land der Macdonalds und Camerons bereits ausgekundschaftet hatten und ich mich Eriness so nähern konnte.«

Aus irgendeinem Grund fröstelte Leana. Sie rieb sich über die Oberarme, dabei war es hier in der windgeschützten Höhle gar nicht so kalt. »Warum wolltet Ihr in die Burg?«

Ernst fixierte er sie. »Weil ich nach Euch gesucht habe. Ich wusste, dass ich Euch auf Eriness finden würde, auch wenn ich nicht genau wusste, wer Ihr wart.«

Leana konnte kaum glauben, was sie da hörte. »Diese ominöse Prophezeiung hat Euch gesagt, dass es jemanden auf Eriness Castle gibt, den Ihr suchen sollt? Und Ihr habt ausgerechnet mich ausgewählt? Was ist, wenn Ihr Euch irrt? Vielleicht bin ich die Falsche.«

»Ihr seid es.« Er sagte es mit einer solchen Bestimmtheit, dass ihr wieder ein Schauder über den Rücken lief. »Es wurde vorausgesagt, dass Ihr unseren Clan retten werdet.«

Leana war sich sehr sicher, dass sie sich verhört hatte. Fast hätte sie gelacht. »Ihr habt Euch wirklich in der Person geirrt. Wie sollte ich denn so etwas tun? Ich kann keinen Clan retten.«

Ein schiefes Lächeln erschien auf seinem Gesicht. »Ehrlich gesagt hatte ich gehofft, dass Ihr mir das sagt.«

»Das hört sich ja nach einem sehr guten Plan an.« Er musste wirklich verrückt sein. Leana wandte sich ab und ging ein Stück aus der Höhle raus. Sofort spürte sie den Regen auf dem Gesicht und war dankbar dafür, denn ihr war, als würde sie gleich durchdrehen. Noch nie in ihrem Leben war sie in einer so abstrusen Situation gewesen.

Sie hatte immer gedacht, dass der Moment, als die Polizei nach Marcs Unfall an ihrer Tür geklingelt hatte, der unwirklichste in ihrem Leben bleiben würde. Aber das hier toppte alles. Selbst die Tatsache, dass sie durch die Zeit reisen konnte, erschien ihr normaler, als wegen einer Prophezeiung entführt zu werden, von der er nicht einmal wusste, was eigentlich genau passieren würde.

»Ich kann Euren Clan nicht retten. Ich denke wirklich, dass Ihr die falsche Frau entführt habt. Deswegen wäre es sehr freundlich, wenn Ihr mich wieder nach Eriness bringt.«

Selbst das klang absurd. So als würde sie einem Taxifahrer sagen, wohin er sie bringen sollte.

Gawayn erhob sich und trat zu ihr. »Ich bin mir sicher, dass Ihr es seid. Meine Mutter sagte, dass ich Euch in Eriness finden und nach Clachaig bringen soll.«

Leana runzelte die Stirn. »Eure Mutter? Und hat sie auch gesagt, warum? Schließlich müsste sie das doch wissen.«

Er zögerte und schüttelte den Kopf. »Sie hat diese Prophezeiung ausgesprochen. Aber sie hat nur gesagt, dass Ihr den Clan retten werdet und dass ich Euch in Eriness finde.«

Leana wischte sich mit beiden Händen über das Gesicht. »Ihr wisst schon, dass viele Frauen auf Eriness Castle leben, nicht wahr? Warum gerade ich?«

Er hob die Schultern. »Sie sagte, Euer Name wäre Leana. Da dies ein ungewöhnlicher Name ist und Ihr die einzige mir bekannte Person seid, die ihn trägt, müsst Ihr es sein.« Er blickte sie aus diesen durchdringenden grünen Augen an. »Aber ich wusste, dass Ihr es seid, bevor ich Euren Namen erfahren habe.«

Ein Kribbeln kroch Leanas Wirbelsäule entlang. »Woher wusste Eure Mutter meinen Namen? War sie schon einmal auf Eriness?« Über seinen letzten Satz wollte sie gar nicht nachdenken. Er wurde ihr ein wenig unheimlich.

»Nein, zumindest nicht, seit sie in Clachaig lebt. Seit einem Unfall vor fast zwanzig Jahren kann sie nicht mehr gut laufen und verlässt das Haus nur selten. Diese Reise könnte sie niemals auf sich nehmen.«

»Dann hat ihr jemand von mir erzählt?«

Er atmete tief durch. »Das weiß ich nicht. Aber sie sagte, dass sie Euch schon einmal getroffen hat, als sie noch eine junge Frau war. Bevor sie meinen Vater kennengelernt hat.«

Leanas Herz schlug schneller. Sie schätzte Gawayn auf Ende zwanzig, obwohl es in diesem Jahrhundert manchmal schlecht zu sagen war. Selbst wenn seine Mutter ihn mit sechzehn bekommen hatte, was in dieser Zeit durchaus üblich war, war sie bestimmt Ende vierzig. Dann war seine Mutter vor fast dreißig Jahren eine junge Frau gewesen und sie selbst damals noch ein Kind. Wo sollten sie sich da getroffen haben?

Das alles ergab keinen Sinn. Es sei denn ...

Leanas Herz schlug schmerzhaft gegen ihre Rippen. Es sei denn, dass die Zeit nicht linear für sie beide verlaufen war.

»Wie alt ist Eure Mutter?«

Gawayn hob die Schultern. »Ich weiß es nicht genau. Vielleicht fünfzig Jahre?«

»Hat sie gesagt, wo sie mich getroffen hat?«

Er schüttelte den Kopf.

Leana versuchte, sich zu beruhigen und nachzudenken. »Wie ist der Name Eurer Mutter?«

»Giselle Macvail.«

»Giselle?« Leana konnte sich nicht daran erinnern, ob dies ein alter Name war, denn hier hatte sie ihn noch nie gehört. Aber in ihrer Zeit hatte sie den durchaus gehört, und das nicht nur bei einem Supermodel.

Könnte Gawayns Mutter eine Zeitreisende sein? Sollte sie ihn direkt danach fragen? Typischerweise wussten Männer nichts von den Zeitreisen, aber wenn Gawayn ihr Sohn war und sie ein gutes Verhältnis hatten ...

Fragend schaute er sie an, sagte aber nichts.

»Ich erinnere mich leider nicht an ein Treffen«, sagte Leana langsam. »Aber Ihr sagtet, dass Eure Mutter die Prophezeiung gesprochen hat, dass eine Frau aus Eriness Euren Clan rettet. Das heißt, Ihr seid nach Eriness Castle gekommen, ohne zu wissen, ob es stimmt? Das ist doch sehr gefährlich.«

»Ich wusste, dass es gut ausgehen würde. Weil ich wusste,

dass uns jemand befreien würde. So wie Ihr Dinge wisst, die Ihr nicht erklären könnt.«

Leana trat einen Schritt rückwärts. »Das habe ich nie behauptet.«

Er kam ihr hinterher und streckte eine Hand nach ihr aus, berührte sie jedoch nicht. »Das braucht Ihr auch nicht, ich weiß es auch so. Wir sind verwandte Seelen.«

»Sind wir nicht«, fuhr sie auf. »Wie kommt Ihr dazu, so etwas zu behaupten?«

Er öffnete den Mund, aber sie kam ihm zuvor.

»Schon gut, Ihr braucht es nicht zu sagen. Vermutlich wisst Ihr auch das einfach, nicht wahr?«

Ein Lächeln tanzte in seinen Augen und er nickte.

Leana verschränkte die Arme wieder. »Es ist mir egal, was Ihr glaubt. Ich denke immer noch, dass Ihr die falsche Frau erwischt habt.«

»Aber die Prophezeiung sagt, dass Ihr es seid.«

»Eine Prophezeiung, die Eure Mutter gesprochen hat. Woher weiß ich denn, dass sie nicht genauso verrückt ist wie Ihr?«

Er furchte die Stirn. »Ihr könnt es nicht wissen, nur vertrauen. Genau wie ich vertraut habe, als ich mich auf die Suche nach Euch gemacht habe.«

Leana drehte ihm den Rücken zu. In ihrem Kopf wirbelten alle möglichen Gedanken herum, aber sie konnte nicht einen davon fassen.

Schließlich wandte sie sich zu ihm um. »Ist das die einzige Prophezeiung, die Eure Mutter gesprochen hat?«

»In Bezug auf Euch, ja.«

Leana hob die Augenbrauen. »Welche hat sie noch gesprochen?«

Als er nicht sofort antwortete, sondern sie nachdenklich musterte, wurde ihr klar, dass dies eine gefährliche Frage war. In dieser Zeit war es besser, nicht zu offen zuzugeben, wenn man etwas Ungewöhnliches konnte. Blaire und Maira waren auch schon in Bedrängnis geraten, weil man sie für Hexen gehalten hatte. Aber sie musste es einfach wissen. Vielleicht wusste diese Giselle ja wirklich etwas, was Leana noch verborgen war.

Als er immer noch nichts sagte, war sie es, die die Hand nach ihm ausstreckte. Aber genau wie er zuvor berührte sie ihn nicht. »Ihr könnt mir vertrauen. Wirklich. Ich möchte es nur wissen, um etwas zu überprüfen.«

Ein feines Lächeln huschte über sein Gesicht, so als hätte sie das richtige Codewort genannt. Dann nickte er. »Ich vertraue Euch. Versprecht mir trotzdem, dass Ihr niemandem davon erzählt.«

»Ich schwöre es sogar.« Kaum hatte sie die Worte ausgesprochen, dachte sie an Blaire, Maira und Tavia. Sollte sie die drei jemals wiedersehen, würde sie ihnen davon erzählen müssen, vor allem, wenn sich ihr Verdacht bestätigte. Doch damit würde sie sich befassen, wenn es so weit war.

Gawayn ließ sie nicht eine Sekunde aus den Augen, als er sagte: »Meine Mutter hat nicht nur den Tod von Königin Maria Stuart vorhergesagt, sondern auch, dass sie enthauptet werden würde. Und das Jahr, in dem es geschehen würde, noch dazu.«

Ein Zittern erfasste Leana. Sie schlang die Arme um den Oberkörper und wandte sich ab, damit er ihren Gesichtsausdruck nicht sah. Natürlich war es möglich, dass auch Menschen in dieser Zeit einfach solche Dinge voraussahen, aber kombiniert mit all den anderen Dingen, die Gawayn gerade gesagt hatte, war es durchaus möglich, dass seine Mutter eine Zeitreisende war.

»Was hat sie noch vorhergesagt?« Ihre Stimme klang rau in ihren Ohren.

»Dass König James Prinzessin Anne von Dänemark heiratet.«

Leana nickte. Dieses war Wissen der Allgemeinbildung, vor allem wenn man in Schottland aufgewachsen war.

»Das heißt, Eure Mutter hat das zweite Gesicht?«, fragte sie vorsichtig.

Gawayn hob die Schultern. »Es scheint so, nicht wahr? Sie würde es abstreiten, aber woher sollte sie diese Dinge sonst wissen?« Er beobachtete sie genau, aber Leana entschied, so zu tun, als wäre das eine rhetorische Frage gewesen. Auch Menschen, die nicht hellsichtig waren, konnten Ereignisse von so großer Tragweite voraussagen. Vor allem, wenn sie Zeitreisende waren.

Allerdings ergab es dann keinen Sinn, dass Gawayns Mutter etwas so Spezifisches wusste, wie dass Leana in Eriness war und dass sie angeblich den Clan Macvail retten würde.

Sie wandte sich zu Gawayn um. »Wenn Ihr mich mitnehmt, werde ich Eure Mutter dann treffen?«

Er nickte und schaute sie aufmerksam an. »Sie hat darum gebeten. Kennt Ihr sie denn?«

Leana hob die Schultern. »Ich weiß es nicht. Aber ich werde es dann wohl herausfinden.«

Er wirkte erleichtert. »Das heißt, Ihr kommt mit und werdet nicht versuchen zu fliehen?«

»Nur wenn Ihr mir versprecht, dass Ihr mich gehen lasst, nachdem ich mit Eurer Mutter gesprochen habe. Es ist gut möglich, dass sie erkennt, dass ich nicht die Richtige bin.« Vielleicht hatte sie ja Blaire gemeint oder Maira.

Gawayn dachte einen Augenblick darüber nach. »Einverstanden. Es liegt mir fern, Euch gegen Euren Willen festzuhalten und es tut mir leid, dass ich Euch entführen musste. Ich habe wirklich geglaubt, dass Ihr wüsstet, wer ich bin, so wie ich wusste, wer Ihr seid. Ich hatte ebenfalls angenommen, dass Ihr mir freiwillig folgt.«

Mit einem knappen Nicken deutete Leana an, dass sie die Entschuldigung annahm. Noch immer beunruhigte sie der Gedanke, dass Gawayn sie kannte, obwohl sie sich noch nie zuvor gesehen hatten. Denn sie wusste, dass sie sich an ihn erinnert hätte, wenn sie sich schon einmal begegnet wären. Er war ein Mensch, den man nicht so schnell vergaß. Und es störte sie außerdem, dass sie ihn nicht erkannt hatte.

»Und auch wenn Ihr mir nicht glaubt, weiß ich trotzdem, dass Ihr die Richtige seid«, fügte er hinzu.

Erneut stieg Ärger in ihr auf und sie warf ihm einen wütenden Blick zu. Schon wieder hatte er erraten, was sie dachte.

Er lächelte still. »In dem Moment, als ich Euch gesehen habe, wusste ich es. Und Ihr werdet es auch noch feststellen. Vielleicht wollt Ihr dann ja gar nicht mehr gehen.«

Dieser Schauder, der ihr den Atem nahm, rieselte wieder ihre Wirbelsäule hinab. Sie dachte an Tavia und wie die ihr erzählt hatte, dass sie von Anfang an diese besondere Verbindung zu Niall gehabt hätte, einfach weil sie das Gefühl gehabt hatte, dass sie ihn schon kannte und er derjenige war, der sie in die Vergangenheit zog. Maira hatte etwas Ähnliches über Duncan erzählt. Doch alles in Leana wehrte sich dagegen, das für sich selbst anzunehmen. Vor allem mit diesem Mann. Das Kapitel war für sie abgeschlossen.

Sie hob die Schultern. »Ich kann leider nicht von mir behaupten, dass ich das Gefühl habe, diejenige zu sein, die diese Prophezeiung erfüllt. Ich ärgere mich einfach darüber, dass Ihr mich verschleppt habt. Und das noch grundlos.«

Sein Mundwinkel zuckte. »Ich hoffe, Ihr könnt mir eines Tages verzeihen.«

»Sobald ich mit Eurer Mutter gesprochen habe, möchte ich zurück nach Eriness. Vielleicht werde ich Euch verzeihen, wenn Ihr mich heil wieder dort abgeliefert habt.«

»Ich sagte doch bereits, dass ich Euch mit meinem Leben verteidigen würde. Ihr braucht Euch nicht zu sorgen.«

Leana hielt seinem Blick einen Augenblick lang stand, dann wandte sie sich ab. »Wie lange ist es noch bis dort, wo Eure Mutter lebt?«

»Wenn das Pferd durchhält, noch eine Nacht.«

»Können wir gleich aufbrechen?«

Wieder lächelte er. »Nein, wir müssen rasten. Das Pferd auch.« Als er ihren Gesichtsausdruck sah, hob er eine Augenbraue. »Jetzt habt Ihr es auf einmal eilig?«

»Ich würde Eure Mutter einfach gern kennenlernen. Aber vermutlich ist es wirklich besser, wenn wir rasten.« Auch wenn sie sicher nicht würde schlafen können.

»Legt Euch hin. Ich werde Wache halten.« Er zögerte. »Ich hoffe, Euch ist nicht zu kalt. Wir können leider kein Feuer machen, sonst besteht die Gefahr, dass wir entdeckt werden.«

Leana ließ sich an der hinteren Wand der kleinen Höhle auf den Boden sinken. Das Laub unter ihr war weich und nach einer Weile legte sie sich auf die Seite und zog die Beine an.

Ihr Herz pochte immer noch heftig. Sie könnte tatsächlich eine andere Zeitreisende gefunden haben, die schon lange hier lebte. Aber was hatte es mit dieser Prophezeiung auf sich? Konnte da wirklich etwas dran sein?

Leana schloss die Augen und lauschte dem Geräusch des Regens, der auf die Blätter prasselte.

Ihre Gedanken wurden langsamer und träger, wanderten von der ihr noch unbekannten Frau zu Gawayn, der ein Stück von ihr entfernt auf dem Boden saß, dann nach Eriness zu Maira und den anderen, wieder zurück zu Gawayn und seinen Augen, die so grün wie der Wald waren.

Dann verschwamm die Welt um sie herum und über das Murmeln des Baches und das Rauschen des Regens fiel sie in den Schlaf, den ihr Körper unbedingt brauchte.

11

Als Leana erwachte, lag sie noch immer auf der Seite auf dem Laubhaufen in der kleinen Höhle. Gawayn stand beim Pferd und tastete gerade dessen Beine ab.

Sie setzte sich auf und sofort drehte er sich zu ihr um. Sein Blick war weich. »Habt Ihr ein wenig schlafen können?«

Leana nickte und zupfte sich ein Blatt aus den blonden Locken. Ihre Röcke waren immer noch klamm, aber zumindest war ihr Oberkörper trocken und sie fror nicht. Der Regen hatte aufgehört und zwischen den Bäumen blinzelte die Sonne hindurch.

Auch jetzt dauerte es einen Moment, bis Leana begriff, dass es die untergehende und nicht die aufgehende Sonne war. Sie hatte den ganzen Tag verschlafen. Aber das bedeutete, dass sie bald aufbrechen würden. Nur noch eine Nacht war es bis zu seiner Mutter, hatte Gawayn gesagt. Sie war gespannt, was sie dort erwartete.

Mühsam kam sie auf die Beine. Ihr Magen knurrte und sie legte eine Hand darauf. Das letzte Mal hatte sie vor 24 Stunden gegessen.

Auf steifen Beinen ging sie zum Fluss und schöpfte dort Wasser mit der hohlen Hand. Es schmeckte köstlich und sie seufzte. Vielleicht war es das Beste, wenn sie ausreichend trank, dann war das so etwas wie eine Fastenkur, die sie ab und zu machte. Obwohl sie gegen etwas zu essen auch nichts einzuwenden gehabt hätte, würde sie Gawayn ganz sicher nicht danach fragen.

Als sie fertig war, ging sie zurück zu Gawayn und dem Pferd. Er hatte die Trense schon wieder angelegt.

»Können wir aufbrechen?«, fragte er.

Leana nickte.

Er schwang sich auf den Rücken des Tieres. Unschlüssig schaute Leana zu ihm hinauf. Sie war zwar durchaus sportlich, aber dafür, in Röcken auf einen blanken Pferderücken zu klettern, reichte es dann doch nicht.

In diesem Moment beugte Gawayn sich zu ihr herunter, umfasste ihre Taille und hob sie anscheinend mühelos seitlich aufs Pferd.

Sie fragte sich wirklich, wie er das machte, denn so leicht war sie doch nun auch nicht. Er schien Bärenkräfte zu haben, worauf auch seine breiten Schultern und die Armmuskeln hindeuteten.

»Danke«, sagte sie knapp. »Aber es wäre mir lieber, wenn Ihr mich vorwarnt.«

Er lachte leise. »Ihr hättet doch abgelehnt, wenn ich Euch gefragt hätte. Da war es besser, Euch zu überraschen.« Er schnalzte mit der Zunge und der Braune setzte sich in Bewegung.

Unwillkürlich stahl sich ein kleines Lächeln auf Leanas Gesicht, doch sie senkte schnell den Kopf, damit er es nicht sah. »Vermutlich habt Ihr recht.«

»Ich habe meistens recht.«

Sie wandte den Kopf und schaute ihn zweifelnd an. »Das glaube ich nicht.«

»Wenn Ihr einige Zeit mit mir verbringt, werdet Ihr es schon merken.« Er klang vergnügt. Noch immer lag sein Arm um ihre Taille. »Geht es so?«

Leana schüttelte den Kopf und schwang ein Bein über den Pferdehals, sodass sie in den normalen Reitersitz kam, mit einem Bein auf jeder Seite des Pferdebauches. So bedeckten ihre Röcke zwar nicht ganz ihre Beine, aber es war dunkel und keiner konnte sie sehen, sie dafür aber tausendmal besser sitzen. Sie schüttelte ihre Röcke aus.

Der Braune blieb stehen, schnaubte und schüttelte den Kopf, anscheinend hatte er sich erschreckt.

»So ist es besser.«

Das Tier setzte sich wieder in Bewegung und unwillkürlich rutschte Leana ein wenig nach hinten, sodass ihr Po gegen Gawayns Oberschenkel drückte. Merkwürdigerweise war ihr das unangenehm und die Stelle, an der sich ihre Körper berührten, schien heiß zu werden, so als hätte sie sich verbrannt.

Aber sie konnte ja nicht stundenlang im Damensitz auf dem Pferd hocken, vor allem nicht ohne Sattel. Und letzte Nacht hatte sie auch so gesessen.

Gawayn räusperte sich und lenkte den Braunen einen Trampelpfad entlang. »Passt auf mit tiefhängenden Zweigen. Wir werden den Hauptweg meiden, bis es dunkel geworden ist. Und auch dann werden wir ihn nur kurz nutzen und uns dann einen Weg durch den Wald suchen.«

»Im Dunkeln durch den Wald?«, fragte Leana skeptisch.

»Hier ist es ziemlich sicher und außerdem haben wir nichts, was sich zu stehlen lohnt.«

»Außer dem Pferd, aber das habt Ihr selbst ja auch gestohlen, und so würde es Euch nur recht geschehen, wenn man es Euch wieder abnimmt.«

»Sollte das geschehen, könnte ich es aber nicht seinem rechtmäßigen Besitzer in Eriness zurückbringen.«

»Habt Ihr das wirklich vor? Ich habe meine Zweifel.«

»Ich bin ein Ehrenmann. Außerdem war der junge Lewis einmal gut zu mir.«

Sie runzelte die Stirn. »Wer ist der junge Lewis?«

»Ein Bauer aus Eriness. Kennt Ihr ihn nicht?«

Sie schwieg einen Moment. Wer war dieser Mann nur?

»Nein. Aber Ihr kennt ihn anscheinend. Sagt Ihr mir jetzt gleich, dass Ihr das Pferd nur geliehen habt?«

»Im Grunde ist es so.«

»Ich hoffe beinahe, dass es Euch gestohlen wird.«

Er lachte leise. »Tatsächlich? Dann müsste ich Euch den Rest des Weges tragen.«

Leana hob das Kinn und entschied sich, die zweite Hälfte seines Kommentars zu ignorieren. »Natürlich. Und wenn es so kommen sollte, wäre es nur gerecht, wenn Ihr dem Bauern in Eriness ein neues Pferd bringt.«

»Gerechtigkeit scheint Euch wichtig zu sein«, stellte er fest.

Leana straffte die Schultern. »Genau so ist es. Deswegen verurteile ich auch, dass Ihr nicht nur das Vieh gestohlen habt, sondern jetzt auch noch mich.«

Er seufzte leise und sie fühlte, wie er den Kopf schüttelte. »Wie ich schon sagte, habe ich kein Vieh bei den Camerons gestohlen.«

»Duncan sagt etwas anderes. Und schließlich wart Ihr mit den Viehdieben unterwegs.«

»Das ist wohl wahr. Allerdings habe ich nur Vieh gestohlen, wenn jemand es auch verdient hatte.«

Sie drehte sich halb im Sattel um. »Wie kann denn jemand es verdienen, dass man ihm Vieh stiehlt und damit willkürlich sein Leben aufs Spiel setzt?«

»Ihr kommt tatsächlich nicht aus den Highlands. Dafür gibt es viele Gründe. Aber der wichtigste ist, wenn jemand einem selbst schon Vieh gestohlen hat. Dann darf man es ihm heimzahlen.«

»Das klingt, als wäre es ein …« Fast hätte sie Sport gesagt, aber sie war sich nicht sicher, ob er wusste, was das war. »Als wäre es ein Spiel«, beendete sie den Satz.

Er hob die Schultern. »Manchmal scheint es so, aber oft ist es bitterer Ernst. Deswegen werden Viehdiebe ja auch meist gehängt.«

Leana spielte mit der Mähne des Pferdes. »Ich bin immer noch der Meinung, dass man Euch nicht dafür hängen sollte.«

»Habt Ihr uns deswegen freigelassen?«

Leana senkte den Blick. »Das hatte andere Gründe.«

»Als ich aus dem Kerker getreten bin, war ich davon überzeugt, dass Ihr uns wegen der Prophezeiung freigelassen habt.«

Sie schüttelte den Kopf. »Davon wusste ich nichts. Wie ich schon sagte.«

»Dann ist es umso interessanter, warum Ihr uns die Tür geöffnet habt. Nur, weil Ihr an Gerechtigkeit glaubt?«

Sie wollte nicht mit ihm darüber sprechen. Es ging ihn nichts an, dass sie sich Sorgen um Maira und das Baby gemacht hatte. »Ihr seid frei. Genügt das nicht?«

Er strich mit der Hand über ihren Arm, der sofort wie verrückt kribbelte. »Das tut es. Ich bin Euch sehr dankbar dafür. Obwohl ich wusste, dass wir nicht hängen würden.«

Leana seufzte. Auch darüber, was er wusste und voraussah und ob sie verwandte Seelen waren, wollte sie nicht sprechen. Dieses Thema kam ihr viel zu nahe. Viel näher, als sie ertragen konnte.

»Erzählt mir von Eurer Mutter«, bat sie, um das Thema zu wechseln.

Schon seine ersten Worte bestätigten ihre These, dass es sich bei Giselle Macvail tatsächlich um eine Zeitreisende handeln könnte. »Sie ist anders als jede andere Frau.«

»Inwiefern?«

Er holte Luft, doch in diesem Moment nahm Leana eine Bewegung zwischen den Bäumen wahr und schrak zusammen. Es war kein Tier gewesen, sondern ein Mensch, dessen war sie sich sicher.

»Was ist?«, fragte Gawayn leise und sie fühlte, wie er sich anspannte und aufmerksam umschaute. Gleichzeitig trieb er das Pferd langsam weiter vorwärts.

»Dort zwischen den Bäumen ist jemand.« Sie brachte die Worte kaum hervor, so nervös war sie auf einmal.

»Wo genau? Deutet nicht hin. Beschreibt es mir.« Seine Stimme war immer noch leise, direkt an ihrem Ohr.

Leanas Herz schlug schneller. »Seht Ihr den großen Stein, auf dem die kleine Tanne wächst? Daneben ist der dicke Stamm mit dem einzelnen Ast auf Augenhöhe. Dort war jemand.«

Angestrengt starrte Leana auf die Bäume und auf einmal sah sie wieder grauen Stoff, der sich im Halbdunkeln bewegte. Jemand lief vor ihnen weg. Oder bewegte sich seitwärts. Genau konnte sie es nicht ausmachen.

An Gawayns Reaktion erkannte sie, dass auch er die Person bemerkt hatte. Gegen Wegelagerer hätten sie kaum eine Chance, schließlich war Gawayn nicht bewaffnet. Wenn er Waffen gehabt hatte, dann hatte jemand sie ihm bei der Gefangennahme abgenommen.

Auf einmal hörte sie eine sehr helle Stimme. »Schnell, zur Höhle!«

Eine andere zischte. »Sch.« Und dann: »Lauf!«

Sie wandte sich zu Gawayn um. »Das sind Kinder.«

Er blinzelte. »Seid Ihr sicher?«

»Ja.« Sie wusste es auf einmal ganz genau. Aber ihr Gefühl sagte, dass etwas nicht stimmte, auch wenn sie nicht sagen konnte, was.

Er starrte immer noch auf die Bäume. In der Ferne knackten Zweige.

»Sollen wir nachschauen, ob es ihnen gut geht?«, fragte Leana, dabei wusste sie schon, dass diese Kinder nicht einfach gespielt hatten. In ihren Stimmen hatte sie Angst und Panik gehört.

Er warf ihr einen überraschten Blick zu, dann nickte er langsam. »Vielleicht sollten wir das tun.«

»Sie sind zu einer Höhle gelaufen.«

»Woher wisst Ihr das?«

»Sie haben es gesagt.«

Wieder dieser irritierte Blick. »Das konntet Ihr hören?«

Leana nickte.

Ohne ein weiteres Wort trieb Gawayn das Pferd an und lenkte es zwischen die Bäume. Leana ertappte sich dabei, dass sie sich darüber freute, dass er ihre Beobachtungen nicht infrage stellte.

Schon bald sahen sie wieder eine Bewegung zwischen den Bäumen und Gawayn zügelte das Pferd.

Auf einem der großen Felsen stand ein ziemlich dreckiger, vermutlich etwa siebenjähriger Junge, der sie aus großen Augen anschaute. Er schien zu überlegen, ob er kämpfen oder weglaufen sollte. Er wirkte wie ein gehetztes Tier.

Der angstvolle Ausdruck in seinem Kindergesicht zerbrach etwas in Leana. Sie hob beide Hände. »Wir tun dir nichts.«

Der Junge sagte nichts, seine Brust hob und senkte sich schnell, als ob er gerannt wäre. Oder unglaubliche Angst hatte. Leana vermutete Letzteres.

»Wir sind nicht bewaffnet«, erklärte sie.

Ganz leise hörte sie Gawayn murmeln: »Sagt so etwas nicht.«

Doch Leana wusste, dass sie das Richtige tat.

Auf einmal erschien ein zweiter Kopf hinter dem Felsen. Es war ein Mädchen, vielleicht neun Jahre alt, aber es war schwer zu sagen, da es sehr dünn, ja fast mager und außerdem dreckig war. Sein Gesichtsausdruck war ebenfalls ängstlich, aber da war noch etwas anderes. Hoffnung oder Erleichterung.

»Wo sind eure Eltern?«, fragte Leana.

Beide senkten im gleichen Moment den Kopf und Leana kannte diese Reaktion nur zu gut. Das war echte Trauer.

Sie atmete tief aus, schwang das Bein über den Hals des Pferdes und ließ sich auf den Boden rutschen.

Gawayn legte eine Hand auf ihre Schulter. »Leana, bitte seid vorsichtig.« Seine Stimme war nur ein Flüstern, aber sie hörte die Besorgnis darin.

Sie schüttelte den Kopf. »Keine Sorge. Diese Kinder haben niemanden.«

Das Mädchen hob den Kopf. »Wir haben einander«, sagte es mit heller Stimme.

»Seid es nur ihr zwei?«

Die beiden schauten sich an, dann nickten sie.

»Lebt ihr hier im Wald?«

Vorsichtig machte sie einen Schritt näher und Gawayns Hand rutschte von ihrer Schulter.

Beide Kinder schauten sie mit großen Augen von ihrer erhöhten Position aus an. Schließlich nickte das Mädchen. Es schluckte und hatte auf einmal Tränen in den Augen. Der Junge hingegen blickte zu Gawayn und ballte die Hände zu Fäusten.

»Was ist geschehen?«, fragte Leana. Sie hatte den Stein erreicht, blieb davor stehen und legte eine Hand auf den kalten Fels.

Die beiden Kinder wechselten einen Blick, antworteten aber nicht. Eine Ahnung stieg in Leana auf und ihr Herz zog sich schmerzhaft zusammen.

»Ist etwas mit euren Eltern?«

Hinter sich nahm sie eine Bewegung wahr. Gawayn war ebenfalls vom Pferd gestiegen.

Wieder ballte der Junge die Hände zu Fäusten, so als wollte er gegen Gawayn kämpfen.

»Er wird euch nichts tun, das verspreche ich euch. Er ist ein guter Mann. Wir wollen euch nur helfen«, sagte Leana und sah über die Schulter. Gawayn fokussierte sich nur auf die Kinder.

»Wohnt ihr in der Hütte dort drüben?«, fragte Gawayn und deutete auf eine Baumgruppe. Undeutlich erkannte Leana dahinter eine Hütte, deren Dach mit Torf und Heide gedeckt war.

Beide Kinder nickten, auch in den Augen des Jungen standen jetzt Tränen und Leana wurde immer schwerer ums Herz.

»Werde ich eure Eltern finden, wenn ich jetzt zur Hütte gehe?«, fragte Gawayn sanft.

Das Mädchen schluchzte auf und presste eine Hand vor den Mund. Der Junge straffte die Schultern, so als müsse er all seine Kraft zusammennehmen. »Unsere Mutter ist schon letzten Sommer gestorben, mit dem neuen Baby. Und unser Vater ist dort drüben.«

Für einen Moment wollte Leana erleichtert aufatmen, doch dann fügte er hinzu: »Er ist tot. Genau wie unser Bruder.«

»Wir haben versucht, sie zu begraben«, sagte seine ältere Schwester. »Aber wir haben es nicht geschafft.«

Der Gedanke, dass diese beiden Kinder versucht hatten, ihren toten Vater zu begraben, während sie nun ganz allein hier in der Einöde lebten, brach Leana das Herz.

Gawayn nickte langsam. »Das ist auch sehr schwierig.«

Seine Stimme klang auf einmal rauer und Leana warf ihm einen verstohlenen Blick zu. Seine Miene war ernst und unbewegt, aber er schloss die Finger ruhelos zur Faust und öffnete sie wieder. Das alles bewegte ihn auch.

»Sollen wir es noch einmal gemeinsam versuchen?«, fragte er den Jungen.

Der schaute seine Schwester mit großen Augen an, die nur einen Moment zögerte, sich dann kurz mit einem Blick bei Leana rückversicherte und schließlich nickte. »Das wäre sehr nett. Wir haben es einfach nicht geschafft.«

Gawayn atmete tief durch und nickte dem Jungen zu. »Dann werde ich jetzt zur Hütte gehen, mich rasch umschauen und dich dann gleich holen kommen.«

»Ich kann auch helfen«, sagte seine Schwester schnell. »Ich bin harte Arbeit gewohnt. Meistens muss ich allein auf dem Feld arbeiten.«

Wieder zog sich Leanas Herz schmerzhaft zusammen und am liebsten hätte sie das Mädchen in die Arme genommen. Was für ein unglaublicher Verlust das für es war. Welche Angst es haben musste.

Gawayn nickte. »Ich kann sehen, dass du sehr stark bist. Wie wäre es, wenn du Steine sammelst, die wir auf das Grab legen können?«

Das Gesicht des Mädchens erhellte sich. »Auf unseren Feldern sind viele Steine.«

»Dann hol die bitte.« Gawayn wandte sich in Richtung

Hütte, doch dann schaute er die Kinder noch einmal an.

»Könnt ihr mir noch sagen, was geschehen ist?«

Beide Kinder blieben stumm und auf einmal schien ihr Atem wieder schneller zu gehen. Kein Wunder, sie mussten traumatisiert sein.

Leana trat näher zu den beiden heran, doch sie traute sich nicht, sie anzufassen. »War es ein Unfall?«

Sofort schüttelten die beiden den Kopf.

»Hat jemand anders ihnen das angetan?«

Der Junge nickte und das Mädchen presste sich wieder die Hand vor den Mund.

»Kennt ihr diejenigen, die das getan haben?«

»Nein«, sagte der Junge, aber seine Stimme brach. »Vor zwei Tagen waren wir im Wald und haben Brennholz gesammelt. Als wir wiederkamen, gingen ein paar Männer aus der Hütte und ritten weg, und Vater und James waren ... tot.« Das letzte Wort flüsterte er.

»Sind die Männer noch einmal wiedergekommen?«, fragte Gawayn ruhig.

Beide Kinder schüttelten den Kopf.

»Und seitdem lebt ihr hier im Wald?«, fragte Leana.

»Ja«, sagte das Mädchen mit dünner Stimme.

»Dann ist es ja gut, dass wir zufällig vorbeigekommen sind.«

Gawayn nickte und wandte sich mit grimmigem Gesicht ab. »Ich bin gleich wieder da.«

Er stapfte davon und ließ sie mit den Kindern allein. Leana wollte sich gar nicht vorstellen, was er dort an der Hütte finden würde.

Die Kinder schauten ihm hinterher und Leana sah das Grauen in ihren Gesichtern. Das Mädchen ließ sich auf den Stein sinken und zog die Beine an.

Leana trat zu ihr. »Du bist erschöpft, nicht wahr?«

Das Kind legte das Gesicht auf die Knie und nickte. Es musste furchtbar sein, so etwas mitzuerleben und die eigene Familie ermordet zu sehen, aber dann auch noch allein im

Wald zu leben und für sich und den kleinen Bruder zu sorgen, war doch zu viel für ein Kind.

Einem Impuls folgend, legte sie dem Mädchen die Hand auf die braunen Haare und streichelte sie. Zuerst verspannte es sich, doch dann schmiegte es den Kopf in Leanas Hand.

Der Junge stand noch immer da und schaute zur Hütte. Leana war sich nicht sicher, wer von beiden die Führung übernahm.

»Setz dich doch«, sagte sie.

Nach einem kurzen Zögern ließ sich der Junge neben seiner Schwester nieder. Sein Blick flackerte zu Leanas Hand auf den Haaren seiner Schwester und sie erkannte die Sehnsucht, die ganz kurz darin aufblitzte. Doch dann zog er die Schultern hoch und wandte sich ab.

Sie legte ihm eine Hand auf den nackten Unterarm und drückte ihn. »Ihr beide seid sehr tapfer«, sagte sie und räusperte sich, als ihre Stimme beinahe brach.

Der Junge starrte auf ihre Hand, zog den Arm aber nicht weg. Sanft streichelte sie die mit Sommersprossen übersäte Haut. Leana hatte festgestellt, dass fast jedem Trauernden Berührung guttat. Aber sie selbst hatte es am meisten genossen, wenn jemand ihr Nähe gespendet hatte, ohne dass sie danach fragen musste. Wenn sie um eine Umarmung bitten musste, war sie meist nicht so schön gewesen.

Alles, was die anderen ihr auf natürliche Art gaben, fühlte sich tausendmal schöner an. Vielleicht war es für die Kinder ja auch so. Zumindest hoffte sie es.

»Wie heißt ihr eigentlich?«

»Florie«, sagte das Mädchen schlicht. Es hatte die Augen geschlossen und genoss die Streicheleinheiten im Nacken.

»Aleyn«, erklärte der Junge.

»Mein Name ist Leana.«

Fieberhaft überlegte sie, worüber sie noch mit den Kindern sprechen konnte, aber sie hatte keine Ahnung, wie sie dieses Schweigen überbrücken sollte. Also streichelte sie die beiden einfach weiter. Vielleicht spendete das auch mehr Trost als jedes Wort.

Die Sonne war schon untergegangen und das Dämmerlicht senkte sich über den Wald, als Gawayn zurückkam. Sein ernster Blick verweilte einen Moment auf Leanas Händen. Dann nickte er ihr zu und die Andeutung eines Lächelns erschien in seinem Mundwinkel. Auf einmal hatte sie das Gefühl, als ob er auch Erfahrung mit Trauer hatte.

»Gibt es hier Werkzeug, mit dem ich das Grab ausheben kann?«, fragte er die Kinder.

Der Junge sprang sofort auf. Auch das Mädchen erhob sich langsam.

»Sollen wir auch mitkommen?«, fragte Leana, obwohl sie eigentlich gar nicht zu dieser Hütte gehen wollte.

Gawayn hob die Schultern. »Wenn ihr möchtet.« Sein Blick fand ihren. »Es ist in Ordnung, wenn ihr es nicht tut.«

Leana schaute das Mädchen an. »Möchtest du mitgehen?«

Es zögerte erst, dann nickte es.

Obwohl Leana Angst vor dem Anblick der Leichen hatte, nahm sie das Pferd am Zügel und gemeinsam gingen sie durch die Bäume auf die Hütte zu. Mit jedem Schritt schlug ihr Herz schneller. Sie war noch nie am Ort eines Verbrechens gewesen und hier im 16. Jahrhundert fühlte sie sich noch viel schutzloser als in ihrer Zeit. Schließlich konnten die Männer, die das getan hatten, jederzeit wiederkommen und sie war nicht in der Lage, einfach die Polizei zu rufen. Niemand würde ihnen zu Hilfe kommen. Nur Gawayn könnte sie verteidigen, und der hatte nicht einmal eine Waffe.

Plötzlich fühlte sie, wie Florie die Hand in ihre schob und sich beim Gehen an sie lehnte.

»Wir schaffen das«, flüsterte Leana und Florie nickte stumm.

Als sie die Hütte erreichten, sah Leana zwei in Decken eingeschlagene Bündel auf dem Boden liegen, die ungefähr die Größe von Menschen hatten. Ihr wurde sofort schlecht, aber sie war dankbar, dass sie die Toten nicht sehen musste. Gawayn hatte gute Vorkehrungen getroffen.

Florie atmete tief ein und presste sich eine Faust auf die Brust. »Danke«, flüsterte sie.

Gawayn nickte. »Ich wollte nicht, dass ihr sie noch einmal sehen müsst. Lasst uns mit der Arbeit beginnen.«

Aleyn ging um die Hütte herum und verschwand in einer Art Stall, kurze Zeit später kam er mit einer Spitzhacke und einer Schaufel wieder. Er drückte Gawayn die Spitzhacke in die Hand und nickte ihm ernst zu, so als wären sie einander ebenbürtig.

»Danke, Junge. Lass uns anfangen.«

Obwohl es schon dämmerte, begannen sie mit der Arbeit. Florie hielt immer noch Leanas Hand und nach einem Moment zog sie daran. »Wir können Steine suchen.«

In der nächsten Stunde trugen sie viele Steine zusammen, während Gawayn und Aleyn ein Grab aushoben. Die meiste Arbeit machte natürlich Gawayn, doch auch der Junge war fleißig und seinen eifrigen Bemühungen merkte Leana an, dass er froh war, etwas tun zu können.

So war es ihr damals direkt nach Marcs Tod auch gegangen. Zwar hatten alle versucht, ihr Dinge abzunehmen, aber genau das hatte sie eigentlich nicht gewollt. Je mehr sie zu tun gehabt hatte, desto weniger hatte es wehgetan. Mit dem Schmerz hatte sie sich dann erst später in der Therapie beschäftigt.

Sie dachte an ihren Therapeuten und fragte sich, wie Menschen in dieser Zeit wohl solch schreckliche Erlebnisse aufarbeiteten. Natürlich gab es keine Therapien und Selbsthilfegruppen. Sprach man darüber? Oder waren die Menschen anders auf so etwas vorbereitet, weil sie in ihrem Leben öfter mit mehr Gewalt konfrontiert wurden?

Schließlich war das Loch tief genug und Gawayn gab Leana ein Zeichen, dass sie die Leichen nun in die Erde legen würden.

Nach einem Moment der Überwindung wollte Leana mit anfassen, doch Aleyn schüttelte den Kopf. »Das mache ich.«

Gawayn nickte. »Wie gut, dass du so stark bist.«

Der Junge schien ein Stück zu wachsen und straffte die Schultern.

Gemeinsam hoben sie die erste Leiche in das Grab. Gawayn hielt sie am Oberkörper und hatte sicherlich die meiste Last zu tragen. Leana bemerkte, dass er den Kopf des Toten stützte und gleichzeitig darauf achtete, dass das Tuch nicht vom Gesicht rutschte.

Direkt daneben betteten sie den zweiten Körper, der fast genauso groß war wie der erste. Zu gern hätte Leana gefragt, wie alt der Bruder der Kinder gewesen war, aber sie wollte den Moment nicht zerstören.

Gawayn sprach ein kurzes Gebet auf Gälisch und segnete das Grab.

»Tiefer Friede der fließenden Welle für dich,
Tiefer Friede der fließenden Luft für dich,
Tiefer Friede der stillen Erde für dich,
Tiefer Friede der leuchtenden Sterne für dich,
Tiefer Friede des Sohnes des Friedens für dich.
Möge die Straße sich erheben, um dir zu begegnen;
Möge der Wind immer in deinem Rücken sein;
Möge die Sonne warm auf dein Gesicht scheinen;
Möge der Regen sanft auf deine Felder fallen.
Bis wir uns wiedersehen,
Möge Gott dich in seiner Hand halten.«

Dann wies er Florie an, ein wenig Erde auf die Toten zu werfen. Das Mädchen drückte noch einmal Leanas Hand, die sie schon wieder fest umklammert hielt, und tat, wie ihm geheißen.

Danach kam Aleyn dran und schließlich nickte Gawayn Leana zu. Mit einem Kloß in der Kehle gedachte sie der beiden Toten, deren Gesichter sie nicht einmal kannte, und warf Erde auf die schäbigen Tücher, in die die beiden eingewickelt waren. Die Erinnerung an den Moment, da sie Erde auf Marcs Sarg geworfen hatte, brandete in ihr auf und für einen Moment konnte sie nicht atmen.

Auf einmal fragte sie sich, ob sie das Grab ihres verstorbenen Mannes jemals wiedersehen würde.

Gawayn machte den Abschluss und nachdem er noch ein stilles Gebet gesprochen hatte, griff er nach der Schaufel.

Zu Leanas Überraschung griff Florie mit den bloßen Händen in den Erdhaufen neben dem Grab und schaufelte Erde auf ihren toten Vater und Bruder. Aleyn schob mit der breiten Seite der Spitzhacke Erde ins Grab. Es schien, als wollten sie möglichst schnell ihre Arbeit beenden.

Leana konnte es ihnen nicht verdenken. Und da es schon ziemlich dunkel war und sie auch nicht mehr lange hierbleiben wollte, begann sie ebenfalls mit den Händen Erde in das Grab zu schaufeln.

Bald schmerzten Leanas Schultern und ihre Hände waren erdverkrustet, sie schwitzte und wischte sich eine Strähne aus der Stirn. Früher hatte sie ständig in Gärten gearbeitet, schließlich hatte sie Landschaftsarchitektur studiert, und auch wenn sie nie in diesem Beruf gearbeitet hatte, so war im Studium viel praktische Arbeit enthalten gewesen und sie hatte sich oft die Hände dreckig gemacht.

Allerdings hatte sie noch nie ein Grab zugeschüttet. Und sie hoffte, dass sie es auch nie wieder tun musste.

Zum Schluss schichteten sie gemeinsam die gesammelten Steine auf das Grab.

Sie waren noch nicht ganz fertig, als Leana sah, wie Florie liebevoll über einen der Steine strich, so als wollte sie ihrer Familie ein letztes Lebewohl sagen.

Leana hockte sich neben sie. »Hatte dein Vater eine Lieblingsblume?«, fragte sie.

Florie schaute sie mit weit aufgerissenen Augen an, dann schüttelte sie den Kopf und hob gleichzeitig die Schultern.

»Hast du eine Lieblingsblume?«

Sie nickte. »Ja, die Veilchen.«

»Blühen die im Moment?«

Florie nickte.

»Sollen wir welche pflücken und auf das Grab legen?«

Im Licht des fast vollen Mondes sah sie Tränen in Flories

Augen glitzern, als sie nickte. Kurze Zeit später hatten sie einen ganzen Strauß gepflückt, während Gawayn und Aleyn im Haus verschwunden waren. Florie legte den kleinen Strauß aus violetten Blüten oben auf die Steine. Es war ein würdiger Abschluss.

Das Mädchen teilte den Strauß jedoch und brachte den einen Teil der Blumen an eine Stelle, die etwas weiter weg vom Haus lag. Schemenhaft erkannte Leana in der Dunkelheit ein Holzkreuz. Vermutlich das Grab ihrer Mutter.

Gawayn trat neben sie und folgte ihrem Blick. »Wir sollten aufbrechen«, sagte er leise.

Überrascht schaute sie ihn an. »Und was wird aus den Kindern?«

Er runzelte die Stirn, als wundere er sich über diese Frage. »Wir nehmen sie mit.«

»Wirklich?«

»Natürlich. Ich lasse sie doch nicht hier allein. Aleyn sagte, dass sie keine Familie in der Nähe haben, und das nächste Dorf ist über zwei Stunden Fußmarsch entfernt. Sie hatten nur einander.«

Vor Erleichterung kamen Leana die Tränen und sie lehnte sich an ihn. Erst jetzt merkte sie, wie erschöpft sie war. Nicht von der körperlichen Arbeit, aber von all den Gefühlen, die sie hier überrollten.

Gawayn legte den Arm um ihre Taille und drückte sie an sich. Es war ein tröstliches Gefühl.

»Danke«, flüsterte sie.

Er nickte. »Wir sollten aufbrechen. Ihr reitet mit den Kindern auf dem Pferd, ich werde laufen. Auf diese Weise brauchen wir zwar länger, aber so ist es nun einmal.«

Leana wischte sich die Tränen aus dem Gesicht. »Gut.«

Gawayn hielt inne und betrachtete sie. Sanft strich er mit dem Daumen erst über ihre Wange und dann über ihre Stirn. »Vielleicht sollten wir erst einmal am Bach Halt machen. Wir alle müssen uns waschen. Ich möchte nicht, dass Ihr den Schmutz eines Grabes auf dem Gesicht tragen müsst.«

In diesem Moment wäre Leana am liebsten in den Bach oder besser noch ins Meer oder eine riesige Badewanne gesprungen, um den Geruch des Todes und die Erinnerung an die furchtbaren letzten Stunden abzuschütteln.

Auf einmal konnte sie es gar nicht abwarten, weiterzukommen und bei Gawayns Mutter anzukommen. Schlimmer als hier konnte es nicht sein.

1 2

Leana betrachtete Gawayns dunklen Haarschopf. Schon die gesamte Nacht war er neben dem Pferd hergegangen. Unermüdlich schritt er voran, als könne ihn nichts erschöpfen. Leana hingegen war schon vor dem Ritt müde gewesen und hatte das Gefühl, gleich vom Rücken des Tieres zu rutschen und in einen tiefen Schlaf zu fallen. Doch das konnte sie nicht, denn sie hielt Florie in den Armen. Das Mädchen schlief tief und fest. Manchmal sprach es im Schlaf.

»Schaffen wir es noch vor Sonnenaufgang?«, fragte Leana leise.

Gawayn blickte zu ihr und positionierte den schlafenden Aleyn anders auf seinem Arm. Leana war immer noch beeindruckt, dass er den Jungen fast die ganze Nacht getragen hatte. Sie waren noch nicht weit gekommen, als die Kinder eingeschlafen waren. Leana hatte Mühe gehabt, beide auf dem Pferd festzuhalten, und als der Braune einen kleinen Abhang hinuntergetrottet war, war Aleyn beinahe hinuntergefallen.

Der Junge war so erschöpft, dass er nicht einmal aufgewacht war, als Gawayn ihn kurzerhand auf den Arm genommen hatte. Seitdem trug er ihn.

Der Weg war nicht leicht gewesen und sie hatten sich durch Wälder, über Hügel und durch ein schier endloses Tal gekämpft. Selbst das Pferd war erschöpft, aber Gawayn hatte nicht einmal um eine Pause gebeten und Aleyn auch nie abgesetzt.

Manchmal hörte sie, wie er dem schlafenden Kind etwas zuflüsterte, was sie aber nicht verstand. Auf dem Rücken trug er ein Bündel mit Werkzeugen, die er aus dem Schuppen geholt hatte. Leana trug ebenfalls ein Bündel mit verschiedenen Haushaltsgegenständen aus dem Haus. Diese Dinge waren in dieser Zeit viel zu wertvoll, um sie irgendwo zurückzulassen.

Gawayn deutete auf einen Hügel. »Dort liegt Clachaig. Bevor die Sonne aufgeht, werden wir es nicht mehr schaffen, aber da es nicht mehr weit ist und wir uns auf dem Boden der Macvails befinden, will ich nicht mehr anhalten.« Er zögerte. »Es sollte sicher genug sein.«

Leanas Herz machte einen Sprung. Bald würde sie erfahren, ob Giselle Macvail wirklich eine Zeitreisende war. Selbst wenn nicht, wäre sie dankbar für eine Hütte oder ein Haus, in dem sie sich ausruhen konnte. Und Gawayn hatte versprochen, sie zurückzubringen, sobald sie seine Mutter getroffen hatte. Sie hoffte sehr, dass er sich an sein Versprechen halten würde. Wenn sie dann in Eriness war, würde sie weitersehen.

Gawayn musterte sie. »Schafft Ihr es noch oder sollen wir eine Pause machen?«

Leana schüttelte den Kopf. »Ich bin zwar müde, aber ich will ankommen.« Sie zögerte. »Ihr habt gesagt, dass Eure Mutter prophezeit hat, dass ich ... oder zumindest eine Frau aus Eriness Castle den Clan retten wird. Was hat es damit auf sich?« Diese Frage trieb sie schon die ganze Nacht um, aber bisher hatte sie sich nicht getraut, sie zu stellen.

Ruhig sah er sie an. »Ihr möchtet wissen, warum die Macvails gerettet werden müssen?«

Leana nickte. »Wenn ich anscheinend diejenige bin, die diese Aufgabe übernehmen soll, dann wüsste ich gern, was zu tun ist.«

Gawayn lächelte und es veränderte sein gesamtes Gesicht.

Um seine Augen bildeten sich kleine Lachfältchen und an den Wangen hatte er sogar Grübchen. Er wirkte beinahe verschmitzt.

»Lacht Ihr mich etwa aus?«, fragte Leana.

In seinen Augen funkelte es. »Ganz und gar nicht. Aber ich mag Euch. Ihr erinnert mich an meine Mutter. Einfach in der Art, wie ihr Dinge formuliert.«

Leanas Magen machte einen kleinen Salto. Nicht nur, weil seine Feststellung ihre These weiter untermauerte, sondern ihr gefiel auch, dass Gawayn sagte, er möge sie.

Doch sie richtete sich auf und straffte die Schultern. Es sollte ihr egal sein, ob dieser Mann, der sie immerhin entführt hatte, sie mochte oder nicht.

»Erzählt Ihr es mir jetzt?« Sie klang fast ein wenig ungehalten, aber das war sie auch, und zwar mit sich selbst.

Er schaute in Richtung des Hügels, so als würde er die Entfernung abschätzen. Auf einmal war sein Gesicht wieder ernst. Er schaute auf den schlafenden Jungen in seinen Armen. »Im Grunde begann alles wie bei diesen beiden. Mein Vater war der Chief der Macvails. Sein Name war Kenneth und er wurde von allen geliebt und verehrt. Er war ein großartiger Mann und ich bin stolz, dass er mein Vater war.«

Sie hielt die Luft an, als ihr klar wurde, warum er sich wirklich nicht wie ein gemeiner Viehdieb verhielt. Wenn er der Sohn eines Clanchiefs war, dann war er in dieser Zeit im Grunde so etwas wie ein Adeliger und vermutlich auch so erzogen worden.

Gawayn lächelte wehmütig. »Er leitete den Clan klug und mit fester Hand. Er führte ihn zu Wohlstand und Ansehen, nachdem wir in den Generationen zuvor viel Macht und Einfluss verloren hatten. Aber das war anderen ein Dorn im Auge. Seit Jahrzehnten schwelte schon eine Fehde mit einem benachbarten Clan, den Macdonalds. Als mein Vater ihnen zu mächtig wurde, bezichtigten sie unsere Familie des Viehdiebstahls, obwohl nichts dergleichen passiert war. Sie sprachen beim König vor und erwirkten mittels haarsträubender Lügen die Erlaubnis, eine Strafexpedition gegen die Macvails anzuführen. Sie kamen hierher und überfielen nicht nur unsere Pächter und stahlen ihr Vieh, sondern griffen sogar die Burg an.«

Sein Blick schweifte in die Ferne, vermutlich lag dort die Burg, sein Zuhause.

Leana schwieg, damit er weitersprach. Es war so unwirklich, wenn er das erzählte.

Er strich dem Jungen in seinen Armen übers Haar. »Ich war damals nicht viel älter als Aleyn. Und genau wie er vor ein paar Tagen, war ich draußen in den Hügeln unterwegs, als es passierte. Ich habe erst davon erfahren, als es schon zu spät war. Mein Vater war tot.«

Leana schluckte. »Es tut mir so leid«, flüsterte sie. Als sie sich vorstellte, wie der junge Gawayn vom Spielen in den Hügeln nach Hause gekommen war und seinen mächtigen Vater ermordet aufgefunden hatte, konnte sie nicht anders. Sie legte eine Hand auf seine Schulter und drückte sie.

Gawayn legte seine Hand auf ihre. Er drückte sie kurz, strich mit dem Daumen mehrmals über ihren Handrücken und ließ sie dann wieder los. Doch bevor sie die Hand wegziehen konnte, legte er kurz seine Wange auf ihre Hand. Danach schaute er sie nicht mehr an, sondern geradeaus.

Leanas Atem stockte. Ihre Haut brannte an der Stelle, wo seine Wange gelegen hatte. Es war eine zärtliche und gleichzeitig beruhigende Geste gewesen und sie war sich nicht sicher, warum er das getan hatte. Er war derjenige, der so Schlimmes durchgemacht hatte, nicht sie.

Gawayn atmete tief durch. »Die Macdonalds vernichteten nicht nur unsere gesamte Ernte und stahlen all unser Vieh, sondern ermordeten auch meinen Vater und meinen Bruder. Meine Mutter kam davon, allerdings war sie verletzt.«

Seine Stimme wurde bitter und er starrte geradeaus. Leana wurde klar, dass den beiden Kindern wirklich etwas ganz ähnliches geschehen war wie damals ihm. Auch sie hatten ihren Vater und ihren älteren Bruder verloren. Kein Wunder, dass Gawayn so ernst und in sich gekehrt gewesen war, seit sie die Kinder getroffen hatten. Ihr Herz schmerzte für ihn, aber sie war dankbar, dass er dies mit ihr teilte.

Er straffte die Schultern, als müsse er sich zum Weitersprechen zwingen. »Mein Bruder war das einzige Kind meines Vaters mit seiner Frau. Damit war ich sein einziger verbliebener Nachkomme.«

»Dann seid Ihr jetzt Chief?«, fragte sie überrascht.

Es dauerte einen Moment, dann schüttelte er den Kopf. Noch immer schaute er sie nicht an. »Ich war damals noch zu jung. Außerdem waren meine Mutter und mein Vater nicht verheiratet. Niemand hat je infrage gestellt, dass mein Bruder der nächste Chief wird. Vor allem hat niemand damit gerechnet, dass beide am selben Tag sterben würden. Angus war damals fünfzehn Jahre alt.«

Leana war noch nicht sicher, ob sie all diese Informationen richtig verstand.

»Und wer ist dann Chief geworden?«

Er seufzte. »Die Mutter meines Bruders ist Abigail. Sie war die Frau meines Vaters. Obwohl sie keine Macvail ist und keine Kinder mehr hatte, ist sie nach dem Tod meines Vaters in der Burg geblieben.«

Dann war Gawayns Mutter wohl die Geliebte gewesen und er damit ein uneheliches Kind. Ob das in dieser Zeit ein großes Problem war?

Seine Stimme klang auf einmal bitter. »Nur kurz nach dem Mord an meinem Vater heiratete sie erneut. Ausgerechnet einen MacGory.«

Es klang, als müsste sie wissen, warum das ein Problem war. »Es tut mir leid, wenn ich das frage, aber was stört Euch daran?«

Ein Muskel an seiner Wange zuckte. Anscheinend biss er die Lippen zusammen. »Sein Clan ist mit den Macdonalds über eine Ehe von vor über fünfzig Jahren verbandelt. Im Grunde genommen hat Abigail den Feind geheiratet und auf unser Land geholt. Und genau das hat er uns auch spüren lassen.«

Gawayn versuchte anscheinend, die Geschichte nüchtern zu erzählen, so als wäre sie jemand anderem passiert, doch sie konnte seinen Zorn heraushören.

»Murdoch MacGory zog in die Burg meines Vaters und entschied, dass er jetzt Chief der Macvails wäre und die Geschicke des Clans leiten würde. Dazu hatte er kein Recht, aber es war ihm gleich, denn er hatte die Macdonalds im Rücken. Die sich diebisch darüber freuten, nicht nur ihren Erzfeind los zu sein, sondern auch großen Einfluss hier zu haben.« Er schnaubte. »Murdoch versuchte, alle Clanmitglieder auf die Bibel schwören zu lassen, dass sie ihm folgen und ihn als Chief anerkennen würden. Die, die sich weigerten, wurden hart bestraft.«

»Ich nehme an, Ihr wart einer derjenigen, die sich geweigert haben.«

Gawayn schüttelte den Kopf. »Ich war gerade erst zehn Jahre alt, als das geschah. Doch meine Mutter weigerte sich natürlich. Sie hätte meinen Vater niemals so schändlich verraten. Und zum Glück hatte sie einen solchen Einfluss bei den Bewohnern des Dorfes, dass viele ihrem Beispiel folgten.«

»Dann hat dieser Murdoch Eure Mutter bestraft?«

Gawayn nickte und presste die Lippen zusammen.

»Wie?« Leanas Stimme war nur ein Flüstern und fast hätte sie nicht gefragt, aber irgendwie hatte sie das Gefühl, dass sie es wissen musste. Obwohl sie den Schmerz in seinen Augen sah.

»Murdoch entschied, dass ich ein gutes Alter hätte, um mich zu einem anderen Clan zur Erziehung zu geben, obwohl das eigentlich nur den leiblichen und ehelichen Söhnen von Clanchiefs vorbehalten ist.«

»Aber er tat es auch nicht, um Euch zu fördern, sondern um Eurer Mutter Schmerzen zuzufügen.«

Dieses Mal weilte sein Blick länger auf ihr. »Genau so war es. Doch Murdoch hatte sich gerade für meine Mutter eine sehr perfide Strafe ausgedacht, denn er schickte mich zu den Macdonalds.« Gawayn lächelte grimmig und zog Aleyn noch etwas enger an seine Brust. »Die waren der Meinung, dass ich weniger wert bin als der Dreck unter ihren Stiefeln. Deswegen bin ich nicht lange dortgeblieben und bei der erstbesten Gelegenheit zu meiner Mutter zurückgekehrt. Als Murdoch mich erwischte, hat er mich weiter fort geschickt, doch auch von dort bin ich geflohen. Von da an war ich vorsichtiger und habe mich vor ihm und seinen Männern versteckt, wenn ich nach Hause gekommen bin, um meine Mutter zu sehen. Er wollte mich aus dem Weg räumen, da ich und meine Mutter die einzigen waren, die ihm gefährlich werden konnten. Viele haben auf meine Mutter gehört und sie verehrt. Das tun sie heute noch.«

Sie schwiegen eine Weile und Leana versuchte, den Sturm ihrer Gefühle zu beruhigen. Sie hasste solche Geschichten, auch wenn sie wusste, dass so etwas in der Welt passierte. Wenn es um Kinder ging, dann war es besonders schlimm. »Das heißt, Ihr habt Euch von da an immer versteckt, damit er Euch nicht findet?«

»Ich war immer auf der Reise und habe meine Mutter nur manchmal nachts besucht. Fear nan dubhar. Ihr erinnert Euch?«

»Deswegen werdet Ihr der Schattenmann genannt?«

Er nickte knapp und Leana fragte sich, wie es sein musste, wenn man in so einem Alter nicht mehr zu Hause leben konnte und Angst um sein Leben haben musste. Sie war nicht fähig, sich das vorzustellen.

»Wo habt Ihr denn dann gelebt?«, fragte sie vorsichtig.

Er hob die Schultern. »Im Sommer im Wald und in den Hügeln. Ich kannte jede Höhle, jeden Bach, jeden Baum. Manchmal war ich auch bei den Frauen und Kindern, die im Sommer das Vieh in den Bergen hüteten.« Er lächelte wehmütig. »Ich kann einen exzellenten Käse herstellen, nur meine Butter lässt zu wünschen übrig.«

Leana war nicht nach Spaß zumute. Kein Kind sollte allein in den Hügeln wohnen und seine Mutter nur nachts besuchen können. »Und im Winter?«

Er hob die Schultern. »Manchmal bin ich bei Menschen wie den Eltern von Florie und Aleyn untergekommen. Sie lebten oft abseits der Siedlungen irgendwo in den Bergen. Es waren Familien, die anderen Clans angehörten und denen Murdoch MacGory egal war. Ich habe mitgeholfen, wo ich konnte, und mir meinen Lebensunterhalt verdient.« Es schien, als wollte er noch etwas sagen, aber dann schwieg er.

Leana umfasste die Zügel fester und dachte nach. Wenn sie an ihre behütete Kindheit dachte, war das kein Vergleich. Das Schlimmste, was sie einmal erlebt hatte, war ein Krankenhausaufenthalt, als sie sich das Bein gebrochen hatte und ihre Mutter nicht mit dort bleiben konnte. Sie war so ängstlich in den Nächten gewesen. Wie musste es für den Jungen Gawayn gewesen sein, der ständig allein in den Hügeln war, selbst in den Nächten und bei Gewitter oder Sturm?

»Warum ist Eure Mutter nicht mit Euch zusammen fortgegangen?«

Er schwieg so lange, dass sie sich fragte, ob er ihr überhaupt noch antworten würde oder ob sie mit dieser Frage zu weit gegangen war.

»Sie hatte einen schweren Unfall und ist seitdem ans Haus gefesselt. Sie kann noch ein wenig laufen, aber nur unter Schmerzen. Eine solche Reise hätte sie niemals unternehmen können. Außerdem hat sie keine Familie, zu der wir hätten gehen können.«

Leana seufzte leise. Natürlich, wenn sie eine Zeitreisende war, dann hatte sie hier niemanden. Das war immer schwierig für die Frauen, da sie niemanden hatten, der für sie bürgte oder auf deren Reputation sie zurückgreifen konnten. Das hier war zu großen Teilen ein patriarchalisches System und ein Mann konnte allein sein, eine Frau aber nicht. Es musste umso schrecklicher sein, wenn sie wirklich eine Frau aus der Zukunft war und sich hier so schwer verletzt hatte. Ohne ein Krankenhaus, einen OP-Saal oder auch nur einen Arzt mit vernünftigen Schmerzmitteln in der Nähe. Das war eines der Dinge, die Leana hier am meisten fürchtete. Krank zu werden oder sich ernsthaft zu verletzen. Sie selbst hatte immer noch Blaire, aber selbst die konnte nur so außergewöhnlich gut helfen, weil sie Medikamente aus dem 21. Jahrhundert mit sich führte.

»Unter solchen Umständen ist es natürlich schwierig zu gehen.«

Gawayn blickte sie an. »Wenn Ihr meine Mutter kennenlernt, werdet Ihr außerdem verstehen, dass sie viel zu stolz ist, um sich einem Mann wie Murdoch zu beugen. Es war nicht leicht für sie, als ich nicht mehr zu Hause gelebt habe. Aber sie würde niemals vor dieser Herausforderung fliehen. Dafür verehrte sie meinen Vater viel zu sehr. Sie sagt, sie ist es ihm schuldig.«

Er schwieg einen Moment, aber bevor Leana etwas sagen konnte, fügte er hinzu: »Und es gab noch etwas, das sie in Clachaig gehalten hat.« Der Blick aus seinen grünen Augen bohrte sich in sie.

»Was war das?«

»Die Prophezeiung«, erklärte er. »Sie wusste immer, dass sie nur vertrauen musste. Deswegen konnte sie all das ertragen.«

Leana presste die Lippen zusammen und wandte den Blick ab. Der Druck, den dieses Wissen aufbaute, war einfach zu groß.

Sie straffte die Schultern. »Das heißt, die Frau, die den Clan retten soll, soll Euch zum Chief machen? Dann wird dieser Murdoch die Menschen nicht mehr drangsalieren und Ihr könnt den Clan zu alter Größe zurückführen? Ist es das, was Ihr wollt?« Es hatte schärfer geklungen als beabsichtigt. Aber sie fand es immer noch absonderlich. Gar nichts hatte sie mit diesen Menschen zu tun, so leid sie ihr auch taten.

Stirnrunzelnd schüttelte Gawayn den Kopf. »Nein, ich denke nicht, dass die Prophezeiung sich auf mich bezieht. Ich denke, dass im Fall der Macvails der Clan entscheiden muss, wer ihr nächster Chief sein wird.«

»Wollt Ihr denn überhaupt Chief werden?«

Er schaute sie nicht an. »Es liegt nicht an mir, das zu entscheiden.«

»Also ja.«

Er antwortete nicht darauf. Aber das musste er auch nicht.

»Warum nehmt Ihr Euch den Titel des Clanchiefs nicht einfach? Wenn Ihr einen Teil des Clans hinter Euch habt, dürfte es doch ein Leichtes sein.«

»So einfach ist das nicht.«

»Warum nicht?«

»Weil Murdoch ein mächtiger Mann ist, ob es mir gefällt oder nicht.«

»Außerdem kommt ja noch die geheimnisvolle Frau aus Eriness, die alles richten wird«, sagte Leana und wunderte sich selbst darüber, dass sie so sarkastisch war. Jemand wie Gawayn könnte Murdoch doch viel leichter bekämpfen als sie. Allein der Gedanke daran machte sie ganz schwindelig. Irgendwie war das alles komplizierter als gedacht.

Leana zögerte, bevor sie fragte: »Könnt Ihr denn überhaupt Chief werden, wenn Ihr ein ...« Sie brach ab und wollte den Satz gerade anders fortsetzen, als Gawayn den Blick hob.

»Wenn ich ein Bastard bin?«

Bei diesem Wort zuckte Leana zusammen, doch dann erinnerte sie sich daran, dass es in dieser Zeit ein völlig normales Wort und eher eine neutral gebrauchte Bezeichnung war. Sie nickte.

»Ja, das kann ich. Mein Vater hatte zwar meinen Bruder zu seinem Nachfolger ernannt und auch dafür ausgebildet, aber er hat mich immer als seinen Sohn anerkannt. Jeder wusste, dass ich für ihn gleichwertig mit Angus war. Es hat nur niemand damit gerechnet, dass er und Angus am selben Tag sterben würden. Ganz sicher hätte er mich zu seinem nächsten Nachfolger ernannt.«

Auf einmal war ihr eigener Zorn über die Situation verraucht. Sicherlich war es für Gawayn auch nicht leicht. Schließlich war er derjenige, der seit Jahren in den Hügeln lebte und sich irgendwie durchschlagen musste.

Sie seufzte. »Aber Euer Vater hätte es öffentlich sagen müssen, damit Ihr dann auch wirklich Chief werden könnt?« Sie sprach die Worte vorsichtig aus, es schien ihr, als ob viel verletzter Stolz bei dieser Sache mitschwingen würde.

»Ja. Das hätte er tun müssen.«

Wieder schwiegen sie. Das war kein leichtes Terrain, auf dem sie sich bewegten. Leana hatte das Gefühl, als könnte sie eine Menge falsch machen.

»Würde es dem Clan denn besser gehen, wenn Ihr Chief wärt?«

Es dauerte sehr lange, bis er auf diese Frage antwortete. »Ich weiß es nicht, aber ich hoffe es. Mir liegen diese Menschen am Herzen und für Murdoch sind sie nur Gesindel, das er für seine Zwecke missbraucht.«

»Was meint Ihr damit?«

Auf einmal blieb Gawayn doch stehen, so als hätte er keine Kraft mehr. Leana zügelte das Pferd und wandte sich zu ihm um.

»Vor ein paar Jahren hat Murdoch einiges an Vieh verkauft, um an Geld zu kommen. Die Bestände hatten sich gerade erst wieder nach den Plünderungen der Macdonalds beim Tod meines Vaters erholt. Die Rinder gehörten nicht ihm, sondern den Pächtern. Natürlich wollten sie sie nicht abgeben, aber sie mussten. Der nächste Winter war hart und im Sommer gab es eine Dürre. Viele der Bauern, vor allem die Kinder und Frauen, hungerten. Aber Murdoch sah es nicht als seine Aufgabe an, ihnen zu helfen. Das mussten andere tun.«

»Mit andere meint Ihr Euch selbst?«

Er hob die Schultern. »Möglich.«

»Wäre es seine Aufgabe als Chief, den Pächtern in einer Hungersnot zu helfen?«

Gawayn presste die Lippen aufeinander. »Er ist nicht ihr Chief. Da er ihnen das Vieh genommen hat, das sie im Falle einer Hungersnot hätten verkaufen können, ist er dafür verantwortlich, sich um sie zu kümmern.« Er atmete tief durch.

»Aber statt sich zu kümmern, hat er etwas noch viel Schlimmeres getan.«

»Und was?«, fragte Leana, als er nicht weitersprach.

»Er hat die jungen Männer zum Kriegsdienst gerufen. Als Chief kann er das tun. Sie hätten ihm nicht gehorchen müssen, aber viele hofften, dass ihre Familien so einen Esser weniger zu Hause hätten. Außerdem hofften sie, dass sie gegen die Macdonalds in einen Kampf ziehen würden, denn das hatte er ihnen vorgegaukelt.« Er ballte die Fäuste. »Doch statt sie für sich einzusetzen, hat er sie verkauft. Und zwar nach Irland. Viele von ihnen werden nicht wiederkehren.«

»Ach du meine Güte«, flüsterte Leana. Sie hatte davon gehört, dass viele Schotten als Söldner nach Irland geschickt worden waren, denn sie hatte immer versucht, sich über dieses Jahrhundert zu informieren. Aber auch hier war es etwas anderes, in einem Geschichtsbuch oder auf einer Internetseite darüber zu lesen, als es von jemandem zu hören, der dabei gewesen war.

»Wart Ihr einer von ihnen?«

Er schüttelte den Kopf. »Murdoch weiß nicht, wo ich mich aufhalte. Und selbst wenn er mich in Ketten nach Irland geschleift hätte, wäre ich ihm doch entkommen. Ich würde niemals auf seinen Befehl hören.«

»Warum sind die anderen Männer nicht geflohen?« Es hörte sich an wie Sklavenhandel, was es im Grunde auch war. Ob diese Männer Freunde von Gawayn gewesen waren? Bestimmt, in einem so kleinen Tal kannte man sich sicher.

Gawayn schüttelte den Kopf. »Da man sie verkauft hatte, konnten sie auch nicht einfach desertieren und zurück nach Hause kommen. Murdoch hätte sie sofort wieder nach Irland schaffen lassen und ihre Familien bestraft. Das wollte keiner von ihnen, obwohl sie lange darüber gesprochen haben.«

»Woher wisst Ihr das?«

»Ich war da.«

»In Irland?«

Er nickte knapp. »Jemand musste die Nachrichten für sie

überbringen. Es war das Mindeste, was ich tun konnte. Jetzt haben ihre Mütter zwar eine Person weniger, die sie versorgen müssen, aber ihnen allen fehlen zwei zupackende Hände und kräftige Schultern. Die Armut ist schlimmer als jemals zuvor. Manche wissen nicht, wie sie den nächsten Winter überstehen sollen. Vor allem nicht, wenn es diesen Sommer wieder eine Missernte gibt. Das alles nur, weil Murdoch Geld brauchte.«

Leana senkte den Kopf. »Wie furchtbar. Und Ihr konntet nichts tun?«

Er sah an ihr vorbei. »Ich habe getan, was ich konnte. Aber es reichte nicht. Versteht Ihr deswegen, warum ich an diese Prophezeiung meiner Mutter glauben will? Die Menschen sind verzweifelt und wenn es jemanden gibt, der sie retten kann, dann werde ich alles daran setzen, dies zu tun.«

»Das verstehe ich«, murmelte Leana. Aber sie hatte keine Ahnung, wie ausgerechnet sie diesem Clan helfen sollte, wenn es nicht einmal der Mann tun konnte, der eigentlich der Chief hätte sein sollen. »Ich würde sehr gern helfen. Aber ich weiß wirklich nicht, was ausgerechnet ich tun kann.«

»Vielleicht ist es mehr, als Ihr denkt.«

In seiner Stimme klang so viel Hoffnung mit, dass Leana schwer ums Herz wurde. Sie verstand, dass er so fühlte. Sie war der letzte Strohhalm, an den er sich klammerte. Doch jetzt war sie sich noch sicherer, dass er sich geirrt haben musste. Sie war nicht die Richtige.

13

Die Sonne stand schon eine Handbreit über dem Horizont, als sie sich einem kleinen Dorf näherten. Etwas weiter entfernt sah Leana eine Burg aufragen. Dort musste dieser Murdoch leben.

Sie versuchte, sich in Erinnerung zu rufen, ob sie die Burg aus ihrer Zeit kannte, aber in diesem Teil Schottlands kannte sie sich nicht sehr gut aus. Vielleicht war sie noch als Ruine vorhanden oder befand sich in Privateigentum. Diese Burgen waren oft zu Jagdhotels umgewandelt worden. Zumindest war sie keine große Touristenattraktion. Auch der Name des kleinen Ortes sagte ihr nichts.

Anscheinend waren sie in der Nähe des Meeres, denn die Luft schmeckte salzig, es wehte ein stetiger Wind und in der Luft über ihnen trieben ein paar Möwen. Wenn Leana nicht vollkommen desorientiert war, musste das die Atlantikküste sein.

Das Tal, in dem der Ort Clachaig lag – oder vielleicht hieß auch das gesamte Tal so – war zum Teil bewaldet und zum Teil von Heide- und Grasflächen bedeckt. Wie im Tal von Eriness zog sich ein kleinerer Fluss durch die Ebene. An einer Seite ragten Hügel auf, die zum Teil nur grauer Stein waren.

Das Dorf war größer, als Leana erwartet hatte. Mehr als

dreißig Häuser und Hütten gruppierten sich um einen Dorfplatz herum. Auch im Rest des Tals waren noch kleinere Höfe verteilt und drum herum die Felder, auf denen anscheinend gerade ausgesät worden war.

Viele Gebäude waren mit Torf gedeckt, so wie die Hütte von Aleyns und Flories Eltern. Es gab auch mehrere Häuser aus Stein und eine Art Markt- oder Versammlungsplatz, an dem auch der Brunnen stand. Hinter einigen der Häuser wurden Tiere gehalten: Kühe, Schafe, Ziegen und Hühner. Es war viel gepflegter, als Leana nach Gawayns Schilderung der schwierigen Lebensumstände der Leute angenommen hätte.

»Wir sollten die Kinder wecken«, stellte Gawayn kurz vor dem Dorf fest. Sein Blick wurde weich, als er sie anschaute. »Wie geht es Euch?«

»Ich bin froh, dass wir endlich angekommen sind.« Sie zögerte, denn eigentlich wollte sie ihre Sorgen und Nöte nicht ausgerechnet mit Gawayn besprechen, doch er hatte sich ihr auch anvertraut. Außerdem war ihre Beziehung anders geworden, seit sie zusammen die Kinder gerettet und zwei Leichen begraben hatten. Wenn man so etwas gemeinsam erlebte, ließ einen das nicht kalt. Auch Gawayn hatte es berührt, das spürte sie.

Deswegen sagte sie: »Mir ist nicht wohl, weil ich nicht weiß, was mich erwartet. Ich freue mich darauf, Eure Mutter kennenzulernen und mit ihr zu sprechen.«

»Aber?«, hakte er sanft nach.

»Aber ich gehöre nicht hierher und ich wünschte, ich könnte so schnell wie möglich nach Hause.« Sie senkte den Kopf und biss sich auf die Lippe. »Und vermutlich seid Ihr der Letzte, dem ich so etwas sagen sollte.«

Gawayn umfasste Aleyn mit nur einem Arm und tat dann etwas vollkommen Unerwartetes. Er griff nach Leanas Hand und drückte sie. Sanft strich er ihr mit dem Daumen über den Handrücken. »Ich kann mir vorstellen, wie schwer das alles für Euch sein muss.«

»Danke«, sagte sie leise.

»Wir schaffen das. Ihr seid so stark, ich bewundere Euch.«

Verwirrt schaute sie ihn an. Noch immer lag seine Hand auf ihrer. Am liebsten hätte sie ihn gefragt, was er damit meinte, doch dann gähnte Aleyn laut und streckte sich und der Moment war vorbei. Gawayn zog die Hand weg und zu ihrer eigenen Überraschung fühlte Leana sich getröstet. Sie war nicht allein, auch wenn es im ersten Moment so schien.

Sanft rüttelte Leana Florie wach und das Mädchen streckte sich in ihren Armen. Dann schien sie zu begreifen, wo sie war, und schaute sich erschrocken um.

»Wir sind da«, sagte Leana. »Das hier ist das Dorf, in dem Gawayn lebt.« Sie lächelte das Mädchen so beruhigend an, wie sie konnte. Als wäre es etwas ganz Normales.

Florie runzelte die Stirn. »Und wo wohnt Ihr?«

Das war eine sehr gute Frage. »Woanders.«

Sofort griff Florie nach ihrer Hand und hielt sich fest. Verwundert schaute Leana die dreckigen Finger des Mädchens an und es rührte sie, dass es sich jetzt schon nicht mehr von ihr trennen wollte.

»Aber erst einmal bleibe ich hier«, erklärte sie. Vermutlich blieb ihr ohnehin nichts anderes übrig.

Florie wirkte erleichtert.

Gawayn nickte ihnen beiden zu und setzte sich in Bewegung. Aleyn wischte sich die dunkelblonden Haare aus der Stirn und griff dann nach Gawayns Hand. Der nahm sie wie selbstverständlich und ging mit dem Jungen in Richtung Dorf. Leanas Herz flatterte, als sie den Braunen antrieb und ihm folgte.

Als sie das Dorf erreichten, trat eine Frau vor eine der Hütten und musterte sie neugierig. »Fear nan dubhar«, sagte sie leise und verbeugte sich vor ihm. »Du hast Besuch mitgebracht.«

Gawayn nickte ihr zu. »Guten Morgen, Jane. Ja, das habe ich.«

Die Frau musterte Leana neugierig. »Gott segne Eure Kinder.«

Gawayn warf ihr einen schnellen Blick zu und sie hob die Augenbrauen. Sollte sie sagen, dass dies nicht ihre Kinder waren? Doch Gawayn schien ebenfalls unschlüssig zu sein. Deswegen erwiderte sie nur: »Danke.«

»Ist das die Frau aus Eriness?«, fragte Jane Gawayn.

Leana wurde ein wenig flau im Magen. Die Dorfbewohner wussten von der Prophezeiung?

Gawayn hob die Schultern. »Möglich.«

Jane seufzte und lächelte Leana an, dabei entblößte sie eine Zahnlücke. »Dann wird endlich alles gut. Vielleicht kannst du dann wieder ans Licht kommen, mein Junge.«

»Ich bin auf dem Weg.«

»Gott segne dich, mein Junge.« Jane verneigte sich und Gawayn ging weiter. Kaum hatte er sich abgewendet, eilte Jane zu einer anderen Hütte hinüber. Sie würde sofort ihrer Freundin davon erzählen, so viel war klar.

Auf einmal fühlte Leana sich nicht mehr wohl damit, auf dem Pferd zu sitzen. Sie wollte nicht, dass alle sie anstarrten wie bei einer Prozession. Also stieg sie mit Florie zusammen ab, aber natürlich starrten sie trotzdem alle an.

Schließlich hielt Gawayn vor einem der Steinhäuser an. Es war gepflegt und hatte einen Stall, so wie die meisten anderen auch. Ein Lächeln zeigte sich auf Gawayns Gesicht, als er die Tür öffnete.

Leana zögerte einen Moment, dann band sie das Pferd an einen Ring, der in die Mauer eingelassen war. Sie nahm Flories Hand und gemeinsam gingen sie ins Haus.

»Mutter?«, rief Gawayn in den Flur hinein. Doch niemand antwortete.

Leana schaute sich um. Es war ein schönes Haus. Ganz anders eingerichtet als Eriness Castle oder eine der Hütten der Bauern. Die Person, die hier wohnte, hatte ein Auge für Schönheit und kleine Details. Davon sprachen schon die Frühlingsblumen in einer Vase auf dem Tisch.

»Ist alles in Ordnung?«, fragte Leana. Gawayn wandte sich

zu ihr um und für einen Moment sah sie die Sorge in seinen Augen, dann war sie wieder verschwunden.

»Normalerweise ist meine Mutter immer im Wohnzimmer oder sitzt vor der Tür auf der Bank. Aber sie ist nicht da.«

»Habt Ihr schon im gesamten Haus geschaut?«

Er schüttelte den Kopf und ging sofort los. Zuerst verschwand er in einem Raum, der vermutlich die Küche sein musste. Dann in einem anderen, der an das Wohnzimmer grenzte.

Leana überlegte, ihm zu folgen, aber sie kannte Giselle ja noch nicht einmal, da wäre es nicht in Ordnung, ihr Haus zu durchsuchen.

Gawayn lief die Treppe nach oben und sie hörte seine festen Schritte, als er auf dem Holzboden über ihr entlangging. Ab und zu blieb er stehen und sie hörte, wie er Türen öffnete, doch keine Stimme, die ihn freudig begrüßte.

Florie lehnte sich an Leana und sie strich ihr geistesabwesend über den Kopf. Aleyn schaute sie mit großen Augen an und sie lächelte ihm beruhigend zu. Zumindest waren sie angekommen, das war alles, was gerade zählte. Ihre Beine zitterten vor Erschöpfung.

Als Gawayn wieder die Treppe herunterkam, konnte sie seine Anspannung schon vom Flur aus fühlen. Er fuhr sich mit beiden Händen durch die Haare und fluchte leise. »Sie ist immer da, wenn ich nach Hause komme.«

»Aber normalerweise seid Ihr doch nur nachts gekommen, oder?«

Er blinzelte, so als ob ihm erst jetzt bewusst wurde, dass sie auch da war. Dann nickte er. »Das stimmt.«

»Sie ist bestimmt nur zu einer Nachbarin gegangen«, schlug Leana vor. »Wusste sie denn, dass Ihr heute nach Hause kommt?«

Stumm schüttelte er den Kopf und ging wieder ins Wohnzimmer. »Sie geht nie zu den Nachbarn«, sagte er über die Schulter gewandt.

Leana folgte ihm. Im Wohnzimmer stand ein Sessel,

daneben ein Korb mit Strick- und Stickmaterial sowie ein Spinnrad. Leana fand es immer noch verwunderlich, dass das Spinnen in dieser Zeit eine ganz normale Beschäftigung der Frauen war. Bei jeder sich bietenden Gelegenheit spannen die Frauen. Und so wohl auch Giselle Macvail.

»Sie sitzt immer hier«, sagte er und deutete auf den Sessel. »Sie ist gar nicht mehr in der Lage, in ein anderes Haus zu gehen. Wenn, dann kommt jemand sie hier besuchen.« Er deutete auf einen anderen Stuhl, der anscheinend Besuchern vorbehalten war.

»Habt Ihr Sorge, dass etwas passiert ist?«, fragte Florie leise. »So wie unserem Vater?«

Leana schüttelte den Kopf. »So schlimm ist es bestimmt nicht.«

Gawayn presste die Lippen zusammen. »Das wisst Ihr nicht.«

Leana senkte den Kopf. Er hatte recht, das wusste sie wirklich nicht. »Verzeiht. Ich hoffe nur, dass alles in Ordnung ist.«

Es schien, als wollte Gawayn darauf etwas scharf erwidern, doch dann besann er sich und schloss den Mund. Er wischte sich mit der Hand über die Stirn.

Er hatte wirklich Angst, stellte Leana fest. Das war vielleicht auch kein Wunder bei einem Mann, der als Kind etwas so Furchtbares wie die Ermordung seines Vaters und seines Bruders erleben musste. Und in den Jahren danach war er oft monatelang fort gewesen. Vermutlich wusste er nie, was ihn erwartete, wenn er zurückkam. Ob seine Mutter noch lebte oder ob ihr etwas Schlimmes zugestoßen war.

Ihr Herz öffnete sich für ihn und auf einmal wollte sie ihm helfen.

Sie blickte sich um. Vielleicht halfen ihm ja Beweise. Tavia war immer so analytisch und durchdachte alles strukturiert, wenn sie in eine solche Situation kam. Vielleicht gelang ihr das auch.

»Also, Eure Mutter liegt nicht hilflos im Haus. Das ist doch schon einmal gut. Es schien im Dorf keine große Unruhe zu herrschen, als wir eben hierhergekommen sind. Glaubt Ihr nicht, dass Jane Euch erzählt hätte, wenn mit Eurer Mutter etwas geschehen wäre oder ein Überfall stattgefunden hätte?«

Er blinzelte, dann nickte er. »Vermutlich habt Ihr recht. Jane ist eine gute Frau.«

»Außerdem hat jemand heute Morgen erst die Vase mit den Blumen frisch mit Wasser gefüllt. Da ist noch der Wasserrand auf dem Holz.« Sie zeigte auf die Kommode im Flur. »Da war sie also noch hier. Oder jemand, der ihr bei den Blumen geholfen hat. Außerdem ist die Decke auf ihrem Sessel ordentlich zusammengefaltet und über die Lehne gelegt. Wenn jemand sie hier überfallen hätte, würde es anders aussehen.« Fragend schaute sie ihn an. »Würde Eure Mutter sich denn wehren, wenn sie überfallen würde?«

Ein Lächeln huschte über sein Gesicht. »Ganz sicher würde sie das. Sie weiß sich sehr wohl zu wehren und ihre Stimme ist laut, wenn sie ruft. Außerdem würde sie ihren Stock als Waffe nehmen.«

»Es sieht aber nicht aus, als hätte hier ein Kampf stattgefunden.«

Aleyn, der bisher still danebengestanden hatte, nickte eifrig. »Sie hat recht. Bei uns im Haus war alles umgeworfen, Krüge waren zerborsten und sogar der Tisch umgekippt. Bei uns haben sie gekämpft und das hat man gesehen. Hier sieht man nichts.« Er strich sanft über die Kommode mit den Blumen. »Hier ist es schön und sauber.«

Gawayn stieß die Luft aus. »Vermutlich habt Ihr recht. Es ist nur so ungewöhnlich, dass sie nicht da ist.«

»Ich weiß«, sagte Leana und trat zu ihm. Sie kannte das Gefühl nur zu gut. Seit Marcs Tod hatte sie es gehasst, wenn jemand an ihrer Tür klingelte, den sie nicht erwartete. So wie die Polizisten damals. Oder wenn sie jemanden nicht erreichte, der sonst eigentlich immer da war. Das war ihr mit Maira, mit der sie früher immer einmal pro Woche telefoniert hatte, so gegangen. Doch seit sie in die Vergangenheit reisen konnte, hatte sie sich ein wenig mehr damit abgefunden, dass es im

Leben auch mal Überraschungen gab, die man nicht eingeplant hatte. Obwohl genau die das Leben oft interessanter machten.

Sie schenkte Gawayn ein Lächeln. »Aber nicht immer ist es schlimm, wenn etwas ungewöhnlich ist. Wie wäre es, wenn Ihr die Nachbarn fragt?«

Gawayn warf einen Blick an ihr vorbei zur Tür und schnitt eine Grimasse. »Das muss ich gar nicht. Die alte Liz wird mir sicherlich sagen, wo ich Mutter finde.«

»Wer ist die alte Liz?«, fragte Leana.

»Das bin ich«, erwiderte eine Stimme von der Tür.

Leana drehte sich um und sah eine Frau mittleren Alters vor sich stehen. Sie war dünn, fast hager, und musterte sie aufmerksam. »Dann seid Ihr also die Frau aus Eriness. Ich hätte nicht gedacht, dass es Euch wirklich gibt.«

Bevor Leana irgendetwas sagen konnte, trat Gawayn vor sie. »Guten Morgen, Liz. Kannst du mir sagen, wo meine Mutter ist?«

Leana spähte an seinem breiten Rücken vorbei und sah, dass sich das Gesicht der Frau aufhellte. »Natürlich kann ich das. Sie schickt mich sogar, da sie gehört hat, dass du da bist und einen Gast mitgebracht hast. Wir sind alle bei Little Beth. Ihre Tochter heiratet heute und wir bereiten die Hochzeit vor.«

Gawayn nickte lediglich, aber Leana sah, wie seine hinter dem Rücken verschränkten Hände zitterten. Anscheinend war er wirklich erleichtert. Zu gern hätte sie seine Hand genommen, um ihm zu zeigen, wie froh sie war, dass seine Mutter wohlauf war, aber das traute sie sich nicht. Vor allem nicht vor Liz, deren schnellen Äuglein nichts zu entgehen schien.

»Meine Mutter ist bei Little Beth? Wie ist sie dorthin gekommen?«

Liz lächelte. »Rupert hat sie getragen.«

»Wie freundlich von Rupert«, stieß Gawayn hervor. Ein Muskel an seiner Wange zuckte, und auf einmal fragte sich Leana, wer dieser Rupert wohl war.

»Er ist immer sehr freundlich zu deiner Mutter«, erklärte

Liz. »Und jetzt soll ich dir sagen, dass ich deine Begleiterin mitnehmen muss und zu ihr bringen soll.«

Leanas Herz begann schneller zu klopfen. Nun würde sie endlich Giselle kennenlernen.

Doch Gawayn versteifte sich. »Ich werde sie zu meiner Mutter bringen.«

Liz schnalzte mit der Zunge. »Das ist freundlich von dir, mein Junge, aber sie hat mich ausdrücklich gebeten und du weißt, wie deine Mutter ist. Sie weiß, was sie will, und wer würde es wagen, sich ihr zu widersetzen? Und im Haus sind nun einmal nur Frauen erlaubt, deswegen bringe ich sie hin.« Sie lehnte sich zur Seite, um an Gawayn vorbei Leana anzuschauen. »Kommt bitte, wir haben alle Hände voll zu tun, um die Feier vorzubereiten.«

Unschlüssig wandte Gawayn sich zu Leana um und hob die Augenbrauen. Doch Leana wusste, was sie wollte. Endlich Giselle kennenlernen, egal, wie müde sie war.

»Ich komme gern«, sagte sie.

»Wunderbar.« Liz klatschte in die Hände. »Albert hat sogar zur Feier des Tages ein Schwein geschlachtet und da der Chief …« Sie brach ab und für einen Moment wirkte sie sogar ein wenig zerknirscht. »Da Murdoch nicht da ist, können wir ungestört feiern. Wir brauchen jede helfende Hand. Deswegen ist deine Mutter auch dort. Es tut ihr gut, wieder mehr aus dem Haus zu kommen.«

Gawayn nickte langsam. »Das ist wahr. Vor allem bei einer Hochzeit.« Er atmete tief durch. »Albert hat wirklich ein Schwein geschlachtet?«

»Ja, sogar eines der jüngeren. Allerdings ist es nach dem Winter ein bisschen mager. Die Hochzeit kam überraschend, wenn du verstehst, was ich meine …« Sie wackelte mit den Augenbrauen. »Da war keine Zeit, noch ein Schwein zu mästen. Eigentlich hätten die beiden erst im Herbst heiraten sollen, aber dann wird vermutlich das Baby schon da sein. Deswegen feiern wir heute, da der Priester zufällig vorbeigekommen ist.«

Gawayn atmete aus. »Alle werden sich trotzdem über den Festschmaus freuen.«

Ein Schatten huschte über Liz' Gesicht. Auch sie war dürr und vermutlich war das auch eine Folge des Hungers und all der Sorgen. »Der Winter war sehr lang.«

Leanas Herz zog sich schmerzhaft zusammen. Ihr war der Winter auch lang vorgekommen, aber sie hatte nicht hungern müssen und es immer warm gehabt. Sie war einfach nur einsam gewesen, weil Maira und Tavia in der Vergangenheit lebten und sie im Haunted Café gewesen war. Fast hatte sie ein schlechtes Gewissen, dass es ihr so gut ging und sie sich trotzdem beklagte. Sie hatte noch nie hungern müssen.

Liz riss sie aus ihren Gedanken, als sie in die Hände klatschte. »Wir sollten jetzt wirklich gehen, sonst fragt sich deine Mutter noch, ob ich mich auf dem Weg hierher verlaufen habe.«

»Wir kommen gleich«, erklärte Gawayn.

»Nein, es reicht, wenn die Frau aus Eriness mitkommt. Du kannst dich erst einmal ausruhen. Oder du hilfst den Männern bei der Vorbereitung. Da Murdoch nicht da ist, kannst du dich ja im Dorf sehen lassen. Es würden sich sicherlich alle freuen, dich einmal bei Tageslicht zu sehen.« Wieder lehnte sie sich zur Seite, um hinter Gawayn zu blicken. »Und ich weiß zwar nicht, ob Eure Kinder müde sind, aber sie können auch gern mitkommen. Die Jungen helfen draußen beim Feuer und die Mädchen bei uns im Haus.« Sie lächelte Leana an. »Alle sind so gespannt auf euch. Endlich seid Ihr da.«

Gawayn wandte sich zu ihr um, eine Frage in den Augen. Unschlüssig hob Leana die Schultern. »Ich hatte gehofft, mit Eurer Mutter sprechen zu können«, sagte sie leise. »Allein.«

»Ich weiß«, setzte er an, doch dann mischte sich Liz schon wieder ein.

»Keine Sorge, Mylady, Ihr werdet heute noch viel Gelegenheit haben, mit unserer Giselle zu sprechen. Sicherlich hat sie auch einiges mit Euch zu besprechen.« Sie wackelte wieder mit den Augenbrauen und deutete auf Gawayn und dann auf die Kinder.

Mit einem unsicheren Gefühl schaute Leana sie an. Glaubte sie etwa, dass sie etwas mit Gawayn hatte und Aleyn und Florie ihre Kinder waren?

Gawayn schnaufte. »Lass es gut sein, Liz. Wir sind gerade erst angekommen. Setze bitte keine Gerüchte in die Welt.«

»Aber Gawayn, du weißt doch, dass es dafür schon zu spät ist. Jane hat uns alles bereits erzählt. Und der kleine Roddy hat gesehen, wie ihr vor dem Dorf gehalten habt«, verkündete sie lächelnd. »Dabei wart ihr wohl sehr vertraut miteinander.«

Gawayn schnaubte. »Wir waren nicht vertraut miteinander und Jane hat ebenfalls die falschen Schlüsse gezogen. Ich habe Leana nur hierhergebracht, damit sie mit meiner Mutter sprechen kann.«

»Und den Clan retten.« Liz nickte ernst, legte sich eine Hand auf die Brust und schaute Leana an. »Wir sind Euch so unendlich dankbar, dass Ihr endlich den Weg zu uns gefunden habt.« Dann blickte sie wieder zu Gawayn und sie hob die Augenbrauen. »Du hast ihre Hand gehalten. Das ist vertraut.«

Gawayn stöhnte auf. »Ich habe nur versucht, sie zu beruhigen. Wir hatten eine anstrengende Reise hinter uns. Und außerdem muss ich mich nicht rechtfertigen.«

»Wenn ein Mann die Hand einer Frau hält, ist mehr zwischen den beiden, als dass sie nur Reisegefährten sind.«

»Liz. Hör auf, über Dinge zu sprechen, die dich nichts angehen.«

Liz lachte auf und hob die Hände. »Schon gut, schon gut. So kenne ich dich ja gar nicht, mein Junge. Du bist ja empfindlich wie ein gerade kastrierter Ochse.«

Leana hielt die Luft an. Einerseits war dieser Schlagabtausch zwischen den beiden amüsant, andererseits entsetzte es sie auch, dass man sie dabei erwischt hatte, wie sie sich an den Händen gehalten hatten. In dieser Zeit tat man das tatsächlich nicht einfach so.

»Das ist ja ein ausgezeichneter Vergleich, Liz«, meinte Gawayn und verschränkte die Arme.

»Genau das finde ich auch. Jetzt sei aber so gut und lass die Dame aus Eriness mit mir kommen. Giselle wartet bestimmt schon. Sie war so aufgeregt, als sie gehört hat, dass du sie endlich hierhergebracht hast.« Sie streckte Leana die Hand entgegen. »Kommt schon, Mylady, und du auch, mein Täubchen.« Sie nickte Florie zu.

»Ihr müsst nicht gehen, wenn Ihr nicht wollt«, sagte Gawayn, ohne Liz zu beachten.

Doch zu ihrer eigenen Überraschung hörte Leana sich sagen: »Ich möchte gern.«

Diese Frauen gefielen ihr. Sie waren bodenständig und einfach, aber selbstbewusst und überhaupt nicht auf den Mund gefallen. Und wenn sie jetzt hier mit Gawayn allein in dem Haus blieb, würde es sicherlich noch mehr Gerüchte geben. Außerdem konnte sie vielleicht schon bald wieder nach Eriness zurückkehren, wenn sie mit Giselle gesprochen hatte. Dieses Ziel sollte sie im Auge behalten.

»Wenn Eure Mutter nicht mehr gut laufen kann, dann ist es nur höflich, wenn ich sie aufsuche und nicht warte, bis sie hierherkommt.«

Gawayn seufzte. »Aber die anderen Frauen werden versuchen, alles von Euch zu erfahren«, raunte er. »Es tut mir leid, dass sie vermuten, dass wir ...« Seine Wangen schienen eine Spur röter zu werden. »Ich entschuldige mich dafür. Ich hätte Euch nicht anfassen sollen. Ich weiß doch, dass hier alles beobachtet wird. Hoffentlich bin ich Euch nicht zu nahegetreten.«

Er wirkte so betreten, dass Leana lächeln musste. Unwillkürlich griff sie nach seinem Arm, doch als sie bemerkte, was sie tun wollte, ließ sie die Hand wieder sinken.

Im 21. Jahrhundert war das eine akzeptable Geste, aber hier eben nicht.

»Das seid Ihr nicht. Ich weiß Eure Fürsorge sehr zu schätzen.«

Einen Moment lang verschränkten sich ihre Blicke und was sie in seinen Augen zu sehen meinte, nahm ihr den Atem.

Sie schaffte es nicht gleich, wegzuschauen und auch er wandte den Blick nicht ab.

Schließlich räusperte sich Liz. »Es wäre gut, wenn wir jetzt zu Giselle gehen.«

Leana nickte. »Ich schaffe das schon.«

Gawayn lächelte. »Wenn nicht, ruft einfach um Hilfe. Ich bin nie weit weg.«

Aber Leana war sich sicher, dass sie keine Hilfe brauchen würde.

Sie hatte schon eine Idee, wie sie die anderen Frauen davon überzeugen konnte, dass sie und Gawayn keine Affäre miteinander hatten.

14

Vor der Tür eines anderen Steinhauses blieb Liz stehen und wandte sich zu Gawayn um, der gerade eintreten wollte. »Leider dürfen heute gar keine Männer in das Haus. Du kannst zu Albert gehen und ihm mit dem Schwein helfen.«

Gawayn blinzelte. »Aber ich möchte gern Leana meiner Mutter vorstellen.«

»Das schaffen wir Frauen schon. Außerdem ist es manchmal viel einfacher, wenn die Männer nicht dabei sind.«

Gawayn klappte den Mund auf, um noch etwas zu sagen, doch Liz nahm Leana beim Arm und führte sie ins Haus.

Überrascht schaute Leana über die Schulter zu ihm zurück. Auch sie hatte damit gerechnet, dass Gawayn sie zumindest bis zu Giselle bringen würde. Aber vielleicht war es sogar besser, wenn er bei ihrem Gespräch nicht dabei war. Schließlich wusste sie nicht, wie viel er wirklich über seine Mutter wusste.

Das Haus von Little Beth war weniger charmant eingerichtet als das von Giselle, aber die hier lebende Familie schien zu den wohlhabenden des Dorfes zu gehören, denn immerhin hatte sie ein Steinhaus mit mehreren Räumen. Das hatten nicht sehr viele Menschen im Dorf. Viele teilten sich ihre torfgedeckten Hütten mit dem Vieh und hatten nicht einmal Fenster.

Das ganze Haus barst vor Energie, so schien es Leana. Von überall her waren Stimmen zu vernehmen. Weibliche Stimmen. Sie redeten, lachten und einige sangen sogar. Das war sowieso etwas, was Leana in diesem Jahrhundert schon öfter beobachtet hatte. Frauen machten sich ihre gemeinsame Arbeit immer leichter, indem sie Lieder sangen. Manchmal waren es kurze, einprägsame, die jeder mitsingen konnte oder bei denen eine Frau allein oder abwechselnd die Strophen sang und alle dann im Refrain mit einfielen. Manchmal waren es auch lange elaborierte Lieder, die eine Geschichte erzählten. Meistens von Liebenden und Helden. Aber auch vom Los der Frau und den Schwierigkeiten, denen sie sich jeden Tag gegenübersah.

Leana verstand selten den gesamten Inhalt, da sie einige Wörter einfach nicht kannte. Manche Lieder schienen sehr alt zu sein. Aber im Grunde war es die Unterhaltung der Frauen, die die Arbeit leichter machte und die sie in der Gemeinschaft verband. Gerade beim Dreschen, Walken und anderen Tätigkeiten, die über Stunden monoton wiederholt werden mussten, kamen diese Lieder zum Einsatz.

Als Liz Leana in einen Raum schob, schauten alle Frauen auf und die Lieder verstummten, aber keine hörte auf zu arbeiten.

Liz stellte sie nicht vor, aber Leana erkannte an den Gesichtern der Frauen, dass sie wussten, dass sie die Frau aus Eriness war. Ihr Herz schlug schneller. Sie alle erwarteten von ihr, dass sie den Clan rettete. Mittlerweile war sie sich ganz sicher, dass es sich um eine Verwechslung handeln musste. Vielleicht gehörte ja Blaire hierher. Ihre Cousine hatte so viel Selbstbewusstsein, dass sie nicht nur einen Clan, sondern auch ganz Schottland retten konnte, wenn sie wollte.

Nach einem Moment des Schweigens setzte eine Frau wieder mit dem Singen ein und die meisten anderen fielen ein. Leana atmete erleichtert aus und sah sich verstohlen um.

Giselle war nicht schwer zu finden. Sie saß auf einem Sessel, eine Decke über den Beinen, das Nähzeug in der Hand, und schaute ihr entgegen. Ein Lächeln erschien auf ihrem

Gesicht. Sie legte die Näharbeit nieder und streckte die Hände aus.

»Komm zu mir.«

Es klang, als hätte sie auf sie gewartet. Ihre Stimme war tief und rauchig und schmeichelte Leanas Seele. Sie fühlte sich intuitiv sofort wohl mit dieser Frau.

Gehorsam trat sie näher, Florie dicht auf ihren Fersen.

Giselle hatte lange silbrig-graue Haare, die ihr in einem Zopf über die Schulter fielen. In diesen hatte sie frische Blumen gesteckt. Ihre Augen waren groß und braun, die Wangenknochen hoch und die Lippen voll. Sie war immer noch schön, aber als junge Frau hatte sie Männer bestimmt in den Wahnsinn getrieben.

Es war offensichtlich, dass Gawayn ihr Sohn war. Sie trugen den gleichen Ausdruck von Güte und Neugier, hatten die gleichen Gesichtszüge und auch die Form seines Mundes hatte er von ihr. Genau wie das großzügige Lächeln, das immer eine gewisse Unbeschwertheit in sich trug.

Es erstaunte Leana ein bisschen, dass sie wusste, wie Gawayns Mund geformt war, aber jetzt gerade gab es Wichtigeres.

Sie trat zu Giselle und ergriff ihre Hände. Es war, als fließe ein elektrischer Strom zwischen ihnen. Fast hätte Leana die Hände der Frau fallengelassen, doch stattdessen ging sie vor ihr in die Hocke. Sie wollte Giselle ihre Ehrerbietung zeigen, es schien das Richtige zu sein. Es war offensichtlich, dass sie hier im Dorf verehrt wurde und eine wichtige Position einnahm. Sie hatte die Ausstrahlung einer Königin.

Liebevoll lächelte Giselle sie an. »Ich habe mich so sehr auf diesen Moment gefreut.«

Leana spürte, dass alle im Raum sie beobachteten und genau zuhörten.

»Ich mich auch«, erklärte sie. Schließlich war das die Wahrheit, denn seit sich in ihr die Ahnung breitgemacht hatte, dass Giselle eine Zeitreisende sein könnte, freute sie sich auf diesen Moment.

Sie studierte das Gesicht der anderen Frau, in der Hoffnung, ein Zeichen dafür zu finden. Doch da war nichts. Giselle war zwar außergewöhnlich schön, aber sie trug die gleiche Kleidung wie die anderen Frauen und hatte ebenso rote und rissige Hände von der Arbeit wie alle.

Das einzige Merkmal, das ihr möglicherweise etwas verraten konnte, war, dass Giselles Zähne für diese Zeit außergewöhnlich gut zu sein schienen.

Am liebsten hätte Leana sie gleich gefragt, doch sie traute sich nicht.

»Können wir möglicherweise allein sprechen?«, fragte sie leise.

Giselle holte tief Luft und lächelte wieder. »Später, mein Herz. Gerade kann ich hier nicht fort. Es gibt noch so viel zu tun und unser Gespräch wird lang dauern. Hab Geduld.« Sie strich Leana über die Wange. Es war eine gütige und vertraute Geste und Leana ertappte sich dabei, dass sie die Augen schloss und die Berührung genoss. Giselle war ihr auf eine merkwürdige Art und Weise vertraut.

»Du hast sicher viele Fragen, nicht wahr?«

Leana öffnete die Augen. »Sehr viele.«

Giselle lächelte. »Ich werde dir alle beantworten, sobald ich kann.«

Eine andere Frau trat zu ihnen. »Herzlich willkommen in meinem bescheidenen Heim. Mein Name ist Beth, aber alle nennen mich Little Beth.«

Rasch erhob Leana sich und verneigte sich vor der Frau. Sie war klein, dünn und wirkte sehr freundlich.

»Vielen Dank, dass ich hier sein darf. Es tut mir leid, dass ich unangemeldet gekommen bin.«

Little Beth schaute sie aus großen Augen an. »Jeder Gast ist in unserem Haus willkommen, vor allem wenn er ein so gutes Herz hat wie Ihr. Es ist uns eine Ehre. Wir haben schon lange auf Euch gewartet.«

Leana presste die Lippen zusammen und wusste nicht, was sie sagen sollte. »Ich fühle mich geehrt«, brachte sie hervor, doch es klang mehr wie eine Frage. »Ich weiß nur nicht, ob ich die bin, die ihr meint.«

Die andere Frau lächelte. »Wenn Giselle sagt, Ihr seid die Richtige, dann seid Ihr es.« Sie legte sich eine Hand auf die Brust. »Endlich erfüllt sich die Prophezeiung. Manchmal habe ich gedacht, dass ich es gar nicht mehr erleben werde.«

Unsicher schaute Leana auf ihre Hände. Auf einmal wünschte sie sich doch, dass Gawayn mit hier gewesen wäre. Er konnte die Frauen viel besser einschätzen und zum Teil auch in ihre Schranken weisen.

»Ich werde probieren Euch zu helfen, aber bitte versprecht Euch nicht zu viel.«

Little Beth griff nach ihren Händen. »Es ist schon eine wundervolle Nachricht, dass Ihr und Gawayn einander gefunden habt. Es war an der Zeit, dass er eine Frau findet und nach Hause bringt. Wir haben immer gewusst, dass Ihr es sein werdet. Es war zwar nicht Teil der Prophezeiung, aber Gott hat es anscheinend so gefügt. Und es ist ja auch richtig, denn wenn Gawayn Chief wird, braucht er eine Frau, die ihm zur Seite steht und ihm Kinder gebärt.«

Leanas Herz übersprang einen Schlag. Entsetzt starrte sie Little Beth an. Glaubten diese Frauen wirklich, dass sie und Gawayn ein Paar waren? Diese Prophezeiung war kompletter Blödsinn!

»Aber … er hat nicht vor, mich zu heiraten und ich ihn auch nicht«, stieß sie hervor.

Little Beth winkte ab. »Das hat ja auch noch Zeit, mein Kind. Aber wir hoffen so sehr, dass Ihr die Frau seid, die an Gawayns Seite stehen wird. Außerdem ist er nicht mehr jung und sollte endlich Kinder bekommen.« Sie klopfte Leana auf die Hände. »Er hat eine gute Wahl getroffen. Ich hoffe, die Reise hierher war nicht zu beschwerlich.«

Oh Gott, hatte er sie deswegen entführt? Weil er wollte, dass sie seine Frau wurde? Auf einmal wurde Leana ganz heiß, Angst kam in ihr auf.

»Aber das geht nicht«, stieß sie hervor. »Ich werde nicht

Gawayns Frau. Und ganz sicher werde ich nicht den Clan retten, indem ich den zukünftigen Chief heirate.«

Auf einmal war es ganz still im Raum.

Little Beth runzelte die Stirn. »Aber warum denn nicht?« Ihr Blick wanderte an Leana hinab. »Ihr seid gesund, habt gebärfähige Hüften und dass Ihr Kinder bekommen könnt, habt Ihr doch schon bewiesen.« Sie deutete mit dem Kinn auf Florie. »Ich habe gehört, Ihr habt auch einen Sohn? Sind die beiden eigentlich von Gawayn?«

»Little Beth«, tadelte Giselle jetzt, während Leana sie wieder nur voller Entsetzen anstarrte. »Du bringst sie in Bedrängnis. Leana ist gerade hier angekommen, das ist keine gute Gastfreundschaft, die du hier zeigst. Wie wäre es, wenn du ihr etwas zu essen und zu trinken anbietest? Und alle anderen gehen besser wieder an die Arbeit.« Sie warf einen demonstrativen Blick in die Runde.

Doch Little Beth bewegte sich nicht von der Stelle. Sie drückte Leanas Hände, in ihren Augen standen Tränen. »Verzeiht meine forschen Worte. Wir sind nur alle so dankbar, dass Ihr da seid. Gawayn hat eine gute Wahl getroffen.«

»Aber ich kann Gawayn nicht heiraten«, entkam es Leana, und dann fügte sie ihrem Instinkt folgend hinzu: »Denn ich bin schon verheiratet. Mit einem anderen Mann. Einem guten Mann.«

Einige der Frauen schnappten nach Luft und entsetztes Schweigen füllte den Raum.

Leanas Atem ging stoßweise, doch es war nur eine Notlüge gewesen. Im Grunde war sie immer noch mit Marc verheiratet.

»Und das hier sind auch nicht meine Kinder«, fügte sie in die Stille hinein hinzu. »Wir haben die beiden unterwegs gefunden und uns ihrer angenommen. Ihre Familie wurde getötet und sie haben nur noch einander. Sie brauchten Hilfe.«

Sie entzog Little Beth ihre Hände und griff nach Flories Hand. Die nickte zur Bestätigung.

»Gawayn war nur so freundlich, mich hierher zu geleiten. Und ich weiß auch nicht, was es mit der Prophezeiung auf sich hat und ob ich jemandem helfen kann. Ich will es gern versuchen. Aber seid nicht zu sicher.«

Mühsam erhob Giselle sich aus ihrem Stuhl. An der Art, wie die anderen Frauen sie anstarrten, merkte Leana, dass dies anscheinend nicht so häufig vorkam.

Sie legte Little Beth eine Hand auf die Schulter und nickte in Richtung Tür. »Ich denke, deine Tochter braucht dich oben. Ich kläre das hier.« Ihr Ton war gebieterisch, aber nicht unfreundlich.

Die andere Frau nickte und zog sich zurück. Aber alle starrten immer noch.

Giselle wandte sich an Leana, ihr Gesicht war gütig und voller Verständnis. Sie schien überhaupt nicht überrascht von Leanas Aussage. »Ich verstehe, wie es Euch geht. Aber es wird sich alles klären. Vertraut mir. Ich bin sehr dankbar, dass Ihr hierhergekommen seid. Ich weiß ganz sicher, dass Ihr die Richtige seid, Leana. Und ich weiß auch, dass alles gut werden wird.«

Unsicher schaute Leana sich um und drückte Flories Hand. Das Mädchen gab ihr erstaunlicherweise Halt. »Aber ... ich verstehe nicht.«

Giselle griff nach Leanas anderer Hand. »Ich weiß. Aber alles wird sich finden. Und zwar zu seiner Zeit. Wir reden später. Wollen wir jetzt den anderen Frauen zur Hand gehen? Ihr kommt gerade recht. Heute ist ein wunderbarer Tag in Clachaig und wir können endlich feiern.«

Leana presste die Lippen zusammen. Sie wusste, dass sie den Tag nicht durchstehen würde, wenn sie nicht wenigstens wusste, ob Giselle eine Zeitreisende war.

Plötzlich hatte sie eine Idee. »Darf ich Euch vorher noch etwas fragen?«

Lächelnd nickte Giselle.

Leana blickte sich nach etwas zum Schreiben um, aber in dieser Zeit lag nicht überall Stift und Papier herum. Sie schaute zum Tisch, an dem die anderen Frauen einen Teig kneteten. Überall war Mehl verstreut. Damit ging es auch.

»Könnt Ihr mit zum Tisch kommen?«, fragte sie Giselle und bot ihr den Arm. Die ergriff ihn und zu Leanas Überraschung bot Florie Giselle sogleich den anderen Arm, damit sie sich auf beide stützen konnte.

»Dahin wollte ich sowieso gerade, denn Agnes rollt die Scones schon wieder nicht richtig.«

Eine der Frauen schaute in gespielter Empörung auf. »Solange sie schmecken, Giselle, wird es schon gehen.«

Die beiden Frauen lächelten sich an.

Leana musste sich bemühen, Giselle nicht zum Tisch zu zerren. Als sie endlich dort angekommen waren, fragte sie eine der Frauen: »Darf ich ein wenig von dem Mehl benutzen?«

Die nickte und wies auf eine Schale mit grob gemahlenem Mehl.

Leana streute etwas auf die Tischplatte, wischte es glatt und malte ein Muster hinein. Wenn Giselle eine Zeitreisende war, würde sie es sofort erkennen.

Als sie fertig war, trat sie zurück. »Kennt Ihr dieses Muster?«

Sie beobachtete das Gesicht der älteren Frau genau. Die runzelte die Stirn, beugte sich vor, doch es zeigte sich kein Erkennen in ihrem Gesicht.

»Nein, es tut mir leid. Welche Bedeutung hat es?«

Vor Enttäuschung presste Leana die Lippen zusammen. Giselles Reaktion war nicht gespielt gewesen. Sie kannte das Zeichen des Steins wirklich nicht. Aber hieß das auch, dass sie keine Zeitreisende war?

Auch die anderen Frauen schauten Leana neugierig an.

Vorsichtig sagte sie: »Es kennzeichnet ein Tor. Ich dachte, Ihr würdet es kennen.«

Giselle schaute sie aufmerksam an. Mit demselben Blick hatte Gawayn sie in den vergangenen Tagen manchmal gemustert, eindringlich und intensiv, so als würde er in ihre Seele schauen wollen. Schließlich schüttelte sie den Kopf. »Nein, es tut mir leid.«

Leana seufzte. »Schon gut.«

Obwohl die Enttäuschung schwer in ihrem Magen lag, versuchte Leana, sie herunterzuschlucken. Es bedeutete ja nicht, dass Giselle nicht doch durch die Zeit reisen konnte.

Die ältere Frau legte Florie eine Hand auf die Schulter. »Wir würden uns sehr freuen, wenn du uns ebenfalls hilfst. Heute brauchen wir alle Hände. Hast du schon einmal Scones ausgerollt?«

Florie nickte. »Das habe ich früher mit meiner Mutter gemacht.«

Giselles Gesicht erstrahlte. »Wie wunderbar. Leana, habt Ihr das schon einmal gemacht?«

Sie schüttelte den Kopf. »Nein.« Eigentlich hatte sie nur Scones gegessen, aber die sahen hier sowieso anders aus als im 21. Jahrhundert, da sie wie ein großer Kuchen auf einer Grillplatte gebacken und erst danach in sechs Teile zerteilt wurden.

»Dann wird es Zeit, dass Ihr es lernt. Vielleicht kann Florie es Euch beibringen.«

Das Mädchen lächelte Leana an und ihr Herz wurde ein bisschen weicher.

»Keine Sorge, Leana.« Giselle strich Leana über die Wange und die Geste war so unerwartet, dass Leana beinahe die Tränen kamen. »Wir werden jetzt die Braut und das Festmahl vorbereiten. Dann wird die Trauung stattfinden und danach wird bis in die Abendstunden gefeiert. Aber im Anschluss können wir uns in Ruhe unterhalten. Es ist an der Zeit, dies endlich zu tun.«

Leana schluckte und nickte.

»So, und jetzt muss ich mich hinsetzen und auch ein bisschen was tun. Agnes bringt Euch sicher in die Küche, Leana. Dort werden die Scones zubereitet.«

Leana zögerte, Giselle zu verlassen. Wie gern wäre sie in einem Raum mit der älteren Frau geblieben. Aber Giselle hatte sich schon gesetzt und sprach mit einer anderen Frau über das Wetter.

Seufzend folgte Leana Agnes in die Küche und setzte sich mit Florie an einen Tisch. Das Mädchen nahm wie selbstverständlich eine der Teigrollen und begann sie in den Händen zu kneten.

Gerade wollte Leana auch nach einer greifen, als auf einmal ein Mädchen neben ihr erschien. Es hielt Leana eine Schüssel mit Wasser hin.

»Danke«, sagte sie überrascht. »Brauche ich das für den Teig?«

Die Augen des Mädchens weiteten sich und sie schüttelte den Kopf.

»Und was soll ich dann damit tun? Es tut mir leid, ich habe so etwas noch nie gemacht. Ich komme nicht aus den Highlands.«

Die Schale mit dem Wasser zitterte in den Händen des Mädchens, aber sie antwortete nicht.

»Ila, jetzt stell dich nicht so an«, herrschte eine andere Frau das Mädchen an.

Fast panisch schaute das Mädchen zu der Frau, die dessen Mutter sein musste, denn sie sahen sich durchaus ähnlich.

»Sie ist zwar die Frau aus der Prophezeiung, aber gerade deswegen wird sie dich schon nicht beißen.«

Leana hätte beinahe die Augen verdreht. Diese blöde Prophezeiung. Wie konnte es sein, dass alle davon wussten und sie selbst keine Ahnung hatte, worum es ging?

»Giselle schickt mich«, sagte das Mädchen mit dünner Stimme. »Sie sagte, dass Ihr möglicherweise Eure Hände säubern wollt, bevor Ihr mit der Arbeit beginnt.«

Irgendjemand schnaubte und sagte: »Das ist so eine merkwürdige Angewohnheit von Giselle. Kümmert Euch gar nicht darum, das müsst Ihr nicht tun. Niemand von uns macht es.«

Leana schaute auf ihre Hände und ihr Herz klopfte auf einmal wie verrückt. Genau, niemand hier wusch sich die Hände. Aber eine Frau aus der Zukunft bestimmt. Giselle wollte ihr damit ein Zeichen senden. Auf einmal war ihr Herz ein wenig leichter.

»Danke«, sagte sie. »Das ist sehr freundlich von dir.« Sie

tunkte ihre Hände in das Wasser und wusch sie so gut es ging, während sie wieder alle anstarrten.

»Giselle nimmt manchmal noch Seife. Aber ich habe gerade keine«, erklärte das Mädchen namens Ila leise.

»Das ist schon in Ordnung. Kannst du Giselle meinen tiefen Dank aussprechen? Ich weiß es sehr zu schätzen, dass sie an mich gedacht hat.«

Ila nickte und wollte sich gerade abwenden, als Florie sagte: »Darf ich auch?«

Überrascht schaute Leana das Mädchen an. »Natürlich. Wenn du gern möchtest.«

Ila ging zu ihr und auch Florie wusch sich die Hände. Die beiden Mädchen, die ungefähr im gleichen Alter sein mussten, tauschten ein schüchternes Lächeln.

»Ila, das ist Florie«, erklärte Leana einem Impuls folgend. »Vielleicht könntest du ihr nachher das Dorf zeigen und alles ein bisschen erklären. Es könnte sein, dass sie eine Zeit lang hierbleibt.«

Ila nickte. »Gern, Mylady.«

»Danke«, sagte Florie leise und nahm das Tuch, das Ila ihr zum Abtrocknen hinhielt.

Als Ila verschwunden war, fingen die anderen Frauen wieder an zu reden, während Florie sich an die Arbeit machte. Mit flinken Fingern knetete sie den Teig und rollte die Kuchen aus.

Leana versuchte, sich die Handgriffe bei ihr abzuschauen, aber ihre Versuche scheiterten kläglich. Ihre Scones wirkten eher wie Pfannkuchen.

Sie sah, wie die anderen Frauen sie heimlich beobachteten, während sie miteinander sprachen, scherzten und auch sangen. Doch es war reine Neugier und keine Feindseligkeit, die ihr entgegenschlug.

Sie lobten Flories und auch Leanas Arbeit, auch wenn sie wusste, dass ihre Scones nicht wirklich so aussahen, wie sie sollten. Aber vielleicht zählte ja auch einfach nur der gute Wille. Und zumindest den hatte sie.

Irgendwann erbarmte sich Florie ihrer und zeigte ihr in kleinteiligen Schritten, was das Geheimnis hinter einem guten Scone war. Als Leana ihren ersten mit der neuen Technik fertig hatte, stieß sie einen zufriedenen Ruf aus und mehrere andere Frauen lachten und beglückwünschten sie.

Es war eine merkwürdig vertraute Gemeinschaft. Die Stimmung war entspannt und Leana hatte das Gefühl dazuzugehören, obwohl sie von vielen nicht einmal den Namen kannte. Manchmal kam es ihr vor, als wäre sie schon immer mit dabei gewesen. Als wäre sie angekommen. Diese Menschen waren freundlich und nett und bezogen sie mit ein. Genau wie Florie. Das Mädchen, das am Anfang noch so schüchtern gewesen war, lächelte mittlerweile sogar über Ilas Scherze, die sich neben sie gesetzt hatte.

Als sie mit den Scones fertig waren, bekamen sie eine neue Aufgabe. Die anderen Frauen hatten nicht übertrieben, es gab tatsächlich sehr viel zu tun. Immer wieder sprachen sie über das Schwein, das zur Feier des Tages geschlachtet worden war. Alle freuten sich darauf und mittlerweile ging es Leana genauso.

Immer mehr Frauen kamen in das Haus und von draußen wehten manchmal Männerstimmen herein. Irgendwo muhte eine Kuh und manchmal hörte Leana den Ruf eines Raben.

Ihr war, als hätte sie viel mehr Raben gesehen, seit sie mit Gawayn unterwegs war, aber das musste doch bestimmt Einbildung sein.

Eigentlich war sie Gawayn immer noch böse, dass er sie entführt hatte, aber seit sie sich heute Morgen unterhalten hatten, brachte sie viel mehr Verständnis für ihn auf. Seine Geschichte erschütterte sie und die Grausamkeiten, die ein Kind in dieser Zeit erleiden musste, waren unvorstellbar für sie.

Doch sie spürte auch, dass er ein wichtiger Teil dieser Gemeinschaft war, eingebettet in diese Verbundenheit. Ab und zu fiel sein Name, genau wie die von anderen Männern, doch wann immer sie über Gawayn sprachen, schauten ein paar der Frauen zu ihr.

Leana versuchte, die Blicke zu ignorieren.

Sie war stolz auf sich, dass sie den anderen Frauen gesagt hatte, dass sie schon verheiratet war. Immerhin konnte sie doch sicher für sich sagen, dass sie nicht mehr verfügbar war, denn Marc hatte diesen Platz in ihrem Herzen eingenommen.

Ob Gawayn wohl ebenfalls glaubte, dass dies Teil der Prophezeiung war? Der Gedanke verunsicherte sie ein bisschen. Aber wenn dem so wäre, hätte er doch bestimmt schon versucht, mit ihr anzubandeln, als sie allein im Wald unterwegs gewesen waren. Er hätte alle Gelegenheit dazu gehabt, schließlich war sie ihm ausgeliefert gewesen.

Vielleicht hatte er auch ebenso wenig Interesse daran wie sie. Möglicherweise hatte Gawayn ja irgendwo eine Frau, die er liebte oder zumindest eine Frau, die regelmäßig sein Bett wärmte. Ein Mann wie er war bestimmt nicht viel allein. So wie er aussah und so freundlich und charmant wie er war, konnte er sich doch bestimmt die Frauen aussuchen. Außerdem kam er anscheinend viel herum im Land. Vielleicht war er wie ein Seefahrer, der in jedem Hafen eine Braut hatte …

»Alles in Ordnung?«, fragte Florie auf einmal.

Leana schreckte auf. »Ja. Warum fragst du?«

Sie schüttelte den Kopf und vertrieb den Gedanken, dass Gawayn möglicherweise ein Schwerenöter war. Er erschien ihr eher wie eine treue Seele als wie jemand, der reihenweise Frauen aufriss.

»Ihr habt an einem Scone gearbeitet, während ich vier geschafft habe. Soll ich Euch noch einmal zeigen, wie es geht?« Mit großen Augen schaute Florie sie an.

Leana schüttelte den Kopf. »Das ist lieb von dir, aber ich habe nur nachgedacht.«

»Worüber?«, fragte Florie und nahm sich das nächste Stück Teig. Leana beeilte sich, mit ihrem auch fertig zu werden.

»Über mein Zuhause und wann ich dorthin zurückkehren kann.«

Florie blickte auf und in ihren Augen stand so viel Entsetzen, dass Leanas Herz sich zusammenkrampfte. »Ihr wollt gehen?«

Auch Ila horchte auf und einige der anderen Frauen wurden ebenfalls leiser.

Leana lächelte beruhigend. »Noch nicht so schnell. Es gibt noch einige Dinge, die ich hier erledigen muss. Aber dann will ich wieder nach Hause, ja.«

»Zu Eurem Mann? Wartet er schon auf Euch?«, fragte Ila.

Im ersten Moment wusste sie nicht, wie sie darauf antworten sollte, aber dann sagte sie: »Genau. Das tut er. Und ich will ihn nicht zu lange warten lassen.«

Ila schaute Leana mit einem Stirnrunzeln an. »Aber vorher werdet Ihr noch den Clan retten, oder?«

In ihrer Stimme lag so viel Hoffnung, dass alles sich in Leana zusammenzog.

»Ich weiß es nicht«, gestand sie. Ein Murmeln erhob sich unter den Frauen.

»Solche Fragen solltest du nicht stellen. Es geht dich nichts an«, sagte Little Beth zu Ila. Das Mädchen senkte sofort den Kopf.

Leana musste daran denken, dass die Frau vorhin genau das Gleiche getan hatte. Aber sie war dankbar, dass sie nichts weiter dazu sagen musste.

Eine Frau stimmte ein Lied an, vermutlich, um von der Situation abzulenken. Währenddessen lief Ila eine Träne über die Wange und ihre Lippen zitterten. Anscheinend hatte die Zurechtweisung sie getroffen.

Erstaunt sah sie, wie Florie nach Ilas Hand griff und sie drückte. Aber auch Flories Lippen zitterten und sie war auf einmal blass geworden.

»Ich werde mein Bestes geben euch zu helfen«, flüsterte Leana den Mädchen zu. »Aber ich bin einfach unsicher, was ich tun soll. Es ist eine so große Aufgabe. Vielleicht bin ich nicht die Richtige dafür.«

Ila hob den Kopf und schaute sie aus großen grauen Augen an. »So ging es mir auch, als ich den Misthaufen abtragen sollte. Er war so riesig. Aber ich habe es trotzdem geschafft. Meine Freundin hat mir geholfen. Zusammen sind wir stark, hat sie gesagt, viel stärker als die Jungs.«

Leana war sich nicht sicher, ob sie lachen sollte oder nicht. Sie entschied sich für ein Lächeln. »Es freut mich sehr, dass du eine so gute Freundin hast, die dir bei einer solchen Aufgabe hilft.«

Ila nickte ernst. »Ihr könnt es auch schaffen, Mylady. Das weiß ich. Giselle hat immer mit ihren Vorhersagen recht. Und außerdem brauchen wir das endlich. Es ist so furchtbar für meine Eltern. Wir haben nicht mehr viel Essen. Zu Ostern haben wir unser letztes Huhn geschlachtet.«

Erst jetzt fiel Leana auf, wie dünn Ila war. Ihre Handknöchel standen richtig hervor und ihre Wangen waren eingefallen. Am liebsten hätte sie dem Mädchen versprochen, sich um alles zu kümmern und dass alles gut werden würde. Doch das konnte sie nicht.

Als sie sich umschaute, fiel ihr auf, dass viele der Frauen eher zu dünn und abgearbeitet waren und alle eine Aura von Traurigkeit umgab. Ja, sie sangen zusammen, lachten und machten Scherze, aber keine von ihnen schien wirklich unbeschwert zu sein. Gawayn hatte erzählt, dass dieser Murdoch die jungen Männer aus dem Tal als Soldaten nach Irland verkauft hatte. Wie viele der Frauen hier hatten wohl einen Sohn, einen Mann, einen Bruder oder einen Geliebten verloren? Vermutlich viele.

Sie dachte an Marc und dass auch er niemals wiederkommen würde. Zu Beginn hatte es Tage gegeben, an denen sie es nicht hatte wahrhaben wollen, doch sie hatte schnell verstanden, dass sie ihn nie wiedersehen würde. Aber diese Unsicherheit war sicherlich schlimmer. Wissen war immer besser als Nichtwissen. Doch auch in diesem Punkt könnte sie dem Clan nicht helfen.

Die Gespräche hatten sich wieder anderen Themen zugewandt. Auf der Wiese eines Mannes namens Fingal war angeblich ein Geist erschienen und hatte all seine Kühe verflucht, deswegen gaben sie keine Milch mehr. Es wurden Scherze über Fingal gemacht und die Frage, ob vielleicht er selbst seine Kühe erschreckt hatte.

Dann sprachen sie über die junge Bettie, die vermutlich Zwillinge zur Welt bringen würde, aber sich weigerte, mit der Feldarbeit aufzuhören, obwohl sie sich kaum noch bewegen konnte. Die Frauen entwarfen einen Plan, wie sie Betties Felder abwechselnd mit bearbeiten konnten, damit die junge Frau nichts mehr machen musste. Von Betties Mann war keine Rede. Vielleicht gab es ihn gar nicht.

Fasziniert beobachtete Leana, wie die Frauen auf diese Art das Dorfleben organisierten, füreinander da waren, sich ihre Freude erhielten und vor allem eine enge Gemeinschaft bildeten. Diese Menschen würde so leicht nichts auseinanderbringen. Das hatte anscheinend noch nicht einmal ein schlechter Chief geschafft.

Es erinnerte Leana an die anderen Zeitreisenden, die ähnlich eng zusammenhielten. Auch das war eine Gemeinschaft, die nichts entzweien konnte, einfach weil sie ein Schicksal teilten, das sonst niemand nachvollziehen konnte.

Little Beth verkündete irgendwann, dass die Aufräumarbeiten beginnen sollten, da es bald Zeit war, zur Kirche zu gehen. Geschäftiges Stühlerücken begann, schnell wurden die letzten Scone-Kuchen nach draußen zum Backhaus gebracht und Schüsseln mit den bereits vorbereiteten Speisen gerichtet.

Leana bemühte sich zu helfen, doch merkte bald, dass sie ständig im Weg stand. Die anderen Frauen waren einfach ein eingespieltes Team.

Sie überlegte gerade, ob sie zu Giselle gehen sollte, als sie bemerkte, dass Florie sehr blass war. Sie strich ihr über den Kopf. »Bist du müde?«

Florie nickte, doch dann hob sie die Schultern.

»Ist noch etwas anderes? Sollen wir gleich mal schauen, wo Aleyn ist? Bestimmt vermisst er dich auch schon. Oder Ila zeigt dir, was die anderen Kinder während der Hochzeit machen.«

»Aleyn ist bestimmt bei Gawayn«, sagte Florie leise. »Er mag ihn.«

»Und Gawayn mag Aleyn auch. Genau wie dich. Und ich mag dich und Aleyn auch sehr. Ich bin froh, dass wir euch gefunden haben und euch helfen konnten.« Leana war der Meinung, dass man anderen Menschen nie genug sagen konnte, wie gern man sie mochte oder dass man sie liebte. Denn irgendwann hatte man keine Gelegenheit mehr dazu und dieser Moment kam manchmal schneller als gedacht. Sie wusste selbst, dass sie kein einziges ‚Ich liebe dich' bereute, das sie Marc gesagt hatte, aber jedes einzelne, das sie nicht gesagt hatte. Seit Marcs Tod ging sie viel großzügiger mit ihrer Zuneigung um und gerade diesen beiden Kindern sollte es nicht an Herzlichkeit und Zuneigung fehlen. Auch wenn sie sich noch nicht gut kannten, so hatte sie Florie lieb.

Das Mädchen lehnte sich an sie und vergrub das Gesicht in Leanas Ärmel.

»Ihr sollt nicht gehen«, flüsterte das Mädchen in den Stoff.

»Ich wollte dich nur nach draußen zu Gawayn und Aleyn bringen und dann gehe ich zu Giselle und unterhalte mich mit ihr«, erwiderte Leana sanft. »Bald ist bestimmt schon die Trauung und vielleicht dürfen wir beide ja sogar mit in die Kirche.«

Florie schniefte. »Bitte geht nicht.«

Langsam dämmerte es Leana, dass Florie etwas ganz anderes meinte. Sie schluckte. »Du willst nicht, dass ich nach Hause gehe?«

Vehement schüttelte Florie den Kopf. Wieder vergrub sie das Gesicht in Leanas Ärmel und ihr schmaler Rücken bebte, als sie erneut anfing zu weinen.

Leana schlang die Arme um sie und strich ihr sanft über

den Rücken. »Alles wird gut«, sagte sie leise. Dabei wusste sie das nicht sicher.

»Ist alles in Ordnung mit ihr?«, fragte eine der anderen Frauen besorgt.

»Sie ist erschöpft. Wir sind durch die Nacht geritten und sie hat eine schlimme Zeit hinter sich.«

Eine rothaarige Frau strich Florie über die Haare. »Och, Mädchen, du brauchst keine Angst vor der Nacht zu haben, wenn du mit unserem Gawayn unterwegs bist. Er kennt die Schatten besser als jeder andere und er würde niemals zulassen, dass dir etwas geschieht. Genau wie er auf uns achtet.«

Florie schluchzte wieder und klammerte sich an Leana. Ihr Herz schmerzte, als sie den Kummer des Mädchens so stark spürte. Sie wollte es nicht hier allein lassen, aber was blieb ihr denn anderes übrig?

Die Rothaarige schaute Leana an. »Was ist mit ihr geschehen?«

Leana strich mit einer Hand über Flories freies Ohr, damit sie nicht alles hörte, was Leana sagte. »Sie hat vor einem Jahr ihre Mutter verloren und jetzt sind ihr Vater und der ältere Bruder getötet worden. Sie und ihr kleiner Bruder waren ganz allein im Wald. Wir haben sie gefunden und mit hierhergebracht.«

Die Frau schnalzte mit der Zunge und zu Leanas Überraschung kniete sie sich vor dem Mädchen auf den Boden. »Was für eine schlimme Geschichte, mein Kind. Aber jetzt bist du bei uns und in Sicherheit. Wir werden nicht zulassen, dass dir jemand etwas tut.« Sie hob den Blick und schaute Leana an. »Wisst Ihr, ob sie von den Männern ...« Sie presste die Lippen zusammen und sprach das Wort zum Glück nicht aus.

Erschrocken merkte Leana, dass sie darüber noch gar nicht nachgedacht hatte. »Ich glaube nicht.«

Florie schüttelte den Kopf. »Mir hat keiner was getan. Aleyn und ich waren im Wald, als sie die Hütte überfallen haben.«

Die Rothaarige beugte sich vor und küsste Florie auf die

Stirn. »Das ist ein Segen, mein Mädchen. Wir werden dir helfen, die Wunden in deiner Seele zu heilen.« Sie kam wieder auf die Beine und schaute Leana an. »Auch wenn es auf den ersten Blick nicht so scheint, so ist Clachaig der richtige Ort dafür. Nicht nur für Kinder. Es ist gut, dass Ihr da seid.« Sie nickte und ging dann nach draußen, wo sich die anderen Frauen jetzt versammelten.

Leana fühlte sich auf einmal seltsam getröstet. Irgendetwas hatte die Frau an sich, was ihr guttat.

Auch Florie hatte aufgehört zu weinen, aber sie klammerte sich noch immer an Leana. Leana strich ihr über den Kopf und küsste die dunkelblonden Haare. »Möchtest du mit in die Kirche zur Hochzeit gehen?«

Flories Augen weiteten sich und sie wischte sich eine Träne weg. »Ich war noch nie in einer Kirche.«

Leana wollte ihr gerade Mut zusprechen, da trat Gawayn in den Flur. Überrascht schaute er sie an und war mit wenigen Schritten bei ihnen.

»Was ist mit ihr?«, fragte er besorgt und blickte zu Florie hinab. »Warum weint sie? Hat irgendjemand etwas zu ihr gesagt?«

Leana schüttelte den Kopf. »Nein. Es ist alles in Ordnung.«

»Ich will nicht, dass sie geht«, sagte Florie mit leiser Stimme und zupfte an Leanas Ärmel.

Verwirrt schaute Gawayn Leana an. »Ihr wollt gehen?«

Sie hielt seinem Blick stand, obwohl es ihr schwerfiel. »Irgendwann werde ich gehen müssen.«

»Nehmt Ihr mich dann mit?«, bat Florie und klammerte sich schon wieder an sie.

Leana seufzte. »Ich weiß es nicht, Florie. Das muss ich mit Gawayn besprechen.«

Der presste die Lippen zusammen, aber er wirkte nicht verärgert, sondern eher betroffen. »Wir reden ein anderes Mal darüber, Florie. Ich muss meine Mutter in die Kirche bringen.«

»Nicht nötig, Rupert hat sie bereits dorthin gebracht«, rief eine Frau, die gerade vorbeiging. »So wie immer.«

Gawayns Augen weiteten sich. »So wie immer?«, wiederholte er, doch die Frau war schon weg und hörte ihn nicht mehr. Bestürzt sah er ihr nach, doch dann räusperte er sich und schaute Leana an. Sein Blick wurde ein wenig weicher. »Waren sie freundlich zu Euch? Die Frauen von Clachaig können anstrengend sein, aber sie sind eine eingeschworene Gemeinschaft.«

»Wir wurden gut aufgenommen.«

Er zögerte. »Und meine Mutter? Wie war Euer Gespräch?«

Sie hob die Schultern. »Wir hatten noch keine Gelegenheit, allein miteinander zu sprechen. Ich weiß immer noch nicht mehr über die Prophezeiung als das, was ich von Euch gehört habe.«

»Das tut mir leid.«

Überrascht runzelte sie die Stirn. »Dafür könnt Ihr doch nichts.«

»Aber ich habe Euch extra hierhergebracht und dann spricht meine Mutter nicht mit Euch. Ich sagte ja schon, dass sie etwas sonderbar sein kann.«

Leana lächelte. »Gesprochen hat sie schon, aber wir hatten zu viele Zuhörer.«

Gawayn fuhr sich mit der Hand in den Nacken. »Ja, hier mischen sich gern alle in das Leben der anderen ein.«

»Das habe ich gemerkt. Aber es ist auch ganz gut so, denn jetzt weiß ich eine Menge mehr über Euch. Die Frauen haben sehr subtil Eure Vorzüge angepriesen.«

Konnte es sein, dass seine Ohren ein wenig rot wurden? Mit einer Mischung aus Erschrecken und Scham schaute er sie an. »Ich hätte doch dabeibleiben sollen. So etwas passiert nur, wenn Frauen unter sich sind.«

Leana lächelte. »Und genau das ist das Schöne. Wir Frauen brauchen so etwas von Zeit zu Zeit.« Das war schon immer so gewesen und würde auch immer so sein, das war das Tolle daran.

Gawayn musterte sie nachdenklich, dann nickte er. »Wir

sollten nach draußen gehen, damit wir die Zeremonie nicht verpassen. Florie, dein Bruder spielt mit ein paar Jungen. Möchtest du dich ihnen anschließen?«

Das Mädchen schüttelte den Kopf und hielt sich an Leanas Hand fest.

Sie drückte sie zur Beruhigung. »Du kannst gern bei mir bleiben.«

Gawayn wies auf die Tür, und als Leana vor ihm durch den Flur ging, trat er neben sie und legte ihr eine Hand auf den unteren Rücken. Ganz sanft nur, aber sie fühlte seine Finger durch den Stoff ihres Kleides. Eine Geste, die besitzanzeigend, vertraut und zugleich beschützend war.

Leana stellte fest, dass es sich gut anfühlte. Viel zu gut.

15

Leana lehnte sich an die Wand der Kirche und reckte den Hals. Gawayn war eben zu seiner Mutter getreten, nahm ihre Hände und küsste sie auf die Wange.

Giselle legte eine Hand auf seinen Kopf und strich liebevoll über die Haare ihres Sohnes. Flüsternd sprachen die beiden miteinander. Sie waren so vertraut und offensichtlich liebevoll, dass Leana sich überhaupt nicht mehr wunderte, dass Gawayn ein so fürsorglicher Mensch war. Tatsächlich schienen Mutter und Sohn eine ganz besondere Beziehung zu haben. Ganz anders, als sie sich das bei Menschen in dieser Zeit vorgestellt hatte.

Selbst im 21. Jahrhundert gingen die wenigsten erwachsenen Söhne so mit ihren Müttern um. Aber wenn man bedachte, welche Geschichte die beiden miteinander teilten, welche Sorgen sie sich im Leben schon umeinander gemacht hatten, war es nur verständlich, dass sie einander so zugetan waren. Trotzdem war es wirklich rührend mit anzusehen.

Plötzlich erschien vor ihrem inneren Auge ein Bild, das sie erst einmal zuvor gesehen hatte, und zwar an dem Abend, als Gawayn zu ihr ins Turmzimmer gekommen war. Es war genau das Bild, das sie jetzt im realen Leben vor Augen hatte. Giselle lächelte, nahm Gawayns Kopf in beide Hände und küsste ihn auf die Stirn, so als würde sie ihm Absolution erteilen.

Die beiden Bilder überlagerten sich und es war, als würden sie einrasten. Es gab sogar ein kleines Klickgeräusch in Leanas Kopf. Eine Voraussage, die sie selbst getroffen hatte, war wahr geworden.

Atemlos starrte sie die beiden an. Erst seit Gawayn in ihr Leben getreten war, sah sie diese Bilder, sonst waren es immer nur diffuse Gefühle gewesen. Doch jetzt war das, was sie noch in Eriness gesehen hatte, tatsächlich eingetreten.

Leana legte sich eine Hand auf den Brustkorb, und bemühte sich ruhig zu atmen. Sie hatte die Zukunft gesehen. Aber das war doch gar nicht möglich.

Das Bild, das sich ihr jetzt gerade bot, Mutter und Sohn im Gespräch in einer Kirche, Licht, das durch ein kleines Fenster direkt auf sie fiel ... Das alles hätte sie sich nicht ausdenken können, denn damals hatte sie zwar Gawayn schon einmal gesehen, Giselle aber noch nicht. Sie hatte ja noch nicht einmal gewusst, dass Giselle überhaupt existierte.

Leana lehnte sich an die Wand und fasste sich an den Kopf, um ihre wirbelnden Gedanken unter Kontrolle zu bringen.

Gawayn verabschiedete sich von seiner Mutter, die einen kurzen Blick zu Leana hinüberwarf und ihr zuwinkte. Leana hob die Hand, um zurückzuwinken. Ihr schwirrte der Kopf.

Gawayn trat zu ihr und stellte sich neben sie.

»Ihr könnt gern bei Eurer Mutter bleiben«, bot sie leise an. Aber wenn sie ehrlich war, war sie auch froh, dass er bei ihr stand. Sie mochte seine ruhige Präsenz neben sich.

Er warf ihr einen Blick aus den grünen Augen zu und schüttelte den Kopf. »Ich stehe genau dort, wo ich stehen möchte.«

Leana erwiderte sein Lächeln kurz und versuchte zu ignorieren, dass es sie atemlos machte, wenn er sie so anschaute.

Durch den Raum hinweg lächelte Giselle sie warm an. Leana stellte fest, dass sie sich hier nicht unwohl und auch nicht fremd fühlte. Weder mit Giselle noch mit den anderen

Frauen vorhin bei den Hochzeitsvorbereitungen und auch nicht mit Gawayn.

Dass er sie entführt hatte, war schon in den Hintergrund getreten. Wie immer, wenn sie an die Entführung dachte, wanderten ihre Gedanken zu Maira, Blaire und Tavia. Mittlerweile mussten sie gemerkt haben, dass etwas geschehen war. Ob sie im 21. Jahrhundert nach ihr gesucht hatten? Oder hatten sie sich hier auf die Suche nach ihr gemacht? Zu gern hätte sie den anderen eine Nachricht zukommen lassen, aber das war leider nicht möglich. Oder zumindest nicht so leicht. Selbst einen Boten zu schicken, würde Tage dauern. Sie wollte nicht, dass die anderen sich Sorgen machten. Denn eigentlich gab es dafür keinen Grund.

Die Trauung begann und Gawayn rückte noch ein bisschen näher zu ihr, da sich ein anderer Mann neben ihn stellte. Er stand so dicht bei Leana, dass sie die Falten seines Plaids berühren konnte, sie konnte ihn sogar riechen und sie atmete einmal tief ein, während der Priester vorn auf Latein zu sprechen begann.

Sie spürte seinen Blick auf sich und fragte sich, was er wohl über sie dachte.

Die Tatsache, dass Duncan ihn hatte hängen wollen, schlich sich wieder in ihren Kopf und mittlerweile entsetzte dieser Gedanke sie so sehr. Eigentlich hatte sie die Männer nur befreit, weil sie Maira hatte helfen wollen. Aber nun, da sie so viel Zeit mit Gawayn verbracht und ihn erlebt hatte, wie er sich um andere kümmerte und einsetzte, jetzt, da sie wusste, dass er Sohn, Freund und möglicher Chief eines Clans war, konnte sie sich nicht mehr vorstellen, ihn hängen zu sehen.

Zum Glück gaukelte ihr Gehirn ihr kein derartiges Bild vor … abgesehen von dem, auf dem Gawayn auf dem Boden lag und jemand ihm eine Schwertklinge an die Kehle hielt. Unruhig legte sie eine Hand auf den Bauch. Das wollte sie nicht sehen.

Ohnehin fragte sie sich, warum sie diese Bilder sah. Ob das

Universum ihr etwas damit sagen, sie zu etwas bringen wollte – und wenn ja, zu was.

Der Reihe nach ging sie die Bilder durch, die sich ihr bisher gezeigt hatten. Erstaunt stellte sie fest, dass in allen Gawayn vorkam. Es waren nur noch vier Bilder und ein paar, die eher verschwommen waren und die sie nicht recht greifen konnte. Aber wenn sie diese Situationen noch alle erleben würde, so wie es eben mit dem Bild von Giselle und Gawayn gewesen war, dann bedeutete das, dass sie noch eine Weile in Gawayns Nähe bleiben würde. Es sei denn, das alles passierte in den nächsten Tagen, bevor sie nach Eriness zurückkehrte.

Sie atmete tief durch. Daran konnte sie jetzt auch nichts ändern. Und vielleicht passierte das ja auch, ohne dass sie selbst dabei war. Möglicherweise sah sie nur Gawayns Zukunft voraus. Aber sie wollte nicht, dass jemand ihn verletzte oder möglicherweise tötete.

Er verlagerte sein Gewicht von einem Fuß auf den anderen, sodass seine Schulter gegen ihre stieß. Auf ihrem unteren Rücken fühlte sie seine Hand, und als er sich zu ihr beugte, strich sein Atem über ihren Hals. Sie erschauderte.

»Ist alles in Ordnung?«

Leana nickte hektisch. Sie durfte sich nicht von diesen Bildern verunsichern lassen. Vielleicht bedeuteten sie ja gar nichts. Oh, wie gern sie mit Maira darüber gesprochen hätte. Ihre Cousine war immer so unkompliziert, was das anging. Sie ließ sich im Gegensatz zu Leana selten von etwas verunsichern.

Gawayn stellte sich wieder aufrecht hin, ließ seine Hand aber auf ihrem Rücken liegen. Und sie hatte überhaupt nichts dagegen, denn es gab ihr eine Sicherheit, die sie selbst gerade nicht fühlte.

Die Trauung zog sich hin, aber zu Leanas Überraschung wurde auch gelacht und alle freuten sich offensichtlich für das junge Paar, das anscheinend sehr verliebt war und sich ständig anlächelte. Dabei hatten diese Menschen doch wirklich schwere Zeiten zu bewältigen. Wie wunderbar, dass sie trotzdem so frohen Herzens sein konnten.

Irgendwie hatte sie das Gefühl, als wären Giselles unerschütterliche Ruhe und Gawayns entspannte Präsenz ein wichtiger Teil davon, dass diese Gemeinschaft nicht den Glauben verlor, sondern die kleinen Momente im Leben genoss.

Vielleicht gab ihnen ja auch die ominöse Prophezeiung Vertrauen in die Zukunft. Leana hoffte, dass sie dieses Gefühl nicht kaputt machen würde.

Leanas Blick wanderte wieder zu Giselle. Sie war die einzige Person, die in der Kirche saß. Ein Mann stand jetzt neben ihrem Stuhl. Sein Bart war grau, seine Haare waren von silbrigen Strähnen durchwirkt und seine Augen freundlich. Er beugte sich oft zu Giselle hinunter, weil sie ihm etwas sagen wollte oder er ihr. Das musste dieser Rupert sein.

Gawayn tat so, als bemerkte er die beiden nicht und Leana musste darüber schmunzeln. Anscheinend hatte Gawayns Mutter sich tatsächlich einen neuen Mann gesucht und es war eine Sache, die ihrem Sohn missfiel. Fraglich blieb, ob er Rupert nicht mochte oder die Tatsache, dass seine Mutter nun einen anderen Mann in ihrem Leben hatte.

Nach der Trauung wurde rasch das Essen aufgetischt. Das Schwein über dem Feuer roch wunderbar und Leana merkte, wie viel Hunger sie hatte. Man hatte sie im Laufe des Tages schon mit Essen versorgt, aber nun lief ihr doch das Wasser im Mund zusammen.

Rupert war Gawayn schon wieder zuvorgekommen und hatte Giselle zu einem für sie vorbereiteten Sessel in der Nähe des Feuers getragen. Es sah wunderbar romantisch aus, wie er sie trug. Giselle hielt sich an seinem Hals fest und die beiden lachten zusammen.

Gawayn geleitete Leana zu einer Bank. Aleyn war auch endlich mit hochroten Wangen und leuchtenden Augen eingetroffen und setzte sich neben seine Schwester. Gawayn brachte Leana und den Kindern Schüsseln mit etwas zu essen. Als sie ihre Schale entgegennahm, berührten sich ihre Finger zufällig, und fast hätte Leana ihre Schüssel fallengelassen, so sehr erschrak sie darüber.

Dabei war es doch albern. Sie hatten sich auf dem Ritt hierher so viel berührt, schließlich hatte sie direkt vor ihm auf dem Pferd gesessen. Aber das hier war irgendwie anders.

Gawayn kam kaum zum Essen. Ständig kamen Menschen vorbei, um ihn zu begrüßen, ihm Fragen zu stellen und ihm zu danken, dass er endlich die Frau aus Eriness nach Clachaig gebracht hatte. Nicht wenige brachten die Hoffnung zum Ausdruck, dass die schlechten Zeiten jetzt endlich vorbei wären.

Jedes Mal, wenn sie etwas in der Richtung hörte, fühlte Leana sich ein bisschen schlechter. Sie gab vor, nicht zu hören, was die anderen sagten und unterhielt sich mit Florie über das Essen und mit Aleyn über die Jungen, die er schon kennengelernt hatte.

Florie und Aleyn aßen mit Genuss und fragten fast demütig nach einer zweiten Portion, die Gawayn ihnen gern organisierte. Leana war froh, dass die beiden Kinder hier so mit offenen Armen empfangen worden waren. Denn wenn sie die beiden hier zurückließ, waren sie wenigstens in guten Händen.

Noch während des Essens holte jemand eine Geige heraus, ein anderer eine Flöte und noch jemand eine Trommel. Sie begannen mit einem ruhigeren Lied, aber Leana sah einige der Anwesenden schon mit den Füßen wippen.

Irgendwann begannen ein Mann und eine Frau um das Feuer herum zu tanzen und Leana wurde beim Zusehen ganz schwindelig. Es war ein schneller Tanz, der so viel Lebensfreude ausdrückte.

Eine ältere Frau trat zu Gawayn, sie hielt eine Geige in der Hand. »Komm schon, Junge, spiel mit!«

Erstaunt blickte Leana ihn an. In seinen Augen sah sie Sehnsucht und Freude aufblitzen, doch er hob abwehrend die Hände. »Ich habe schon so lange nicht mehr gespielt. Ich glaube nicht, dass ich das noch kann.«

»So etwas verlernt man nicht. Mein Andrew, Gott hab ihn

selig, würde sich freuen, wenn du seine Geige nimmst. Wenn du schon endlich aus den Schatten kommst, solltest du auch richtig am Leben teilhaben.«

Gawayn zögerte nur einen Moment, dann blickte er Leana fragend an. »Ich hoffe, es ist für Euch in Ordnung, wenn ich mit den anderen eine Weile spiele.«

»Es ist nicht an mir, so etwas zu entscheiden«, erklärte Leana.

»Ich möchte nur nicht, dass Ihr Euch unwohl fühlt.«

Sie schüttelte den Kopf. »Das tue ich nicht. Aber danke, dass Ihr daran denkt.«

Er zögerte, dann erhob er sich. »Allerdings hatte ich auf einen Tanz mit Euch gehofft. Schenkt Ihr mir den später?«

Er blickte sie so treuherzig an, dass Leanas Herz ihr bis zum Hals schlug.

»Ich tanze nicht sehr gut«, stieß sie hervor. Im Gegensatz zu allen anderen, die mit den Tänzen dieser Zeit aufgewachsen waren, lagen sie ihr nicht im Blut. Es gab manchmal komplizierte Schrittfolgen, die genau eingehalten werden mussten, damit die einzelnen Paare nicht zusammenstießen, und Leana schien immer gegen irgendjemanden zu prallen.

Gawayn lächelte unbekümmert. »Das braucht Ihr auch nicht.« Er lehnte sich nach vorn, sodass die anderen ihn nicht hören konnten. »Ich sagte doch bereits, dass ich mich gut um Euch kümmern werde. Und ich bin ein Mann, der zu seinem Wort steht.«

Leana nickte nur, sagen konnte sie nichts. Dem intensiven Blick aus diesen grünen Augen hatte sie nichts entgegenzusetzen.

Mehrere Menschen jubelten, als Gawayn sich mit der Geige zu den anderen Musikern gesellte. Als er zu spielen begann, begaben sich gleich mehrere Paare auf die Tanzfläche.

Obwohl Leana von der Musik des 16. Jahrhunderts nicht viel verstand, begriff sie doch sehr schnell, dass Gawayn gut war. Zumindest waren seine Melodien gefällig fürs Ohr, er wechselte sich bei den Soli mit der anderen Geige ab und ergänzte sich hervorragend mit dem Flötenspieler. Es war, als würden sie einen eigenen Tanz aufführen.

Sie konnte gar nicht anders als im Takt mitzuwippen, so mitreißend war die Melodie.

Sie erschrak, als jemand ihr auf die Schulter tippte. Rupert stand hinter ihr und ihr erster Gedanke war, dass er sie doch hoffentlich nicht zum Tanz auffordern wollte. Mit Gawayn zu tanzen, schien ihr eine Sache zu sein, aber sie konnte nicht einfach mit den anderen Männern tanzen.

Als sie sich erheben wollte, bemerkte sie, dass Florie mit dem Kopf auf Leanas Beinen eingeschlafen war. Sie strich dem Mädchen über die Wange. Dann sagte sie leise zu Rupert: »Was kann ich für Euch tun?«

Er hielt seine Mütze in der Hand. »Giselle bittet Euch, zu ihr zu kommen.«

Leanas Herz machte einen Sprung. »Ja, gern.« Sie schaute sich nach der älteren Frau um, aber sie war nicht mehr auf ihrem Platz. »Wo ist sie denn?«

»Dort hinten.« Rupert wies in die Dämmerung.

Undeutlich machte Leana Giselles Gestalt auf einem Findling in der Nähe eines Hauses aus. Erst jetzt merkte sie, wie dunkel es schon geworden war.

Vorsichtig wollte Leana Flories Kopf von ihrem Schoß nehmen, doch das Mädchen drehte sich im Schlaf und schlang die Arme um Leanas Taille.

Sie versuchte, sich aus der Umarmung zu winden, aber es war nicht leicht. Hilfesuchend schaute sie Rupert an, doch der kratzte sich nur am Kopf.

»Das Kind mag Euch.«

Plötzlich verstummte die eine Geige und wenige Augenblicke später stand Gawayn neben ihr. »Ich nehme sie schon«, sagte er, löste vorsichtig Flories Arme von Leana und hob das Mädchen hoch.

Sie erhob sich und strich ihre Röcke glatt. »Danke.«

»Ich nehme an, meine Mutter will mit Euch sprechen?«

Leana nickte.

Er atmete tief durch und hielt ihren Blick ein bisschen länger fest als nötig. »Ich hoffe sehr, dass ihre Prophezeiung stimmt.«

Ich nicht, hätte Leana am liebsten gesagt, aber sie schwieg. Auch wenn sie den wundervollen Menschen hier liebend gern geholfen hätte, hoffte sie noch immer, die Falsche zu sein.

»Ich weiß«, erwiderte sie leise.

Seine Augen waren ernst und beinahe ein wenig traurig. Er senkte die Stimme zu einem Flüstern und über die Musik und das Knacken des Feuers hatte sie Mühe, ihn überhaupt zu verstehen. »Ich bin noch nicht bereit, Euch gehen zu lassen.«

Ein Kribbeln fuhr Leana durch den Bauch. Es war ein aufgeregtes, ja beinahe erregtes Kribbeln. Doch es fiel ihr schwer, es zuzulassen. Deswegen lächelte sie und sagte so leichthin wie möglich: »Das kann ich verstehen. Immerhin habt Ihr Euch so viel Mühe gemacht, mich hierherzubringen.«

Verblüfft schaute er sie an, dann lächelte er. »Ich bin gespannt, was die Zukunft Euch bringt.«

Mit diesen Worten wandte er sich ab und brachte Florie zu einer der Frauen, die sie entgegennahm und an sich drückte. Sie nickte Leana zu, so als wollte sie ihr sagen, dass sie sich gut um Florie kümmern würde.

Gawayn ging zurück zu den Musikern und nahm seine Geige wieder auf. Er nickte Leana noch einmal zu und begann wieder zu spielen.

Leanas Herz stolperte und bevor es ihr vor die Füße fiel, wandte sie sich hastig ab und folgte Rupert in Richtung von Giselle.

Vermutlich war es das Beste, wenn sie so schnell wie möglich wieder von hier verschwand. Das alles kam gerade viel zu nahe an sie heran.

16

Im leichten Schein des entfernten Feuers lächelte Giselle Leana entgegen, als sie auf den Findling zutrat.

Rupert neben ihr verbeugte sich vor Giselle. »Kann ich dir noch etwas bringen, meine Liebe?«

Giselle schüttelte den Kopf und klopfte ihm auf den Arm. »Danke schön. Mir geht es sehr gut.«

Er lächelte sie an, nickte Leana zu und ging zurück zum Feuer.

Giselle schaute zu Leana empor, dann streckte sie die Hände aus. »Setz dich doch.«

Leana ergriff die ihr dargebotenen Hände und setzte sich neben die ältere Frau auf den großen Stein.

Giselle schüttelte den Kopf. »Ich kann immer noch nicht glauben, dass du wirklich da bist. Manchmal dachte ich, dass ich mir das alles vielleicht nur eingebildet habe und darüber versterbe, immer diesem Wunsch hinterherjagend, dich endlich zu treffen.«

Leana runzelte die Stirn. »Ich bin mir nicht sicher, ob ich verstehe.«

Giselle lächelte und strich über ihre Finger. »Das glaube ich dir gern. Mir ging es damals genauso.«

»Damals?« Leanas Hals war auf einmal sehr eng.

Giselle nickte. »Ich wusste eigentlich, dass dieser Tag kommen müsste, aber manchmal habe ich selbst nicht mehr daran geglaubt und dachte, ich hätte Gawayn in die Irre geleitet, als ich ihn auf die Suche nach dir geschickt habe. Aber er hat nicht aufgegeben und nun bist du hier. Noch schöner, als ich erwartet habe und trotzdem genauso, wie ich dich kenne. Oder zumindest, wie ich dich in Erinnerung habe.«

Leanas Hände zitterten und Giselle hielt sie fester. »Du kennst mich?«

Die ältere Frau nickte. »Nicht gut. Aber ich erinnere mich an jede Einzelheit. Es ist einfach faszinierend.«

Leana runzelte die Stirn. »Aber wie ist das möglich?«, fragte sie leise. »Ich kenne dich nicht. Verzeih, wenn ich das einfach so sage, aber so ist es. Seit wir uns heute Morgen getroffen haben, habe ich darüber nachgedacht. Aber ich bin dir noch nie begegnet. Wie kann es dann sein, dass du mich kennst?«

Giselle schaute sie lange an, dann lächelte sie. »Weil wir uns schon einmal getroffen haben, als ich noch eine junge Frau war.«

Leanas Herz drohte aus ihrer Brust zu springen. Es erschien alles einen Sinn zu ergeben, den sie aber noch nicht erfassen konnte. »Dann muss ich noch ein Kind gewesen sein und damals war ich ...« Sie zögerte. »Noch nicht hier.«

»Ich weiß. Aber du warst kein Kind. Sondern eine alte Frau.«

Leana entriss ihr eine Hand und legte sich diese auf den Mund. »Aber das kann nicht sein«, flüsterte sie.

»Doch, es kann sein, das wissen wir beide. Auch wenn es für alle anderen unmöglich klingt.«

»Aber ... wie?«

Giselle holte tief Luft und schaute kurz zum Feuer hinüber. »Du warst damals eine alte Frau, so wie ich heute eine bin. Ich war eine junge, unerfahrene Suchende. Heute bist du die jüngere Frau, wenn auch sicher nicht so unerfahren und verzweifelt wie ich damals.«

Leana schwirrte der Kopf. »Ich ... begreife das alles nicht. Ich werde dich also noch einmal in meinem Leben treffen?«

Giselle nickte zögernd. »Du wirst alt und weise sein und mir Dinge sagen, die ich nicht glauben werde. Bitte verzeih, wenn ich dich nicht als das erkenne, was du für mich bist. Ich war sehr dumm und jung und wie ich schon sagte, vollkommen verzweifelt.«

Leana verstand die Logik hinter dem Ganzen nicht. Vielleicht gab es auch einfach keine. Sie entzog Giselle auch die andere Hand und wischte sich über die Stirn.

Giselle rieb ihr übers Bein. »Ich sehe, es verwirrt dich alles genauso, wie es mich damals durcheinandergebracht hat, als du mir all das erzählt hast. Ich habe dich für eine verrückte alte Frau gehalten und dafür möchte ich mich entschuldigen. Es hat ein paar Jahre gedauert, bis ich begriffen habe, was du mir wirklich gesagt hast. Erst dann habe ich mir gewünscht, dass ich dir besser zugehört hätte.«

Leana setzte sich auf. »Ich versuche wirklich, dir zuzuhören und ich will dir auch glauben, aber ich begreife den Ablauf nicht.«

Giselle nickte. »Vermutlich spreche ich in Rätseln und das tut mir leid. Ich war mir nicht sicher, wie viel du von alldem weißt, wenn du hier ankommst. Manchmal war ich mir nicht einmal sicher, ob du wirklich die Frau aus Eriness bist, von der du gesprochen hast, oder ob du jemand anderen meintest. Aber als ich dich heute Morgen gesehen habe, wusste ich, dass ich die Puzzleteile richtig zusammengesetzt hatte.«

In dem Moment, als sie das Wort Puzzleteile sagte, begriff Leana, dass sie mit ihrer Vermutung recht gehabt hatte. Niemand hier sonst hätte eine Ahnung, was ein Puzzle überhaupt sein könnte. »Du bist wirklich eine Zeitreisende«, sagte sie mit zitternder Stimme.

Giselle lächelte gütig. »Das bin ich. Auch wenn ich diesen Begriff vielleicht so nicht wählen würde, denn ich bin aus Versehen hier gelandet, und eine Reise tritt man doch eigentlich mit voller Absicht an. Zumindest habe ich das früher immer getan. Mittlerweile kann ich nicht mehr reisen.« Sie klopfte auf ihr Bein und lächelte wehmütig.

So viele Fragen wirbelten durch Leanas Kopf und am liebsten hätte sie alle auf einmal gestellt. Sie griff nach den Händen der älteren Frau. »Ich weiß gar nicht, wo ich anfangen soll. Erzähl mir alles.«

Giselle schüttelte amüsiert den Kopf. »Dieses Gespräch ist wirklich anders als unser erstes. Ich werde mich bemühen, dir alles zu erklären. Weißt du … Ich bin seit fast vierzig Jahren hier. Manchmal komme ich durcheinander, wie alt ich eigentlich bin, denn hier zählt man nicht so wie bei euch …« Sie zögerte. »Oder besser gesagt bei uns. Ich erinnere mich noch, wie wichtig das Alter für viele Frauen war. Hier sind es eher die Lebensphasen, die man durchwandert. Erst bist du ein Mädchen, dann eine junge Frau auf der Suche nach einem Mann, dann gehörst du zu den verheirateten Frauen, dann zu den Müttern und schließlich bist du eine der alten Frauen, die hier viel Ansehen besitzen und ihre Nase in alles stecken dürfen.«

Leana wusste genau, was Giselle meinte. Die Menschen hier hatten ein ganz anderes Verhältnis zum Thema Zeit als im 21. Jahrhundert. Alles richtete sich mehr nach dem Kreislauf der Natur, nach den natürlichen Zyklen von Dunkelheit und Licht, von Wachstum und Ruhe.

Auch Gespräche hatten einen ganz anderen Rhythmus. Niemals schaute jemand auf die Uhr, weil er weiter musste, weil ein Termin drängte oder unbedingt noch etwas erledigt werden musste. Hier war nichts eilig, es sei denn, es drohte Gefahr. Doch für ihren Geschmack durfte Giselle jetzt ein bisschen schneller erzählen.

Sie räusperte sich. »Wie alt warst du, als du hierhergekommen bist?«

Giselle seufzte. »Das hingegen weiß ich sehr genau. 25 Jahre war ich damals, und zwar auf den Tag genau. Das alles ist an meinem Geburtstag geschehen.«

Die Musik am Feuer wurde lauter, jemand johlte und

andere lachten. Gawayn spielte immer noch mit den anderen und auf seinem Gesicht lag der Ausdruck purer Freude. Es war schön, das mit anzusehen.

Doch es gab eine Frage, die ihr wirklich auf der Zunge brannte. »In welchem Jahr bist du geboren?«

Auch Giselle hatte zum Feuer geschaut und wandte sich ihr jetzt wieder zu. »Meine Güte, wie lange habe ich über so etwas nicht mehr nachgedacht. Damals war es so wichtig, dabei zählen Zahlen nicht. Im Leben eines jeden Menschen entwickelt es sich anders. Hier hat mich noch niemand nach meinem Geburtstag gefragt.«

Erstaunt stellte Leana fest, dass sie recht hatte. Sie hatte noch nie eine Geburtstagsfeier hier erlebt und sie hatte auch keine Ahnung, wann Duncan und Niall Geburtstag hatten. Sie wusste nur, dass Niall der jüngere Bruder war. Das hatte eine Bedeutung, aber die genaue Zahl nicht.

»Aber für mich ist dein Geburtstag wichtig.«

Giselle drückte ihre Hände. »Ich weiß, Liebes. Ich weiß.« Sie machte eine Pause und dann sagte sie leise: »Ich bin im Jahr 2054 geboren.« Sie hielt Leanas Hände fester, so als wollte sie sie stützen, und vermutlich war das auch notwendig, denn die Erkenntnis, dass sie eine Frau aus ihrer eigenen Zukunft vor sich sitzen hatte, traf Leana wie ein Schlag. Und dann begann ihr Kopf sich dagegen zu wehren. Das war doch einfach nicht möglich.

Bisher waren alle zeitreisenden Frauen, die sie kennengelernt hatte, aus dem gleichen Jahr gewesen wie sie selbst. Jenna und die anderen hatten mal von welchen erzählt, die aus den Vierziger- und Siebzigerjahren stammten, aber noch nie von jemandem, der in einem Jahr geboren war, das in ihrer eigenen Zukunft lag.

Giselle sprach weiter, während Leana noch diese Unglaublichkeit zu begreifen versuchte. »Wie ich schon sagte, ist das alles an meinem 25. Geburtstag passiert. An dem Tag habe ich dich getroffen und bin später hier gelandet.«

Leana wurde schlecht, als sie anfing zu rechnen. Wenn

Giselle die Wahrheit sagte, hatten sie sich im Jahr 2079 kennengelernt. Das konnte nicht sein.

»Aber dann bin ich 94«, brachte sie hervor.

Giselle lächelte. »Du warst eine sehr alte Frau, das stimmt. Und in meiner jugendlichen Arroganz habe ich dich nicht ernstgenommen. Dabei wäre mir andernfalls sogar einiges an Kummer erspart geblieben, doch du schienst schon zu wissen, dass ich dir nicht zuhören würde. Was kein Wunder ist, denn ich erzähle es dir ja gerade.«

Leana hob die Hand, um sie zum Schweigen zu bringen. Mehr Informationen konnte sie gerade nicht aufnehmen. Würgende Übelkeit erfasste sie.

Wenn das alles stimmte, würde sie sehr alt werden. Sie war sich nicht sicher, ob sie das überhaupt wissen wollte. Auf einmal wünschte sie sich, dass Giselle ihr das nicht erzählt hätte.

»Es tut mir leid, dass dich das so mitnimmt«, sagte Giselle. »Ich weiß noch genau, dass es mir genauso ging, als ich damals begriffen habe, dass du recht gehabt hast.«

Leana schloss die Augen. »Womit habe ich recht?« Oder würde sie recht haben? Hatte sie recht gehabt? Für Giselle lag das Gespräch, das sie geführt hatten, weit in der Vergangenheit, für sie selbst noch in ferner Zukunft. Ungefähr 60 Jahre in der Zukunft, wenn sie es genau nahm.

Sie musste sich eine Hand auf den Bauch legen und tief durchatmen. Sie würde das schon schaffen. Ganz andere Dinge hatten schon die Grenzen ihres Bewusstseins zu sprengen versucht und es auch nicht geschafft. Wenn sie ruhig blieb, würde sie auch das hier überstehen.

»Sollen wir vielleicht eine Pause machen?«, fragte Giselle mitfühlend. »Ich habe das Gefühl, dass es dich sehr aufwühlt.«

Leana schlug die Augen auf und ihr Blick fiel wieder auf die Feiernden. »Es fällt mir nur sehr schwer zu begreifen, dass ich gerade in meine eigene Zukunft schaue.«

Giselle nickte. »Ich verstehe dich so gut. Im Grunde hast du mir damals auch meine Zukunft vorausgesagt, aber ich habe es nicht begriffen. Erst als Jahre später all das eingetreten ist, was du gesagt hast, wurde mir klar, wer oder was du gewesen sein könntest. Und dann habe ich bereut, dass ich nicht viel mehr Wissen aus dir herausgequetscht habe. Du hast zum Beispiel ...«

Für einen Moment presste Leana sich die Hände auf die Ohren. Dann schüttelte sie den Kopf. »Ich glaube, ich bin noch nicht bereit, über unser Gespräch damals zu sprechen. Sonst werde ich noch verrückt.« Weil sie sich die Ohren zuhielt, hallte ihre eigene Stimme in ihrem Kopf wider und das erschreckte sie noch mehr. Plötzlich fühlte sie sich ganz verloren.

In der Zeit nach Marcs Tod und auch, als sie von den Zeitreisen erfahren hatte, war ihr bewusst geworden, dass sie Informationen von solcher Tragweite und Tiefe immer nur in kleinen Häppchen verarbeiten konnte. Wenn es zu viel wurde, schaltete ihr Gehirn einfach ab und sie bekam wichtige Dinge nicht mehr mit.

Als sie die Hände wieder von den Ohren nahm, sagte Giselle: »Ich richte mich ganz nach dir, denn ich möchte, dass es dir gut geht. Außerdem habe ich so viele Jahre auf dich gewartet, da kommt es auf ein paar Tage mehr nicht an. Alles wird zu seiner Zeit geschehen.«

Leana nickte langsam, dann erhob sie sich. Ihr war schwindelig wie nach einer Zeitreise und sie betrachtete Giselle nachdenklich. Auch wenn sie nicht über diese merkwürdige Überlappung der Vergangenheit und Zukunft sprechen konnte, wollte sie doch ein paar Dinge von Giselle wissen.

»Du hast gesagt, dass du aus Versehen hier gelandet bist. Wie genau ist das passiert?«

Giselle hob die Schultern. »Ich weiß es nicht. Im einen Moment war ich noch auf einem Spaziergang in den Highlands unterwegs und im nächsten Moment bin ich hier aufgewacht und dieser Mann in der Tracht eines Highlanders stand über mir. Er war nicht sehr erfreut, mich zu sehen, und hat mich angeschrien. Leider sprach ich zu dem Zeitpunkt noch kein Gälisch.«

Unbehaglich verschränkte Leana die Arme. »Das muss furchtbar gewesen sein.«

»Ich hatte große Angst«, gestand Giselle. »Das war auch berechtigt, denn er hätte mir sicher etwas angetan, wenn nicht Kenneth gekommen wäre und mich gerettet hätte.«

»Wie gut, dass dir nichts geschehen ist. Ich glaube, wir unterschätzen das Reisen manchmal sehr.«

Der Ausdruck auf Giselles Gesicht wurde etwas weicher. »Im Grunde hattest du mir ja gesagt, dass mir nichts geschehen wird, aber daran habe ich in dem Moment natürlich nicht gedacht. Da war einfach nur dieser wütende Kerl und dann kam Kenneth. Wie einer dieser Prinzen aus einem Märchen …« Sie zögerte. »Oder ein Superheld aus einem Film. Die gab es bei dir auch schon, oder?«

»Ja, ich kenne Superhelden.«

Giselle lächelte wehmütig. »Wie lange habe ich das Wort nicht mehr ausgesprochen. Dabei mochte ich Superhelden eigentlich immer gern. Man vermisst ja die merkwürdigsten Dinge, wenn man hier ist.«

Leana nickte. »Ich weiß.«

Giselle griff wieder nach ihrer Hand und drückte sie. Vermutlich war es auch für sie etwas Besonderes, eine andere Zeitreisende zu treffen, mit der sie über ihre alte Welt sprechen konnte. Auch wenn die schon so weit weg war.

»Auf jeden Fall kam Kenneth mir vor wie ein Superheld. Er hat mich gerettet und von diesem Moment an immer gut auf mich aufgepasst. Selbst nach seinem Tod schien er immer noch hier zu sein und auf mich achtzugeben. Und er hat mich in diese Gemeinschaft eingebettet, die mich ebenfalls beschützt.« Sie seufzte. »Außerdem hat er mir den besten Sohn geschenkt, den eine Frau sich wünschen kann. Ich habe den Tag meiner Reise nie bereut, auch wenn ich ihn oft hinterfragt habe.«

Leana setzte sich wieder neben sie. »Dann bist du also hierhergekommen, hast noch am gleichen Tag Gawayns Vater kennengelernt und bist für immer geblieben? Du bist nie wieder zurückgekehrt?«

Die ältere Frau runzelte die Stirn. »Zurückgekehrt? Wie hätte ich das tun sollen?«

Das machte Leana sprachlos. Wenn sie ehrlich war, hatte sie noch nie darüber nachgedacht, dass manche Zeitreisende den Weg zurück nicht mehr finden könnten. Sie hatte bisher nur mit Frauen zu tun gehabt, die das Tor schon häufiger benutzt hatten. Wie furchtbar das für Giselle gewesen sein musste.

»Kannst du dich daran erinnern, ob du einen bestimmten Stein berührt hast, bevor du in die Zeit gefallen bist? Möglicherweise einen mit einem Muster?«

»Nein. Da war nichts. Oder zumindest kann ich mich nicht daran erinnern.« Sie legte den Kopf schief. »Hast du mich deswegen vorhin nach diesem Muster gefragt?«

Leana nickte. »Das Muster ist auf dem Stein, der uns das Reisen ermöglicht. Ich muss es mit den Fingern nachfahren, wenn ich reisen will.«

Giselle öffnete den Mund, aber dann schloss sie ihn wieder. Ihre Augen waren groß und rund. »Du hast von ‚uns' gesprochen. Gibt es etwa noch mehr wie uns?«

In ihrer Stimme klang so viel Sehnsucht, Hoffnung und Trauer zugleich mit, dass sich Leanas Herz zusammenzog. »Ja, es gibt noch einige. Meine beiden Cousinen zum Beispiel und eine Freundin von mir. Wir benutzen alle das gleiche Tor.«

»Ein Tor?«, echote Giselle. »Das hast du vorhin auch erwähnt. Du meinst, das ist ein Tor in die andere Welt?« Ihre Hände zitterten, als sie diese im Schoß verschränkte. »Wie muss ich mir das vorstellen?«

»Es ist ein Stein, etwa in dieser Größe.« Leana deutete mit den Händen einen Ball an, in der Größe zwischen einem Fußball und einem Handball. »Er trägt das Muster, das ich ins Mehl gemalt habe, und ermöglicht uns das Reisen.«

»Wie oft hast du das schon gemacht?«

Leana hob die Schultern. »Vielleicht zwanzigmal?«

»Es klingt, als ob es ganz leicht ist und du einfach in ein Flugzeug steigst.«

»Ja, schon. Man wird ohnmächtig und wenn man aufwacht, ist man da.«

In Giselles Augen glitzerten Tränen. »Ach du meine Güte. Ich ... hätte zurückgehen können. Ich hätte nicht hierbleiben müssen.« Sie presste sich eine Hand vor den Mund und wandte sich ab.

Leana gab ihr einen Moment Zeit, sich von dieser Nachricht zu erholen, dann fragte sie sanft: »Hättest du denn nach Hause gehen wollen?«

Giselle schluckte sichtlich, versuchte zu sprechen, aber ihre Stimme brach. »Ich glaube, in den ersten Monaten schon. Es hat eine Ewigkeit gedauert, bis ich begriffen habe, was passiert war.« Sie zögerte. »Weißt du, als du und ich uns getroffen haben, war ich in einer Klinik. Deswegen war ich überhaupt hier in den Highlands. Ich wurde dort wegen eines Suchtproblems behandelt. Ich war mit den falschen Menschen zusammen, hatte mich unglücklich verliebt und dann war es so leicht, in die Drogen zu flüchten. An dem Tag, als wir uns trafen, hatte ich erfahren, dass der Mann, in den ich mich verliebt hatte, eine andere Frau heiraten wollte.« Ihre Hand zitterte und Leana drückte sie fest. »Ich unternahm einen langen Spaziergang in die Highlands und habe ernsthaft darüber nachgedacht, mich umzubringen. Als ich dann hier aufwachte, war ich mir lange Zeit nicht sicher, ob ich nicht möglicherweise gestorben war und dies nur ein böser Traum war, so etwas wie eine Hölle. Kaum jemand sprach meine Sprache. Alles erschien mir primitiv, mir war ständig kalt, die Wollkleider kratzten und ich hatte keine Ahnung, was ich mit mir anfangen sollte. Wenn ich damals gewusst hätte, dass es einen Weg zurück gibt, hätte ich ihn gefunden. Allein um die Hochzeit des Mannes zu verhindern, den ich glaubte zu lieben.«

»Glaubte?«, fragte Leana vorsichtig nach.

Giselle lächelte nachsichtig. »Ich war überzeugt, dass ich aufhören würde zu existieren, wenn er diese andere Frau heiratet. Ich dachte, dass ich ihn lieben würde, aber ich war so jung und dumm. Ich wusste nicht, was wahre Liebe wirklich ist.« Sinnierend starrte sie in Richtung Feuer, dort wo ihr Sohn immer noch Geige spielte. »Vielleicht ist es gut, dass ich nie von dem Tor gewusst habe, denn so musste ich hierbleiben. Ich konnte später nicht einmal mehr den Ort wiederfinden, an dem ich gelandet war.« Sie straffte die Schultern. »Damals sah für mich in den Highlands noch alles gleich aus.«

Wieder schwieg sie einen Moment und auch Leana versuchte all das zu begreifen.

»Wenn ich wieder zurückgegangen wäre, dann hätte ich niemals diese wahre Liebe erfahren und auch nicht diesen wundervollen Sohn bekommen und dieses Leben führen können«, raunte Giselle schließlich. »Vermutlich ist alles richtig so, wie es ist.«

Auch Leana schaute hinüber zum Feuer und ihr Herz zog sich zusammen. Giselle liebte ihren Sohn wirklich. Es hätte ihr das Herz gebrochen, wenn er gehängt worden wäre. Sie war froh, dass sie Gawayn befreit hatte.

»Dann war Gawayns Vater deine große Liebe?«, hörte sie sich auf einmal fragen.

Giselles Gesicht nahm einen verträumten Ausdruck an. »Das war er. Ich hätte mir keinen besseren Mann wünschen können. Es war, als wären wir füreinander gemacht, als wäre er meine und ich seine andere Hälfte gewesen. Wir waren füreinander bestimmt, und als ich das erkannt habe, wusste ich, dass es alles so hatte sein müssen. Da habe ich hier meinen Frieden gefunden.«

Leana atmete tief durch. Sie kannte diese Aussagen so gut. Maira und Tavia ging es genauso, sie waren sich so sicher, dass sie für ihre Männer bestimmt gewesen waren.

»Es muss schwer für dich gewesen sein, als Gawayns Vater gestorben ist.«

»Das war es. Ich hatte keine Ahnung, wie ich das Leben ohne ihn meistern sollte, und dann war da ja noch der Unfall.« Sie klopfte auf ihre Beine. »Zuerst waren alle überzeugt, dass ich entweder an meinen Verletzungen oder am gebrochenen Herzen sterben würde, denn ich habe wochenlang in einem Dämmerzustand verbracht. Zum Glück haben sie mich nicht aufgegeben. Aber es war schlimmer als meine schwärzesten Tage in der Zukunft.«

Tränen brannten in Leanas Kehle. »Ich weiß, wie das ist«, gestand sie.

Aufmerksam schaute Giselle sie an. Es war der gleiche Blick, mit dem Gawayn sie manchmal musterte. »Um wen hast du getrauert?«

»Um meinen Ehemann. Und ich tue es immer noch. Der Schmerz verlässt mich nie, er wird nur durch die Zeit abgemildert.«

Giselle runzelte die Stirn. »Verzeih, wenn ich das frage, aber ist er gestorben? Oder hast du ihn durch die Sache mit den Zeiten verloren? Vorhin sagtest du, dass du verheiratet bist, aber ich konnte es nicht richtig zuordnen.« Sie lächelte. »Es tut mir leid, wenn ich das sage, aber es kam mir vor wie eine Ausrede, damit die anderen nicht für morgen schon deine und Gawayns Hochzeit vorbereiten.«

Leana zögerte einen Moment, dann nickte sie. »Es war nur eine Ausrede. Er ist tatsächlich gestorben. Vor drei Jahren. Deswegen weiß ich, wie es ist, wenn man seine große Liebe verliert. Man steht so allein da.«

»War er dort oder hier?«

»Dort.« Leana atmete aus, als der altbekannte Schmerz in ihr aufstieg. Aber zu ihrer Überraschung wurde er von etwas anderem überlagert. Auch wenn sie es noch nicht ganz greifen konnte.

»Es wird eine neue Liebe kommen, mein Kind«, sagte Giselle sanft.

Leana setzte sich auf und straffte die Schultern. »Ich …«, begann sie, doch Giselle tätschelte ihre Hand.

»Keine Sorge, ich weiß, dass dir das schon sehr viele Menschen gesagt haben. Das geht allen Witwen so, vor allem den jungen. Aber in deinem Fall ist es anders.«

Wie immer, wenn jemand der Meinung war, etwas über ihr Leben zu wissen und sie belehren zu müssen, zog Leana die Mauer um sich herum in die Höhe. Gerade wollte sie sich erheben und Abstand zwischen sich und Giselle bringen, als diese eine Hand auf ihren Arm legte.

»Bleib ruhig, mein Herz. Du bist der einzige Mensch auf der Welt, dem ich so etwas sagen würde. Weil ich weiß, wie sehr es schmerzt, wenn man seine Liebe verliert und andere Menschen einem so etwas sagen.«

Das Schlucken tat Leana weh und selbst das Atmen fiel ihr schwer. »Warum sagst du es dann mir? Weil du selbst eine neue Liebe gefunden hast?«

Giselle lächelte. »Du meinst Rupert? Darüber sprechen wir ein anderes Mal, aber er ist nicht Kenneth für mich und wird es auch niemals sein. Nein, das hat einen anderen Grund.«

»Und der wäre?«

Wieder erschien dieser abgeklärte Ausdruck auf Giselles Gesicht, als ob sie zufrieden ein Puzzleteil an seinen Platz setzte. »Weil du es mir selbst gesagt hast.«

Leana war, als hätte jemand ihr den Boden unter den Füßen weggerissen und obwohl sie nicht wollte, klammerte sie sich an Giselles Hand fest. »Das kann nicht sein.«

»Aber es ist so. Als alte Frau wirst du auf ein Leben voller Liebe zurückblicken. Ich bin mir sehr sicher, dass ich mich nicht verhört habe, denn ich erinnere mich noch gut an das Gefühl des Neides, das in mir aufkam. Schließlich wollte der Mann, den ich liebte, damals gerade eine andere heiraten, obwohl ich mein Leben um jeden Preis mit ihm verbringen wollte. Deswegen habe ich bei dem Teil sehr gut zugehört. Dein Leben wird von Liebe geprägt sein und genau so sahst du auch aus.«

»Aber ... nicht mit einem anderen Mann.« Leana hörte selbst, wie bockig ihre Stimme klang.

Giselle lächelte immer noch milde, so als würde sie den Wutanfall eines Kindes abwarten. »Laut deiner eigenen Aussage war es ein Mann.«

Jetzt erhob Leana sich doch und trat ein paar Schritte von Giselle fort. »Ich hatte doch gesagt, dass ich nichts über dieses Gespräch wissen will!« Sie verschränkte die Arme und blickte zu den Hügeln hinüber, hinter denen noch hellgrau der Abendhimmel zu sehen war.

»Es tut mir leid, wenn ich dich erzürnt habe.«

Eine Weile schwiegen sie, nur die Musik klang durch die Nacht und das Lachen der anderen am Feuer. Sie tanzten ausgelassen und Leana fühlte sich so fremd und fehl am Platze wie selten zuvor in ihrem Leben. Es konnte einfach nicht sein, dass sie sich wieder verlieben würde. Giselle musste sich irren. Vielleicht hatte sie Leana doch verwechselt.

Möglicherweise konnte sie irgendwann einen anderen Mann begehren, denn schließlich hatte ihr Körper immer noch Bedürfnisse. Aber in ihrem Herzen war kein Platz mehr für eine romantische Liebe.

Außerdem konnte sie sicher auch nicht in die Vergangenheit reisen, nur weil es hier angeblich einen Mann gab, der für sie bestimmt war. Das war Unfug, auch wenn Maira und die anderen es immer wieder behaupteten. Sie und Blaire waren das beste Beispiel dafür, dass es auch Ausnahmen gab.

Vielleicht hatte sich ihr zukünftiges Ich auch einen Scherz mit ihr erlaubt oder das nur gesagt, um ihr das Leben zu erleichtern. Doch würde sie sich selbst so etwas antun? Wäre sie am Ende ihres Lebens wirklich zufrieden, wenn sie sich selbst reingelegt hätte?

Leana krallte die Finger in ihren Arm, bis es wehtat. Sie brauchte diesen Schmerz, um sich zu erden und nicht einfach loszuschreien. Giselles und ihr Leben mochten auf eine so sonderbare und gleichzeitig magische Weise miteinander verbunden sein, dass Giselle der einzige Mensch auf der Welt war, der so etwas zu ihr sagen durfte. Trotzdem weigerte Leana sich, es zu glauben. Denn wenn sie es tat, würde sich alles ändern. Das Gefühlskonstrukt in ihrem Herzen, das sie sich seit Marcs Tod so sorgfältig aufgebaut hatte, würde einstürzen. Und Leana konnte das nicht zulassen. Es war viel zu gefährlich.

Sie drehte sich wieder zu Giselle um. »Habe ich denn auch gesagt, wer dieser Mann ist?«

»Nein. Aber ich habe eine Ahnung.«

»Und die wäre?«

Trotz Leanas Feindseligkeit blieb Giselle ruhig und schüttelte den Kopf. »Das werde ich dir nicht sagen. Du musst es selbst herausfinden, und das wirst du.«

»Ich fürchte, dann kann ich dir nicht glauben.«

Die ältere Frau nickte. »Das verstehe ich. Aber du hast mir damals selbst nicht gesagt, wer er ist, und sicherlich hatte das einen Grund. Ich glaube, du hast in diesem Gespräch nichts ohne Grund gesagt. Nun, da ich am Ende meines eigenen Lebens angekommen bin, erkenne ich erst, wie weise du damals warst.«

Leana schluckte hart. Sie wollte nicht weise genannt werden und auf einmal wollte sie nur, dass Giselle aufhörte zu sprechen. Das alles war so abstrus.

»So hast du beispielsweise auch die Prophezeiung selbst gemacht.«

Auf einmal konnte Leana nicht mehr atmen. »Was meinst du damit?«

Durchdringend schaute Giselle sie an. Das Licht der Flammen tanzte über ihr Gesicht. »Als Kenneth damals gestorben ist, habe ich meine Trauer um ihn nur deinetwegen überlebt. Weil ich wusste, dass Gawayn mich braucht, um zu dem Mann zu werden, der er heute ist, und weil du mir gesagt hast, dass ich vertrauen soll. Ich wusste, dass wir schwere Zeiten erleben würden, aber dass alles gut werden würde, wenn mein Sohn die Frau aus Eriness findet.«

»Wie bitte?«, flüsterte Leana.

Giselle nickte. »So hast du es prophezeit.«

Würgende Übelkeit kam in Leana auf. »Ich glaube das nicht«, sagte sie.

Giselle nahm die Decke von ihren Beinen und machte Anstalten aufzustehen.

Obwohl Leana am liebsten weggelaufen wäre, konnte sie nicht anders, als der gebrechlichen Frau zu helfen. Giselles Gesicht war schmerzverzerrt und es schien eine Ewigkeit zu dauern, bis sie endlich stand.

»Ich bin mir sicher, dass du mir damals die Wahrheit gesagt hast«, sagte Giselle, als sie endlich stand. »Du bist ein ehrlicher, liebevoller und ehrenhafter Mensch. Ich weiß, dass du die Frau aus Eriness bist, die diesen Clan retten wird.«

Leana presste die Lippen zusammen und dachte an die hoffnungsvollen Blicke der Frauen, als sie erfahren hatten, dass Leana die Frau aus Eriness war. »Ich weiß nicht, wie ich das tun sollte. Warum nur hast du allen davon erzählt?«, stieß sie hervor.

Giselle legte ihre Hände an Leanas Oberarme und schaute sie ernst an. »Ich sage dir jetzt das, was auch du mir damals gesagt hast, als ich schon fast gegangen war: Hab Vertrauen. Du kennst den Weg.«

Aus dem Augenwinkel nahm Leana eine Bewegung war. Rupert hatte anscheinend gesehen, dass Giselle aufgestanden war, und kam langsam auf sie zu.

»Ich muss gehen«, presste Leana hervor. Sie hielt es einfach nicht mehr aus.

»Es ist schon in Ordnung, mein Kind. Gib dir Zeit.« Sie gab Rupert ein Zeichen und der kam mit schnellen Schritten näher. Kaum hatte er Giselles Arm ergriffen und stützte sie, wandte Leana sich um und floh in die Dunkelheit.

17

Leana hatte keine Ahnung, wohin sie lief, dafür kannte sie das Dorf nicht gut genug. Doch sie rannte, so schnell sie konnte. Ihre Beine schmerzten, ihr Atem klang keuchend in ihren Ohren, ihre Haare flogen im Wind.

Sie stolperte, fiel und rappelte sich wieder auf. Fast prallte sie gegen einen Zaun, weil sie ihn vor lauter Tränen im Mondlicht nicht gesehen hatte. Keuchend blieb sie stehen und hielt sich am Holz fest.

Auf eine gewisse Art und Weise hatte sie sich darauf gefreut, Giselle kennenzulernen und die Geschichte ihrer Zeitreise zu hören. Doch dass ihr eigenes Leben mit dem von Giselle verknüpft sein würde und dann noch so eng und durch die Zeiten, damit hätte sie niemals gerechnet. Ganz abgesehen davon, dass Giselle ihr Dinge über sich selbst erzählt hatte, die sie nie hatte hören wollen. Dass sie sehr alt werden würde. Dass sie eine neue Liebe finden und einen ganzen Clan retten würde.

»Oh Gott«, schluchzte sie auf und schlug die Hände vor die Augen.

Sie verfluchte diese Stimme in ihrem Hinterkopf, die ihr eindringlich sagte, dass nicht Giselle ihr das alles prophezeit hatte, sondern sie selbst.

Mit einem Stöhnen beugte sie sich vornüber, weil die Übelkeit übermächtig wurde.

Auf einmal hörte sie Schritte hinter sich. Ohne die Augen aufzumachen, wusste sie, dass es Gawayn war. Sein Plaid strich über ihre Wange und er legte ihr eine Hand auf den Rücken.

Leana versuchte wirklich, sich zusammenzureißen, doch auf einmal musste sie würgen.

Sanfte Finger griffen nach ihren Haaren und hielten diese in ihrem Nacken, während sie sich an den Weidezaun gelehnt übergab. Ganz kurz bedauerte sie es, das gute Essen zu verschwenden, aber sie konnte nichts dagegen tun. Solche emotionalen Achterbahnfahrten führten bei ihr immer zu Übelkeit.

Es dauerte lange, bis ihr Magen leer war, denn wann immer sie an Giselles Worte dachte oder an die Prophezeiung, wurde ihr wieder übel. Gawayns Hand auf ihrem Rücken und seine ruhige Präsenz halfen nicht dabei. Ganz im Gegenteil, sie machten es eher schlimmer.

Schließlich richtete sie sich auf und er ließ ihre Haare los, aber seine Hand ruhte immer noch auf ihrem Rücken. Sie schaffte es nicht, ihn anzuschauen.

»Ich komme schon zurecht, danke«, log sie mit rauer Stimme. Tief sog sie die kühle, würzige Nachtluft ein, die es so nur im 16. Jahrhundert zu geben schien. Aber es half nicht, ihre Nerven zu beruhigen.

»Hat meine Mutter etwas gesagt oder getan, was sie nicht hätte tun sollen?«

Leana hob die Schultern und schüttelte den Kopf. Doch schließlich nickte sie.

»Aber sie kann nichts dafür.« *Eigentlich nicht*, fügte sie in Gedanken hinzu.

»Was war es?«

»Es tut mir leid, aber ich kann es nicht sagen.« Sie konnte Giselles Vertrauen nicht enttäuschen. Sie wusste ja nicht einmal, ob Gawayn etwas davon wusste, wer oder was seine Mutter wirklich war.

Er atmete tief durch. »Kann ich irgendetwas tun, um es wieder gutzumachen?«

Leana lachte auf und fand selbst, dass es ein wenig hysterisch klang. »Nein. Es ist alles ein großes Durcheinander.«

Sie legte die Hände vors Gesicht und wieder wurde ihr übel, als sie daran dachte, was Giselle ihr erzählt hatte. Jede Faser in ihr wehrte sich gegen dieses neue Wissen, versuchte, es aus ihrem Bewusstsein zu drängen. Am liebsten wäre es ihr, wenn sie all das niemals gehört hätte.

Gawayn rieb über ihre Arme. Seine Hände waren warm und stützend, aber es beruhigte sie nicht.

»Ich hätte Euch niemals befreien sollen«, entfuhr es Leana.

»Wie meint Ihr das?«

Sie schlug die Augen auf und auf einmal war sie auch auf ihn wütend. »Dann hättet Ihr mich niemals entführt und dann hätte ich nicht hierherkommen und mir all das anhören müssen!«

Verwirrt schaute er sie an. »Geht es um die Prophezeiung?«, fragte er vorsichtig.

»Die Prophezeiung ist eine Lüge. Es stimmt nicht! Ich bin nicht die, für die mich alle halten. Ich kann niemandem helfen.«

Er zog die Augenbrauen zusammen. »Doch, das könnt Ihr und das habt Ihr auch ...«

Sie hob die Hände und stieß ihn vor die Brust, sodass er zwei Schritte nach hinten ging.

»Ich bin nicht die, für die Ihr mich haltet, und ich werde es niemals sein!«, rief sie aufgebracht, wandte sich ab und schlang die Arme um den Oberkörper, als sie auf einmal unkontrolliert zu zittern begann. Ihre Beine gaben unter ihr nach und sie sackte in sich zusammen. Sie begann zu schluchzen und nach einem qualvollen Moment brachen die Tränen aus ihr hervor.

Endlich! Sie würden einen Teil des Schmerzes wegwaschen. Undeutlich nahm sie wahr, dass er sich neben sie auf den Boden hockte.

»Geht weg«, schluchzte sie, doch plötzlich fühlte sie wieder seine Arme um sich. Ganz vorsichtig, aber trotzdem stark. Dieses Mal wollte sie ihn jedoch nicht wegstoßen und auch dafür hasste sie ihn. Er wusste immer, was zu tun war.

Er kniete neben ihr und zog sie gegen seine Brust, umfing sie mit seinen starken Armen, die ihr so viel Halt gaben, obwohl sie es gar nicht wollte.

»Ihr seid an allem schuld«, murmelte sie schluchzend und barg ihr Gesicht in seinem Hemd.

»Es tut mir leid«, flüsterte er in ihr Haar.

»Ich hasse Euch.«

Er streichelte sanft ihren Nacken. »Hasst mich, so viel Ihr wollt. Ich kann es aushalten.«

Zu ihrer Überraschung schlug sie mit einer Faust gegen seine Brust, während ihre Tränen weiterhin sein Hemd durchnässten.

Doch er strich einfach über ihren Rücken, hielt sie und gab ihr gleichzeitig allen Raum, den sie brauchte.

Die Tränen schmerzten in ihrer Kehle und jedes Mal, wenn sie gerade dachte, dass sie nicht mehr weinen konnte, brachen neue Schluchzer aus ihr hervor.

Gawayn hielt sie fest, seinen Kopf auf ihren gelegt. Er umhüllte sie ganz und sein stetiger Herzschlag unter ihrem Ohr brachte auch sie langsam zur Ruhe.

Nach einem letzten Schluchzer holte Leana tief Luft, so als wäre sie nach zu langer Zeit unter Wasser endlich aufgetaucht und würde nach Luft schnappen. Dieses Gefühl kannte sie schon. Jetzt waren die Tränen aufgebraucht und ihr Herz für dieses Mal gereinigt.

Die Trauer, die Angst, der Schmerz, sie waren immer noch da. Aber verwaschener, nicht mehr so scharfkantig. Sie schnitten nicht mehr in ihre Seele und endlich konnte sie wieder etwas klarer denken.

Ihr wurde bewusst, dass sie auf Gawayns Schoß saß und er

sie sanft hin und her wiegte. Unter normalen Umständen hätte sie eine solche Berührung niemals zugelassen, doch das hier waren keine normalen Umstände. Heute war ihre Welt ins Wanken geraten, so sehr wie niemals zuvor, und das sollte nach dem Tod ihres Ehemanns etwas heißen.

Und obwohl sie eine solche emotionale Nähe eigentlich nicht zulassen durfte, rührte Leana sich nicht. Nur einen Moment wollte sie noch in diesem Kokon der Sicherheit bleiben. Solange sie hier mit Gawayn saß, konnte ihr nichts geschehen. Dafür würde er sorgen, das wusste sie. Bei ihm war sie sicher. Auch wenn er keine Ahnung hatte, wovor er sie beschützte.

Er schien zu merken, dass sie sich langsam beruhigte und wieder bei Sinnen war, denn die Art, wie er sie streichelte, veränderte sich. Sanft strich er ihr eine Haarsträhne hinter das Ohr, dann berührte er mit den Fingerspitzen ihren empfindlichen Nacken.

Wie lange war sie dort nicht mehr berührt worden. Leana erschauderte und seufzte leise.

Er zog sie etwas enger an sich und auf einmal merkte sie, wie er sie auf die Stirn küsste. Ganz sanft, beruhigend, aber auch nicht wirklich freundschaftlich.

Leana atmete tief durch. Sie wollte das nicht. Zugleich war es gerade das Einzige, was sie brauchte.

Doch sie schluckte und versteifte sich in seinen Armen. »Ich bin verheiratet, Gawayn.«

Er erstarrte.

Einerseits schämte sie sich für diese Lüge. Andererseits war es gar nicht gelogen, denn in ihrem Herzen war sie noch verheiratet. Und dann waren da wieder Giselles Worte in ihrem Ohr, dass sie noch eine Liebe in ihrem Leben finden würde. Das konnte einfach nicht sein.

Er räusperte sich und sagte leise: »Aber dein Mann ist nicht hier.«

Leana schluckte. Marc würde niemals wieder da sein. Sie schüttelte den Kopf. »Nein, das ist er nicht. Aber es bedeutet noch lange nicht, dass du …« Sie machte eine Handbewegung, die hoffentlich alles einschloss, was sie meinte.

Ihr fiel auf, dass sie beide in die vertrauliche Anrede gefallen waren. Es erschien so richtig, denn schließlich saßen sie hier gemeinsam mitten in der Nacht auf einem Acker und er half ihr über ihre tiefste Verzweiflung hinweg. Gerade gab es nicht mehr viele Grenzen zwischen ihnen. Vielleicht hatte er sie auch deswegen auf die Stirn geküsst.

Gawayn schüttelte den Kopf und rieb ihr wieder mit einer Hand über den Rücken. »Er ist nicht hier, um dich zu trösten und ich glaube, dass du das in diesem Moment mehr brauchtest, statt den Anstand zu wahren.«

Leana atmete tief aus. Nein, Marc war nicht hier, um sie zu trösten. Und Gawayn konnte es wirklich gut. Sie wusste nicht, was geschehen wäre, wenn er sie nicht in den Armen gehalten hätte, als sie zusammengebrochen war. Vielleicht hätte ihre Seele Schaden genommen. Solche großen Gefühle konnte niemand allein bewältigen.

Er zog sie noch enger an sich. »Glaubst du, dass er etwas dagegen hätte, wenn ich dir in dieser dunklen Stunde beistehe? Ich würde gern für eine Weile seinen Platz einnehmen.« Er legte seine Wange auf ihre Haare. »Aber wenn du das nicht möchtest, kann ich auch eine der Frauen holen.«

Leana schüttelte den Kopf. »Nein. Bitte bleib«, flüsterte sie. Ihre Worte erstaunten sie selbst.

Sie schwiegen eine ganze Zeit und Leana stellte fest, wie ungewohnt es geworden war, einem Mann so nah zu sein. Noch dazu einem Mann, der nicht Marc war. Es fühlte sich ein klein wenig verboten an, trotzdem wunderbar vertraut, und es war auch aufregend. Gawayn roch gut und die Haut unter seinem Hemd war so warm. Sie genoss es, seinem Atem zu lauschen und seinen Herzschlag unter ihrer Wange zu fühlen.

»Dein Mann hat großes Glück«, raunte Gawayn.

Fast hätte Leana bitter gelacht, aber sie hielt es zurück. Marc hatte vor allem großes Pech gehabt, aber da sie wusste, wie Gawayn es meinte, schwieg sie.

Allerdings merkte sie, wie ihr heiß wurde. Es war offensichtlich, dass er sie gern in den Armen hielt.

Sie kuschelte sich etwas näher an ihn. »Danke«, flüsterte sie.

Sie schämte sich für die Lüge. Wenn sie ehrlich zu sich selbst war, hatte sie sie nur benutzt, weil sie Angst davor hatte, dass sich seine Zärtlichkeiten zu gut anfühlten könnten.

Als hätte er ihre Gedanken gelesen, sagte er: »Keine Sorge, ich werde deine Trauer nicht ausnutzen. So etwas würde ich niemals tun.«

Es wirkte, als wollte er noch etwas sagen, aber dann schwieg er doch.

Leana lauschte seinem Herzschlag und ihr Atem beruhigte sich. Ihre Augen schmerzten noch vom vielen Weinen, doch insgesamt war ihr Körper zur Ruhe gekommen. Genau wie ihr Herz. Zumindest für den Moment.

»Das weiß ich«, flüsterte sie schließlich. Fast hätte sie ihm gesagt, dass sie ihm vertraute, doch sie hielt die Worte gerade noch zurück. Dabei war es so. Sie vertraute ihm und es fühlte sich gut an. Sie war nicht ganz allein in dieser Welt.

Ihre Gedanken wanderten zu Maira, Blaire und Tavia und auf einmal verengte sich ihre Kehle wieder. Wie gern hätte sie mit den dreien über all das gesprochen, was Giselle ihr erzählt hatte. Vielleicht konnten ihre Freundinnen ihr helfen, sich darauf einen Reim zu machen. Wenn sie doch nur nach Eriness zurückkehren könnte.

Es wäre ein Leichtes gewesen, Gawayn darum zu bitten, sie zurück nach Eriness zu bringen, schließlich hatte sie ihren Teil der Abmachung erfüllt und mit seiner Mutter gesprochen.

Doch aus irgendeinem Grund schwieg sie. Noch war nicht die Zeit dafür gekommen. Irgendetwas hielt sie hier, und sie würde herausfinden, was es war. Bald.

18

Leana erwachte vom Rauschen des Regens. Das Dämmerlicht kroch gerade erst ins Zimmer und sie wollte sich schon seufzend zur Seite drehen, als sie begriff, dass jemand einen Arm um sie geschlungen hatte.

Leana erstarrte. Wer lag neben ihr im Bett? Etwa Gawayn? Sie waren gestern Abend irgendwann vom Acker aufgestanden, um die Kinder ins Bett zu bringen. Allerdings war sie sich ziemlich sicher, dass nichts geschehen war zwischen ihnen. Vor allem deswegen, weil sie noch vollständig bekleidet war.

Trotzdem beschleunigte sich ihr Atem. Wann war sie das letzte Mal auf diese Art und Weise aufgewacht? So dicht neben einem anderen Menschen. Vermutlich an einem Morgen in den Wochen vor Marcs Tod. Obwohl, er war immer so unglaublich früh aufgestanden und bereits vor der Arbeit aufs Laufband gegangen, so dass sie in den allermeisten Fällen allein aufgewacht war. Sogar im Urlaub war Marc immer schon so früh auf gewesen.

Leana kniff die Augen fest zusammen. Es half jetzt nichts, an ihren verstorbenen Mann zu denken. Vor allem nicht, wenn sie in den Armen eines anderen Mannes lag.

Vorsichtig wandte sie den Kopf und als sie sah, dass Florie

neben ihr lag und sie fest umschlungen hielt, atmete sie erleichtert auf. Nur ein ganz kleiner Teil von ihr bedauerte es. Ihr Körper wäre anscheinend gern neben Gawayn aufgewacht.

Sie hob den Kopf und sah, dass neben Florie auf der anderen Seite der Matratze Aleyn lag. Er hatte die Beine angezogen, hielt sie umklammert und schlief mit offenem Mund.

Jetzt erinnerte sie sich wieder. Gawayn hatte sie und die Kinder ins Haus seiner Mutter gebracht und ihr das Zimmer gezeigt, in dem sie schlafen konnten. Mit einem letzten intensiven Blick aus seinen grünen Augen hatte er ihr eine gute Nacht gewünscht und die Tür hinter sich geschlossen. Und das war gut so. Es war vor allem richtig.

Sanft strich Leana Florie eine Strähne aus der Stirn. Es rührte sie, dass das Mädchen so anhänglich war. Kein Wunder, nach alldem, was es durchgemacht hatte.

Sie spürte ein Ziehen in ihrer Brust und gleichzeitig ein Gefühl von Leichtigkeit. Die Kinder waren hier in Sicherheit. Das hatte das Dorf gestern bewiesen. All die Frauen und Männer hatten die Kinder einfach so akzeptiert und in ihre Mitte aufgenommen, als hätten sie schon immer dazu gehört.

Florie seufzte im Schlaf und schlang ihren Arm fester um Leana. Dieses Kind brauchte viel Liebe. Vielleicht war sie ja diejenige, die ihm diese Liebe geben konnte. Zumindest für eine kurze Zeit. Danach würde bestimmt jemand anders aus dem Dorf gern diese Aufgabe übernehmen.

Schon wieder musste sie an Marc denken. Gemeinsam mit seinem Tod hatte sie ihre Pläne und Träume von eigenen Kindern begraben. Vielleicht fühlte es sich deswegen so gut an, eine Ersatzmutter auf Zeit zu sein.

Ihre Gedanken glitten zurück zu Gawayn und daran, wie er sie in den Armen gehalten hatte. Er hatte sie wie einen geliebten Menschen gehalten, als ob sie sehr vertraut miteinander wären. Sie hatte seine Kraft fühlen können und seine unerschütterliche Stärke. Seine Ruhe war auf sie übergegangen und sie war überzeugt davon, dass sie nur wieder hatte atmen können, weil er da gewesen war.

Sie war beeindruckt von ihm und seiner Art, wie er mit den Menschen und der gesamten Situation umging. Es war faszinierend zu beobachten, wie vertraut er mit seiner Mutter war und wie sehr die Menschen aus Clachaig ihn verehrten. Ob ihm bewusst war, dass alle zu ihm aufblickten und sich nach seiner Führung richteten?

Gestern Abend hatte sich etwas Grundlegendes zwischen ihnen verändert. Obwohl sie ihm nicht erzählt hatte, was sie so quälte, hatte er sie getröstet und verstanden und nicht darauf bestanden, dass sie es ihm erzählte. Er war einfach da gewesen und seine Präsenz war so tröstlich. Viel mehr als die der meisten anderen Menschen in ihrem Leben.

Sie dachte daran, dass sie zu ihm gesagt hatte, dass sie verheiratet war. Obwohl niemand sie sehen konnte, verzog sie das Gesicht ob dieser Lüge. Sie hatte Angst gehabt, dass sie Dinge tun würde, die sie später bereuen würde. Sein Verständnis, seine Nähe und seine Ruhe hatten alle ihre Sicherheitsvorkehrungen, die sie um sich herum aufgebaut hatte, in Sekunden eingerissen und sie hatte emotional nackt und verletzlich vor ihm gestanden.

Deswegen war die Erwähnung, dass sie eigentlich verheiratet war, genauso eine Mahnung an sich selbst wie an ihn gewesen. Und überhaupt, es wäre nicht der richtige Zeitpunkt gewesen, um sich näherzukommen. Nicht irgendwo im Dunkeln auf einer Weide, nachdem sie sich gerade übergeben und danach Rotz und Wasser in sein Hemd geheult hatte. Es gab bessere Momente, um …

Sie erstarrte. Hatte sie wirklich darüber nachgedacht, dass Gawayn Macvail ein Mann war, den sie küssen wollen würde? Ganz allein mit ihren Gedanken hier im Schlafzimmer schaffte sie es, sich genau das einzugestehen. Wäre es eine andere Situation gewesen, dann hätte sie vielleicht zugelassen, dass er sie küsste. Vielleicht auch nur, um zu wissen, wie es sich anfühlte …

Sehr selten nur erlaubte sie sich den Gedanken an Sex. Dafür vermisste sie es viel zu sehr. Die Ahnung, dass die

Möglichkeit bestand, dass sie nie wieder in ihrem Leben Sex haben würde, ließ Panik in ihr aufsteigen. Allerdings hatte es seit Marcs Tod keinen Mann gegeben, mit dem sie Sex hätte haben wollen. Entsetzt stellte sie fest, dass sich das möglicherweise geändert hatte.

Sie spürte, wie ihre Wangen heiß wurden und legte eine Hand darauf. Das sollte sie nicht denken! Die Situation war schon kompliziert. Sie konnte sich jetzt mit keinem Mann einlassen. Und dann auch noch mit dem, der sie entführt hatte.

Behutsam, um Florie nicht zu wecken, drehte sie sich auf die Seite und klemmte die Decke zwischen die Knie.

Ihre Gedanken wanderten zu dem Gespräch mit Giselle und wieder einmal stockte ihr der Atem und die Angst drohte sie zu überfallen. Bisher hatte sie sich nie zu viele Gedanken über die Zukunft gemacht, sondern immer nur Tag für Tag gelebt. Aber das Wissen, dass sie noch sechzig Jahre leben würde, machte diese Gedanken auf einmal notwendig.

Giselle hatte gesagt, dass sie zufrieden gewesen war und anscheinend ein Leben voller Liebe geführt hatte. In Liebe zu einem Mann. Damit konnte sie ja wohl kaum Marc gemeint haben.

Sie dachte an Giselles Worte, dass diese unglücklich verliebt gewesen war, bevor sie in die Zeit gefallen war, und dass sie gedacht hatte, diesen Mann im 21. Jahrhundert zu lieben, aber dass sie die wahre Liebe erst durch Gawayns Vater kennengelernt hatte.

Ihr Geist weigerte sich anzunehmen, dass es bei ihr und Marc auch so war und sie ihn gar nicht wirklich geliebt hatte. Ihre Liebe war echt gewesen und auch Marc hatte sie geliebt. Ja, sie hatten ihre Problemchen hier und da gehabt, aber welches Paar hatte die nicht? Selbst Maira und Duncan, die eine so starke Liebe verband, waren jetzt an diesen Scheideweg gekommen, wo ihre Liebe auf die Probe gestellt wurde.

Leana richtete den Blick an die Holzbalkendecke des Zimmers und atmete tief durch. In ihrer Selbsthilfegruppe und auch in der Therapie war sie schon mehrmals gefragt worden, was sie ihrem jüngeren Ich raten würde, wenn sie mit ihm sprechen könnte. Es waren immer Worte der Ermunterung gewesen, die Erinnerung daran, dass sie mehr Kraft hatte, als sie dachte. Und die Ermahnung, die wenige Zeit, die sie mit Marc hatte, voll auszuschöpfen.

Und dann hatte ihr Therapeut auch einmal eine Übung mit ihr gemacht, bei der sie sich vorstellen sollte, ihr zukünftiges Ich würde in dieser Situation der Trauer mit ihr sprechen. Er hatte ihr erklärt, dass sie sich diese Worte, die ihr zukünftiges Ich zu ihr sprach, wie eine warme Decke vorstellen sollte, die sie schützend einhüllte, wann immer sie sich allein fühlte.

Leana zog eine Grimasse. Was ihr Therapeut wohl sagen würde, wenn er wüsste, was ihr jetzt geschehen war? Jetzt hatte ihr zukünftiges Ich tatsächlich zu ihr gesprochen und es waren nicht nur Worte der Ermunterung, dass sie es schon schaffen würde, sondern gleich der Ausblick auf ein wunderbares Leben, das anscheinend anders verlaufen würde, als sie es sich in den Jahren seit Marcs Tod vorgestellt hatte.

Sie legte ihre freie Hand auf die Brust und fühlte ihren kräftigen Herzschlag. Dieses Herz würde mindestens noch sechzig Jahre schlagen. Und auf einmal war sie dankbar dafür. Was für ein Geschenk.

Was war denn, wenn sie auf sich selbst hörte und anfing, sich für ein neues Leben zu öffnen? Womöglich ein Leben im 16. Jahrhundert?

Alles in ihr zog sich zusammen. Sie war sich nicht sicher, ob sie schon bereit dafür war. Dafür ging alles zu schnell.

Und vielleicht sollte sie in dem fragilen Zustand, in dem sie sich gerade befand, nicht über solche entscheidenden Dinge nachdenken. Auch das war etwas, was sie in der Therapie gelernt hatte. Große Entscheidungen traf man nicht in Zeiten der Trauer und Unruhe.

Abwesend fragte sie sich, wann sie aufstehen sollte. Wann begann hier im Haus das Leben? Und was sollte sie heute tun? Hier sitzen und darauf warten, dass sie eine Idee hatte, wie sie den Clan retten könnte? Oder sollte sie möglicherweise versuchen zu fliehen?

Sie drehte diesen Gedanken im Kopf hin und her und merkte, dass sie überhaupt kein Bedürfnis hatte, dies zu tun.

Wenn sie ganz ehrlich mit sich war, dann fühlte sie sich geehrt, dass anscheinend sie die Auserwählte sein sollte, die diesen Clan rettete. Dass sie jemand sein sollte, der so vielen Menschen helfen konnte. War es nicht das, was sie sich früher immer gewünscht hatte? Sie wollte Menschen helfen. Gern hätte sie früher einen sozialen Beruf gewählt, aber das hätte sie zu sehr erschöpft. Sie nahm viel zu viele Gefühle von anderen Menschen auf und wurde diese dann nicht mehr los. Deswegen hatte sie Landschaftsarchitektur studiert. Sie liebte schöne Gärten und Parks, die hatten ihr immer Ruhe vermittelt. Sie hatte nie als Landschaftsarchitektin gearbeitet, sondern war Marc hinterher gezogen und hatte sich mit kleineren Bürojobs durchgeschlagen, die ihr viel Zeit für ihre Beziehung gelassen hatten. Aber sie hatte die Arbeit in der Natur und die Schönheit der Gärten vermisst und sich manches Mal geärgert, dass sie diesen Weg nicht weiter verfolgt hatte.

Sie seufzte. Hier in dieser Zeit konnte sie mit ihrem Studium schon gar nichts anfangen. Die Menschen hier sorgten sich nicht um schöne Gärten, sondern um ihre Felder. Und die mussten nicht schön sein, sondern eine gute Ernte ermöglichen, die sie sättigte und gut über den Winter brachte.

Aber wenn es hier in den vergangenen Jahren nur Missernten gegeben hatte, dann war selbst das mit dem Überleben schon schwierig. Gawayn hatte von den Missernten erzählt und es schien schwer auf ihm zu lasten. Aber gegen das Wetter konnte eben niemand etwas tun. Und sonst war es sicherlich schwierig, hier an gesunde und gehaltvolle Lebensmittel zu kommen. Leana dachte an das Mädchen Ila und ihre eingefallenen Wangen. Sie hatte bestimmt Nährstoffmangel.

Auf einmal schoss ein Gedanke in Leanas Kopf, so blitzartig, dass sie sich abrupt aufsetzte und keuchte. Natürlich konnte sie den Menschen hier helfen!

Der Großteil ihres Studiums war hier irrelevant, aber sie hatte auch einiges über Pflanzen, Böden und Nährstoffe gelernt. Sie hatte Botanikkurse belegen müssen und gerade die über Nutzpflanzen hatten sie immer sehr interessiert, da sie auch Orangerien über alles liebte und dort vor allem die exotischen Früchte, die man auf diese Weise im kalten England anbauen konnte. Oder die Kräutergärten, die nicht nur jeden Park optisch aufwerteten, sondern auch genutzt werden konnten.

Natürlich brauchten die Menschen hier keine Orangerie und Kräutergärten hatten die Frauen sicherlich. Aber etwas, das die Menschen nicht hatten, war Dünger. Denn der war erst Anfang des 20. Jahrhunderts erfunden worden. Zumindest in der Form, in der er in der Landwirtschaft eingesetzt wurde. Pferdemist oder andere Exkremente gingen zwar auch immer und sicherlich benutzten die Menschen hier das auch schon. Aber was konnte normaler Dünger aus ihrer Zeit auf kargen Böden wie diesen möglicherweise helfen? Sehr viel.

Dasselbe galt für Saatgut. Hier nahmen die Menschen immer nur das, was sie aus dem Vorjahr noch übrig und für eine neue Aussaat vom Essen abgezweigt hatten. Aber es war nicht hochgezüchtet und an die Witterungsbedingungen angepasst.

Sie konnte beides theoretisch besorgen. Was könnte ein bisschen Dünger und modernes Saatgut für einen Unterschied machen? Vermutlich einen großen, denn schon wenn die Ernte ein bisschen größer ausfiel, würde es den Menschen helfen.

Sie war so aufgeregt, dass es sie kaum im Bett hielt. Das musste es sein! So würde sie dem Clan helfen. Diese Aufgabe würde sie gern übernehmen. Manchmal war das Leben so viel einfacher als gedacht.

Vorsichtig erhob sie sich. Sie deckte die Kinder noch einmal zu und strich Florie sanft eine Haarsträhne aus dem Gesicht. Das Mädchen rührte sich nicht, die beiden mussten immer noch vollkommen erschöpft sein. Umso besser, dass sie sich jetzt ausschlafen und hier zur Ruhe kommen konnten.

Während sie zur Tür schlich, strich sie ihr Wollkleid glatt. Da sie bei der Entführung natürlich keine Kleider mitgenommen hatte, trug sie immer noch das Kleid, das sie bei der Befreiung der Viehdiebe angehabt hatte. Mittlerweile schien das eine Ewigkeit zurückzuliegen. Dabei waren es erst ein paar Tage. Was seitdem alles geschehen war!

Im Flur war es fast dunkel. Nur aus der Küche fiel ein wenig fahles Licht in den Gang. Vorsichtig tastete Leana sich voran. In der Küche war noch niemand und es war kühl. Im Kamin war die abgedeckte Glut.

Leana ging zur Hintertür und öffnete diese. Feuchte, frische Luft waberte herein. Es regnete in Strömen, sie hatten gestern Abend mit der Hochzeit Glück gehabt.

Eine Weile stand Leana mit verschränkten Armen in der offenen Tür und schaute in das Grün des Tals. Von hier aus konnte sie vor allem Weiden, aber auch ein Feld sehen. Von gestern wusste sie noch, dass es viele Felder rund um das Dorf gab. Aber sie hatte denen natürlich keine Beachtung geschenkt, denn sie hatte nicht gewusst, dass sie der Schlüssel zur Prophezeiung werden könnten. Sie beschloss, sich die Felder heute genauer anzuschauen. Und dann würde sie einen Plan entwickeln, wie sie alles Nötige hierherbringen konnte.

Am liebsten wäre sie jetzt gleich losgegangen, aber bei dem Regen ging das nicht. Sie hatte nicht einmal einen Umhang, und wenn ihr einziges Kleid durchnässt wurde, war das nicht gut. Außerdem wollte sie nicht weg sein, wenn die Kinder erwachten.

Sie wandte sich wieder zur Küche um und stellte sich vor den Kamin. In den Küchen in dieser Zeit brannte tagsüber eigentlich immer ein Feuer. Über Nacht wurde die Glut dann meistens mit Asche bedeckt, um sie am nächsten Morgen erneut zu entfachen.

Leana beäugte den Aschehaufen. Drei Torfstücke waren in einem Dreieck angeordnet. Da sie in Eriness zur Familie gehörte, musste sie in Sachen Hausarbeit eigentlich gar nichts tun. Aber sie hatte schon oft dabei zugesehen, wie die Bediensteten das Feuer in ihrem Zimmer geschürt hatten. So schwer konnte es doch nicht sein.

Sie entdeckte einen Schürhaken und neben dem Herd stand ein Korb mit getrockneten Torfstücken, die hier statt Holz als Brennmaterial benutzt wurden. Sie nahm ein Stück in eine Hand, den Schürhaken in die andere. Vorsichtig begann sie in der Asche zu stochern, so wie sie es die Magd auf Eriness oft hatte tun sehen.

Als die Glut aufleuchtete, legte Leana das Torfstück darauf. Doch es passierte gar nichts. Ein Funke glomm noch einmal auf, dann war er verschwunden. Aber keine Flamme leckte am Torf, so wie es normalerweise immer der Fall war.

Leana drehte sich um und sah kleinere Rindenstücke in einem zweiten Korb. Stimmt, das hatte sie vergessen. Das war das Zunderholz. Sie griff sich eine Handvoll, kniete sich vors Feuer, stocherte noch einmal mit dem Schürhaken darin herum und warf dann die kleinen Holzstücke darauf. Wieder nichts.

Ein Windstoß kam durch die offene Tür herein und kurz glomm eines der Rindenstücke auf. Doch dann verlosch der Funke wieder.

Verdammt, wenn sie so weiter machte, dann würde sie die Glut zerstören.

Das war in ihrem Zimmer zweimal passiert, als eine neue, junge Magd da gewesen und so fasziniert von Leana gewesen war, dass sie sie immer nur angestarrt hatte und so die Glut hatte ausgehen lassen.

In einer erstaunlich großen Aktion war neue Glut aus einem anderen Kamin geholt worden, aber die ältere Magd hatte dabei gebetet und das Holz und das Feuer mehrmals gesegnet, damit es ein neues Zuhause in dem Kamin fand.

Leana presste die Lippen aufeinander und hoffte sehr, dass sie nicht gleich neue Glut beim Nachbarn holen musste. Vermutlich brachte es Unglück, wenn sie das Feuer ausgehen ließ. Und Unglück wollte sie Giselle nun wirklich nicht bringen.

Sie blies auf die Glut, aber war zu weit weg. Also kniete sie sich auf den Boden, lehnte sich so weit nach vorn wie möglich und blies dann wieder. Jedes Mal leuchtete die Glut auf, doch sobald Leana nicht mehr pustete, zog sich das Leuchten wieder in die Asche zurück.

Wenn sie doch nur etwas Papier hätte. Dann wäre alles viel einfacher.

»Ich sehe, du spielst mit dem Feuer.«

Leana fuhr herum und stieß sich beinahe den Kopf an der Wand des Kamins. Gawayn stand mit verschränkten Armen in der Tür und betrachtete sie interessiert. Er war komplett durchnässt und seine Haare klebten ihm an der Stirn.

Leana setzte sich zurück auf die Hacken. »Warum bist du so nass?«

Ein Schauder durchfuhr sie, als sie ihn anschaute. Sie dachte an all das, worüber sie heute Morgen nachgedacht hatte. Konnte ihre kurze Ehe mit Marc sie tatsächlich bis ans Ende ihres anscheinend sehr langen Lebens glücklich machen? Vor allem, wenn es in dieser Welt Männer aus Fleisch und Blut gab. Männer wie Gawayn.

Er schüttelte den Regen aus seinem Plaid und trat ein. Das Hemd darunter war erstaunlich trocken geblieben, aber aus dem Plaid liefen kleine Rinnsale auf den Boden.

»Ich habe jemanden besucht«, sagte er schlicht.

»So früh schon?«, entfuhr es Leana. Sie hatte keine Ahnung, wie spät es genau war, denn wegen der Regenwolke konnte man die Sonne nicht sehen. Aber das Licht war noch das milchig-graue Zwielicht des frühen Morgens.

Er nickte, antwortete aber nicht. Und dann erkannte Leana, warum. Bestimmt war er nicht erst heute Morgen zu der Person gegangen, sondern vergangene Nacht schon und er kehrte gerade erst zurück.

Ihre Wangen waren auf einmal heiß und sie starrte in den Kamin. Warum störte es sie nur so, dass er womöglich heute

Nacht bei einer Frau gewesen war? Es ging sie überhaupt nichts an. Außerdem hatte sie ihm gesagt, dass sie verheiratet war. Und zwar, damit er Abstand wahrte. Da war es doch vollkommen in Ordnung, wenn er zu seiner Geliebten ging.

Wieder versuchte sie, das Feuer zu entfachen, aber es schien tatsächlich mit ihr zu spielen. Die Glut glomm auf, wurde richtig hell und dann zog sie sich wieder zurück. Nicht das kleinste Flämmchen war zu sehen.

»Soll ich dir helfen?«, fragte Gawayn und kniete sich neben sie. So dicht, dass ihre Schultern sich fast berührten. Leana erschauderte und weil sie nicht wollte, dass er das sah, rieb sie sich demonstrativ über die Arme.

»Ja, gern. Es ist so kalt hier.« Sie kam sich lächerlich vor, denn eigentlich war es ganz angenehm.

Er runzelte die Stirn, hob die Schultern und nahm ihr den Schürhaken aus der Hand. Er stocherte ein wenig in der Glut herum, schob alles zu einem kleinen Haufen, nahm noch ein wenig Zunder und hielt ihn direkt über den Ascheberg.

»Der Zunder muss erst richtig heiß werden, sodass der Funken fast von selbst überspringt«, erklärte er ihr. Seine Stimme klang sanft und konzentriert und wieder lief Leana ein kleiner Schauder über den Rücken. »Außerdem musst du zu Gott oder zur heiligen Brigid beten. Sie beschützt unser Haus und das Feuer.«

Erstaunt schaute Leana ihn von der Seite an und fragte sich, ob er sich einen Spaß mit ihr erlaubte. Aber er meinte es anscheinend vollkommen ernst, denn er murmelte leise vor sich hin, während er geduldig auf die Flamme wartete.

Auf einmal knisterte es und ein Teil des Zunderstücks stand in hellen Flammen. Schnell stapelte Gawayn die drei Torfstücke auf und platzierte das brennende Zunderstück in der Mitte. Es knackte und Rauch stieg auf. Gawayn fügte noch etwas Zunder hinzu und im nächsten Moment begann das erste Torfstück zu brennen.

Leana starrte auf das Feuer. »Das sah so einfach aus.«

Gawayn lächelte und klopfte sich die Hände ab. »Wenn

man betet, ist es das auch. Brigid und damit Gott hören einen eigentlich immer.«

Leana schaute ihn an. »Bringst du mir das Gebet bei? Wer weiß, wie oft ich in Zukunft noch Feuer machen muss.«

Zu ihrer Überraschung stieg ein Bild vor ihrem inneren Auge auf, wie sie ein Feuer anzündete und dabei ein Gebet aufsagte, Friede und Zufriedenheit in ihrem Herzen. Erstaunt blinzelte sie, dann war das Bild wieder fort.

Sie seufzte. »Ich habe leider überhaupt keine Erfahrung mit solchen Dingen wie Feuermachen. Bei uns ...« Zu spät merkte sie, dass sie zu viel gesagt hatte, und brach ab.

Gawayn musterte sie aufmerksam, so als hoffte er, dass sie noch mehr sagte, aber Leana presste die Lippen aufeinander. Gab es in dieser Zeit überhaupt eine Frau, die nicht gelernt hatte, Feuer zu machen? Vermutlich die Töchter von Herzögen oder Königen, aber selbst Anabell, die Frau von Duncans Vater, konnte mit Leichtigkeit ein Feuer machen, dabei war sie die Frau des amtierenden Chiefs.

Und vermutlich war es auch dumm, dass sie das Gebet nicht kannte.

Gawayn räusperte sich und sagte:
»Ich werde heute morgen mein Feuer entfachen
In Gegenwart der heiligen Engel des Himmels,
in Anwesenheit von Ariel in der schönsten Form,
in Anwesenheit von Uriel mit seinen zahllosen Reizen,
ohne Arglist, ohne Eifersucht, ohne Neid,
ohne Furcht, ohne Schrecken vor irgendjemandem unter der Sonne,
sondern nur der heilige Sohn Gottes, der mich beschützt.
Gott, entzünde Du in meinem Herzen
eine Flamme der Liebe zu meinem Nächsten,
zu meinem Feind, meinem Freund, meinen Verwandten,
dem Tapferen, dem Schurken, dem Sklaven
O Sohn der lieblichsten Maria,
von dem Niedrigsten, was lebt,
zu dem Namen, der der Höchste von allen ist.«

Leana starrte eine Weile ins Feuer. »Das ist wunderschön«, sagte sie schließlich leise.

Gawayn nickte nur, erwiderte aber nichts. Er schaute nicht ins Feuer, sondern sie an.

Auf einmal wurde Leana sein Blick unangenehm. Sie erhob sich, strich sich den Rock wieder glatt und verschränkte unschlüssig die Arme. »Ich konnte nicht mehr schlafen und wollte mich nützlich machen. Kann ich etwas zu essen vorbereiten?«

Gawayn schüttelte den Kopf. »Ich mache das schon.«

Er ging zu einer Kammer und kam kurze Zeit später mit einer Schüssel voller Mehl wieder heraus. Der typische Haferbrei würde das werden, erkannte Leana. Das, was sie später als Porridge kennen würden. Als er die Tür hinter sich schloss, sah sie Besorgnis auf seinem Gesicht. Der Ausdruck war schnell wieder verschwunden, aber er war da gewesen, so viel war sicher.

»Ist etwas geschehen?«

Gawayn zögerte und nahm einen kleinen Kessel von einem Haken. »Es ist nicht mehr viel Mehl da. Ich dachte, meine Mutter hätte noch viel mehr. Aber vermutlich hat sie den anderen Familien etwas abgegeben.«

»Ich brauche nichts zum Frühstück, wenn nicht genug da ist«, sagte Leana schnell.

»Unsinn. Du bist unser Gast und bekommst genug zu essen. Es wird schon reichen.«

Unwillkürlich musste Leana lächeln. Gawayn hielt in der Bewegung inne, als er gerade nach einem Wasserschlauch greifen wollte. »Was ist?«

»Ich bin also euer Gast?«

Er öffnete den Mund und schloss ihn wieder. Für einen Moment wandte er den Blick ab, dann schaute er sie besorgt an. »Ich wünsche mir sehr, dass du dich wie unser Gast fühlst. Aber wenn nicht ...« Er atmete tief durch. »Soll ich dich wieder nach Eriness bringen? Ich möchte nicht, dass du über eine Flucht nachdenkst. So eine Reise kann allein sehr gefährlich sein.« Er lächelte. »Außerdem muss ich das Pferd noch zurückbringen. So langsam wird der junge Lewis es sicher vermissen.«

Wie schon häufiger erstaunte es sie, dass er genau das aussprach, was sie gerade oder kurz vorher gedacht hatte. Schnell schüttelte sie den Kopf. »So gern ich auch wieder zurück zu meiner Familie möchte, so gedenke ich doch nicht zu fliehen.«

Er runzelte die Stirn und zog den Wasserschlauch zu sich heran. »Dann möchtest du also, dass ich dich wieder zurückbringe?«

Dieses Mal konnte Leana ein Lächeln nicht unterdrücken. »Ja und nein.«

Wieder hielt er in der Bewegung inne. »Du sprichst in Rätseln.«

»Ich habe eine Idee, wie ich deinem Clan helfen könnte. Aber dafür muss ich vermutlich für einige Zeit nach Eriness zurück.«

Er schwieg so lange, dass Leana schon fürchtete, dass sie etwas Falsches gesagt hatte. Schließlich hob er den Blick. »Alles, was du möchtest.«

Diese Antwort überraschte sie.

»Sagst du mir, worum es geht?« Fragend schaute er sie an, dann gab er Wasser zu dem Hafermehl in den Kessel.

Leana zögerte. Noch immer wusste sie nicht, ob er darüber informiert war, woher seine Mutter kam. Vielleicht wäre es am besten, wenn sie erst mit Giselle über ihre Pläne sprach. »Später. Ich muss zuerst mit deiner Mutter sprechen.«

Er nickte und rührte die Masse im Kessel um. Dann hängte er ihn über das Feuer, das mittlerweile munter brannte.

»Aber ich würde mich sehr freuen, wenn ich mich heute im Tal ein wenig umschauen könnte. Darf ich das?«

»Natürlich. Darf ich dich begleiten?«

Überrascht nickte Leana. »Gern. Ich habe sicherlich einige Fragen, die du mir beantworten kannst.«

Interessiert schaute er sie an und schien gerade etwas

fragen zu wollen, als hinten im Gang Schritte zu hören waren. Es war das Geräusch von Stiefeln und Gawayn runzelte die Stirn.

Im nächsten Moment erschien Rupert in der Tür. Er trug Giselle auf dem Arm. Diese lächelte. »Guten Morgen. Mir war doch so, als ob ich Stimmen gehört hätte. Wie wunderbar, euch heute Morgen hier zu sehen. Was für ein guter Tag.«

»Guten Morgen«, sagte auch Rupert und nickte ihnen betreten zu.

»Du kannst mich absetzen, mein Lieber«, sagte Giselle. »Bis zum Stuhl schaffe ich es.«

Vorsichtig stellte Rupert sie auf die Füße und wollte sie gerade zum Küchentisch führen, als Gawayn vortrat und den Arm seiner Mutter ergriff.

»Ich mache das«, erklärte er abweisend.

Giselle schnalzte ungeduldig mit der Zunge, ergriff aber den Arm ihres Sohnes.

Rupert verneigte sich leicht und trat einen Schritt zurück. »Ich werde nach meinen Tieren sehen.«

Rupert war schon fast zur Tür hinaus, als Gawayn hinzufügte: »Da ich jetzt wieder da bin, braucht meine Mutter deine Hilfe nicht mehr. Es war sehr freundlich, dass du dich um sie gekümmert hast, aber ich habe vor, zu bleiben.«

Die beiden Männer maßen sich mit Blicken und Rupert schien zu zögern, dann sagte er: »Ich denke, das muss deine Mutter entscheiden, Gawayn.«

Leana bewunderte ihn für diese kluge Antwort.

Giselle lächelte Rupert zu. »Wir sehen uns heute Abend, mein Lieber.«

Erleichterung huschte über Ruperts Gesicht, dicht gefolgt von Besorgnis, als sein Blick wieder auf Gawayn fiel. Der schien etwas sagen zu wollen, aber Giselle legte ihre Hand auf seine.

»Wir sprechen später darüber.«

»Aber ...«

»Ich sagte, wir sprechen später.« Sie winkte Rupert noch einmal zu, der eilig das Haus verließ.

Gawayn sah überhaupt nicht glücklich aus, aber Giselle hob den Blick und zwinkerte Leana zu. Das kannte sie nur zu gut von ihren Freundinnen und Cousinen. *Männer* hieß das. Am besten noch in Kombination mit verdrehten Augen.

Leana konnte nicht anders, als zurückzulächeln. Zumindest, bis Gawayn den Blick hob und sie finster anschaute.

»Hat er etwa hier übernachtet?«

»Natürlich.« Giselle erreichte den Stuhl und ließ sich darauf sinken.

»Natürlich? Wie kommt es, dass er immer an deiner Seite ist und hier sogar übernachtet?«

Giselle hob die Augenbrauen. »Du bist doch sonst nicht auf den Kopf gefallen, Gawayn. Was glaubst du denn, was es bedeutet?«

Entsetzen stand auf Gawayns Gesicht. »Teilst du etwa das Bett mit ihm?«

»Möchtest du wirklich, dass ich diese Frage beantworte? Ich tue es gern, aber ich glaube, die Antwort möchtest du nicht hören.«

Leana zog sich ein Stück in Richtung Tür zurück, um den beiden etwas Raum zu geben.

Giselle wirkte erhaben und amüsiert. Gawayn hingegen, als ob sich gerade seine Weltsicht verschoben hätte.

Er verschränkte die Arme. »Du hast recht, das will ich tatsächlich nicht hören. Aber wie kannst du nur?«

Giselle legte den Kopf schief. »Ich bin mir nicht sicher, ob ich verstehe, was du meinst. Du möchtest wissen, wie ich es in meinem Zustand schaffe, mir einen Liebhaber zu nehmen?«

Gawayn wurde erst blass, dann rot, und wandte sich zum Feuer um. Dabei fiel sein Blick auf Leana.

»Ich werde mal schauen, ob die Kinder noch schlafen«, sagte sie eilig, so als wäre sie beim Lauschen ertappt worden. Sie wollte sich gerade an ihm vorbeidrängen, als Giselle den Kopf schüttelte.

»Bleib ruhig, Liebes. Es stört mich nicht, wenn du es mit anhörst. Es ist nichts Verwerfliches an meiner Entscheidung und ich schäme mich nicht für meine Wahl. Rupert ist ein guter Mann.«

»Aber du bist meine Mutter«, sagte Gawayn. »Du kannst doch nicht einfach ...« Er brachte den Satz nicht zu Ende und schaute Leana beinahe verzweifelt an. Doch sie würde sich ganz sicher nicht in diese Diskussion einmischen.

»Auch wenn ich alt und gebrechlich bin, habe ich trotzdem Bedürfnisse. Und da du ein erwachsener Mann bist, weißt du ganz sicher, welche Bedürfnisse eine Frau so hat.«

Gawayn hob die Hand. »Sprich um Gottes willen nicht weiter.«

Giselle seufzte. »Gawayn. Neben den Bedürfnissen, an die du gerade denkst, habe ich auch den Wunsch, nicht ständig allein zu sein. Das war ich bereits seit fast zwanzig Jahren. Rupert ist ein guter Mann und ich genieße seine Gesellschaft. Wir lachen viel gemeinsam.«

Gawayn sah aus, als ob er sich gleich übergeben müsste. Mit groben Bewegungen rührte er den Haferbrei im Kessel um.

Leana hingegen konnte nicht anders, als Giselle zu bewundern. Sie hatte durchaus recht, sie mochte alt sein und ihre Gesundheit nicht die beste, aber sie war immer noch eine Frau. Und eine attraktive dazu.

Giselle beobachtete ihren Sohn mit einem stillen Lächeln.

Schließlich drehte Gawayn sich zu ihr um und verschränkte die Arme. »Aber was ist mit Vater? Du hast mir einmal gesagt, dass du ihn bis in den Tod lieben würdest.«

Ein Schatten huschte über Giselles Gesicht. »Wie du weißt, ist dein Vater tot. Egal, wie sehr ich ihn liebe und vermisse, so ist er doch nicht hier. Rupert ist nicht Kenneth und er wird ihn auch niemals ersetzen. Aber das weiß er auch. Genauso wenig werde ich seine Frau ersetzen, die er übrigens vergöttert hat. Wir sorgen nur gegenseitig dafür, dass der Rest unseres Lebens nicht allzu einsam ist.«

Gawayn presste die Lippen zusammen, als seine Mutter die Hand nach ihm ausstreckte.

»Dein Vater wird immer einen besonderen Platz in meinem Herzen haben. Und das nicht nur, weil er mir dich geschenkt hat. Sondern weil er der Grund war, warum ich überhaupt richtig gelebt habe. Er war das größte Geschenk, das Gott mir jemals gemacht hat, und ich bin dankbar für jeden Moment, den ich mit ihm hatte.«

Leanas Herz schlug auf einmal schneller und ihr Hals verengte sich. Giselles Stimme hatte sich verändert und es schwang so viel Liebe, Sehnsucht und Trauer mit.

Auch Gawayn musste es gespürt haben, denn er griff nach ihrer Hand und drückte sie. Auch auf seinem Gesicht standen viele Gefühle.

Zu Leanas Erstaunen hob er den Blick und schaute sie einen langen Moment an. Sie konnte den Ausdruck in seinen Augen nicht deuten, aber ihr Bauch begann zu kribbeln. Doch dann wandte er sich wieder Giselle zu und der Bann war gebrochen.

»Ich werde versuchen, mich an den Gedanken zu gewöhnen, dass Rupert jetzt in deinem Leben eine Rolle spielt.«

Giselle hob die Schultern. »Natürlich wirst du dich daran gewöhnen. Schließlich ist es nicht deine Entscheidung, mit wem ich Tisch und Bett teile.«

Gawayn wirkte schon wieder entsetzt, als seine Mutter das Wort Bett erwähnte, und Leana wandte sich ab, um ihr Lächeln zu verstecken.

Giselle klopfte auf seine Hand. »Und über eine Sache brauchst du dir wirklich keine Gedanken zu machen, wenn es das ist, was dich umtreibt.«

»Die da wäre?«

Giselle lächelte verschmitzt. »Du wirst nicht noch ein Geschwisterchen bekommen. Du wirst immer mein einziger Sohn bleiben.«

»Mutter!« Gawayn entzog ihr seine Hand und wandte sich

wieder zum Kessel um. »Falls es dir noch nicht aufgefallen ist, wir haben einen Gast.«

Giselle lachte leise. »Leana ist auch eine Frau. Sie weiß über solche Dinge Bescheid.«

»Aber man sagt es trotzdem nicht. Es ist nicht höflich.«

»Was glaubst du wohl, worüber Frauen sich den ganzen Tag unterhalten? Wenn dir jetzt schon die Ohren vor lauter Scham glühen, kann ich dir nur raten, uns niemals zu belauschen.«

Gawayn warf Leana einen kurzen Blick zu, so als wollte er sie fragen, ob seine Mutter die Wahrheit sprach. Sie hob die Augenbrauen und nickte. »Ich fürchte, sie hat recht.«

Gawayn zog eine Grimasse, aber sie sah die Belustigung in seinen Augen. Er schüttelte den Kopf und deutete mit dem Kochlöffel auf seine Mutter. »Und ich hatte schon gedacht, dass du heute Morgen bereits von den letzten Whiskyvorräten etwas genommen hast.« Die Wärme in seinem Lächeln zeigte, wie nah Mutter und Sohn sich waren und dass ihre Beziehung solche Scherze vertrug. »Deswegen ist nur noch so wenig da.«

Doch Giselle lächelte auf einmal nicht mehr und sie wirkte besorgt. Anspannung machte sich in Leana breit.

Auch Gawayn musterte seine Mutter. »Ist alles in Ordnung? Was ist passiert?«

Giselle räusperte sich. »Es gibt da etwas, das ich dir erzählen muss. Es geht um die Vorräte.«

Gawayns Miene versteinerte. »Es war Murdoch, nicht wahr? Hat er sich jetzt auch noch an mageren Vorräten vergriffen?«

Es war, als wäre die Temperatur in der Küche innerhalb weniger Sekunden um ein paar Grad gefallen. Leana schlang die Arme um den Oberkörper.

Giselle nickte. »Während du fort warst, hat er angeordnet, dass wir alle einen Teil unserer Vorräte in der Burg abliefern. Er plant ein Festessen, wenn die Macdonalds und ein paar andere Chiefs ihn nach dem Pfingstfest besuchen kommen.«

Gawayn setzte sich mit ausdrucksloser Miene an den Tisch.

Zu gern hätte Leana ihm beruhigend eine Hand auf die Schulter gelegt, aber sie traute sich nicht.

Seine Mutter seufzte. »Ich hatte gedacht, dass dir gestern Abend schon jemand davon erzählt hätte.«

Kühl antwortete Gawayn: »Vermutlich haben sie sich nicht getraut.«

»Du darfst ihnen keinen Vorwurf machen. Murdochs Strafen sind hart, wenn er nicht bekommt, was er will.«

»Ich weiß.«

In diesen zwei Worten steckte so viel Bitterkeit, dass Leanas Herz schwer wurde. Sie dachte an das, was Gawayn ihr gestern über seinen Vater und diesen Murdoch erzählt hatte und trauerte mit dem zehnjährigen Gawayn um seine Kindheit, die dieser Mann ihm genommen hatte.

»Und jeder weiß, was für ein Hitzkopf du sein kannst, wenn es um Murdoch geht. Ich glaube, manchmal fürchten die anderen, dass du wie ein Pulverfass in die Luft gehst. Keiner möchte danebenstehen, wenn das passiert.«

Interessiert schaute Leana von Mutter zu Sohn. Als Hitzkopf hatte sie Gawayn bisher nicht empfunden, aber vermutlich schwangen bei seiner Geschichte viele Gefühle mit. Kein Wunder nach dem, was Murdoch ihm angetan hatte.

Gawayn hob die Schultern. »Irgendjemand muss ihm etwas entgegensetzen.«

Wieder schob sich das Bild von Gawayn am Boden mit der Schwertspitze am Hals vor Leanas inneres Auge. Mittlerweile glaubte sie, dass es Murdochs Schwert sein würde. Es würde auf eine Konfrontation zwischen den beiden Männern hinauslaufen. Ein Schauder lief ihr über den Rücken.

»Murdoch hat sich also wieder einmal an den Vorräten von unseren Leuten vergriffen, und das nach diesem harten Winter«, stellte Gawayn bitter fest. »Hast du ihm auch etwas gegeben?«

Seine Mutter schüttelte den Kopf. »Er weiß es mittlerweile besser, als es mir zu befehlen. Aber ich habe den anderen

Familien etwas abgegeben. Vor allem für die Hochzeit gestern.«

Bevor Gawayn etwas sagen konnte, legte seine Mutter ihm eine Hand auf den Arm.

»Es war gut, dass wir das Fest so groß gefeiert haben. Alle konnten sich richtig satt essen und wir haben die Gelegenheit genutzt, da Murdoch nicht da war. Es war wichtig nach dem langen Winter, das weißt du.«

Gawayn fuhr sich mit einer Hand über das Gesicht. »Ich wünschte nur, ich könnte etwas tun. Aber ich kann auch kein Essen herzaubern.«

Giselle lächelte. »Vielleicht sollten wir mal die Feen fragen.« Ihr Blick wanderte zu Leana und diese fragte sich auf einmal, ob die andere Frau schon davon wusste, wie Leana dem Clan helfen konnte. Es war der richtige Weg mit dem Dünger und dem Saatgut, da war sie sich sicher.

Gawayn seufzte und erhob sich. »So sehr ich Murdoch auch hasse, mit dem kleinen Volk werde ich nie einen Handel eingehen. Da können wir nur verlieren.«

Es dauerte einen Moment, bis Leana begriff, dass er das ernst meinte. Sie beobachtete, wie er ein kurzes Gebet murmelte und einen Stock aus Eberesche berührte, der über der Tür hing. Als Schutz vor den Geisterwesen dort draußen, die immer einen Weg in die Häuser der Menschen suchten. Das hatte Maira ihr einmal erklärt.

Er schüttelte den Kopf. »Es muss einen anderen Weg geben, um an Essen für unsere Leute zu kommen.«

Es fehlte nicht viel und Leana hätte ihm gesagt, was sie vorhatte. Aber erst musste sie mit Giselle sprechen. Und wenn das alles erledigt war, würde sie endlich nach Eriness zurückkehren.

Gawayn verschränkte die Arme und schaute seine Mutter an. »Wie schlimm ist es wirklich? Gestern Abend habe ich gehört, dass die Frauen nicht in die Berge gehen, um den Käse zu machen. Stimmt das?«

Betrübt nickte Giselle. »Wenn sie in die Berge ziehen, sind

nicht mehr genug Leute hier, um die Felder zu bestellen. Die Männer fehlen überall und die Frauen sind schon jetzt erschöpft, obwohl erst die Aussaat erledigt ist. Deswegen haben wir uns entschieden, dass wir auf die fette Milch verzichten und uns lieber auf den Hafer konzentrieren.«

Leana dachte an den guten Käse auf Eriness. Jedes Jahr im Sommer zogen die Frauen und Kinder mit dem Vieh in die Berge und ließen dies auf den Weiden dort die frischen Kräuter fressen. Dort oben lebten sie für ein paar Wochen zusammen und stellten Käse und Butter her, die sie für den Winter einlagerten. Ohne den guten Käse wäre die Kost im Winter auf Eriness sehr einseitig gewesen. Aber für Käse brauchte man fette Milch und die gewann man besser, wenn die Kühe in den Hügeln grasten. Dasselbe galt für die Butter und alle anderen Milchprodukte.

Dieser Murdoch hatte es wirklich geschafft, diese Menschen herunterzuwirtschaften.

»Und dann können wir nur beten, dass Gott uns dieses Jahr mit gutem Wetter segnet«, sagte Gawayn, doch er klang nicht sehr hoffnungsvoll.

Er holte zwei Schüsseln vom Regal und füllte Haferbrei hinein. Eine stellte er vor Giselle auf den Tisch und die andere an den leeren Platz. Er nickte Leana zu und wies auf die Schüssel.

Schnell schüttelte sie den Kopf. »Danke, ich bin nicht hungrig.« Sie konnte den Haferbrei nicht essen, wenn es anscheinend kaum noch Vorräte gab.

Gawayn stutzte und wollte etwas sagen, doch Leana kam ihm zuvor.

»Ich bestehe darauf. Ich bin noch satt von gestern Abend.« Außerdem konnte sie im 21. Jahrhundert genug essen. »Bitte heb es für die Kinder auf.«

Er schien protestieren zu wollen, doch Giselle schüttelte den Kopf. »Lass sie.« Sie wollte noch etwas sagen, als sie auf einmal zur Tür blickte und lächelte. »Guten Morgen, ihr beiden. Kommt herein.«

In der Tür standen Florie und Aleyn und schauten sie mit großen Augen an.

Auch Leana lächelte die Kinder an. »Guten Morgen. Habt ihr gut geschlafen?«

Unsicher schauten die beiden sich an, dann nickten sie. Auf einmal schienen sie wieder etwas verschüchterter zu sein.

Gawayn holte noch eine Schüssel vom Regal, füllte sie mit dem Haferbrei und stellte sie auf den Tisch.

»Ist das etwa für uns?«, fragte Aleyn.

»Natürlich ist das für euch«, sagte Giselle und streckte die Hand nach ihnen aus. »Kommt her und leistet mir Gesellschaft beim Essen. Leana und Gawayn sind schon fertig.«

Zögernd traten die Kinder an den Tisch und griffen nach den Löffeln aus Horn.

»Guten Morgen, Giselle!«, rief da plötzlich eine Frau von draußen.

Eine andere ergänzte: »Bist du schon wach, meine Liebe?«

Gawayn hob die Augenbrauen. »Wer besucht dich denn schon so früh am Morgen?«

Giselle hob die Schultern. »Alle, die sich einen guten Rat von dir erhoffen, wenn sie den gestern noch nicht bekommen haben. Ich habe gesehen, dass du schon einiges an Streit schlichten musstest. Seit Wochen haben die Menschen darauf gewartet, dass du endlich wiederkommst.«

Das hatte Leana gestern zum Teil auch beobachtet. Die Menschen hier verehrten ihn und sie kamen mit ihren Problemen zu ihm, wollten, dass er Recht sprach. So wie Duncan in Eriness. Diese Aufgabe übernahm anscheinend nicht Murdoch bei den Macvails, auch wenn er offiziell ihr Chief war. Sondern Gawayn.

»Ich hatte gehofft, dass ich noch ein bisschen Zeit habe.«

Giselle winkte ab. »Och, die hast du. Sie sind nämlich genauso neugierig auf Leana und wollen mehr über sie und die Prophezeiung erfahren. Das heißt, hier wird heute das ganze Dorf auftauchen. Liz und Agnes sind nur unerschrocken genug, den Anfang zu machen.«

Erschrocken schaute Leana zur Küchentür. Gestern war es ihr schon unangenehm gewesen, dass alle anscheinend über die Prophezeiung Bescheid wussten und irgendetwas von ihr erwarteten. Doch da es mehr um die Hochzeit gegangen war und jeder ihr als Gast ein wenig Eingewöhnungszeit hatte einräumen wollen, hatte man sie nicht zu sehr bedrängt. Sie hatte keine Ahnung, was sie ihnen sagen sollte. Erst einmal musste sie mit Giselle in Ruhe sprechen!

Giselle beobachtete sie genau. »Wenn du also nicht den ganzen Tag begafft und mehr oder weniger subtil ausgefragt werden willst, wäre es besser, wenn du nicht hier wärst ...«

Gawayn reagierte schneller als Leana, er nahm ihre Hand und zog sie in Richtung der Hintertür. Auch Florie erhob sich, so als wollte sie mitkommen, doch Giselle legte ihr eine Hand auf den Arm.

»Ich würde mich sehr freuen, wenn ihr beide mir heute Gesellschaft leistet. Ich möchte euch so viel fragen, und vielleicht könnt ihr mir auch bei der ein oder anderen Sache helfen.«

Florie setzte sich wieder und nickte. Aleyn löffelte einfach zufrieden seinen Brei weiter.

Die Haustür klapperte und im Flur waren Schritte zu hören. »Wo bist du denn?«, rief eine der beiden Besucherinnen.

»Schnell, gib ihr meinen Umhang«, rief Giselle, fing Leanas Blick auf und nickte ihr zu. »Wir reden später, Liebes. Lass dir von Gawayn erst einmal alles zeigen.«

Gawayn zog ein großes wollenes Tuch von einem Haken, öffnete die Tür und zog Leana hinaus in den Regen.

Sobald er die Tür hinter sich geschlossen hatte, legte er ihr den Umhang um die Schultern und bevor sie sich versah, griff er schon wieder nach ihrer Hand und zog sie an der Hauswand entlang. Er blickte sich aufmerksam um, dann huschten sie über den Hof. Atemlos rannte Leana ihm hinterher durch die kühle Morgenluft.

Gawayn ließ ihre Hand auch nicht los, als sie den Windschatten der Scheune erreichten und sich atemlos gegen die Mauer lehnten.

»Alles in Ordnung?«, fragte er.

Leana nickte. »Zum Glück sind wir noch rechtzeitig weggekommen.«

Er lächelte. »Ich lasse mich lieber auf Eriness in den Kerker sperren als mich von den Frauen dieses Dorfes ausfragen zu lassen.« Er drückte ihre Hand. »Ich fürchte, wir müssen den ganzen Tag wegbleiben. Vermutlich werden sie tausend Gründe finden, warum sie heute im Haus meiner Mutter bleiben müssen.«

Leana blinzelte in den trüben Regenhimmel. Das waren ja keine guten Aussichten. Vielleicht sollte sie sich doch lieber den Frauen stellen.

Gawayn lachte leise. »Keine Sorge. Es wird bald aufhören zu regnen und sicher wird es später noch sonnig. Bis der Regen aufhört, können wir im Stall bleiben. Oder ich zeige dir einen besonderen Ort, wenn du Lust hast. Auf dem Weg dorthin werden wir zwar nass werden, aber die Sonne wird dich später trocknen.«

Leana schaute ihn an. Trotz des trüben Lichts schienen seine grünen Augen zu leuchten. Er war so voller Leben, obwohl ihm und seiner Familie das Schicksal so übel mitgespielt hatte. Seine Hand, die ihre immer noch schützend hielt, war warm und gab ihr eine Ruhe, die sie schon lange nicht mehr gefühlt hatte.

»Lass uns gehen«, sagte sie.

Lächelnd schlug er die Kapuze über ihr Haar. »Dann komm.«

Sie ließ sich von ihm in den Regen hinausführen und hinterfragte nicht, ob es das war, was sie tun sollte oder nicht. Rannte hinter ihm her, wenn er rasch einen Weg kreuzte, schlich mit ihm eine Mauer entlang, als auf der anderen Seite jemand die Gänse in den Garten entließ und raffte die Röcke, als sie nach ihm über einen Bach sprang.

Gawayn wollte sie auffangen, aber das war nicht nötig, und

so war sie es, die einfach nach seiner Hand griff und ihn weiterzog.

Sie kam sich vor wie in ihrer Kindheit, als sie mit ihrer besten Freundin die Wiesen und Felder rund um ihr Heimatdorf unsicher gemacht hatte. Damals, als das Leben noch leicht gewesen war.

Und obwohl an diesem Tag vieles so unklar war, war sie in diesem Moment so unbeschwert, wie schon lange nicht mehr. Am liebsten wäre sie ewig weiter mit Gawayn gelaufen. Vielleicht sollten sie gemeinsam fliehen.

19

»Ist das Wellenrauschen?«, fragte sie irgendwann.

Gawayn nickte stolz. »Komm, ich zeige es dir.«

Er hielt ihr wieder die Hand hin, und als Leana sie ergriff, zog er sie vorwärts. Sie umrundeten einen kleinen Hügel. Es gab keine Wege mehr und sie stapften über eine mit Steinen übersäte Grasfläche. Anscheinend waren nur selten Menschen hier.

Der Regen hatte mittlerweile aufgehört und die Wolken waren nicht mehr ganz so grau. Ein leichter Wind blies ihnen entgegen und als Leana tief einatmete, schmeckte sie Salz. Vorfreude prickelte in ihr.

Gawayn trat zwischen zwei mannshohen Felsen durch. Als Leana ihm folgte, hielt sie die Luft an. Vor ihr erstreckte sich ein breiter Sandstrand, dahinter das Meer. Vorn war das Wasser von einem dunklen Türkis, weiter hinten ging es ins Grau über. Kleinere Wellen spülten auf den hellen Sand, über ihnen schrie eine Möwe und der Wind zerrte an ihren Kleidern.

In diesem Augenblick bildete sich auf der anderen Seite der Bucht ein Sonnenfleck auf dem Strand. Die Wolken rissen endlich auf.

Fasziniert beobachtete Leana, wie der Fleck sich langsam

über den gesamten Strand ausbreitete und schließlich auch sie beide erfasste. Unwillkürlich streckte sie das Gesicht der Sonne entgegen. Der Sand war nun beinahe weiß und auch das Wasser leuchtete intensiver.

Das musste der Atlantikstrand sein, schließlich waren sie in den vergangenen Tagen gen Westen geritten. Ob sie diesen Strand in ihrer Zeit schon einmal gesehen hatte? Zumindest auf einem Foto? So wunderschön, wie er war, war er bestimmt in jedem Reiseführer vermerkt und sicherlich im Sommer hoffnungslos mit Badegästen überfüllt.

Doch jetzt war außer ihnen niemand da. Es war einfach perfekt.

Sie blickte zu Gawayn und sah, dass er sie beobachtete.

»Es gefällt dir«, stellte er fest.

Leana nickte ergriffen. »Es ist wunderschön hier. Ich liebe das Meer.«

»Meine Mutter auch. Dieser Platz war immer etwas Besonderes für sie.«

Leana runzelte die Stirn. »Warum war? Kommt sie nicht mehr hierher?«

Er hob die Schultern. »Der Weg ist viel zu beschwerlich für sie. Aber sie sagt, dass sie die Erinnerung daran in ihrem Herzen trägt und dass es ihr reicht. Als ich ein Junge war und mein Vater noch lebte, hat sie mich oft mit hierher genommen.«

Leana schaute wieder auf den Strand. Sie verstand, dass Giselle sich in diesen Ort verliebt hatte. Er hatte etwas Magisches. Die Art, wie die Felsen eine schützende Bucht bildeten. Der Wind, die Wellen, die Weite des Meeres. Und vor allem die Tatsache, dass man hier vollkommen allein war und diesen phänomenalen Strand mit niemandem teilen musste. Jetzt war das Wasser zum Baden sicherlich noch zu kalt, aber im Spätsommer müsste es vermutlich gehen.

»Könntest du sie nicht noch einmal hierherbringen? Du kannst sie doch bestimmt tragen.« Fast hätte sie hinzugefügt, dass Rupert sicherlich auch dazu in der Lage wäre, doch sie wollte den neuen Partner von Giselle nicht erwähnen.

Gawayn schüttelte den Kopf und schaute aufs Meer hinaus. »Ich habe es ihr schon einmal angeboten, aber sie wollte nicht.« Ein Lächeln umspielte seine Lippen. »Sie sagte, dass mein Vater sie das erste Mal hierhergebracht hat und sie den Strand ohne ihn nicht mehr besuchen möchte.«

Ein Kloß bildete sich in Leanas Hals, als sie daran dachte, was Giselle heute Morgen über Gawayns Vater gesagt hatte und auch wie sie über ihn gesprochen hatte. Dieser Mann war ihre große Liebe gewesen, das war offensichtlich. Rupert schien sie zu mögen, aber er spielte nicht die gleiche Rolle in ihrem Leben, wie Kenneth Macvail es getan hatte.

Der Wind frischte auf und zerrte Leana die Kapuze vom Kopf. Unwillkürlich fröstelte sie und zog den Umhang enger um sich. Zwar hatte das Wolltuch sie einigermaßen vor dem Regen geschützt, aber ihr Kleid war trotzdem klamm von der feuchten Luft und die Sonne war noch nicht stark genug, um sie zu wärmen.

Natürlich hatte Gawayn gesehen, dass ihr kalt war. Er bemerkte immer, wie es ihr ging und was sie brauchte. Und wie schon manches Mal zuvor dachte sie daran, wie gut es sich anfühlte, dass jemand sich so um sie kümmerte.

Gawayn wies auf die Hügel. »Sollen wir uns auf den Rückweg machen? Hier in der Nähe ist eine der Höhlen, die ich manchmal benutzt habe. Ich könnte ein Feuer machen, es ist bestimmt noch ein wenig trockenes Holz da.«

Doch Leana schüttelte den Kopf. »Noch nicht. Ich will den Ausblick noch eine Weile genießen.« Die Weite gab ihr Raum zum Denken und Fühlen. Hier musste sie sich nicht zusammenreißen, sie konnte einfach nur sein und allem seinen Platz lassen.

Gawayn nickte. Er schien überhaupt nicht in Eile und dafür war Leana ihm dankbar.

Ein weiterer Windstoß kam und zerrte an Leanas Röcken. Sie bemühte sich, den Umhang noch enger um sich zu wickeln, aber es war nur ein leichter Sommerumhang und der ließ durchaus etwas Wind durch. Aber für diesen Anblick und diese Ruhe würde sie die kühle Luft schon aushalten.

Auf einmal trat Gawayn hinter sie, breitete sein Plaid aus und schlang es um sie beide.

Die Wolle seines Plaids war viel dichter gewebt als die ihres Umhangs und außerdem warm von seinem Körper. Es war, als hätte sie eine gefütterte Winterjacke angezogen. Vorn wärmte sie das Plaid und hinten an ihrem Rücken fühlte sie Gawayns vertraute Körperwärme. Mit einem Seufzen ließ sie sich gegen ihn sinken und er hielt sie fest.

Es war, als wäre sie in ihren eigenen kleinen Kokon eingehüllt und die Welt könnte ihr nichts anhaben. Ein Kokon, der diesen herrlichen herben Männergeruch ausströmte.

Sie erinnerte sich an Gawayns Worte, ganz zu Beginn, als sie in der Nacht auf dem Pferderücken aufgewacht war. Er hatte ihr versprochen, sich gut um sie zu kümmern. Damals hatte sie ihm nicht geglaubt. Nun fühlte sie sich in jedem Moment sicher bei ihm.

Sie wusste außerdem, dass er nie etwas tun würde, was sie nicht wollte. Außer vielleicht, sie zu entführen. Sie musste lächeln und er schien es zu spüren, denn er schlang seine Arme noch fester um sie.

Es tat so gut, von einem Mann gehalten zu werden. In den vergangenen drei Jahren hatte sie bewiesen oder besser gesagt beweisen müssen, dass sie stark genug war, auf eigenen Beinen zu stehen. Trotz ihrer Trauer hatte sie ihr Leben bewältigt. Sie hatte sich einen Therapeuten gesucht, sich um ihre Seele und ihren Körper gekümmert. Sie hatte alle Dinge geregelt, die durch Marcs Tod angefallen waren. Und vor allem hatte sie nicht aufgegeben. Sie hatte weiterhin ihre Steuern bezahlt, war arbeiten gegangen und hatte ihren Kopf immer irgendwie hochgehalten.

Ja, sie war gut darin geworden, das Leben allein zu meistern. Trotzdem sehnte sie sich manchmal danach, von starken Armen gehalten zu werden und sich nicht um alles kümmern zu müssen. Da Gawayn sie einfach entführt hatte, war ihr in den letzten Tagen gar nichts anderes übriggeblieben, als jemand anderem die Zügel in die Hand zu geben. War es schlimm, dass sie es manchmal genoss? Vielleicht war alles richtig so, wie es war. Möglicherweise sollte sie sich überhaupt nicht mehr gegen das wehren, was das Schicksal für sie bereithielt.

Sie atmete ein und sog das Versprechen nach Weite in sich auf, das der Wind vom Meer zu ihr wehte. Hier, in diesem Moment, fiel es ihr nicht schwer zu glauben, dass das Leben weiterging und dass es wieder schön werden konnte. Und auf einmal bekam sie eine Ahnung davon, dass sie möglicherweise wieder glücklich werden konnte. So wie ihr zukünftiges Ich es ihr prophezeit hatte.

Die Sonne kam hinter einer Wolke hervor und malte Kringel auf das Wasser, die sich immer wieder veränderten.

So wie sich das Leben veränderte und mal helle Lichtflecken auf den Weg warf und manchmal dunkle Schatten. Marcs Tod war einer der Schatten gewesen, doch in diesem Moment spürte Leana, dass sie bereit war, wieder ins Licht zu treten. Es war Zeit. Und sie wusste, dass er es auch so gewollt hätte.

Die Möwe, die seit einer Weile über ihnen in der Luft gestanden hatte, schrie noch einmal und segelte über die Felsen davon.

Leana schaute ihr hinterher und begriff, dass sie endlich bereit war, ihre alles beherrschende Trauer gehen zu lassen. Der Wind durfte sie davontragen. Die Zeit war gekommen, um zu leben.

Aus dem Augenwinkel nahm sie eine Bewegung wahr. Ein Rabe war auf dem Strand gelandet und schaute neugierig zu ihnen herüber.

Leana betrachtete ihn und sie merkte, dass Gawayn ihrem Blick folgte. Er senkte den Kopf und sagte: »Keine Sorge. Er ist hier, um auf uns aufzupassen.«

Sie betrachtete den schwarzen Vogel, der ihren Blick ruhig erwiderte. »Wie meinst du das?«

Der Rabe ließ sie tatsächlich nicht einen Moment aus den

Augen. Er pickte nicht im Sand, erhob sich nicht in die Lüfte, saß einfach nur da mit zerzausten Federn und betrachtete sie.

»Raben sind seit jeher meine Begleiter. Sie haben mich schon vor mancher Gefahr gewarnt. Während sie für andere Galgenvögel und Todbringer sind, waren sie mir immer treue Freunde.«

Leana blickte hinüber zu den Felsen, wo die Möwe verschwunden war. Keiner der weißen Vögel war mehr am Himmel zu sehen. Ihr Herz stolperte und sie schickte dem Tier ein stummes Lebewohl hinterher. Ja, es war Zeit für Neues.

Sie wandte sich wieder dem Raben zu, der sie mit schiefgelegtem Kopf anschaute, so als ob er ihren Gruß an die Möwe gehört hätte.

»Raben verbinden diese Welt mit der Anderswelt«, sagte sie mehr zu sich selbst als zu Gawayn. Doch er nickte.

»Ich weiß«, flüsterte er an ihrem Ohr und hielt sie fester.

Eine Ahnung begann an ihrem Herz zu kitzeln.

Sie hatte mal in einem Buch gelesen, dass Raben die Boten zwischen den Welten waren, Göttervögel, die Grenzen überschreiten konnten. Wenn sie sich recht daran erinnerte, dann hatte sie in den vergangenen Monaten viele Raben gesehen. Vor allem in Eriness, in der Nähe des Cottages und manchmal auch beim Haunted Café in Achnagary.

Ob diese Raben ihr etwas hatten sagen wollen? Ihr Geist wehrte sich dagegen, denn es war nicht logisch. Doch auf der anderen Seite reiste sie durch die Zeit, das war noch viel unglaublicher.

Der Rabe ließ seinen heiseren Ruf erklingen, stieß sich ab und ließ sich vom Wind in Richtung der Hügel davontreiben.

»Glaubst du, er wollte uns etwas sagen?«, fragte Leana.

Gawayn blickte dem schwarzen Vogel hinterher. »Ich glaube, er will mir ständig etwas sagen, aber oft verstehe ich ihn nicht.« Er zögerte kurz. »Ich bin aber sehr froh, dass ich ihn verstanden habe, als er mich zu dir geführt hat.«

Leana stockte der Atem. »Wie meinst du das?«

Sie fühlte, wie er tief Luft holte. »Er hat mich zu dir

gebracht, als es Zeit war. Ich war in meinem Leben so oft in der Nähe von Eriness. Vermutlich kenne ich die Gegend dort so gut wie das Tal von Clachaig. Ich war ungeduldig, weil ich wollte, dass sich die Prophezeiung endlich erfüllt. Mein Clan litt unter Murdoch und ich glaubte, dass es schlimmer nicht werden könnte und die Prophezeiung sich endlich erfüllen müsste. Wenn ich jetzt zurückblicke, wollte ich erzwingen, dass sie endlich wahr wurde.« Er schlang die Arme fester um sie. »Du darfst nicht glauben, dass ich nicht alles selbst versucht hätte, um die Macvails von Murdoch zu befreien. Ich habe es gehasst, abhängig davon zu sein, auf die mysteriöse Frau aus Eriness zu warten, die uns angeblich retten sollte. Viele Jahre war ich der Meinung, dass ich das gut allein schaffen könnte. Natürlich lag ich falsch.«

Leanas Herz schlug schneller und ihr war, als könnte sie Gawayn vor sich sehen, wie er als ungestümer junger Mann gegen das Unrecht kämpfte.

»Meine Mutter hat mich immer nur beobachtet und sich nie eingemischt. Heute weiß ich, dass ihr klar war, dass ich mit meinen Bemühungen nichts erreichen würde, dass es noch nicht an der Zeit war.«

Unter dem Plaid griff Leana nach seinen Händen und verschränkte ihre Finger mit seinen. »Sie wusste aber auch, dass dir nichts geschehen würde. Sonst hätte sie eingegriffen, da bin ich mir sicher.«

»Das weiß ich. Aber ich habe viele Jahre in Wut verbracht und einige Dinge getan, über die ich heute nur den Kopf schütteln kann. So ungern ich es auch zugebe, aber Murdoch war oft stärker als ich, und da er keine Skrupel kannte, gab er niemals nach und brachte Opfer, für die ich nicht bereit war.«

»Du hast deinen Clan geschützt, du konntest ihn nicht aufs Spiel setzen. Das ist es, was ein echter Anführer tut.«

Er strich mit dem Daumen über ihren Handrücken, als wolle er sich für ihre Bemerkung bedanken.

»Als ich auf diesem Weg nicht weiterkam, habe ich angefangen, in Eriness nach der Frau zu suchen, die angeblich unseren Clan retten sollte.«

Leana erschauderte und lauschte atemlos.

»Aber da ich nicht wusste, nach wem ich suchen sollte, habe ich sie nicht gefunden. Nur selten habe ich mich gezeigt, aber manchmal bin ich bei Tag ins Dorf gegangen und habe mich umgeschaut. Ein paarmal war ich sogar in der Burg und habe mich bei Festen oder wenn andere Chiefs zu Besuch waren, unter die Leute gemischt. Ich kannte mich gut aus. Aber gefunden habe ich dich nie und das hat mich an den Rand der Verzweiflung getrieben und noch wütender gemacht.«

Er schwieg einen Moment und Leana schaute aufs Wasser hinaus, stellte sich vor, wie Gawayn in Eriness gewesen war. Das war lange vor ihrer Zeit dort gewesen, aber trotzdem fühlte sie sich ihm dadurch verbunden.

»Irgendwann bin ich nicht mehr zurückgekehrt. Ein paar Jahre war ich nicht in Eriness, weil ich das Warten nicht mehr ertrug. Ich habe mich bemüht, die Prophezeiung zu vergessen und meinen Clan hier zu unterstützen. Meine Mutter wurde damals sehr krank und ich denke, wir beide zweifelten auf einmal an der Prophezeiung. Schließlich hatten wir keine Beweise, dass es wirklich passieren würde und die Lage hier verschlechterte sich, weil Murdoch immer gieriger wurde. Aber eines Tages ... Eines Tages, als ich in den Bergen unterwegs war, bin ich auf diesen Raben gestoßen. Tagelang ist er mir nicht von der Seite gewichen und dann kamen diese Träume von Eriness. Aus irgendeinem Grund wusste ich, dass es Zeit war, dorthin zurückzukehren.«

Auf einmal hatte sie das Bedürfnis, sich in seinen Armen umzudrehen. Sie glitt herum und legte instinktiv die Wange auf seine Brust. Sie wollte seinen Herzschlag hören. Musste es einfach.

»Wann war das?«, fragte sie leise.

Er zog das Plaid etwas höher, damit sie mehr vom Wind geschützt war. »Vor ungefähr einem Jahr.«

Leana kniff die Augen zusammen, als die Erkenntnis sie durchflutete. »Oh Gott«, murmelte sie.

Gawayn strich ihr eine Strähne aus dem Gesicht. »Du bist vor einem Jahr zum ersten Mal nach Eriness gekommen, nicht wahr?«

Sie nickte.

»Und du warst vorher noch nie dort?«

»Nein. Erst als Maira Duncan geheiratet hat.«

Sie spürte sein Lächeln. »Eine Zeit lang habe ich geglaubt, dass sie die Frau sei, die die Prophezeiung erfüllen würde. Ich habe mir den Kopf darüber zerbrochen, wie ich es bewerkstelligen könnte, Black Duncan seine neue Braut wegzunehmen. Ich bin sehr froh, dass ich es nicht einmal versucht habe.«

Erstaunt hob Leana den Kopf. »Du wolltest Maira entführen?«

Betreten hob er die Schultern. »Ich fürchte, ja.«

»Warum hast du geglaubt, dass sie es ist?«

»Als ich mich umgehört habe, hieß es, dass Duncan seine neue Braut mit nach Eriness gebracht hätte, die geheimnisvoll und sonderbar wäre. Keiner wusste, wer sie war und woher sie kam. Man munkelte, dass sie nicht von dieser Welt wäre.«

Leana erschauderte und wandte den Blick ab. Schnell legte sie ihre Wange wieder auf seine Brust. Sie hatte nicht gewusst, dass die Menschen so über Maira sprachen.

Gawayn räusperte sich. »Sie schien mir die einzige Möglichkeit zu sein, denn ich wusste, dass es keine der Frauen sein konnte, die schon immer dort lebten.«

»Wie hast du erkannt, dass sie es nicht war?«

Er zögerte. »Eines Tages hatte ich das Gefühl, als ob Eriness leer geworden wäre. Die Raben waren fort. Es war, als ob alles in dichten Nebel gehüllt war, dabei war es ein strahlender Herbsttag. Aber die Zuversicht, die ich zuvor noch gefühlt hatte, war nicht mehr da. Es war wie all die Jahre zuvor. Trostlos, irgendwie.«

Ein Zittern stieg in Leana auf. Gawayn musste es gespürt haben, denn er strich ihr über den Rücken und zog das Plaid noch höher. Doch es war nicht der Wind, der sie frösteln ließ, sondern eine kristallklare Erkenntnis.

Hatte sie bis jetzt noch Zweifel gehabt, ob sie die richtige Frau aus der Prophezeiung war, so war sie sich jetzt fast schmerzhaft sicher. »War das zu dem Zeitpunkt, als sich die Clans wegen der Viehdiebe auf Eriness getroffen haben?« Es fiel ihr schwer, diese Worte auszusprechen und sie schloss die Augen, während sie auf seine Antwort wartete.

»Genau zu dieser Zeit.« Er zögerte. »Du warst auch dort, nicht wahr?«

Leana nickte und holte tief Luft. »Aber ich fand es unerträglich in der Burg. Es waren so viele Menschen dort. Deswegen bin ich abgereist.«

»Das habe ich gemerkt. Eines Morgens bin ich aufgewacht und ich wusste, dass die Frau, die ich gesucht habe, nicht mehr da war.«

Leana hoffte, dass er sie nicht fragen würde, warum sie mitten in der Nacht abgereist war. Sie erinnerte sich so gut an diesen Moment. Maira hatte sie gebeten, zum Abendessen in die große Halle zu kommen. Doch da waren all diese Clananführer gewesen. Männer, die einander zum Teil feindlich gesonnen waren. Der Raum war getränkt gewesen von unterdrückter Wut, Vorsicht, Angst, Neid und Hass. Sie hatte auf der Treppe gestanden und das Gefühl gehabt, als ob sie in diesen Gefühlen ertrinken müsste.

Sie hatte Unwohlsein vorgetäuscht und Maira später erklärt, dass sie nicht bleiben könne. Dann war sie mitten in der Nacht ins 21. Jahrhundert gereist und hatte erst im Cottage wieder atmen können. Eigentlich hatte sie damals vorgehabt, im Cottage zu schlafen und am nächsten Morgen nach Achnagary zu fahren, doch es war ihr nicht möglich gewesen. Der Stein hatte unerbittlich an ihr gezogen, so als wollte er sie eigenmächtig ins 16. Jahrhundert zurückbringen. Es hatte ihr fast körperliche Schmerzen bereitet, in der Nähe des Steins zu sein, und sie war praktisch aus dem Cottage geflohen.

Leise stöhnte sie auf und vergrub ihr Gesicht an Gawayns Brust. Der Stein. Die anderen hatten die Theorie, dass er leichter zu benutzen war, wenn die Person, die man liebte, sich auf der anderen Seite befand. Tavia hatte zum Beispiel davon berichtet, dass sie ihn manchmal schon aus vielen Metern Entfernung und durch Mauern hindurch spürte. Aber das geschah nur, wenn Niall sich im 16. Jahrhundert in der Nähe des Steins befand.

Zwar hatte Leana ihr geglaubt, aber sie hatte niemals gedacht, dass sie einmal das Gleiche fühlen würde. Der Mann, den sie liebte, war tot und nicht hier auf der anderen Seite des Steins.

Trotzdem hatte er damals in der Herbstnacht stärker an ihr gezogen als sonst. Genau wie das letzte Mal, als sie hierhergekommen war.

Beide Male war Gawayn in Eriness gewesen.

Ihr wurde schwindelig. Das konnte nicht sein, es durfte einfach nicht sein.

»Was ist mit dir?«, fragte er leise an ihrem Haar. Er war so zärtlich, dass es beinahe wehtat.

»Nichts«, flüsterte sie. *Außer, dass ich gerade festgestellt habe, dass ich dich anscheinend liebe*, fügte sie in Gedanken hinzu, *oder lieben werde*. Wieder kniff sie die Augen zusammen und versuchte, die aufsteigende Panik zu unterdrücken.

Ganz langsam atmete sie ein, dann wieder aus, konzentrierte sich darauf, im Hier und Jetzt zu bleiben und nicht in den Strudel der Angst zu fallen.

Der Gedanke, dass sie und Gawayn füreinander bestimmt waren, überwältigte sie. Es war zu viel. Doch alles deutete darauf hin.

Tavia und Niall war es so ergangen, ebenso wie Maira und Duncan oder Jenna und Evan. Nichts würde diese Paare auseinanderbringen, nachdem das Schicksal sie zusammengeführt hatte. Es war eine Liebe, die größer war als die Zeit. Eine Liebe, die alles meistern konnte.

Sie machte sich von Gawayn los und schlüpfte unter

seinem Plaid hervor. Sofort war ihr kalt. »Ich glaube, es wird Zeit zurückzugehen.«

Er schien überrascht, nickte aber. »Natürlich. Sollen wir noch zu der Höhle gehen oder willst du zum Haus meiner Mutter und dich dort den Fragen der anderen Frauen stellen?«

So ungern sie irgendjemandem irgendwelche Fragen beantworten wollte, noch weniger wollte sie weiterhin mit Gawayn allein sein. Vor allem nicht an diesem Strand, wo ihr der Wind so verheißungsvolle Ahnungen ins Ohr flüsterte.

»Am besten nach Hause.«

Er hob die Augenbrauen und sie sah die Belustigung in seinen grünen Augen glitzern. »Nach Hause? Soll ich dich wirklich nach Eriness bringen?«

Sie wusste, dass er sich einen Spaß mit ihr erlaubte, um ihre ernste Stimmung zu verscheuchen, trotzdem nickte sie. »Noch nicht. Aber wenn es dir nichts ausmacht, sollten wir in den nächsten Tagen dorthin aufbrechen.«

Sie konnte sehen, dass ihre Worte ihn verletzten, und schaute schnell weg.

»Du meinst es ernst«, stellte er fest.

»Ja. Und du hast es versprochen. Also wäre ich dankbar, wenn du dich daran hältst.« Ihre Worte klangen kühler als beabsichtigt.

Er verschränkte die Arme. Es schien, als wollte er etwas sagen, doch dann schüttelte er den Kopf und wandte sich um. »Komm«, sagte er und ging voraus.

Als sie hinter ihm über die Wiese in Richtung des Tals ging, schaute sie auf seinen breiten Rücken und fragte sich, ob sie das Richtige tat. Nun, sie würde es herausfinden.

20

Die Leichtigkeit, die sie auf dem Hinweg erfasst hatte, war verflogen. Leana spürte Gawayns Verwirrung und Verletzung, als wären es ihre eigenen Gefühle.

Doch sie war nicht weniger verwirrt. Eine lange Zeit lief sie hinter ihm her, weil der Weg zu schmal war, um nebeneinander zu gehen. Sie betrachtete ihn und fragte sich, wie es sein konnte, dass sie wusste, dass sie diesen Mann eines Tages lieben würde, ohne dass sie es jetzt schon tat.

Und wenn sie ihn lieben würde, würde sein Körper ihr eines Tages so vertraut sein wie ihr eigener? Bei diesem Gedanken kribbelten ihre Finger und ein sanftes Summen breitete sich in ihrem Bauch aus. Es war nicht unangenehm, ganz im Gegenteil. Es war, als wüsste ihr Körper schon, was er wollte.

Aber war es nicht von Anfang an so mit Gawayn gewesen? Ihr Körper schien eine Verbindung zu ihm zu spüren, die ihr Geist noch verneinte.

Sie fragte sich mehrmals, ob sie ihn am Strand hätte küssen sollen. Er hätte es gewollt, das ahnte sie. Und ihr war auch klar, dass es irgendwann passieren würde. Wenn sie ganz ehrlich war, war sie neugierig auf ihn. Auf seine Küsse, seinen Körper, seine Zärtlichkeiten. Und ein anderer Teil von ihr lehnte sich entsetzt dagegen auf, dass sie überhaupt darüber nachdachte. Vielleicht war sie doch noch nicht so weit.

Ob er sie wirklich hatte küssen wollen? Es war so ein intimer Moment gewesen. Die Art, wie er sie gehalten hatte. Ihre Erkenntnisse darüber, dass ihr neues Leben jetzt begann. Ihr Abschied von Marc. Gawayns Geständnis, dass er sie jahrelang gesucht hatte. Dass er es gefühlt hatte, als sie in der Nacht im vergangenen Herbst verschwunden war.

Zum ersten Mal fragte sie sich, wie es ihm in dieser Situation wohl erging. Ob er auch fühlen konnte, dass da etwas zwischen ihnen war, das nicht von dieser Welt war? Dass ihnen möglicherweise eine Liebesbeziehung bevorstand?

Sie war sich fast sicher, dass die Antwort ja lautete, denn er berührte sie mit einer solchen liebevollen Selbstverständlichkeit, wie nur Liebende es taten. Liebte er sie schon? Und wenn ja, warum? Weil sie die Frau aus der Prophezeiung war?

Sie traten aus einem Wäldchen heraus und Gawayn stieg eine Hügelkuppe hinauf. Als er oben stand, lächelte er und drehte sich dann zu ihr um. Er bot einen atemberaubenden Anblick, so stolz und frei, so stark und gleichzeitig verletzlich. Mal davon abgesehen, dass er ein äußerst gutaussehender Mann war, unterstrich die Tracht des Highlanders seine raue Männlichkeit. Am liebsten hätte sie sich wieder an ihn geschmiegt.

Er streckte die Hand nach ihr aus, Leana raffte ihre Röcke und folgte ihm nach oben.

Von hier hatte man eine herrliche Aussicht auf das Tal. Rechts lag das Dorf, umgeben von den Feldern, weiter hinten die Burg. Die Felsen der Hügel und Berge rundherum wurden von der Sonne erleuchtet und ein blauer Himmel, gespickt mit großen weißen Wolken, erhob sich darüber.

»Ich habe hier oft gesessen, wenn ich in der Nähe sein und trotzdem nicht gesehen werden wollte«, erklärte er. »Es ist ein guter Platz, um alles im Blick zu behalten.«

Leana ließ den Blick über das Tal wandern. Die Felder sahen wirklich jämmerlich aus. Zwar waren sie erst vor

Kurzem angepflanzt worden, aber es gab viele Flächen, auf denen die Saat nicht durchgekommen war. Die Böden waren hier einfach zu karg.

»Ich denke, ich weiß, warum ich hier bin«, sagte sie.

Gawayn schaute sie von der Seite an. »Du hast heute Morgen schon so etwas angedeutet. Erzählst du es mir?«

Leana zögerte nur einen Moment. »Ich kenne einen Weg, wie ich die Böden fruchtbarer machen kann. Und wie ihr mehr Ertrag erzielt, indem ihr besseres Saatgut benutzt. Ich glaube, wenn ihr das alles habt, werdet ihr keine schlechten Ernten mehr haben.«

Gawayn runzelte die Stirn. »Und wie soll das gelingen?«

Sie lächelte. »Das ist der Grund, warum ich zurück nach Eriness muss. Ich werde euch Getreide besorgen, das widerstandsfähiger ist und mehr Ertrag bringt. Außerdem gibt es noch ein Pulver, das wir auf die Böden streuen können, damit er mehr Nährstoffe für die Pflanzen bereithält.«

Er antwortete nicht sofort, sondern schaute wieder auf die Felder. Schließlich schüttelte er den Kopf. »Ich werde so etwas nicht von Duncan Cameron annehmen.«

Leana seufzte über seinen Stolz. »Es ist nicht von Duncan. Sondern von mir.«

»Aber du holst es aus Eriness. Dann gehört es ihm.«

Leana trat zu ihm und legte ihm eine Hand auf den Arm. »Es gehört nicht ihm. Er weiß nicht einmal etwas davon. Ich kann dir nicht erklären, wie ich an diese Dinge komme, aber du kannst mir vertrauen. Duncan hat damit überhaupt nichts zu tun. Das ist eine Sache zwischen mir und dir. Oder besser gesagt deinem Clan. Vertrau mir.«

Sein Gesichtsausdruck wurde weicher, aber er wirkte immer noch skeptisch. Vermutlich hörte sich das auch unglaublich an, aber mehr konnte sie ihm nicht sagen, zumindest nicht, bevor sie mit Giselle darüber gesprochen hatte.

»Glaubst du, dass das die Prophezeiung ist?«, fragte er.

Das Bild von Gawayn auf dem Boden flackerte wieder vor ihrem inneren Auge vorbei, doch sie schob es weg. Warum nur sah sie keine Bilder von üppigen Kornfeldern und reichen Ernten?

»Ich weiß es nicht, aber ich weiß, dass ich euch so helfen kann. Wenn es mir gelingt, diese Dinge hierherzubringen, muss keiner mehr hungern. Das verspreche ich.«

»Wir könnten eine reiche Ernte gebrauchen«, gestand er nachdenklich.

»Dann lass es mich probieren. Bring mich zurück nach Eriness und ich sehe, was ich erreichen kann.«

Er blickte sie lange an. »Das heißt, du wirst hierher zurückkommen?«

»Ich werde es versuchen … Und da die Prophezeiung lautet, dass ich den Clan retten werde, heißt es wohl, dass ich es auch schaffen werde.«

In seinem Gesicht arbeitete es. »Ich fürchte, dass mir das fürs Erste reichen muss.«

Leana versuchte sich an einem Lächeln. »Glaubst du, ich kann mir die Felder noch aus der Nähe anschauen? Ich brauche noch ein paar Informationen darüber.«

»Selbstverständlich. Ich zeige sie dir.« Er warf einen Blick gen Himmel. »Ich denke, wir können uns dort draußen aufhalten, bis die Sonne untergeht. Und dann wird vermutlich niemand mehr im Haus meiner Mutter auf uns warten.«

Gemeinsam stiegen sie den Hügel hinab und obwohl Leana fühlte, dass Gawayn nicht zufrieden war, sagte er nichts mehr.

Sie schlenderten die Felder entlang und Leana versuchte, die Größen zusammenzurechnen. Das war schwieriger als gedacht, da die Felder merkwürdige Formen hatten und keine klaren Grenzen. Wenn kein Hafer angebaut wurde, versuchte Leana, die Pflanzen zu erkennen, aber da diese gerade erst aus der Erde sprossen, fiel ihr auch das schwer. Sie fragte Gawayn und er gab ihr bereitwillig Auskunft.

Sie wanderten so weit in das Tal hinein, dass sie das Dorf nicht mehr sehen konnten, und trafen die ganze Zeit niemanden. Einmal sahen sie jemanden in der Ferne, der ihnen zuwinkte, und Gawayn hob ebenfalls den Arm. Für einen

Moment starrte die Person zu ihnen, dann verschwand sie zwischen den Bäumen.

»Das war der alte Bernard. Er lebt sehr einsam hier draußen und ich glaube, er war neugierig auf dich.«

»Sollen wir zu ihm gehen?«, fragte Leana, obwohl sie nicht viel Lust verspürte.

Gawayn schüttelte den Kopf. »Ich habe ihn erst heute Nacht besucht. Würde ich heute schon wieder zu ihm gehen, wäre es ihm zu viel. Er braucht seine Ruhe.«

Leana hob die Augenbrauen. »Du warst heute Nacht bei dem alten Mann? Bist du daher erst heute Morgen zurückgekommen?«

Gawayn warf ihr einen Seitenblick zu. »Das bin ich. Aber ich war auch noch bei einem Ehepaar, das noch weiter im Tal wohnt. Sie konnten ein paar der Werkzeuge gebrauchen, die wir von Flories und Aleyns Eltern mitgenommen haben.« Ein Lächeln umspielte seine Mundwinkel. »Es klingt fast so, als würde dich das überraschen.«

Das tat es wirklich und irgendwie auch wieder nicht. Gawayn war jemand, der sich um die Menschen seines Clans kümmerte. Sie hob die Schultern. »Ich hatte es nicht erwartet. Aber es ist sehr freundlich von dir, dass du das tust.«

»Was hattest du denn erwartet, wo ich heute Nacht war?«

Seine direkte Frage traf sie unvorbereitet. Vielleicht war das der Grund, warum sie einfach herausplatzte: »Nun ... Bei einer Frau.«

Am liebsten hätte sie die Worte gleich wieder zurückgenommen. Er sollte nicht denken, dass sie über ihn nachdachte. Zumindest nicht auf diese Weise.

Er schmunzelte, sagte aber nichts. Und das machte sie fast ein bisschen ärgerlich. Er könnte ihr wenigstens antworten.

Sie gingen jetzt zurück in Richtung des Dorfes. Irgendwann hielt Leana es nicht mehr aus.

»Es geht mich überhaupt nichts an, ob du bei einer Frau warst oder nicht. Es tut mir leid, dass ich mich eingemischt habe.«

»Hätte es dich gestört, wenn ich die Nacht bei einer anderen Frau verbracht hätte?« Er klang einfach nur neugierig.

Leana verschränkte die Arme und wich einer Pfütze aus. Die Antwort steckte in ihrem Hals fest, wollte aber trotzdem raus. Schließlich holte sie tief Luft und sagte: »Ja. Es würde mich stören.« Es klang fast ein wenig zu trotzig und eilig fügte sie hinzu: »Aber ich habe kein Recht, so etwas zu fragen und ich hätte das Thema gar nicht anfangen sollen.«

Wieder schwieg er eine Weile und Leana versuchte, sich auf die Felder zu konzentrieren, aber es fiel ihr unglaublich schwer.

»Warum glaubst du, dass du kein Recht hast, mich das zu fragen?«, fragte er schließlich leise. »Weil du verheiratet bist?«

Leanas Herz klopfte auf einmal sehr schnell und sie blieb stehen. Erst gestern Abend hatte sie ihm gesagt, dass sie verheiratet sei, aus Angst vor seiner Nähe. Aber es kam ihr vor, als wäre seitdem eine Ewigkeit vergangen. So viel war in ihrem Herzen seitdem passiert.

Sie zwang sich, ihn anzuschauen. Der Blick aus seinen grünen Augen war aufmerksam und intensiv. »Ich bin nicht verheiratet«, sagte sie leise.

Es schien nicht so, als würde ihn diese Information überraschen. Oder sie interessierte ihn nicht, denn er zeigte keine Regung.

Als er nichts sagte, fügte sie hinzu: »Ich habe dich angelogen und es tut mir leid. Das hätte ich nicht tun sollen.«

Er legte den Kopf schief, schien eher neugierig als wütend. »Warum hast du es dann getan?«

Jetzt musste sie den Blick doch abwenden. Sie kaute auf ihrer Unterlippe und entschied sich dann erneut für die Wahrheit. »Ich hatte Angst, dass du mich küsst. Und dafür war ich nicht bereit.«

Sie fühlte seinen Blick auf sich, fragend, forschend.

»Wenn du mir jetzt die Wahrheit sagst, heißt das, dass du nun bereit bist?«

Ihr blieb der Atem weg. »Wofür?«, hörte sie sich selbst fragen, obwohl sie es genau wusste.

»Dass ich dich küsse.«

Ihre Beine schienen nachgeben zu wollen. »Du meinst ... jetzt?«

»Nur wenn du möchtest.«

Sie dachte an all das, worüber sie vorhin nachgedacht hatte. Die Tatsache, dass sie seinen Körper vielleicht eines Tages viel besser kennen würde als ihren eigenen und wie unglaublich ihr diese Idee erschienen war.

Ihr war klar, dass dieser Kuss alles verändern würde. War sie wirklich bereit dazu? Es war so ein großer Schritt.

Sie musste zu lange geschwiegen haben, denn er lächelte und sagte: »Komm, lass uns zurückgehen.« Er legte ihr die Hand auf den Rücken und schob sie ganz sanft vorwärts, sodass sie wieder nebeneinander gingen.

Verwirrt schaute Leana ihn von der Seite an. »Du willst mich nicht küssen?«

Ein verschmitzter Ausdruck trat in seine Augen. »Doch. Mehr als alles andere. Aber du bist nicht bereit dazu. Ich sehe deine Gedanken wie ein flüchtendes Reh durch deinen Kopf jagen.« Er malte einen kleinen Kreis an ihrer Schläfe und sie erschauderte. Anscheinend kannte er sie besser, als sie gedacht hatte.

Eine Weile gingen sie schweigend und Leana wusste nicht, ob sie enttäuscht oder erleichtert sein sollte. Irgendwie war sie beides.

Und dass er gesagt hatte, dass er sie gern küssen wollte, brachte ihr Herz zum Singen. Verstohlen legte sie eine Hand darauf, um es zu beruhigen. Es würde passieren, irgendwann, wenn der richtige Zeitpunkt da war.

»Auch wenn du jetzt nicht verheiratet bist, du warst es einmal, oder?«, fragte Gawayn schließlich.

Die Sonne verschwand hinter einer Wolke und Leana zog den Umhang wieder fester um sich. Sie nickte.

»Dann bist du Witwe?«

»Ja.« Auf einmal tat es gar nicht mehr so weh, dies zu sagen.

»Er muss ein guter Mann gewesen sein.«

Überrascht schaute sie ihn an. »Wie kommst du darauf?«

»Weil du ehrlich um ihn trauerst.«

Leana ließ den Blick in die Ferne schweifen. Doch das überwältigende Gefühl, das sie manchmal beim Gedanken an Marc erfasste, blieb aus. Also nickte sie. »Das war er. Ein guter Mann. Aber jetzt bin ich allein.«

Aus dem Augenwinkel sah sie, wie er den Kopf schüttelte. »Du bist nicht allein. Es gibt viele Menschen, die für dich da sind.«

Leana zögerte und dann sagte sie doch, was sie eigentlich meinte: »Ich weiß. Aber es gibt keinen neuen Mann in meinem Leben.«

Bildete sie es sich nur ein oder stieg eine feine Röte in seine Wangen? Er hielt den Blick fest auf den Weg gerichtet.

Langsam gingen sie weiter und Leana gab es auf, sich auf die Felder zu konzentrieren. Vermutlich konnte sie sowieso nicht einmal ansatzweise genug Saatgut und Dünger für alle mitbringen.

Immer wieder warf sie Gawayn verstohlene Blicke zu.

Sie genoss es, im stillen Einvernehmen nebeneinander herzugehen. Es war nichts, was man mit vielen Menschen tun konnte.

Der Wind frischte erneut auf und Leana wusste nicht, was es war, aber auf einmal hatte sich ihre Stimmung verändert, so als hätte der Wind Düsternis mitgebracht. Drückende Angst lastete auf einmal schwer auf ihrer Brust.

Sie legte eine Hand auf ihr Herz und blieb stehen. Suchend schaute sie sich um. Nach außen hin hatte sich nichts verändert und trotzdem war da auf einmal eine lähmende Furcht, die durch das Tal zu wabern schien.

Auch Gawayn war stehengeblieben und blickte sie besorgt an. »Was ist los?«

Leana schüttelte den Kopf. »Irgendetwas stimmt nicht.«

Er trat sofort näher zu ihr heran. Sorge stand in seinen Augen. »Was meinst du damit?«

»Ich kann es nicht beschreiben. Aber irgendetwas ist geschehen.«

Er atmete tief durch, dann schaute auch er sich um. »Du hast recht«, murmelte er.

Auf einmal erregte anscheinend etwas weiter hinten im Tal beim Dorf seine Aufmerksamkeit. Er fluchte leise.

»Was ist?«, fragte Leana, stellte sich auf die Zehenspitzen und folgte seinem Blick.

»Siehst du das Laken dort?«

»Jemand hängt Wäsche auf.«

Er schüttelte den Kopf. »Es ist das Zeichen meiner Mutter, dass ich mich nicht im Dorf sehen lassen soll.« Er atmete tief ein und sie erkannte die Bitterkeit auf seinem Gesicht. »Das kann nur eines bedeuten. Murdoch ist wieder da.«

Sie sah, wie er die Hände zu Fäusten ballte und wieder öffnete. Sein Atem ging schneller.

»Du willst dich nicht verstecken«, stellte sie fest.

Er schüttelte den Kopf. »Ich habe es so satt. Das hier sind meine Leute, mein Land, hier gehöre ich her. Er ist der Eindringling und ich habe mich lange genug versteckt.«

Eine Gänsehaut lief Leana über den Rücken. Sie verstand ihn so gut und gleichzeitig hatte sie Angst um ihn. Das mittlerweile schon vertraute Bild flackerte vor ihren Augen auf. Gawayn mit schmerzverzerrtem Gesicht auf dem Boden. Die Angst kroch kalt in ihren Körper.

Am liebsten hätte sie ihn gebeten, nicht ins Dorf zu gehen. Aber wenn dieses Bild ihr die Wahrheit sagte, dann wusste sie, dass er sich nicht verstecken würde. Gawayn würde kämpfen.

Aber sie wollte nicht, dass er verletzt wurde. Gab es irgendeinen Weg, wie sie es verhindern könnte?

»Komm«, sagte er grimmig und nahm ihre Hand. »Ich will wissen, was geschehen ist.«

»Sei vorsichtig«, sagte sie leise, ging aber neben ihm her. Sie musste sich beeilen, mit ihm Schritt zu halten.

»Weißt du etwas?«, fragte er, ohne langsamer zu werden.

Sie schüttelte den Kopf und presste die Lippen zusammen.

Er kniff die Augen zusammen. »Aber du siehst etwas. Kannst du sehen, was heute im Dorf geschehen ist?«

Sie zögerte und schüttelte dann wieder den Kopf. »Es ist nur ein Gefühl.«

»Was für eines?«

»Ich habe Angst.«

»Wovor?«

Hilflos hob sie die Schultern. »Wovor weiß ich nicht. Aber ich habe Angst um dich.«

Er blieb stehen und zog sie unerwartet an sich. »Ich wünschte, ich könnte dir sagen, dass du keine Angst haben musst. Aber was auch immer passiert, es ist Zeit.« Er schloss kurz die Augen. »Da du nun hier bist, weiß ich, dass ich nicht länger warten kann. Was auch immer die Prophezeiung gemeint hat, irgendetwas wird passieren und ich kann es nicht erwarten.«

Leana presste die Lippen zusammen. Sie wollte nicht der Grund sein, warum er sich traute, den Kampf mit Murdoch wieder aufzunehmen, aber vermutlich würde sie es nicht verhindern können.

Trotzdem sagte sie: »Bitte geh nicht. Ich will nicht, dass dir etwas passiert.«

Er schloss für einen Moment die Augen, dann schaute er sie mit sorgenvoller Miene an. »Aber ich muss.«

Leana hielt sich an ihm fest. »Ich weiß«, sagte sie schließlich, obwohl die Angst sie nicht loslassen wollte.

Gawayn strich ihr über die Wange. »Manchmal denke ich, dass sowieso alles vorherbestimmt ist. Als ob es nicht meine Entscheidung sei, ob ich gegen Murdoch kämpfe oder nicht.«

Leana presste die Lippen zusammen, dann nickte sie. »Vermutlich ist es das auch.«

»Aber wir werden es gemeinsam durchstehen. Was auch immer geschieht.« Gawayn flüsterte die Worte nur und Leana lief ein Schauder über den Rücken.

Sie lehnte den Kopf an seine Schulter und nickte. »Das werden wir«, erwiderte sie ebenso leise.

Ganz kurz standen sie so da, dann zog Gawayn Leana weiter, lief mit ihr hinüber zu einem Wäldchen und im Schatten der Bäume bewegten sie sich schneller vorwärts. Sie kamen bis an den Rand des Dorfes. Danach glitt er hinter eine Scheune, bahnte sich den Weg an einem Misthaufen vorbei und duckte sich hinter eine Mauer.

Leana tat es ihm gleich und wenn sie nicht so viel Angst gehabt hätte, wäre sie sich wie eine Geheimagentin vorgekommen. Doch das hier war echt und die Angst pulsierte in ihren Adern. Angst, dass Murdoch Gawayn erwischen würde.

Es war offensichtlich, dass Gawayn wusste, wie er durchs Dorf kommen konnte, ohne von der Hauptstraße aus gesehen zu werden. Sicher war er unzählige Male hier hindurchgeschlichen.

Endlich erreichten sie den Garten hinter Giselles Haus. Gawayn sprang über die Mauer und half dann Leana hinüber. Er hob sie mehr von der Mauer, als dass sie sprang, und sie landete sicher in seinen Armen. Im Schatten des großen Holunderbusches hielt er sie einen Moment länger fest, als es nötig gewesen wäre, und unter ihrer Hand fühlte sie seinen schnellen Herzschlag.

»Wir schaffen das«, murmelte sie.

Er drückte sie an sich und sie schlang die Arme fest um ihn. Dann küsste er sie auf die Haare, nahm ihre Hand und bewegte sich lautlos an der Mauer entlang zur Hintertür.

Doch bevor er sie öffnen konnte, wurde sie aufgestoßen und Aleyn kam heraus. Seine Augen weiteten sich, als er sie sah. »Oh nein«, flüsterte er. »Eure Mutter hat gesagt, Ihr dürft nicht hier sein. Florie und ich haben doch extra das Zeichen aufgehängt.« Er wies auf das große, weiße Leinentuch, das in der Brise flatterte.

Gawayn nickte. »Ich habe es gesehen, aber ich muss wissen, was passiert ist.«

Verzweifelt schüttelte Aleyn den Kopf.

Gawayn ließ Leanas Hand los und klopfte dem Jungen auf die Schulter. »Mir wird nichts passieren, Aleyn. Ich verstehe, dass du dich sorgst. Aber ich muss mit meiner Mutter sprechen.«

Mit sorgenvoller Miene nickte das Kind. Dann schüttelte es den Kopf. »Sie wird nicht glücklich sein.«

Gawayn lächelte und lehnte sich verschwörerisch vor. »Das weiß ich. Und wenn ich ehrlich bin, macht sie mir dann manchmal ein bisschen Angst. Aber sie meint es nur gut, glaub mir. Es ist einfach, weil sie sich Sorgen um ihre Familie macht.«

Der Junge nickte. »Soll ich reingehen und ihr sagen, dass Ihr da seid?«

»Ist jemand bei ihr?«

»Nur Florie.«

»Dann tu mir einen Gefallen und verriegele die Vordertür. Ich …«

Doch er kam nicht weiter, denn hinter Aleyn erschien eine Gestalt im Türrahmen. Es war Giselle, die auf Flories Arm gestützt zur Hintertür gekommen war.

»Du solltest nicht hier sein«, stellte sie ernst fest.

»Ich habe das Zeichen gesehen, Mutter. Aber ich muss wissen, was geschehen ist.«

Sie seufzte. »Murdoch ist früher zurückgekommen. Er weiß über das Fest Bescheid und fühlt sich betrogen. Er behauptet, dass ein Teil der Vorräte aus der Burg gestohlen wurde. Deswegen fordert er Ersatz.«

»Aber es hat niemand etwas aus der Burg gestohlen?«, fragte Gawayn.

Sie schaute ihn mit hochgezogenen Augenbrauen an. »Ich denke nicht. Oder weißt du etwas darüber?«

Gawayn schüttelte den Kopf. »Wenn ich mehr Zeit gehabt hätte, hätte ich sicherlich einen Versuch unternommen. Aber dieses Mal habe ich nichts damit zu tun. Und die anderen sicherlich auch nicht. Sie hätten es mir erzählt.«

Seine Mutter seufzte. »Eine Schande, dass er uns auch

noch zu Unrecht verdächtigt. Es wäre besser gewesen, wenn wir ihm wirklich Essen gestohlen hätten.«

»Was bedeutet es, dass Murdoch Ersatz fordert?«, fragte Leana. »Müsst ihr ihm noch mehr Lebensmittel bringen?«

»Ja. Das ist es, was er will. Dabei weiß er, dass wir nichts mehr haben. Aber dann hat er einen Grund, uns zu bestrafen.«

»Wir werden ihm nicht noch mehr in den gierigen Schlund werfen«, sagte Gawayn hart. »Damit ist jetzt Schluss. Und er wird uns auch nicht bestrafen. Dazu hat er kein Recht.«

Giselle verengte die Augen. »Was hast du vor?«

»Ich weiß es noch nicht. Aber dieses Mal wird er seine Lektion lernen. Ich werde nicht zulassen, dass er unsere Leute so behandelt.«

Seine Mutter lehnte sich gegen den Türrahmen. »Du weißt, dass es ihm gar nicht um das Essen geht, nicht wahr?«

Gawayn biss die Zähne zusammen.

»Worum geht es ihm dann?«, fragte Leana.

»Er will Gawayn aus der Reserve locken«, antwortete Giselle, ohne den Blick von ihrem Sohn zu wenden. »Das Essen ist ihm egal und die Leute auch. Er will dich.«

Gawayns Gesicht wurde rot, als er die Fäuste ballte. »Er wird mich aber nicht bekommen. Es reicht. Ich habe lange genug seinetwegen in den Schatten gelebt.«

Giselles Blick flackerte zu Leana. »Ich kann dir nicht verbieten, dich gegen ihn zu stellen, und ich wünsche dir von ganzem Herzen, dass du ihn endlich besiegst und so deinen Frieden findest. Aber ich möchte dich bitten, nicht gleich in seine Falle zu laufen. Ich bin mir sicher, dass er dich hier finden wird.«

Gawayn verschränkte die Arme. »Und was soll ich dann tun? Ich laufe seit fast zwanzig Jahren vor ihm davon. Es ist an der Zeit zu kämpfen.«

Das Bild vom hilflosen Gawayn auf dem Boden mit der Schwertspitze am Hals drängte sich ihr so unerbittlich auf, dass Leana übel wurde. Vielleicht war das eine Warnung, vielleicht war es ihre Aufgabe, Gawayn davor zu beschützen in einem Kampf gegen Murdoch zu sterben.

Plötzlich wurde ihr ganz kalt. Gawayn durfte nicht sterben.

»Ich verstehe dich, Junge«, sagte Giselle sanft. »Und ich weiß, dass du deinen Vater rächen willst. Glaub mir, niemand wartet auf diesen Tag sehnsüchtiger als ich. Aber du kannst nicht unvorbereitet in diesen Kampf gehen.« Er wollte etwas sagen, aber sie hob die Hand. »Ich weiß, dass du dich seit vielen Jahren darauf vorbereitest, und ich stelle dein Können auch nicht infrage. Aber du musst etwas bedenken, das bisher in deinen Überlegungen keine Rolle gespielt hat.«

»Und was soll das sein?« Gawayn klang missmutig.

Wieder blickte Giselle zu Leana und sie ahnte, was die ältere Frau gleich sagen würde.

»Murdoch hat deutlich gemacht, dass er auch von Leana weiß. Und von der Prophezeiung. Du kannst dir vorstellen, dass er darüber nicht amüsiert ist. Er will sich noch weniger von einer Frau besiegen lassen als von dir.«

Sofort trat Gawayn näher zu Leana und runzelte sorgenvoll die Stirn. »Woher weiß er von ihr?«, fragte er, während ihr Magen einen Salto machte.

»Das kann ich dir nicht sagen, aber ich weiß eines: Er hat es genauso auf sie abgesehen wie auf dich. Er will euch beide aus dem Weg haben.«

Ein Zittern stieg in Leana auf. An Gawayns Wange zuckte ein Muskel und sein Blick war hart, als er sie anschaute.

»Er wird dich niemals bekommen.« Er griff wieder nach ihrer Hand und drückte sie. Sofort wurde sie etwas ruhiger, aber das Bild vom verletzten Gawayn schien wie ein Reklameschild in ihrem Inneren zu leuchten. Hier stimmte etwas ganz und gar nicht.

Giselle seufzte. »Deswegen wäre es mir lieber, wenn ihr heute Nacht nicht hier seid. Nicht, bis wir einen Plan geschmiedet haben, wie wir unsere gesammelte Kraft gegen ihn einsetzen können. Doch wir müssen uns beeilen, denn er beginnt bereits, unsere Leute zu zermürben. Er hat Albert mit in die Burg genommen, weil er derjenige war, der die Hochzeit ausgerichtet hat.«

Gawayn stöhnte auf und schaute in Richtung der Burg.

»Gawayn. Ich weiß, dass du ihn befreien willst und vielleicht würde dir das auch gelingen. Aber du weißt, dass er nur darauf wartet, dass du kommst.« Sie hob den Finger. »So dumm Murdoch manchmal auch sein mag, aber er hat heute schon gemerkt, dass unsere Leute rebellischer geworden sind. Sie glauben alle, dass Leana hier ist, um uns von Murdoch zu befreien. Dass sie nicht so demütig waren wie sonst, hat ihn fuchsteufelswild gemacht. Er weiß, dass du dahintersteckst, und er sinnt auf Rache.«

Gawayn straffte die Schultern. »Dann ist es vielleicht besonders gut, wenn er sich mir jetzt stellen muss, denn wenn er wütend ist, wird er Fehler machen.«

Giselle machte sich von Flories Arm los und trat auf Gawayn zu. Ernst schaute sie ihn an. »Er mag wütend sein, aber du bist hochmütig, wenn du denkst, dass er leicht zu besiegen ist. Er hat viel zu verlieren.«

»Ich werde mich nicht länger verstecken, Mutter.«

Leana atmete tief ein, als sie die steigende Spannung zwischen den beiden spürte.

»Du darfst nicht nur an dich denken.«

»Das tue ich nicht!«, fuhr Gawayn auf. »Ich dachte immer, dass du diejenige bist, der am meisten daran gelegen ist. Überleg doch nur, was er dir angetan hat. Ich werde nicht nur Vater rächen, sondern auch dich und all die anderen, die unter Murdoch leiden mussten. Ich denke nicht an mich, sondern an all die Menschen hier im Tal. Sie brauchen meine Hilfe, damit sie endlich in Frieden leben können. Das ist das, was Vater immer gewollt hat!«

»Und das wirst du auch eines Tages schaffen, mein Sohn. Aber heute möchte ich dich bitten, dass du dich noch einmal zurückziehst und deine nächsten Schritte gründlich überdenkst. Tu es für die Menschen, die du liebst.«

Wieder biss Gawayn die Zähne zusammen. Als er nicht

antwortete, sagte Giselle: »Wenn du nicht überlegt handelst, bringst du uns alle in Gefahr. Und vor allem Leana.«

Ein Knoten bildete sich in ihrem Bauch. Gawayn schien es zu spüren, denn er strich mit dem Daumen über ihren Handrücken.

»Ihr wird nichts geschehen«, stieß er hervor.

»Das kannst du nicht garantieren und du bist ein Narr, wenn du glaubst, dass du das kannst.«

Beide waren wütend, das fühlte Leana so deutlich, als wäre es ihre eigene Wut. Doch es half nichts, wenn Mutter und Sohn jetzt miteinander kämpften. Deswegen sagte sie schnell: »Du weißt, dass mir nichts passieren wird, Giselle. Du hast es mir selbst gesagt.«

Gawayns Kopf fuhr herum und er zog fragend die Augenbrauen zusammen, doch sie konzentrierte sich ganz auf die ältere Frau.

Die lächelte traurig. »Das habe ich, Liebes. Aber nur weil du alt und grau werden wirst, heißt das nicht, dass Murdoch dir nicht Furchtbares antun kann. Und das wird er, wenn er weiß, dass er Gawayn damit aus den Schatten locken kann.« Leana wurde eiskalt, als Giselle Gawayn anblickte. »Du weißt, wozu er fähig ist. Denk an Muriel. Und er hat es nur getan, um Angus zu bestrafen. Sie war danach eine gebrochene Frau und auch Angus hat sich nie wieder davon erholt.«

Gawayns Miene versteinerte.

Zu gern hätte Leana gefragt, was Murdoch mit Muriel getan hatte, aber im Grunde brauchte sie das nicht, denn sie konnte es sich vorstellen. Es war das, womit Männer seit Jahrtausenden ihre Macht über Frauen ausübten. Leana hatte nicht vor vielem Angst, aber eine Vergewaltigung gehörte definitiv dazu.

Gawayn atmete tief durch, dann tat er etwas Überraschendes: Er beugte sich vor und küsste seine Mutter auf die Stirn. Es war eine so liebevolle Geste, dass Tränen in Leana aufstiegen. Die Wut der beiden verrauchte und machte einer Bitterkeit Platz, die Leana auf der Zunge schmeckte.

»Du hast recht«, sagte Gawayn leise. »Ich werde Leana zurück nach Eriness bringen und mir Gedanken machen, wie ich gegen Murdoch vorgehen kann. Bitte sag den anderen, dass sie nichts unternehmen sollen, bevor ich zurück bin. Es wird ein paar Tage dauern.« Er schaute Leana an und lächelte schief. »Und wenn Duncan mich wieder einsperrt, hoffe ich, dass du ihm sagst, dass ich schnellstmöglich zurück muss.«

Erleichterung durchflutete Leana bei seinen Worten. Und im gleichen Moment wusste sie, dass das nicht passieren würde.

»Du kannst mich nicht zurückbringen«, stellte sie fest und schüttelte den Kopf.

Mit einem Stirnrunzeln schaute er sie an. »Warum nicht? Dort bist du sicher und das ist alles, was zählt.«

»Weil du viel zu lange fort wärst.« Sie zögerte. »Außerdem habe ich das Gefühl, als ob ich hier gebraucht werde.« Eine kleine Stimme in ihrem Hinterkopf schrie, dass sie verrückt war, sein Angebot, sie nach Eriness zurückzubringen, abzulehnen. Dass dieser Clanstreit hier sie gar nichts anging. Doch es gab noch eine lautere Stimme, die ganz klar sagte, dass es die richtige Entscheidung war. Das hier war auch zu ihrem Kampf geworden.

Gawayn schüttelte den Kopf, doch Giselle nickte und griff nach Leanas Hand. »Das ist mein Mädchen. Die Menschen hier brauchen dich, du bist das gute Zeichen, auf das sie seit Jahren warten. Gawayn, sie ist auch das Zeichen, auf das du seit Jahren wartest. Schick sie nicht fort. Aber pass auf sie auf. Ab jetzt musst du nicht mehr nur an deine Sicherheit denken, sondern an ihre dazu. Ich weiß, dass du es schaffen wirst.«

Gawayn sah sie an und für einen Moment gab es nur sie beide. Sie sah seine Verletzlichkeit, seinen Mut, seine Fürsorge und seine Angst. Es war, als ob sie den ganzen Menschen sehen konnte, alles, was er war und jemals sein würde.

Und sie war bereit, ihm ihre Sicherheit anzuvertrauen.

Sie drückte seine Hand und ein erleichtertes Lächeln

erschien auf seinem Gesicht. Er hielt ihre Hand fester und wandte sich dann zu seiner Mutter um.

»Gut. Ich werde in die Berge gehen und mir überlegen, wie ich vorgehe. Ich brauche alle Informationen, die ich bekommen kann. Am besten übermittelt ihr sie dem alten Bernard, dann bekomme ich sie sicher.«

Giselle nickte. »Sicher wird Murdoch versuchen, dich aus der Reserve zu locken. Geh ihm nicht in die Falle, egal, welche er aufstellt.« Sie blickte Leana streng an. »Achte darauf, dass er nicht übermütig wird.«

Leana nickte und fragte sich aber im gleichen Augenblick, wie sie das wohl anstellen sollte.

Dann wandte Giselle sich an Florie. »Kannst du mir helfen, ein paar Dinge für die beiden zusammenzupacken?«

Florie nickte, Aleyn hingegen sagte: »Ich möchte mitgehen. Und Florie bestimmt auch.«

Das Mädchen nickte schnell und starrte bittend zu Leana.

Diese streckte die Hand aus und zog das Mädchen an sich. »Ich weiß, aber es ist wirklich besser, wenn ihr hierbleibt. Hier können alle viel besser auf euch aufpassen. Aber ich werde in Gedanken immer bei dir sein.«

»Kommst du wieder?«, fragte Florie mit dünner Stimme.

»Das werde ich.« Fast hätte sie es dem Mädchen versprochen, doch sie schwieg, denn das konnte sie nicht versprechen.

Giselle lächelte die beiden Kinder an. »Ich glaube gern, dass ihr mitgehen wollt, aber ehrlich gesagt wäre mir ohnehin wohler, wenn ihr bei mir bleibt. Ihr habt mir beide heute so wunderbar geholfen und ich weiß gar nicht, wie ich es ohne euch schaffen soll. Könnt ihr mir den Gefallen tun und auf eine alte, kranke Frau aufpassen?« Jetzt war sie es, die die Hand nach Florie ausstreckte.

Sofort lehnte das Mädchen sich an sie und nickte. »Natürlich.«

Aleyn zögerte nur einen Moment, aber dann nickte er auch. »Aber Ihr kommt wieder, nicht wahr? Ihr lasst uns nicht zurück?«

Leana sah Gawayn schlucken, dann wuschelte er dem Jungen durchs Haar. »Ganz bestimmt komme ich zurück. Ich muss nur in Ruhe nachdenken. Aber es würde mir sehr helfen, wenn du dich in der Zeit um die Frauen kümmerst. Das ist eine wichtige Aufgabe.«

Aleyn nickte ernst, aber auf einmal begann sein Kinn zu zittern, so als ob er Tränen unterdrücken müsste. Er war eben doch nur ein Kind. Ein verängstigtes Kind.

Leana legte ihm eine Hand auf die Schulter. »Keine Sorge, Aleyn, das schaffst du. Und du bist auch nicht allein verantwortlich. Rupert wird dich dabei unterstützen, auf Giselle und Florie aufzupassen.«

Die Schultern des Jungen sackten ein bisschen nach unten.

»Leana hat recht«, mischte Gawayn sich ein. »Rupert ist ein erfahrener Kämpfer und ihm liegt sehr an meiner Mutter. Er wird nicht zulassen, dass ihr etwas passiert. Gemeinsam könnt ihr die Frauen beschützen.«

Giselle presste sich eine Hand auf die Brust und schaute ihren Sohn mit Tränen in den Augen an.

»Ob er mir zeigen kann, wie man kämpft?«, fragte Aleyn währenddessen nachdenklich.

»Bestimmt. Und wenn er es nicht tut, dann kümmere ich mich um deine Ausbildung, wenn ich wieder da bin.«

Stürmisch umarmte Aleyn Gawayn und es war so rührend anzusehen, dass auch Leana die Tränen in die Augen traten.

»Hauptsache, Ihr kommt wieder«, murmelte der Junge.

»Ich komme ganz bestimmt wieder«, erwiderte Gawayn und drückte ihn an sich. »Bald werden wir hier in Frieden leben. Mach dir keine Sorgen.«

Leana atmete tief durch. Sie wusste, dass Gawayn die Worte so meinte, aber sie konnte den Frieden noch nicht fühlen.

Ihr Bauchgefühl sagte ihr, dass noch jede Menge Unfrieden auf sie zukommen würde, bevor die Macvails zur Ruhe kamen.

Sie hoffte nur, dass sie irgendwann gemeinsam auf diese

turbulente Zeit zurückblicken konnten und alle unversehrt daraus hervorgehen würden.

Vor allem Gawayn.

21

Es war schon dunkel, als sie die Höhle endlich erreichten. Sie lag versteckt in einem Wäldchen auf der Rückseite einer der Hügel am Rande des Tals von Clachaig.

Sie waren länger gelaufen, als Leana erwartet hatte, aber sie hatten auch der Burg ausweichen müssen und Gawayn hatte sich immer nur im Schutz der Schatten, Bäume und Felsen bewegt. Dabei hatte er ihre Hand fast nie losgelassen und Leana war dankbar dafür. Giselles Worte hatten ihr schon ein wenig Angst gemacht und die ältere Frau hatte recht. Nur weil Leana über neunzig werden würde, hieß das nicht, dass sie vor anderen Grausamkeiten geschützt war.

Doch trotz der Angst wollte sie nicht fort von hier, obwohl sie sonst stets die Erste war, die bei drohender Gefahr die Flucht ergriff.

Gawayn war entspannter geworden, je näher sie der Höhle gekommen waren. Nun zog er sie noch ein Stück weiter in die Dunkelheit. Das Mondlicht, das sie auf dem Weg hierher begleitet hatte, erreichte die Höhle nicht und Leana sah so gut wie nichts, doch Gawayn schien sich orientieren zu können.

»Hier ist eine Felswand.« Er nahm ihre Hand und legte sie auf kalten Stein. »Bleib hier stehen. Ich mache Feuer, dann können wir etwas essen.«

»Ist es nicht zu gefährlich, Feuer zu machen?«, fragte Leana.

»Die Höhle hat einen Abzug, weiter hinten ist eine Felsspalte. Du wirst es gleich sehen.«

»Ich meinte, ob uns dann nicht jemand finden könnte.«

»Nein, Murdoch weiß nichts von dieser Höhle und man kann den Feuerschein von außen nicht sehen. Nur tagsüber sähe man den Rauch. Aber jetzt sind wir sicher.«

Er entfernte sich von ihr und sie hörte das Klappern von trockenem Holz. Dann das Rascheln von Zunder. Zwei Steine, die aneinanderschlugen. Kurz darauf ein paar Funken.

Wie auch am Morgen murmelte Gawayn ein Gebet und bat Gott und die Heiligen darum, im Herzen eine Flamme zu entzünden und keine Arglist und Eifersucht, keinen Neid und keine Furcht hineinzulassen. Der Zunder begann zu knistern, Gawayn blies hinein. Die Flamme wurde größer, erhellte sein Gesicht. Es dauerte nicht lange und der Schein der Flammen erhellte die Höhle.

Staunend schaute Leana sich um. Es war eine natürliche Höhle, lang und schlauchförmig, mit kleinen Ausbuchtungen an den Seiten. Hinten war wie Gawayn gesagt hatte, ein natürlicher Abzug, durch den der Rauch jetzt nach oben entwich, und Leana sah ein paar Sterne funkeln.

Doch was sie am meisten erstaunte, war, dass die Höhle komplett eingerichtet und recht sauber war.

Eine Strohmatratze lag auf dem Boden in der Nähe des Feuers. Darauf lag ein Stapel ordentlich zusammengefalteter Decken. In einer Nische in der Felswand stand eine Kerze sowie ein Becher und ein Krug.

Gawayn hockte immer noch am Feuer und fütterte es mit mehr Holz, das er von einem Stapel in einer anderen Nische nahm, wo es trocken lagerte.

»Hast du hier gelebt?«

Er schaute auf und nickte. »Aber ich war schon seit ein paar Monaten nicht mehr hier.«

»Dann ist das hier dein Zuhause?«

Bei diesem Gedanken fröstelte Leana. Obwohl es einigermaßen eingerichtet war, war es doch nur eine Höhle und sie fand es unvorstellbar, dass Gawayn hier lebte.

»Nein. Es ist nur einer meiner Unterschlüpfe. Ich habe mehrere davon, aber dieser liegt am nächsten am Dorf.«

Ihr Herz zog sich schmerzhaft zusammen. »Wann warst du das erste Mal hier?«

»Ich habe die Höhle entdeckt, als ich vierzehn Jahre alt war.«

Leana versuchte, sich vorzustellen, wie er hier als Halbwüchsiger allein wohnte. Ob er Angst gehabt hatte?

»War es damals auch so sauber?«, fragte sie, um etwas mehr Leichtigkeit in die Situation zu bringen.

Gawayn grinste und schüttelte den Kopf. »Ich habe erst viel später gelernt, dass es mir zugutekommt, wenn ich meine Höhlen ordentlich halte. Mit vierzehn Jahren hatte ich ganz andere Dinge im Sinn.«

Er griff nach dem Beutel, den Giselle ihnen mitgegeben hatte. Als erstes holte er das Essen heraus. Es war nicht viel, nur zwei fast vertrocknete Äpfel, ein schmaler Streifen Schinken, zwei Eier und etwas Hafermehl. Es würde sie nicht wirklich satt machen, aber Leana war sowieso flau im Magen von all der Aufregung und sie wusste, dass Giselle ihnen schon mehr mitgegeben hatte, als sie sich eigentlich leisten konnte.

Gawayn holte den Wasserschlauch heraus und dann das Kleiderbündel, das er Leana reichte. »Du solltest dich besser umziehen. Deine Kleider sind noch klamm von heute Morgen. Das Feuer wird dich zwar wärmen, aber ich will nicht, dass du krank wirst.«

Giselle hatte ihr ein Kleid, ein Unterkleid und einen weiteren Umhang von sich mitgegeben. Letzteren hatte sie auf dem Weg hierher schon getragen. Jetzt löste sie die Schnüre, die die Wolle am Hals zusammenhielten, und streifte sich die Kapuze ab. Diese hatte Gawayn ihr auf dem Weg hierher schon aufgesetzt, da er Sorge hatte, dass man ihre blonden Haare sehen konnte. »Keine andere Frau im Tal hat solch helle

Haare«, hatte er ihr erklärt, »und man kann dich schon aus weiter Ferne sehen, vor allem im Mondlicht. Murdoch wüsste sofort, dass du es bist. Leider ist er nicht dumm.«

Gawayn hingegen schien sich durch die Schatten zu bewegen, als wäre er einer von ihnen. Kein Wunder, dass man ihn den Schattenmann nannte. Aber seine dunklen Haare fielen auch nicht so auf wie Leanas blonde Locken.

Als sie den Umhang gelöst hatte, schaute sie sich unschlüssig nach einem geschützten Ort zum Umziehen um.

»Ich werde noch ein wenig Wasser von der Quelle holen und schauen, ob noch Holz in meinem Vorrat ist. Ich bin gleich wieder da.« Gawayn schaute sie nicht an, während er das sagte, sondern spielte mit dem Griff eines Eimers.

Und schon war er verschwunden.

Leana trat näher ans Feuer, das mittlerweile munter prasselte und Wärme ausstrahlte.

Ihre Finger waren kalt und sie hatte Mühe, die Schnüre ihres Kleides zu lösen. Doch dann hatte sie es geschafft und schälte sich aus dem nassen Stoff. Selbst das Unterkleid war kalt und klamm und sie streifte es sich schnell über die Schultern.

Seit vier Tagen war sie jetzt schon nicht mehr aus dem Kleid herausgekommen. Obwohl sie in der kalten Nachtluft sofort erbärmlich fror, war es auch angenehm, die Kleider wechseln zu können. Am liebsten hätte sie sich gewaschen, aber außer ihrem Trinkwasser im Schlauch hatten sie nichts und das wollte Leana nicht verschwenden. Und sie konnte ja schlecht nackt hier warten, bis Gawayn mit dem Eimer voll Wasser von der Quelle wiederkam.

Sie schüttelte Giselles Unterkleid aus und stieg hinein. Zum Glück war es nicht zu lang. Nichts war anstrengender, als wenn die Röcke permanent auf dem Boden schleiften und man sie anheben musste.

Als sie das Kleid überstreifte, stellte sie fest, dass die Schnüre auf dem Rücken angebracht waren. Und es waren viele, die kreuzweise verschlungen waren. Fast wie ein

Korsett. Leana vermied solche Kleider immer, weil sie sie kaum ohne Hilfe öffnen und schließen konnte.

Unruhig versuchte sie, die Schnüre hinten zusammenzuziehen – erfolglos, sie verdrehte sich beinahe den Arm dabei. Doch sie konnte das Kleid auch nicht einfach auflassen, denn dann hatten ihre Brüste keinen Halt, einen BH trug sie natürlich nicht. Fabelhaft.

»Ich bin wieder da«, ertönte gerade da Gawayns Stimme vom Eingang.

Eilig griff sie nach ihrem Umhang und hielt ihn vor der Brust zusammen, als Gawayn in die Höhle zurückkam.

Sofort glitt sein Blick über sie. Leanas Wangen wurden ganz heiß, dabei war sie von Kopf bis Fuß in Stoff eingehüllt, es gab gar nichts zu sehen. Aber vielleicht war es einfach auch nur die Art, wie er sie anschaute. Hungrig irgendwie.

Zögernd blieb er im Eingang der Höhle stehen und lächelte. »Es ist ungewohnt, nicht allein hier zu sein.«

Leana erwiderte sein Lächeln. »Das glaube ich.«

»Ist alles in Ordnung?«

Leana schüttelte den Kopf, bevor sie weiter darüber nachdenken konnte. »Ich kann die Schnüre am Rücken nicht allein schließen. Könntest du … mir helfen?«, fragte sie unsicher.

Er schien für einen Moment zu erstarren. Dann räusperte er sich. »Die Schnüre schließen«, wiederholte er und Leana fragte sich, ob sie vielleicht doch zu weit gegangen war. Dachte er womöglich, dass sie es nur tat, weil sie ihn verführen wollte? Ob Frauen dieses *Problem* in dieser Zeit womöglich als Trick nutzten, um Männern näherzukommen?

Schnell schüttelte sie den Kopf. »Ach, verzeih. Es ist schon gut. Es geht sicher auch so.« Sie trat zwei Schritt zurück.

Gawayn war so schnell bei ihr, dass sie erschrak. Er packte sie am Arm und riss sie ein Stück nach vorn, dann beugte er sich runter und klopfte auf den Saum ihres Kleides.

Als er sich wieder aufrichtete, war sein Blick besorgt. »Du hättest beinahe Feuer gefangen.«

Erstaunt schaute Leana an sich herunter. Mit dem Schritt

rückwärts war sie tatsächlich fast ins Feuer getreten und die Flammen waren dem Saum ihres Kleides gefährlich nah gekommen.

»Tut mir leid«, sagte sie.

»Dafür gibt es keinen Grund. Die Höhle ist eng und man muss sehr aufpassen, wo man hintritt.« Er drehte sie an den Schultern herum, nahm ihr den Umhang von den Schultern und reichte ihn ihr.

Ein Windhauch strich über ihren Nacken und sie wusste nicht, ob es die Nachtluft war oder Gawayns Atem.

Leana presste sich den Umhang vor die Brust und wollte sich umdrehen. »Das ist nicht nötig. Ich …«

Doch seine Finger waren schon an den Bändern des Kleides. Mit schnellen Bewegungen zog er sie zusammen, nicht zu fest, sodass sie nicht mehr atmen konnte, und auch nicht zu locker. Er schien Erfahrung damit zu haben.

Er arbeitete sich von unten hinauf und als er fast oben angekommen war, strich er ihr die Haare aus dem Nacken.

Leana erschauderte so offensichtlich, dass es ihr unangenehm war.

»Soll ich sie hochhalten?«, fragte sie und ihre Stimme kippte am Ende.

»Nicht nötig. Ich bin schon fertig.«

Er nahm ihre Haare und strich sie zurück auf ihren Rücken, nur einmal schien eine seiner Fingerspitzen ihre nackte Haut zu berühren.

»Willst du den Umhang umlegen?« Seine Stimme war sanft und viel zu dicht an ihrem Ohr.

Atemlos nickte sie und gleich breitete er den Umhang über ihre Schultern.

Dann trat er zurück und nahm den Eimer wieder auf. Als er an ihr vorbei zum Feuer ging, schaute er sie nicht an und Leana stellte erstaunt fest, dass sie enttäuscht war, dass der Moment vorbei war.

Auf einmal wünschte sie sich, er hätte sie in den Nacken geküsst. Sie liebte es, dort berührt zu werden, es war eine ihrer empfindlichsten Stellen und seit Jahren hatte sie dort niemand mehr angefasst. Außer ihm. Eine tiefe, schmerzvolle Sehnsucht stieg in ihr auf.

Doch sie schob das Gefühl beiseite. Jetzt war sowieso nicht der richtige Zeitpunkt für so etwas. Immerhin versteckten sie sich vor einem Mann, der ihnen Schlimmes antun konnte.

»Kann ich etwas helfen?«, fragte sie, als sie sah, dass Gawayn ein Gestell über dem Feuer aufbaute, an das er eine Art tiefe Pfanne hängte.

»Ich komme schon zurecht. Danke.« Er wies mit einem Nicken auf die Matratze. »Setz dich doch. Es tut mir leid, dass ich dir nicht mehr anbieten kann. Ich bin keinen Besuch gewöhnt.«

»Das ist schon in Ordnung«, erwiderte Leana und ließ sich auf die Matratze sinken. Mit dem Rücken lehnte sie sich an die glatte Felswand und streckte die Füße näher an das warme Feuer.

Während Gawayn das Essen zubereitete, sprachen sie nicht viel und Leana hatte Zeit, sich Gedanken darüber zu machen, was heute eigentlich geschehen war. Die Hochzeit und das Gespräch mit Giselle schienen Wochen, wenn nicht Jahre her zu sein.

Schließlich reichte Gawayn ihr eine Schüssel mit einer Art Spiegelei und einem Brotfladen, den er aus Hafermehl und Wasser zusammengerührt und gebacken hatte. Dazu reichte er ihr den Streifen Speck, doch Leana schüttelte den Kopf. »Ich esse nicht gern Fleisch. Nimm du ihn.«

Er runzelte die Stirn, dann lächelte er wissend. »Meine Mutter auch nicht. Dafür liebt sie Gemüse über alles.« Er wies auf den Platz neben ihr. »Darf ich mich setzen?«

»Natürlich.« Leana rückte ein Stück zur Seite.

Sie biss von dem warmen Brot ab. Es schmeckte köstlich und erst jetzt merkte sie, dass sie doch ziemlich hungrig war.

Sie wandte den Kopf und schaute Gawayn an, der ins Feuer starrte. »Darf ich dich etwas fragen?«

Er blickte sie an und lächelte. »Alles.«

»Ich weiß, dass du den ganzen Weg zur Höhle darüber nachgedacht hast, was du jetzt tun wirst. Hast du schon eine Idee?«

Er zögerte, dann schüttelte er den Kopf. »Im Grunde hat sich nichts an der Situation verändert. Murdoch sitzt sicher und trocken in der Burg meines Vaters und hat seine Männer, die ihn beschützen. Allein wird es schwierig, an ihn ranzukommen. Aber dieses Mal muss ich es schaffen.«

Leana nahm einen weiteren Bissen von ihrem Brot.

»Warum jetzt?«

Sie sah, dass Gawayn die Frage überraschte. »Weil du da bist«, sagte er schlicht.

Leanas Herz klopfte schneller. »Aber was macht meine Anwesenheit für einen Unterschied, wenn sich sonst nichts geändert hat?«

Gawayn ließ seinen Teller sinken und hob die Schultern. »Meine Mutter hat mir von dir erzählt, als ich zwölf Jahre alt war. Seitdem habe ich dich gesucht und darauf gewartet, dass du endlich kommst. Denn ich wusste, dass sich das Blatt dann wenden wird.«

Am liebsten hätte sie gefragt: *Und was, wenn nicht?* Aber das brachte sie nicht über sich.

»Ich wusste, dass es meine Aufgabe ist, dich zu finden und hierherzubringen. Diese Aufgabe habe ich erfüllt. Nun ist es Zeit, aus den Schatten zu treten.«

Leana starrte in die Flammen. »Aber ich weiß überhaupt nicht, wie ich dir helfen kann. Wie ich euch helfen kann. Heute Morgen noch dachte ich, dass ich euch gutes Saatgut bringen kann, damit ihr bessere Ernten habt. Aber ich glaube, ich habe mich geirrt.«

Er schaute sie von der Seite an. »Glaubst du, dass es etwas anderes ist?«

»Ich denke ja, aber es ist mir ein Rätsel, was es sein könnte. Ich werde ganz sicher nicht an deiner Seite gegen Murdoch und seine Männer kämpfen. Zumindest nicht mit einem

Schwert.« Sie holte tief Luft. »Wie genau lautete die Prophezeiung eigentlich?«

Gawayn zog eine Grimasse. »Sie ist nicht sehr aussagekräftig.«

»Sag sie mir trotzdem.« Eigentlich war es grotesk, denn sie würde diese Prophezeiung in 60 Jahren selbst aussprechen.

»Eine Frau aus Eriness wird hierherkommen und den Clan retten, ihn von der Tyrannei befreien.« Er stellte den Teller weg und fuhr sich durchs Haar. »Und ich werde derjenige sein, der sie sicher hierherbringt.«

Leana runzelte die Stirn. »Kein Wort darüber, wie genau diese Frau das tun wird?« Sie ärgerte sich über ihr zukünftiges Ich. Ein Hinweis wäre doch nicht schlecht gewesen.

Gawayn schüttelte den Kopf. »Leider nein.«

Leana schob sich das letzte Stück Brot in den Mund und dachte nach. »Aber du bist sicher, dass ich den Clan aus der Tyrannei befreien soll?« Den Teil hatte ihr bisher noch keiner gesagt. Dann hätte sie sich das mit dem Saatgut ja auch sparen können.

»So hat meine Mutter es gesagt.«

»Und damit ist Murdoch gemeint?«

»Ich denke schon. Er ist zumindest derjenige, der uns tyrannisiert.«

Leana seufzte. »Dann lag ich mit dem Saatgut wirklich falsch. Schade, es wäre viel einfacher gewesen.«

Gawayn lächelte schief. »Ich weiß zwar nicht, wie du das schaffen willst, aber ich denke, unsere Leute würden nicht Nein sagen, wenn du ihnen etwas bringen würdest, was die Ernten sichert.«

Leana aß den letzten Rest vom Ei. »Aber wenn Murdoch ihnen dann alles wieder wegnimmt, war es auch umsonst. Deswegen wird es vermutlich erst Sinn ergeben, wenn Murdoch fort ist. Also müssen wir uns zuerst darum kümmern.«

Gawayn legte die Hände um ein Knie und schaute sie von

der Seite an. »Es gefällt mir, wenn du ‚wir' sagst und gleichzeitig macht es mir Angst.«

»Warum macht es dir Angst?«

»Weil ich nicht will, dass dir etwas passiert.« Er zögerte. »Ich könnte es nicht ertragen.« Er hielt ihren Blick noch für ein paar Sekunden fest, dann schaute er ins Feuer.

Leana spürte, wie Hitze in ihre Wangen stieg und sie wusste nicht, was sie darauf antworten sollte.

Schließlich räusperte sie sich. »Es gibt ein paar Dinge, die ich immer noch nicht verstanden habe. Ich weiß, dass Murdoch sich den Titel des Chiefs der Macvail unrechtmäßig angeeignet hat.«

Gawayn schüttelte den Kopf. »Er ist nicht unser Chief. Wir haben ihm nie die Treue geschworen.«

»Niemand? Oder nur du und deine Mutter nicht?«

»Ein paar der Leute haben ihn akzeptiert, weil sie keine andere Möglichkeit gesehen haben. Aber der Clan hat ihn nicht zu seinem Chief gemacht. Doch das war egal, denn er hat alle gleich schlecht behandelt. Man kann ihm nicht trauen.«

»Was würde passieren, wenn Murdoch auf einmal nicht mehr da wäre? Wer würde dann Chief werden?«

Gawayn schluckte. »Da er keine Kinder hat, die Anspruch auf all das erheben könnten, was er sich erschlichen hat, würde ein neuer Chief eingesetzt werden müssen.« Er wich ihrem Blick aus.

»Und das bist du? Oder gibt es noch jemand anderen?«

»Ich denke, dass Allan Macdonald versuchen würde, sich einzumischen.«

Überrascht blickte Leana ihn an. Allan Macdonald war Blaires Schwager und sie lebte auf seiner Burg Finleven. Er war kein einfacher Mann und hatte sich mit Duncan in einer blutigen Fehde bekämpft, bis die Schwestern Maira und Blaire interveniert und es geschafft hatten, dass die beiden Clans Frieden schlossen. Auch wenn Allan und Duncan keine Freunde waren und es auch nie werden würden, weil sie sich viel zu wenig vertrauten, so hielten sie zumindest Frieden.

Leana war ihm selbst ein paarmal auf Eriness begegnet. Sie konnte nicht gerade behaupten, dass sie ihn gern mochte, er hatte etwas Verschlagenes und Machtgieriges an sich. Menschen waren ihm eigentlich egal. Wenn Blaire nicht so eine starke Frau wäre, die als Heilerin viel Macht besaß, würde Leana sich Sorgen um sie machen.

»Was hat er damit zu tun?«

»Sein Vater und dann später er waren früher Murdochs Lehnsherr und haben Murdoch unterstützt, als der sich durch die Heirat mit der Frau meines Vaters die Ländereien hier erschlichen hat. Deswegen glaubt er jetzt Ansprüche auf das Land der Macvails zu haben. Ich denke, das war von Anfang an sein Plan.« Gawayns Miene wurde finster. »Außerdem war sein Vater derjenige, der beim König vorgesprochen hat, um meinen Vater des Viehdiebstahls zu bezichtigen. Damit fing alles an.«

Es fiel Leana immer noch schwer, all diese undurchdringlichen Verbindungen in den Highlands zu verstehen. Jeder hatte mit jedem eine Geschichte und es gab Animositäten, die seit Generationen zwischen den Clans schwelten.

»Glaubst du, dass Allan eine Chance hätte, den Clan der Macvails zu übernehmen, wenn Murdoch nicht mehr sein sollte?«

»Ich denke nicht«, sagte Gawayn zögernd.

Als er nicht weitersprach, fragte Leana: »Aber?« Sie spürte, dass da noch mehr war. Eine diffuse Angst ging von Gawayn aus, aber sie hatte keine Ahnung, worum es wirklich ging.

»Aber die Menschen wollen Sicherheit und wenn Allan Macdonald sie ihnen bietet, dann weiß ich nicht, was sie tun werden.«

»Du meinst deine Leute?«

Er blickte sie nur kurz an, doch sie sah Unsicherheit in seinen Augen. »Ja. Sie entscheiden, wen sie als neuen Chief wollen.«

»Das heißt, sie können frei wählen?« Leana hasste es, dass

sie nicht genug über die Feinheiten des Clansystems wusste und solche Fragen stellen musste.

»Nein, aber sie können kämpfen, wenn es ihnen nicht gefällt.«

Eine Weile war nur das Knacken des Feuers zu hören.

»Glaubst du, dass sie damals gegen Murdoch hätten kämpfen sollen?«

Er schüttelte den Kopf. »Sie wussten nicht, wie schlimm es werden würde. Außerdem gab es niemand anderen, der Chief hätte werden können.«

»Du warst noch ein Kind«, stellte sie fest.

Er nickte, sagte aber nichts.

»Aber du bist ein Mann geworden.« Für einen Moment ließ sie den Satz im Raum hängen. »Hättest du erwartet, dass sie für dich kämpfen, als du erwachsen geworden bist?«

Er biss die Zähne zusammen und sie konnte seine Antwort fühlen, ohne dass er es aussprechen musste.

Schließlich hob er die Schultern. »Es war noch nicht an der Zeit. Wir haben noch gewartet.« Jetzt blickte er sie doch an. Aber nur kurz. »Auf dich.«

Wieder flatterte Leanas Herz. Es war so merkwürdig, dass diese Menschen, die sie bis vor zwei Tagen noch nie getroffen hatte, so viel Wert auf ihr Erscheinen gelegt hatten. Sie stellten so hohe Erwartungen an sie ... aber auch an Gawayn. Und umgekehrt war es genauso, auch er erwartete gewisse Dinge von seinem Clan.

Auf einmal sah sie ganz klar, was ihn beschäftigte. Ohne darüber nachzudenken, griff sie nach seiner Hand und verschränkte ihre Finger mit seinen. »Du hast Sorge, dass sie jetzt nicht für dich kämpfen werden, nicht wahr? Dass sie nicht hinter dir stehen?«

Wieder schien er zu erstarren und sein Atem ging ganz flach. Lediglich ein kurzes Nicken war seine Antwort.

Leanas Herz weitete sich für ihn und am liebsten hätte sie ihn in den Arm genommen. Seit Jahren lebte er in den Schatten und wartete auf seine Chance. Er musste sich verstecken und konnte nicht zusammen mit seiner Familie leben. Er war der einzige Sohn des vorherigen Chiefs, und auch wenn er unehelich war, hatte er das Recht, Chief der Macvails zu werden. Doch seine große Sorge war, dass die Menschen ihn nicht unterstützten, sondern Sicherheit wählten.

»Ich glaube, dass sie für dich kämpfen werden.«

»Das kannst du nicht wissen«, raunte er.

Sie rückte näher an ihn heran, sodass sich ihre Oberarme berührten. »Schau mich an«, sagte sie sanft.

Nach kurzem Zögern tat er, worum sie ihn gebeten hatte. Er versuchte, seine Verletzlichkeit zu maskieren, aber sie konnte sie trotzdem sehen.

Leise sagte sie: »Natürlich kann ich es nicht sicher wissen. Aber ich weiß, was ich fühle. Gestern auf der Hochzeit habe ich gesehen, wie die Menschen aus deinem Clan dich anschauen. Sie vertrauen dir, sehen zu dir auf, fragen nach deinem Rat, richten sich nach dir. Dasselbe passiert mit deiner Mutter. Sie verehren sie und räumen ihr einen besonderen Platz in ihrer Gemeinschaft ein. Sie ist eine der Anführerinnen. Und zwar auch, weil ihr Sohn der eigentliche Chief ist. Diese Menschen respektieren euch beide und wenn ihr sie darum bittet, dass sie für dich und deinen rechtmäßigen Platz kämpfen, dann werden sie das tun.«

Er schluckte deutlich. »All die Jahre hatte ich immer ein Ziel, eine Aufgabe. Ich musste dich finden und nach Clachaig holen. Und ich wusste sicher, dass ich es schaffen und zumindest bis dahin überleben würde. Das war beruhigend und zugleich hat es mich furchtlos gemacht. Deswegen bin ich Risiken eingegangen, die manchmal wahnsinnig waren. Alle haben sich auf mich verlassen, dass ich es schaffen würde. Denn alle haben darauf gewartet, dass du endlich kommst.«

»Und jetzt hast du mich gefunden«, sagte Leana.

»Ja. Jetzt habe ich dich gefunden.« Er schaute kurz zu ihr, dann wieder in die Flammen. »Was ist, wenn mein Weg hier endet? Was ist, wenn ich nun, da ich die Aufgabe erfüllt habe, nicht mehr gebraucht werde?«

Sie setzte sich auf und drückte seine Hände. Sein gequälter Gesichtsausdruck zog an ihrem Herzen. »Ich denke, dass es an dir ist, dir eine neue Aufgabe zu suchen. So geht es jedem von uns. Ich habe immer gedacht, dass es meine Aufgabe wäre, die Frau von ...« Sie schaffte es nicht, Marcs Namen auszusprechen, er hatte hier gerade keinen Platz. »Die Frau von jemandem zu sein. Doch als mein Mann gestorben ist, war ich das nicht mehr und trotzdem habe ich jahrelang daran festgehalten.« Sie brachte ein schwaches Lächeln zustande. »Bis du gekommen bist.«

Dieses Mal schaute er sie länger an und ihr Lächeln vertiefte sich.

»Und nun bin ich hier und habe diese neue Aufgabe, von der ich noch nicht einmal weiß, wie sie aussieht. Aber ich glaube, dass sie mich endlich auf den Weg zu einem glücklicheren Leben führt.«

Er runzelte die Stirn. »Bist du nicht glücklich?«

Leana hob die Schultern. »Im Moment bin ich etwas in Sorge, dass dieser Murdoch, den ich noch nicht einmal kenne, irgendjemandem, den ich in den letzten Tagen kennengelernt habe, etwas antut. Aber ich bin nicht unglücklich und wenn ich ganz ehrlich bin ...« Sie senkte ihre Stimme zu einem Flüstern. »... fühlt es sich gut an, zu wissen, dass ich möglicherweise einen ganzen Clan retten soll. Es ist eine ehrenvolle Aufgabe. Aber sag das bitte niemandem. Es klingt so hochmütig.«

Das entlockte ihm ein Lächeln. »Du bist alles andere als hochmütig.« In seinen Augen stand eine Wärme, die der des Feuers in nichts nachstand.

Sanft strich sie ihm über die Wange. »Und du bist alles andere als einsam. Und du wirst es auch niemals sein.«

Sein Blick wurde ernst. »Woher weißt du das alles über mich?«

»Dass du Angst davor hast, allein zu enden?«

Er presste kurz die Lippen zusammen und schaute zur Seite. Schließlich nickte er. »Ich habe noch nie mit jemandem darüber gesprochen. Und zum Teil war es mir nicht einmal selbst klar, bis du es ausgesprochen hast.« Forschend schaute er sie an. »Also, woher weißt du das alles?«

»Weil ich dich kenne.« Wieder strich sie ihm über die stoppelige Wange und er wandte den Kopf, um sein Gesicht in ihre Hand zu schmiegen. Doch er ließ sie nicht einen Moment aus den Augen. Leana lächelte. »So wie ich dich kenne, kennst du mich auch. Vermutlich war das schon immer so.« Und es würde immer so sein, das erkannte sie in diesem Augenblick.

Obwohl sie sich erst vor wenigen Tagen begegnet waren, war es ihr, als ob er immer in ihrer Nähe gewesen wäre. Er war ihr gar nicht fremd. Ganz im Gegenteil.

Er lächelte wehmütig. »All die Jahre, in denen ich dich gesucht habe, habe ich mich immer gefragt, wie ich dich erkennen würde. Meine Mutter sagte, dass ich es wüsste, wenn ich dich sehe. Und so war es. Es war, als würden wir uns schon immer kennen.«

»So war es bei mir auch«, flüsterte sie.

Er hob die Augenbrauen und auf einmal glitzerte wieder der Schalk in seinen Augen, als er sanft eine Hand an ihre Wange legte. »Ich fürchte, ich muss widersprechen. Du hast mich nicht erkannt und wenn ich ehrlich bin, hat mich das überrascht.«

Sie erinnerte sich gut an den Moment. Es war im Turmzimmer gewesen und er hatte sie angesehen, als ob er auf etwas wartete.

»Das mag sein. Aber tief in meinem Herzen kannte ich dich.«

Ihre Gesichter waren sich immer näher gekommen und es gab nur noch sie beide. Die Welt um sie verschwamm.

Zärtlich strich er mit dem Daumen über ihren Mund. Sein Blick glitt über ihr Gesicht und er lächelte. »Du bist so schön. Ich habe mir so oft vorgestellt, wie du aussehen wirst, aber ich hätte nie gedacht, dass du so schön sein würdest«, raunte er ehrfürchtig.

Jetzt war sie es, die ihre Wange in seine Hand schmiegte.

Sie wandte den Kopf und küsste seine Finger. Gawayn atmete tief ein, so als wäre er erleichtert.

Auf einmal erfasste Leana eine tiefe Sehnsucht nach ihm. Sie wusste, dass der Moment gekommen war. Hier, in einer dunklen Höhle mitten im Nirgendwo fühlte sie sich … bereit.

Gawayn schaute sie an. Da war eine Frage in seinen Augen, eine Frage, die ihren Bauch zum Kribbeln und ihr Herz zum Singen brachte. Es war eine Frage, die sie zu gern mit ‚Ja' beantwortete. Eine andere Möglichkeit gab es gar nicht. Das hier war richtig.

Noch bevor er etwas tun konnte, beugte sie sich vor und legte ohne zu zögern ihre Lippen auf seine. Die Berührung war elektrisierend und beruhigend zugleich. Es war so richtig.

Ein paar Herzschläge lang genoss sie das Gefühl, ihm so nah zu sein. Dann umfasste Gawayn ihr Gesicht und begann, sie vorsichtig zu küssen. Leana war, als würde sie auf Wolken schweben, so wunderbar war es.

Keiner von beiden schloss die Lider und Leana wollte in der Tiefe seiner Augen ertrinken. Auf einmal musste sie ihm noch näher sein.

Ohne den Kuss zu unterbrechen, setzte sie sich auf und glitt auf seinen Schoß, sodass sie rittlings auf ihm saß. Sie passte perfekt in seine Arme. Er umfing sie, zog sie an sich und presste ihren Oberkörper an seinen. Wenn es möglich gewesen wäre, dann wäre sie in ihn hineingeschlüpft.

Als er vorsichtig mit der Zunge über ihre Lippen fuhr, seufzte Leana erleichtert, so köstlich war das Gefühl. Ihr war, als hätte sie schon immer darauf gewartet.

Sie öffnete den Mund und traf seine Zunge mit ihrer. Jetzt war er es, der seufzte und sie noch näher zu sich heranzog, wenn das überhaupt möglich war.

Während sie einander mit Zungen und Händen erkundeten, schloss Leana die Augen, um sich ganz diesem Gefühl hinzugeben, ihm so nahe zu sein. Eine helle Freude erfüllte sie und sie wusste, dass genau der richtige Moment gekommen war. Es war alles so, wie es sein sollte.

Sie hatte keine Ahnung, wie lange sie sich geküsst hatten, aber es schienen gleichzeitig Stunden und nur Sekunden gewesen zu sein, als Gawayn mit den Händen unter ihrem Umhang zu ihrem Nacken fuhr und sanft darüber strich. Sie erschauderte unter seiner Berührung und fühlte, wie er an ihrem Mund lächelte.

Er hob sie mit Leichtigkeit an und platzierte sie anders auf seinem Schoß. Es war so wunderbar, in den Armen eines so starken Mannes zu liegen und plötzlich mehr von ihm zu spüren. Vor allem zwischen ihren Beinen war da dieser leichte Druck, der sie ganz atemlos machte. Unwillkürlich begann sie ihre Hüfte zu bewegen. Ihr ganzer Körper begann zu erwachen.

Und als er die Bewegung aufnahm und sich ebenfalls an sie presste, war es, als wäre dies der Funke gewesen, der ein Feuer in ihr entzündete. Plötzlich brannte sie lichterloh.

Ihr Kuss wurde drängender, ihre Hände fuhren wie von selbst in seine Haare und sie konnte gar nichts dagegen tun, dass sich ihre Hüfte bewegte. Ihr Körper hatte die Führung übernommen und sie ließ ihn gern gewähren.

Ein winziger Teil ihres Verstandes fragte sie, ob sie wirklich mit einem Mann schlafen sollte, den sie gerade erst zum ersten Mal geküsst hatte, doch sie musste beinahe lachen.

Die Bedenken, bei welchem Date man jemanden küsste und wann es angebracht war, miteinander ins Bett zu gehen, waren hier völlig fehl am Platze. Sie wollte Gawayn und er wollte sie. Ihre Körper bewegten sich im Einklang, hatten einander endlich gefunden, würden einander Erlösung verschaffen. Es gab kein Zurück mehr und Leana wollte es auch gar nicht. Sie wollte ihm nah sein und ihn ganz spüren.

Die Frage war nicht, ob sie mit ihm schlafen sollte, sondern eher, warum sie nicht mit ihm schlafen sollte. Es war so logisch, so natürlich, es war das, was passieren musste. Und es war gut so.

Sie konnte nicht genug von ihm bekommen, öffnete ihren Mund weiter, schlang die Arme fester um ihn und presste sich so eng an ihn, wie sie nur konnte. Sie spürte, dass er sie mit der gleichen fiebrigen Ungeduld wollte. Gleichzeitig wusste sie, dass er nicht nur auf die körperliche Befriedigung aus war, sondern dass er sich ihr genauso öffnete wie sie sich ihm.

Dann waren seine Hände auf den Schnüren ihres Kleides, begannen daran zu ziehen und sie zu lockern. Leana war sich nicht sicher, ob sie warten konnte, bis die blöden Bänder offen waren. Außerdem hatte es doch einen gewissen Vorteil, dass sie Röcke trug und er das Plaid. Es war nicht sehr kompliziert, zueinander zu finden.

Tavia und auch Maira hatten manchmal schon davon berichtet, was für einen Vorteil diese Kleidungsstücke boten, wenn man Lust auf schnellen Sex hatte und auf einmal wusste Leana, was sie meinten.

Sie zerrte an ihrem Rock und zog ihn samt Unterkleid so hoch, dass ihre Beine frei lagen, dann griff sie nach den Falten von Gawayns Plaid.

Doch zu ihrer Überraschung hielt er ihre Hände fest. »Nein«, sagte er an ihren Lippen.

»Nein?« Ihre Stimme war nur ein Keuchen. »Aber ich möchte gern. Ich will dich.« Wieder bewegte sie ihr Becken so, dass sie sich an ihm rieb. Er wollte sie auch, das spürte sie sehr deutlich zwischen ihren Beinen. Er brauchte sich nicht zurückzuhalten.

Bei ihrer Bewegung schloss er die Augen und stöhnte leise auf. Dann holte er tief Luft und schaute sie wieder an. »Ich muss deine Haut spüren, ich will dich ganz fühlen. Bitte.«

Leana war so abgelenkt von dem Druck zwischen ihren Beinen, dass ihr das Denken schwerfiel. »Du willst, dass wir uns ausziehen?«

Er nickte und küsste ihren Hals, dort wo der Umhang verrutscht war. Sie erschauderte. »Ich halte dich warm, keine Sorge, aber ich muss dich ganz fühlen.«

Und auf einmal wusste sie, was er meinte. Der Gedanke, seine nackte Haut auf ihrer zu fühlen, war nicht nur verführerisch, sondern auf einmal war sie sich sicher, dass sie es nicht überleben würde, wenn sie ihm nicht so nahe sein konnte.

Mit fliegenden Fingern löste sie die Bänder an seinem Hemd. Auch sie konnte nicht mehr länger warten. Diese Ungeduld beim Sex kannte sie von sich selbst gar nicht, aber mit Gawayn war sowieso alles anders und sie hinterfragte nichts mehr.

Unter ihrem Umhang machte Gawayn sich an den Schnüren ihres Kleides zu schaffen und es dauerte nicht lange, da streifte er ihr erst den Umhang, dann das Oberkleid über den Kopf.

Schnell zog er sein Hemd aus, öffnete seinen Gürtel und setzte Leana dann kurzerhand neben sich auf die Matratze. Mit einer schnellen Bewegung hatte er das Plaid abgestreift und während er sich an seinen Stiefeln zu schaffen machte, hatte sie Zeit, ihn in seiner Nacktheit zu bewundern. Er war so unglaublich schön, dass sie sich gar nicht sattsehen konnte. Sie streckte eine Hand aus und strich über die glatte Haut an seinem Oberarm, unter der die Muskeln tanzten. Ein köstlicher Schauer der Vorfreude durchfuhr sie.

Als er sich ihr zuwandte, tanzten die Schatten des Feuers über seinen Körper und erneut konnte Leana nicht anders, als mit den Händen darüber zu fahren. Sie konnte nicht glauben, dass sie diejenige war, die diesen unglaublichen Mann berühren durfte.

Ohne den Blick von ihrem Gesicht zu wenden, zog er ihr Unterkleid aus. Schnell streifte Leana auch ihre Schuhe und die Wollsocken ab.

Fast hätte sie gelacht. In ihrer Zeit hätte sie die groben Socken als unsexy empfunden und sich gefragt, was er wohl von ihr dachte. Aber hier war es egal.

Er nahm sein Plaid, legte es sich um die Schultern und zog sie wieder auf seinen Schoß. Dann hüllte er sie beide in die warme Wolle ein.

Als seine Finger über ihren nackten Rücken strichen und sich ihre Brust und ihr Bauch an seine warme Haut drückten, war es wie ein Schock und Leana erstarrte, um de Gefühle, die sie überfluteten, Herr zu werden.

Sie ließ den Kopf auf seine Schulter sinken und versuchte einfach nur zu atmen. Es war beinahe zu viel.

Gawayn küsste ihre Haare. »Ich weiß«, flüsterte er in ihr Ohr, so als hätte er ihre Gedanken gelesen. »Mir geht es genauso.«

Doch es dauerte nicht lange und ihr Körper hatte sich an diese neuen Empfindungen gewöhnt und sie begann ihrerseits über seinen Rücken zu streicheln.

Gawayn seufzte leise und ließ seine Hände über ihre Beine gleiten, fast bis hinab zu ihren Füßen und wieder hinauf, über ihren Po und die empfindliche Stelle am Ende ihres Rückens, wo all diese Nervenbahnen zusammenliefen.

Leana drückte den Rücken durch und durch diese Bewegung fühlte sie ihn erneut zwischen ihren Beinen. Jetzt war nichts mehr zwischen ihnen.

Ihre Lippen fanden seine und sie nahmen den Kuss wieder auf. Warm und weich war sein Mund und genauso gierig wie ihrer.

Leana fühlte selbst, wie feucht sie war und es erstaunte sie, denn normalerweise brauchte sie viel länger dafür. Sie wollte ihn in sich fühlen und ihr war, als wäre es die natürlichste Sache der Welt, nichts, was sie jemals infrage stellen musste.

Sie setzte sich auf und positionierte sich so, dass er direkt an ihrem Eingang war. Für den Bruchteil einer Sekunde übernahm ihr Verstand aus dem 21. Jahrhundert die Kontrolle.

Geht das nicht zu schnell?

Nein, es war alles richtig.

Was ist mit Verhütung?

Leana kniff die Augen zusammen. Seit ein paar Jahren nahm sie die Pille nicht mehr und natürlich hatte sie auch keine Spirale, denn eigentlich hatte sie nicht damit gerechnet, in ihrem Leben überhaupt noch einmal Sex zu haben. Sie hatte immer gedacht, dass sie sich darum kümmern würde, wenn es so weit war, und dann sowieso Kondome benutzen würde.

Doch auch das war in diesem Moment so egal. Es war doch sowieso alles vorherbestimmt. Wenn sie schwanger werden sollte, dann wäre es eben so. Vielleicht würde das ein Teil ihres glücklichen Lebens sein. Und sie würde diese Situation schon meistern, denn sie wusste, dass Gawayn sie niemals damit allein lassen würde.

Danach verstummte ihr Verstand und sie gab sich ganz dem Fühlen hin. Sie schlang die Arme um Gawayns Hals, schaute ihm in die Augen und glitt langsam auf ihn, bis er ganz in ihr war.

Sie sah das Wunder in seinen Augen, das sie selbst fühlte. Er füllte sie so unglaublich aus. Es war perfekt.

Eine Weile saßen sie einfach nur so da, genossen die Nähe des anderen, schauten einander an. Dann begann Leana sich zu bewegen und Gawayn atmete zitternd ein. Er zog sie zu einem Kuss heran, träge, tief und trotzdem voller Leidenschaft.

Er umschlang sie mit seinen Armen, umfasste ihren Hinterkopf, zog sie immer näher zu sich heran, tauchte mit der Zunge tief in ihren Mund. Und auch Leana klammerte sich an ihm fest, versuchte so viel von seiner Haut wie möglich anzufassen.

Er berührte etwas ganz tief in ihrem Inneren, von dem sie nicht gewusst hatte, dass es zum Leben erweckt werden musste. Aber jetzt, da es wach war, streckte es kraftvoll seine Flügel aus und Leana wusste, dass sie genau da war, wo sie sein musste. In seinen Armen.

Sie gab den Rhythmus vor und spürte, dass es Gawayn gefiel. Doch die Antwort seiner Hüften, wie er sich ihr entgegenhob, wurde drängender und intensiver, sein Stöhnen tiefer und sie fühlte Schweiß auf seiner Stirn.

Auf einmal hielt er ihre Hüfte fest, sodass sie sich nicht mehr bewegen konnte.

»Was ist?«, fragte sie atemlos. Ihr Körper wehrte sich, wollte weitermachen und dem Orgasmus entgegenstreben.

Er atmete tief ein und aus und sie fühlte seinen Atem auf ihrer schweißnassen Brust. »Ich will noch nicht, dass es vorbei ist.«

Unwillkürlich rieb sie sich wieder an ihm und er biss die Zähne zusammen.

»Aber wenn du dich weiter so bewegst, dann finde ich ein schnelles Ende.«

Leana lächelte an seinem Mund und glitt mit der Zungenspitze über seine Lippen. Sie konnte sich nicht daran erinnern, dass sie sich beim Sex schon einmal so kraftvoll und weiblich gefühlt hatte. So begehrt und bewundert.

»Ich will auch nicht, dass es aufhört«, flüsterte sie. »Niemals.«

Er umfasste ihre Wange mit einer Hand und zog sie wieder zu einem Kuss heran. Es war so köstlich, dass Leana seufzte.

Dann strich er ihr eine Haarsträhne aus dem Gesicht. Seine grünen Augen waren ernst und intensiv. »Es hat sich noch nie so angefühlt.« Er schien verwundert und verwirrt zugleich zu sein.

»Ich weiß«, sagte sie und entspannte sich, um ihn noch etwas tiefer in sich aufzunehmen. Als es ihr gelang, zitterte Gawayn und sie fühlte, wie viel Willenskraft es ihn kostete, seinen Körper zurückzuhalten.

Sie nahm sein Gesicht in beide Hände, schaute ihm tief in die Augen und bewegte ihr Becken nur ganz wenig, in so einem Winkel, dass er ihren tiefsten Punkt berührte.

»Das meine ich«, sagte er und bewegte ihre Hüfte mit den Händen ein winziges Stück weiter. »Es ist unglaublich.«

Leana lächelte. »Das ist, weil wir uns schon immer kennen und endlich zusammengefunden haben. Du kennst mich und weißt, wie sehr ich dich brauche.«

Zu ihrer Überraschung glänzten seine Augen, dann kniff er sie fest zusammen. Doch Leana hätte ihn gar nicht anschauen müssen, um zu wissen, was er fühlte. Sie waren so eng miteinander verbunden, dass sie eins waren. Sie fühlte die gleiche Rührung, innige Verbundenheit und Liebe, die auch er empfand.

Ihr war, als würde zwischen ihnen eine Energie strömen. Von ihrem Herz zu seinem, von dort zu der Stelle, wo sie so tief miteinander verbunden waren und wieder zurück zu ihrem Herzen. Immer im Kreis und mit jedem Herzschlag wurde diese Energie stärker, floss zwischen ihnen und pulsierte, verband sie für immer miteinander. Und sie konnten beide nur staunend fühlen, wie die Liebe zwischen ihnen mit jedem Herzschlag wuchs.

Leana küsste ihn wieder, dann sagte sie leise: »Du brauchst keine Angst zu haben, dass es aufhört. Das mit uns wird niemals aufhören.«

Er zog sie so zu sich heran, dass seine Stirn ihre berührte. Ohne ihren Blickkontakt zu unterbrechen, begann er ihre Hüfte so zu bewegen, dass es diese unglaubliche Energie zwischen ihnen noch steigerte. Alles in Leana schien zu pulsieren.

Sie nahm den Rhythmus auf, den er vorgab, und es dauerte nicht lange, bis sich ihr Orgasmus ankündigte. Doch es war kein verzweifelter Druck wie sonst, sondern eine überwältigende Flutwelle, die sich in ihren Tiefen aufbaute. So etwas hatte sie noch nie erlebt.

Sie wimmerte und Gawayn antwortete mit einem tiefen Stöhnen.

»Leana ...« Seine Stimme war heiser und die Art, wie er ihren Namen sagte, so vertraut und gleichzeitig so sehnsuchtsvoll, brachte die Welle in ihr zum Brechen und der Orgasmus brandete über sie hinweg, sodass sie nichts anderes tun konnte, als sich an Gawayn festzuklammern und in seinen Augen zu versinken, als er kurz nach ihr kam.

Sie hielten einander, bis das Rasen ihrer Herzen langsamer wurde und sie wieder Atem holen konnten.

Gawayn streichelte sanft ihren Rücken und zog irgendwann das heruntergerutschte Plaid wieder hoch.

Leana lehnte sich an seine breite Brust und atmete tief aus. Alles war richtig, so unglaublich richtig. Sie hätte niemals daran zweifeln sollen.

22

Als in den frühen Morgenstunden bereits graues Licht in die Höhle sickerte, erwachte Leana von Gawayns Berührung. Zärtlich strich er über ihre Schulter.

Noch immer waren sie nackt, eingekuschelt unter seinem Plaid und zwei weiteren großen Wolldecken. Ihr Gesicht war kühl, aber der Rest ihres Körpers wohlig warm.

Es war vor allem Gawayns Körperwärme, die es so kuschelig machte. Und vermutlich der Sex, den sie seit gestern Abend dreimal gehabt hatten. Jedes Mal war es anders gewesen. Sie hatten den Körper des anderen immer mehr erkundet und Leana gefiel nicht nur sein Körper, sondern auch sein Verhalten beim Sex. Er war so vorsichtig mit ihr, fürsorglich, gleichzeitig leidenschaftlich, und vor allem ließ er seine eigenen Gefühle zu. Gawayn wollte mit dem Sex nicht nur seinen Körper zufriedenstellen, sondern auch seinen Geist, sein Herz und seine Seele.

Die ganze Zeit hatte er ihr tief in die Augen geschaut und sie sah immer noch die Verwunderung darin. Aber vermutlich sah sie ihn auf die gleiche Weise an. Sie konnte nicht glauben, dass sie sich so nah waren und es sich so gut anfühlte.

»Ich wollte dich nicht wecken«, sagte er leise. »Aber ich musste dich anfassen.«

Leana lächelte und schlang die Arme um seinen Hals. »Bist du gar nicht müde?«

Ein Schatten huschte über sein Gesicht und er schüttelte den Kopf.

Erst jetzt begriff Leana, dass sie etwas Entscheidendes vergessen hatte: Bei all den Gefühlen, dem innigen Miteinander, dem großartigen Sex und den drei Orgasmen hatte sie die Welt draußen vollkommen verdrängt. Es war so viel einfacher, wenn sie nicht daran dachte, dass da draußen ein Mann Gawayn etwas Schlechtes wollte. Und ihr womöglich auch.

Sie beugte sich vor und küsste ihn sanft auf den Mund. »Du hast darüber nachgedacht, was du jetzt tun wirst.«

Es war keine Frage, aber er nickte trotzdem.

»Weißt du schon mehr?«

Er stützte den Kopf auf die Hand und malte kleine Kreise auf ihre Brust und ihren Bauch. »Nein. Ich habe keine Ahnung, wie ich es anstellen soll. Murdoch hat immer noch mehr Männer und mehr Macht als ich, daran hat sich nichts geändert.« Er küsste ihre Hand und lächelte sie liebevoll an. »Auch wenn alles andere neu ist.«

Leana strich ihm ebenfalls über die nackte Haut an Oberarmen und Brust. Sie konnte die Hände ebenso wenig von ihm lassen.

»Wie wäre es, wenn wir darüber sprechen und ich dir ein paar Fragen stelle? Vielleicht wird es dann klarer.« Auch das war eine Erfahrung aus der Therapie und Trauerbegleitung, die sie mittlerweile in vielen anderen Situationen ihres Lebens anwandte. Klug gestellte Fragen waren hilfreicher als jeder Ratschlag, denn man musste seine Antworten selbst finden.

Gawayn sah nicht überzeugt aus, aber schließlich nickte er.

Leana drehte sich auch auf die Seite, sodass sie einander gegenüber lagen. »Was willst du?«, fragte sie und wusste, dass sie gleich mit der schwierigsten Frage begann.

Sein Blick glitt an ihr herunter und blieb an ihren Brüsten hängen. Leana musste lächeln. Sie legte einen Finger unter sein Kinn und hob es an, sodass er sie wieder anschauen musste. »Ich meine damit die Situation außerhalb dieser Höhle.«

Gawayn lächelte. »Auch außerhalb der Höhle will mein Körper nur noch dich.« Mit dem Zeigefinger fuhr er ihr Schlüsselbein nach. »Ich habe so etwas wirklich noch nicht erlebt.« Seine Stimme war leise und ehrfurchtsvoll. »Es war noch nie so.«

Sie wusste genau, was er meinte. Nicht einmal mit Marc hatte sie so etwas erlebt, auch wenn sie sich schäbig fühlte, so etwas zu denken, und sie es sich verbot. Sie hatte sich von Marc verabschiedet und er hatte keinen Platz hier zwischen ihr und Gawayn. Er würde immer in ihrem Herzen bleiben und sie wollte ihn nicht mit dem neuen Mann an ihrer Seite vergleichen, es war nicht fair ihm gegenüber. Und es spielte auch keine Rolle.

Ebenso wenig spielte die alberne Eifersucht eine Rolle, die sie gerade bei dem Gedanken ergriff, dass Gawayn vor ihr schon mit anderen Frauen geschlafen haben musste, wenn er diesen Vergleich zu ziehen vermochte. Natürlich hatte er das und es war ja auch gut so. Aber wer waren diese Frauen wohl gewesen?

Schnell schob sie den Gedanken beiseite. Nur das Hier und Jetzt war wichtig. Sie und Gawayn, sonst niemand.

Doch wie immer schien Gawayn ihre Gedanken zu erspüren, denn er sagte genau das Richtige. »Heute Nacht ist mir klar geworden, dass Gott mich nur für dich erschaffen hat«, raunte er. »Alles andere, jede andere Frau verblasst. Ich glaube, ich habe immer nur auf dich gewartet.«

Leana seufzte leise und küsste ihn auf die Schulter. Gawayn nutzte die Gelegenheit, um sie näher an sich heranzuziehen, sodass sich ihre nackte Haut schon wieder berührte. Doch mittlerweile wusste sie, wohin das führen würde, also rückte sie wieder ein Stück von ihm weg und hüllte sich in eine der Decken, sodass Gawayn ihren Körper nicht mehr sehen und auch nicht einfach anfassen konnte. Über sein enttäuschtes Gesicht musste sie lächeln.

»Ich glaube, du bist noch für etwas anderes gemacht, Gawayn Macvail.«

Er hob die Augenbrauen.

»Ich glaube, dass du dazu bestimmt bist, diesen Clan zu führen und ihm ein guter Chief zu sein. Und ich glaube, dass ich dazu gemacht bin, dir zu helfen, das zu bekommen.« Sie sagte es mit mehr Sicherheit, als sie verspürte, aber das musste er nicht wissen. »Deswegen frage ich dich noch einmal: Was willst du? Und zwar in Bezug auf dein Leben außerhalb des Bettes.«

Lächelnd hauchte er ihr einen Kuss auf die Finger, dann nickte er ernst.

»Ich möchte für meine Leute da sein.«

»Als ihr Chief?«

Er zögerte, aber dann nickte er erneut. »Ich möchte in die Fußstapfen meines Vaters treten, sodass er stolz auf mich wäre«, fügte er zögernd hinzu. »Und dass meine Mutter es ist. Sie soll sehen, dass sie auch ohne meinen Vater einen guten Mann aus mir gemacht hat.«

Leana traten die Tränen in die Augen und ihr Hals wurde eng. »Ich denke, das weiß sie.«

»Aber ich will es der ganzen Welt beweisen.« Er zog die Nase kraus und sah so niedlich aus, dass Leana wieder lächeln musste. »Oder zumindest will ich es den anderen Chiefs und ganz besonders den Macdonalds zeigen. Ich bin der Sohn meines Vaters und niemand hat mehr ein Anrecht auf den Titel Chief der Macvails als ich.« Er seufzte und legte sich auf den Rücken. »Das klingt jetzt aber wirklich hochmütig.«

»Die Wahrheit ist niemals hochmütig. Außerdem ist es dein gutes Recht. Wir müssen nur dafür sorgen, dass du es bekommst.« Sie zupfte an ein paar Haaren auf seiner Brust. »Ich wollte mit dieser Frage nur sichergehen, dass wir wissen, was das Ziel ist. Wir haben das Ziel erreicht, wenn du Chief der Macvails bist.«

Er schluckte und starrte an die Höhlendecke. Dann nickte er.

»Das bedeutet wiederum, dass Murdoch dann nicht mehr da ist. Er darf dir nicht mehr im Weg stehen. Glaubst du ... dass du ihn töten musst oder kannst du ihn auch nur vertreiben?«

Wenn jemand ihr noch vor einer Woche gesagt hätte, dass sie einmal ein solches Gespräch führen würde, hätte sie die andere Person für verrückt erklärt. Sie, die durch und durch Pazifistin war.

»Ich fürchte, wenn wir ihn nur aus dem Tal vertreiben, wird er wiederkommen. Zunächst wird er bei Allan Macdonald unterkriechen. Und dann wird er sich irgendetwas einfallen lassen, um mich zu verleumden, und sich zur Not den königlichen Segen für eine Hetzjagd auf mich holen. Allan Macdonald ist ein mächtiger Mann und ich bin mir sicher, dass er Murdoch helfen wird.« Er legte einen Arm über die Stirn, doch als er weitersprach, klang seine Stimme ernst und leidenschaftlich. »Deshalb muss Murdoch sterben. Und wenn ich ehrlich bin, dann will ich ihm in einem ehrenhaften Kampf gegenüberstehen und derjenige sein, der meinen Vater, meinen Bruder und meine Mutter rächt.«

Leana hielt die Luft an. »Was genau meinst du damit?«

»Er ist der Mörder meines Vaters und meines Bruders. Murdoch hat damals den Überfall geleitet, der vom König abgesegnet war, weil meine Familie angeblich Rinder gestohlen hat. Und als er Vater und Angus aus dem Weg geräumt hatte, hat er sich die vermeintlich trauernde Witwe gegriffen und sie geheiratet, um uns endgültig zu zerstören.«

Leana runzelte die Stirn und ihr Herz klopfte auf einmal ganz schnell. »Du meinst, dass Murdoch deinen Vater und deinen Bruder mit Absicht getötet hat, um die Frau deines Vaters zu heiraten und sich die Burg und den Titel anzueignen?«

»Ich weiß es sogar sicher. Es war Abigail, die uns so schändlich betrogen hat.«

Leana wusste, dass er die nächsten Worte nicht hören

wollte, aber sie sagte es trotzdem. »Aber dann ist die Frau deines Vaters doch genauso ein Opfer wie alle anderen.«

Gawayn runzelte die Stirn. »Nein. Sie hat ihn gern in ihr Bett genommen und manchmal glaube ich, dass sie sich sogar vorher schon kannten und alles gemeinsam geplant haben. Sie hat ihm dabei geholfen, sich ins gemachte Nest zu setzen.«

Das konnte Leana nur schwer glauben, obwohl sie die Frau nicht kannte. »Glaubst du wirklich, dass sie das Leben ihres Sohnes aufs Spiel gesetzt hat, um ihrem Geliebten einen Titel als Chief zu verschaffen?«

Gawayns Gesicht war hart, aber sie sah, dass er für einen Moment unsicher geworden war. Er hob die Schultern, als wäre es ihm gleichgültig. »Vielleicht hatte sie es anders geplant, dass nur Vater bei dem Überfall stirbt und Angus dann Chief wird. Aber Murdoch war natürlich zu gierig und hat Angus gleich mit aus dem Weg geschafft, damit niemand ihm den Titel als Chief wegnehmen kann. Das macht sie nicht unschuldig.«

»Schon. Aber dann hat Murdoch sie genauso betrogen.«

»Und sie hat den Clan betrogen! Das werde ich ihr nie verzeihen. Sie hat Murdoch hierhergeholt und Unheil über uns alle gebracht.«

»Sie hat ihren einzigen Sohn verloren«, gab Leana vorsichtig zu bedenken. »Ich denke, dass sie ihre Entscheidung schon oft bereut hat.«

Gawayn musterte sie aufmerksam, dann strich er ihr sanft über die Wange. »Sie hat den Mörder ihres Sohnes trotzdem geheiratet. Deswegen hat sie dein Mitleid nicht verdient, auch wenn es dich ehrt. Du hast ein reines Herz.« Er lächelte. »Ich werde aufpassen, dass es in dieser verderbten Welt keinen Schaden nimmt.«

Wie schon so oft war sie fasziniert davon, wie schnell er seine Bitterkeit und Wut hinter sich lassen und sich auf die positiven Gefühle und die guten Seiten eines Menschen fokussieren konnte. Seine Gefühle waren wie das Spiel der Sonne und Wolken in den Highlands an einem windigen Tag.

Ein warmes Gefühl breitete sich in ihr aus, als sie daran dachte, dass er ihr schon einmal gesagt hatte, dass er auf sie aufpassen würde.

Ihre Gedanken wanderten zu Giselle und dem Gespräch, das sie geführt hatten und führen würden. Ob die andere Frau mehr über Leanas Zukunft wusste? Dabei kam Sehnsucht in ihr auf ... und das Gefühl, dass ihr noch etwas entgangen war. Dass Giselle eine noch größere Rolle spielte.

»Gawayn«, sagte sie leise. »Murdoch hat noch mehr zu verantworten als den Tod deines Vaters und deines Bruders, nicht wahr?«

Sein Gesicht drückte für einen Moment so viel Traurigkeit aus, dass sie den Impuls nicht unterdrücken konnte, ihm über die Wange zu streichen und ihre Stirn an seine Schulter zu legen.

»Ich dachte, du wüsstest es«, murmelte er. »Meine Mutter ... Sie war dabei, als mein Vater und Angus umgekommen sind. Sie hat versucht, sie zu retten, aber sie hatte gegen Murdochs Männer keine Chance. Als sie geflohen ist, hat Murdoch selbst sie gejagt, bis sie einen hohen Abhang hinuntergestürzt ist. Unten blieb sie bewusstlos und verletzt liegen. Vermutlich dachte er, sie wäre tot, und hat sich deswegen nicht weiter um sie gekümmert.«

Leanas Atem stockte. »Deshalb kann sie nicht mehr laufen?«

»Ja. Murdoch hat ihr an dem Tag viel mehr genommen als nur meinen Vater.«

Sie schwiegen lange und Leanas Herz zog sich so schmerzhaft zusammen, dass sie sich nicht sicher war, ob es jemals aufhören würde wehzutun. Was Giselle alles durchgemacht hatte.

Mit leerem Blick starrte Gawayn in Richtung des Höhlenausgangs. Kein Wunder, dass er diesen Mann so sehr hasste.

»Hast du sie damals gefunden?«, fragte Leana aus einem Impuls heraus. Sie war nicht überrascht, als er nach kurzem Zögern nickte.

»Sie haben meinen Vater und Angus aufgebahrt und um sie getrauert, aber keiner wusste, wo meine Mutter war. Ich habe sie die ganze Nacht gesucht. Dann haben die anderen mir geholfen, sie ins Dorf zu bringen. Alle haben mir gesagt, dass sie es nicht schaffen wird, deswegen bin ich nicht von ihrer Seite gewichen. Es hat viele Tage gedauert, bis sie die Augen aufgeschlagen hat, und dann noch einmal Monate, bis sie wieder richtig gesprochen hat.«

Leana presste sich die Hand auf den Mund. »Ihr Herz war gebrochen.«

»Das ist es heute noch.«

Leana fühlte, wie eine Träne ihr die Wange hinunterlief. Sie konnte nachempfinden, wie es war, den eigenen Mann zu verlieren. Doch Giselle und Kenneth schien ebenfalls diese besondere Liebe verbunden zu haben, die so viel tiefer ging als alles andere.

Und dann hatte Giselle auch noch in dieser Zeit festgesteckt und nicht fliehen können, da sie nicht wusste, wo das Tor war. Dabei hatte sie doch sicher gewusst, dass sie in ihrer Zeit bessere medizinische Hilfe hätte bekommen können. Es war ein Wunder, dass sie hier überhaupt überlebt hatte.

»Deine Mutter ist eine Kämpferin.«

Gawayn schaute sie an und ein liebevoller Ausdruck trat in seine Augen. »Sie hätte alles für meinen Vater getan, aber sie konnte ihn nicht retten. Ich war alles, was ihr von ihm geblieben ist.«

Leana nickte und ihr wurde klar, dass Giselle nur für ihren Sohn ins Leben zurückgekehrt war. Wie grausam, dass Murdoch ihn ihr dann auf eine gewisse Weise doch genommen hatte. Sie begann, diesen Mann zu hassen, den sie nicht einmal kannte. Niemals hätte sie gedacht, dass so etwas überhaupt möglich war.

Sie griff nach Gawayns Hand und verschränkte ihre Finger mit seinen. »Und deswegen musst du Chief werden. Allein für deine Mutter.«

Darauf erwiderte er nichts, sondern zog sie nur an sich.

Leana wurde klar, dass sie Gawayn helfen musste. Sie hatte gar keine andere Wahl. Jetzt, nachdem sie sich so nahegekommen waren, konnte sie nicht mehr einfach gehen. Auch wenn es ihr Angst machte, dass er sich in einen Kampf mit Murdoch begeben würde. Aber wenn ihr eigener Hass schon so groß war, welche Ausmaße hatte dann der von Gawayn? Sie stützte sich wieder auf den Ellenbogen und sah zu ihm hoch. »Welche Möglichkeiten hast du, ihn zu besiegen?«

Gawayn schaute sie belustigt an, doch er antwortete ernst. »Wie ich schon sagte, will ich ihn in einem ehrlichen Kampf besiegen.«

»Könntest du ihn einfach herausfordern?«

»Nein. Er hat zu viele Männer um sich und ist ein Feigling. Er will mich umbringen und aus dem Weg schaffen, aber das würde er niemals in einem Kampf von Mann zu Mann tun.«

Leana biss sich auf die Lippe, als er das so entspannt sagte. Das furchtbare Bild von Gawayn am Boden machte sich wieder in ihrem Kopf breit, aber sie zwang es beiseite. »Habt ihr schon einmal gekämpft?«

»Nein.« Er lächelte. »Ich habe ihm viel Schaden zugefügt, indem ich den Macdonalds Vieh gestohlen und wo ich nur konnte gegen ihn gearbeitet habe, aber wir sind uns sehr selten von Angesicht zu Angesicht begegnet. Meistens habe ich ihn nur aus der Ferne gesehen. Einmal haben seine Männer mich in der Burg erwischt, aber da war ich noch ein Kind und sie haben mich unterschätzt, und wieder laufen lassen.«

»Glaubst du, du könntest einen Kampf gewinnen?«

»Mittlerweile ja. Dafür habe ich jahrelang geübt.«

Sie hoffte so sehr, dass es auch so war und das Bild sie trog.

»Also brauchst du nur eine Gelegenheit, dich ihm zu stellen?«

»Ja, aber das ist nicht so einfach.«

Leana seufzte. »Dann müssen wir also über andere Möglichkeiten nachdenken.«

Amüsiert schaute er sie an. »Ich hatte nicht damit gerechnet, dass ich mit dir zusammen einen Schlachtplan entwickle.«

»Ich auch nicht. Das mit dem Saatgut wäre einfacher gewesen.«
»Aber es gefällt mir«, sagte er und küsste sie auf die Schulter. »Ich habe das Gefühl, als ob ich jemanden auf meiner Seite habe. Jemanden, der mir den Rücken freihält. So wie meine Mutter es bei meinem Vater getan hat. Sie waren immer füreinander da.«

Leana biss die Zähne zusammen. Sie hoffte sehr, dass sie nicht so enden würden wie Giselle und Kenneth. Aber das sagte sie nicht.

»Wäre es möglich, dass du den Clan zu einem Aufstand anstachelst?«, fragte sie probehalber.

Überrascht neigte er den Kopf hin und her. »Ich bin mir nicht sicher, ob das funktionieren würde.«

Da war sie wieder, die Sorge, dass er nicht genug Unterstützung fand. Doch Leana war sich sicher, dass die Leute aus dem Dorf ihn so sehr liebten, dass sie ihn niemals hängenlassen würden.

»Warum nicht?«

»Sie haben in den vergangenen Jahren zu viel durchgemacht. Sie sind geschwächt und wollen einfach nur genug Essen und Frieden.« Er zog eine Grimasse. »Außerdem war Murdoch sehr schlau, als er die jüngeren Männer zum Kriegsdienst eingezogen und dann als Söldner verkauft hat. Es gibt hier nicht mehr viele, die stark genug sind, gegen seine Männer zu kämpfen.«

»Kannst du sie nicht zurückholen?«

Gawayn hob die Augenbrauen, öffnete den Mund, schloss ihn dann aber wieder. Schließlich seufzte er. »Das ist keine schlechte Idee. Als ich bei ihnen in Irland war, wären sie am liebsten gleich mit mir heimgekehrt, aber wir wussten alle, dass Murdoch dafür ihre Familien bestrafen würde. Sie müssen noch mindestens ein Jahr Dienst dort drüben tun.«

»Und dann?«

»Dann wird Murdoch vermutlich noch einmal Geld kassieren, damit sie bleiben. Er will doch gar nicht, dass sie zurückkommen.«

Leana tippte sich mit dem Zeigefinger gegen das Kinn. »Aber sie würden gern zurückkommen. Und auch für dich kämpfen?«

»Das haben sie zumindest gesagt.« Er setzte sich auf und das Plaid rutschte von seinen Schultern, doch er schien die kühle Morgenluft gar nicht zu merken. »Du meinst also, dass ich sie zurückholen soll und wir gemeinsam einen Aufstand gegen Murdoch anzetteln?«

»Ganz genau. Wenn ihr gewinnt und Murdoch vertreibt oder er stirbt, kann er die Familien der Männer auch nicht mehr dafür bestrafen, dass sie zurückgekommen sind. Denn dann bist du Chief.«

Gawayn fuhr sich durch die Haare und sie konnte die Gedanken in seinem Kopf förmlich sehen. Sie ließ ihm Zeit zum Nachdenken und nutzte die Gelegenheit, sich an seinem Anblick zu erfreuen.

Sie liebte seinen muskulösen Körper, seine starken Arme, die breite Brust, die definierten Muskeln. Am liebsten hätte sie ihn angefasst, aber sie wollte, dass er das in Ruhe zu Ende dachte.

Schließlich wandte er sich ihr zu und lächelte vorsichtig. »Ich glaube, das ist eine Möglichkeit.« Er fuhr mit dem Finger über ihren Arm. »Vor allem werden die Männer dann bereit sein, für mich zu kämpfen, weil sich endlich die Prophezeiung erfüllt hat. Jetzt haben alle wieder Hoffnung.«

Leana spürte, wie ihre Wangen warm wurden. »Ich bin mir immer noch nicht sicher, ob ich es mag, dass alle über die Prophezeiung und die Frau aus Eriness Bescheid wissen. Es übt schon ziemlich viel Druck aus.«

Gawayn lächelte. »Dem du gewachsen bist. Mach dir keine Sorgen.«

Leana seufzte. »Wie kommt es eigentlich, dass alle von der Prophezeiung wissen?«

Gawayn wirkte betreten. »Meine Mutter wollte es eigentlich niemandem erzählen, da sie sich nicht sicher war, ob die Prophezeiung so eintreffen würde. Aber als ich fünfzehn war, haben wir uns mal bei einem Fest gestritten und ich habe ihr vorgeworfen, dass sie mich mit der Prophezeiung nur hinhalten will. Ich glaube, ich hatte vor, Murdoch zum Kampf herauszufordern.« Er zog eine Grimasse. »Wie sie schon sagte, ich war ein rechter Hitzkopf und es war mir egal, wer zuhörte. Danach wussten es alle und wann immer ich ins Dorf zurückkam, wollten sie wissen, ob ich dich schon gefunden habe. Vermutlich war ich deswegen so oft in Eriness. Ich wollte nicht mehr ständig gefragt werden.«

Leana konnte ein Kichern nicht unterdrücken. Was für merkwürdige Wege das Leben doch manchmal nahm. Der Teenager Gawayn stritt sich mit seiner Mutter, verplapperte sich und war dann genervt davon, dass es seine Aufgabe war, die Prophezeiung zu erfüllen.

Sie strich ihm über die Wange. »Ich bin froh, dass du nie aufgegeben hast.«

Er legte sich wieder neben sie und küsste sie sanft auf den Mund. »Bist du das wirklich? Schließlich habe ich dich entführt und da du nicht wusstest, wer ich bin, muss dir das ziemlich Angst gemacht haben.«

Leana hob die Schultern. »Nur für einen Moment. Ich glaube, ich habe von Anfang an gespürt, dass du ein guter Mensch bist.«

»Bist du sicher, dass ich das wirklich bin?«

Er wollte sich auf sie rollen, aber sie stemmte lachend ihre Hände gegen seine Brust.

»Warte, wir sind noch nicht fertig. Dann willst du also nach Irland gehen und die Männer nach Hause holen?«

»Das werde ich. Es ist ein guter Plan. Auch wenn es nicht einfach wird, schließlich muss ich sie quasi den Iren stehlen.«

»Da du im Stehlen Erfahrung hast, wirst du das schon schaffen.«

Entrüstet schaute er sie an. »Bisher habe ich nur Rinder von Allan Macdonald gestohlen.«

Leana lächelte. »Und mich.«

»Und dich.«

Wieder wollte er sie küssen, aber sie drehte den Kopf weg.

»Warte.«

»Was ist denn noch?« Er rückte so dicht an sie heran, dass sie spürte, wie hart er war. Auf einmal fiel ihr das Denken schwer. Aber es war trotzdem noch wichtig.

»Ich kann nicht wirklich glauben, dass mein Beitrag nur ist, dass ich dir diese Idee gebe. Glaubst du, ich kann dir noch auf andere Weise helfen?«

»Ich finde, du hast mir schon sehr viel geholfen.«

»Ja, aber …« Leana zögerte. »Du weißt, dass meine Cousine mit Duncan Cameron verheiratet ist. Soll ich ihn … um Unterstützung bitten?« Ihr Herz schlug auf einmal sehr schnell. Sie wusste, wie stolz die Highlander waren und Gawayn war da keine Ausnahme.

Natürlich schüttelte er sofort ernst den Kopf. »Duncan hat sich mit Allan Macdonald verbündet. Er hat deutlich gemacht, auf welcher Seite seine Treue liegt.«

»Nein, Gawayn. Duncan ist diesen Frieden nur eingegangen, damit seine Leute nicht weiter leiden müssen. Er traut Allan nicht und beobachtet jeden seiner Schritte.«

Er hob die Augenbrauen. »Lebt nicht sogar seine Schwägerin bei den Macdonalds?«

»Das tut sie.« Es kostete sie ein wenig Überwindung, zu fragen: »Du weißt, dass das meine Cousine Blaire ist, nicht wahr?«

Er erstarrte. »Deine Cousine ist eine Macdonald?«

»Schon. Aber sie ist nicht so wie Allan.«

»Hat man sie zu dieser Ehe gezwungen?«

»Nein«, musste Leana zugeben. »Aber sie hat es getan, um sich in den Schutz eines mächtigen Clans zu stellen. Aber vielleicht kann uns das ja nur dienlich sein«, fügte sie schnell hinzu, als er schon wieder den Mund öffnete. »Ich stehe in guter Verbindung zu meinen Cousinen und möglicherweise können sie uns unterstützen. Zumindest Maira mit Duncan.«

Gawayn presste die Lippen zusammen. »Ich brauche die Hilfe der Camerons nicht.«

»Ich weiß, aber ...«

Doch Gawayn ließ sie nicht zu Wort kommen und küsste sie. Als er einen Moment später die Lippen von ihren löste, sagte er: »Wir haben einen Plan und er ist gut. Ich schaffe das allein. Aber ich weiß es sehr zu schätzen, dass du an meiner Seite bist. Ich fühle mich dadurch unbezwingbar.«

Leana wusste, dass sie nun besser nichts mehr sagte. Vielleicht sollte sie später mit Giselle darüber sprechen. Es war möglich, dass sie eine objektivere Meinung dazu hatte und sie gemeinsam Gawayn umstimmen konnten.

Sie zog Gawayn zu einem Kuss heran und er rollte sich auf sie. Ungeduldig zerrte er die Decken zwischen ihren Körpern hervor und Leana seufzte erleichtert auf, als sie seine warme Haut spürte.

Sie wollte nicht mehr über Kämpfe, Machtspiele und Morde nachdenken. Nicht jetzt, wenn dieser herrliche Mann sie besinnungslos küsste. Um alles andere würde sie sich später kümmern.

23

Am späten Nachmittag verrührte Gawayn das letzte Hafermehl mit kaltem Wasser zu einem geschmacklosen Brei, den sie auf einem Felsen vor der Höhle sitzend aßen. Doch Leana beschwerte sich überhaupt nicht, denn sie war so übervoll vom Liebesglück, dass sie nicht sehr hungrig war.

Sie hatten den ganzen Tag darüber gesprochen, wie Gawayn schnellstmöglich nach Irland und wieder zurückkommen könnte. Leana hatte gefragt, ob ihn jemand begleiten könnte, und sie waren immer wieder bei Rupert gelandet, weil er einer der letzten erfahrenen Kämpfer in Clachaig war.

Doch Gawayn war hin und her gerissen, denn er sorgte sich um seine Mutter und wusste, dass Rupert gut auf sie aufpassen würde.

Leana hingegen war unentschlossen, was sie tun sollte, wenn Gawayn nach Irland ging. Ob sie hier bei Giselle bleiben sollte? Oder zurück nach Eriness gehen? Dass sie ihn begleitete, hatte Gawayn schnell ausgeschlossen. Es war eine gefährliche Reise und Schnelligkeit war von höchster Wichtigkeit.

Gawayn erklärte ihr, dass er nur wenig schlafen würde. Außerdem war eine Frau auch immer auffällig bei einer solchen Reise.

Leana konnte nicht genau sagen, ob sie darüber erleichtert

oder enttäuscht war. Einerseits konnte sie sich nicht vorstellen, in dieser Zeit eine solch lange Reise anzutreten, andererseits wollte sie gern an Gawayns Seite sein.

Auch wenn das mit ihnen so schnell gegangen war, fühlte sich ihre Beziehung bereits so tief an. Der Sex schien besiegelt zu haben, dass sie zusammengehörten. Es war, als könne sie nichts mehr trennen, und Leana fragte sich manchmal, wieso sie es vorher nicht hatte sehen können.

Eine ihrer Freundinnen hatte sich im Urlaub einmal auf den ersten Blick in einen Mann verliebt und war nach einer Woche zu ihm in die Schweiz gezogen. Leana hatte ihr damals erklärt, wie verrückt das war und dass sie den Mann dafür viel zu wenig kannte.

Jetzt verstand sie auf einmal, dass man sich kennen konnte, auch wenn man sich erst vor Kurzem getroffen hatte.

Außerdem sprachen sie über die beiden Kinder und was mit Florie und Aleyn geschehen sollte. Für Gawayn war ganz klar, dass sie in Clachaig leben sollten und er sich um ihre Erziehung kümmern würde. »Das bin ich ihnen schuldig«, sagte er und Leana bewunderte ihn dafür. Er tat es mit einer solchen Selbstverständlichkeit, als ob er der Vater wäre.

Das brachte sie selbst zu der Frage, wo sie in Zukunft leben würde. Doch darauf hatte sie noch keine Antwort.

Den ganzen Tag verbrachten sie gemeinsam, berührten sich ständig und Leana genoss es, wenn Gawayn sich hinter sie setzte und sie in die Arme nahm. So konnte sie am besten mit ihm reden. Sie fühlte sich so sicher und geschützt.

Da der Tag lang war und sie ganz allein, landeten sie einmal wieder auf der Matratze in der Höhle und einmal im weichen Gras beim Bach, wo sie sich leidenschaftlich liebten.

Obwohl es eine so ungewöhnliche Situation war, konnte Leana sich nicht daran erinnern, wann sie das letzte Mal so zufrieden gewesen war. Alles Weibliche in ihr war erfüllt und wieder zum Leben erweckt. Nach dem Sex räkelte sie sich wie eine Katze, die in einem Sonnenfleck in der Fensterbank lag.

Auch Gawayn war zufrieden, das spürte sie, wenn er sie in

den Armen hielt und über ihre Haare strich. Er suchte viel Körperkontakt. Vielleicht, weil er ihn als Kind so oft hatte entbehren müssen. Je besser sie ihn kannte, desto trauriger stimmte Gawayns Geschichte sie. Vor allem seit sie nun auch wusste, dass er die schwerverletzte Giselle gefunden und mit gesund gepflegt hatte, nur um ihr dann entrissen zu werden. Kein Wunder, dass er immer wieder nach Hause geflohen war. Mutter und Sohn verband etwas, das vermutlich niemand nachvollziehen konnte.

Auf der anderen Seite hatten diese Erfahrungen Gawayn auch zu dem Mann gemacht, der er heute war, und dass er so ein wundervoller Mensch war, dafür war sie dankbar.

Obwohl ihr Tag voller Nähe, Zufriedenheit und Leidenschaft gewesen war, wurde Gawayn gegen Abend immer unruhiger. Ständig lauschte er, ob er jemanden kommen hörte, oder ging zu dem kleinen Aussichtspunkt zwischen den Bäumen, von dem aus man den Weg sah, der aus dem Tal heraufkam.

»Wartest du auf Nachricht aus dem Dorf?«, fragte sie, als er sich nach ihrem kargen Mahl die Hände abklopfte und sich gerade wieder auf den Weg zum Aussichtspunkt machen wollte.

Er nickte, sagte aber nichts.

»Aber du weißt doch: Keine Nachrichten sind eigentlich gute Nachrichten.«

Er verengte die Augen und ihr wurde klar, dass er diesen Satz so vielleicht nicht kannte. Doch dann nickte er.

»Möglich. Aber eigentlich weiß meine Mutter, dass ich auf mehr Informationen warte.« Er lächelte. »Und wenn sie etwas zu essen mitschickt, wäre es auch nicht schlecht. Ansonsten muss ich nachher noch fischen gehen, schließlich will ich nicht, dass du hungerst.«

»Sollen wir heute Nacht ins Dorf gehen und noch etwas zu essen holen? Dabei könnten wir auch deinen Plan bezüglich Irland mit deiner Mutter besprechen. Vielleicht hat sie ja noch eine Idee.«

Gawayn hob die Schultern. »Ich bin mir nicht sicher, ob ich

noch einmal ins Dorf gehen sollte. Murdoch wird auf mich warten. Sicherlich hat er überall Männer postiert.«

Leana fröstelte. »Was würde geschehen, wenn er dich erwischt?«

Gawayn schaute an ihr vorbei. »Er wird sich genauso an mir rächen wollen, wie ich mich an ihm rächen muss. Ich habe ihm viele Jahre das Leben schwer gemacht. Obwohl wir nie offen miteinander gekämpft haben, hat er so manche Demütigung einstecken müssen.« Eine grimmige Genugtuung schwang in seiner Stimme mit.

»Glaubst du, er würde dich töten?« Das letzte Wort brachte sie kaum über die Lippen.

Gawayn nickte, als wäre es das Selbstverständlichste auf der Welt. Doch dann lächelte er schief. »Aber ich würde es ihm nicht einfach machen.«

Leana presste die Lippen zusammen. »Ich würde es nicht ertragen, wenn du stirbst«, gab sie zu.

Gawayns Blick wurde weich. Er setzte sich neben sie auf den Findling und zog sie auf seinen Schoß. »Mach dir keine Sorgen um mich. Murdoch hat mich nicht erwischt, als ich ein Grünschnabel war, dann wird er es auch jetzt nicht. Er ist nicht dumm, aber ich kenne mich hier besser aus. Bisher war ich ihm immer einen Schritt voraus.«

»Und was ist, wenn nicht?« Sie legte den Kopf an seine Schulter. »Ich weiß nicht, wie ich das ertragen sollte.«

Er strich ihr sanft über den Rücken. »Ich werde so schnell nicht sterben und wenn, dann ist es für meinen Clan und in Ehren.«

Leana zog die Nase kraus. Die Ehre mochte ihm wichtig sein, ihr aber nicht. »Mir wäre es lieber, wenn du am Leben bleibst.«

Er lachte leise. »Ich werde mich bemühen.« Sanft küsste er sie aufs Ohrläppchen und Leana erschauderte. »Es gibt nämlich noch so viel, was ich mit dir tun will.«

Obwohl sie seine Zärtlichkeit genoss, löste sie sich von ihm und setzte sich etwas aufrechter hin. »Ich glaube, wir sollten das jetzt nicht tun.«

»Warum nicht? Es würde mich ablenken.«

Sie hob die Schultern. »Ich weiß nicht genau. Aber ich habe das Gefühl, dass wir nicht genug Zeit haben.«

Aufmerksam schaute er sie an. »Du kannst viele Dinge fühlen, nicht wahr?«

Leana zögerte, dann nickte sie.

»Also hast du das zweite Gesicht?«

Unsicher schaute sie zu Boden. »Meine Cousinen behaupten es.«

»Aber du bist die Einzige, die es mit Sicherheit sagen kann.«

Leana kratzte mit dem Fingernagel ein wenig Dreck von ihrem Handrücken. »Es fällt mir zwar schwer, aber ja, ich denke, ich habe das zweite Gesicht.«

»Warum fällt es dir schwer?«

»Weil ich es manchmal nicht will.«

Er nickte. »Das glaube ich. Wie äußert es sich bei dir?« Interessiert blickte er sie von der Seite an. Er schien überhaupt nicht erstaunt über ihre Fähigkeit und irgendwie beruhigte sie das. Es war, als hätte sie ihm erzählt, dass sie vorhin ein Eichhörnchen beobachtet hatte.

»Ich fühle immer nur, ob irgendetwas gut ausgeht oder ob ich Angst haben muss.«

»Siehst du die Geister von Menschen?«, fragte er und brachte sie damit fast zum Lachen.

»Ach du meine Güte, nein. Zumindest nicht, dass ich wüsste.« Sie atmete tief durch. »Findest du das gar nicht merkwürdig?«

Er schüttelte den Kopf. »Warum sollte ich das merkwürdig finden? Ich finde es sehr praktisch. Früher habe ich mir oft gewünscht, dass ich so etwas auch könnte.«

Sie griff nach seiner Hand. »Weil du wissen wolltest, ob du Murdoch besiegen kannst?«

Er lächelte und strich über ihren Handrücken. »Nein. Ich

weiß, dass ich ihn besiegen werde. Die Frage ist nur, wann. Ich wollte gern wissen, wann du endlich kommst und manchmal auch, ob du überhaupt noch auftauchst. Oder ob ich meine Zeit verschwende, wenn ich dich suche.«

Sie legte eine Hand auf den Bauch, als sich ein warmes Gefühl in ihr ausbreitete. Das geschah immer, wenn Gawayn davon sprach, dass er jahrelang nach ihr gesucht hatte.

Er blickte mit einem Lächeln auf ihre Hand. »Du kannst also nur fühlen, was geschehen wird?«

Wieder zögerte sie. »Zumindest war das bisher immer so. Jetzt sehe ich manchmal auch Bilder.«

Er hob die Augenbrauen. »Was für Bilder?«

Ein warnendes Kribbeln stieg in ihr auf. Sie konnte ihm nicht sagen, was sie wirklich gesehen hatte.

»Zum Beispiel habe ich dich und deine Mutter in der Kirche gesehen, an dem Tag, als wir nach Clachaig gekommen sind.«

Er lächelte melancholisch. »Als wir uns wiedergesehen haben und sie mich auf die Stirn geküsst hat? Das war ein besonderer Moment. Nach all den Jahren war die Prophezeiung endlich eingetroffen. Oder zumindest hatte ich meinen Teil erfüllt.« Er räusperte sich. »Was siehst du noch?«

Sie hob die Schultern und starrte in den Wald. »Nicht viel.«

»Dann fühle ich mich geehrt, dass ich in einer deiner Visionen vorgekommen bin.«

Leana hob den Kopf, als eine Erkenntnis sie traf. »Du bist in jedem der Bilder, die ich sehe.«

»Wirklich?« Gawayn grinste. »Welch eine Ehre. Warum ist das so?«

»Ich weiß es nicht. Ich weiß ja noch nicht einmal, warum ich sie überhaupt sehe.«

Gawayn drückte ihre Finger. »Es klingt, als ob du nicht sehr glücklich darüber wärst.«

»Doch, das bin ich«, gab sie zu. »Aber ich verstehe diese Gabe noch nicht ganz.« Und manchmal machte sie ihr tatsächlich Angst. Vor allem, wenn sie an das Bild dachte, auf dem Gawayn am Boden lag. Ihm durfte nichts passieren. Aber sie wusste auch, dass es so eintreffen würde. Sie konnte sich einfach nicht entschließen, es ihm zu erzählen.

Gawayn beugte sich vor und küsste sie sanft auf den Mund. »Wir werden es herausfinden. Vielleicht kann sie uns ja sogar helfen.«

Unter der Berührung seiner Lippen entspannte sie sich sofort.

Er küsste sie noch einmal, dann glitten seine Lippen über ihre Wange zu ihrem Ohr. »Kannst du denn sehen oder fühlen, was wir jetzt tun werden?«

Sein Atem an ihrem Ohr kitzelte und sie wand sich ein wenig, doch Gawayn griff nach ihr und zog sie zu sich auf den Schoß.

»Ich habe nämlich ...«

Ein Räuspern unterbrach ihn. Sie fuhren herum. Ein alter Mann stand zwischen den Bäumen und lächelte schief.

»Bernard«, sagte Gawayn ruhig, aber Leana spürte die Anspannung in seinem Körper. Sie erhob sich von seinem Schoß und auch Gawayn stand auf.

Bernard nickte ihnen stumm zu. Gawayn hatte ihr schon erzählt, dass der alte Mann sehr wortkarg war. Aber seine braunen Augen betrachteten Leana neugierig und warmherzig.

»Gibt es Neuigkeiten?«, fragte Gawayn.

Bernard hob die Schultern. »Nicht viel.« Er blickte zu Leana und hob dann die Augenbrauen in Gawayns Richtung.

»Du kannst vor ihr reden, sie weiß über alles Bescheid.« Gawayn griff nach Leanas Hand.

Bernard verbeugte sich knapp vor ihr.

»Also, was lässt meine Mutter mir ausrichten?«

Bernard hielt einen Beutel hoch. »Mehl.«

Gawayn lächelte. »Vielen Dank.«

Das entlockte dem älteren Mann ebenfalls ein schiefes Lächeln. Umständlich fummelte er an einem Beutel an seinem Gürtel rum und holte daraus einen Fisch hervor, der eine

Forelle sein musste. Silbrig glänzte sie in der Sonne, die zwischen den Bäumen auf die Lichtung schien. Triumphierend hielt er sie hoch.

»Du weißt immer genau, wonach mir der Sinn steht«, stellte Gawayn lächelnd fest. »Ich habe gerade zu Leana gesagt, dass ich vielleicht fischen gehen sollte.«

»Nicht nötig. Habe ich erledigt.«

»Das sehe ich.« Gawayn nahm den Fisch und den Beutel mit Mehl entgegen. »Hat meine Mutter etwas über Murdoch gesagt?«

Bernard seufzte. »Hat Albert auspeitschen lassen.«

Leana zuckte zusammen. Der Mann, der vor zwei Tagen die Hochzeit seiner Tochter ausgerichtet hatte und mit ihr so fröhlich um das Feuer getanzt war, war ausgepeitscht worden? Automatisch zog sie die Schulterblätter zusammen.

Gawayn nickte beherrscht. »Wie geht es ihm?«

Bernards Blick flackerte zu Leana, dann hob er die Schultern. »Hat überlebt.«

Leana kniff die Augen zusammen. Das war etwas, was sie an dieser Zeit so sehr hasste. Diese Gewalt.

Gawayn ballte die Hände zu Fäusten und öffnete sie wieder. »Noch etwas?«

Bernard schüttelte den Kopf. »Er hält nach dir Ausschau.« Ein Lächeln huschte über sein Gesicht, das aber so schnell wieder verschwand, wie es gekommen war. »Kriegt dich aber nicht. Zumindest nicht, solange wir da sind.« Er tippte sich unter das linke Auge. »Ich lasse den Weg nie aus den Augen. Und wenn ich herkomme, dann mache ich einen Umweg. Niemals wird er erfahren, wer dir Essen bringt.«

Gawayn klopfte ihm auf die Schulter. »Du bist ein guter Mann, Bernard. Man kann sich keine besseren Freunde wünschen als meine.«

Der alte Mann streckte die Brust weiter raus, als würde er gerade einen Orden empfangen. Leana fragte sich wieder einmal, ob Gawayn überhaupt bewusst war, welche Wirkung er auf die Menschen hier hatte.

Die beiden Männer nickten sich zu und Leana begriff, dass dies ein Abschiedsgruß war. Schnell trat sie einen Schritt vor. »Wie geht es Giselle?«

Bernard zog die Augenbrauen kurz zusammen. »Denke gut. Hab sie nicht selbst gesprochen. Aber sie ist böse wegen Albert. Sehr böse.«

Gawayn atmete tief durch. »Kann ich noch irgendetwas für dich tun, Bernard?«

Der schüttelte den Kopf. »Soll ich morgen 'nen Hasen bringen? Werde nachher einen fangen.«

Gawayn lächelte. »Das ist sehr freundlich von dir.«

Leana las in Bernards Blick, dass er für Gawayn alles tun würde. Er tippte sich an die nicht vorhandene Mütze, verbeugte sich in Leanas Richtung und verschwand zwischen den Bäumen.

Gawayn schaute ihm nach, bis er verschwunden war, dann kam er langsam zu Leana zurück. »Sobald es dunkel ist, werde ich ein Feuer machen. Bernard fängt immer die größten Fische. Es ist gut, ihn zu kennen.«

Leana schlang die Arme um seine Taille und legte den Kopf auf seine Brust. Warum hatte sie nur das Gefühl, als würde sich eine Schlinge um Gawayn langsam immer weiter zusammenziehen?

24

Als Leana drei Tage später erwachte, war ihr übel. Sie legte sich eine Hand auf den Bauch und fragte sich, woher das kommen mochte.

Schwanger konnte sie nicht sein. So schnell ging das auch nicht und vor allem hatte sie vor einer Woche erst ihre Periode gehabt. Vielleicht war das Fleisch von Bernards Hasen oder ein Teil der Wurzeln und Nüsse, die Gawayn dazu gesammelt hatte, schlecht oder giftig gewesen …

Erst als Gawayn sie im Halbschlaf an sich zog und sie mit Küssen im Nacken und einer Hand auf ihrer Brust ohne Worte fragte, ob sie Lust auf Sex hätte, vergaß sie die Übelkeit. Mit ihm zu schlafen, war der Himmel auf Erden und der Rest der Welt schien egal.

Doch als sie aufstanden und in ihre kleine Routine fielen, die sich in den letzten drei Tagen ausgebildet hatte, wurde die Übelkeit wieder stärker.

Doch es konnte nichts Körperliches sein. Ein Schauder lief über Leanas Rücken, als sie begriff, dass es eine Vorahnung war. Irgendetwas würde geschehen.

Bernard war am Tag zuvor nicht erschienen und davor hatte er ihnen keine neuen Nachrichten bringen können. Immer nur, dass Giselle Gawayn bat, noch nicht nach Hause zu kommen. Gawayn war immer rastloser geworden und sie spürte, dass er es nicht mehr lange hier aushalten würde.

Die Sonne stand am höchsten Punkt am Himmel, als sie neben ihn trat und sich an ihn lehnte. »Willst du bald aufbrechen?«

»Ja. Es wird Zeit.« Er legte die Arme um sie. »Ich habe lange darüber nachgedacht, wie ich sicherstellen kann, dass du während meiner Abwesenheit sicher bist.«

»Ich auch«, erklärte sie.

Er nickte. »Ich werde dich zurück nach Eriness bringen.«

Leana zog die Augenbrauen zusammen. »Nein. Ich will bei deiner Mutter und den Kindern bleiben.«

Erstaunt sah er sie an. »Das ehrt dich, aber dort bist du nicht sicher.«

Leanas Bauch kribbelte. »Ich werde mich im Haus verstecken. Aber ich will für deine Mutter da sein und vor allem will ich hier sein, wenn du zurückkommst.« Sie legte ihm eine Hand auf den Arm. »Allerdings würde ich gern eine Nachricht nach Eriness schicken, damit sie wissen, dass es mir gut geht.« Sie zögerte. »Und wenn du zustimmst, würde ich ihnen auch gern sagen, wo ich bin.«

Gawayn biss unzufrieden die Zähne zusammen. Bevor er jedoch antworten konnte, knackte es zwischen den Bäumen.

Leana erstarrte. Sie hatten in den letzten Tagen einige Tiere hier in der Nähe der Höhle beobachtet. Eichhörnchen, Vögel, die erstaunlich laut im trockenen Laub raschelten, einen Fuchs und einmal sogar eine Hirschkuh, die Leana mit einem vorgetäuschten Niesen schnell verscheucht hatte, damit Gawayn sie ja nicht zu ihrem Abendessen machte. Aber außer den Vögeln waren alle Tiere ganz leise gewesen, nie hatte ein Zweig derart laut geknackt. Da war ein menschlicher Fuß draufgetreten.

Sofort trat Gawayn vor Leana und wies mit einem Kopfnicken auf die Höhle. Dann zog er sein Schwert und nahm es in beide Hände. Das schleifende Geräusch, mit dem er das riesige Schwert aus der Scheide zog, ließ alle Haare in Leanas Nacken zu Berge stehen. Sein gesamter Körper war angespannt, wie ein Raubtier, das sich gleich auf seine Beute stürzen würde. Das bestätigte sie nur in ihrer Angst: Das war ganz sicher nicht Bernard.

Langsam ging Leana rückwärts, bis sie mit dem Rücken an den Felsen der Höhle stieß. Gerade wollte sie darin verschwinden, als sie zwischen den Bäumen eine Bewegung wahrnahm. Etwas Dunkelrotes blitzte zwischen den Zweigen auf.

Gawayn hob das Schwert, straffte den Rücken. Sein Blick war starr auf die Bäume gerichtet und Leana rechnete mit allem, mit zehn bewaffneten Kriegern, mit Murdoch persönlich – doch dann ließ er die Arme sinken und atmete tief durch, als ein Mann auf die Lichtung trat.

Es dauerte einen Moment, bis Leana Rupert erkannte. Für den Bruchteil einer Sekunde war sie erleichtert. Doch dann durchfuhr die Angst sie, denn sie konnte an dem Gesicht des Mannes ablesen, dass etwas nicht stimmte, und zwar ganz und gar nicht.

Rupert hielt kurz inne, als er sie sah, dann verdunkelte sich sein Gesicht und er hielt mit großen Schritten auf sie zu. Leana kehrte eilig zu Gawayn zurück und klammerte sich an seinem Arm fest.

»Irgendetwas ist passiert«, sagte sie leise.

Gawayn warf ihr einen kurzen Blick zu. »Kannst du sehen, was?«

Unwillkürlich schüttelte Leana den Kopf. Aber als sich in diesem Moment das Bild wieder mit Übermacht aufdrängte, begriff sie, dass es schon bald Wirklichkeit werden würde.

Rupert trat auf sie zu und verbeugte sich vor Gawayn. Es war eine ehrfurchtsvolle Geste, so wie man seinen Anführer begrüßte. Als er aufblickte, wurde Leana wieder schlecht, denn Schmerz trübte seine Augen.

»Was ist geschehen?«, fragte Gawayn mit rauer Stimme.

Der ältere Mann schaute ihm in die Augen. »Ich muss mich bei dir entschuldigen, Gawayn. Du hast mich gebeten, dass ich mich um deine Mutter kümmere, und ich habe meine Aufgabe nicht erfüllt. Ich …« Seine Stimme brach. »Ich war nur kurz bei meinen Tieren und als ich wiederkam, war sie fort.«

»Fort?«, wiederholte Gawayn so leise, dass der Wind das Wort fast davontrug.

»Murdoch hat sie holen lassen. Sie ist in der Burg.« Leana drohte allen Halt zu verlieren, doch sie brachte alle Willenskraft auf, um stehenzubleiben. Denn Gawayn hatte jetzt keine Zeit, sich auch noch um sie zu kümmern.

Er stand wie versteinert.

»Warum?«, fragte er tonlos.

Rupert schüttete den Kopf. »Keiner weiß es. Sie haben keinen Grund genannt, sondern sie einfach mitgenommen.«

»War sie verletzt?«

Der ältere Mann hob die Schultern. »Vermutlich nicht. Aber der Kerl, der sie geholt hat, hat sie einfach vor sich über das Pferd gelegt und mit ihrer Hüfte …« Er wischte sich über die Stirn. »Das war zu grob für sie.«

Leana presste die Hand vor den Mund und schluckte gegen ihre Tränen an. Das half jetzt niemandem.

Gawayn zitterte vor Wut.

Rupert nahm seine Mütze ab und senkte den Kopf. »Es tut mir leid. Ich war bei der Burg und wollte sie sehen, aber sie haben nicht einmal geöffnet. Ich hätte nicht fortgehen und sie allein lassen dürfen.«

Gawayn straffte die Schultern. »Es ist gut, Rupert. Ich kann nicht von dir erwarten, dass du in jedem Moment bei ihr bist. Vermutlich hat Murdoch sogar den Augenblick abgepasst, als du fort warst. Jeder weiß, dass du dein Leben für sie gegeben hättest.«

Rupert nickte. »Das würde ich jederzeit tun.«

Gawayn schluckte. »Wissen wir irgendetwas?«

»Nein. Murdoch rechtfertigt sich schon lange nicht mehr, wenn er jemanden holt.«

Gawayn wischte sich über die Stirn. »Wo sind die Kinder?«

»Bei Agnes.«

»Gut. Und ...«

»Waren sie dabei, als das mit Giselle passiert ist?«, fiel Leana ihm ins Wort.

»Ich fürchte, ja«, antwortete Rupert betrübt. »Der Junge hat wohl versucht, einen von Murdochs Männern zu beißen. Aber er hat ihn abgeschüttelt wie eine lästige Fliege.«

»Ich muss zu ihnen«, sagte Leana. Sie wollte die beiden in die Arme nehmen, sie trösten, ihnen versichern, dass alles gut werden würde. Auch wenn sie das eigentlich nicht konnte. Ihr Körper schmerzte regelrecht, weil sie die Kinder halten und beschützen wollte.

Doch Gawayn schüttelte den Kopf. »Du bleibst hier. Ich gehe.«

»Nein! Das ist viel zu gefährlich, du ...«

»Ich gehe«, unterbrach nun Gawayn sie entschieden.

Sie fasste seinen Arm, drückte ihn fest und sah ihm verzweifelt in die Augen. »Gawayn, nein. Ich bitte dich, tue nichts Unüberlegtes.«

»Komm mit«, sagte er an Rupert gewandt, ohne Leana zu antworten. »Wir werden die Kinder hierherholen.«

Erst dann erwiderte er ihren Blick, nahm ihr Gesicht in beide Hände, schaute sie einen Moment lang an und küsste sie. »Du bist hier sicher.«

»Bitte nimm mich mit. Bitte lass mich nicht hier«, flehte sie mit wild schlagendem Herzen. Doch er legte nur die Stirn an ihre und atmete tief aus.

»Ich kann nicht zulassen, dass er dir auch noch etwas tut.«

»Gawayn«, sagte sie leise. »Was hast du vor?«

»Ich brauche mehr Informationen. Und ich hole die Kinder. Wenn sie hierherkommen, brauchen sie dich.«

Er wich ihr aus und das fühlte sich nicht gut an. Sie wollte noch etwas sagen, aber er verschloss ihren Mund mit einem weiteren Kuss.

»Du kannst mir mehr helfen, wenn du hierbleibst«, flüsterte er an ihren Lippen.

Leana kniff die Augen zusammen, als er zurücktrat. Auf

einmal hatte sie solche Angst. Sie kroch ihr den Rücken hoch und packte sie fest im Nacken. Sie konnte ihn nicht gehen lassen und trotzdem musste sie es. Es war alles vorherbestimmt und es würde bestimmt gut werden. Aber was, wenn nicht?

Am liebsten hätte sie sich an ihm festgeklammert und ihn angefleht, nicht zu gehen. Aber der Ausdruck in seinem Gesicht war so bestimmt, dass sie wusste, dass es keinen Zweck hatte.

»Mach kein Feuer«, wies er sie an. »Bleib in der Höhle. Wenn jemand kommt, schleich dich raus und versteck dich am Bach. Ich werde dich finden.« Er nickte ihr zu. »Und dann bringe ich dich nach Eriness zurück.«

Sie wollte protestieren, aber er klopfte Rupert auf die Schulter und eilte durch die Bäume davon. Er drehte sich nicht mehr um.

Leana wollte noch etwas zu dem älteren Mann sagen, aber der nickte ihr nur zu und eilte Gawayn hinterher.

Erschöpft ließ Leana sich auf einen Stein sinken und vergrub das Gesicht in beiden Händen. Leana schickte ein stilles Gebet an das Universum oder zu Gott oder den Feen oder wer auch immer gerade zuhörte, dass es Giselle in Murdochs Händen gut gehen mochte.

Sie zwang sich, tief durchzuatmen und nachzudenken. Wenn Gawayn zurückkam, brauchten sie einen neuen Plan. Bevor er nach Irland ging, mussten sie Giselle befreien und vermutlich am besten von hier fortbringen. In Sicherheit.

Wenn sie doch nur wüsste, wo sich das Tor befand, durch das Giselle hierhergekommen war. Es konnte nicht allzu weit von hier entfernt sein. Wenn es ihr gelingen würde, Giselle in ihre eigene Zeit zu bringen, könnte Gawayn sich ganz auf den Kampf mit Murdoch konzentrieren und bräuchte sich keine Gedanken mehr um die Sicherheit seiner Mutter zu machen.

Oder sie brachte Giselle nach Eriness. Dort könnte wenigstens Duncan sie beschützen. Murdoch würde sich ganz sicher nicht an Black Duncan heranwagen.

Außerdem ging es Murdoch ja gar nicht um Giselle. Er

hatte sie hier in Clachaig jahrelang in Ruhe gelassen. Wenn er wirklich ihr hätte schaden wollen und nicht Gawayn, dann hätte er sie schon längst wegen irgendetwas einsperren können.

Leana erstarrte, als sie den Gedanken zu Ende dachte. Es ging gar nicht um Giselle. Und vermutlich war es auch nie um Albert gegangen.

Dass Murdoch Giselle in die Burg gebracht hatte, hatte einen ganz anderen Grund.

Er wollte Gawayn aus seinem Versteck locken.

Giselles Worte hallten in Leanas Kopf wider. *Egal welche Falle er dir stellt.* Das hatte sie selbst zu Gawayn gesagt.

Leana stöhnte auf. Es war die perfekte Falle und wenn sie Gawayns Wut und Entschlossenheit richtig einschätzte, dann war er gerade dabei, hineinzutappen.

Vielleicht wusste Gawayn sogar, was wirklich los war, und wollte Murdoch trotzdem stellen. Aber er hatte keine Chance, oder? Nicht, wenn er so wütend war wie jetzt.

Warum hatte sie das nicht ein paar Minuten eher begriffen? Sie hätte ihn abhalten müssen!

Das Bild kehrte mit solcher Macht zurück, dass Leana sich zusammenkrümmte. Sie hatte heute Morgen schon gewusst, dass die Zeit gekommen war, und jetzt wusste sie, was geschehen würde. Gawayn würde mit Murdoch kämpfen und vermutlich würde er verlieren.

Sie musste etwas unternehmen. Irgendetwas. Wenn sie ihn schon nicht zurückhalten konnte, so wollte sie ihm zumindest beistehen!

Achte darauf, dass er nicht zu übermütig wird, hatte Giselle zu ihr gesagt. Leana schloss die Augen.

Das hatte sie eindeutig nicht geschafft. Aber sie hatte Giselle versprochen, dass sie auf Gawayn achtgeben würde, so wie er auch auf sie aufpasste.

Ohne weiter darüber nachzudenken, rannte sie los.

Sie flog den kleinen Weg zwischen den Bäumen entlang und hoffte, dass sie die beiden Männer noch einholen würde.

Sie konnte nicht zulassen, dass Gawayn etwas geschah. Das durfte einfach nicht sein!

25

Entschlossen lief sie immer weiter, doch der Pfad verlor sich schon rasch zwischen den Bäumen, und auf einmal stand Leana mitten im Wald und wusste nicht recht, in welche Richtung sie sich wenden sollte. Sie ging trotzdem weiter, folgte ihrem Bauchgefühl und orientierte sich in die Richtung, in der ihrer Erinnerung nach die Burg und das Dorf liegen mussten.

Auch nach einer Weile stieß sie weder auf einen Weg noch auf Spuren der Männer. Dennoch hastete sie weiter, denn sie hatte im Gefühl, dass Gawayn sich in Gefahr bringen würde. Und irgendwann würde sie schon an einer Stelle rauskommen, wo sie das Tal sehen konnte oder zumindest das Dorf oder die Burg.

Sie lief lange, doch außer ein paar Hasen sah sie nur Bäume, Steine und Farn.

Als sie das dritte Mal einen Bach überquerte, war sie sich auf einmal nicht mehr sicher, ob sie nicht im Kreis lief. Inzwischen würde sie nicht einmal den Weg zur Höhle zurückfinden, dafür hatte sie zu wenig auf ihre Umgebung geachtet und war in Gedanken zu sehr bei dem gewesen, was gerade im Dorf geschah.

Im Wald war es ganz still, nur der Bach plätscherte neben ihren Füßen.

Auf einmal musste sie schwer schlucken. Gawayn hatte gesagt, sie solle an der Höhle auf ihn warten. Was, wenn er mittlerweile mit den Kindern zurückgekehrt war? Sie schüttelte den Kopf. Irgendwie musste sie doch zumindest zum Dorf finden.

Am liebsten hätte sie sich hingesetzt und geweint, so frustriert und erschöpft war sie, aber das brachte jetzt überhaupt nichts.

Sie stolperte weiter, entschlossen, es irgendwie zum Dorf zu schaffen. Aber obwohl sie einmal einen Weg fand, dem sie eine Weile folgte und auf dem auch Pferdeäpfel lagen, fand sie keine Hinweise, dass hier irgendwo Menschen lebten.

Sie blieb wieder stehen und stemmte die Arme in die Hüfte. Die Sonne hatte sich jetzt schon deutlich am Himmel gesenkt und würde sicherlich demnächst untergehen. Die aufkeimende Panik war auch nicht hilfreich. Vielleicht sollte sie um Hilfe rufen, doch was war, wenn die falschen Menschen sie hörten? Sie hatte ja keine Ahnung, wer in der Nähe war. Und nach Gawayn wollte sie nicht rufen. Keiner sollte wissen, dass er möglicherweise hier war.

Plötzlich hielt sie inne. Ein Geruch kroch in ihre Nase. Feuer. Ganz eindeutig. Er war so anders als der modrige, würzige Geruch des Waldes.

Erleichterung durchfuhr Leana. Wo ein Feuer war, mussten Menschen sein. Zumindest höchstwahrscheinlich.

Sie versuchte, dem Geruch zu folgen, doch das war schwieriger als gedacht. Manchmal wurde er stärker, manchmal verschwand er ganz. Dass ein stetiger Wind wehte, half dabei nicht.

Als die Sonne schließlich unterging, gab Leana frustriert auf. Sie hatte das Feuer jetzt sowieso seit einiger Zeit nicht mehr gerochen.

Gerade wog sie innerlich ab, ob sie trotzdem weiterlaufen

oder sich auf eine Nacht im Wald einstellen sollte, da nahm sie auf einmal eine Bewegung in den Büschen wahr.

Sie erschrak so sehr, dass sie beinahe aufgeschrien hätte. Erst jetzt fiel ihr auf, das sie noch nicht einmal eine Waffe dabeihatte. Nichts, kein Messer, gar nichts. Sie verfluchte sich, dass sie einfach so losgerannt war. Gawayn hatte schon einen Grund gehabt, warum er ihr gesagt hatte, dass sie bei der Höhle bleiben sollte.

Sie dachte an Tavia und dass die ihr immer gesagt hatte, dass man vor allem keine Angst zeigen sollte. Das war leichter gesagt als getan, aber sie musste es zumindest probieren.

Also straffte sie die Schultern und hob das Kinn. »Wer ist da?«, fragte sie so laut wie möglich. Ihre Stimme hallte im Wald wider und war ihr selbst ein bisschen unheimlich. Seit Stunden hatte sie nicht gesprochen.

Eine Gestalt glitt zwischen den Farnblättern hervor und als Leana sie erkannte, wäre sie beinahe auf den Boden gesunken vor Erleichterung.

»Bernard«, flüsterte sie, völlig überwältigt davon, endlich wieder ein bekanntes Gesicht zu sehen und nicht mehr allein im dunklen Wald zu sein. »Du hast mich erschreckt.«

Er zog eine Grimasse. »Wollt ich nicht.« Er legte den Kopf schief. »Ich bringe dich zur Höhle.«

»Nein«, sagte sie schnell und besann sich wieder auf ihre Mission. »Bitte, ich muss ins Dorf oder zur Burg.«

Bernard runzelte die Stirn. »Aber Gawayn hat gesagt, ich soll darauf achten, dass du bei der Höhle bleibst. In Sicherheit.« Das war ein langer Satz für den schweigsamen Mann.

Leana hob die Augenbrauen. »Hat er das? Wann?«

Bernard nickte. »Hab ihn getroffen.«

»Wo?«

Bernard senkte den Kopf. »Bei der Burg.«

Leana wischte sich über die Stirn. Also war er wirklich dorthin gegangen.

»Er will Giselle befreien?«

Wieder ein Nicken. »Er muss.«

Leana schluckte. »Ich weiß. Aber es ist gefährlich.«

Darauf reagierte Bernard nicht.

Leana legte sich eine Hand an die Stirn. Wenn er zur Burg gegangen war, könnte Gawayn längst mit Murdoch gekämpft haben. Giselle könnte befreit sein ... oder er war nun mit ihr zusammen gefangen.

Oder Schlimmeres.

»Weißt du, was passiert ist?«, fragte sie Bernard mit dünner Stimme.

»Nein. Ich habe dich gesucht.«

Plötzlich fasste Leana eine Entscheidung. Sie konnte nicht einfach tatenlos zusehen und sich Gedanken darum machen, was vielleicht mit Gawayn passiert war. Irgendetwas musste sie tun. »Bring mich zur Burg.«

Bernard weitete überrascht die Augen.

»Ich weiß, dass du dafür sorgen sollst, dass ich bei der Höhle bleibe«, sagte sie schnell, da ihr klar war, dass er instinktiv ablehnen und dem Befehl seines Anführers und Freundes folgen würde. »Aber ich weiß, dass Gawayn in Gefahr ist.« Sie zögerte nur kurz. »Ich habe das zweite Gesicht und ich habe gesehen, dass Murdoch ihn in eine Falle gelockt hat. Aber ich weiß auch, dass ich ihn retten kann. Deswegen bring mich zur Burg. Ich muss ihm helfen.«

Bernard rang deutlich mit sich, also setzte sie nach.

»Gawayn weiß es noch nicht, aber es ist Teil der Prophezeiung. Du weißt doch, ich bin diejenige, die den Clan der Macvails retten wird. Heute ist der Tag.«

Lügnerin, dachte sie, denn sie hatte keine Ahnung, was sie tun sollte, wenn sie erst einmal bei der Burg war. Aber vielleicht hatte sie doch Mittel und Wege, wie sie Murdoch mit ihren eigenen Waffen bekämpfen konnte. Schließlich kannte sie Blaire und die war mit Allan Macdonald verwandt, der ja anscheinend so etwas wie ein Lehnsherr für Murdoch war.

Aber sie würde ganz sicher nicht zur Höhle zurückgehen.

»Bitte, Bernard, steh nicht der Prophezeiung im Weg!«, bat

sie eindringlich. Es konnte doch nicht sein, dass sie jetzt an Bernard und seiner Loyalität scheitern würde.

Er blinzelte und öffnete den Mund, aber sie setzte schnell noch einen drauf: »Das würde Gawayn nicht wollen. Er wird dir später dankbar sein.«

Oh Gott, sie redete sich noch um Kopf und Kragen. Atemlos erwiderte sie Bernards nachdenklichen Blick. Schließlich hätte sie sein Nicken im Dämmerlicht kaum erkannt.

»Komm«, sagte er und wandte sich um.

Leana blinzelte und starrte auf den Rücken des älteren Mannes. War es wirklich so einfach gewesen?

Doch dann sah sie zu, dass sie ihm folgte. So, wie es sein sollte.

Denn eigentlich wusste sie doch, dass sie dabei sein würde, wenn Gawayn auf Murdoch traf, denn sie hatte das Bild in den letzten Tagen immer und immer wieder gesehen.

Und sie hasste die Tatsache, dass es so war.

26

Es war bereits dunkel, als die Burg vor ihnen auftauchte. Den gesamten Weg über hatte Leana sich dicht hinter Bernard gehalten und sich ganz auf seine Führung verlassen. Geduckt lief sie auch jetzt hinter ihm her und zog die Mütze tiefer in die Stirn, die er ihr gegeben hatte, damit ihr helles Haar sie im Mondlicht nicht verriet. Ihre Haare passten nicht ganz darunter, deswegen hielt sie die Mütze am Kopf fest. Wenigstens war das Kleid dunkelbraun und fiel nicht auf. Riesig türmte sich das Gemäuer vor ihnen auf. In der Ferne sah sie die Lichter des Dorfes leuchten, aber auf den Wehrgängen war kein Licht zu sehen und Leana hatte keine Ahnung, ob da oben Wachen waren oder nicht.

Ihr Herz donnerte in ihrer Brust und sie hatte keine Ahnung, was sie hier eigentlich tat. Panik machte sich in ihr breit und fast hätte sie Bernard gebeten, sie zurück zur Höhle zu bringen.

Doch als sie an Gawayn und Giselle dachte, straffte sie entschlossen die Schultern. Das Schicksal hatte sich schon lange entschieden. Sie würde mit ansehen, wie Gawayn mit Murdoch kämpfte, denn sie sah das Bild immer wieder vor ihrem geistigen Auge. Dem konnte sie nicht entfliehen.

Sie würde das hier überleben und trotzdem noch glücklich

werden. Da sie sich sicher war, dass sie nur mit Gawayn glücklich werden konnte, war es also gar nicht möglich, dass er heute starb.

Das sagte sie sich immer wieder und nach einer Weile begann sie, es zu glauben.

Es würde alles gut gehen. Bestimmt.

Sie erreichten den Schatten der riesigen Mauern und Bernard zog sie zu einem Gebüsch. Dort hielten sie inne und Leana warf einen Blick zurück.

Erst jetzt hier im Schatten sah sie, wie sehr der abnehmende Mond die Ebene erhellte. Und dort waren sie eben entlanggelaufen? Es war ein Wunder, dass niemand auf sie geschossen hatte.

Bernard atmete tief durch, aber nicht, weil er außer Atem war. Leana spürte seine Zweifel. Er widersetzte sich aktiv dem Befehl des Mannes, den er vermutlich als seinen rechtmäßigen Chief ansah.

»Ich danke dir von Herzen, dass du das für mich tust«, flüsterte Leana.

Bernard sah sie zweifelnd an.

»Und für Gawayn«, fügte sie hinzu.

Der ältere Mann entspannte sich ein wenig.

»Da ist die Tür«, sagte er und wies auf die Büsche.

Leana spähte hinein, konnte aber nichts erkennen. »Ist sie bewacht?«

Ein Kopfschütteln. »Murdoch weiß nichts davon.«

»Dann ist es ein Geheimgang?«

»Nur für Murdoch. Alle anderen wissen davon. Bester Weg, um in die Burg zu kommen.«

»Dann lass uns gehen«, flüsterte Leana.

Doch Bernard verzog den Mund und schüttelte den Kopf. »Muss zurück.«

Leana wollte protestieren und ihm sagen, dass er sie doch nicht allein lassen konnte, aber dann fiel ihr auf, dass er das sehr wohl konnte. Wieder bäumte sich die Angst in ihr auf.

»Aber ich kenne den Weg durch die Burg nicht.«

Bernard wollte gerade antworten, als über ihnen ein Husten erklang. Irgendjemand war auf der Mauer. Der ältere Mann klappte den Mund wieder zu und hob die Schultern.

Atemlos lauschten sie, doch dann war nichts mehr zu hören.

Schließlich zog Bernard sie weiter in das Gebüsch. Mittlerweile hatten Leanas Augen sich an die Dunkelheit im Burgschatten gewöhnt. Sie sah, dass Bernard sehr bewusst auftrat und die Zweige derart zur Seite schob, dass man nichts hörte. Er bewegte sich lautlos und Leana versuchte, es ihm gleichzutun.

Sie kamen an eine winzige, verwitterte Tür, die gerade mal hoch genug war, dass sie hindurchkriechen konnte. Bernard lehnte sich zu ihr und flüsterte ganz nah an ihrem Ohr: »Ist nur ein Gang. Bis zum Ende. Dann links. Da geht's zur Halle. Rechts zum Verlies.«

Schon das Wort machte sie beinahe schwindelig.

Bernard nickte ihr resolut zu und wollte sich abwenden, doch Leana hielt ihn am Ärmel fest, auch wenn sie wusste, dass jedes weitere laute Wort sie vermutlich in Gefahr brachte.

»Ich weiß nicht, ob ich da durch passe«, murmelte sie.

Bernard schüttelte den Kopf und öffnete die Tür. »Gawayn passt auch durch. Er war vorhin hier.«

Sie folgte seinem ausgestreckten Zeigefinger und erkannte undeutlich einen Fußabdruck auf dem Boden. Er war viel größer als ihrer und auch Bernards Füße waren kleiner. Das musste Gawayn gewesen sein.

Sie wollte die Mütze abnehmen, doch Bernard schüttelte den Kopf.

»Keiner darf dich sehen. Sei ein Schatten. Wie Gawayn.«

Über ihnen hustete wieder jemand und sie hörte eine Stimme. Dann eine andere, die antwortete. Zwei Wachen unterhielten sich, aber es klang eher gelangweilt als alarmiert.

Bernard stupste sie an der Schulter an und wies mit dem Kopf auf die Tür.

Leana starrte auf die dunkle Öffnung. »Ich bitte dich von

Herzen, mit mir zu kommen«, wisperte sie und hoffte, dass nur Bernard sie hörte. »Giselle ist dort drinnen und ich weiß nicht, ob Gawayn auch gefangen ist. Wie soll ich das allein schaffen? Ich brauche Unterstützung.« Bernard schaute sie eine Weile ausdruckslos an, aber sie fühlte, dass er mit sich debattierte.

»Ich glaube kaum, dass Gawayn wollen würde, dass du mich allein dort reinlässt«, fügte sie wispernd hinzu. Sie wusste selbst, dass es gemein war, ihn auf diese Art und Weise unter Druck zu setzen, aber sie brauchte ihn wirklich.

Schließlich gab Bernard sich einen Ruck. Ohne ein weiteres Wort zu sagen, ging er in die Hocke und krabbelte in den Gang. Verdutzt starrte Leana auf die dunkle Öffnung, als seine Füße darin verschwanden.

Sie ließ sich auf alle viere sinken und versuchte zu ignorieren, dass ihre Hände sofort feucht waren. Auch durch ihre Röcke drang an den Knien die nasse Kälte. Aber es nützte ja nichts. Sie krabbelte vorwärts.

Kaum war sie im Gang, konnte sie nichts mehr sehen. Es war komplett finster und augenblicklich schlug das Unbehagen über ihr zusammen. Es kam ihr vor wie ein Grab. Ein einsames, kaltes Grab.

Sie schloss die Augen und atmete tief durch. Sie würde das hier überleben. Dessen konnte sie sich sicher sein. Also beeilte sie sich, Bernard zu folgen.

Der Gang schien sich endlos unter die Burg zu erstrecken oder sie kamen einfach nur langsam voran. In der Nähe hörte sie Mäuse oder Ratten trippeln. Ständig landeten ihre Hände in kleinen Pfützen oder anderen schleimigen Dingen, die sie nicht weiter definieren wollte. Manchmal streifte ihr Rücken die Decke des engen Tunnels und sie fragte sich, wie Gawayn hier durchgekommen war, denn er war so viel größer als sie.

Irgendwann traf ihre Hand auf eine Treppenstufe. Sie tastete über sich und fand, dass die Decke höher geworden war. Vorsichtig erhob sie sich und ging gebückt zwei Stufen hinauf. Dann stieß sie gegen Bernard.

»Entschuldigung«, murmelte sie, doch er antwortete nicht. Er stand nur da und lauschte in die Dunkelheit.

Als er sich wieder in Bewegung setzte, folgte sie ihm. Die Decke wurde noch höher und sie ging vorsichtig die Stufen hinauf. Einmal fühlte sie einen Ring, der in die Wand eingelassen war. Vielleicht für eine Fackel. Was hätte sie für etwas Licht gegeben!

Dann spürte sie einen Luftzug und bald darauf sah sie einen schmalen Lichtstreifen auf dem Boden. Dort musste eine Tür sein.

Jetzt konnte sie auch Bernard erkennen. Er stand mit gesenktem Kopf an der Tür und lauschte.

Was hatte er vorhin gesagt? Rechts das Verlies. Links die große Halle.

Die Frage war, welchen Weg Gawayn eingeschlagen hatte. Ihr Bauchgefühl sagte ihr, dass er zwar hier war, um Giselle zu befreien, aber dass er sie nicht einfach heimlich aus der Burg entführen würde. Er wollte die Konfrontation mit Murdoch und er wollte ihn dafür bestrafen, dass er seine Mutter damals so verletzt und jetzt hierhergebracht hatte.

Sie lehnte sich weit vor, sodass sie Bernard fast berührte.

»Ich denke, er ist in der Halle.«

Der ältere Mann nickte stumm. Er war wie ein Tier auf Beutefang.

Schließlich öffnete er vorsichtig die Tür. Sie lauschten beide, doch nichts war zu hören.

Sie warteten so lange, bis die Stille in Leanas Ohren zu laut wurde. Dann schlüpfte Bernard in den düsteren Gang. Wieder folgte Leana ihm. Nur ein paar Fackeln leuchteten an der Wand, niemand war zu sehen.

Von links meinte sie ferne Stimmen zu hören. Sie war so dankbar, dass Bernard mitgekommen war, denn noch immer hatte sie keine Ahnung, was sie tun sollte. Schließlich konnte sie nicht so kämpfen wie Tavia, sie hatte nicht Mairas Autorität und schon gar nicht die Erfahrung und Ruhe von Blaire. Sie hatte vor allem Angst und die war nie ein guter Berater.

Aber sie wollte für Giselle und Gawayn da sein. Irgendetwas würde ihr schon einfallen.

Mit weichen Knien schlich sie Bernard hinterher den Gang entlang. Die Stimmen wurden lauter, es klang nach einem Streit. Darunter war auch eine Frauenstimme.

Das war vielleicht gar nicht so schlecht. Es war zumindest kein Kampf und wenn die anderen sich auf den Streit konzentrierten, würde sie niemand bemerken.

Bernard wandte sich nicht einmal zu ihr um. Er war hochkonzentriert, das spürte sie. Genau wie Gawayn konnte er sich geräuschlos bewegen. Ihr selbst gelang das nicht. Allein ihr Herzschlag war so laut, dass er bestimmt durch die Burg dröhnte.

Sie schlichen weiter zu der einen Spalt offenstehenden Tür, die in die Halle führen musste und hinter der sie den Streit hörten. Leanas Herz klopfte wie wild und sie versuchte auszumachen, ob sie Gawayns Stimme hörte. Doch er war nicht dabei.

Sie konzentrierte sich so auf die Stimmen in der Halle, dass sie gar nicht auf Bernard achtete. Der blieb auf einmal stehen und bückte sich. Als Leana den Blick nach unten richtete, sah sie, dass dort ein Mann auf dem Boden lag. Eine Wache, der Gewandung nach. Er war entweder tot oder bewusstlos. Oder er schlief, aber das war ja eher unwahrscheinlich.

Er lag an der Wand, direkt an der kleinen Tür zur Halle. Diese schien allerdings nur der Hintereingang zu sein, denn durch den Spalt erkannte Leana undeutlich an der gegenüberliegenden Wand die großen Flügeltüren.

Plötzlich bewegte sich ein Schatten durch die Tür, schnell und geschmeidig. Fast hätte sie aufgeschrien, doch dann erkannte sie die Gestalt.

»Gawayn«, flüsterte sie erleichtert.

Im Halbdunkeln sah sie, wie er den Kopf schüttelte und den Finger auf die Lippen legte.

Er nahm ihre Hand und zog sie in die Knie. Auch Bernard

hockte sich hin. Es war merkwürdig, direkt neben der anscheinend bewusstlosen Wache zu sitzen.

Gawayn zog sie an sich und drückte ihr einen Kuss auf die Schläfe. »Du hättest nicht kommen sollen«, flüsterte er ihr ins Ohr.

Leana wisperte ebenso leise zurück: »Ich kann dich hier nicht allein lassen.« Das Bild kam mit einer solchen Macht zu ihr zurück, dass es ihr körperliche Schmerzen verursachte. Nicht mehr lange und es würde geschehen.

Im Halbdunkel musterte Gawayn sie. »Muss ich mir Sorgen machen?«

Leana schluckte. Am liebsten hätte sie gelogen, doch vermutlich hätte er es gemerkt. »Sei einfach vorsichtig.«

In seinem Gesicht arbeitete es, dann nickte er und blickte fragend zu Bernard. Der hob die Schultern und deutete auf Leana. Ein kurzes, stummes Gespräch fand zwischen den beiden Männern statt.

Schließlich wandte Gawayn sich um und nickte in Richtung der Halle. »Sie haben noch nicht bemerkt, dass wir da sind.«

Leana reckte den Kopf. Mittlerweile hatten sich ihre Augen an das Dämmerlicht gewöhnt. Hinter der Tür, die vermutlich für die Diener war, wölbte sich eine Art Balustrade über einen großen Raum. Weiter hinten in der Halle standen mehrere große Tische, wie auf Eriness auch. Die Wände waren mit Teppichen behängt, im Kamin brannte ein großes Feuer. Leana sah einen Mann und eine Frau an einem Tisch in der Nähe des riesigen Kamins sowie mehrere Männer, die Wachen sein mussten. Niemand sah in ihre Richtung.

Obwohl sie wusste, dass sie dem Schicksal nicht entrinnen konnten, probierte sie es trotzdem. Sie wandte sich Gawayn zu und griff nach seinem Arm.

»Du musst wieder gehen. Es ist eine Falle, Murdoch hat dich nur hierhergelockt!«

Er zog sie an sich und drückte sie. »Ich weiß«, flüsterte er. »Aber ich kann meine Mutter nicht allein lassen.«

»Aber wie willst du sie rausholen?«

»Halt die Klappe!«, brüllte in diesem Moment einer der Männer in der Halle. Irgendetwas polterte zu Boden.

»Ich weiß es noch nicht«, gestand Gawayn leise. »Aber wir müssen bald handeln. Murdochs Männer können uns jeden Moment entdecken.«

Bernard krabbelte zu der Wache, packte sie am Kragen und schleifte sie zu einer Tür, die in einer Nische lag. Beeindruckt stellte Leana fest, dass er selbst das geräuschlos tat. Kaum hatte er den Mann in den Raum geschoben, reckte Gawayn den Kopf und atmete scharf ein.

»Was ist? Bist du verletzt?« Sie streckte die Hand nach ihm aus, doch er schüttelte den Kopf und erhob sich. Leana kam ebenfalls auf die Beine und folgte seinem Blick in die Halle.

»Verdammter Murdoch«, murmelte er erstickt. »Er lässt sie stehen. Ich glaube, sie hält nicht mehr lange durch.«

Leana folgte seinem Blick und erschrak, als sie Giselle am Rande der Halle entdeckte. Sie stand mit gefesselten Händen aufrecht und schwankte, ihr Gesicht war kalkweiß.

»Oh Gott«, flüsterte sie. Es tat ihr weh, Giselle so zu sehen.

Jetzt sah sie auch die anderen im Raum. Da waren drei Wachen an der Tür sowie ein Mann und eine Frau, die an einem der Tische saßen. Sie trug ein kostbares Gewand, was sie als Burgherrin kennzeichnete, und hatte graue Haare. Das musste diese Abigail sein.

Dann war der Mann, der vor ihr stand, Murdoch. Leana wurde übel, als sie ihn erblickte. Ein klares Zeichen dafür, dass von diesem Mann eine unheilige Energie ausging. Er war älter, als sie erwartet hatte. Seine Haare waren grau, er hatte eine Halbglatze und einen Bauchansatz. Sein Gesicht war schwammig, als würde er zu viel trinken.

Leana spürte Wut in sich, denn sie wusste, dass das Essen der Dorfbewohner ihn fett gemacht hatte. Was für ein Widerling.

Er fuchtelte mit dem rechten Arm herum, aber sein linker hing merkwürdig schlapp herunter.

»Es reicht!«, rief Abigail aufgebracht, griff einen Krug vom Tisch und zerschmetterte ihn auf dem Steinboden der Halle.

»Lass mich in Ruhe!«, dröhnte Murdoch. Sein Gesicht war zu einer fiesen Grimasse verzogen, doch diese Abigail schien sich davon nicht einschüchtern zu lassen. Sie erhob sich und stemmte die Hände in die Seiten.

»Du lässt sie sofort frei, Murdoch. Du bist im Unrecht.«

»Halt's Maul!« Die Worte waren jedoch ein wenig verwaschen, so als hätte er Mühe, sie herauszubringen. Ob er betrunken war?

»Worüber streiten sie?«, fragte Leana Gawayn leise.

Bernard war wieder neben sie getreten und rieb sich übers Kinn.

Gawayn straffte die Schultern. »Wenn ich es richtig verstehe, ist Abigail der Meinung, dass Murdoch sich nicht an Mutter hätte vergreifen dürfen.« Gawayn ballte die Fäuste.

»Das hätte sie sich früher überlegen müssen. Falsche Schlange.«

Auf einmal strauchelte Giselle und machte einen Schritt zur Seite. Gawayn schnellte nach vorn und hatte die Hand schon am Griff seines Schwertes, er war schon fast in der Halle, als Bernard ihn gerade noch am Arm festhielt. Er schüttelte vehement den Kopf.

Im nächsten Moment trat Abigail neben Giselle, stützte sie und sprach zu ihr. Dann zog sie einen Stuhl heran und bedeutete Giselle, sich darauf zu setzen.

»Nein«, herrschte Murdoch. »Sie soll stehen.«

Ein abfälliger Ausdruck huschte über Abigails Gesicht und sie schüttelte den Kopf. »Sie ist zu schwach.«

Leana war ihr dankbar dafür, dass sie sich durchsetzte und für Giselle da war. Auch wenn Gawayn es nicht wahrhaben wollte, so schien Abigail auf ihrer Seite zu sein. Vielleicht konnten sie das nutzen.

Sobald Giselle saß, atmete Gawayn durch.

»Was sollen wir tun?«, flüsterte Leana.

Gawayn starrte einen Moment auf seine Mutter, sein Gesicht voller Emotionen, die sich so schnell abwechselten, dass Leana sie gar nicht erfassen konnte. Dann riss er den Blick von seiner Mutter los. Er schaute von Leana zu Bernard und wieder zurück. »Ich hole sie da raus. Wartet hier.« Er legte Bernard eine Hand auf die Schulter. »Sobald meine Mutter frei ist, bringst du sie raus aus der Burg. Murdoch soll dich nicht sehen.«

Der alte Mann nickte.

Leana griff nach seiner Hand. »Was soll ich tun?«

Er schluckte. »Am besten gehst du mit Bernard. Wenn nötig, bring meine Mutter und die Kinder nach Eriness. Dort sind sie sicher.«

Sie wollte etwas einwenden, aber er befreite sich sanft aus ihrem Griff und lächelte ihr zu. Sie sah, wie angespannt er war. Aber auch wie konzentriert. Alles in ihm war auf Kampf eingestellt.

Sie wollte noch einmal nach ihm greifen, aber er machte einen Schritt zur Seite, sodass sie ins Leere griff.

Er zog den Dolch aus seinem Strumpf, nickte ihr zu und verschwand tiefer in den Schatten der Balustrade. Obwohl sie wusste, dass es gefährlich war, konnte sie nicht anders, als bis zur Tür zu gehen und ihn zu beobachten. Sie war dankbar dafür, dass sie Bernards Mütze trug und ihre hellen Haare nicht zu sehen waren.

Abigail und Murdoch stritten immer noch.

Gawayn war fast nicht mehr zu sehen, denn die Fackeln und das Feuer erhellten nur den vorderen Teil der Halle und kamen nicht gegen die Dunkelheit hier hinten an.

Kaltes Entsetzen stieg in ihr auf, als sie beobachtete, wie er sich lautlos durch die Schatten auf Murdoch zu bewegte.

Ihr Blick fiel auf die drei Wachen an der großen Flügeltür. Sie schienen nicht in Alarmbereitschaft zu sein, keiner von ihnen hatte eine Waffe gezogen und einer pulte sogar gerade mit dem Fingernagel zwischen seinen Zähnen herum. Es schien, als wären sie dieses Gebaren ihrer Herrschaften gewohnt.

Leana hatte keine Ahnung, ob Gawayn alle drei Männer besiegen konnte, aber es schien ihr unwahrscheinlich, immerhin waren sie alle drei kampferprobt und bewaffnet.

Murdochs Gesicht hatte eine dunkelrote Farbe angenommen. Er machte einen Schritt auf Giselle zu und zeigte mit dem Finger auf sie. »Ich werde euch vernichten. Euch alle. Das ganze Pack!«

Abigail stellte sich zwischen ihn und Giselle. »Hör auf damit. Sie hat dir niemals etwas getan.«

»Niemals etwas getan?«, höhnte Murdoch. »Sie ist doch diejenige, die alle gegen mich aufstachelt. Weil sie die Macht für ihren Sohn will!« Seine Stimme überschlug sich regelrecht. Immer noch schien er zu lallen. »Es wird Zeit, ihr eine Lektion zu erteilen.«

Er ging noch weiter auf Giselle zu, die sich nur mit Mühe aufrecht zu halten schien.

Leana entdeckte Gawayn in den Schatten an der Wand neben dem Kamin. Die Wachen hatten ihn immer noch nicht entdeckt. Anscheinend hatte er es auf Murdoch abgesehen.

Doch der stand zu weit weg.

Als er noch weiter auf Giselle zuging und dabei seinen Dolch zückte, rechnete Leana damit, dass Gawayn sich auf ihn werfen würde, aber er verharrte immer noch in den Schatten. Wenn er sich jetzt zeigte, würden die Wachen ihn überwältigen, bevor er Murdoch erreichte.

Leana begann auf einem Nagel zu kauen und ertrug es fast nicht, zuzuschauen. Sie musste irgendetwas tun.

Doch es war Abigail, die sich Murdoch in den Weg stellte. »Dafür musst du erst einmal an mir vorbei«, stellte sie mit harter Stimme fest – und dann fiel ihr Blick hinter ihren Mann. Direkt auf Gawayn.

Beinahe hätte Leana aufgeschrien, um Gawayn zu warnen, als Abigail die Augen weitete. Doch dann reckte Murdochs Frau das Kinn.

»Ich lasse nicht zu, dass du ihr etwas tust.« Sie machte

einen Schritt auf ihren Ehemann zu.

Er drückte die Brust raus, wich aber einen Schritt zurück. Ein zufriedener Ausdruck flackerte über Abigails Gesicht und Leana begriff, was sie vorhatte. Sie drängte Murdoch zurück, damit er Gawayn quasi rückwärts in die Arme lief. Sie konnte kaum glauben, was sie da sah.

»Wenn du dich an einer wehrlosen Frau vergreifst, bist du ein elender Feigling«, sagte Abigail und ging weiter auf Murdoch zu.

Dessen Gesicht wurde finster, doch er bewegte sich weiter nach hinten, immer weiter auf Gawayn zu, der in den Schatten neben dem Kamin kauerte, sprungbereit mit dem Dolch in der Hand.

Plötzlich wollte Murdoch sich abwenden, doch Abigail packte ihn am Ärmel. »Schau mich gefälligst an, wenn ich mit dir rede!«

Mit einem Knurren drehte er sich zu ihr zurück und es wirkte, als wollte er sie schubsen, doch er versetzte ihr nur einen leichten Schlag gegen den Arm. »Ich vergreife mich, an wem ich will. Du bist meine Frau und ich befehle dir ...«

Doch weiter kam er nicht, denn mit einem katzenhaften Sprung war Gawayn hinter ihm, riss seinen Kopf zurück und setzte ihm das Messer an den Hals.

Murdoch ruderte mit den Armen und riss die Augen auf. Gawayn flüsterte ihm etwas ins Ohr und das Gesicht des Mannes drückte Panik aus. Er wollte nach seinem Schwert greifen, doch Gawayn schüttelte den Kopf und sagte wieder etwas. Murdoch kniff die Augen zusammen und fluchte leise.

Die Wachen hatten ihre Schwerter gezogen und sprangen nach vorn, ungläubig schauten sie ihren Herrn und Gawayn an. Sie waren zu spät und das schien ihnen auch gerade aufgegangen zu sein.

»Lass ihn los!«, rief einer von ihnen, doch Gawayn schüttelte den Kopf.

»Wenn einer von euch näher kommt, schlitze ich eurem Herrn die Kehle auf.«

Murdoch keuchte. »Tut, was er sagt!« Seine Stimme war eher ein Kreischen.

Die Wachen traten einen Schritt zurück und schienen nicht ganz sicher, was sie tun sollten.

»Waffen auf den Boden«, herrschte Gawayn sie an.

Die drei Männer gehorchten.

»Schiebt sie zu mir.«

Drei Schwerter rutschten mit einem Kratzen über den Steinfußboden.

Abigail schaute ausdruckslos ihren Mann und Gawayn an, rührte sich jedoch nicht. Giselles Gesicht war versteinert und sie klammerte sich an ihrem Stuhl fest. Die Angst um Gawayn war ihr anzusehen und Leana wusste genau, wie sich das anfühlte, denn sie konnte kaum noch atmen, so sehr hatte die Angst sie im Würgegriff. Auch Bernards Atem ging stoßweise.

Gawayn könnte Murdoch jetzt umbringen. Dann könnte es vorbei sein. Und irgendwie wünschte sie sich das, auch wenn sie sich im gleichen Moment dafür schämte.

Plötzlich schaute Gawayn zu ihr. »Komm her«, rief er.

Leana erstarrte. Bisher hatte noch keiner sie in der Dämmerung unter der Balustrade bemerkt, doch jetzt schauten alle in ihre Richtung. Selbst Murdoch wandte den Kopf ein wenig.

Bernard war zurück in den Gang gewichen und war nicht mehr zu sehen.

Mit zitternden Knien setzte Leana sich in Bewegung.

»Wer ist das?«, fragte Murdoch, als sie in den Lichtschein trat.

Doch Gawayn ruckte an seinen Haaren. »Ruhe. Du, nimm dein Seil und fessle die anderen beiden damit«, wies er eine der Wachen an.

Mit finsterem Gesicht nahm einer der Männer ein Seil, das aufgerollt an seinem Gürtel hing, und schaute seine Kameraden missmutig an.

»Schlagt euch den Gedanken an einen Kampf aus dem Kopf. Er stirbt sofort. Und ihr wisst, dass er es nicht wert ist.«

Die Wachen tauschten unschlüssig einen Blick. Der eine nickte zu dem Schwert auf dem Boden und Leana wusste, dass sie trotzdem versuchen würden zu kämpfen. Es mochte sein, dass sie nicht viel von ihrem Herrn hielten, aber immerhin waren sie Wachen.

»Tut, was er sagt. Keiner kämpft«, rief mit einem Mal Abigail herrisch durch die Halle.

Leana versuchte, Gawayns Blick aufzufangen, doch er schaute nur Abigail finster an. Anscheinend passte es ihm nicht, dass sie sich auf diese Art und Weise einmischte.

»Geht es dir gut?«, fragte Gawayn Giselle. Die schloss kurz die Augen, nickte aber. So recht konnte Leana ihr nicht glauben, aber Giselle war auch niemand, der in diesem Moment eine Schwäche zugeben würde.

Während die Wachen sich gegenseitig fesselten, deutete Gawayn mit dem Kinn auf seine Mutter. An Leana gewandt sagte er: »Hilf ihr bitte auf.« Sein Gesichtsausdruck wurde ein wenig weicher, als er zu Giselle blickte. Leana erkannte, dass die beiden wortlos miteinander kommunizierten.

Mit wenigen Schritten war Leana bei Giselle, die sich mit steifen Beinen erhob. Schnell löste Leana den Strick an ihren Händen und half ihr, zur Seite zu treten.

Für einen Moment schauten sie sich in die Augen und Leana sah die Sorge in Giselles blassem Gesicht. Allerdings erkannte sie auch die Entschlossenheit und die Wut.

»Gut«, sagte Gawayn leise. »Jetzt nimm Abigail den Dolch ab, den sie in ihrem Stiefel versteckt hält.«

Abigail runzelte die Stirn. »Das ist nicht nötig.«

»Natürlich ist es das.«

Abigail seufzte und holte einen Dolch aus ihrem Stiefel. Mit zusammengekniffenen Lippen hielt sie ihn Leana hin, die ihn mit zitternden Händen entgegennahm.

»Dort hinten unter der Balustrade ist eine Tür. Ihr alle", er deutete mit dem Kinn auf die Wachen und Abigail, »werdet dort hineingehen. Leana, verschließ die Tür gut.«

Die Wachen waren riesige Kerle und obwohl sie ein

Messer in der Hand hatte und die Männer unbewaffnet waren, war Leana überhaupt nicht wohl dabei. Vermutlich wäre es ihnen ein Leichtes, sie zu überwältigen.

Sie sah hilfesuchend zu Gawayn, doch der nickte ihr beruhigend zu. »Du schaffst das.« Sein Blick wurde wieder härter, als er zu den Männern schaute. »Los jetzt. Ihr voraus.«

Der Dolch in Leanas Hand zitterte, als die drei großen Männer an ihr vorbeigingen. Abigail wollte ihnen gerade seufzend folgen, als sie sich noch einmal zu Giselle umwandte.

Die beiden alten Frauen blickten sich lange an. Dann nickte Abigail. »Es tut mir leid, Giselle. Ich habe es immer bereut.«

Ein feines Lächeln breitete sich auf dem Gesicht der anderen Frau aus. »Mir tut es auch leid, Abigail.«

Zu Leanas Überraschung streckte Giselle eine Hand aus und Abigail ergriff sie.

»Leb wohl«, flüsterte Giselle. »Und danke.«

»Leb auch wohl. Ich wünsche dir ein langes Leben.«

Leana erschauderte, als ihr klar wurde, was hier gerade passierte. Vermutlich hatten diese Frauen sich gehasst, denn sie hatten um denselben Mann gekämpft. Aber jetzt hatten sie sich am Ende ihres Lebens versöhnt.

Murdoch wollte etwas sagen, doch Gawayn zischte ihm etwas ins Ohr und er hielt wieder still. Auf seinem Gesicht stand blanker Hass. Leana fragte sich, was Gawayn mit ihm vorhatte.

Abigail ging den Wachen hinterher und Leana folgte ihr eilig. Sie hatten die Schatten unter der Balustrade noch nicht erreicht, als Leana instinktiv nach ihrem Arm griff.

»Danke«, raunte sie. »Für alles, was du eben getan hast. Ich weiß, dass du es gut mit Gawayn meinst, und ich bin mir sicher, dass er dir verzeihen kann. Irgendwann. Ich zumindest verzeihe dir gern. Schließlich hast du ihn gerade gerettet.«

Ein trauriges Lächeln huschte über das Gesicht der älteren Frau. »Mein Ehemann ist eine Bestie und hat es nicht anders verdient. Gawayn hätte Chief werden sollen. Das ist mir jetzt auch klar.« Leana wollte etwas erwidern, aber Abigail schüttelte den Kopf. »Hört mir gut zu. Ihr seid die Frau aus Eriness, nicht wahr?«

Leana presste die Lippen zusammen, nickte aber. Eigentlich sollte es sie nicht wundern, dass selbst Abigail von der Prophezeiung wusste.

Die schien jedoch erleichtert. »Endlich«, murmelte sie. »Es wurde Zeit. Aber er wird Euch mit allem bekämpfen, was er hat. Er ist verwundet und schlägt um sich, dann sind sie besonders gefährlich. Ich habe vergeblich versucht, ihn zu vergiften. Aber er hatte vor ein paar Wochen einen Schwächeanfall. Seitdem ist er anders.«

Sie redete so schnell, dass Leana sie kaum verstand, aber das war auch kein Wunder, denn sie hatten die Tür in der Ecke bereits erreicht. Die Wachen waren bereits hineingegangen.

»Danke«, flüsterte sie Abigail zu.

Doch nun ergriff Abigail ihrerseits ihren Arm. »Das ist noch nicht alles. Er ist am Ende. Kann die Wachen nicht mehr bezahlen. Sie sind kurz davor, sich einen anderen Herrn zu suchen.« Sie atmete tief durch. »Und wenn ihr das Geld sucht … Er besitzt ein Stadthaus in Inverness. Denkt, ich weiß nichts davon.«

Unwillkürlich hielt Leana die Luft an, als ihr klar wurde, dass Abigail ihr gerade Munition gegen ihren eigenen Mann in die Hand gab. Was sie wohl unter ihm hatte erdulden müssen, dass sie ihn so sehr hasste, dass sie ihn an seinen Erzfeind verriet?

»Ich danke Euch.«

Abigail nickte. »Sorgt bitte dafür, dass Giselle hier heil rauskommt. Und jetzt sperrt mich ein.«

Sie trat freiwillig zu den Wachen in die Kammer und Leana schmerzte es im Herzen, als sie die Tür hinter ihnen schloss.

Als sie sich umwandte, nickte Bernard ihr aus den Schatten zu. »Hol Giselle. Werde sie rausbringen.«

Leana eilte zurück in die Halle und nahm Giselle am Arm.

Gawayn hielt noch immer Murdoch in seinem Griff und nickte ihr erleichtert zu. »Geht«, sagte er mit rauer Stimme. »Ich sorge dafür, dass euch keiner folgt.«

Er wollte, dass sie mit Bernard und seiner Mutter floh. Dass sie ihn hier zurückließ. Doch das könnte sie nie.

Leanas Beine zitterten, als sie Giselle langsam zu der kleinen Tür unter der Balustrade führte. Bernard kam ihnen entgegen und verbeugte sich kurz, dann nahm der kleine Mann Giselle einfach auf den Arm.

»Ich komme nach«, flüsterte Leana Giselle zu, bevor Bernard sich abwenden konnte.

Gawayns Mutter nickte mit einem wackligen Lächeln. »Sei vorsichtig, mein Kind.«

Entschlossen ging sie zurück zur Halle und schüttelte sofort den Kopf, als Gawayn ihr unzufrieden entgegensah.

»Ich lass dich nicht allein«, stellte sie fest.

»Das musst du. Bitte.«

»Hexe«, zischte Murdoch.

Gawayn zog seinen Kopf weiter nach hinten. »Kein Wort zu ihr oder ich bringe dich um.«

»Dafür bist du nicht Manns genug«, stieß Murdoch gepresst hervor. »Denkst wohl, das Mädchen kann dich retten. Aber diese Prophezeiung ist eine Lüge. Du wirst niemals Chief werden. Dafür wird Allan Macdonald sorgen.«

»Leana«, sagte Gawayn ernst. »Geh jetzt endlich. Mit Murdoch als Geisel kann ich seine Männer lang genug aufhalten, damit ihr entkommen könnt.«

Das Bild von dem Schwert an Gawayns Hals drängte sich ihr mit einer solchen Macht und Klarheit auf, dass ihr schwindelig wurde. Ihr Kopf schien platzen zu wollen. Und auf einmal hatte sie Angst um ihn. Große Angst.

»Nur, wenn du mitkommst. Wir ...«

Stimmen und Rufe vor der Tür unterbrachen sie.

Entsetzt starrte Leana auf die riesige Tür. Wenn die Wachen sie hier entdeckten, dann wären sie erledigt. Allein würden sie niemals gegen mehrere Männer bestehen können.

Vor allem nicht gegen schwer bewaffnete und gut trainierte Kämpfer.

Die Angst wurde beinahe übermächtig und verzweifelt schaute sie zu Gawayn.

27

»Verdammt«, stieß Gawayn hervor. »Dann gehen wir andersherum. Verriegle die Tür. Schnell!«

»Ja, schick sie ruhig meinen Männern entgegen«, rief Murdoch. »Was glaubst du, was sie mit ihr tun, wenn sie sie in die Finger bekommen?«

»Beeil dich«, rief Gawayn und zerrte Murdoch ans andere Ende der Halle, während Leana sich bei der Flügeltür panisch umschaute. An der Wand lehnte ein riesiger Balken, den man anscheinend in mehrere Haken an der Tür schieben konnte. Doch der war viel zu schwer, den konnte sie nicht bewegen.

»Leg den Riegel um«, rief Gawayn hinter ihr und da entdeckte sie den kleineren Metallriegel, den sie vorher übersehen hatte.

Ihre Finger zitterten so sehr, dass sie Mühe hatte, das Metall zu bewegen. Doch dann hatte sie es geschafft.

Von außen warf sich jemand gegen die Tür, sodass sie zitterte.

»Hilfe!«, brüllte Murdoch auf einmal, während Gawayn ihn mit sich zog. »Zu …«

Gawayn brachte ihn mit einer Hand vor dem Mund zum Schweigen, doch vor der Tür wurden die Stimmen ohnehin schon immer lauter und Leana hörte, wie zischend Schwerter gezogen wurden.

»Leana, komm!«

Sie fuhr herum und rannte Gawayn hinterher. Sie erreichte ihn und den strampelnden Murdoch beim Kamin, gerade als die große Tür erbebte.

»Was soll ich tun?«, rief sie, doch bevor Gawayn antworten konnte, spürte sie auf einmal einen Tritt gegen die Beine. Sie kam aus dem Gleichgewicht, taumelte zur Seite, schlug auf dem harten Boden auf. Ihr Kopf war nur eine Handbreit vom Kaminfeuer entfernt. Sie spürte die Hitze auf der Haut und sah genau, wie Murdoch grinsend sein Bein wieder zurückzog.

Gawayn brüllte auf, drückte Murdoch zu Boden, hielt ihn nur noch mit einer Hand fest und streckte die andere Leana entgegen. »Bist du verletzt?«

»Ich denke nicht.« Leana setzte sich auf und wollte nach Gawayns Hand greifen, doch in diesem Moment regte Murdoch sich. Unerwartet schnell streckte er den freien Arm zur Seite, zog den Schürhaken vom Haken neben dem Kamin.

»Sterben sollst du!«, kreischte er und hieb nach Leanas Gesicht.

Im letzten Moment warf Gawayn sich dazwischen. Hilflos musste Leana mitansehen, wie sich die Spitze des Schürhakens in seinen linken Arm bohrte. Sofort quoll Blut daraus hervor und tränkte sein Hemd dunkelrot.

Zischend atmete Gawayn ein und sein Gesicht war vor Schmerz verzerrt.

»Nein!«, schrie Leana, während Gawayn schon mit schmerzverzerrtem Gesicht herumfuhr und Murdoch den Haken aus der Hand schlug.

Die Tür erzitterte, weil sich die Männer von außen anscheinend dagegen warfen.

»Elender Bastard!«, brüllte Gawayn und zerrte ihn wieder auf die Füße.

»Gawayn, ist alles ...«

»Gehen wir. Schnell«, unterbrach er sie. »Solange die

Wachen uns und ihren Herrn verfolgen, suchen sie meine Mutter nicht.«

Sorgenvoll musterte Leana all das Blut an seiner Wunde, aber Gawayn presste nur die Lippen aufeinander, packte Murdoch mit seinem verletzten Arm und hielt ihm wieder die Klinge an den Hals, während er ihn vorwärtsstieß.

Also rannte sie neben ihm her. Auf Gawayns Bitte hin schloss sie die kleine Tür hinter ihnen und verriegelte sie, sobald sie hindurch waren.

So schnell es mit dem zeternden Murdoch ging, hetzten sie eine Treppe hinunter. Leana hatte ihre Röcke gerafft und folgte ihm, sah sich immer wieder panisch um und vertraute nur darauf, dass er einen Weg kannte.

Als sie sich gerade auf einer Wendeltreppe in einem Turm befanden, begann Murdoch zu schreien. Gawayn zischte ihm zu, still zu sein, doch der ältere Mann dachte gar nicht daran, immerhin wollten sie mit ihm als Pfand die Burg verlassen. Leana schlug das Herz bis zum Hals, als Stimmen hinter ihnen erklangen und immer lauter wurden, aber da folgte sie Gawayn endlich um die hundertste Ecke und plötzlich standen sie im Freien.

»In den Hof!«, schrie Murdoch wie von Sinnen. »Sie fliehen zum Tor!«

Gawayn fluchte. Sie rannten weiter, an hohen Steinwänden entlang auf das endlos weit entfernt wirkende Burgtor zu.

Ihre Verfolger kamen immer näher, der erste Mann trat aus der Tür, durch die auch sie nach draußen gekommen waren. Am Tor wurden Fackeln entzündet.

Leana schluchzte, vor Angst wurden ihre Schritte langsamer. Sie würden hier niemals rauskommen. Gawayn trug zwar sein Schwert, aber gegen all diese Männer hatte er keine Chance.

Plötzlich flog keine zehn Schritte vor ihnen eine weitere Tür auf und schlug krachend gegen die Wand. Mehrere Männer kamen heraus und liefen oder sprangen die wenigen Treppenstufen hinunter.

Gawayn fluchte leise, drückte Murdoch ruckartig in den Schatten hinter ein paar Fässern und presste ihm die Hand mit dem Dolch auf den Mund. Leana spürte, wie er sich zum Kampf bereit machte.

»Leana, heb einen der großen Steine auf«, flüsterte er mit bebender Stimme. »Ich wünschte, ich hätte einen Dolch für dich. Aber zur Not kannst du den werfen.«

Leana war sich nicht sicher, ob sie in ihrem Zustand überhaupt etwas werfen oder geschweige denn treffen konnte. Aber sie bückte sich und nahm einen Stein.

Gawayn drückte die Hand fester auf Murdochs Mund und warf ihr ein zögerliches Lächeln zu. »Ich will nur, dass du heil hier rauskommst.«

»Wir schaffen es zusammen raus.« Zu gern hätte sie in sich gespürt, ob das die Wahrheit war, aber dafür hatte sie keine Ruhe. Es musste einfach klappen. Wenn da nur nicht diese Vision wäre. Sie könnte es nicht ertragen, wenn Gawayn etwas passierte.

Gawayn zögerte, bevor er langsam nickte und wieder nach vorn sah. Die Wachen liefen durch den Burghof und auf den Mauern herum.

Murdoch lehnte schwer atmend an Gawayns Brust. Ein Muskel in seinem Gesicht zuckte, er wirkte erschöpft. Er zog eine Grimasse, doch nur sein rechter Mundwinkel hob sich. Etwas irritierte Leana daran.

Und dann fiel es ihr ein: Es erinnerte sie an Misses Fraser. Ihre Nachbarin in Eriness. Als sie im vergangenen Jahr ihren Schlaganfall gehabt hatte, war ihre linke Gesichtshälfte auch gelähmt gewesen.

Leanas Herz schlug schneller. Abigail hatte von einem Schwächeanfall gesprochen.

»Zeit, hier rauszukommen«, murmelte Gawayn und sah entschlossen zu ihr. »Halte dich hinter mir, so dicht es geht, aber dreh mir den Rücken zu, damit du siehst, falls jemand dich angreifen will. Vermutlich werden sie versuchen, dich im Gegenzug gefangen zu nehmen.«

Atemlos nickte Leana, auch wenn sie nicht sicher war, ob sie das schaffen würde. Dann hob Gawayn den verletzten Arm, von dem noch immer Blut auf den Boden tropfte, hielt Murdoch den Mund zu und trat mit ihm mitten in den Burghof. Leana erschauderte, als sie ihren Rücken bestmöglich an seinen presste. Sie sah den Ärmel seines blutgetränktes Hemdes, doch Gawayn ließ sich keinen Schmerz anmerken. Ruhig schaute er den Wachen entgegen, die sofort mit gezogenen Schwertern auf sie zuliefen.

»Keinen Schritt weiter!«, rief er und seine Stimme hallte über den Hof.

Die Wachen blieben stehen und beäugten ihn. Sie waren ebenso kampfbereit wie Gawayn. Aber waren sie auch bereit, für ihren Herrn zu kämpfen? Es wirkte nicht unbedingt so.

»Öffnet das Burgtor«, rief Gawayn. »Wenn nicht, bringe ich ihn um.«

Ein Schauder lief Leana über den Rücken. Sie wollte gar nicht darüber nachdenken, was die Wachen tun würden, wenn Gawayn Murdoch jetzt tötete. Wenn sie hier mit heiler Haut rauskam, war das ja eine Sache. Aber sie würde es nicht ertragen, wenn Gawayn starb.

Die Wachen zögerten.

»Ihr wisst, dass ich es tun werde!«, rief er und ging langsam vorwärts. Sie beeilte sich, hinter ihn zu kommen und ging rückwärts hinter ihm her.

Sie betete, dass sie nicht stolperte und so den ganzen Plan zunichtemachte.

Merkwürdigerweise ließen die Wachen sie passieren. Selbst die auf den Mauern regten sich nicht.

Der Weg über den Burghof schien eine Ewigkeit zu dauern. Doch endlich erreichten sie das Tor.

Leana hörte, wie Gawayn leise zu Murdoch sagte: »Du befiehlst ihnen, das Tor zu öffnen. Wenn du das tust, lasse ich dich am Leben. Wenn nicht, dann wirst du hier und jetzt sterben.«

Murdoch gab ein Grunzen von sich.

»Wenn wir draußen sind, wirst du uns noch ein Stück begleiten. Und wenn du dich gut verhältst, werde ich dich laufen lassen. Haben wir uns verstanden?«

Atemlos lauschte Leana auf die Antwort, während sie die Wachen im Blick behielt, die ihnen aufmerksam folgten. Ihre Gesichter waren grimmig. Doch sie schienen unschlüssig, ob sie angreifen sollten oder nicht.

»Ich drehe mich jetzt zu den Wachen um«, sagte Gawayn etwas lauter und sie wusste, dass das auch für sie gedacht war. Denn immerhin mussten sie sich gleichzeitig umdrehen.

Sie bekamen das Manöver einigermaßen hin und einen Moment später stand Leana direkt vor dem Burgtor.

Einer der Soldaten stand davor und hatte sein Schwert gezogen. Aus zusammengekniffenen Augen starrte er sie an und sie wusste, wenn er jetzt angriff, hätte sie keine Chance. Sie konnte sich überhaupt nicht verteidigen. Aber sie wusste, dass Gawayn es tun würde.

»Sag es ihnen«, forderte Gawayn leise.

Murdoch räusperte sich. »Öffnet das Tor.«

»Lauter«, sagte Gawayn, als sich niemand rührte. »Als ob du es so meinst.«

»Öffnet das Tor, verdammt!«

»Tut, was er sagt. Und dann schließt ihr es hinter uns. Niemand ist auf den Mauern. Oder er stirbt.«

Irgendjemand seufzte. »Ist das Euer Befehl, Herr?«

»Ja!« Murdoch schien ebenfalls in Panik zu sein. Zumindest klang seine Stimme so. »Macht das verdammte Tor auf!«

Der Blick des Soldaten am Tor flackerte zu irgendetwas hinter ihr. Er atmete tief durch, gab die Kampfhaltung auf und steckte sein Schwert weg. Er nickte einem anderen Mann zu und gemeinsam machten sie sich daran, das Burgtor zu öffnen.

»Nein«, sagte Gawayn scharf. »Nur die kleine Tür. Nicht das gesamte Tor.«

Der Soldat zog eine Grimasse, versicherte sich mit einem Blick bei seinem Hauptmann, dass er diesem Befehl folgen sollte, und dann öffnete er eine kleine Tür, die Leana vorher gar nicht gesehen hatte.

Ein Windstoß fegte herein und bauschte Leanas Röcke.

»Gut. Gehen wir«, sagte Gawayn. Doch dann hielt er inne.

»Gebt mir ein Seil«, sagte er zu einer der Wachen.

Der Mann runzelte die Stirn. »Warum?«

»Mach einfach«, sagte der andere.

Die Wache ging zu einer Kammer und kam mit einem Seil wieder heraus.

»Nimm du es«, sagte Gawayn zu Leana.

Mit zitternden Fingern ergriff sie das Seil. Es war rau in ihren Händen.

»Dann los jetzt«, sagte Gawayn.

Leana setzte sich in Bewegung, langsam, denn sie achtete darauf, dass ihr Rücken immer an dem von Gawayn war.

Sie hielt die Luft an, bis sie bei der Türschwelle war. Die Soldaten beobachteten sie mit finsteren Blicken.

Murdoch röchelte und es schien, als wollte er sich wehren, aber Leana konnte sich nicht umdrehen und nachschauen.

Hinter der Tür sah sie die Wiese, die sich ins Tal hinein erstreckte. Das Dorf war noch nicht zu sehen, es musste sich zu ihrer Rechten befinden.

Sie trat hinaus, und obwohl sie noch nicht in Sicherheit waren, verließ das beklemmende Gefühl sie.

Noch ein paar Schritte, dann war Gawayn auch durch die Tür.

»Schließt das Tor!«, brüllte er und seine Stimme hallte von den Mauern wider. Etwas leiser sagte er: »Dreh dich um.«

Leana wandte sich zu ihm um. Er musterte sie. »Alles in Ordnung?«

Nichts war in Ordnung, denn in ihrem ganzen Leben hatte sie noch nie solche Angst gehabt wie eben. Aber das würde sie ihm nicht sagen. Also nickte sie nur.

»Gut. Lauf zur Mauer. Du weißt, wohin. Wir treffen uns dort.«

Leana zögerte. Sie wollte ihn nicht allein lassen, aber sie

hatte sich schon einmal geweigert, und das hatte ihn vermutlich nur noch mehr in Schwierigkeiten gebracht.

»Geh«, sagte er etwas sanfter. »Ich bin gleich da.«

Leana warf einen Blick auf Murdoch, der sie mit gebleckten Zähnen anschaute. Dieser Mann war furchtbar. Ob Gawayn ihn umbringen würde?

Plötzlich riss er den Kopf zur Seite, von Gawayns Hand fort, und schrie aus Leibeskräften: »Baker! Wenn er mich tötet, vernichtet das Dorf, schändet die Frauen, seine Mutter zuerst, zer...«

Weiter kam er nicht, denn Gawayn hatte ihm eine Hand auf den Mund gelegt.

»Halt's Maul«, zischte er.

Doch von drinnen kam eine Stimme: »Verstanden, Herr.«

Gawayn biss die Zähne zusammen und in seinen Augen loderte Zorn.

Leana erkannte, dass er vermutlich sehr wohl vorgehabt hatte, Murdoch umzubringen. Genau hier, nachdem sie weg gewesen wäre. Doch jetzt konnte er es nicht riskieren. Er würde das Dorf nicht gefährden. Niemals.

Entsetzt starrte Leana ihn an, als Gawayn den Kopf senkte. »Das wirst du bereuen«, raunte er Murdoch zu. »Ich werde dich jetzt nicht töten, aber eines Tages bist du dran. Und du wirst mich nicht kommen sehen. Ich werde mich nachts in die Burg schleichen und dich im Schlaf überraschen. Du wirst nie wieder ruhig schlafen können, denn du weißt, dass ich immer einen Weg hineinfinde. Und wenn irgendjemandem im Dorf etwas passiert, dann werde ich dich nicht einfach nur im Schlaf töten. Dann wirst du lange leiden.«

Murdochs Augen weiteten sich. Leana wusste nicht, ob aus Furcht oder Wut. Aber er hatte verstanden.

»Weiter jetzt.« Gawayn stieß Murdoch unsanft vorwärts, doch zu Leanas Überraschung schlug er nicht den Weg in Richtung des Dorfes ein, sondern bog nach rechts ab und zerrte Murdoch in den Schatten der Burgmauer.

Sie bewegten sich immer weiter vom Tor fort, was nicht einfach war, da der Boden hier so uneben war.

Schließlich – es kam Leana wie eine Ewigkeit vor – hielt Gawayn an.

»Fessel ihn«, wies Gawayn sie an.

Leana trat zu Murdoch und starrte auf seine Handgelenke. Doch sie hatte keine Ahnung, wie man jemanden so fesselte, dass er sich nicht mehr losmachen konnte. Außerdem zitterten ihre Hände viel zu sehr.

Verzweifelt blickte sie Gawayn an. Er verstand sofort.

»Hier. Nimm das Messer. Halte es an seinen Hals.«

Mit ihren zitternden Fingern war das auch nicht gerade die perfekte Aufgabe, aber sie sah ein, dass Murdoch in Schach gehalten werden musste.

Schnell hatte Gawayn Murdoch an Händen und Füßen gefesselt und band das Ende des Stricks so an einem Gebüsch fest, dass er nur sitzen konnte. Hier sah ihn niemand so schnell. Vor allem nicht von der Burg aus. Das war ein ziemlich cleverer Schachzug.

Allerdings konnte er noch schreien.

Leana hielt immer noch das Messer in der Hand, hob ihren Rock und schnitt rasch einen Streifen aus ihrem Unterrock. Das Leinen riss schnell.

»Hier, damit kannst du ihn knebeln«, sagte sie und reichte beides an ihn zurück.

Überrascht blickte Gawayn sie an, dann grinste er, knebelte Murdoch und genoss einen Moment seinen hasserfüllten Blick, bevor er nach Leanas Hand griff. »Komm, schnell jetzt.«

Wie auch eben im Burghof, folgte sie ihm voller Vertrauen. Ganz dicht an der Mauer liefen sie entlang. Der Boden war uneben und ab und zu mussten sie sich loslassen, damit sie überhaupt vorankamen.

Plötzlich hörten sie Geschrei von der anderen Seite der Burg, wo sie Murdoch gerade zurückgelassen hatten. Ihr gefror das Blut in den Adern und Gawayn fluchte.

»Verdammt, schneller. Bis zum Wäldchen, dann haben wir Schutz.«

Leana beschleunigte und die Angst verlieh ihr neue Kräfte.

»Da läuft er!«, schrie auf einmal ein Mann direkt über ihnen auf der Burgmauer.

»Und hier ist auch der Herr!«

Es war nicht mehr weit bis zum Wäldchen.

»Haltet ihn!«, rief jetzt jemand. Das war Murdochs Stimme, die Wachen mussten ihn schon befreit haben.

»Schießt endlich. Und bringt ihn zu mir! Lebend!«

Ein furchterregendes Gebrüll brach los und Leana gefror das Blut in den Adern, während sie an Gawayns Seite immer schneller rannte.

Sie hatten das Ende der Burgmauer fast erreicht, als es über ihnen immer heller wurde. Auf dem gemauerten Wehrgang waren die Wachen viel schneller als sie hier unten auf unebenem Boden. Sie hielten Fackeln in der Hand und spähten nach unten.

»Da sind sie!«

»Verflucht. Bleib nicht stehen!«, zischte Gawayn.

Leana begriff zu spät, was er vorhatte. Im nächsten Moment ließ Gawayn ihre Hand los und rannte aus dem Schatten der Burg hinaus ins freie Feld. Nicht mehr als drei Schritte trennten sie, aber in Leana kam noch mehr Panik auf, da er nun für alle Verfolger deutlich sichtbar war.

»Schieß!«, rief eine Stimme aus Richtung Haupttor.

Gawayn duckte sich, als ob er sich vor einem Geschoss verstecken wollte, doch Leana hatte keinen Schuss gehört. Er sprang auf und setzte über einen Felsen hinweg.

Sie presste die Lippen zusammen und fixierte das nahe Wäldchen. Er wollte sie schützen, indem er die Wachen von ihr ablenkte, aber ...

»Jetzt schießt ihn schon nieder! Schießt ihn ...«

Den Rest der Worte nahm Leana nicht mehr wahr. Denn auch wenn sie keinen Knall hörte, sackte Gawayn auf einmal zusammen. Er schlug auf dem Boden auf, rollte zur Seite und blieb liegen.

Voller Grauen starrte Leana zu ihm. Gawayn stand nicht auf.

»Nein!«, hörte sie sich rufen.

Irgendjemand jubelte.

Leana raffte ihre Röcke und rannte los, den Blick fest auf den reglosen Gawayn geheftet. Doch es war wie in einem von diesen Träumen, in denen man panisch auf etwas zu rannte und das Gefühl hatte, nicht von der Stelle zu kommen. Ihre Beine waren so schwer und ihr war, als würde die Zeit stillstehen.

Jeder Atemzug schmerzte in ihrer Brust und ihre Kehle brannte.

»Nein«, würgte sie hervor. »Nein, nein, nein …«

Und dann war sie endlich bei ihm. Er war direkt in einer matschigen Pfütze gelandet und das Wasser spritzte, als sie auf die Knie fiel. »Gawayn!« Sie rüttelte an seinen Schultern.

Mit einem Stöhnen öffnete er die Augen. Aus einer Wunde an seiner Schläfe rann Blut über sein blasses Gesicht, auch sein linker Arm blutete wieder stärker.

»Steh auf, Gawayn, bitte steh auf, wir müssen fort von hier.«

Er holte tief Luft und kniff dann die Augen zusammen. »Lauf. Bitte, geh.«

»Nicht ohne dich.«

»Doch«, murmelte er schwach. »Du musst.«

»Denkst du wirklich, ich lasse dich hier zurück?« Ihre Stimme überschlug sich und sie versuchte, ihn auf die Beine zu ziehen.

Doch er schüttelte den Kopf. Entsetzt sah sie, dass das Blut auf seinem Gesicht genau das gleiche Muster hatte, wie sie es auf dem Bild in ihrer Vorausahnung schon tausendmal gesehen hatte.

»Nein«, flüsterte sie und zerrte wieder an ihm. »Wir müssen hier weg.«

Er legte eine Hand auf ihre. »Flieh, Leana. Tu das für mich. Bitte. Ich bleibe hier und lenke Murdoch ab. Sonst war die ganze Flucht eben umsonst.«

Wäre sie nicht so voller Angst gewesen, hätte sie gelacht. »Er wird dich umbringen.«

Doch Gawayn schüttelte den Kopf. »Er wird mich nicht töten.«

Ihr entkam ein Schluchzen. »Woher willst du das wissen?«

Sie schaute sich um, noch immer standen Wachen auf der Mauer. Vermutlich würden die anderen Männer jeden Moment hier sein.

»Geh. Ich flehe dich an.« Er drückte ihre Hand, dann schob er sie entschlossen von sich fort. »Du kannst mir so am besten helfen.«

Leana sah ein, dass er recht hatte, trotzdem konnte sie nicht gehen. Sie stemmte sich gegen seine Hand, beugte sich über ihn und legte ihr Gesicht an seine Wange. Sollte es das jetzt gewesen sein? Es hatte doch gerade erst mit ihnen angefangen, sie konnte ihn nicht schon wieder verlieren.

»Ich liebe dich«, flüsterte sie und ihr Herz wollte zerspringen.

»Ich dich auch.« Ein Lächeln huschte über sein Gesicht und für einen Moment funkelten seine Augen im Mondlicht. Er drückte ihre Hand. »So sehr. Du warst das Beste, was mir je passiert ist. Die vergangenen Tage waren die schönsten meines Lebens.«

Leana schluchzte. »Wage es nicht, dich zu verabschieden. Ich lasse nicht zu, dass du stirbst.«

»Ich gebe mir alle Mühe«, presste er hervor. Anscheinend fiel ihm das Atmen schwer. »Aber für den Fall, dass ich es nicht schaffe ...« Er verzog das Gesicht vor Schmerz. »Kümmere dich um meine Mutter. Ich bitte dich. Und sorge dafür, dass Murdoch nicht ungeschoren davonkommt. Vielleicht ...« Er presste die Lippen zusammen. »Vielleicht kannst du ja Black Duncan um Hilfe bitten. Murdoch kann gegen ihn nicht bestehen.«

Wieder erklangen Rufe hinter ihnen. Als Leana sich umsah, sah sie mehrere Männer auf sie zukommen. Ihr war klar, dass sie jetzt gehen musste.

Aber sie konnte nicht. Gawayn hier allein und verletzt seinen Feinden zu überlassen, brachte sie einfach nicht über sich. Egal, was er sich von ihr wünschte. Schließlich wusste sie, dass sie nicht sterben würde. Sie würde bei ihm bleiben.

Sie beugte sich über ihn und küsste ihn sanft auf die Wange. »Du wirst nicht sterben, hörst du?«

Doch Gawayn hatte keine Möglichkeit zu antworten, denn auf einmal war ein Mann über Leana und riss sie roh auf die Füße.

»Nein«, flüsterte Gawayn. Keuchend stemmte er sich auf die Ellbogen hoch, als Leana rückwärts gegen die Brust des fremden Mannes stolperte. Die Wachen bildeten einen Kreis um sie. Murdoch stand zwischen den anderen Männern und grinste sie höhnisch an.

»Sieh an«, sagte er und zog sein Schwert aus der Scheide. Das schleifende Geräusch verursachte Leana Übelkeit, denn sie wusste, wozu er es gleich gebrauchen würde. Das Bild in der Realität vor ihr und das in ihrem Inneren begannen, sich zu überlagern.

»Ich habe dir doch gesagt, dass du mir nicht entkommst.« Mit einem Kopfnicken wies er auf Leana. »Fesselt sie.«

»Nein!«, rief Gawayn und kam entschlossen auf die Beine. Er taumelte, fasste sich an den Kopf. Jemand trat ihm gegen die Beine und er schlug wieder hin.

»Gawayn«, schrie Leana und wollte zu ihm, doch die Wache hielt sie gnadenlos fest.

Murdoch lachte höhnisch. »Du hast keine Chance gegen mich, Bürschchen. Und jetzt haben wir auch noch deine Frau.« Er betrachtete sie von oben bis unten. »Ein schöner Fang.«

»Wenn du ihr etwas antust, werde ich dich töten«, stieß Gawayn hervor und kam wieder auf die Knie.

»Ich denke nicht.« Murdoch lachte gehässig, dann setzte er

Gawayn die Schwertspitze an den Hals. »Ich kann mit ihr tun und lassen, was ich will.«

Leanas Beine versagten den Dienst, aber sie fiel nicht zu Boden, denn die Wache hielt sie eisern fest.

Murdoch ruckte mit dem Kopf in Richtung des Haupttores. »Bringt sie in meine Kammer.« Gawayn wollte sich aufbäumen, aber Murdoch presste die Schwertspitze tiefer in seine Haut, sodass ein kleines Rinnsal Blut hervortrat. »Nicht doch.«

Leanas Gedanken rasten und die Angst schnürte ihr die Kehle zu, während sie sich selbst sagen hörte: »Das solltet Ihr nicht tun.«

Murdoch wandte sich zu ihr um und hob die Augenbrauen. »Ach nein?«

Ihre Gedanken rasten, doch die Panik war so übermächtig, dass sie kaum noch klar denken konnte. Sie musste Murdoch aufhalten, musste ihn von Gawayn wegschaffen. Doch sie hatte Murdoch und seinen Männern kräftemäßig nichts entgegenzusetzen. Nur ihren Verstand.

Da erinnerte sie sich an etwas, das Gawayn eben gerade gesagt hatte. Die vielleicht einzige Sache, die ihr hier einen Vorteil bringen konnte.

Sie straffte die Schultern, was nicht so leicht war, da der andere Mann sie immer noch festhielt. »Oh nein. Weißt du eigentlich, Murdoch MacGory, dass ich der Familie von Black Duncan Cameron angehöre?«

In Murdochs Gesicht arbeitete es und er wollte offensichtlich etwas sagen, aber sie ließ ihn nicht zu Wort kommen.

»Duncan ist mit meiner Cousine Maira verheiratet. Wir stehen uns sehr nahe.« Das laute Sprechen kostete sie Mühe, aber alle Männer sollten ihre Worte hören, denn sie kannte Duncans Ruf in den Highlands. Jeder fürchtete ihn. Er war ihre beste Waffe. »Du weißt, dass Duncan die Seinen schützt. Wenn er erfährt, dass du mir oder Gawayn etwas angetan hast, wird seine Rache fürchterlich sein.«

Murdoch blähte die Nasenflügel und sie sah für einen

Moment Angst in seinen Augen. Doch sie wusste, dass sie ihn noch nicht genug in die Enge getrieben hatte, denn Duncan war nicht hier, sondern in Eriness.

»Und nicht nur das«, setzte sie deshalb nach. »Meine andere Cousine ist Blaire Macdonald, die mit Allan Macdonalds Bruder verheiratet ist. Sie hat genauso ein Auge auf Gawayn und mich und ich bin mir sicher, dass sie Allan davon unterrichten wird.«

Murdoch atmete tief durch, dann schüttelte er den Kopf. »Allan ist mir wohlgetan. Er will den Bastard hier genauso aus dem Weg haben wie ich.«

Leanas Herz klopfte zum Zerspringen. »Glaubst du wirklich, dass Allan sich deinetwegen wieder mit Duncan verfeinden wird, nachdem sie gerade Frieden geschlossen haben? Ich denke nicht, dass du ihm so wichtig bist.«

Er zog eine Grimasse. Hastig warf Leana einen Blick zu Gawayn, der schweratmend auf dem Boden lag. Blut rann über sein Gesicht und tropfte aus der Wunde an seinem Hals, in seinen Augen sah sie Schmerz, aber vor allem auch Wut und Hilflosigkeit gleichermaßen.

Das Bild rastete ein, doch dieses Mal war es ein fürchterliches Gefühl und nicht so wunderschön und rührend wie damals in der Kirche.

Murdoch reckte das Kinn. »Das Risiko gehe ich ein. Allan weiß, was er an mir hat.«

Verdammt.

Er hob nachlässig die Schultern. »Vielleicht werde ich dich laufen lassen. Aber er …« Er ruckelte noch einmal am Schwert und Gawayn gab einen gurgelnden Laut von sich, der Leana das Herz brach. »… bleibt hier und wird für alles büßen, was er mir angetan hat. Schließlich ist er nicht mit Black Duncan verwandt. Den wird es kaum kümmern, ob der Macvail-Bastard lebt oder stirbt.«

Verzweifelt schloss Leana die Augen. Murdoch hatte sie in der Hand und sie hatte keine Munition mehr. Er hatte recht, Duncan war nicht an Gawayn gebunden. Aber …

Leana stockte. Aber das konnte Murdoch ja nicht wissen. Entschlossen hob sie das Kinn. »Wieder einmal irrst du dich. Da Gawayn mein Ehemann ist, hat Duncan ein genauso großes Interesse an seiner Sicherheit wie an meiner.«

Kurz legte sich Stille über die Ebene.

»Ehemann?«, fragte Murdoch und seine Stimme brach auf der letzten Silbe.

Leana nickte. »Du hast richtig gehört. Und wie ich schon sagte, ich werde nicht zulassen, dass du ihm etwas antust. Sollte ihm doch etwas passieren, dann wirst du es Black Duncan erklären müssen. Ich glaube kaum, dass du das kannst.«

Innerlich zitterte sie, denn sie hatte keine Ahnung, ob das Drohung genug war. Sie hoffte es sehr, denn sie war sicher, dass Murdoch Gawayn umbringen würde, wenn er ihn erst einmal als seinen Gefangenen in die Burg geschleppt hatte.

Murdoch versuchte sich an einem Grinsen. »Du lügst doch, Mädchen. Black Duncan würde sich niemals mit einem Bastard wie diesem verbinden«, stieß er abfällig hervor. »Wie wäre es, wenn ich ihn als Gefangenen mit in die Burg nehme, und einen Boten zu Duncan schicke. Er wird mir deine Geschichte sicherlich gern bestätigen.«

Leana gab ihr Bestes, sich ihre Panik nicht anmerken zu lassen. Murdoch ließ sie nicht aus den Augen und sein Grinsen wurde mit jeder Sekunde breiter.

Verzweifelt schaute Leana zu Gawayn. Sie konnte ihn nicht hierlassen, sie musste ...

»Verschwinde endlich!«, rief Murdoch höhnisch.

Die Wache ließ Leana los und sie stolperte. Doch sie wollte nicht gehen. Nicht ohne Gawayn.

Murdochs rechtes Auge zuckte und er zog eine Grimasse, so als würde es ihn stören. Dabei bemerkte Leana, dass sich sein linker Mundwinkel nicht hob.

Sie runzelte die Stirn. Das war vorhin schon so gewesen. Auch seinen linken Arm hielt er merkwürdig. Irgendetwas stimmte mit ihm nicht. Abigail hatte von einem Schwächeanfall gesprochen. Ob er einen Schlaganfall gehabt hatte? Misses Fraser hatte doch die gleichen Anzeichen gehabt. Aber wenn ja, dann versuchte Murdoch, es zu verstecken. Vermutlich, damit niemand seine Schwäche sah.

Leana schluckte. Nun, dann war es eindeutig an der Zeit, dass sie diese Schwäche für sich nutzte.

Sie trat einen Schritt auf ihn zu. »Du willst mich fortschicken und ...« Sie zögerte und blickte zu Gawayn, der sie mit gerunzelter Stirn anschaute. »... meinen Mann gefangen nehmen? Dann sei dir gewiss, dass ich dich erneut verfluchen werde, Murdoch. Einmal hat es schon geklappt.«

Seine Augen weiteten sich und zu Leanas Überraschung traten einige der Wachen ein Stück zurück. Sie mochten keine Angst vor einem Mann mit einem Schwert haben, aber Frauen mit Zauberkräften waren ihnen nicht geheuer. Gut so.

»Halt's Maul«, fuhr Murdoch sie an. Doch sie wusste, dass er in Panik war und sie seinen wunden Punkt getroffen hatte.

»Das werde ich nicht. Sobald ich wusste, dass du meinem Mann und meiner Familie schaden willst, habe ich dich verflucht. Was glaubst du wohl, woher die Schwäche in deinem linken Arm kommt? Warum du deinen Mundwinkel nicht mehr bewegen kannst und beim Suppeessen sabberst? Warum du dein Bein ...«

»Verschwinde!«, fauchte Murdoch und machte einen drohenden Schritt auf sie zu.

Aus dem Augenwinkel sah Leana, dass sich Gawayn, nun da das Schwert an seinem Hals weg war, aufsetzte und nach hinten rutschte, weiter weg von Murdoch.

Leana zitterte, als ihr klar wurde, dass das Bild in ihrem Kopf nicht mehr die Zukunft zeigte, sondern jetzt in ihrer Vergangenheit lag. Sie brauchte keine Angst mehr davor zu haben. Und das gab ihr neue Kraft.

Sie schaute Murdoch ins Gesicht und schüttelte den Kopf. »Nicht ohne meinen Mann. Sonst werde ich dich erneut verfluchen und du wirst einen elendigen Tod sterben, bei dem du dir wünschst, dass du nie geboren wärst. Es wird tausendmal furchtbarer sein als die Lähmungen in deiner linken Seite.«

Sie war sich nicht bewusst gewesen, dass sie überhaupt in der Lage war, solche wüsten Drohungen auszusprechen.

Als Murdoch nicht reagierte, machte sie noch einen Schritt auf ihren Widersacher zu. Murdoch zuckte zurück. Sein Atem ging schnell, seine Augen waren weit aufgerissen.

Leana fühlte eine merkwürdige Befriedigung, dass sie ihm solche Angst machen konnte.

Gawayn kam schwankend auf die Beine. Murdoch schien es nicht einmal zu bemerken.

»Du weißt, dass ich diese Macht über dich habe, deswegen kann ich dir nur raten, mich gehen zu lassen«, fuhr sie drohend fort. »Und ich werde Gawayn mitnehmen. Wage es nicht noch einmal, dich an ihm oder seiner Mutter zu vergreifen.«

Sie erkannte den Moment, als Murdoch aufgab. Seine Schultern sackten herab, die linke etwas weiter als die rechte.

»Lasst ihn gehen«, murmelte er in Richtung seiner Männer, während er sie düster anschaute. Dann verzog sich sein Gesicht zu einer hässlichen Fratze. »Das ist noch nicht zu Ende, elende Hexe.«

Damit wandte er sich ab und ging davon. Das linke Bein zog er etwas nach.

Doch Leana hoffte, dass es sehr wohl zu Ende war. Und das Wichtigste war, dass Gawayn frei war.

Erleichtert trat sie auf ihn zu und legte eine Hand an seine Wange. »Bist du verletzt?«

Statt zu antworten, zog er sie an sich und klammerte sich an ihr fest.

Tief atmete sie seinen Geruch ein, fühlte die vertrauten starken Arme um sich und musste feststellen, dass Gawayn zitterte.

»Wir haben es geschafft«, flüsterte sie.

28

Sie holten Bernard und Giselle noch vor dem Dorf ein. Die ganze Zeit hatte Leana Angst, dass irgendjemand sie von hinten feige erschießen würde.

Zwar hatte Tavia ihr erklärt, dass in diesem Jahrhundert so gut wie keine Pistolen benutzt wurden, da diese zu unhandlich und ungenau waren, aber wer wusste es schon? Gawayn war ja auch von irgendetwas getroffen worden, was ihn verletzt hatte. Und sie traute Murdoch alles zu – vor allem einen heimtückischen Mord von hinten.

Doch nichts geschah, als sie von der Burg wegliefen. Gawayn taumelte manchmal und sie griff nach seiner Hand, damit er sich an ihr festhalten konnte, aber im Grunde stützte er sie, denn ihre Knie waren so wackelig, dass sie kaum aufrecht stehen konnte.

Aber sie hatten es geschafft. Das war das Wichtigste.

Bernard trug Giselle und wartete im Schatten eines großen Felsens auf sie. Sobald sie die beiden erreichten, nahm Gawayn seine Mutter aus den Armen des anderen Mannes. Leana wollte protestieren, denn die Wunde an seinem Arm sah auch im schwachen Mondlicht schrecklich aus, doch Gawayns eindringlicher Blick hielt sie davon ab.

Mit einem schwachen Lächeln blickte Giselle zu ihrem

Sohn auf. »Ich habe dir doch gesagt, dass du nicht in seine Falle tappen sollst.«

Gawayn zog die Stirn in Falten. »Hätte ich dich einfach dort lassen sollen?«

Sie wischte über das Blut in seinem Gesicht. »Er hätte mir schon nichts getan.«

»Das weißt du nicht.«

»Auch wenn mein Körper schwach ist, kann ich mich sehr wohl wehren. Frauen können mehr, als ihr Männer manchmal so denkt.«

Gawayns Blick glitt zu Leana und ein kleines Lächeln spielte um seinen Mund. »Ich weiß. Dennoch werde ich dich jetzt zur Höhle bringen.«

»Untersteh dich. Wir gehen ins Dorf.«

»Aber Rupert ist mit den Kindern bei der Höhle.«

Giselle seufzte und blickte zu Bernard. »Wärst du so freundlich, ihn und die Kinder zu holen?«

Der ältere Mann nickte, tippte sich an die Mütze und lief in Richtung der Hügel davon.

»Aber es ist zu gefährlich im Dorf«, protestierte Gawayn.

»Murdoch wird nicht aufgeben und ich bin nicht bereit, ihn davonkommen zu lassen. Wir müssen uns auf einen Kampf einstellen.«

Leanas Magen machte einen Salto. Sie waren doch gerade erst davongekommen. Am liebsten hätte sie Einwände erhoben, aber sie wusste, dass das nichts bringen würde.

Giselle hob das Kinn. »Aber nicht heute Nacht. Heute müssen wir planen.«

»Du musst dich erst einmal ausruhen. Ich sehe doch, dass du erschöpft bist.«

Als Giselle dagegen keine Einwände erhob, schaute Leana sie genauer an. Die ältere Frau wirkte wirklich erschöpft.

»Hast du Schmerzen?«, fragte sie und griff nach Giselles Hand.

»Es geht schon«, erwiderte sie lächelnd und schaute zu

ihrem Sohn. »Und jetzt bring mich nach Hause. Ich will dort sein, wenn die Kinder kommen.«

Gawayn seufzte und setzte sich zwar in Bewegung, aber er sagte: »Ich glaube, es wäre besser, wenn die Kinder jetzt nicht im Dorf wären.«

»Unfug. Sie brauchen uns jetzt, müssen sich versichern, dass wir noch da sind und sie beschützen können.« Sie tippte Gawayn auf die Brust. »Das solltest du am besten wissen. Du bist damals nicht von meiner Seite gewichen und hast mich immer wieder angefasst, weil du wissen wolltest, ob ich noch lebe. So geht es Florie und Aleyn jetzt auch. Ob ihr es wollt oder nicht, die beiden haben sich euch als Eltern ausgesucht, und ihr müsst für sie da sein.«

Gawayn und Leana tauschten einen stillen Blick, der ihr tief unter die Haut ging. Es stimmte, was Giselle sagte. Sie waren für Florie und Aleyn verantwortlich.

Sie erreichten das völlig dunkle Dorf. Leana fragte sich, ob überhaupt jemand mitbekommen hatte, was auf der Burg vorgefallen war. Auf den Straßen war niemand. Vermutlich schliefen alle.

Gawayn bog in die Schatten hinter den Häusern ab und mied die Hauptstraße, bis sie Giselles Haus erreichten und durch die Hintertür eintraten.

»In die Küche, bitte«, wies Giselle ihn an.

Leana folgte den beiden, und als Gawayn seine Mutter auf dem Stuhl absetzte, atmete diese erleichtert auf. Gawayn versuchte es zu verbergen, aber Leana erkannte, dass auch er vor Anstrengung schwer atmete. Unauffällig hielt er sich den linken Arm.

»Es ist gut, wieder hier zu sein«, stellte Giselle fest.

Gawayn seufzte. »Deswegen habe ich dich ja geholt. Ich wusste, dass es dir zu Hause besser gefällt als bei Murdoch auf der Burg.«

Die beiden tauschten einen Blick, dann stieß Giselle ihren Sohn an. »Werd nicht frech, mein Kind. Du hättest trotzdem nicht in die Falle laufen sollen.« Dann schaute sie Leana an. »Wie geht es dir?«

Sie hob die Augenbrauen. »Mir? Gut. Ich bin froh, dass wir unversehrt entkommen sind. Gawayn, soll ich ... dir die Wunde verbinden?«

Abwesend fasste er sich an den Kopf. »Es geht schon. Irgendjemand hat mich mit der Steinschleuder getroffen. Es sieht schlimmer aus, als es ist.«

Giselle verdrehte die Augen. »Lass Leana es anschauen. Und wenn nur sie sich dadurch besser fühlt. Oder hast du etwas dagegen, wenn sie dich anfasst?«

Gawayn hob erstaunt die Augenbrauen. »Nein.« Es klang eher wie eine Frage.

»Dachte ich es mir doch. Dann mach Feuer, damit Leana Licht hat, setz Wasser auf und dann hock dich da hin, damit sie sich die Wunde anschauen kann.«

Leana konnte nicht anders, als zu lächeln. Sie mochte Giselle so sehr.

Ohne weitere Widerworte heizte Gawayn das Feuer an, natürlich nicht, ohne das Gebet zu murmeln, und dann setzte er sich an den Tisch. Vorsichtig wusch Leana ihm das Blut aus dem Gesicht und vom Hals. Es war wirklich nur eine kleine Wunde, die aber heftig geblutet hatte. Der Stein hatte ihn direkt an der Stirn oberhalb der Schläfe getroffen und es bildete sich schon eine Beule.

Erst jetzt fiel Leana auf, wie dreckig sie beide waren. Sein Hemd war mit dunklen Flecken aller Art übersäht und sie sah auch nicht viel besser aus. Ihr Wunsch nach einer Dusche wurde fast übermächtig.

Als sie mit seinem Kopf fertig war, wollte er sich erheben, doch Leana drückte ihn an der Schulter zurück auf den Hocker. »Was ist mit deinem Arm?«

Er schüttelte den Kopf. »Nichts.«

»Aber Murdoch hat dich doch mit dem Schürhaken erwischt. Ich habe gesehen, wie stark die Wunde geblutet hat«, sagte sie so leise, dass Giselle es nicht hörte.

»Das hat längst aufgehört. Es ist nur ein Kratzer.« Er erhob sich und ging an ihr vorbei zum Feuer, wo das Wasser kochte.

Leana wollte ihn schon zurückhalten, ließ es aber doch.

Gawayn wusste selbst, ob er Hilfe brauchte oder nicht, und da er den Arm bewegen konnte und anscheinend keine Schmerzen hatte, würde es schon in Ordnung sein.

Giselle wies auf einen Beutel mit Kräutern. »Kannst du uns den Tee aufgießen, Leana? Und Gawayn, ein wenig Whisky wäre nicht schlecht. Es ist noch etwas in unserem Versteck.«

Gawayn lächelte und verschwand.

Sobald er aus der Tür war, wandte Leana sich zu Giselle um.

»Es tut mir so leid. Ich hätte ihn abhalten sollen, aber ich war zu langsam.«

Giselle schüttelte nachsichtig den Kopf. »Mach dir keine Gedanken. Er ist ein Sturkopf, das hat er von seinem Vater. Ich habe mir schon gedacht, dass Murdoch ihm diese spezielle Falle stellen und mich in die Burg bringen lassen würde.«

»Warum bist du dann nicht weggegangen? Du hättest dich verstecken können.«

Sanft strich die ältere Frau ihr über die Wange. »Ich habe darüber nachgedacht, aber deine Worte haben mich durch diese schrecklichen Stunden getragen, und das tun sie immer noch.«

Leana schüttelte den Kopf. »Was habe ich denn gesagt?«

»Du wirst es noch sagen, Liebes. Du hast mir gesagt, dass ich mir keine Sorgen machen soll und alles gut werden wird.«

Leana gab einen Laut von sich, der halb ein Stöhnen und halb ein Seufzen war. »Und was habe ich damit gemeint?«

Giselle lächelte. »Das weiß ich nicht genau, denn du hast es nicht weiter ausgeführt, weil ich nicht mehr bereit war, länger der verwirrten alten Frau zuzuhören. Aber ich hoffe sehr, dass du damit gemeint hast, dass wir alle das hier überleben werden. Das ist die Hoffnung, an die ich mich seit Tagen klammere.«

»Dann werde ich an dieser Hoffnung auch festhalten«, erwiderte Leana und griff nach Giselles Hand.

Kurz darauf kam Gawayn mit einem Krug wieder. Er schenkte etwas in einen Becher und reichte ihn Giselle. Die nahm einen Schluck, schloss die Augen und seufzte tief. Dann reichte sie Leana den Becher, und obwohl sie Whisky gar nicht so gern mochte, nahm sie auch einen Schluck. Der Alkohol suchte sich den Weg durch ihren Bauch und hinterließ eine Spur des Feuers. Aber es war angenehm und erinnerte sie daran, dass sie am Leben war.

Sie fuhr sich erschöpft über die Stirn. Es war eine so vertrackte Situation. Murdoch war immer noch eine große Gefahr. Er war ein widerlicher Mensch und auch wenn sie ihm jetzt entkommen waren, so würde er sie ganz bestimmt nicht in Ruhe lassen. Und die Menschen im Dorf hatten ihm und seinen Männern nichts entgegenzusetzen.

Doch dann erinnerte sie sich an etwas, was sie selbst zu Murdoch gesagt hatte, und auf einmal hatte sie eine Idee.

Sie griff nach Gawayns Hand. »Ich glaube wirklich, dass wir Hilfe brauchen. Bitte, Gawayn, lass uns Duncan fragen. Ich habe es vorhin ernst gemeint, dass er sich sehr um seine Familie kümmert. Er würde mich nicht im Stich lassen. Und immerhin bist du und damit die Macvails jetzt ein Teil der Familie. Er würde sich bestimmt auch für euch einsetzen.«

Giselles Augenbrauen schossen in die Höhe, aber sie sagte nichts.

Gawayn zog eine Grimasse. »Da bin ich mir nicht so sicher.«

»Aber ich weiß es. Du kennst ihn nicht, aber ich schon. Er ist ein guter Mann.«

»Glaubst du wirklich, dass er mir helfen würde, nachdem ich dich entführt habe? Und er glaubt, dass ich ein Viehdieb bin?«

Giselle runzelte die Stirn. »Warum glaubt Duncan Cameron, dass du ein Viehdieb bist?«

Gawayn zog den Kopf ein wie ein gescholtener Junge.

»Weil es möglich ist, dass ich ein paar von Allan Macdonalds Rindern gestohlen habe. Aber bevor du dich aufregst, Mutter, ich habe das Geld, das ich für ihren Verkauf bekommen habe, ausschließlich für die Macvails ausgegeben. Und ich habe nur die von den Macdonalds gestohlen, von niemand anderem.« Vorwurfsvoll schaute sie ihn an. »Dafür hättest du hängen können.«

Leana und Gawayn wechselten einen Blick und unmerklich schüttelte er den Kopf. Leana presste die Lippen zusammen und nickte. Von ihr würde Giselle nicht erfahren, dass dafür nicht mehr viel gefehlt hätte.

»Aber das ist nicht geschehen und es ist müßig, jetzt darüber zu sprechen.«

Giselle beugte sich vor. »Es gibt aber etwas anderes, über das ich sehr gern sprechen würde. Was meinst du damit, dass Gawayn jetzt zu Duncan Camerons Familie gehört?«

Leana atmete tief durch, als Gawayn sie liebevoll anschaute.

Er griff nach ihrer Hand. »Ich weiß, dass du das vorhin nur gesagt hast, um mich vor Murdoch zu retten. Wenn es nicht das ist, was du willst, dann müssen wir nicht ...« Er brach ab und hob die Schultern.

Er wirkte so verletzlich, dass Leana ihm sanft über die Wange strich. Wie sehr sie ihn liebte. »Ich habe das nicht nur gesagt, um Murdoch zu drohen. Ich habe es so gemeint.«

Gawayns Blick wurde weich. »Willst du das wirklich? Schließlich bin ich nur ein Mann ohne Land, ohne Clan, der in den Schatten lebt.«

Leana schluckte und ihre Gedanken wanderten zur Zukunft. Einer Zukunft mit Gawayn. Möglicherweise einer Zukunft mit einem Kind oder besser gesagt mit mehreren Kindern, denn Aleyn und Florie hatten sie ja schon. In ihren Gedanken war sie die selbstbewusste Frau an der Seite eines starken Mannes, der nicht mehr in den Schatten lebte, sondern von innen heraus leuchtete und zwar so, dass es alle Welt sehen konnte. Sie wusste genau, was sie wollte. »Ich kann mir nichts Schöneres vorstellen.«

Er nahm ihre Hand und küsste ihre Finger, ohne sie einen Moment aus den Augen zu lassen. Leana spürte, wie Wärme in ihre Wangen stieg. Es war wirklich genau das, was sie wollte.

Interessiert schaute Giselle von einem zum anderen. »Eine hervorragende Entwicklung! Ich gratuliere zur Verlobung.«

Das schalkhafte Glitzern war in Gawayns Augen zurückgekehrt. »Weißt du, da wir uns vor Zeugen bereits als Mann und Frau bezeichnet haben, sind wir eigentlich schon verheiratet. Zumindest durch Handfast.«

Leana stockte der Atem. Diesen alten Brauch hatte sie ganz vergessen, aber Maira hatte ihr davon schon erzählt. Es gab nicht viele Priester in den Highlands und wenn gerade keiner da war und das Paar trauen konnte, so wurden sie durch Handfast miteinander verbunden. Sie konnten dann ein Jahr zusammenleben und die Ehe ausprobieren und sich auch wieder trennen, wenn das Jahr um war. Doch das wollte sie ganz sicher nicht. Sie würde Gawayn niemals verlassen.

Giselle runzelte die Stirn. »Und wer war dieser Zeuge? Jetzt sag nicht Murdoch.«

Gawayn lächelte. »Doch, genau der. Und du bist die zweite, die es hört. Es ist also rechtens.«

Leana presste sich die Finger an die Lippen und Gawayn drückte ihre Hand.

»Aber keine Sorge, sobald das hier vorbei ist, werde ich einen Priester suchen, der uns in einer Kirche und vor Gott traut. Wie schade, dass der Priester, der Alberts Tochter getraut hat, schon weitergezogen ist. Wir hätten ihn gut gebrauchen können.«

Leanas Herz klopfte wie verrückt und sie starrte Gawayn an. Sie konnte nicht fassen, dass sie gerade unverhofft zum zweiten Mal geheiratet hatte. Zumindest so etwas in der Art.

Aber es war gut so, genau wie es sein sollte. Eine tiefe Ruhe überkam sie. Gawayn war ihr Mann.

Wenn ihr jemand dies noch vor ein paar Wochen gesagt

hätte, hätte sie ihn für verrückt erklärt. Aber manchmal ging das Leben eben seltsame Wege und sie war bereit, diesen voller Ruhe und Zufriedenheit zu gehen. Das Schicksal hatte sie an den richtigen Ort geführt. Zum richtigen Mann.

Giselle wischte sich eine Träne aus dem Augenwinkel. »Obwohl ich es immer gehofft habe, ist es doch etwas anderes, nun da es eingetroffen ist. Ich freue mich so sehr.« Sie griff sowohl nach Gawayns als auch nach Leanas Hand. »Ich habe eine Tochter dazubekommen. Und dann auch noch die Person, die ich mir immer gewünscht habe.«

Durch einen Schleier von Tränen lächelte Leana ihre neue Schwiegermutter an, bis Giselle sich räusperte. »Also, mein Sohn. So gern ich jetzt mit euch einfach nur dieses freudige Ereignis feiern würde, gibt es doch wichtigere Dinge zu besprechen. Was machen wir jetzt? Wie können wir Murdoch besiegen? Er strauchelt schon und wir müssen ihn jetzt endgültig von hier verbannen. Ich bin nicht abgeneigt, Leanas Vorschlag anzunehmen und Hilfe von Duncan Cameron zu holen. Er ist ein mächtiger Mann.«

Leanas Magen zog sich zusammen. Irgendwie hatte sie gehofft, dass es mit ihrer Flucht aus Murdochs Gewalt jetzt schon erledigt wäre, doch das war es natürlich nicht. Murdoch saß immer noch in der Burg und hatte die Oberhand. Wenn sie nichts unternahmen, würde er seinen Zorn über die Niederlage gegen Gawayn an den Dorfbewohnern auslassen.

Gawayn wischte sich übers Gesicht und Leana bemerkte, dass seine Hände zitterten. Auch ihn hatte die Flucht körperlich mitgenommen. So gern hätte sie mehr für ihn getan, aber sie war keine Heilerin.

»Ich hätte ihn einfach umbringen sollen«, murmelte er.

Leana schluckte hart. Obwohl sie Murdoch verabscheute, jetzt noch mehr als vorher, fand sie den Gedanken, dass Gawayn einfach so einen Menschen umbringen konnte, furchtbar.

Er musste ihre Reaktion gespürt haben, denn er schaute

auf und lächelte gequält. »Ich hätte es niemals vor dir getan. Das würde ich dir nicht antun.«

Leana kniff die Augen zusammen. Seine Worte bestätigten ihre Vermutung, dass die Tatsache, dass sie bei ihm geblieben und nicht mit Giselle gegangen war, Murdoch das Leben gerettet hatte. Sie war sich nicht sicher, ob sie sich darüber freuen sollte oder nicht. Denn er war immer noch eine Gefahr für alle hier im Dorf.

Giselle schüttelte den Kopf. »Ich bin mir nicht sicher, ob das die Lösung gewesen wäre. Dann hätte Allan Macdonald einen guten Grund, Jagd auf dich zu machen, dich umzubringen und uns alle zu unterjochen. Ich bin sehr dankbar, dass du Murdoch am Leben gelassen hast.«

Gawayn runzelte die Stirn. »Du bist dankbar? Das kannst du nicht ernst meinen.«

Seine Mutter seufzte. »Vermutlich hätte ich ‚vorerst' hinzufügen sollen. Ich bin dankbar, dass du ihn vorerst am Leben gelassen hast.« Sie schaute ihn fragend an. »Also, was hast du vor?«

»Da es mein Plan war, Murdoch so schnell es geht umzubringen, damit wir ihn los sind, weiß ich jetzt leider nicht, was ich tun soll«, erwiderte Gawayn kopfschüttelnd. »Ich muss nachdenken.«

Er legte eine Hand auf den Tisch und wollte sicher, dass die Geste beiläufig wirkte. Doch Leana erkannte sein Schwanken, und mit einem Mal war er sehr blass geworden.

»Gawayn? Was ist mit dir?«, fragte sie alarmiert.

Er schüttelte den Kopf und wollte zurückweichen, doch im nächsten Moment verdrehte er die Augen und fiel zu Boden.

Entsetzt sprang Leana auf und versuchte ihn aufzufangen, aber er war so schwer, dass sie ihn nicht halten konnte. Zumindest konnte sie den Sturz etwas abmildern, als sie gemeinsam auf dem Boden aufschlugen. Er blieb mit geschlossenen Augen liegen.

»Gawayn!«, rief sie und kniete sich neben ihn. Sie schüttelte seine Schultern, doch er regte sich nicht. Verzweifelt legte sie eine Hand auf seine Brust und schluchzte vor Erleichterung, als sie seinen Herzschlag fühlte. Er atmete auch noch, aber er schlug die Augen nicht auf.

Leana bemühte sich, nicht panisch zu werden, aber es gelang ihr nicht, denn die Angst kroch in ihren Nacken, packte zu und schüttelte sie erbarmungslos.

»Wach auf«, flüsterte sie. »Bitte, Gawayn, wach auf.« Wieder rüttelte sie ihn an der Schulter, aber als sein Kopf von einer Seite zur anderen schlug, ließ sie es. Möglicherweise hatte er Kopfverletzungen, dann war das nicht gut.

Aber er durfte nicht sterben. Nicht jetzt.

Wie gern hätte sie ein Telefon zur Verfügung gehabt, um einen Krankenwagen rufen zu können. Etwas, was sie früher immer für selbstverständlich gehalten hatte. Aber hier gab es nichts. Nur blöden Kräutertee!

Gawayn war bleich und sein Atem ging so flach, dass er kaum zu spüren war.

Giselle wankte mühselig zu ihr und ließ sich mit einem Ächzen neben ihr auf die Knie sinken. »Was ist mit ihm?«

»Ich weiß es nicht!«, antwortete Leana panisch.

»Hat er viel Blut verloren?«, fragte Giselle und ihre Stimme zitterte.

»Ja. Ja, er hat diese Wunde am linken Arm.«

Leana hatte es noch nicht ganz ausgesprochen, als Giselle schon den Ärmel hochkrempelte.

Erschrocken starrte Leana auf die Wunde. Sie war viel größer, als sie gedacht hatte und vor allem klebte Dreck darauf.

Giselle schnalzte mit der Zunge. »Verdammt. Ich habe ihm immer gesagt, dass es wichtig ist, solche Wunden sauber zu halten.«

»Er hat eben noch nicht einmal zugelassen, dass ich sie säubere.«

»Dummer Junge«, sagte Giselle, aber es klang liebevoll und verzweifelt. »Nur aufgrund einer infizierten Wunde würde er aber nicht ohnmächtig werden. Es muss etwas anderes sein.«

»Aber was?«

»Ich weiß es nicht. Gib mir den Whisky und ein ausgekochtes Tuch.«

Leana holte den Krug vom Tisch und eines der Tücher, die Giselle ihr zuvor für Gawayns Kopfwunde gegeben hatte. Mit flinken Fingern wusch Giselle die Wunde aus. Gawayn zuckte nicht einmal.

Mit ernster Miene schüttelte Giselle den Kopf. »Irgendetwas stimmt nicht. Ich weiß nicht, warum er ohnmächtig ist.«

»Wird er ... sterben?« Leanas Stimme kippte und kämpfte mühsam gegen die Tränen an.

»Ich weiß es nicht«, flüsterte Giselle. »Ich bin keine Heilerin. Aber wenn er schon bewusstlos geworden ist ...«

Sie beendete den Satz nicht und das war schlimmer als jedes Ende, das sie hätte aussprechen können. Immerhin hatte sie das schon einmal erlebt. Stundenlang hatte sie neben Marcs Bett auf der Intensivstation gesessen, seine Hand gehalten und gebetet, dass er wieder aufwachen möge. Doch sein Herz hatte irgendwann aufgehört zu schlagen. Einfach so.

»Gibt es denn jemanden im Dorf, der ihm helfen kann?« Leana war schon auf den Beinen, bereit loszulaufen.

»Ich fürchte nein. Unsere Heilerin wird vermutlich nur für ihn beten und mich zwingen, dreimal draußen um den Holunderbusch zu gehen«, antwortete Giselle bitter.

»Aber ... aber wir brauchen einen Arzt«, sagte Leana und ließ sich wieder neben Giselle auf den Boden sinken. Sie strich Gawayn zärtlich über die Stirn. »Einen richtigen Arzt. Gibt es so etwas hier?«

»Nein. Höchstens in Inverness, und das ist zu weit weg.«

Leana stöhnte auf. Aber selbst ein Arzt würde ihnen in dieser Zeit nicht helfen können. Er hatte nicht einmal richtige Instrumente, geschweige denn Medikamente, um solche Verletzungen zu behandeln. Wenn sie Gawayn doch nur in ihre Zeit bringen könnte!

»Blaire!« Leana sprang wieder auf die Füße. »Blaire Macdonald wird ihm helfen. Sie ist in Eriness. Dahin brauche ich drei Tage, vielleicht geht es sogar schneller.« Sie blickte Gawayn an und ihr Herz zog sich zusammen. Denn sie wusste, dass es nicht reichen würde. Drei Tage waren viel zu lang, egal, was er hatte. Und dann musste sie ja auch noch wieder zurück.

»Verdammt«, murmelte sie und presste sich eine Hand vor den Mund.

Ein Teil von ihr wollte es versuchen, selbst wenn es zu lang dauern würde. Ein anderer sagte ihr, dass sie bleiben musste. Bei Gawayn. Wenn er starb, dann wollte sie bei ihm sein.

Giselle tastete nach ihrer Hand. »Leana, schau mich an.«

Mühsam öffnete Leana die Augen, ihr Atem ging so schnell, als ob sie stundenlang gerannt wäre.

»Du darfst nicht in Panik verfallen, das hilft niemandem. Wir müssen besonnen handeln.«

»Aber wie denn? Das dauert alles zu lange. Was ist, wenn er stirbt?«

Ein gequälter Ausdruck huschte über Giselles Gesicht.

»Ich gehe einfach davon aus, dass er nicht sterben wird. Nur dann kann ich alles in meiner Macht Stehende tun, um ihm zu helfen.«

»Und was ist, wenn das nicht reicht?« Unsinnigerweise kam ihr wieder Marc in den Kopf, dem hatte sie auch nicht helfen können, egal, wie sehr sie gehofft hatte, dass er am Leben blieb. Und er war immerhin im Krankenhaus gewesen, mit guten Ärzten und moderner Medizin. Trotzdem war er nie wieder aus der Bewusstlosigkeit erwacht.

Und jetzt saß sie hier mit Gawayn und er hatte tausendmal schlechtere Karten als Marc, denn hier gab es keinen sterilen OP, keine CTs, keine Schmerzmittel. Nichts.

Schon wieder drohte die Panik sie zu überwältigen. Giselle drückte ihre Hand noch einmal.

»Leana, es gibt möglicherweise einen anderen Weg, wie du zu Blaire kommen kannst.«

Giselles Stimme drang wie durch Watte zu ihr. Sie konnte nur Gawayn anstarren, der sich immer noch nicht rührte. Sie kniete sich wieder neben ihn und strich über seine Stirn. War seine Haut heiß? »Und welchen?«, murmelte sie abwesend.

»Aleyn hat mir erzählt, dass er dieses Zeichen, das du mir ins Mehl gemalt hast, schon einmal auf einem Stein in der Nähe seines Hauses gesehen hat.«

Es dauerte einen Moment, bis Leana begriff. Dann stolperte ihr Herz und sie starrte Giselle mit großen Augen an. »Du meinst, er kennt das Tor?«

Giselle hob die Schultern. »Ich nehme es an. Du hast doch gesagt, dass dieses Zeichen auf dem Stein war. Ich selbst habe es nie gesehen und ich wusste ja nicht, wonach ich suchen sollte. Aber wenn Aleyn und Florie ein paar Stunden zu Fuß von hier entfernt gelebt haben, dann ist es gut möglich, dass dort das Tor ist, durch das ich gekommen bin.«

Plötzlich wieder voller Energie, packte Leana sie am Arm. »Weiß er noch, wo es ist? Kann er mich hinführen?«

Giselle nickte. »Ich denke schon. Zumindest sagt er das.«

Hoffnung stieg in Leana auf, doch sie wurde gleich wieder von der Angst überlagert. »Aber es kann sein, dass es immer noch nicht schnell genug ist. Und was ist, wenn er ... wenn er stirbt, während ich fort bin?«

Giselle strich ihr über die Hand. »Dann hast du wenigstens alles getan, was in deiner Macht stand. Es ist der beste Weg, Leana. Du musst es zumindest probieren.«

Leana sah ein, dass sie recht hatte. Und trotzdem knotete sich ihr Magen zusammen.

Sie erhob sich und strich sich die Röcke glatt. »Ich werde sofort aufbrechen, sobald die Kinder da sind.«

»Ja. Das wird das Beste sein.« Sie streckte die Hand aus. »Sei so gut und hilf mir hoch. Sobald du weg bist, werde ich unsere Kräuterfrau trotzdem holen. Vielleicht kann sie ihn zumindest aus der Bewusstlosigkeit holen.«

Das folgende Warten war die schiere Tortur. Giselle und sie waren nicht stark genug, um Gawayn hochzuheben, also holte Leana eines der dünnen Kissen und eine Decke in die Küche. Sie hielt seine Hand und redete leise mit ihm, in der Hoffnung, dass er aufwachen würde. Aber das tat er nicht.

Ihre Gedanken kreisten darum, ob Blaire ihm überhaupt helfen konnte und wie schnell sie wieder hier sein konnten. Dann fiel ihr ein, dass ihre Cousine möglicherweise gar nicht bereit war mitzukommen. Zum einen war sie eine Macdonald und sicherlich ihrem Schwager verpflichtet und zum anderen wollte sie Maira vielleicht nicht allein lassen.

Aber gut, Leana würde sie zur Not hierher schleifen. Blaire musste ihnen einfach helfen.

Es fühlte sich an wie Stunden oder sogar Tage, bis endlich die Tür aufschwang und Rupert hereinkam. Doch vermutlich war es weniger als eine Stunde gewesen, denn das Feuer war noch nicht weit heruntergebrannt.

Florie schrie entsetzt auf, als sie Gawayn sah und auch Aleyn schaute ihn aus großen Augen an.

»Er ist nur bewusstlos«, beeilte Leana sich zu sagen und zog die beiden an sich. »Es wird ihm wieder gutgehen.«

Rupert war sofort bei Giselle und nahm sie in den Arm. »Was kann ich tun?«, fragte er.

»Hol Amy, sobald Leana fort ist«, erwiderte diese. »Und bring Gawayn bitte ins Wohnzimmer auf meine Liege.«

Steile Falten erschienen auf Ruperts Stirn. »Dafür muss ich mir vermutlich noch einen anderen Mann holen. Ich kann ihn nicht allein bewegen. Ist das in Ordnung?«

Giselle nickte. »Frag Alisdair. Er plaudert nichts aus. Wir müssen dafür sorgen, dass so wenige wie möglich von Gawayns Zustand erfahren.«

Leana hielt immer noch die Kinder in den Armen. Florie presste ihr Gesicht an Leanas Schulter.

»Was ist passiert?«, fragte Aleyn. »Ich dachte, Gawayn hat gesiegt.«

»Das hat er auch«, sagte Leana erstickt. »Aber er ist verletzt.«

»Wird er wieder gesund?«

Leana wechselte einen Blick mit Giselle. Sie wollte die Kinder nicht anlügen. »Ich weiß es nicht. Aber ich hoffe es.«

»Sollen wir beten?«, fragte Florie mit dünner Stimme.

»Tu das, mein Herz. Aber ich muss Hilfe holen.«

Sofort klammerten sich beide an ihr fest. »Geh nicht weg«, bat Aleyn inbrünstig.

Leana atmete tief durch und strich ihm über den Rücken. »Ich muss. Damit Gawayn wieder gesund wird. Aber dafür brauche ich deine Hilfe.« Sie zögerte und sah, wie Giselle ihr aufmunternd zunickte. »Stimmt es, dass du einen Stein mit diesem Muster kennst?« Sie malte Aleyn das Zeichen in die Hand.

Seine Augen wurden groß, dann nickte er. »Kann der Stein Gawayn helfen?«

»In gewisser Weise, ja.« Sie schluckte schwer. »Kannst du mich dorthin bringen?«

Aleyn nickte heftig. »Wenn es Gawayn hilft.«

Leana stieß langsam die Luft aus. Sie hoffte es so sehr.

»Ich weiß, dass es ein langer und aufregender Tag für euch war. Aber glaubst du, wir können jetzt gleich aufbrechen?«

Aleyn wölbte die Brust. »Ich bin stark. Mir macht das nichts aus.«

»Gut, dann lass uns gleich gehen.«

Florie hielt Leana fester und sie legte die Wange auf die braunen Haare des Mädchens. »Möchtest du uns begleiten, Florie?«

Florie nickte heftig und Leana atmete erleichtert aus. Dann brauchte sie sich wenigstens keine Sorgen um die Kinder zu machen.

»Dann los.«

29

»Versprecht mir, dass ihr hier in dem Unterschlupf bleibt«, forderte Leana und sah den beiden Kindern ernst in die Augen. »Ich komme genau hier wieder her. Und ich muss wissen, dass ihr hier seid, sonst habe ich keine Ruhe.«

Florie umarmte sie fest. »Wir versprechen es. Ich werde dafür sorgen, dass Aleyn nicht umherstreift.«

Der Junge nickte ernst und protestierte nicht einmal.

»Gut. Danke, dass ihr mich hierhergebracht habt. Es bedeutet mir sehr viel.« Leana drückte Florie noch einmal und machte sich dann sanft los.

Obwohl sie schon ein paarmal auf dem Weg hierher darüber gesprochen hatten, sagte sie es noch einmal, denn sie wollte, dass die Kinder wussten, dass sie sie nicht im Stich lassen würde: »Ich weiß noch nicht, wie lange ich weg bin. Vielleicht sogar ein oder zwei Tage. Aber ich komme wieder, das verspreche ich euch.«

Auf dem Weg hierher hatte sie auch darüber nachgedacht, dass sie vielleicht Probleme mit Duncan bekommen würde, denn immerhin hatte sie die Viehdiebe befreit. Aber darüber würde sie sich Gedanken machen, wenn es so weit war. Jetzt musste sie erst einmal zu Blaire.

Sie strich Florie über den Kopf. »Schlaft ein bisschen. Ihr müsst müde sein.«

Beide nickten. Sie küsste Florie auf die Stirn und umarmte Aleyn. Er war schon in einem Alter, in dem er nicht mehr geküsst werden wollte. »Du hast das sehr gut gemacht, Aleyn«, sagte sie. »Dank dir und dem Stein kann Gawayn wieder gesund werden.«

Oh Gott, wie sehr sie hoffte, dass dem auch wirklich so war.

»Bis bald, ihr zwei.«

»Bis bald, Leana!«

Sie wandte sich um und verließ den Unterschlupf, in dem die Kinder auf sie warten würden. Es war weit genug weg vom Stein, sodass sie nicht sehen würden, was Leana dort tat. Giselle und Rupert hatten genügend Vorräte zusammengeklaubt, sodass die beiden zwei Tage dort ausharren konnten. Hoffentlich würde das genügen.

Die Sonne war erst vor etwa einer Stunde über dem Tal aufgegangen, in dem der Stein auf einer kleinen Anhöhe lag. Es war ein friedlicher Morgen. Doch Leana war so erfüllt von Angst um Gawayn, dass sie es kaum bemerkte. Wie es ihm wohl ging? Ob er noch am Leben war?

Es dauerte eine Weile, bis sie den Hügel erklommen hatte. Sie trat an den Stein heran und betrachtete das Zeichen, fühlte das Summen der Zeit. Sie hatte keine Ahnung, wohin es sie führen würde, wie es dort aussah, wo sie hinging.

Sie sprach ein kurzes Gebet an die heilige Brigid. Diese Schutzheilige war ihr ans Herz gewachsen, seit sie nach Clachaig gekommen war. Sie passte vor allem auf die Frauen und deren Lebenswelten auf. Das war doch passend. Und bestimmt würde sie auch auf Gawayn aufpassen, denn der hatte schon so oft zu ihr gebetet.

Entschlossen hockte sie sich vor den Stein, holte tief Luft und strich über das Zeichen.

Das Kribbeln wurde stärker und die Zeit begann, an ihr zu

zerren. Doch dieses Mal reiste sie als eine andere Frau als alle Male zuvor.

Als Leana erwachte, hörte sie das Schlagen von Autotüren, Stimmengemurmel und den Ruf eines Raben. Ihr Gesicht war feucht und ihre Kleidung klamm. Sie atmete tief durch und öffnete die Augen. Über ihr war ein bleigrauer Himmel und es nieselte. Sie lag auf dem Rücken, neben sich der Stein.

Ein Motor wurde angelassen, es musste ein großes Fahrzeug sein. Vermutlich ein Bus.

Leana wandte den Blick zur Seite. Da waren Strommasten. Ansonsten sah das Tal noch ähnlich aus wie eben, als sie sich von den Kindern verabschiedet hatte.

Ihr Kopf schmerzte, heftiger als sonst. Aber anscheinend funktionierte auch dieser Stein als Tor. Es war alles wie sonst auch bei dem kleinen Stein, außer dass es ihr schwergefallen war, überhaupt zu gehen. Vielleicht weil sie sich solche Sorgen um Gawayn machte und ihr Herz nicht bereit gewesen war, die Zeit zu verlassen, in der er sich befand.

Gawayn. Ihr Herz zog sich vor Sehnsucht zusammen.

Vorsichtig setzte sie sich auf und spähte über den Stein. Nicht weit von ihr war ein Rastplatz. Darauf standen zwei Autos, ein Bus entfernte sich gerade auf der schmalen Straße. Bei dem einen Auto stand eine Frau, die ein kleines Mädchen auf dem Arm trug und versuchte, ihm das Gesicht zu säubern. Das Kind fuchtelte mit den Armen, dann fiel sein Blick auf einmal auf Leana und es hielt mitten in der Bewegung inne.

»Frau«, sagte das Mädchen.

Seine Mutter folgte seinem Blick und hastig sprang Leana auf die Beine. Die Frau starrte sie stirnrunzelnd an, doch kümmerte sich dann wieder um das Kind.

Vorsichtig trat Leana um den Stein herum und ging eilig die paar Meter zur Absperrung hinauf. Anscheinend war das hier ein Aussichtspunkt. Es gab Mülleimer und Bänke zum Sitzen, die bei dem Regenwetter natürlich leer waren.

Das andere Auto startete und fuhr aus der Parklücke. Ein älteres Ehepaar blickte sie neugierig an, dann fuhren sie vom Parkplatz.

Die Frau setzte das Mädchen wieder in den Kindersitz und schloss die Tür. Das Auto trug ein niederländisches Kennzeichen. Touristen also.

Leana blickte sich um. Sie musste von hier weg und nach Eriness. Ob sie die Niederländer fragen sollte, ob sie sie mitnehmen würden? Doch das Auto war so vollgepackt, dass es offensichtlich keinen Platz mehr gab.

Also stellte sie sich im Regen an die Straße, wartete, bis die Niederländer weg waren, und hielt dann den Daumen raus. Ihr Herz klopfte schnell. Sie musste sich beeilen. Die ersten drei Autos fuhren an ihr vorbei, aber das vierte hielt an.

Eine ältere Frau in Gummistiefeln und mit einem Hund hinten drin blickte Leana mitleidig an. »Hallo, junge Dame. Wohin soll es gehen?«

Leana setzte ihr strahlendstes Lächeln auf, obwohl ihr eigentlich nicht danach war. »Ich muss eigentlich nach Eriness, aber wenn Sie nur irgendwo in die Nähe fahren, nehme ich das auch gern.«

»Was für ein Glück für Sie, ich wohne in Eriness. Steigen Sie ein.«

»Fantastisch, vielen Dank!«

Die Frau räumte ein paar Zeitschriften, eine Keksschachtel und eine leere Kaffeetasse vom Beifahrersitz. »Ich hoffe, Sie stört die Unordnung nicht.«

»Überhaupt nicht.« Der Geruch von Kaffee war sonderbar nach der langen Zeit.

Die Frau fuhr an, bevor Leana sich angeschnallt hatte, doch sie war dankbar dafür. Je schneller sie in Eriness war, desto besser.

»Ich hoffe, es stört sie nicht, dass ich so nass bin.«

Die Frau lachte. »Ich habe einen Hund, Mädchen. Soll ich die Sitzheizung anmachen?«

»Das wäre nett«, antwortete Leana, und als die Frau auf den Knopf drückte und sich der Sitz unter ihr langsam erwärmte, staunte sie über den Luxus, den sie sonst nicht wahrgenommen hatte. Und sie fühlte sich schlecht, denn sie saß hier in einem Auto, unter sich die Sitzheizung und Gawayn war dort und kämpfte um sein Leben. Möglicherweise war er schon tot.

Der Schmerz kam so stechend und unerwartet, dass Leana keuchte. Sie kaschierte es mit einem Husten.

»Sie sind Touristin«, stellte die Frau fest.

Leana zögerte, dann nickte sie. Das Kleid war so am besten zu erklären. »Und ich habe meinen Bus wegfahren lassen, weil ich mich ein wenig umgeschaut habe. Das war dumm von mir. Mein Handy liegt leider im Bus.«

Früher hatte sie nie so viel gelogen.

Die Frau nickte, aber es wirkte, als ob sie das nicht wirklich interessierte und Leana war dankbar dafür.

»Verdammt schlechtes Wetter heute«, bemerkte die Frau.

Leana nickte, konnte sich aber nicht darauf einlassen, auch wenn es unhöflich war. Ihre Gedanken waren bei Gawayn und alles in ihr wollte zu ihm zurück.

Die Fahrt nach Eriness legten sie schweigend zurück und Leana konnte gar nicht anders, als daran zu denken, wie sie zusammen mit Gawayn von Eriness nach Clachaig geritten war und wie lange es gedauert hatte. Sie dachte an Florie und Aleyn und wie sie sie unterwegs gefunden hatten. An all das, was seitdem geschehen war.

Die Autofahrt erschien ihr so unwirklich.

Endlich passierten sie das Ortsschild von Eriness. Vor ihnen ragte die Burg auf und Leana hätte fast geweint vor Erleichterung. Nicht mehr lange und sie war bei Blaire.

Sie bat die Frau, sie unterhalb der Burg rauszulassen. »Das hier ist unser nächster Halt und ich hoffe, dass der Bus schon da ist.« Mittlerweile schämte sie sich nicht mehr für die Lügen.

Suchend schaute sie sich um, so als ob sie nach ihrem Bus auf dem Parkplatz Ausschau hielt. Doch die Frau nickte nur, winkte und fuhr davon.

Erleichtert atmete Leana aus und schaute zu der Burgruine empor. Ihr Kopf schmerzte fürchterlich, wie so oft nach den Reisen.

Sie rannte hinunter zum Cottage und wusste, dass sie die Blicke der Touristen auf sich zog. Die Einheimischen schauten schon nicht mehr hin, wenn eine Person, die im Stil des Mittelalters gekleidet war, durch die Stadt lief.

Als sie sich dem Cottage näherte und ihr Auto in der Einfahrt stehen sah, schlug ihr Herz schneller. Es war so unwirklich, so eine andere Welt als die, in der sie gerade noch gewesen war.

Sie wandte sich um und schaute auf die Kirchturmuhr. Sie zeigte fünf Minuten vor zwölf. Wenn das kein Zeichen war.

Ein Rabe saß in der Nähe auf einer Laterne und blickte sie neugierig an, so als wüsste er genau, wer sie war. Sie lächelte ihm zu und ihr war, als wäre es Gawayn, der sie begleitet hatte.

Sie sehnte sich so sehr nach ihm. Sicherheitshalber winkte sie dem Raben zu, der daraufhin den Kopf zur anderen Seite drehte.

Eine Frau, die gegenüber wohnte und gerade mit einem Korb aus dem Garten zurückkam, schaute Leana mit einem Stirnrunzeln an und schüttelte dann den Kopf.

Leana seufzte und trat durch das Gartentor. Ihr Blick fiel auf die Bank, auf der sie vor ein paar Wochen erst mit Blaire gesessen hatte und wo sie über die Zeitreisen gesprochen hatten. Leana musste lächeln, als sie daran dachte, dass sie damals noch vehement behauptet hatte, dass ein Mann nicht der Grund für ihre Zeitreisen sein könne. Wenn sie ehrlich war, dann hatte sie es selbst in dem Moment schon gespürt und nur nicht wahrhaben wollen.

Sie holte den Ersatzschlüssel aus dem Schuppen und ging durch die Hintertür ins Haus. Es war nicht alles so, wie sie es mit Blaire verlassen hatte. Jemand war hier gewesen. Vermutlich Tavia oder Blaire. Vielleicht hatten sie nach ihr gesucht. Doch das war ihr jetzt gleich. Sie wollte einfach nur wieder ins 16. Jahrhundert. Wenn sie Glück hatte, konnte sie heute noch wieder zurück. Aber würde das zeitlich reichen?

Sie schlüpfte in den Raum mit dem Stein. Dieses Mal zog er überhaupt nicht an ihr und Leana schüttelte den Kopf, als sie daran dachte, wie es gewesen war, als sie das letzte Mal hier gestanden hatte. Der Sog war so stark gewesen, dass sie schon fast gefallen war, bevor sie den Stein überhaupt berührt hatte. Weil Gawayn in Eriness gewesen war.

Damals hatte sie ihn noch nicht einmal gekannt. Und jetzt war er im Grunde ihr Mann. Obwohl die Angst sie beinahe auffraß, konnte sie das Lächeln nicht unterdrücken. Es war zu schön, um wahr zu sein. Und sie war froh, dass sie sich irgendwann nicht mehr dagegen gewehrt hatte. Alles war, wie es sein sollte.

Sie schloss die Augen, als die Angst sie überrollte, dass sie ihn vielleicht schon wieder verloren hatte. Was war, wenn ihnen nur diese kurze Zeit miteinander vergönnt gewesen war?

Konzentriert kämpfte sie die Angst nieder. Es half nichts, jetzt durchzudrehen, sie musste ruhig bleiben und so schnell es ging wieder nach Clachaig kommen.

Also streckte sie die Hand aus und fuhr zum zweiten Mal an diesem Tag das Muster nach, das ihr so vertraut geworden war.

Als sie anfing zu fallen, breitete sich ein Lächeln auf ihrem Gesicht aus.

30

Sie erwachte mit so heftigen Kopfschmerzen, dass sie ein Würgen unterdrücken musste. Sie stöhnte leise und wälzte sich auf die Seite. Dabei ertastete sie Binsen und der vertraute Geruch nach Kräutern, kaltem Stein und Kaminfeuer stieg ihr in die Nase. Sie war im echten Eriness angekommen.

»Ach du meine Güte. Leana? Bist du das? Sag schon was!« Leana kniff die Augen zusammen. Ihr war, als würde jemand ein Messer in ihren Kopf rammen. »Maira?«, fragte sie leise.

»Ich bin hier. Hinter dem Paravent.« Ein Ächzen. »Warte, ich versuche aufzustehen. Brauchst du Hilfe? Verdammt, dieser Bauch.«

Eine Klingel ertönte, schrill und durchdringend und Leana zuckte zusammen.

»Ist alles in Ordnung mit dir?«, hörte sie wieder Mairas Stimme und dann quietschte das Bett.

Leana rappelte sich auf und schaute sich um. Sie war nicht in dem üblichen Turmzimmer angekommen, sondern in Mairas. Neben ihr auf dem Boden lag der Stein. Anscheinend hatten die anderen ihn hierhergebracht.

Sie lugte um den Paravent herum und sah, wie Maira

versuchte, aus dem Bett zu kommen. Mit dem stark gewölbten Bauch fiel ihr das sichtlich schwer. »Bleib liegen«, sagte Leana und stand mühsam auf.

»Bist du sicher? Ich kann dir auch helfen. Du siehst nicht gut aus. Bist du krank? Ist alles in Ordnung mit dir?« Sie legte sich die Hand auf den Brustkorb und schüttelte den Kopf, während Leana näher ans Bett trat. »Meine Güte, ich hätte ja nicht gedacht, dass du von der Seite kommst. Wir haben alle angenommen, dass Tavia und Niall dich irgendwo finden.« Tränen traten in die Augen ihrer Cousine. »Oder dass du tot bist.«

Leana setzte sich neben Maira aufs Bett und nahm ihre Hand. »Ich bin nicht tot.«

»Das sehe ich jetzt auch. Aber wenn man hier den ganzen Tag rumliegt und viel zu viel Zeit zum Nachdenken hat, dann fällt es einem manchmal schwer, die Ängste und Träume noch von der Realität zu unterscheiden.« Sie runzelte die Stirn. »Warum kommt denn niemand?« Wieder zog sie an der Klingel.

Leana zuckte zusammen.

»Was ist? Geht es dir nicht gut?«

Leana schüttelte den Kopf. Dann nickte sie. »Nein. Doch. Ich weiß nicht, ich bin heute schon zum zweiten Mal gereist und mein Kopf tut weh. Aber ich brauche eure Hilfe. Oder besser gesagt Blaires.«

»Du bist zum zweiten Mal gereist?«, fragte Maira ungläubig. »Heißt das, du warst die ganze Zeit hier im 16. Jahrhundert? Und warum brauchst du Blaires Hilfe? Bist du krank? Warum hast du nicht Evan angerufen, wenn du dort warst?«

Bevor Leana antworten konnte, öffnete sich die Tür und eine Magd kam herein. »Ja, Mylady?«

»Hol bitte meine Schwester und Tavia. Es ist dringend.«

Die Magd nickte und lächelte Leana an. »Wie schön, Euch zu sehen, Mylady.« Doch sie zog die Nase kraus und Leana wusste, dass sie sich vermutlich fragte, wie Leana hier reingekommen war.

Als sich die Tür wieder hinter ihr geschlossen hatte, griff Maira nach ihren Händen. »Erzähl, was ist geschehen? Wir haben uns solche Sorgen gemacht.«

Leana kniff die Augen zusammen. »Ich weiß überhaupt nicht, wo ich anfangen soll. Und eigentlich muss ich auch gleich wieder fort.«

»Nichts da! Ich will alles wissen. Wir sind fast umgekommen vor Sorge.« Sie strich sich über den Bauch und Leana packte das schlechte Gewissen.

»Es tut mir so leid. Ich wollte nicht, dass es dir meinetwegen schlecht geht. Ist mit dir und dem Baby alles in Ordnung?«

Maira winkte ab. »Alles gut. Aber jetzt sag schon, wo warst du? Und warum brauchst du Hilfe?«

»Du musst mir versprechen, nicht böse zu sein«, murmelte Leana und rieb sich über die Stirn. »Und Duncan nichts zu sagen. Zumindest nicht, solange ich noch hier bin.«

Maira betrachtete sie aufmerksam. »Dann hast du also wirklich die Viehdiebe freigelassen? Ich habe Tavia immer wieder gesagt, dass ich das nicht glauben kann.«

Unglücklich nickte Leana. »Vielleicht hätte ich es nicht tun sollen, aber ich wollte, dass ihr euch wieder vertragen könnt.«

»Das hätten wir doch auch so.« Sanft lächelnd griff Maira nach ihren Händen. »Ich könnte mich mit Duncan niemals so zerstreiten, dass wir uns trennen. Wir wissen beide, dass wir unterschiedliche Moralvorstellungen haben. Daran können wir nichts ändern, wir sind nun einmal in unterschiedlichen Jahrhunderten aufgewachsen.«

»Ich hatte einfach Angst um das Baby und dass es zu früh kommt, weil du solchen Stress hast.«

Liebevoll schaute Maira sie an. »Das ehrt dich. Bist du deswegen verschwunden? Weil du die Diebe freigelassen hast und so ein schlechtes Gewissen hattest?«

Leana zögerte, als sie an die Nacht dachte, als Gawayn im Turmzimmer aufgetaucht war. »Ja und nein. Ich wollte erst in die Zukunft fliehen. Aber dann hat Gawayn mich mitgenommen.«

Mairas Augenbrauen schossen in die Höhe. »Jetzt mal ganz langsam. Wer ist Gawayn? Und was meinst du mit mitgenommen?«

Leana schluckte und schaute auf ihre Hände, die immer noch in Mairas lagen. »Gawayn ist der Mann, den ich liebe.«

Für einen Moment war es ganz still und Leana wagte es nicht, den Kopf zu heben. Dann fragte Maira: »Habe ich das gerade richtig gehört?«

Sie nickte und hob den Blick. In den Augen ihrer Cousine lag aber weniger Unglauben als Belustigung.

»Du hast dich verliebt?«

Wieder nickte Leana.

»In einen der Viehdiebe? Das ist unerwartet.«

»Ich weiß. Ich war auch überrascht.«

Maira lachte laut auf. »Das kann ich mir vorstellen.« Dann schloss sie Leana fest in die Arme, zumindest so gut es eben mit einem solchen Bauch wie ihrem ging.

»Das hätte ich nie erwartet«, sagte sie leise. »Aber ich freue mich für dich. Es ist so schön, dass du wieder glücklich bist. Du bist doch glücklich, oder?«

Auf einmal konnte Leana nicht mehr atmen, weil ihr ein dicker Kloß im Hals feststeckte. Und plötzlich flossen die Tränen.

Maira hielt sie noch ein bisschen fester. »Oh, Leana. Was ist passiert?«

»Er ist verletzt«, presste Leana hervor. »Und ich weiß nicht, ob er überlebt.«

Maira hielt sie ein Stück von sich weg. Ihr Gesicht war ernst. »Erzähl mir, was geschehen ist.«

Es dauerte einen Moment, bis Leana sich so weit gefasst hatte, dass sie in der Lage war zu sprechen. In knappen Worten berichtete sie davon, wie Gawayn ins Turmzimmer gekommen war und sie versucht hatte zu fliehen, bis zu seinem Zusammenbruch in Giselles Küche.

»Und dann hat Aleyn mich zum Stein gebracht und ich bin hierhergekommen. Ich habe keine Ahnung, ob Blaire ihm helfen kann, aber ich muss es zumindest probieren.«

»Du liebst ihn wirklich«, sagte Maira lächelnd.

»Sehr«, gestand Leana. »Auch wenn ich ihn noch gar nicht lange kenne. Aber es ist, als ob wir immer aufeinander gewartet hätten. Ich weiß auch nicht, aber ...«

»Ich weiß genau, was du meinst. Mir musst du das nicht erklären«, unterbrach Maira sie. »Und Tavia auch nicht. Es ist wie ein Wunder, nicht wahr?« In ihren Augen standen Tränen. Sie wedelte sie mit der Hand weg. »Entschuldige, seit ich schwanger bin, weine ich immer so schnell.«

Leana nickte. »Aber was ist, wenn das Wunder vorbei ist?«

Mairas Gesicht wurde ernst und sie griff noch einmal nach der Klingel. Doch sie hatte noch nicht einmal geläutet, als sich die Tür schon öffnete.

Tavia stürzte herein.

»Wusste ich es doch! Du bist wieder da.« Ein Lächeln ließ ihr hübsches Gesicht erstrahlen, doch dann wurde ihre Miene streng. »Wo warst du? Wir haben uns Sorgen gemacht.«

»Wo ist Blaire?«, fragte Maira und verdrehte den Hals, um zur Tür zu schauen.

»Sie kommt gleich.« Tavia musterte Leana. »Bist du verletzt? Und was ist das für ein Kleid? Das ist nicht deins.«

Leana seufzte. Natürlich achtete Tavia als ehemalige Polizistin auf solche Details.

»Ja, es geht mir gut. Das Kleid gehört einer Frau namens Giselle. Sie ist ...«

»Pscht.« Tavia wandte den Kopf und lauschte. Auf dem Gang waren Schritte zu hören. »Ah, da kommt Blaire.« Sie konnte immer an den Schritten erkennen, wer sich im Gang näherte.

Und tatsächlich, einen Moment später trat Blaire in den Türrahmen.

»Leana!« Ihr Gesicht erhellte sich. »Mir war so, als ob jemand gekommen sein müsste. Da war eben dieser Moment.«

Leana wusste genau, was sie meinte. Wenn jemand anderes reiste, fühlte es sich immer so an, als würde die Welt für einen Moment stillstehen. So wie in einem Film, wenn sich alles in Zeitlupe bewegte.

»Mach die Tür zu«, wies Maira sie an. »Ich will nicht gestört werden. Nicht einmal von meinem Mann. Leana braucht unsere Hilfe.«

Leana lief ein Schauder über den Rücken, als sie an Duncan dachte. Sie konnte ihm jetzt nicht unter die Augen treten.

Maira griff nach ihrer Hand. »Keine Sorge. Ich werde ihm alles erklären und er wird dir nicht böse sein. Dafür sorge ich schon.«

Leana biss sich auf die Lippe. »Übrigens, Maira ... Es ist möglich, dass in ein paar Tagen ein Bote von Murdoch MacGory kommt, der wissen will, ob Gawayn und ich wirklich unter Duncans Schutz stehen. Kannst du ihm das bitte auch erklären?«

»Natürlich. Du weißt, dass Duncan dich mag und seine Familie ist ihm heilig. Ich glaube kaum, dass du dir Sorgen machen musst.«

Tavia baute sich mit verschränkten Armen vor ihr auf. »Wer ist Gawayn? Der eine Viehdieb, der dich die ganze Zeit so angestarrt hat? Der Große mit den dunklen Haaren?«

Leana schloss kurz die Augen, als sie daran dachte, wie sie Gawayn im Burghof zum ersten Mal gesehen hatte. Bevor sie jedoch antworten konnte, sagte Maira: »Ja, das ist er. Und jetzt bombardiere sie nicht mit deinen tausend Fragen. Sie braucht unsere Hilfe, oder besser gesagt Blaires, und wir müssen uns beeilen. Sie liebt diesen Mann und er ist verletzt. Deswegen muss Blaire mit ihr gehen und ihm helfen.«

Tavia starrte sie mit offenem Mund an. Dann klappte sie ihn zu und blinzelte. »Also, damit hätte ich nie im Leben gerechnet.« Im nächsten Augenblick grinste sie. »Aber das gefällt mir. Erzähl mir mehr.«

»Keine Zeit«, erwiderte Maira. »Ich werde dir nachher alles sagen. Leana muss zurück.«

»Wohin zurück?«, fragte Blaire und trat näher. »Ist er etwa im 21. Jahrhundert?«

Leana schüttelte den Kopf. »Nein, er ist in Clachaig. Es gibt dort in der Nähe noch ein Tor. Ich habe nur die Abkürzung durch die Zukunft genommen.«

Tavia kniff die Augen zusammen. »Warte mal. Clachaig, und er heißt Gawayn? Ist es etwa Gawayn Macvail, von dem wir hier sprechen?«

Zögernd nickte Leana.

»Das gibt es doch nicht«, sagte Tavia. »Niall sucht ihn schon so lange! Er wird auch der Mann aus den Schatten genannt, weil niemand je weiß, wo er ist.«

Leanas Knie wurden weich. »Warum sucht Niall ihn?«

»Weil er ihn unterstützen wollte, Chief zu werden. Dieser andere Typ, der sich einfach die Burg genommen hat, scheint ein Problem geworden zu sein. Es wäre besser für die politische Lage, wenn er ausgetauscht werden würde. Und Niall und Duncan glauben, dass dieser Gawayn sicher mit ihnen zusammenarbeitet, wenn sie ihn unterstützen, Chief zu werden. Das Tal von Clachaig ist nämlich strategisch günstig gelegen. Es wäre von Vorteil für das Bündnis gegen die Engländer.«

Leana presste die Finger vor den Mund. »Das würde er bestimmt tun«, flüsterte sie und schluckte. »Aber er ist verletzt.«

Betroffen schaute Tavia sie an. »Ist es sehr schlimm?«

Leana nickte. »Ich denke schon.«

»Was ist passiert?«, fragte Blaire.

Wieder wollte Leana anfangen zu berichten, doch Maira schüttelte entschieden den Kopf. »Nein, erzähl nur, wie er sich verletzt hat. Alles andere kannst du Blaire auf dem Weg berichten. Ihr habt keine Zeit.«

Also erzählte Leana von dem Schürhaken, der Flucht aus

der Burg, der Steinschleuder und wie Gawayn dann zusammengebrochen war.

»Glaubst du, du kannst ihm helfen?«, fragte sie schließlich an Blaire gewandt.

Ihre Cousine hob die Schultern. »Dafür muss ich ihn sehen.«

»Dann los«, sagte Maira. »Worauf wartet ihr?«

Leana biss sich auf die Lippe. So sehr sie sich auch wünschte, dass Blaire schon in Clachaig bei Gawayn wäre, hatte sie trotzdem Sorge um Maira. »Kannst du hier denn überhaupt weg?«

Blaire hatte nicht die Chance zu antworten, denn Maira nahm Leanas Hand. »Natürlich kann sie hier weg. Ich schaffe das schon allein. Dank dieses komischen Medikaments habe ich keine Wehen mehr. Und es ist wichtiger, dass Gawayn überlebt, als dass Blaire hier Händchen hält. Außerdem hast du mir gesagt, dass alles gut wird. Dann glaube ich auch daran.«

Blaire nickte. »Für ein paar Tage kann ich sie gut allein lassen.«

»Ich werde euch zu diesem Tor bringen«, stellte Tavia entschlossen fest. »Dann weiß ich wenigstens, wo es ist und falls mit Maira was nicht stimmt, kann ich Blaire auf diesem Weg holen kommen.« Sie seufzte. »Obwohl ich ehrlich gesagt gern mitkommen würde. Dieser Gawayn ist eine solche Legende, ich würde ihn so gern vor Niall treffen und ihm das dann unter die Nase reiben.«

Leana schluckte. Sie hoffte so sehr, dass Gawayn eines Tages Niall, Tavia und all die anderen treffen würde. Aber dafür musste er erst einmal überleben.

Maira nickte und drückte ihre Hand. »Jetzt geht schon. Kümmere dich um deinen Mann.«

31

Tavia stellte den Motor des Wagens ab und schaute durch die Windschutzscheibe in die Abenddämmerung. Außer ihrem stand noch ein anderes Auto auf dem Parkplatz. Das Pärchen, dem es wohl gehörte, saß auf einem der Felsen und hatte ein Picknick ausgepackt.

»Verdammt. Ich fürchte, wir müssen noch ein bisschen warten«, sagte Tavia. »Können die nicht ein bisschen schneller essen?«

Leana kaute auf ihrem Daumennagel und am liebsten hätte sie die beiden von hier verscheucht.

Sanft nahm Blaire ihr den Daumen aus dem Mund. »Das ist auch keine Lösung.«

Tavia seufzte. »Ich würde so gern mitkommen und mir diesen Murdoch vorknöpfen. Was für ein Widerling.«

Auf dem Weg vom Cottage hierher hatte sie Blaire und Tavia die ganze Geschichte erzählt. Es tat so gut, mit jemandem darüber sprechen zu können.

»Ich hoffe, Gawayn wird ihn besiegen«, sagte Tavia und warf Leana einen besorgten Blick zu. »Ich glaube schon, dass er es überleben wird.«

Doch Leana war sich da nicht so sicher. »Ich kann es nicht fühlen«, sagte sie leise. »Normalerweise fühle ich, wie eine

Situation ausgeht, aber dieses Mal nicht. Ich sehe gar nichts und das macht mir Angst.«

Blaire legte ihr eine Hand auf die Schulter. »Ich habe alles eingepackt, was wir möglicherweise gebrauchen können. Ich werde sehen, was ich tun kann.«

Es beruhigte Leana nicht gerade, dass Blaire ihr nicht versicherte, dass sie ihn bestimmt retten konnte. Aber Blaire machte keine Versprechungen und auch keine falschen Hoffnungen. Das war noch nie ihre Art gewesen.

»Es war gut, dass du so schnell gekommen bist«, sagte Tavia. »Meistens sind solche medizinischen Notfälle ja sehr zeitkritisch.«

Leana schluckte hart. »Es ist schon fast zwanzig Stunden her, dass er zusammengebrochen ist. Was ist, wenn ich zu langsam war?«

Auf einmal hielt es sie nicht mehr im Auto. Sie stieß die Tür auf und stieg aus. Tavia und Blaire taten es ihr gleich.

In diesem Moment klingelte ein Handy. Blaire blickte auf das Telefon in ihrer Hand. »Das ist Evan. Ein Glück, dass er rechtzeitig zurückruft.« Sie nahm den Anruf an und entfernte sich ein paar Schritte.

Erleichtert blickte Leana ihr nach. Evan war nicht nur Arzt und hatte früher in der Notaufnahme gearbeitet, sondern er war selbst Zeitreisender. Er kannte sich mit solchen Verletzungen sicherlich gut aus. Vielleicht hatte er noch ein paar zusätzliche Tipps für Blaire, die Gawayn weiterhalfen.

»Dann müssen wir jetzt nur noch die Weintrinker loswerden«, stellte Tavia fest und deutete auf das Pärchen.

»Genau. Und zwar jetzt.« Leana würde sich davon jetzt nicht mehr aufhalten lassen. Gawayn war wichtiger als deren romantisches Picknick.

Also marschierte sie einfach zu ihnen.

»Hallo, es tut mir leid, Sie zu stören, aber auf diesen Rastplätzen darf man nicht öffentlich Alkohol trinken«, log sie ohne schlechtes Gewissen.

Erschrocken schauten die beiden sie an. »Wirklich?«, fragte die Frau mit starkem spanischen Akzent.

Leana nickte. »Mich stört es nicht. Aber hier wird oft kontrolliert, manchmal sogar von Polizisten in Zivil. Aber wenn Sie in einen der Feldwege reinfahren, finden Sie da sicher auch ein tolles Plätzchen und da sieht Sie keiner. Da müssen Sie nur mit den Mücken aufpassen.«

»Oh, in Ordnung, vielen Dank für den Tipp!«, erwiderte die Frau. Die beiden erhoben sich und packten rasch alles zusammen.

Tavia stellte sich hinter Leana und hob die Augenbrauen. »Von Polizisten in Zivil? Wirklich?«

Leana unterdrückte ein Lächeln. »Habe ich gehört. Die sollen sich hier manchmal rumtreiben.«

»Einen schönen Tag«, sagte die Frau noch und das Pärchen eilte davon.

Tavia legte ihr einen Arm um die Schulter. »Ja, ja, so ist unsere liebe Leana. Immer hilfsbereit und freundlich.« Sie küsste Leana auf die Schläfe. »Ich bin so froh, dass wir dich wiederhaben und dass es dir gut geht.«

»Ich auch«, erwiderte sie. Sie genoss die Umarmung ihrer Freundin und erinnerte sich daran, dass Tavia das früher nie getan hatte. Körperliche Nähe unter Freundinnen war ihr nicht geheuer gewesen. Aber die Liebe hatte auch sie verändert. Oder das gemeinsame Erleben der Zeitreisen, das zusammenschweißte wie nichts anderes. Oder beides. Auf jeden Fall war Leana froh, dass sie Tavia hatte.

»Und mach dir keine Sorgen um Gawayn. Wenn du selbst dir gesagt hast, dass du ein glückliches Leben führen wirst, dann solltest du dir glauben. Warum solltest du dich selbst anlügen?«

Leana hob die Schultern. »Um mich zu schützen?«

»Glaubst du wirklich, dass du dich beschützt, wenn du dich anlügst? Nein, so etwas würdest du nicht tun. Ich denke, dass du nur glücklich sein kannst, wenn Gawayn überlebt.«

»Ich hoffe so sehr, dass du recht hast.«

»Habe ich, denn ich habe immer recht.«

Leana hob die Augenbrauen und Tavia zog eine Grimasse. »Na ja, so gut wie immer.«

Ihre Freundin drehte sich zu Blaire um, die ein paar Schritte entfernt stand und immer noch telefonierte, dann beugte sie sich zu Leana runter. Verschwörerisch fragte sie: »Aber jetzt noch mal was ganz anderes. Wie ist der Sex?«

Leana spürte, wie Wärme ihre Wangen hochkroch. »Gut.«

Tavia lachte. »Deinem Gesichtsausdruck nach zu urteilen, ist er mehr als gut. Es ist anders als mit allen anderen zuvor, oder? Ich meine, wenn es der Richtige ist.«

Leana schluckte. »Das ist es wirklich.«

»Du Glückspilz. Ich bin so froh, dass du ihn gefunden hast.«

»Ich auch.« Leana hob die Schultern. »Auch wenn ich nie gedacht hätte, dass ich so etwas noch einmal erleben würde.«

Tavia legte den Kopf schief. »Hast du etwa ein schlechtes Gewissen?«

Sie biss sich auf die Unterlippe. »Manchmal schon.«

»Warum denn das?«

Leana seufzte. »Weil ich Marc wirklich geliebt und bis vor Kurzem geglaubt habe, dass es nie wieder so schön mit einem Mann werden kann.«

»Und jetzt? Ist es etwa noch schöner?«

Leana zögerte einen Moment, dann nickte sie. »Es ist so anders.«

Tavia seufzte. »Deswegen brauchst du kein schlechtes Gewissen zu haben. Du kannst die beiden einfach nicht vergleichen. Jeder von ihnen hat seinen berechtigten Platz in deinem Leben. Das, was wir mit unseren Männern jetzt haben, ist so etwas Tiefes und Magisches. Da kann jeder Mann aus dieser Zeit hier nur verlieren. Er kann ja noch nicht einmal den Kampf aufnehmen.«

Leana lächelte traurig, als sie an Marc dachte. »Das stimmt.«

»Und deswegen solltest du die beiden nicht vergleichen.

Freu dich lieber, dass du so viel Liebe in deinem Leben gehabt hast und haben wirst.« Sie piekste Leana spielerisch in die Seite. »Du wirst dich wundern, wie gut diese Liebe noch wird. Und heiß. Du wirst brennen. Lichterloh. Es ist wirklich anders mit diesen Highlandern.«

Leana zog eine Grimasse. »Das hat Maira auch schon einmal gesagt. Aber ich habe ihr nie geglaubt.«

»Ich weiß. Wir reden oft darüber. Und können es gar nicht erwarten, dass du und Blaire das auch findet. Du hast es jetzt geschafft und kannst endlich das genießen, was wir auch haben.«

Sie schauten beide zu Blaire hinüber, die mit dem Handy am Ohr schon zum Felsen gegangen war und ihn kritisch betrachtete. »Glaubst du wirklich, dass Blaire auch noch jemanden findet? Sie ist doch schon so lange hier.«

»Ganz sicher«, erwiderte Tavia. »Und es wird sie umhauen. Vor allem der Sex.«

Blaire musste gespürt haben, dass sie über sie sprachen, denn sie verabschiedete sich von Evan und trat zu ihnen. »Was tuschelt ihr denn da?« Sie reichte Tavia das Handy.

Die grinste. »Nichts. Nur dass wir gespannt sind, wann du den Richtigen findest.«

Blaire verdrehte die Augen. »Auch wenn ich mich für Leana freue, so glaube ich immer noch nicht daran. Ich bin hier, um zu heilen und nicht um die große Liebe zu finden.«

»Wieso? Magst du keinen Sex?«

»Haben Sex und Liebe etwas miteinander zu tun?«, schoss Blaire zurück.

Tavia schüttelte den Kopf. »Nicht unbedingt. Aber der Sex ist phänomenal, wenn man es mit dem Mann tut, für den man bestimmt ist. Ich gönne es dir einfach.«

»Ich bin für niemanden bestimmt«, beharrte Blaire. »Außerdem bin ich verheiratet, falls du das vergessen hast.«

Tavia hob die Schultern. »Details. Du kennst deinen Mann ja noch nicht einmal. Irgendwann wirst du wissen, wovon ich spreche.«

»Ja, ja.« Blaire seufzte. »Jetzt lass uns endlich gehen. Bevor die nächsten Touristen kommen.«

Leana nickte, doch dann nahm sie Blaire fest in die Arme. Sie spürte, dass ihre Cousine überrascht war. Obwohl sie so viel mit Menschen zu tun hatte, war sie auch nicht gerade jemand, der seine Gefühle in körperlichen Berührungen ausdrückte.

»Tavia hat recht. Es wäre so schön, wenn du das auch erleben würdest«, sagte sie leise.

Blaire atmete tief durch und machte sich vorsichtig aus der Umarmung los. »Ich mache mir nicht viel aus Sex.«

Leana lächelte. »Es ist aber nicht nur das. Es ist einfach das schönste Gefühl der Welt, wenn man endlich angekommen ist. Ich würde mich so für dich freuen.«

Jetzt lächelte auch Blaire. »Das ist lieb. Aber genau dieses schöne Gefühl finde ich im Heilen. Das reicht mir. Und jetzt würde ich mich gern um Gawayn kümmern. Lass uns gehen.«

Leana wollte noch etwas sagen, aber Tavia stieß sie an. »Lass sie. Man kann es nicht erklären, nur erleben. Blaire wird sich noch an dieses Gespräch zurückerinnern, wenn sie irgendwann in seinen Armen liegt.« Entschlossen nahm sie Leana an der Hand und zog sie in Richtung Stein. »Aber Blaire hat recht, ihr müsst los. Wer geht zuerst?«

»Ich«, sagte Leana bestimmt. Auch wenn sie noch nicht einmal vierundzwanzig Stunden fort gewesen war, konnte sie es kaum erwarten, Gawayn wiederzusehen. Sie wollte nach Hause, in seine Arme. Ihn wohlauf sehen. Sie brauchte ihn so sehr.

32

Leana war sich sicher, dass ihr Kopf gleich platzen würde, so heftig schmerzte er.

»Hier, nimm das«, sagte Blaire und strich ihr über die Stirn. »Dann wird es gleich besser.«

Folgsam schluckte Leana die Tablette, die Blaire ihr reichte, und schüttelte den Kopf. »Es ist schon so dunkel. Vermutlich müssen wir hierbleiben, bis der Morgen hereinbricht.«

»Unsinn«, widersprach Blaire. »Unsere Augen werden sich schnell an das Mondlicht gewöhnen und dann finden wir den Weg. Hab ein bisschen Geduld.«

Leana stöhnte leise. Die Kopfschmerzen waren so heftig. Aber das war auch kein Wunder, heute war sie vier Mal gereist. Doch vermutlich war das ein kleiner Preis für Gawayns Gesundheit oder gar sein Überleben.

Der Gedanke daran ließ sie ihre Schmerzen vergessen. Sie setzte sich auf. »Du hast recht. Lass uns gehen.«

Blaire hob die Augenbrauen. »Geht es denn schon?«

»Das muss es. Ich will zu Gawayn.«

Blaire zog sie hoch und Leana kam schwankend auf die Beine. Ihr war ein bisschen übel und sie fragte sich, wie sie den stundenlangen Marsch schaffen sollte. Doch es würde schon gehen. Irgendwie. Hauptsache, sie waren bald bei Gawayn.

»Die Kinder müssen dort drüben sein«, sagte sie. Tatsächlich hatten sich ihre Augen schon erstaunlich gut an das Dämmerlicht gewöhnt.

Gemeinsam stiegen sie den Hügel hinunter und auf einmal hatte Leana ein schlechtes Gewissen, dass sie die beiden Kinder hiergelassen hatte. Bevor Gawayn und sie die zwei gefunden hatten, hatten sie sehr viel länger als einen Tag allein im Wald gelebt. Dennoch hatten sie bestimmt auch in dieser Nacht Angst gehabt, ganz davon abgesehen, dass jemand sie gefunden und fortgebracht haben könnte. Wie sollte sie die beiden dann je wiederfinden? Es gab immerhin keine Polizei, die ihnen suchen helfen konnte ...

Die letzten Schritte zum Unterschlupf rannte sie. Hier zwischen den Felsen war es vollkommen dunkel und sie sah erst einmal nichts, doch dann hörte sie ein Rascheln.

»Aleyn? Florie? Seid ihr da?«, fragte sie und kniff die Augen zusammen.

Sie sah eine Bewegung zwischen den Felsen, dann schlang Florie auf einmal die Arme um sie. »Du bist wieder da!«, schluchzte sie.

Warme Erleichterung erfüllte Leanas Herz. Sie senkte den Kopf und küsste ihre Haare. »Das bin ich. Wie geht es dir?«

Florie nickte. »Gut.«

»Ich habe dir doch gesagt, dass sie uns nicht allein lässt«, sagte Aleyn, der hinter ihr auftauchte und sich verschlafen über die Augen rieb.

»Ich würde euch niemals allein lassen«, sagte Leana.

Aleyn schaute an ihr vorbei. »Wer ist das?«

»Das ist meine Cousine Blaire. Sie ist Heilerin und wird Gawayn helfen.« Zögernd musterte sie die Kinder. »Meint ihr, ihr könnt nun noch mit uns zurück nach Clachaig laufen, oder braucht ihr eine Nacht Ruhe?«

Florie zog die Stirn in Falten. »Das schaffen wir. Es ist besser, wenn Gawayn schnell Hilfe bekommt.«

Aleyn streckte die Brust raus. »Genau. Den Weg hab ich letzte Nacht auch gefunden.«

»Gut«, sagte Leana und drängte ihre eigene Müdigkeit zurück. »Dann lasst uns aufbrechen.«

Florie drückte sich noch einmal fest an sie. »Ich hatte solche Angst.«

»Weil ihr hier im Dunkeln allein wart? Das tut mir leid. Ich habe nicht darüber nachgedacht.«

Doch das Mädchen schüttelte den Kopf. »Nein, dass dir etwas passiert ist. Wir haben uns heute ein wenig umgeschaut und du warst nirgendwo. Es war, als ob der Stein dich verschluckt hätte.« Sie zögerte. »Hat er das?«

Leana wechselte einen Blick mit Blaire, die die Augenbrauen hob. Irgendwann würde sie mit Florie darüber sprechen. Aber nicht heute.

»Das Gute ist, dass ich jetzt wieder da bin. Mir ist nichts passiert. Aber zum Glück habe ich Blaire gefunden. Sie ist eine großartige Heilerin.«

»Kann sie Gawayn wieder aufwecken?«, fragte Aleyn.

Blaire neigte den Kopf. »Ich werde es versuchen.«

»Könnt Ihr es versprechen?«, fragte Aleyn mit zitternder Stimme.

Blaire schüttelte sanft den Kopf. »Nein, Aleyn, das kann ich nicht versprechen, denn ich weiß nicht, in welchem Zustand er sich befindet. Aber ich kann dir eines versichern: Wenn es jemand kann, dann sind das Leana und ich.«

Aleyn zog eine Grimasse. »Könnt Ihr zaubern?«

Blaire lachte, als hätte Aleyn einen Witz gemacht. »Nein, ich kann nicht zaubern. Ich benutze nur Heilmittel, die schon oft erprobt wurden, die man aber nicht leicht beschaffen kann. Das ist eine Kunst, die ich beherrsche. Und ich hoffe sehr, dass sie auch bei Gawayn wirken. Sollen wir aufbrechen?«

Als alle nickten, atmete Aleyn tief durch. »Ich werde euch den Weg zeigen.«

Leana griff nach Flories Hand und gemeinsam gingen sie den Hügel hinunter. Nach Hause.

Der Weg kam ihr endlos vor, doch die Angst trieb sie voran. Dabei merkte Leana, dass sie gar keine Angst vor der Nacht an sich oder den möglichen Gefahren hatte, sondern allein um Gawayn.

Nicht nur, dass sich sein Zustand möglicherweise verschlechtert hatte, sondern auch weil Murdoch möglicherweise noch nicht fertig mit ihm war. Immer wieder versuchte sie, etwas zu fühlen oder ein Bild zu sehen, doch da war nichts. Alles wurde von dieser alles lähmenden Sorge überschattet, die ihr fast die Luft abdrückte.

Blaire nahm sie manchmal an die Hand und es war beruhigend. Außerdem versuchte sie, für die Kinder da zu sein. Florie war sehr anhänglich, Aleyn schien vollkommen in seinem Element zu sein. Aber auch sie sorgten sich um Gawayn, das fühlte Leana.

Als der Morgen bereits dämmerte und die Kinder gerade vorausgingen, fragte Leana Blaire: »Glaubst du, dass ich es fühlen würde, wenn er gestorben wäre?«

Blaire antwortete nicht sofort und schließlich hob sie die Schultern. »Da fragst du die Falsche. Ich habe weder das zweite Gesicht wie du, noch gibt es einen Mann in meinem Leben, der mir nahesteht. Ich weiß, dass ich es gefühlt habe, als Maira in Schwierigkeiten steckte, aber das ist etwas anderes. Sie ist meine Zwillingsschwester.«

Auf einmal wünschte Leana sich Maira oder Tavia herbei. Die beiden hätten ihr sehr wohl sagen können, ob man so etwas fühlte, denn schließlich liebten sie ihre Männer genauso, wie Leana Gawayn liebte.

So blieb ihr nur zu hoffen, dass Gawayn noch am Leben war. Und dass Blaire ihm tatsächlich helfen konnte.

Sie erreichten das Dorf in der Mitte des Vormittags und es war erstaunlich ruhig für diese Tageszeit. Zu ruhig.

Leanas Herz flatterte und sie befürchtete bereits, dass etwas Schlimmes passiert war, als ein paar Kinder lachend und kreischend über die Hauptstraße liefen.

Wo Kinder spielten, gab es keine Sorgen. Zumindest war das Dorf sicher nicht überfallen worden.

Leanas Herz schlug unerträglich heftig, und obwohl sie am liebsten zu Giselles Haus gerannt wäre, hielt etwas sie zurück. Die Angst davor, herauszufinden, dass es Gawayn nicht gut ging.

Aleyn blickte Leana von der Seite an. »Darf ich vorauslaufen und Bescheid sagen, dass wir da sind?«

Leana tauschte einen Blick mit Blaire, die nickte. »Gut. Aber sei vorsichtig. Wenn dir irgendetwas merkwürdig vorkommt, geh nicht rein.«

Aleyn runzelte die Stirn und Leana schalt sich, dass sie das gesagt hatte. Doch dann nickte Aleyn ernst. »Wenn dieser Murdoch im Haus ist, werde ich euch warnen.«

Er stob davon und Florie klammerte sich an Leanas Arm.

»Keine Sorge«, sagte Blaire ruhig und legte Leana eine Hand auf die Schulter. »Es wirkt nicht so, als wäre etwas Ernstes geschehen. Die Menschen reagieren anders, wenn jemand aus ihrer Mitte im Sterben liegt oder gerade gestorben ist. Er ist zumindest noch am Leben.«

Leana schluckte und nickte.

Als sie Giselles Haus erreichten, stand die Tür offen und von drinnen hörten sie laute Stimmen.

»Du musst dich hinlegen!«, schalt jemand. Eine Frau, aber Leana erkannte die Stimme nicht.

»Lass mich«, sagte eine andere, brüchige Stimme.

Leana sackten beinahe die Knie weg. Das war Gawayn. Sie raffte ihre Röcke und rannte los.

»Gawayn?«, rief sie, erreichte die Haustür, stürmte hinein.

»Gawayn!«

»Leana!« Er tauchte in der Tür des Wohnzimmers auf, bleich und schwankend, sodass er sich am Rahmen festhalten musste.

Sie schluchzte und warf sich in seine Arme. Beinahe hätte sie ihn umgeworfen, so wackelig war er auf den Beinen. Aber er lebte und war bei Bewusstsein.

»Du bist wach«, flüsterte sie. »Ich hatte solche Angst um

dich.«

Sie klammerte sich an ihm fest und er versenkte das Gesicht in ihren Haaren, schlang die Arme um sie. In diesem Moment war ihr alles andere egal. Es zählte nur, dass er lebte.

»Wo warst du nur?«, fragte er heiser. »Ich habe mir solche Sorgen um dich gemacht.«

Leana schluchzte auf und es war eine Mischung aus Lachen und Weinen. »Ich habe Blaire geholt.«

»Aus Eriness?«, fragte er ungläubig. »Aber du warst nur zwei Nächte fort.«

Sie biss die Zähne zusammen. »Das erkläre ich dir später.« Sie löste sich von ihm und wandte sich in seinen Armen um, denn sie war nicht in der Lage, sich von ihm zu lösen. Sie musste weiterhin Körperkontakt halten.

Blaire stand neben Florie in der Tür und betrachtete Gawayn aufmerksam. »Guten Tag«, sagte sie.

»Ihr seid also Blaire Thompson«, stellte Gawayn fest. »Euer Ruf eilt Euch voraus.«

Ein kleines Lächeln spielte um Blaires Mund. »Anscheinend nicht weit genug, denn mittlerweile heiße ich Blaire Macdonald.«

Gawayn atmete tief ein. »Ich weiß«, sagte er.

Blaire neigte den Kopf. »Und da Ihr es vorzieht, mich trotzdem bei meinem Mädchennamen zu nennen, nehme ich an, dass Ihr eine Macdonald nicht gern in Eurem Haus habt.« Ihr Lächeln wurde wärmer. »Kein Wunder, bei allem, was der Clan meines Schwagers Euch angetan hat. Aber habt keine Sorge, ich bin nur als Blaire hier. Für Leana. Ich möchte Euch gern behandeln und ich hoffe, Ihr lasst mich.«

Leana drückte seine Hand und war erstaunt, wie heiß sie war. Er hatte anscheinend Fieber, vermutlich von der Wunde. Verdammt, er brauchte ärztliche Hilfe, und zwar schnell. »Sie meint es wirklich gut. Bitte lass sie.«

»Mir geht es gut«, wehrte er ab.

»Nein, dir geht es nicht gut«, protestierte Leana. »Du bist

einfach bewusstlos umgefallen, bist noch immer ganz blass und kannst kaum allein stehen.«

Hinter ihm sagte eine Stimme: »Das habe ich ihm auch gesagt, aber er wollte nicht auf mich hören.« Es war Liz, die sich die Hände in einem Tuch abtrocknete. »Aber dann kann ich jetzt gehen? Ich muss mich um meine Familie kümmern.«

Gawayn nickte. »Danke für alles.« Er schwankte ein bisschen, aber biss die Zähne zusammen und straffte die Schultern, so als wollte er allen beweisen, dass es ihm gut ging.

Liz nickte ihnen zu und verschwand wieder in der Küche.

Leana nahm Gawayn an den Händen. Sie bemerkte, dass er sich gegen den Türrahmen lehnte, aber so, dass es nur aus der Nähe auffiel. »Blaire kann dir wirklich helfen. Vertrau mir.«

Gawayn riss seinen Blick von Blaire los und blickte Leana an. Der Ausdruck in seinen grünen Augen wurde weich. »Ich vertraue dir«, sagte er.

»Gut, dann lass dich untersuchen. Ich will wissen, warum du ohnmächtig geworden bist und ob dir noch etwas fehlt.«

Er seufzte, warf Blaire noch einen forschenden Blick zu und nickte dann. »Also gut. Aber nur unter einer Bedingung.«

»Die wäre?«, fragte Blaire, die schon näher getreten war und ihre Tasche abnahm.

»Ihr kümmert Euch auch um meine Mutter.«

»Was ist mit ihr?«, fragte Leana alarmiert.

Gawayn presste kurz die Lippen zusammen. »Wenn du sie fragst, dann wird sie sagen, dass alles in Ordnung ist. Aber der Aufenthalt in der Burg und die Flucht haben sie sehr mitgenommen und ich glaube, ihre Schmerzen sind stärker als sonst. Ich mache mir Sorgen.«

Blaire nickte. »Natürlich werde ich sie mir anschauen. Ich kann es kaum erwarten, sie zu treffen. Leana hat viel von ihr erzählt. Kann ich sie mir zuerst anschauen? Dann weiß ich, wen ich als Erstes behandele.«

Gawayn warf einen Blick auf die geschlossene Tür von

Giselles Schlafzimmer und seufzte. »Ich denke, sie kleidet sich gerade an.«

»Dann werde ich zuerst Euch untersuchen«, sagte Blaire und drängte sich an Gawayn vorbei ins Wohnzimmer. »Setzt Euch bitte auf den Stuhl dort.«

»Soll ich euch allein lassen?«, fragte Leana, doch Gawayn schüttelte sofort den Kopf und griff nach ihrer Hand.

»Bleib hier«, bat er rau. »Bitte. Sonst glaube ich nicht, dass du wirklich wieder da bist.«

Leana lehnte sich an ihn und obwohl er sie an sich drückte, schwankte er schon wieder. Ihm ging es überhaupt nicht gut.

Erst jetzt fiel Gawayns Blick auf Florie. Er lächelte warm.

»Danke, dass du Aleyn und Leana begleitet hast. Wie schön, dass du wieder da bist.«

Florie nickte. »Geht es dir gut?«

»Alles in Ordnung.«

»Ich werde entscheiden, ob alles in Ordnung ist«, sagte Blaire. »Und jetzt setzt Euch bitte.«

Gawayn nickte den Kindern zu. »Wie wäre es, wenn ihr euch in der Küche etwas zu essen holt?«

Leana küsste Florie auf die Stirn und strich Aleyn über den Kopf, dann folgte sie Blaire und Gawayn ins Wohnzimmer und schloss die Tür hinter sich.

Gawayn setzte sich auf einen Stuhl und streckte die Hand nach Leana aus, allerdings nicht, ohne sich vorher verstohlen über die Stirn zu wischen. Das Haar an seinen Schläfen war schweißnass.

Leana griff nach seiner Hand und stellte sich neben ihn, während Blaire ihre Tasche auspackte. Sie legte kleine Säckchen auf den Tisch, einige von ihnen hatte Leana selbst mit Tabletten befüllt.

Als Blaire fertig war, schaute sie sich um. Ihr Blick fiel auf eine Waschschüssel und einen Krug. Sie nahm ein Stück Seife aus ihrer Tasche und wusch sich gründlich die Hände. Dann nickte sie Leana zu. »Du auch, bitte. Vielleicht brauche ich deine Hilfe.«

Als Leana zu der Kommode mit der Waschschüssel ging, folgte Gawayn ihr. Er ließ ihr den Vortritt und half ihr den Seifenschaum von den Händen zu spülen, dann wusch er sich die Hände ebenfalls.

Interessiert beobachtete Blaire ihn. Als er sich die Hände abtrocknete und ihren Blick auffing, hob Gawayn die Schultern. »Meine Mutter hat es mir so beigebracht.«

Für einen Moment war es ganz still und Leana wusste, dass Blaire darauf wartete, ob Gawayn noch mehr sagte und ihnen einen Hinweis gab, ob er von den Zeitreisen wusste. Doch dann setzte er sich einfach wieder.

Blaire holte einige Instrumente aus der Tasche, die ganz eindeutig aus dem 21. Jahrhundert waren, denn niemand hier in den Highlands konnte in einer Schmiede solche feinen Geräte fertigen. Sie legte sie auf den Tisch und beobachtete Gawayn genau.

Der runzelte die Stirn, sagte aber nichts.

Blaire atmete tief durch und blickte Gawayn an. »Zuerst würde ich vorschlagen, dass wir uns beim Vornamen nennen. Leana ist meine Cousine und so wie ich es verstanden habe, deine Frau. Damit sind wir eine Familie und es ist mir wichtig, dass wir das zum Ausdruck bringen. In Ordnung?«

Es war eigentlich keine Frage und Leana musste lächeln. Blaire war immer so resolut.

Gawayn zögerte, dann trat ein Lächeln in seine Augen. »Auch wenn ich mir nie hätte träumen lassen, mit einer Macdonald verwandt zu sein, so werde ich das sicherlich überleben.«

Blaire schnaubte belustigt. »Ganz sicher.« Sie trat zu ihm und musterte die Wunde an seiner Stirn. »Und da wir das geklärt haben, können wir zu dem Teil übergehen, der vielleicht noch unangenehmer sein könnte, als mit einer Macdonald verwandt zu sein. Ich werde dich jetzt untersuchen und dir Fragen stellen. Vermutlich werde ich dich auf eine andere Art untersuchen, als eine Kräuterfrau das tut. Wundere dich bitte nicht darüber. Je mehr ich über deine Verletzungen erfahre, desto besser ist es für dich.«

Als Gawayn nickte, begann Blaire ihn zu untersuchen. Sie fing an seinem Kopf an, der Wunde an der Schläfe und seinen Augen. Sie stellte ihm Fragen, wie er sich verletzt hatte, ob sein Kopf schmerzte, ob er ins Licht schauen konnte, ob ihm übel war.

Gawayn beantwortete alles ruhig, berichtete von der Steinschleuder und dass ihm schlecht gewesen war, bevor er in der Küche zusammengebrochen war. Anscheinend war er kurz nach Leanas Abreise wieder zu sich gekommen, doch dann erneut zusammengebrochen, als er ihr hatte folgen wollen. Seine Mutter hatte ihn dann gezwungen, im Bett zu bleiben. Als er das sagte, drückte er Leanas Hand und zog sie näher zu sich heran.

Leana kniff die Augen zusammen. »Wenn ich gewusst hätte, dass du wieder zu dir kommst, hätte ich gar nicht gehen müssen. Ich hatte nur solche Angst. Es tut mir leid, dass ich dich umsonst geholt habe, Blaire.«

Die blickte auf und schaute Leana ernst an. »Nicht so voreilig. Ich denke, es ist gut, dass ich hier bin.«

Kälte erfasste Leana. »Was meinst du damit? Stimmt etwas nicht?«

Blaire hob die Schultern. »Ich denke, dass die Bewusstlosigkeit von einer Gehirnerschütterung herrührt, schließlich ist er von einem Stein am Kopf getroffen worden und hat sich bei dem Fall möglicherweise auch noch verletzt.«

»Aber?« Leana klammerte sich an Gawayns Hand fest.

»Aber er hat Fieber und seine Haut ist kaltschweißig. Du hast mir von der Wunde und der Pfütze erzählt, in der er gelandet ist. Das sollten wir ernst nehmen, falls er eine Blutvergiftung hat. Möglicherweise ist die Wunde auch infiziert.«

Gawayn schaute von einer zur anderen. Leana lächelte ihn an. »Blaire weiß, was sie tut.« Sie hatte ihre Cousine noch nie in Aktion gesehen und Blaire hatte kein Medizinstudium absolviert. Aber natürlich hatte sie viel Erfahrung und Medikamente zur Verfügung, die sonst keiner in dieser Zeit hatte.

Blaire wickelte den Verband ab, den Giselle anscheinend gewechselt hatte, denn es war nicht mehr der, den Leana angelegt hatte.

»Giselle und ich haben die Wunde mit Whisky desin...« Leana räusperte sich. »... gesäubert und mit ausgekochten Leinentüchern verbunden.«

Gawayn warf Leana einen aufmerksamen Blick zu. »Was wolltest du sagen?«

Leana biss sich auf die Lippe. »Desinfiziert.«

»Was ist das?«

»Das bedeutet, dass man den Schmutz aus einer Wunde entfernt, damit sie sich nicht entzündet und anfängt zu eitern. So kann man Wundbrand vorbeugen. Whisky schmerzt zwar höllisch, aber es ist das beste Mittel dafür«, sagte Blaire. Anscheinend hatte sie diese Erklärung schon häufiger gegeben. Sie warf Gawayn einen belustigten Blick zu. »Und jetzt sag mir nicht, dass Whisky dafür viel zu schade ist. Das stimmt zwar, aber es ist besser als an Wundbrand zu sterben.«

Sie hatte den letzten Rest vom Verband abgewickelt und mit einem mulmigen Gefühl sah Leana den besorgten Blick ihrer Cousine. »Was ist?«

Blaire legte den blutigen Verband beiseite und drückte sanft auf die Wundränder. Gawayn atmete zischend ein.

Leana reckte den Kopf. Die Wunde war rot und roch merkwürdig. »Ist sie entzündet?«

Blaire nickte. »Kein Wunder, wenn sie mit einem Schürhaken gemacht wurde und hinterher so viel Dreck hineingekommen ist.«

»Wir hätten sie besser desinfizieren müssen.«

Blaire schüttelte den Kopf. »Es ist oft schwer, alles zu erwischen, das wäre selbst in unserer ...« Sie biss sich auf die Lippe.

Aber Leana verstand, was sie gemeint hatte. Trotzdem half es ihr nicht wirklich.

»Ist es sehr schlimm?«

Blaire richtete sich auf. »Kann ich dich kurz allein sprechen?«

Leana wechselte einen Blick mit Gawayn, der nur kurz die Augenbrauen hob, dann aber nickte.

»Lass uns in den Garten gehen«, sagte Leana.

Eilig zog Blaire sie nach draußen. Kaum hatten sie die Tür hinter sich geschlossen, beugte sie sich zu Leana. »Weiß er von uns?«

Leana hob die Schultern. »Ich weiß es nicht. Manchmal denke ich, dass Giselle ihm etwas erzählt hat, aber ich bin mir nicht sicher. Ich hatte noch keine Gelegenheit, sie danach zu fragen. Und ihn kann ich ja auch schlecht direkt darauf ansprechen.« Nervös knetete sie ihre Finger. »Warum fragst du?«

»Weil ich ihm gern eine antibiotische Salbe auf die Wunde und dazu ein Antibiotikum geben würde. Aber das muss er dann ja über mehrere Tage einnehmen und ich kann die Tabletten nicht zerkleinern. Er ist ziemlich aufmerksam und würde es sicherlich nicht einfach so schlucken, ohne es zu hinterfragen. Außerdem muss ich einen sterilen Verband nutzen. Er hat vermutlich keine Tetanusimpfung?«

Leana schüttelte den Kopf. »Ganz sicher nicht. Giselle kannte den Weg zurück nicht mehr. Sie kann keine Medikamente von dort geholt haben. Kann er sich denn Tetanus eingefangen haben?«

Blaire nickte betreten. »Leider ja. Es kommt häufiger vor, als man so denkt. Tetanusbakterien sitzen im Boden und wenn Dreck in eine Wunde kommt, ist es durchaus möglich. Viele Soldaten sterben daran, weil sie verwundet sind und dann im Dreck liegen. In dieser Zeit glaubt man noch, dass Menschen, die daran sterben, vom Teufel besessen sind.«

Leana presste sich eine Hand vor den Mund, um ein Keuchen zu unterdrücken. »Und wie wahrscheinlich ist es, dass er das hat?«

»Nicht sehr groß, aber eine Tetanusimpfung ist immer gut.

Vielleicht sollten wir darüber mal nachdenken, wenn das hier alles vorbei ist. Ich habe Niall und Duncan neulich auch geimpft.« Blaire drückte ihre Hand. »Entschuldige, ich hätte nicht davon anfangen sollen. Die Wahrscheinlichkeit ist wirklich nicht sehr groß. Mach dir keine Sorgen. Aber eigentlich geht es mir nur darum, dass es gut wäre, wenn er von uns wüsste. Früher war ich zwar immer dagegen, aber ich muss zugeben, dass es Vorteile hat, dass Duncan und Niall Bescheid wissen. Ich kann anders helfen und handeln.«

»Du meinst, ich soll es ihm sagen?«

Blaire nickte. »Wenn ich das richtig verstanden habe, willst du mit ihm zusammenbleiben. Das heißt, du musst dir sowieso überlegen, ob du ihn einweihen willst. Und da er der Sohn einer Zeitreisenden ist, kann es sogar sein, dass er schon mehr darüber weiß oder zumindest etwas ahnt. Wenn wir es ihm jetzt sagen, könnte ich ihm die Sache mit den Antibiotika anders erklären. Und vielleicht könnten wir ihm auch in Bezug auf Murdoch besser helfen.«

Leana schloss die Augen und legte sich eine Hand auf den Bauch. Alles in ihr war in Aufruhr geraten bei dem Gedanken, dass sie Gawayn davon erzählen sollte, woher sie wirklich kam. Aber es fühlte sich so richtig an.

Schließlich nickte sie. »Ich werde es tun. Allerdings möchte ich zuerst mit Giselle sprechen. Immerhin ist es auch ihre Geschichte. Ich glaube, dass er sowieso schon etwas ahnt. Er hat sich eben darüber gewundert, wie schnell ich dich holen konnte. Außerdem war er dabei, als ich versucht habe, den Stein zu benutzen. Und er hat mir immer gesagt, dass seine Mutter etwas Besonderes ist. Du hast ja gesehen, dass er sich die Hände gründlich wäscht.«

»Also gut. Dann habe ich deine Erlaubnis, ihn mit dem Antibiotikum zu behandeln? Du kannst das besser einschätzen als er, auch wenn er von uns wüsste.«

»Es ist das Beste für ihn?«

Blaire nickte. »Das ist es. Sonst würde ich es nicht vorschlagen. Und es ist wichtig, dass er es schnell bekommt.«

»Natürlich.« Leana nickte und straffte die Schultern. »Lass uns zu ihm gehen.«

Als sie ins Wohnzimmer traten, legte Gawayn gerade eine winzige Schere zurück auf den Tisch. Er musterte Blaire und Leana und auf einmal schlug ihr das Herz bis zum Hals.

»Blaire wird dich jetzt behandeln und es wäre gut, wenn du sie gewähren lässt. Ich erkläre dir alles gleich.«

Gawayn nickte wortlos.

»Ich werde nur schnell nach deiner Mutter sehen«, fügte sie hinzu, und auf einmal war sie aufgeregt. Sie konnte es gar nicht mehr erwarten, Gawayn alles zu erzählen.

33

»Leana!«, grüßte Giselle sie lächelnd, als sie in die Küche trat. Sie saß zusammen mit Aleyn und Florie am Tisch, vor ihnen stand je eine Schüssel Haferbrei. »Ich habe schon gehört, dass alles geklappt hat und deine Cousine den Weg zu uns gefunden hat.« Sie legte sich eine Hand auf den Brustkorb und in ihren Augen glitzerten Tränen. »Er ist zwar wieder aufgewacht, aber ich habe das Gefühl, dass etwas nicht mit ihm stimmt. Er hat zweimal versucht, dir zu folgen. Dabei wusste er nicht einmal, wo ihr seid.« Sie strich den Kindern über die Köpfe und seufzte erleichtert. »Ihr beiden habt das großartig gemacht. Aber ich bin auch sehr dankbar, dass ihr wieder hier seid. Ich habe euch vermisst.«

Beide Kinder sahen überrascht aus, aber dann lächelten sie zaghaft. Florie gerührt und Aleyn ein wenig verschämt.

»Dann ist alles gut gegangen?«, fuhr Giselle an Leana gewandt fort. »Es hat funktioniert?«

Leana nickte und griff nach ihren ausgestreckten Händen. »Es war der richtige Stein.«

»Gott sei Dank. Ist Blaire bei Gawayn?«

»Das ist sie.«

»Und lässt sich mein Sturkopf von Sohn von ihr behandeln?«

»Erstaunlicherweise ja. Aber es gibt etwas, worüber wir sprechen müssen.«

Giselle verstand sofort. »Natürlich. Kinder, seid ihr so gut und lauft zu Alberts Haus und sagt ihm, dass Leana wieder da ist?«

Die Kinder nickten sofort, standen auf, kratzten noch den letzten Rest aus ihren Schüsseln und verließen die Küche eilig durch die Hintertür.

Ernst schaute Giselle Leana an, als diese sich neben sie setzte. »Was ist? Geht es Gawayn nicht gut?«

»Blaire kümmert sich um ihn. Allerdings hält sie es für das Beste, wenn sie ihm ein Antibiotikum verabreicht.«

Giselle drückte eine Hand auf den Mund und nickte. In ihren Augen glitzerten Tränen.

»Ist es dir nicht recht?«, fragte Leana bestürzt.

»Nein, das ist es nicht. Aber ich hätte nicht gedacht, dass ich dieses Wort jemals wieder hören würde oder geschweige denn den Zugang zu solchen Medikamenten hätte.« Sie runzelte die Stirn. »Aber sie hat doch sicherlich kein personalisiertes Antibiotikum für ihn, oder?«

Leana blinzelte. »Nein, es ist nicht personalisiert. Gibt es so etwas bei euch?«

»Ja, es wurde nur mit personalisierten Medikamenten gearbeitet. Aber Anfang der 2000er war das noch nicht erfunden, oder?«

Wortlos schüttelte Leana den Kopf.

»Nun, Hauptsache ein Antibiotikum. Die Wunde am Arm hat sich entzündet, oder? Er wollte sie mir nicht noch einmal zeigen, nachdem ich ihm den Verband gewechselt habe, aber ich habe gemerkt, dass er Schmerzen hat.«

»Genau dafür.« Sie zögerte. »Giselle, sag … Weiß Gawayn eigentlich, woher du kommst?«

Giselle atmete tief durch. Dann hob sie die Schultern. »Ich weiß es nicht genau. Ich habe ihm oft Geschichten aus der Zukunft erzählt und als ich krank war und so fürchterliche

Schmerzen hatte und dachte, ich muss sterben, habe ich ihm erzählt, woher ich komme.«

»Das heißt, er weiß es?«

»Wir haben danach nie wieder darüber gesprochen. Ich glaube, er hat gedacht, dass ich im Fieberwahn wirr spreche. Es hat ihm damals Angst gemacht, das habe ich gespürt. Aber er war ja auch erst zehn Jahre alt und es tut mir heute leid, dass ich ihm davon erzählt habe. Doch ich hatte solche Angst, dass ich sterbe und er es niemals erfährt. So wie Kenneth.«

Ruhig, aber interessiert schaute sie Leana an. »Du willst es ihm also sagen?«

»Ich glaube, dass es das Richtige ist. Ich möchte nicht, dass er Angst vor dem hat, was ich kann, weiß und tue.«

Giselle lächelte. »Das wird er nicht. Er liebt dich so sehr. Und das wird er auch noch tun, wenn er mehr von dir weiß.«

Zitternd holte Leana Luft. »Aber es ist auch deine Geschichte. Ist es dir recht, wenn wir es ihm sagen?«

Lächelnd beugte Giselle sich vor und zog Leana an sich. Sanft streichelte sie ihr über den Rücken. »Du brauchst keine Angst zu haben. Alles wird gut. Ich bin so dankbar, dass du endlich da bist. Wenn du möchtest, erzählen wir es ihm gemeinsam.« Sie löste sich von Leana. »Komm, reich mir deinen Arm und führe mich rüber ins Wohnzimmer. Dann wollen wir meinen Sohn mal überraschen.«

Leana half ihr hoch und gemeinsam durchquerten sie den Flur. Als sie ins Wohnzimmer traten, wandte Blaire sich zu ihnen um. Auf der Wunde an Gawayns Arm glänzte eine weiße Salbe und auf dem Tisch lag eine Blisterverpackung. Vermutlich das Antibiotikum. Blaire hatte ihr gesagt, dass sie einige Tabletten nicht in Säckchen tun konnte, da sie sonst zu sehr der Feuchtigkeit ausgesetzt waren.

Gawayn lächelte und erhob sich, als er sie sah. »Ich helfe dir, Mutter.«

»Auf keinen Fall!«, wehrte die ab und ging mühsam mit kleinen Schritten weiter. »Mit deinem Arm solltest du mich nicht tragen.«

»Da hat sie recht«, bemerkte Blaire und nahm eine bräunliche Tablette aus einem Säckchen. »Hier, nimm das bitte auch noch. Und wieder nicht kauen.«

Gawayn beäugte die Tablette. »Was ist das?«

»Es ist gegen die Schmerzen.« Blaire hob die Hände. »Ich weiß, dass du keine Schmerzen hast. Das sagen mir alle Männer hier, aber wenn du die nimmst, kannst du sicher sein, dass es dir auch später keine Schmerzen bereitet.«

»Dann macht mich das Mittel unverwundbar?«

Blaire lachte leise. »Nein, ganz sicher nicht. Es nimmt nur den Schmerz, der schon da ist, oder lässt ihn gar nicht erst entstehen. Wie Zahnschmerzen oder Kopfschmerzen.«

Gawayn wirkte beinahe ein wenig enttäuscht, nahm die Tablette aber folgsam.

Blaire beobachtete ihn genau, wie er schluckte. »Gut. Das reicht fürs Erste. Jetzt lassen wir die Tinktur einwirken und ich verbinde den Arm später neu. Bis dahin bleibst du bitte hier sitzen.«

Mittlerweile hatten Leana und Giselle den Tisch erreicht und Giselle ließ sich erleichtert in ihren Sessel sinken.

Blaire lächelte sie freundlich an. Leana wies zwischen den beiden Frauen hin und her. »Darf ich vorstellen, das ist meine Cousine Blaire Macdonald. Das ist Giselle Macvail.«

Aufmerksam glitt Giselles Blick über Blaire und ein Lächeln breitete sich auf ihrem Gesicht aus. »Willkommen in Clachaig und in meinem Haus. Es ist mir eine Ehre, dass du mein Gast bist«, sagte sie mit warmer Stimme und schüttelte den Kopf. »Es ist unglaublich, dass ...« Sie brach ab und hob die Schultern.

Blaire lächelte und nahm Giselles Hände. »Dass es mich überhaupt gibt und wir hier zusammen sein können? Ich weiß genau, was du meinst. Es ist so wunderbar, dich zu treffen.« Sie drückte Giselles Hände. »Wir haben uns so viel zu erzählen.«

In Giselles Augen glitzerten schon wieder Tränen und sie nickte nur.

Gawayn hingegen runzelte die Stirn und Leana legte eine Hand auf seine Schulter. Gleich würde er besser verstehen.

Blaire drückte ihre Hände noch einmal und musterte Giselle. Es war der Blick einer Heilerin, die Informationen sammelte.

»Leana hat mir erzählt, dass du vor vielen Jahren einen schlimmen Unfall hattest. Wenn ich darf, würde ich dich gern untersuchen. Vielleicht habe ich ein paar Dinge, die dir helfen können.« Nickend deutete sie auf die Tasche auf dem Tisch.

Giselle seufzte leise. »Ich glaube, heilen kann man mich nicht mehr. Aber zu einem Schmerzmittel würde ich nicht Nein sagen. So etwas gibt es hier nicht.«

Blaire lächelte. »Wir werden sehen, was wir tun können.«

Bevor Leana darüber nachdenken konnte, sagte sie: »Du könntest doch selbst dorthin gehen. Bestimmt können sie dich dort heilen oder dir das Leben zumindest sehr erleichtern.«

Doch die andere Frau schüttelte den Kopf. »Ich will diese Welt dort nicht wiedersehen. Ich vermisse sie nicht. Aber ich bin froh, dass ihr den Stein genutzt habt und Gawayn damit helfen konntet. Er ist die Zukunft vom Clan Macvail.«

Leana wandte sich zu Gawayn um. Er war sehr blass und still geworden und sie begriff, dass sie nun ehrlich mit ihm sein musste. Obwohl sie es von Herzen gern wollte, so war sie auf einmal doch nervös.

Unsicher schaute sie Giselle an. Bevor sie jedoch etwas sagen konnte, fragte Gawayn mit leiser Stimme: »Von welchem Stein sprecht ihr?« Er schluckte sichtlich. »Sprecht ihr von dem Stein in Eriness? Der in deinem Zimmer auf dem Tisch lag, als ich bei dir war?«

Leana atmete tief durch. »Genau.«

»Inwiefern hast du ihn genutzt?«

Leana drückte seine Schulter und war froh, dass sie Körperkontakt mit ihm hatte. Das machte dieses Gespräch so viel leichter. »Er ist ein Tor«, sagte sie leise.

Ihre Worte hingen im Raum, während es in Gawayns

Gesicht arbeitete. »Und wohin führt es?« Seine Stimme war rau.

Eine Gänsehaut lief Leana über den Rücken. Das war der Moment. Die anderen hatten ihr beschrieben, wie es gewesen war, als sie ihren Männern von ihrer Herkunft berichtet hatten. Es war bei Weitem nicht leicht, dieses Gespräch zu führen.

Unsicher schaute sie zu Giselle, die ihren Sohn mit einem gütigen Lächeln anschaute. »Ich denke, dass ich diese Frage beantworten sollte. Mein Sohn, erinnerst du dich an die Geschichten, die ich dir erzählt habe, als du ein Kind warst?«

Er nickte knapp und seine Mutter griff nach seiner Hand.

»Davon, dass Menschen sich über große Entfernungen unterhalten und sehen können und dass sie Gedanken lesen können? Dass es Städte unter Wasser gibt? Dass es Häuser gibt, die höher sind als Berge? Dass Menschen fliegen und 130 Jahre alt werden können?«

Leana blinzelte. Vieles davon war auch ihr neu. Auch Blaire wirkte überrascht.

Gawayn saß ganz starr. »Du meinst, dass es die Wahrheit war?«

Giselle nickte.

Sein Blick flackerte zu Leana. »Du kennst diese Welt auch?«

»Ja«, antwortete sie leise.

»Dann führt dorthin dieses Tor.«

Es war keine Frage, trotzdem bestätigte Leana es mit einem Nicken.

Gawayn entzog seiner Mutter die Hand und lehnte sich zurück. »Ist es ein Feenreich?« Misstrauisch schaute er sie an und machte dann eine Handbewegung, die alle drei Frauen einschloss. »Seid ihr …« Er brachte den Satz nicht zu Ende und schluckte.

»Nein, wir sind keine Feen und auch sonst keine Fabelwesen«, antwortete Leana schnell. »Aber wir kommen aus der

Zukunft. Das Tor markiert den Übergang zwischen zwei Zeiten.«

Für einen Moment war es ganz still, nur das Feuer knisterte im Kamin, draußen hörte man Kinderstimmen, irgendwo muhte eine Kuh.

Giselle beugte sich wieder vor. Eine Ader pochte an ihrem Hals und verriet auch ihre Nervosität.»Ich weiß nicht, ob du dich daran erinnerst, aber ich habe dir bereits einmal davon erzählt. Als ich krank war und dachte, ich müsste sterben. Da habe ich dir alles erzählt.«

Gawayn runzelte kurz die Stirn, dann weiteten sich seine Augen, als er sich anscheinend erinnerte.»Du hast mir gesagt, dass du durch die Zeit gereist bist.«

Giselle nickte.»Es war die Wahrheit.«

Gawayn rieb sich über das Gesicht. Er wollte seine Arme auf den Oberschenkeln abstützen, aber Blaire fing sein Handgelenk gerade noch rechtzeitig auf.»Nicht auf die Wunde.«

Abwesend nickte Gawayn und setzte sich wieder auf. Schließlich fragte er Leana:»Wie viele Jahre liegt das in der Zukunft?«

»Ungefähr 500 Jahre.« Ihr Herz klopfte schnell, als sie das sagte. Es klang so absurd.

Gawayn wischte sich wieder über das Gesicht, so als wolle er sich von diesem neuen Wissen reinwaschen, und stöhnte leise auf. Als er wieder zu ihr sah, erkannte sie den Schmerz darin.»Als wir in Eriness im Turmzimmer waren und ich dich mitnehmen wollte, da hast du versucht dorthin zu entkommen, nicht wahr?« Seine Stimme war rau und all seine Gefühle, die sie hinter dieser Frage wahrnahm, zerrten an ihrem Herz.

»So ist es«, flüsterte sie.»Aber es hat nicht geklappt, weil du mich zurückgeholt hast.«

Er legte die Stirn in Falten und holte zitternd Luft.»Du hast dich vor meinen Augen aufgelöst und als ich nach dir gegriffen habe, da war erst nichts. Ich konnte dich nicht anfassen.«

Die Verletzlichkeit hinter seinen Worten schnitt ihr tief ins

Herz. Sie griff nach seinen Händen und drückte sie fest, zum Glück zog er sie nicht weg. »Es tut mir so leid, dass das passiert ist. Ich hatte Angst vor dir und wusste mir nicht anders zu helfen. Es muss furchtbar gewesen sein, das zu erleben.«

Er starrte auf ihre Hände und nickte. »Ich habe mir irgendwann gesagt, dass ich es mir eingebildet habe.«

»Das hast du nicht. Es tut mir leid. Aber du musst dir keine Sorgen machen, mir geschieht nichts, wenn ich reise.«

In seinem Gesicht arbeitete es. »Du gehst also häufiger?«

Sie nickte.

Er blickte seine Mutter an, der Tränen über die faltigen Wangen liefen. »Was ist mit dir? Wie oft benutzt du das Tor?« Es klang, als wollte er es beiläufig fragen, so als würde er sich nach dem Wetter erkundigen, doch es gelang ihm nicht. Seine Stimme brach und er blinzelte heftig.

Leana brach beinahe das Herz. Das Erlebnis hatte ihn zutiefst erschüttert.

Giselles Kinn zitterte. »Ich wusste nicht, dass es möglich ist, zwischen den Zeiten hin und her zu gehen«, erwiderte sie. »Anscheinend habe ich das Tor aus Versehen benutzt. Vor über dreißig Jahren. Seitdem bin ich hier.«

»Genauso hast du es mir damals auch erzählt. Aber ich war mir so sicher, dass du dir alles einbildest, weil du so krank warst.«

Gawayn entzog Leana seine Hände und erhob sich.

Sie konnte nicht anders, als ihn zu fragen: »Dann glaubst du uns also?«

Langsam ging er zum Feuer und starrte hinein. Schließlich seufzte er. »Ich weiß, dass es wahr ist, weil alles zusammenpasst. Alles, was ich mit euch erlebt habe. Trotzdem fällt es mir schwer, es zu glauben.«

Leana lächelte, aber ihr Hals war eng. »Ich verstehe dich so gut. Mir ist es am Anfang genauso schwergefallen.«

Er blickte sie an. »Was meinst du damit?«

»Ich habe auch erst vor etwas über einem Jahr davon

erfahren.« Sie wies auf ihre Cousine. »Blaire und Maira wussten davon, seit sie sechzehn sind und obwohl sie mir damals davon berichtet haben, wollte und konnte ich ihnen nicht glauben. Ich habe immer so getan, als hätte dieses Gespräch nie stattgefunden.«

Giselle und Gawayn lachten beide leise auf. Es war bei ihnen das gleiche gewesen. Vermutlich war diese Information auch einfach nur schwer zu begreifen. Selbst jetzt, da sie häufig reiste, fragte sie sich manchmal, ob sie in einem ausgefeilten und sehr realen Traum lebte.

Sie machte einen Schritt auf Gawayn zu. »Vor einem Jahr jedoch ist dann Maira hier im 16. Jahrhundert verschwunden. Es hat lange gedauert, bis ich akzeptiert habe, dass sie hierhergekommen war, um Blaire zu suchen.« Sie räusperte sich. »Und es hat noch länger gedauert, bis ich akzeptiert habe, dass ich das auch kann.«

Gawayn nickte, aber er wirkte unzufrieden. Eine steile Falte hatte sich zwischen seinen Augen gebildet. Er blickte erst Blaire an und dann zum Tisch. »Du bist auch von dort? Und all diese Dinge auch?« Gawayn deutete auf die Blisterverpackung und Instrumente und dann auf seinen Arm.

»Ja. Es ist Medizin aus der Zukunft«, bestätigte Blaire. »Und sie ist viel wirksamer als die meisten Tinkturen und Tees hier.«

Gawayn nickte. »Dann bist du deswegen eine so gute Heilerin, der ihr Ruf vorauseilt.«

Blaire hob die Schultern. »Ich habe Glück, dass ich diese Dinge beschaffen und bei den Bedürftigen hier anwenden kann. Wir alle versuchen lediglich Gutes zu tun.«

Auch Leana nickte. »Es gibt noch mehr von uns. Deine Mutter wusste es bisher nicht, aber wir ...«

»Mehr nicht«, unterbrach Gawayn sie und atmete tief durch. »Später.«

»In Ordnung«, erwiderte Leana. »Ich weiß, dass es viel ist.«

Auch Blaire und Giselle nickten.

Gawayn schloss kurz die Augen und am liebsten wäre Leana zu ihm gegangen und hätte ihn angefasst. Dann war vieles leichter, wenn sie sich berührten. Aber er brauchte gerade den Abstand. Sie konnte ihn förmlich denken fühlen. Schließlich schaute er erst Blaire an, dann seine Mutter und schließlich Leana. »Kann das jeder? In eurer Welt, meine ich? Kann jeder das Tor benutzen und hierherkommen?«

Sie schüttelte den Kopf. »Das können nur sehr wenige, bestimmte Menschen.«

»Wie wird ausgewählt, wer das Tor benutzen darf? Und wer tut das? Hat dich jemand geschickt? Und wenn ja, warum?«

Erstaunt schüttelte Leana den Kopf. »Nein, es wird nicht ausgewählt. Entweder man kann es oder nicht. Es scheint wie eine angeborene Eigenschaft zu sein.«

»Aber es muss doch einen Grund geben, warum einige dazu in der Lage sind und andere nicht«, bemerkte Giselle, die den Kopf schief gelegt hatte.

Leana wechselte einen Blick mit Blaire, die eine Grimasse zog. Mittlerweile unterschieden sich ihre Meinungen bezüglich der Antwort auf diese Frage. Doch Leana wusste, dass sie recht hatte und Blaire, so wie Tavia gesagt hatte, nur noch nicht herausgefunden hatte, wer der Mann war, der hier auf sie wartete.

Leanas Bauch kribbelte, als sie Gawayn anschaute. All die Monate, seit sie von den Reisen durch die Jahrhunderte wusste, hatte sie vehement abgelehnt, dass auf die Zeitreisenden ihr Seelenverwandter wartete.

Doch jetzt, seit sie und Gawayn in der Höhle zum ersten Mal miteinander geschlafen hatten, wusste sie, dass diese Theorie stimmte.

Ohne den Blick von ihm zu wenden, sagte sie: »Es heißt, dass nur die Menschen reisen können, die in der anderen Zeit jemanden haben, der für sie bestimmt ist. Eine große Liebe.«

Gawayn schaute sie nicht an, sondern blickte wieder ins Feuer. In seinem Gesicht arbeitete es. Leana wünschte sich, er würde sie anschauen, doch das tat er nicht. Sie musste ihm Zeit geben.

Also wandte sie sich an Giselle. »Ich nehme an, du konntest es, weil Kenneth hier auf dich gewartet hat.«

Die andere Frau presste ihre Finger auf den Mund und nickte.

Jetzt hob Gawayn doch den Blick. »Du glaubst, dass meine Mutter hier ist, weil sie für meinen Vater bestimmt war?«

Leana nickte. »Das weiß ich sogar ganz sicher.«

Giselle lächelte. »Dein Vater war etwas ganz Besonderes für mich. Eine Liebe, wie man sie nur einmal im Leben findet. Er hat mich ohne Worte verstanden, er war immer an meiner Seite und vom ersten Moment an kannten wir uns, obwohl wir uns noch nie vorher gesehen hatten. Er wäre für mich gestorben und ich für ihn. Ich werde ihn immer in meinem Herzen tragen und weiß mit Sicherheit, dass er meine Bestimmung war und ist. Ich glaube fest daran, dass ich eines Tages wieder mit ihm vereint sein werde.«

Gawayn schluckte hart und sein Blick wanderte zu Leana. Eine Frage lag darin.

Leanas Herz wollte ihr schier aus der Brust springen. »Und ich war auf der Suche nach dir. Deswegen bin ich hierhergekommen. Du bist der Grund, warum ich reisen kann.« Sie trat auf ihn zu und als sie die Hand nach ihm ausstreckte, nahm er sie in die seinen. Sofort fühlte sie sich mit ihm verbunden und sie fühlte, wie auch er erschauderte. »Das, was deine Mutter eben über deinen Vater gesagt hat, fühle ich auch für dich.«

Alle möglichen Emotionen huschten über sein Gesicht, aber der deutlichste war der von Erkennen. Er nickte langsam und seine Augen wurden sanft. »Ich weiß«, flüsterte er. »Mir geht es genauso. Ich kannte dich auch vom ersten Augenblick an.«

Auf einmal wurden Leanas Knie vor Erleichterung weich. Auch wenn sie nicht an seiner Liebe gezweifelt hatte, so hatte sie doch seine Ablehnung gefürchtet, wenn er die Wahrheit herausfand.

Jetzt lächelte er. »Ich habe immer auf dich gewartet. Ich wusste, dass du eines Tages kommst.«

Er nahm ihr Gesicht in beide Hände und küsste sie. Leana gab sich seinem Kuss hin und ließ sich fallen. Sie war tatsächlich angekommen.

34

Es war bereits Nachmittag, als Gawayn und Leana wieder in die Küche kamen. Dort saßen Giselle und Blaire und sprachen miteinander. Immer noch. Die beiden Frauen hatten sich viel zu erzählen.

Wie gern wäre Leana bei dem Gespräch mit dabei gewesen, doch sie hatte sich lieber mit Gawayn ins Schlafzimmer zurückgezogen und in seinen Armen ein paar Stunden geschlafen.

Auch Gawayn hatte den Schlaf gebraucht. Er war so erschöpft von seinen Wunden und der Sorge um Leana, dass er sofort eingeschlafen war, sobald sein Kopf das Kissen berührt hatte.

Leana hatte noch eine Weile wach gelegen und ihn betrachtet. Sie konnte sich nicht daran erinnern, jemals so erleichtert gewesen zu sein. Gawayn lebte, er würde gesund werden, er wusste über sie und die Zeitreisen Bescheid und er war ihr Mann. Es war einfach unglaublich.

Dann war auch sie in einen tiefen Schlaf gefallen.

Als sie die Küche betraten, stand Blaire auf. »Ich würde dich gern noch einmal untersuchen«, sagte sie zu Gawayn.

Er seufzte zwar, setzte sich aber folgsam auf den Stuhl. Blaire nahm den Verband ab und trug noch einmal antibiotische Salbe auf. Sie nickte zufrieden. »Jetzt sollten wir den Verband erst einmal drauf lassen. Kannst du deinen Arm bewegen?«, fragte sie.

Gawayn winkelte den Arm an und bewegte ihn zu beiden Seiten. »Alles in Ordnung.«

Blaire hob eine Augenbraue. »Als in Ordnung würde ich das nicht bezeichnen, aber zumindest geht die Schwellung zurück. Dann bekommst du gleich noch ein Schmerzmittel.« Sie legte ihm eine Hand auf die Stirn. »Fieber hast du gerade nicht.«

Leana blickte zu Giselle. »Wie geht es dir?«

Die ältere Frau lächelte sie an. »Danke, dass du fragst. Blaire hat sich ein wenig um mich gekümmert. Ich hatte ganz vergessen, wie gut und schnell Medikamente wirken.«

Blaire setzte sich wieder an den Tisch und auch Leana nahm Platz.

Ernst schaute Giselle Gawayn an. »Wir müssen unbedingt besprechen, was wir tun sollen. Bernard war vorhin hier. Er sagt, es gibt Unruhe in der Burg. Es scheint, als ob die Männer dort sich auf etwas vorbereiten. Und Murdoch ist ganz sicher außer sich vor Wut, dass du ihm entkommen bist.«

Gawayn biss die Zähne zusammen. »Dann reicht es nicht mehr, dass wir die Männer aus Irland zurückholen.« Er hielt inne und blickte Leana an. »Oder Duncan um Hilfe bitten. Es sei denn, er kann auch so schnell hier sein wie du und Blaire.«

Beide schüttelten gleichzeitig den Kopf. »Nein«, sagte Leana. »Ich kann zwar schnell in Eriness sein, aber Duncan würde einige Tage brauchen, bis er hier ist.«

Gawayn atmete tief durch. »Dann muss ich mir etwas anderes überlegen.«

Er wollte sich erheben, doch Leana legte ihre Hand auf seine. »Falsch. Wir müssen uns etwas überlegen. Wir stehen das gemeinsam durch. Und vielleicht sind wir viel stärker, als du denkst.«

Gawayn presste die Lippen zusammen. »Ich habe nur Sorge, dass er in seiner Wut den Dorfbewohnern etwas tut. Er weiß, dass sie sich nicht verteidigen können und dass er mir so am meisten schaden könnte. Und er würde nicht davor zurückschrecken, das Dorf niederzubrennen.«

Der Gedanke war so furchtbar, dass Leana übel wurde. All die Kinder und Frauen und wehrlosen älteren Menschen. Murdoch würde vermutlich tatsächlich nicht zögern, sie zu töten.

»Vermutlich ist es am besten, wenn ich Clachaig verlasse. So schütze ich das Dorf.«

»Nein«, hörte Leana sich sagen. Heftig schüttelte sie den Kopf.

Überrascht schaute Gawayn sie an. »Nein?«

»Ich denke nicht, dass du untertauchen solltest. Zum einen glaube ich nicht, dass Murdoch das Dorf verschonen würde, wenn er wirklich einen Überfall plant. Egal, ob du hier bist oder nicht. Ganz im Gegenteil. Vermutlich würde er es dann tun, nur um dich aus deinem Versteck zu locken.«

Giselle griff nach seiner Hand. »Leana hat recht. Du solltest dich nicht mehr verstecken.«

Ein entschlossener Ausdruck trat auf Gawayns Gesicht. »Ich will nur nicht, dass irgendjemandem aus dem Dorf etwas geschieht. Sie sollen nicht dafür büßen, dass ich eine Fehde mit Murdoch austrage.«

»Aber das tun sie doch nicht«, widersprach seine Mutter. »Sie alle wollen dich als Chief. Sie können Murdoch nicht mehr ertragen und hassen ihn genauso sehr, wie du es tust. Sie werden geschlossen hinter dir stehen und alles dafür tun, dass er endlich aus Clachaig verschwindet. Vertrau ihnen und setze ihre Wut für dich ein.«

»Aber wie soll ich das tun?« Gawayn schüttelte den Kopf, erhob sich doch und ging ein paar langsame Schritte auf und ab. »Ich kann sie ja schlecht bewaffnen und Murdochs Männern entgegenschicken. Die würden sie gnadenlos niedermetzeln.«

Plötzlich fiel Leana etwas ein, was Abigail gesagt hatte. Sie riss die Augen auf. »Aber was ist, wenn er seine Männer nicht hätte?«

Gawayn hielt inne und runzelte die Stirn. »Was meinst du damit?«

»Abigail hat mir erzählt, dass er seine Männer seit geraumer Zeit nicht mehr bezahlt hat. Sie sind kurz davor, sich einen anderen Herrn zu suchen.«

Er runzelte die Stirn. »Das hat Abigail dir erzählt? Wann?«

»Als ich sie in der Kammer eingesperrt habe.«

Kurz schien er darüber nachzudenken. Dann schnaubte er. »Ich glaube ihr kein Wort. Vermutlich will sie uns damit nur in Murdochs Namen in die Falle locken. Sie hat schon immer ein falsches Spiel gespielt.«

»Menschen können sich ändern«, sagte Leana sanft, doch Gawayns Miene wurde nur noch härter.

»Du kennst sie nicht.«

Leana biss sich auf die Lippe. »Das stimmt«, gab sie zu. »Aber ich habe das Gefühl, sie meinte es ernst. Sie hasst Murdoch. Sie hat mir von seinem Schwächeanfall erzählt, und das war eindeutig die Wahrheit. Außerdem hat sie mir sogar gestanden, dass sie versucht hat, ihn zu vergiften.«

»In der kurzen Zeit, in der du sie zur Kammer gebracht hast?« Immer tiefer zog Gawayn die Augenbrauen in die Stirn. »Ich glaube, dass es eine Falle ist. Ihr kann man nicht vertrauen.«

Leana seufzte leise. Es war sicherlich schwer für Gawayn, überhaupt jemandem zu vertrauen. Diese Menschen hatten sich ihm gegenüber so schäbig verhalten. Natürlich glaubte er ihnen nicht. Und es tat ihr leid, dass er die Welt für so feindselig hielt. Sie würde ihm beweisen, dass es anders war. Sie wusste, dass Abigail es ehrlich bereute, dass sie Murdoch hierhergeholt hatte.

Giselle hob die Hand. »Urteile nicht zu vorschnell, Gawayn. Ich glaube, Leana hat recht. Abigail hat eingesehen, was Murdoch für ein Mann ist. Sie hasst ihn, das habe ich in ihrem Gesicht gesehen und ich denke, sie bereut, dass sie ihn geheiratet und so Unheil über den Clan gebracht hat.«

Gawayn biss die Zähne zusammen und schüttelte den Kopf. »Ich kann ihr nicht trauen. Nicht nach allem, was sie getan hat.«

Blaire räusperte sich. »Wenn wir einmal davon absehen, ob man Abigail trauen kann oder nicht, könnte die Information, dass Murdoch seine Männer nicht mehr bezahlen kann, wahr sein?«

»Murdoch hat Geldsorgen«, gab Gawayn widerwillig zu. »Er verprasst sein Geld und presst immer mehr aus dem Clan raus. Deswegen hat er ja unsere Männer als Söldner nach Irland verkauft. Er schreckt vor nichts zurück.«

Leana fügte hinzu: »Abigail sagte mir, dass er ein Stadthaus in Inverness hat, von dem sie nichts wissen dürfte. Dafür braucht er Geld.«

Kurz wurde es still im Raum. Gawayn starrte sie an und Leana fröstelte ob der kalten Fassungslosigkeit in seinem Blick.

»Das kann doch nicht wahr sein. Dafür lässt er unsere Leute bluten?«

Leana schluckte und schaute unsicher zu ihrer Cousine. »Und es ist auch möglich, dass er von Allan Macdonald stiehlt.«

»Wenn dem so ist«, meinte Blaire, »dann bietet sich hier wirklich eine gute Gelegenheit, da hat Leana recht. Wenn Murdoch seine Männer nicht mehr hat, kann er nichts mehr gegen dich ausrichten. Schließlich wird er das Dorf nicht allein überfallen können.«

»Und selbst wenn er es täte, dann würde er schlecht gegen dich kämpfen können«, gab Leana zu bedenken. »Er ist schwach. Ich denke, dass er einen Schlaganfall hatte. Seine linke Körperseite scheint zum Teil gelähmt zu sein.«

Gawayns Augen weiteten sich. »Du hast recht! Er hat sich merkwürdig verhalten. Aber ich konnte mir nicht genau erklären, was es war.«

Blaire lächelte. »Ein Mann, dessen linke Körperhälfte zum Teil gelähmt ist, kann jemandem wie dir nicht gefährlich werden, Gawyn. Das heißt, er muss sich vollkommen auf seine Männer verlassen.«

»Aber wenn er die nicht vernünftig bezahlt, werden sie ihn verlassen«, sagte Giselle beinahe vergnügt.

»Dann müssen wir also dafür sorgen, dass seine Wachen den Dienst bei ihm quittieren«, stellte Leana fest.

Langsam breitete sich ein Lächeln auf Gawayns Gesicht aus und ein warmes Gefühl entwickelte sich in Leanas Bauch, als sie sah, wie wieder dieses Funkeln in seine Augen trat. »Deswegen haben sie ihn nicht mit ihrem Leben beschützt. Sie sind schon kurz davor, sich einen neuen Herrn zu suchen.« Er hob die Augenbrauen. »Vielleicht sollten wir ihnen erzählen, dass jemand, der besser zahlt, neue Wachen sucht. Doch wer könnte das sein? Oder sollen wir einfach lügen, um sie loszuwerden?«

»Allan Macdonald«, warf Blaire ein. »Und das wäre noch nicht einmal eine Lüge. Er hat tatsächlich vor, mehr Wachen einzustellen. Und ich weiß sicher, dass er gut zahlt.«

Leana konnte kaum glauben, wie all die Puzzleteile auf einmal an ihren Platz fielen. »Dann müssen wir Murdochs Männern also nur noch die Nachricht zukommen lassen, dass sie in Finleven Castle ihren Dienst antreten können.«

Gawayn ließ sich wieder auf seinen Stuhl sinken. »Sollte es wirklich so einfach sein?«

Leana griff nach seiner Hand. »Das hätten wir in jedem Fall verdient nach allem, was wir bereits durchgestanden haben. Und ich habe auch schon eine Idee, wie wir das bewerkstelligen können. Wir lassen Abigail die Botschaft zukommen. Sie kann es dann weitergeben.«

Gawayn presste die Lippen zusammen, doch bevor er etwas sagen konnte, fügte Leana hinzu: »Du kannst ihr vertrauen, mein Herz. Sie ist auf unserer Seite und wird uns helfen. Das weiß ich. Vertraue mir.«

Gawayn drückte ihre Finger. »Das tue ich.«

Leana lächelte ihn an. »Ich weiß. Und wenn die Wachen erst einmal weg sind, dann wirst du Murdoch für immer aus Clachaig vertreiben.«

»Wir werden das gemeinsam tun«, sagte er. »Ich bin so froh, dass ich euch alle an meiner Seite habe.«

35

Obwohl er versuchte, es sich nicht anmerken zu lassen, wusste Leana, dass Gawayn nervös war. Doch sie wusste auch, dass er großartig sein würde. All die Menschen, die sich in Giselles Scheune versammelt hatten, liebten und ehrten ihn. Denn er war derjenige gewesen, der sich all die Jahre um sie gekümmert hatte.

Sie stieß ihn an, damit er auf die Truhe stieg, die sie bereitgestellt hatten. Doch er schüttelte den Kopf. »Ich bleibe besser hier unten.«

»Nein, das wirst du nicht. Alle müssen dich sehen. So ist das bei einem Anführer nun einmal. Er kann nicht in den Schatten bleiben.«

Zweifelnd schaute er sie an, doch sie versetzte ihm noch einen Stups und dann stieg er tatsächlich auf die Truhe.

Das Stimmengemurmel erstarb und alle schauten ihn gespannt an.

Gawayn atmete tief durch, blickte Leana noch einmal an und in dem Moment, als sie ihn anlächelte, verschwand auf einmal die Nervosität aus seiner Miene.

Er wandte sich zu den Anwesenden um. »Ich danke euch, dass ihr alle gekommen seid.«

»Für dich würden wir überall hingehen, Gawayn!«, rief Agnes aus der hinteren Reihe.

»Danke, das weiß ich sehr zu schätzen. Vor allem, da wir in den nächsten Tagen eure Hilfe noch mehr benötigen. Denn bald ist der Tag gekommen, an dem wir Murdoch aus Clachaig vertreiben.«

Ein Raunen ging durch die Anwesenden. Doch fast alle nickten und Leana sah geballte Fäuste. Keiner schien Gawayn für größenwahnsinnig zu halten.

»Wird auch langsam Zeit«, rief einer der Männer.

Gawayn nickte. »Murdoch hat den Bogen endgültig überspannt. Er wird immer gieriger, nimmt sich alles ungefragt, zwingt uns in den Hunger und schickt die Söhne dieses Clans in den Krieg, nur um sich selbst zu bereichern. Wir werden das nicht länger hinnehmen!«

Wieder murmelten die Anwesenden, aber Leana sah auch, wie sich einige betreten anschauten. Vermutlich hatten sie Angst, dass sie kämpfen mussten.

Gawayn hob die Hände. »Ich weiß, dass ihr alle unter ihm leidet und jeder von euch den Tag verflucht, da Murdoch den Fuß in dieses Tal gesetzt hat und dass jeder von euch den Tag herbeisehnt, da er für immer geht. Das wird bald passieren.«

Schweigen breitete sich aus und Leana sah die Furcht in den Gesichtern.

Albert trat vor. »Aber wie sollen wir das tun? Wir haben nicht einmal genug Männer, um die Felder zu pflügen. Und wir können es uns nicht leisten, auch nur einen aus unserer Gemeinschaft zu verlieren. Dafür hat Murdoch gesorgt. Wir können nicht gegen ihn kämpfen.«

Gawayn nickte. »Ich weiß, Albert. Und deswegen erwarte ich nicht, dass ihr die Waffen erhebt. Alles, was ich von euch brauche, ist eure Unterstützung. Ich brauche euren Glauben an mich und daran, dass wir gemeinsam stärker aus dieser Not herauskommen werden. Ich vertraue darauf, dass ihr mich unterstützen werdet, wenn Murdoch endlich zur Rechenschaft gezogen wird.«

Gemurmel schwappte durch die Reihen und Leanas Herz

schlug heftig gegen ihre Rippen. Die Menschen hatten Angst, aber sie waren für Gawayn da.

Albert trat noch ein Stück vor und verbeugte sich vor Gawayn. »Du bist der Sohn deines Vaters, Gawayn. Du bist ein Teil dieser Gemeinschaft und gleichzeitig der Mann, der uns anführen soll. Wir haben schon lange auf diesen Tag gewartet, da du endlich aus den Schatten trittst. Wenn du uns sagst, dass wir kämpfen sollen, dann werden wir das tun. Unsere Unterstützung hast du.«

»So sei es!«, rief eine Frau. Jemand pfiff. Und das Stimmengewirr wurde immer lauter.

Gawayn stieß alle Luft aus und sie spürte, wie die Last von ihm abfiel. Er lächelte, verbeugte sich dann aber ebenfalls vor den Anwesenden. »Ich werde meinem Vater alle Ehre erweisen und diesem Clan als Anführer dienen. Wenn ihr mich denn wollt.«

Für einen Moment herrschte Stille und alle schauten zu Albert. Der nickte schließlich. »Das wollen wir, Gawayn!«

Jubel brach aus und Albert trat auf Gawayn zu, doch der hob die Hand. »Es gibt noch etwas, das ihr wissen sollt. Ich werde nicht allein diesen Clan anführen, sondern gemeinsam mit Leana, der Frau an meiner Seite. Die meisten von euch kennen sie schon.«

Leanas Herz machte einen kleinen Sprung, als sich alle Blicke auf sie richteten. Und auf einmal hatte sie Angst, dass die Macvails sie nicht wollten.

Doch die Sorge war unbegründet, denn sie sah ausschließlich in lächelnde Gesichter.

Gawayn stieg von der Truhe runter und legte den Arm um sie. »Sie ist die Frau, auf die ich immer gewartet habe, die Frau, die ich mein Leben lang gesucht habe. Jetzt habe ich sie gefunden und ich könnte nicht glücklicher sein.«

Wieder jubelten alle, doch als jemand rief: »Die Prophezeiung hat sich erfüllt!«, stieg Sorge in Leana auf. Noch hatte sie diesen Clan nicht gerettet, denn noch war Murdoch nicht endgültig besiegt.

Gawayn zog sie fester an sich und erhob die Stimme: »In ein paar Jahren werden wir auf diesen Tag zurückschauen und wir werden wissen, dass heute eine neue Zeit begonnen hat. Schon bald werden Frieden und Wohlstand in Clachaig herrschen!«

»Gott schütze dich, Gawayn! Gott schütze deine Frau und deine Familie!«

Gawayn zog Leana an sich und küsste sie auf den Scheitel. »Bereit?«, fragte er leise. »Wir werden ...«

»Giselle? Giselle, wo bist du?«, unterbrach ihn eine panische Frauenstimme.

Ein Raunen ging durch die Menge und alle schauten Gawayn an.

»Giselle? So antworte doch!«

Erstaunen malte sich auf Giselles Gesicht. »Das ist Abigail.«

Gawayn runzelte die Stirn. »Sie muss unsere Nachricht bekommen haben. Aber was will sie hier?«

Sie hatten Bernard erst vor gut einer Stunde mit der Nachricht in die Burg geschickt, dass Abigail den Wachen ausrichten sollte, dass ein besserer Dienstherr in Finleven Castle auf sie wartete. Hoffentlich würden sie dann den Dienst bei Murdoch quittieren.

Seine Mutter hob die Schultern. »Wir werden es vermutlich gleich herausfinden.«

Schritte erklangen und im nächsten Moment erschien tatsächlich Abigail auf dem Hof. Ihre Wangen waren hochrot und eine Strähne hatte sich aus ihrem Knoten gelöst.

Als sie all die Menschen sah, blieb sie stehen und schaute sich mit großen Augen um. »Ich ... bin auf der Suche nach Giselle«, sagte sie etwas leiser.

Gawayn drängte sich durch die Menge auf sie zu. Leana beschloss, ihm zu folgen.

Als Abigail Gawayn erblickte, mischte sich Furcht in ihre Miene und Leanas Magen begann unangenehm zu kribbeln. Irgendetwas stimmte nicht.

»Warum suchst du meine Mutter?«, fragte Gawayn. »Hast du unsere Nachricht bekommen?«

Abigail nickte. Sie schluckte und legte sich eine Hand auf den Hals. »Ich will euch warnen.«

Leana erschauderte. »Wovor?«

»Murdoch. Er hat irgendwie von der Nachricht erfahren. Vielleicht war es meine Magd, die es ihm erzählt hat, auf jeden Fall ist er rasend vor Wut.« Sie trat unsicher von einem Bein aufs andere. »Und er weiß, dass eine Heilerin hier ist, die dich wieder gesund gemacht hat. So schnell, dass es an Hexerei grenzt, sagt er.« Sie flüsterte die letzten Worte.

Die Umstehenden gaben das, was sie gehört hatten, wispernd an den nächsten weiter und Leana lief ein Schauder über den Rücken. Blaire durfte nichts passieren. Sie schaute sich nach ihrer Cousine um, die ihr jedoch beruhigend zunickte.

»Lass uns ins Haus gehen«, sagte Gawayn. »Dort können wir in Ruhe sprechen.«

Doch Abigail schüttelte den Kopf. »Dafür ist es zu spät.«

Kalt lief es Leana den Rücken herunter. »Was meinst du damit? Was hat Murdoch vor?«

»Sie ... sie werden gleich kommen.« Abigail schluchzte auf. »Es tut mir so leid. Ich konnte nicht vorher kommen! Es hat einige Zeit gedauert, bis ich mich aus meinem Zimmer befreien konnte. Er hat mich ...«

»Was plant Murdoch?«, unterbrach Gawayn sie grob und packte sie am Arm. »Wofür ist es zu spät?«

Tränen standen in Abigails Augen, sie wich seinem Blick aus. »Sie wollen das Dorf überfallen und alles niederbrennen«, flüsterte sie. »Er will dich dafür bestrafen, dass du dich gegen ihn auflehnst.«

Leana wurde schlecht. Es war genau das, was sie befürchtet hatten.

Diese Information verbreitete sich so rasend schnell unter den Anwesenden wie verschüttetes Benzin, das in Flammen aufging.

Für einen Herzschlag herrschte nur Unruhe, dann brach die Angst durch und irgendjemand fing an zu schreien, jemand anders zu weinen.

Gawayn drehte sich um und lief zurück zur Truhe. Er sprang darauf, breitete die Arme aus und rief: »Ruhe!«

Zu Leanas Überraschung wurde es fast schlagartig still. Alle starrten Gawayn an.

»Wir müssen ruhig bleiben und nachdenken. Wenn wir herumrennen wie kopflose Hühner, wird es uns schlechter ergehen, als wenn wir einen Plan haben.«

»Aber was ist der Plan?«, rief jemand.

Gawayn holte tief Luft. »Lasst mich mit Abigail sprechen. Ich brauche mehr Informationen.« Gawayn machte Anstalten, wieder von der Truhe zu steigen, doch er hielt inne, als jemand rief: »Du darfst ihr nicht trauen!«

»Genau, sie lügt doch sowieso!«

»Schweigt!« Gawayns Stimme war laut und trug durch die Scheune. »Sie ist immer noch eure Herrin.«

»Sie ist Murdochs Frau«, zischte jemand und es klang wie eine Beleidigung.

»Trotzdem ist sie eure Herrin, denn sie war die Frau eures letzten Chiefs. Was glaubt ihr, würde er über euch denken, wenn er wüsste, dass ihr sie so behandelt? Und ich ...« Kurz schaute er zu Leana. »Ich vertraue ihr.«

Das half anscheinend, denn es wurde wieder leiser. Doch die Unruhe war immer noch da.

»Wir müssen uns beeilen«, wisperte Abigail. »Sie kommen sicher bald.«

Leana konnte fühlen, dass Abigail recht hatte. Wenn Murdoch und seine Männer jetzt in das Dorf einfielen, würde es böse enden. Sie mussten sich bereitmachen, ihnen geschlossen entgegentreten.

Aber obwohl sie Gawayn als ihren zukünftigen Chief anerkannten, so fiel es den Menschen hier schwer, Abigail zu vertrauen. Kein Wunder, schließlich hatte sie indirekt so viel Unheil über Clachaig gebracht.

Sie mussten gemeinsam kämpfen. Nur das würde den Clan retten. Als sie den Blick über die Anwesenden schweifen ließ, die zum Teil ängstlich und zum Teil verärgert dreinschauten, wurde ihr klar, dass dies der Moment war, in dem sie die Prophezeiung erfüllen würde. Sie musste jetzt handeln, um allen hier zu zeigen, dass sie keine Zeit mehr hatten und sich Murdoch vereint entgegenstellen mussten. Nicht sie war es, die diesen Clan retten würde, sondern die Menschen, die hier lebten, würden das tun. Sie konnte ihnen nur klarmachen, wofür und für wen sie kämpfen sollten.

Leana raffte ihre Röcke und rannte zu Gawayn. Sie hielt ihm die Hand hin und er zog sie zu sich auf die Truhe. Es war eng dort oben, doch er hielt sie fest an sich gepresst und so konnten sie gemeinsam dort oben stehen.

»Das hier ist die Prophezeiung«, rief Leana und mit einem Mal war es fast unheimlich still im Hof. »Heute ist der Tag gekommen, an dem die Prophezeiung sich erfüllt. Heute steht der letzte Kampf bevor. Und wir werden siegreich daraus hervorgehen! Wenn ihr Gawayn folgt.«

»Wir können nicht kämpfen«, rief ein Mann. »Wir haben nicht einmal Waffen.«

Leana drückte den Rücken durch und für einen Moment verzweifelte sie. Wer war sie, dass sie über Kämpfe und Waffen sprach? Sie hatte es immer gehasst, Vorträge zu halten und vor anderen zu sprechen. Und das hier war eine Rede, die einen Aufstand anzettelte.

Aber es war kein Aufstand, der mit Schwertern ausgetragen werden würde, sondern eine Schlacht, die mit den Herzen geschlagen wurde. Und damit kannte sie sich aus. Auf einmal wusste sie genau, was sie sagen musste.

»Natürlich könnt ihr kämpfen und das müsst ihr auch. Aber nicht jeder Kampf wird mit Schwertern und Klingen gefochten! Ihr tragt die wichtigste Waffe alle bei euch: eure Herzen. Damit müsst ihr kämpfen. Mit eurer Ehre, eurem Mut, eurer Liebe zu eurem Land, eurem Clan und euren Familien. Murdoch will euch in seiner Gier das alles nehmen. Aber er hat keine Chance gegen euch, wenn ihr euch ihm gemeinsam entgegenstellt, Hand in Hand. Gawayn wird euch führen und er wird euch nicht enttäuschen, denn er ist dafür bestimmt, euer Chief zu sein.« Sie drückte seine Hand fester und lächelte ihm voller Zuversicht zu. »Er wird für euch einstehen und euch beschützen. Er wird nicht zulassen, dass Murdoch euch weiterhin bestiehlt. Aber ihr müsst ihm folgen und ihm vertrauen.« Sie schaute wieder in die Runde und legte all ihre Überzeugung in die nächsten Worte: »Das ist Teil der Prophezeiung.«

Es war ganz still auf dem Hof. Leana war selbst überrascht, was sie gerade gesagt hatte. Aber es war so richtig. Sie holte zitternd Luft und ließ den Blick über den Hof wandern. Alle schauten sie mit großen Augen an, doch sie sah eine Veränderung in der Haltung vieler. Da waren gestraffte Schultern, mehrere nickten, Liz streckte das Kinn vor und Agnes hob sogar die Faust und schüttelte sie.

Dann trat Albert vor, der anscheinend für die Dorfbewohner sprach. »Du hast recht. Wir werden Gawayn vertrauen und für ihn kämpfen!«

Alle anderen nickten, aber Leana sah immer noch Angst in ihren Gesichtern.

»Ihr tut gut daran«, sagte sie sanft. »Und fürchtet euch nicht. Es wird alles gut werden.«

Sie hörte ein Wispern, das sich durch die Menge bewegte, dann schauten die Menschen mit großen Augen zu ihr auf. Eine Frau trat vor, die Leana noch nicht kannte. »Stimmt es, dass du das zweite Gesicht hast? Weißt du deswegen, dass keiner sterben wird?«

Leana blieb für einen Moment der Atem weg, als all die Verantwortung ihr viel zu enorm erschien. Sie sah nur dieses eine Bild, bei dem sie vor einem riesigen Bündel mit frisch geerntetem Getreide stand. Und sie fühlte Frieden im Herzen, wenn sie dieses Bild sah. Außerdem wusste sie, dass sie glücklich leben würde, bis ins hohe Alter. Konnte sie glücklich sein, wenn das hier schiefgehen würde? Wäre das Gespräch mit Giselle nicht anders verlaufen, wenn durch Murdochs Hand Menschen sterben und sie nie unter seiner Knute hervorkommen würden?

Sie musste sich selbst vertrauen und darauf, dass sie sich selbst die Wahrheit gesagt hatte.

Gawayn legte ihr eine Hand auf den Rücken und im gleichen Moment unterbrach der Ruf eines Raben die Stille.

Jemand schnappte nach Luft. »Die Galgenvögel! Das ist ein ...«

»Nein!«, rief Leana, so laut sie konnte. »Das ist kein schlechtes Zeichen. Die Raben sind diejenigen, die mich mit dem zweiten Gesicht unterstützen. Sie sind diejenigen, die mir die Botschaften bringen. Und heute sind es gute Nachrichten. Murdoch wird besiegt werden, und das noch heute!«

Ein tiefer Frieden breitete sich in ihr aus. Sie hatte das Richtige gesagt.

Immer noch schauten alle sie ehrfurchtsvoll an. Dann nickte Albert. »Wir warten auf deine Anweisungen, Gawayn.«

Der stand für einen Moment da und schaute Leana an. In seinen Augen stand so viel Liebe und gleichzeitig Verwunderung. Er nahm ihre Hand, holte tief Luft und wandte sich den Anwesenden zu. »Ihr habt meine Frau gehört. Wir werden mit unseren Herzen in den Kampf gegen Murdoch ziehen. Und ich weiß, dass wir ihn besiegen werden. Wir sind stärker als er!«

Alle jubelten. Selbst Abigail nickte mit weit aufgerissenen Augen.

Gawayn stieg von der Truhe und half Leana hinunter. Ihre Knie waren immer noch ein wenig weich.

Als sie am Boden stand, fing sie Blaires amüsierten Blick auf. »Was ist?«, fragte sie leise.

Ihre Cousine lächelte. »Ich hatte immer gehofft, dass du eines Tages zu deiner Gabe stehst, aber ich hatte nicht erwartet, das in diesem Zusammenhang zu erleben.«

Zitternd atmete Leana ein. »Ich auch nicht.«

»Du hast das gut gemacht«, sagte Blaire. »Du bist eine

würdige Herrin.«

So weit wollte Leana noch nicht denken. Jetzt mussten sie erst einmal Murdoch gegenübertreten.

Gemeinsam mit Gawayn ging sie zu Giselle und Abigail. Ernst blickte er Murdochs Ehefrau an. »Sag uns, was du weißt.«

Abigail schluckte unsicher. »Murdoch glaubt, dass du einen Aufstand anzettelst. Deswegen will er dir zuvorkommen und das Dorf niederbrennen. Danach will er ... dich töten«, erzählte sie mit dünner Stimme. »Er hat schon jemanden zu Allan Macdonald geschickt und will um die königliche Erlaubnis bitten, dich zu jagen. Er war wie von Sinnen und hat sich die Seele aus dem Leib geschrien. Ständig hat er von dir und der Hexe geredet und dass ihr beide brennen sollt. Er weiß von der Prophezeiung und er glaubt, dass du ihn verflucht hast.« Sie nickte Leana zu.

»Ich lasse nicht zu, dass er Leana etwas antut«, knurrte Gawayn. »Oder irgendjemandem sonst. Das Dorf niederbrennen ... Das sieht ihm ähnlich. Es ist ihm egal, ob hier Frauen und Kinder sind.«

Abigails Mund wurde zu einem schmalen Strich und sie nickte. »Er ist grausam. Es ist ihm völlig gleich, solange er nur seine Rache an dir nehmen kann.«

»Wann werden sie kommen?«

Hilflos hob sie die Schultern. »Als er den Männern den Befehl gegeben hat, bin ich durch den Geheimgang geflohen und so schnell gelaufen, wie ich konnte.« Betrübt hob sie die Schultern. »Ihr solltet alle fliehen, solange ihr noch könnt.«

»Ja«, murmelte Gawayn. »Ihr solltet alle sofort gehen. Wir sind noch nicht bereit und wenn er seine Männer noch hat, dann haben wir keine Chance gegen ihn.«

Auf einmal war Leanas Mund ganz trocken. »Und was ist mit dir?«

»Ich werde mich ihm entgegenstellen«, erwiderte er entschlossen. »Heute wird er mit mir kämpfen müssen.«

Sofort schüttelte Leana den Kopf. Giselle tat es ihr gleich. »Niemand von uns wird fliehen, mein Sohn. Du hast allein keine Chance gegen ihn. Wir bleiben an deiner Seite. Das haben wir dir schon einmal gesagt.«

Gawayn runzelte die Stirn. »Er ist alt und schwach, du hast es selbst gesehen. Ich werde ihn besiegen.«

»Er kämpft nie mit rechten Mitteln«, wandte Abigail ein. »Er wird sich dir nicht von Mann zu Mann stellen. Niemals. Denn er weiß, dass er unterlegen sein wird.«

Leana legte Gawayn eine Hand auf den Rücken. »Du musst ihn nicht allein besiegen. Wir bleiben.«

»Nein. Das kann ich nicht zulassen. Er kennt keine Gnade.«

»Genau deswegen werde ich dich nicht allein lassen.«

»Ich bleibe ebenfalls«, sagte Blaire. »Er kann es sich nicht erlauben, mir etwas zu tun.«

Gawayn stöhnte auf. »Aber alle anderen gehen.«

Giselle verschränkte die Arme. »Ich laufe sicher nicht mehr vor diesem Mann weg. Das habe ich einmal getan und sieh, was es mir eingebracht hat.« Sie klopfte sich auf die Hüfte.

Albert trat hinzu. »Wir werden die Kinder in die Hügel schicken. Aber alle anderen bleiben.« Er nickte Leana zu. »Wir vertrauen der Prophezeiung.«

»Ihr tut recht daran«, sagte Giselle zufrieden und hob das Kinn in Richtung ihres Sohnes. »Wir werden unser Dorf nicht aufgeben.«

Alle schauten zu Gawayn, der sich mit der Hand durch die Haare fuhr. Er warf Leana einen Blick zu und sie sah die Frage in seinen Augen. Sie griff nach seinen Händen.

»Wir stehen alle hinter dir. Du bist nicht allein. Murdoch kann dir nichts anhaben.«

Zustimmendes Gemurmel erhob sich. Gawayn blickte sich um, schien jedes einzelne entschlossene Gesicht zu betrachten und atmete schließlich tief durch. »Also gut. Dann schickt die Kinder in die Hügel. Gebt ihnen Wertsachen und so viel an Vorräten mit, wie sie tragen können. Wir anderen werden vor dem Dorf warten. Wenn sie unser Zuhause in Brand stecken wollen, müssen sie erst einmal an uns vorbei.«

Mehrere Leute setzten sich in Bewegung. Kinder wurden gerufen.

Gawayn wandte sich an Abigail. »Ich danke dir von Herzen, dass du uns gewarnt hast. Leider kann ich dich nicht in die Burg zurückbringen. Findest du den Weg allein?«

Abigail zögerte nur kurz. »Ich bleibe«, sagte sie dann. »Das hier sind auch meine Leute. Auch wenn ich das viele Jahre nicht gesehen habe. Dafür möchte ich um Vergebung bitten. Ich hoffe, ich habe einen Teil meiner Schuld wieder gut gemacht.« Sie lächelte schwach. »Das Gleiche gilt für dich, mein Junge. Ich habe dir Unrecht getan. Du bist ganz der Sohn deines Vaters, das sehe ich jetzt. Auch er hat nie aufgehört zu kämpfen und diese Menschen mit seinem Leben verteidigt. Ich weiß, dass du dasselbe tust und ... dafür bin ich dir dankbar. Dein Vater wäre stolz auf dich gewesen. Du bist ein guter Mann.«

Giselle nickte und in ihren Augen glitzerten Tränen.

Leana konnte förmlich spüren, wie sich etwas in Gawayn löste, obwohl es äußerlich nicht zu sehen war.

»Ich danke dir. Es wäre eine Ehre, wenn du auf unserer Seite stehst, egal, was geschieht.«

Abigail verneigte sich, dann wandte Gawayn sich ab.

Er nahm Leanas Hand und langsam gingen sie durch das Dorf, wo rege Betriebsamkeit herrschte. Die Kinder sammelten sich auf der Dorfstraße, Gawayn fuhr einigen von ihnen über den Kopf und lächelte ihnen zu. Ehrfürchtig schauten sie zu ihm auf und Leana sah einigen der Jungen an, dass sie zu gern geblieben wären und gekämpft hätten.

Am Ende der Schlange blieb Gawayn stehen und schaute sich um. »Aleyn! Florie! Kommt her.«

Zwei Gestalten lösten sich aus Giselles Garten und kamen zu ihnen herüber.

Leana breitete die Arme aus und Florie flog hinein. Sie

presste ihr Gesicht an Leanas Bauch. »Ich will nicht gehen. Ich will dich nicht alleinlassen«, flüsterte sie.

»Ich weiß«, erwiderte Leana. »Aber es muss sein.«

Auch Aleyn machte Anstalten zu protestieren, doch Gawayn schüttelte den Kopf. »Alle Kinder gehen, ich kann für meine beiden keine Ausnahme machen. Außerdem muss doch jemand die Gruppe anführen. Diese Aufgabe würde ich gern euch überlassen.«

Mit großen Augen starrten die beiden ihn an.

»Sucht euch jemanden, der sich in den Hügeln auskennt, und lasst euch von dem Kind führen. Ich weiß, dass ihr sie an einen sicheren Ort bringen werdet und gut auf sie aufpasst. Ihr könnt das.«

Beide nickten. Aleyn wirkte so stolz, als würde er gleich platzen.

Als Leana beide auf die Wange küsste, hob Florie den Kopf. »Bin ich wirklich dein und Gawayns Kind?«

Leana lächelte und ein warmes Gefühl breitete sich in ihr aus. Alles war so richtig. Sie nahm das Gesicht des Mädchens in beide Hände. »Ab jetzt ja. Gefällt dir das?«

Florie lächelte scheu und nickte. »Sehr.«

»Gut. Dann geht jetzt.«

Sie schauten den Kindern noch lange hinterher, dann gingen sie weiter.

Gawayn wirkte nachdenklich, aber zuversichtlich. Leana drückte seine Hand und er zog sie an sich. »Du bist unglaublich, weißt du das eigentlich?«

Leana legte den Kopf an seine Schulter. »Danke.«

Er lachte leise. »Ich muss dir danken. Wirklich, deine Rede eben hat nicht nur allen hier, sondern auch mir die Augen geöffnet. Ich weiß jetzt, dass ich das schaffen kann. Ohne deine Unterstützung hätte ich das niemals geschafft.«

Sie lächelte. »Natürlich hättest du das. Und du wirst es auch gleich schaffen. Du bist ein geborener Anführer und dein Clan wird dir folgen.« Sie wandte sich um und schaute zurück zu der langen Schlange von Menschen, die ihnen den Hügel hinauf folgten.

Gawayn holte tief Luft, sagte aber nichts, doch sie spürte, dass es ihm schwerfiel, das zu glauben.

Sie drückte seine Hand erneut. »Du bist endlich dort, wo du hingehörst. Das hier ist dein Clan, es sind deine Menschen, die dich lieben und dir vertrauen. Sei einfach du selbst und nimm dir das, was dir immer zugestanden hat und was Murdoch dir so feige gestohlen hat. Du kannst das.«

Er blieb stehen und wandte sich zu ihr um. Dann nahm er ihr Gesicht in die Hände und küsste sie sanft und selbstbewusst zugleich. »Ich kann mich so glücklich schätzen, eine Frau wie dich an meiner Seite zu haben. Mit dir kann mir nichts geschehen.«

Leana hätte vor Freude fast geweint. Obwohl sie gerade dabei waren, sich einer Horde bewaffneter Männer entgegenzustellen und das mit nichts als ihrem Mut und ihrer Liebe in den Herzen, hatte sie keine Angst. Mit Gawayn an ihrer Seite konnte sie gar keine Angst haben. Gemeinsam konnten sie alles schaffen.

»Ich bin so froh, dass du noch am Leben bist.«

Gawayn antwortete mit einem leisen Lachen. »Ich auch. Aber glaubst du wirklich, dass ich dich schon wieder allein lassen würde, nachdem ich dich gerade erst gefunden habe? So schnell wirst du mich nicht mehr los.«

Sie blickte zu ihm hinauf. »Das hoffe ich doch sehr.« Dann lächelte sie. »Und jetzt lass uns Murdoch besiegen. Es wird Zeit.«

»In der Tat. Komm.« Er zog sie vorwärts, den Hügel hinauf, der zur Burg führte.

Oben an dem alten Gemäuer war alles still. Das Tor war verschlossen und alles wirkte friedlich.

Auf einer kleinen Erhebung direkt neben dem Weg blieben Gawayn und sie stehen.

Als sie sich umwandte, sah sie, dass sich alle Dorfbewohner

in einer dichten Reihe hinter ihnen aufgestellt hatten. Sie wirkten trotzig und entschlossen. Niemand trug eine Waffe. Ihre Stärke war die Gemeinschaft und die Tatsache, dass sie viele entbehrungsreiche Jahre hinter sich hatten. In diesem Moment wusste Leana, dass sie es schaffen würden.

Sie blickte zu Gawayn hoch und lächelte ihn an. Er erwiderte ihr Lächeln. »Danke.«

Bevor sie etwas erwidern konnte, krächzte irgendwo ein Rabe und die Tore der Burg öffneten sich.

36

Leanas Herz donnerte genauso wie die Hufe der Pferde auf dem Boden, die geradewegs auf sie zuhielten. Für einen Moment wünschte sie sich, dass sie schneller gewesen wären und den Wachen die Information mit der neuen Stelle bei Allan Macdonald schon hätten zukommen lassen können. Dann wäre das hier alles nicht passiert.

Aber im Grunde war es gleich, denn alles war vorherbestimmt, und sie musste einfach daran glauben, dass es gut ausging. Gawayn hatte alles, was er brauchte, um diesen Kampf zu gewinnen.

Gawayn zog sein Schwert und straffte die Schultern. Er wandte den Blick und schaute Leana liebevoll an.

Sie nickte ihm zu und trat ein paar Schritte zurück. Sie wollte ihm nicht den Platz nehmen, wenn er kämpfen musste.

Blaire stellte sich neben sie und neben ihr war Abigail. Giselle war weiter hinten bei Rupert geblieben.

Keiner sagte etwas, als Murdoch und seine Männer auf sie zu galoppierten, Fackeln und Schwerter in den Händen, doch Leana fühlte, dass sie alle eine Einheit bildeten.

Gawayn stand aufrecht und furchtlos. Der Wind spielte in seinen dunklen Haaren und mit seinem Plaid. Leanas Herz wollte vor Stolz zerspringen. Sie liebte diesen Mann so sehr, auch wenn sie noch niemals so viel Angst um jemanden gehabt hatte.

Sie war sehr dankbar, dass Blaire ihn medizinisch so gut versorgt hatte, dass er hier überhaupt aufrecht stehen konnte. Gestern um diese Zeit hatte er sich kaum auf den Beinen halten können.

Als sich die Pferde näherten, sah Leana den angespannten Ausdruck in Murdochs Gesicht. Er hielt die Zügel in der rechten Hand, sein Schwert steckte noch in der Scheide. Es war vermutlich ein Wunder, dass er überhaupt noch reiten konnte mit den Lähmungen in der linken Seite.

Kurz sah es so aus, als würden die Männer Gawayn über den Haufen reiten wollen, doch dann brachten sie die Pferde zum Stehen.

Murdoch schaute hämisch zu Gawayn herunter. »Hast du dich also wieder aus deinem Loch getraut.«

Ruhig schaute der ihn an und ließ sich Zeit mit seiner Antwort. »Du bist hier nicht mehr erwünscht, Murdoch.« Er sprach laut und seine Stimme hallte über die Wiese bis zur Burg.

»Das hast du nicht zu entscheiden. Das hier ist mein Land!« Murdoch spie die Worte aus.

Gawayn schüttelte den Kopf. »Das hier ist das Land der Menschen, die darauf leben, die es ehren und bewirtschaften. Dazu gehörst du nicht, Murdoch. Und deswegen wirst du heute Clachaig verlassen.«

Murdoch lachte auf. »Von dir lasse ich mir gar nichts sagen.«

»Verschwinde«, sagte Gawayn und immer noch war er vollkommen ruhig.

»Ich werde nichts dergleichen tun«, rief Murdoch kopfschüttelnd. »Aber weißt du, was ich tun werde? Meine Männer werden jetzt dieses Dorf niederbrennen. Dann werden sie eure Felder zertrampeln und das ganze übrige Gesindel von hier verjagen.«

Er hob die Hand, als wollte er den Männern ein Zeichen geben.

»Ach ja?« Gawayn schaute die Wachen nacheinander an. »Glaubt ihr wirklich, dass er euch dann bezahlen wird, wenn ihr das für ihn getan habt?«

Ausdruckslos schauten die Männer ihn an, doch Leana konnte sehen, wie der ein oder andere kurz zu Murdoch blickte. Einer runzelte sogar die Stirn.

»Wenn er kein Dorf mehr hat, das er ausbeuten kann, wird er noch weniger Geld zur Verfügung haben und das, was er noch hat, wird er sicher nicht euch geben«, fuhr Gawayn fort.

Murdoch wurde blass vor Wut. »Das stimmt nicht!«

Gawayn ignorierte seinen Einwand. »Ich schlage vor, Murdoch, dass wir das Dorf bestehen lassen, denn es nützt niemandem, wenn du es zerstörst.«

Murdoch öffnete den Mund und winkte seinen Männern, vermutlich um den Befehl zu geben, das Dorf niederzubrennen.

Leana wusste, dass sie dann kaum eine Chance hatten, denn sie waren nicht bewaffnet und wenn die Hütten erst einmal Feuer fingen, waren sie kaum zu löschen. Von den zertrampelten Feldern einmal abgesehen.

»Ihr wisst, dass Murdoch MacGory keinen Funken Ehre im Leib hat«, sprach Gawayn weiter. »Er mag derjenige sein, der euch für eure Dienste bezahlt, aber ich weiß, dass ihr nicht so ehrlos seid, diese Freveltat zu begehen, zu der er euch auffordert. Hinter mir stehen die Bewohner von Clachaig. Männer, Frauen, Mütter, Großmütter, hart arbeitende Bauern. Sie werden nicht gegen euch kämpfen, sie alle sind wehrlos und haben euren Schwertern nichts entgegenzusetzen. Wollt ihr sie wirklich ihrer Lebensgrundlage oder ihres Lebens selbst berauben? Wollt ihr diese Sünde auf euch laden?« Er machte eine bedeutungsvolle Pause. »Für diesen Mann?«

Dieses Mal blickten die Soldaten alle zu einem der Männer in ihrer Mitte. Er war älter, hatte eine Narbe im Gesicht und sah grausam aus. Anscheinend war er ihr Anführer.

Gawayn hatte es auch sogleich gesehen. Er wandte sich

direkt an ihn. »Erteile deinen Männern den Auftrag, sich zurückzuziehen.«

Der alte Haudegen hob das Kinn. »Auch wir müssen von etwas leben.«

Obwohl Leana Gawayns Gesicht nicht sah, hörte sie das Lächeln in seiner Stimme. »Ihr könnt bei Allan Macdonald anheuern. Er sucht gerade neue Wachen. Sagt ihm, dass die Cousine meiner Frau, Blaire Macdonald, euch schickt. Dann wird er euch aufnehmen.«

Blaire straffte die Schultern und die Männer starrten sie an.

»Blaire Macdonald?«, fragte Murdoch und wieder kippte seine Stimme.

Blaire nickte ihm zu. »Mein Cousin sagt die Wahrheit.«

Murdoch war blass geworden und Leana wusste, dass er nicht damit gerechnet hatte, dass Gawayn genauso gute Kontakte zu Allan Macdonald hatte wie er selbst.

Wieder schauten die Wachen alle zu ihrem Anführer. Murdoch, der es auch gesehen hatte, schrie: »Ihr bleibt hier!«

Doch der ältere Mann mit der Narbe schüttelte den Kopf und warf seine Fackel in den Dreck, wo sie zischend erlosch. »Nein. Wir haben lange genug bei Euch ausgeharrt.« Er nickte erst Gawayn zu, dann Blaire und Leana wusste, dass es sein Dank war. Vermutlich hatten diese Männer auch unter Murdoch gelitten.

Die anderen taten es ihm gleich. Die Fackeln landeten auf dem Boden, die Männer wendeten ihre Pferde und ritten in Richtung Burg davon. Murdoch blieb allein zurück.

Fassungslos schaute Leana ihnen hinterher. Es hatte wirklich funktioniert. Sie hatten die Wachen ausgeschaltet, ohne dass jemand einen Schwerthieb getan hatte! Es war das, was sie sich erhofft hatten, aber wofür es fast zu spät gewesen war. Die Erleichterung machte sie ganz schwindelig.

Hinter ihnen jubelten die Dorfbewohner, während Murdoch mit wutverzerrter Miene Gawayn fixierte.

»Ich bringe dich um!«, schrie er, hieb seinem Pferd die

Hacken in die Flanken und es sprang auf Gawayn zu.

Leana schrie auf, doch Gawayn trat im letzten Moment zur Seite und ließ das Pferd passieren. Murdoch riss es gewaltsam an den Zügeln herum, das Tier wendete quasi auf der Hinterhand und stürmte erneut heran, während Murdoch sein Schwert zog. Doch gerade als er Gawayn erreichte, sprang dieser direkt vor das galoppierende Pferd, das sich aufbäumte und schrill wieherte. Murdoch verlor den Halt, klammerte sich mit einer Hand hilflos an der Mähne fest und purzelte dann doch auf den Boden.

Gawayn beobachtete seinen Gegner abwartend, während Murdoch erstaunlich schnell auf die Beine kam und sein Schwert hob. Er legte zwar auch die linke Hand an den Knauf, aber es war offensichtlich, dass er keine Kraft in dem Arm hatte.

Gawayn ließ sein Schwert sinken.

»Los, kämpf, du Feigling!«, rief Murdoch und machte einen Schritt auf ihn zu.

»Ich kämpfe nicht mit einem kranken Gegner«, erwiderte Gawayn ruhig. »Er muss mir schon ebenbürtig sein. Du bist es nicht.«

Murdoch bleckte die Zähne ob dieser Demütigung. »Ich kann dich leicht besiegen. Glaube nicht, dass ich dir das durchgehen lasse!«

Doch Gawayn schüttelte den Kopf. »Gib auf, Murdoch. Es ist vorbei. Deine Männer sind fort, deine Frau auch und du bist ein alter, verkrüppelter Mann.«

»Halt's Maul!«, schrie Murdoch. »Und kämpf endlich!« Er kam auf Gawayn zu, doch der ging langsam, fast gelangweilt, rückwärts.

»Du kommst ja nicht einmal mehr in die Burg. Deine Zeit hier ist vorbei.«

»Es ist meine Burg!«

Gawayn hob die Schultern. »Ich fürchte nicht mehr. Soweit ich es sehen kann, wurde sie soeben von meinen Leuten besetzt. Sie haben das Tor geschlossen und sie werden dich ganz sicher nicht mehr reinlassen.«

Murdoch stutzte und schaute zu dem großen Gemäuer. Jemand stand auf der Balustrade und winkte.

Leana kniff die Augen zusammen. Sie meinte, Bernard zu erkennen. Obwohl sie das alles nicht geplant hatten, klappte es erstaunlich gut. Gawayn konnte sich auf seinen Clan verlassen.

»Du Schuft!«, brüllte Murdoch und stürzte sich auf Gawayn.

Dieses Mal hob der das Schwert und fing den kraftlosen Hieb mühelos ab. Murdoch trat der Schweiß auf die Stirn, als er seine Waffe erneut anhob, doch dann hatte er sie wieder oben und griff erneut an.

Metall klirrte, als Gawayn seine Klinge an Murdochs stieß. Er lehnte sich in den Hieb und stieß Murdoch von sich. Der stolperte rückwärts.

»Gib endlich auf. Du hast verloren«, sagte Gawayn.

Mit wütendem Gebrüll rannte Murdoch noch einmal auf ihn zu. Dieses Mal ließ Gawayn ihn an sich vorbeilaufen und versetzte ihm von der Seite einen Stoß, sodass Murdoch aus dem Gleichgewicht kam und auf dem Boden aufschlug.

Sofort war Gawayn über ihm und trat ihm auf die Schwerthand. Murdoch schrie auf und ließ die Waffe los.

Ganz langsam setzte Gawayn ihm die Klinge an den Hals.

»Und nun?«, keuchte Murdoch. »Willst du mich umbringen? Nur zu. Dann wirst du dich vor Allan Macdonald verantworten müssen und er wird dich zur Strecke bringen!«

Gawayn schüttelte den Kopf. »Nein, ich werde dich nicht umbringen und ich werde mich auch nicht vor Allan Macdonald verantworten müssen. Das kannst du tun.«

Murdoch schnaubte. »Allan ist mein Lehnsherr.«

Gawayn ließ die Klinge bis zu Murdochs Kinn wandern. »Allan ist vor allem der Mann, den du bestohlen hast, um dich selbst zu bereichern. Du warst zu gierig, Murdoch, wie immer. Ich glaube kaum, dass Allan gern hören wird, dass du seine

Waren in Inverness verkauft hast, um dir ein Stadthaus zu leisten.«

Murdoch schnappte nach Luft und Leana musste lächeln. Diese Information von Abigail war gut gewesen. Sie mussten der Frau unendlich dankbar sein. Sie war so froh, dass ihr Gefühl sie nicht getrogen hatte. Und dass Gawayn ihr geglaubt hatte.

»Das kannst du nicht tun!« Schon wieder glich Murdochs Stimme einem Kreischen.

»Das kann ich und das werde ich. Schließlich sitzt meine Klinge an deiner Kehle. Es ist vorbei. Wir werden dich nach Finleven bringen. Allan wird dann entscheiden, was er mit dir macht.«

Murdoch presste die Lippen aufeinander und erdolchte Gawayn schier mit Blicken, doch da hatte dieser sich schon umgewandt.

»Fesselt ihn und bringt ihn in Alberts Schweinestall. Bindet ihn mit Händen und Füßen an den großen Balken. Dann haben wir ihn im Blick, bis wir ihn wegbringen lassen können.«

Rupert und Albert fesselten Murdoch fachgerecht. Als die beiden Murdoch fest im Griff hatten, drehte Gawayn sich um. Sein Blick glitt über die Anwesenden, die ihn immer noch aus großen Augen anstarrten.

Er steckte das Schwert in die Scheide und hob das Kinn. Ein Lächeln breitete sich auf seinem Gesicht aus. »Es ist vorbei!«

Jubel brach aus und alle machten sich auf den Weg zu Gawayn, doch Leana war schneller. Sie rannte auf ihn zu und umarmte ihn stürmisch.

Er schloss die Arme fest um sie und versenkte sein Gesicht in ihren Haaren. »Es ist vorbei«, murmelte er.

»Ja, es ist vorbei«, flüsterte sie, lehnte sich zurück und strahlte ihn an. »Aber das mit uns fängt gerade erst an.«

Gawayn beugte sich zu ihr und küsste sie. »Ich kann es gar nicht erwarten.«

Leana ließ sich in den Kuss sinken und genoss das wunderbar süße Gefühl, das jeder Anfang mit sich brachte. Es war genau das, was sie immer gebraucht hatte.

EPILOG

VIER MONATE SPÄTER

Leana stemmte die Hände in die Hüfte und lächelte. Sie hatte gewusst, dass heute der Tag war, an dem die Bilder sich überlagern würden. Wie schade nur, dass Gawayn nicht da war, um es mitzuerleben. Sie hatte ihm so oft von dem Bild erzählt, das ihr die Sicherheit gegeben hatte, die Dorfbewohner zum Kampf aufzufordern.

Manchmal konnte sie immer noch nicht glauben, dass sie das wirklich getan hatte.

Vor ihr wuchtete Albert gerade eine gebundene Garbe auf den von Ochsen gezogenen Wagen. Die untergehende Sonne färbte das Korn golden, eine salzige Brise strich vom Meer herüber.

Leana streckte die Hand aus und berührte das Korn. Genau jetzt war der Moment, da die beiden Bilder übereinstimmten.

Es war immer wieder etwas Besonderes. Dieses friedliche Gefühl der Sicherheit.

Auf einmal schlangen sich zwei Arme von hinten um ihre Taille. Im ersten Moment dachte sie, dass es Florie wäre, die in letzter Zeit so oft ihre körperliche Nähe suchte, doch als sie nach unten blickte, erkannte sie zwei Männerhände. Hände, die sie gut kannte. Hände, die ihren Körper schon so lange nicht mehr berührt hatten.

»Gawayn!« Sie wirbelte herum und schlang die Arme um seinen Hals.

Sein strahlendes Gesicht war braun gebrannt und man sah, dass er einige Zeit auf dem Schiff gereist war. Seine grünen Augen funkelten.

»Ich bin noch nie so gern wieder nach Hause gekommen«, murmelte er und küsste sie.

Leana seufzte leise, als seine Lippen ihre berührten. Sie hatte ihn so sehr vermisst und wusste jetzt schon nicht mehr, wie sie die Wochen ohne ihn überhaupt überstanden hatte.

Sein Kuss wurde drängender. Sie öffnete die Lippen und vergrub die Hände in seinen Haaren. Sie schmiegte sich an ihn und am liebsten wäre sie in ihn hineingekrabbelt. Ihr Körper reagierte sofort auf ihn und als seine Zunge mit ihrer spielte, kribbelte es so herrlich in ihr.

Als er sich von ihr löste, strich er ihr eine Haarsträhne aus dem Gesicht. »Ich habe dich so vermisst.«

Sie küsste seine Hand. »Ich dich auch. Bitte geh nie wieder so lange fort.«

Lächelnd schüttelte er den Kopf. »Da unsere Männer wieder zu Hause sind, bringt mich so schnell hier nichts mehr weg. Wenn, dann mit dir zusammen. Ich will nicht mehr eine Nacht ohne dich in meinen Armen schlafen.«

Leana seufzte. »Das trifft sich gut. Wir haben nämlich eine Einladung nach Eriness bekommen. Blaire hat sie überbracht. Maira hat das Baby bekommen und lädt uns deswegen ein. Allerdings glaube ich, dass sie alle nur dich kennenlernen wollen. Und deine Mutter natürlich. Sie sind schrecklich neugierig und das Baby ist ein guter Vorwand.«

Gawayn lächelte. »Geht es Maira und dem Kind denn gut?«

»Ja. Sie sind sehr glücklich. Es ist ein gesunder Junge«, bestätigte Leana. Sie hatte vor Erleichterung geweint, als sie gehört hatte, dass alles gut gegangen war.

Gawayn nickte und runzelte dann aber die Stirn. »Was meinst du damit, dass sie meine Mutter kennenlernen wollen?«

Vergnügt lächelte sie ihn an. »Deine Mutter hat ebenfalls eine Einladung bekommen und sie möchte unbedingt dorthin.«

Gawayn hob die Augenbrauen. »Habe ich dich gerade richtig verstanden? Meine Mutter will nach Eriness reisen?«

»Das hast du. Und bevor du fragst: Ja, sie traut es sich zu und Blaire ihr auch, die war vor zwei Wochen nämlich hier. Es gibt Tage, an denen deine Mutter so gut wie keine Schmerzen hat und sogar ganz allein im Haus herumlaufen kann. Ich glaube, Rupert fehlt es manchmal, sie zu tragen.«

Gawayn seufzte. »Ich bin so froh, dass Blaire deine Cousine ist und all diese Pulver und Mittel hat, um Mutter zu helfen. Ich hätte nie gedacht, sie noch einmal wieder laufen zu sehen.«

»Und sie hält uns alle ganz schön auf Trab. Sie ist voller Tatendrang.«

»Hmm«, machte Gawayn und küsste sie wieder. »Ich übrigens auch. Aber in ganz anderer Hinsicht.« Seine Hand fuhr über ihren Po und er zog sie eng an sich. Sein Kuss wurde tiefer und er drängte sie langsam rückwärts in Richtung der Decke, die ausgebreitet neben dem Wagen lag und wo sie alle zusammen am Nachmittag gegessen hatten.

Leana löste ihre Lippen von seinen, obwohl es ihr schwerfiel. Sie hätte ihn stundenlang weiterküssen können. »Nicht hier. Schließlich sind wir nicht allein …«

Gawayn grinste. »Doch, das sind wir.«

Verwirrt blickte sie sich um. »Aber eben waren doch noch alle da.«

»Sie sind vermutlich ins Dorf gegangen, weil sie die Männer begrüßen wollen. Die waren lange fort. Es wird bestimmt eine lange Wiedersehensfeier, wir haben also Zeit.«

Leana nahm sein Gesicht in beide Hände. »So sehr ich das jetzt gerade mit dir tun will, ich glaube trotzdem nicht, dass wir uns hier draußen auf dem Feld lieben sollten.«

Er seufzte leise und küsste ihren Hals, was ein herrliches

Prickeln ihre Wirbelsäule entlangsandte. »Warum denn nicht?«, fragte er leise und sie spürte seine Lippen jetzt an ihrem Ohr. Das war reine Folter.

»Weil ich dich nackt fühlen will«, flüsterte sie und an seinem Stöhnen hörte sie, dass es ihm genauso ging. Seit ihrem ersten Mal berührten sie am liebsten vom anderen so viel Haut wie möglich. »Und egal, was du sagst, ich werde mich hier nicht ganz ausziehen.«

Er atmete tief durch und hörte auf sie zu küssen. »Also gut. Dann werde ich mich noch gedulden. Zum Glück ist bald Abend.«

Leana lachte. »Aber wir sind noch lange nicht fertig mit der Arbeit. Den Streifen dort drüben müssen wir noch ernten und dann noch alles einfahren.« Sie tippte ihm auf den Brustkorb. »Außerdem wird bestimmt schon das Willkommensfest geplant. Wir werden sicher erst spät in der Nacht ins Bett kommen. Und dann bin ich mir nicht so sicher, ob sich nicht zwei Kinder mit ins Bett schleichen. Florie ist immer noch sehr anhänglich.«

Gawayn schüttelte den Kopf. »So lange kann ich nicht warten.«

»Als Chief wirst du den ganzen Feierlichkeiten sicherlich nicht entgehen können. Außerdem warst du derjenige, der die Männer nach Hause geholt hat.«

»Aber vielleicht kann ich später kommen. Dann gehen wir erst ins Bett.«

Sie schmunzelte. »Darüber können wir gern sprechen.«

Gawayn strich ihr die Haare hinter die Schultern und blickte sie zärtlich an. »Du weißt, dass ich dich heute und die nächsten Monate und zwar mindestens bis zum Weihnachtsfest, vermutlich aber noch länger, nicht mehr von mir fortlasse? Ich muss dich immerzu berühren.«

»Ich habe nichts dagegen«, erwiderte sie lächelnd, schlang die Arme um ihn und presste ihr Gesicht an seine Brust.

Er küsste ihre Haare. »Habt ihr das alles von diesem Feld geerntet?«

Leana lächelte und folgte seinem erstaunten Blick. »Das haben wir. Ist es nicht großartig? Ich hätte nicht gedacht, dass es so schnell reif wird. Ich hätte so gern noch viel mehr Saatgut mitgebracht.«

Es war ihr nur gelungen, einen Sack Saatgut und ein wenig Dünger mit hierher zu bringen. Mit großen Gegenständen ließ es sich nicht gut durch die Zeit reisen und mehrmals war sie mit leeren Armen aufgewacht, als sie versucht hatte, den ganzen Sack auf einmal mitzunehmen. Schließlich hatte sie es in kleine Portionen auf viele Taschen aufgeteilt und so ein bisschen herschaffen können.

Der Anbau hatte ihr viel mehr Spaß gemacht, als sie gedacht hätte, und sie lernte jeden Tag etwas dazu. Am meisten freute sie jedoch, dass die Ernte hervorragend ausgefallen war und vermutlich niemand in Clachaig in diesem Winter hungern musste.

Nachdem Murdoch besiegt und endlich nach Finleven Castle geschafft worden war, hatten sie mit vereinten Kräften die Felder bestellt und dann war es zum Glück möglich gewesen, dass zumindest einige Frauen mit den Kindern und dem Vieh in die Hügel ziehen konnten, um noch ein wenig Butter und Käse herzustellen.

Auch Gawayn hatte rund um die Uhr gearbeitet, doch nach ein paar Wochen hatte er Leana erklärt, dass er nach Irland reisen müsse, um die Männer heimzuholen. Schweren Herzens hatte sie ihn ziehen lassen. Sechs lange Wochen war er fort gewesen, doch jetzt war er endlich wieder da.

»Du hast wunderbare Arbeit geleistet«, sagte er. »Ich glaube, du wirst die beste Herrin, die der Clan jemals hatte.«

Leana errötete. Sie dachte daran, wie sie sich früher immer gewünscht hatte, einen Beruf auszuüben, in dem sie anderen Menschen helfen konnte. Jetzt tat sie genau das. Dabei war es aber kein Beruf, sondern ein ganzes Leben. Eines, das sie sich in ihren kühnsten Träumen nicht hätte vorstellen können. Aber eines, das sie zutiefst erfüllte.

»Ich bin trotzdem froh, dass du wieder da bist.« Sie stellte sich auf die Zehenspitzen und küsste ihn aufs Kinn.»Ich finde, zusammen sind wir noch stärker. Das mag ich so.«

Er lächelte.»Heißt das, du möchtest gern mit mir verheiratet bleiben?«

Leana runzelte die Stirn.»Natürlich will ich das. Hast du das jemals infrage gestellt?«

Er zuckte mit den Schultern.»Nicht direkt. Aber jetzt ist die letzte Gelegenheit, in der du dich noch anders entscheiden kannst.«

»Wie meinst du das? Ich bin deine Frau und so wird es immer bleiben.«

»Dann würdest du mir das also auch vor Gott versprechen?«

Leana riss die Augen auf.»Hast du einen Priester gefunden?«

Er lächelte.»Ja, in Irland. Er war bei den Truppen und wollte aber nicht länger in Krieg und Elend leben. Ich habe ihm erklärt, dass wir hier in den Highlands immer Bedarf an Priestern haben, und er hat sich bereiterklärt mitzukommen. Wenn du willst, kann er uns morgen in der Burgkapelle trauen.«

Stürmisch umarmte sie Gawayn.»Natürlich will ich dich noch einmal richtig heiraten. Ich kann mir gar nichts Schöneres vorstellen!«

Fragend schaute er sie an.»Aber?«

Leana zog die Nase kraus.»Müssen wir es in der Burgkapelle tun? Ich bin nicht gern in der Burg. Alles dort erinnert mich an Murdoch. Ich fände es nicht richtig, wenn wir dort heiraten.«

»Nicht? Immerhin war er unser Zeuge beim Handfast«, sagte Gawayn zwinkernd.

»Und das reicht auch. Ich brauche ihn nicht weiter in unserem Leben.«

Er hielt sie etwas fester.»Wo möchtest du denn dann getraut werden? Im Haus meiner Mutter? Das ist sicher möglich.«

Leana zögerte, dann schüttelte sie den Kopf. »Wenn ich es mir aussuchen könnte, würde ich gern in der Höhle getraut werden. Das ist unser Ort. Er ist mir heilig und ich möchte den bestmöglichen Start in unsere Ehe haben.« Sie lächelte. »Außerdem glaube ich, dass die heilige Brigid dort wohnt, und sie hat ganz sicher ein wohlwollendes Auge auf uns.«

Gawayn strahlte. »Ich bin ganz deiner Meinung.«

Er küsste sie und Leana blickte in seine grünen Augen. Sie wusste, dass sie eine lange und glückliche Ehe führen würden. Sie bereute nichts, was geschehen war, seit sie Gawayn zum ersten Mal im Burghof von Eriness gesehen hatte. Denn es hatte sie hierhergeführt. In ihr wahres Leben. Und so würde es für immer bleiben.

JULIAS ROMANCE CLUB

Willst Du dabei sein, wenn Leana und Gawayn nach Eriness zurückkehren? Dann solltest Du Dir diese Bonusszene nicht entgehen lassen.

Du wirst automatisch für Julias Newsletter angemeldet - wenn Du nicht schon auf der Liste bist. Das ist für Dich komplett kostenlos, ich verspreche, dass ich niemals Spam sende und Du kannst Dich natürlich auch jederzeit wieder abmelden.

Tippe einfach folgenden Link in Deinen Browser ein: http://www.juliastirling.com/bedcdz7

Oder scanne einfach diesen QR-Code, das bringt Dich auch direkt zur Seite:

Im nächsten Buch geht es weiter mit Blaires Geschichte! Wird ihr Ehemann die Liebe ihres Lebens?

EINE REZENSION WÄRE GROSSARTIG!

Liebe Leserin,

Vielen Dank, dass Du LEANA - Der Club der Zeitreisenden von Eriness 3 gelesen hast. **Wenn Dir gefallen hat, was ich schreibe, dann würde ich mich sehr über eine Rezension auf Amazon freuen.**

Warum Rezensionen so unglaublich wichtig für uns Autoren sind... Mit jeder Rezension steigt die Sichtbarkeit meiner Bücher im Kindle Shop auf Amazon. Je mehr Rezensionen ein Buch hat, desto höher steigt es im Ranking und in der Sichtbarkeit. Das ist vor allem deshalb wichtig, weil mich so auch andere Leser finden können, die nie etwas von mir und meinen Büchern erfahren würden, wenn sie mich nicht zufällig auf Amazon finden.

Das heißt: Jede auch noch so kurze Rezension hilft. Sie muss nicht lang und ausgefeilt sein - aber über die freue ich mich natürlich auch. Und ich verstehe auch, dass viele Leser es auf später verschieben oder es ihnen unangenehm ist. Aber es wäre absolut toll und wunderbar von Dir, wenn Du jetzt einfach eine ganz kurze Rezension abgibst.

Ich wäre Dir sehr, sehr dankbar und Du würdest mich unglaublich glücklich machen!

ZEITREISE-ROMANE VON JULIA STIRLING

Der Club der Zeitreisenden

Diese spannenden Zeitreise-Reihe, die in den schottischen Highlands spielt, ist mystisch, geheimnisvoll, voller Freundschaft und Liebe zu außergewöhnlichen Männern, die nicht aus dieser Welt sind.

Verliebe Dich ebenfalls in die Reihe *Der Club der Zeitreisenden*.

Begleite die Freundinnen in eine Welt voller Abenteuer, Freundschaft, Liebe und natürlich atemberaubender Highlander im schottischen Hochland.

Alle Romane sind in sich abgeschlossen und können unabhängig voneinander gelesen werden, aber das beste Leseerlebnis bekommst Du, wenn Du sie in der richtigen Reihenfolge liest.

Die Reihe teilt sich in mehrere Teile. Immer vier Bücher gehören zusammen.

Teil 1 ist Der Club der Zeitreisenden von Dundarg und Teil 2 Der Club der Zeitreisenden von Eriness.

Der erste Band von Teil 3 Der Club der Zeitreisenden von Kintallan erscheint im Frühjahr 2024.

Jeder Teil mit vier Bänden ist in sich abgeschlossen.

Folgende Bücher sind bisher erschienen oder können vorbestellt werden:

Der Club der Zeitreisenden von Dundarg
Band 1: JENNA (ISBN: 9783744836876)

Band 2: ALLISON (ISBN: 9783750410442)
Band 3: LAUREN (ISBN: 9783750494015)
Band 4: CAITRIN (ISBN: 9783750494848)
Sonderband: JANET - erscheint im Oktober 2023

Der Club der Zeitreisenden von Eriness

Band 1: MAIRA (ISBN: 9783750496019)
Band 2: TAVIA (ISBN: 9783750496682)
Band 3: LEANA (ISBN: 9783750497764)
Band 4: BLAIRE (ISBN: 9783757819064)

Der Club der Zeitreisenden von Kintallan

Band 1: BRYNNE - erscheint im Frühjahr 2024

Alle Bücher der Reihe sind auf Amazon erhältlich als **E-Book**.

Sowie als **Taschenbuch**, als **gebundene** Ausgabe und als **Großdruck**-Ausgabe.

Im **Buchhandel** gibt es die Bücher unter der jeweiligen ISBN-Nummer hinter den Namen oben - falls Du sie dort bestellen möchtest.

Jenna, Allison, Lauren und Caitrin sind übrigens bereits als **Hörbuch** erschienen und sind auf allen Plattformen erhältlich!

Außerdem sind alle Bücher der Serie **in Kindle Unlimited** und können von Mitgliedern im Rahmen des Kindle Unlimited Programms kostenlos gelesen werden.

Infos über weitere Bücher gibt es auf Julias Website und hier kannst Du Dich auch für den Newsletter anmelden, damit Du nie eine Neuerscheinung verpasst!

www.juliastirling.com

KLEINSTADTLIEBE IN DEN SÜDSTAATEN

The Merry Men Weddingplanner Serie

Carolina Creek ist ein kleiner Ort an der Atlantikküste von North Carolina. In dieser Stadt herrscht zwar Südstaaten-Gemütlichkeit, aber es ist trotzdem immer etwas los. Vor allem in den Herzen der Protagonisten.

Die vier Crawford-Brüder und ihre Freunde haben es nicht immer leicht mit der Liebe, aber sie alle werden die Frau fürs Leben noch finden. Dabei können sie sich immer aufeinander und auf alle anderen Mitbewohner der Kleinstadt verlassen.

Während sie selbst die Liebe ihres Lebens finden, gründen die Männer aus Versehen gemeinsam ein Unternehmen, das ganz besondere Hochzeiten ausrichtet.

Alle Romane sind in sich abgeschlossen und können unabhängig voneinander gelesen werden, aber das beste Leseerlebnis bekommst Du, wenn Du sie in der richtigen Reihenfolge liest.

Folgende Bücher sind bereits erschienen:

Prequel - wie alles begann: Willkommen in Carolina Creek - dieses

Buch bekommst Du kostenlos, wenn Du Dich in meinem Newsletter anmeldest

Band 1: Sehnsucht nach Carolina Creek (ISBN: 9783757937362)

Band 2: Hoffnung in Carolina Creek (ISBN: 9783757938611)

Band 3: Neuanfang in Carolina Creek (ISBN: 9783757938635)

Band 4: Träume in Carolina Creek (ISBN: 9783757936747)

Band 5: Verliebt in Carolina Creek (ISBN: 9783757938659)

Band 6: Vertrauen in Carolina Creek

Band 7: Neues Glück in Carolina Creek - erscheint im Februar 2024

Alle Bücher der Reihe sind auf Amazon erhältlich als **E-Book**, als **Taschenbuch** und als **Großdruck**-Ausgabe.

Im **Buchhandel** gibt es die Bücher unter der jeweiligen ISBN-Nummer hinter den Namen oben - falls Du sie dort bestellen möchtest.

Außerdem sind alle Bände außer Willkommen in Carolina Creek in **Kindle Unlimited** und können von Mitgliedern im Rahmen des Kindle Unlimited Programms kostenlos gelesen werden.

―――――

Infos über weitere Bücher gibt es auf Julias Website und hier kannst Du Dich auch für den Newsletter anmelden, damit Du nie eine Neuerscheinung verpasst!

www.juliastirling.com

HISTORISCHE LIEBESROMANE VON JULIA STIRLING

Liebe am Exilhof

Wenn Du historische Liebesgeschichten magst, in denen attraktive Männer um die Liebe einer starken Frau kämpfen und in denen es um Könige, Gentlemen und Ladies, Leidenschaft und natürlich auch um die großen, wahren Gefühle geht, dann sind die Bücher aus der Reihe *Liebe am Exilhof* genau das richtige für Dich!

Sie spielen in den Jahren um 1690 in England und Frankreich am Exilhof von König James II.

Alle Romane sind in sich abgeschlossen und können unabhängig voneinander gelesen werden. Die Serie ist abgeschlossen.

Hier findest Du alle Bücher der Serie Liebe am Exilhof

Mittlerweile sind fünf Bücher in der Serie erschienen.

Band 0: *Der gestohlene Kuss* - Sophia Eastham und Thomas Hartfort (ISBN: 9783754682210)

Band 1: *Die Liebe der fremden Lady* - Valentina Turrini und Jonathan Wickham (ISBN: 9783754682227)

Band 2: *Die ungezähmte Baroness* - Charlotte Dalmore und Alexander Hartfort (ISBN: 9783754682234)

Band 3: *Das Versprechen einer Lady* - Lilly Eastham und Nicholas Bedington (ISBN: 9783754682241)

Band 4: *Der Stolz des Herzens* - Katherine Eastham und Philippe Laurent (ISBN: 9783754682258)

Alle Bücher der Reihe sind auf Amazon erhältlich als E-Book, als Taschenbuch und als Großdruck-Ausgabe.

Die ersten drei Bände gibt es auch als E-Book Sammelband.

Im **Buchhandel** gibt es die Bücher unter der jeweiligen ISBN-Nummer hinter den Namen oben - falls Du sie dort bestellen möchtest.

Außerdem sind alle Bücher der Serie in Kindle Unlimited und können von Mitgliedern im Rahmen des Kindle Unlimited Programms kostenlos gelesen werden.

Infos über weitere Bücher gibt es auf Julias Website und hier kannst Du Dich auch für den Newsletter anmelden, damit Du nie eine Neuerscheinung verpasst!

www.juliastirling.com

© / Copyright: 2022 Julia Stirling

Umschlaggestaltung, Illustration: Alfie at 99designs.com

Lektorat, Korrektorat: Marie Weißdorn

Verlag: Julia Stirling, Kurpfalzstr. 156, 67435 Neustadt

ISBN: 978-3-949293-71-9

Das Werk, einschließlich seiner Teile, ist urheberrechtlich geschützt. Jede Verwertung ist ohne Zustimmung des Verlages und des Autors unzulässig. Dies gilt insbesondere für die elektronische oder sonstige Vervielfältigung, Übersetzung, Verbreitung und öffentliche Zugänglichmachung.

www.juliastirling.com

Printed in Poland
by Amazon Fulfillment
Poland Sp. z o.o., Wrocław
28 March 2024

8113908d-27b8-4557-9f84-0a70436a40f8R01